성경중심
교회사 재발견

– 기독교 발흥부터 땅끝까지 성경기반 교회사 –

김 인 규 지음

성경중심 교회사 재발견

– 기독교 발흥부터 땅끝까지 성경기반 교회사 –

초판 1쇄 2022년 2월 4일
저자 김인규
발행처 도서출판 카리타스
주소 부산광역시 동구 중앙대로 298(초량동) 부산 YWCA 304호
전화 051)462-5495 팩스 051)462-5495
등록번호 제 3-114호

ISBN 978-89-97087-49-5

성경중심
교회사 재발견

– 기독교 발흥부터 땅끝까지 성경기반 교회사 –

김 인 규 지음

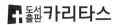
도서출판 카리타스

교회 역사(교회사)는 하나님을 믿는 우리 그리스도인에게는 어떤 의미를 가지며 왜 중요할까? 하나님께서 각 시대에 교회를 통하여 일하시는데, 교회사는 하나님께서 교회를 통하여서 하신 일의 기록이기 때문에 신약성경 다음으로 중요한 의미가 있다. 이는 신약시대 초대교회사는 사도행전 28장으로 끝나는데, 그러면 그 이후 하나님께서 교회를 통하여서 하신 일을 우리는 어떻게 알 수 있을까? 이러한 것은 교회사에서 사도행전 이후 하나님이 교회를 통하여 하신 일이 기록됨으로써, 교회사는 중요한 의미가 있게 된다.

이 책은 "성경의 최상위 권위"를 받아드리는 개신교 개혁교회와 실제적으로는 "로마가톨릭교회가 최상위 권위"로 인정되는 두 기독교의 틈바구니에서, 2000년 교회사를 성경 말씀에 기반을 두고 재발견한 내용을 담은 책이다. 이 책을 "교회사는 성경 말씀을 기반으로 하여 하나님께서 교회를 통하여 일하신 기록"이라는 일념으로 기술하였다. 이를 위해서 "성경의 최상위 권위 인정"이라는 신학적 주제를 풀어가면서, 개신교 '교회사 단절' 같이 보이는 현상들을 해결하였다. 또 성경에 기반하여 '성경중심 두 기독교 교회사 체계'를 새로이 균형되게 창의적인 방법으로 구성함으로써, 새로운 체계의 교회사를 기쁨으로 독자님께 소개 드리게 됨을 하나님께 감사드린다.

처음부터 전체 이런 체계를 알지 못한 가운데 이 책을 시작하였던 기나긴 집필 과정을 생각해 볼 때, 만약에 처음부터 이러한 전체 체계를 알았다면 그 주제가 워낙 광범위하고 중요하여 감당하여야 할 엄청난 무게 때문에 필자의 성격상 틀림없이 시작도 하지 않았을 것이다. 그러나 퍼즐한 조각 한 조각을 맞추어가면서 전체 체계를 그림으로 완성해 가시는 성령 하나님의 인도하심은, 필자로서는 알 수 없었던 하나님의 기이한 인도 방법의 연속이었다. 더군다나 필자의 능력과 형편을 비교하여 살펴보면, 전적으로 '성령 하나님께서 은혜 주시고 친히 준비하시고 인도하신 일'이라고 필자는 고백할 수밖에 다른 도리가 없다. 지금도 이 글을 읽다가 보면, 나 자신의 능력으로는 도저히 불가능한 성령 하나님 은혜의 단비가 눈 앞을 가린다.

이 책의 출간을 위하여 자문해주시고 지도하여 주신 교회사 학자 이상규 교수님께 감사의 말씀을 드린다.

이제 이 책 『성경중심 교회사 재발견』 내용이 잘 전파되어서, 필자의 자녀세대— Paul(바울)과 진경, 차두호와 민경 세대와 손자 Timothy(디모데)와 Sarah(사라), 지후와 도하 세대—에는 하나님께서 그 성경을 가지고 교회를 통하여 행하신 엄청난 일들을 자유롭게 접하는 시대가 되기를 소망하면서, 이 책을 독자님께 드린다.

2022년 1월 금정산 기슭에서 김 인 규

"이 책은 교회사 구성도 기존 역사서와 다른 성경적 기초에서 기술하고 있다는 점입니다"

이번에 김인규 장로님의 『성경중심 교회사 재발견』이라는 교회사 연구서의 출판을 기쁘게 생각하며 환영합니다. 김인규 장로님은 유수의 대학에서 공학을 전공하시고 대그룹기업의 임원으로 수십 년 동안 활동하신 후 은퇴하신 분이자 신실한 장로로 교회를 섬기며 일생동안 하나님께 헌신하신 분입니다. 그는 오래전부터 교회사에 깊은 관심을 가지고 연구하셨고, 은퇴하신 후에도 전적으로 교회사 연구에 몰두하신 교회사 연구가입니다. 저는 그가 쓴 이 책 편집본을 보면서 그의 광범위한 독서와 깊은 지식, 그리고 역사를 헤아리는 안목과 식견을 보고 감동을 받았고, 그를 재야 교회사 학자라고 생각합니다.

이 책은 다음 몇 가지 점에서 우리의 관심을 끌고 있습니다. 첫째, 이 책은 교회사 전반의 역사와 발전, 신학적 전개, 그리고 중요한 역사적 사실에 대한 함축적인 기록입니다. 저자는 신학교에 적을 두고 공부한 것은 아니지만, 오랜 기간 동안 여러 교회사 관련서를 광범위하게 읽고 연구한 후 기독교의 발흥에서부터 오늘에 이르기까지의 역사를 창의적인 방법으로 기술했습니다. 이 '창의적인 방법'은 '성경말씀에 기반한 방식'으로서 교회사 구성도 기존 역사서와 다른 성경적 기초에서 기술하고 있다는 점입니다. 공학 전공자인 저자의 성경과 역사를 보는 안목은 신학교육을 받은 목회자들이 발견하지 못하는 새로운 그 무엇을 보여준다는 점에서 우리의 관심을 끌고 있습니다.

둘째, 이 책은 독자들의 편의를 위하여 그림, 표, 사진 파일을 첨부하였고, 중간 요약, 그리고 각종 자료를 첨부하였습니다. 특히 교회사 전반에 대한 기본적인 기술(記述) 외에도 심화를 위한 특정 주제설명 자료가 첨부되어 있습니다. 이런 기술은 독자들을 위한 세심한 배려라고 할 수 있습니다. 따라서 교회사 이해에 큰 도움을 줄 것으로 생각됩니다. 이 책 여러 곳에는 독자들을 배려하려는 저자의 세심한 관심을 보여주고 있습니다.

셋째, 이 책은 교회사에 관심을 가진 목회자나 신학생 그리고 평신도를 위한 유용한 안내서라고 생각됩니다. 저자는 내용의 정확성을 기하기 위해 내용을 점검하고 수정하였고, 독자들이 쉽게 읽을 수 있도록 문장을 고치고 다듬어 다시 기술하는 등 최선을 다했습니다. 저도 여러 책을 출판했지만, 이 책의 저자만큼 세심하게 원고를 다듬거나 수정하지 못했습니다. 저자는 교회사의 무거운 주제에 대해서도 독자들이 기쁨으로 읽을 수 있도록 체계적인 전개, 기술적(記述的)인 배려를 아끼지 않았습니다. 이런 점에서 이 책은 진리에 대한 사랑과 독자에 대한 배려로 엮은 작품이라고 생각합니다. 이 책이 독자들에게 큰 유익을 줄 것으로 확신하며 기꺼이 이 책을 추천합니다.

이 상 규 (고신대학교 명예교수, 백석대학교 석좌교수, 교회사 전공)

"이 책은 성경중심이 교회사의 흐름 핵심이며 종교개혁의 원동력임을 증거합니다"

김인규 장로님의 『성경중심 교회사 재발견』 출간을 축하드립니다.

이 책은 현행 교회사 체계로부터 성경중심 교회사 재발견을 통하여 다음과 같은 신선한 내용으로 성경과 교회사를 사랑하는 우리 목회자와 성도님들에게 주고 있습니다.

첫째로, 이 책은 성경중심이 교회사 흐름의 핵심이며 그것이 종교개혁의 원동력인 것을 서술하고 있습니다. 교권중심이 대세를 이루던 중세 로마가톨릭교회 시대에 성경중심의 중요성을 제시하면서 현대를 살아가는 기독교인들이 성경중심으로 살아야 할 이유를 서술하고 있습니다. 그러므로 독자들은 이 책을 통해 역사의 무대에 서 있는 우리가 왜 성경중심으로 살아야 하는가를 깨달을 수 있습니다. 성경중심은 과거사로 완료된 것이 아니라, 현재 진행형인 것을 깨달을 수 있게 합니다.

둘째로, 이 책은 독자에게 낯선 초대교회와 특히 켈트교회가 무엇이고, 켈트교회의 유럽선교가 종교개혁과 기독교 미래 확장 발전에 결정적으로 기여하는 중요한 과정을 소개하고 있습니다. 어찌 보면 이것이 독자들을 향한 이 책의 큰 공헌이라고 할 수 있습니다. 켈트교회 선교는 두 기둥이라 할 수 있는 브렌던(Brendan)과 콜롬바(Columba) 선교팀을 통해서 확장되었습니다. 그들은 북아일랜드에서 스코틀랜드 섬들까지 선교를 이어갔고, 이런 왕성한 선교가 유럽대륙 선교와 종교개혁에 끼친 영향과 결과

들이 잘 서술되어 있습니다. 켈트교회와 선교, 그리고 종교개혁의 상관성
을 이해하는 데 큰 도움이 될 것입니다.

　셋째로, 이 책은 교회사 내용 전달의 효율성과 다양한 독자층 맞춤형으
로 현대인에게 편리하도록 배려한 점입니다. 먼저 저자는 교회사 내용 기
술에 있어서 교회사 신학과 연대기 내용을 함축적 시각 자료 [그림]으로
창안하여 제시하였습니다. 독자가 생소하고 난해할 수도 있는 서술형 교
회사 내용을 생생하게 시각적으로 이해를 돕도록 수십 장의 [그림]으로
고안하여서 독자가 내용을 직관적(直觀的)으로 쉽게 이해하도록 배려하였
습니다.

　또한 이 책이 돋보이는 독창적 편집 구성방법으로 독자층의 다양한 필
요(Need)에 적합하도록 세 독자층 맞춤형의 구성입니다. 기본 독자층은
책 서두에 "1편-요약편"을 제공하여서 본서 전체를 쉽게 이해하도록 하
였고, 일반독자층은 2편-본편으로 그리고 심층 독자층을 위하여 3편-
[주제설명]으로 부가적인 설명을 취사선택할 수 있는 유연성입니다. 600
페이지 정도의 꽤 두꺼운 책으로 보이지만, 그러나 다양한 독자층에 맞춤
형으로 선택할 수 있게 함으로써 현대인에게 간편하고도 효율적으로 읽
고 이해할 수 있도록 편리한 편집 구상입니다.

　이 책은 과거의 하나님 역사를 보면서 현재를 성경중심으로 살아가고
자 하는 독자들에게 큰 도움이 될 것입니다.

이 석 호 목사 (대청교회 담임목사)

"이 책은 선교적 사명과 역할이 무엇인지를 일깨우는 은은한 울림을 들을 수 있습니다"

주 예수 그리스도 안에서 늘 존경하고 사랑하는 김인규 장로님의 『성경 중심 교회사 재발견』 출판을 진심으로 축하드리며, 독자들에게 이 귀중한 도서를 추천하게 되어 기쁘게 생각합니다.

2020년 8월 햇살 뜨겁던 어느 날, COVID-19 팬데믹의 기세가 언제 꺾이게 될지 몰라 모두가 혼란스러워하던 그 어느 날을 지금도 생생하게 기억하고 있습니다. 선교지로 복귀하지 못하고 잠시 본국에서 특별 항공편을 기다리고 있던 저에게, 장로님은 각고의 노력과 땀과 애정을 쏟아부어 완성하신 원고 전체를 양손 가득 건네주시면서 "선교사의 시각과 관점에서 평가를 해 달라"고 부탁하셨습니다. 그렇게 건네받은 소중한 원고를 읽어 내려가는 것은 큰 기쁨이었고, 감동과 감사 그리고 깊은 배움의 시간이었습니다. 본 도서를 손에 들고 읽어 내려가시는 독자분들 모두, 저와 유사한 경험을 하실 수 있을 것이라는 기대감과 확신을 가지고 몇 가지로 요약하여 추천을 드립니다.

첫째로, 본 도서는 성경적 관점을 처음부터 끝까지 견지하면서 기술한 교회사 연구물이라는 점에서 매우 유의미하다고 생각합니다. 교회사를 기술할 때 역사적 사건의 단순한 나열로서가 아닌 분명한 관점을 가지고 기술하는 것은 매우 중요합니다. 저자는 성경이 하나님의 말씀이라는 분명한 신앙의 기초위에서 교회 역사를 재발견해 나가고 있으며, 더불어 현재 교회의 모습을 자연스럽게 반성해 보게 하고, 미래 성경적인 교회로의 회복을 소망하게 하고 있기에 저자의 혜안이 돋보입니다.

둘째로, 본 도서는 우리가 지금 겪고 있는 COVID-19 팬데믹 상황에서 교회가 감당해야 할 선교적 사명과 역할이 무엇인지를 일깨우는 은은한 울림을 들을 수 있습니다. 초대교회가 경험했던 로마 시대의 대유행병 상황과 초대교회 성도들의 선교적 삶을 기술함으로 독자들의 흥미를 유발시키기에 충분할 뿐만 아니라 단순한 흥미와 관심을 넘어서 교회의 본질적 사명과 역할에 대해서 고민하게 하고, 오늘 우리가 실천하고 애쓰고 회복해야 할 교회의 선교적 과제들이 무엇인지를 읽게 될 것입니다.

셋째로, 예수 그리스도의 몸인 교회를 사랑함이 무엇인지 본 도서를 통해서 읽으실 수 있을 것입니다. 한 사람의 그리스도인으로서, 주님의 몸된 교회에 장로로 섬기시다가 은퇴하신 김인규 장로님은 공학 전공자였으며, 산업 일선의 한복판에서 대기업의 임원으로 오랫동안 봉직하셨던 분이십니다. 세상이 어떤 곳이며, 세상이 무엇인지 경험하시면서, 그 세상 속에서 그리스도의 몸인 교회가 된다는 것의 의미를 찾고 고민하셨던 흔적들을 이 책을 통해서 읽으실 수 있습니다.

마지막으로, 본 도서의 제목은 성경중심 교회사 재발견이지만 저는 선교중심 교회사 재발견 또한 교회중심 교회사 재발견이라는 부제목을 달아도 손색이 없다고 봅니다. 본 도서는 교회사에 관심이 있는 신학생, 목회자, 선교사, 성도들에게도 유용하겠지만, 평소 교회사를 어려워하고 잘 접해 보지 못했던 분들에게도 강한 흥미를 유발시키며, 저자가 가지고 있는 교회사에 대한 통시적(通時的) 관점과 혜안을 나누어 가짐으로 큰 유익을 얻게 될 것으로 확신합니다.

미국 미시간 그랜드 래피즈 칼빈대학교 Hekman 도서관 창문 너머로 짙게 물들어가는 단풍을 바라보면서 이 추천의 글을 적습니다.

홍 성 빈 선교사 (WEC International, 중앙아시아 지역 대표)

CONTENTS

3편 성경중심 교회사 재발견 – [주제설명] 편 ········ 505

서 론

우리가 이 세상에 태어나서 유년기 시절의 일은 기억하고 알고 있지만, 만약에 그 중간 청년기를 알지 못한다면 얼마나 답답하고 황망할까? 오늘날 '근현대 교회사의 단절'이라는 말은 우리의 '청년기 단절' 현상과 같은, 우리가 몸담은 개신교 개혁교회의 교회사는 초대교회 이후 16세기 종교개혁까지 1000년 이상이나 단절된 것 같이 느껴진다.

선교 실무와 이론에 저명한 선교사 랄프 윈터의 '세계 기독교 운동의 확장'이라는 글의 서문을 아래에 인용하면서 상기 우리 '청년기 단절'(근현대 교회사 단절)과 같이 느껴지는 현상을 이제 다 같이 살펴보자.

"오늘날 개신교 교계에는 초대교회가 태어난 사실은 알고 있지만, 그후 16세기 종교개혁 때까지 이 중간의 십 수 세기 ─로마제국 시대 교회와 1000년의 중세암흑기 시대─ 를 피해 왔거나 두려워해 왔거나 아니면 잊어버려 왔다. 그리하여 '초대' 성도들과 '말기' 성도들은 있어도 '중간' 성도들은 없게 되고, 그래서 많은 복음주의자는 개신교 종교개혁 이전에 일어난 일에 별로 관심이 없다. 그들은 교회가 종교개혁자 루터나 칼빈 이전에는 배교하고 있었으며, 참 기독교라는 것이 있다면 여기저기 조금씩 있는 핍박받는 개인들이었다고 막연하게 생각한다. 왜 그렇게 생각하게 되었을까?

복음주의적 교회 주일학교에서 어린이들은 창세기에서부터 요한계시록까지, 아담에서 사도까지 하나님이 역사하신 이야기를 부지런히 배운다. 그리고 주일학교 공과를 출판하는 사람들은 그들이 '성경 전권 교과 계획(커리큘럼)'을 가지고 있다고 자랑하기까지 한다. 사실상 이것은 어린이들과 우리 성도들이 사도 시대와 종교개혁 사이에 하나님께서 그 성경을 가지고 행하신 엄청난 일들은 전혀 접하지 못한다는 의미일 뿐이다. 그 시기는 성경의 독특한 권능을 유감없이 입증해주는 시기인데도 말이다!

많은 사람은 마치 '중간기에는 성도가 없는' 것처럼 생각한다. 핵심적인 질문은 개신교 교회 역사에는 연속성이 있는가? 이다."

이와 같이 근현대 교회사가 그 이전과 단절된 것과 같이 보이는 '근현대 교회사의 단절' 현상은 초대교회 사도 시대와 16세기 종교개혁 사이에 하나님께서 그 성경을 가지고 행하신 엄청난 일들은 우리 성도님들은 현재까지는 전혀 접하지 못하였는데, 본서에서는 바로 이 내용(청년기 단절)을 재발견하게 되어, 그 하나하나 소개하면서 무척 기쁘고 보람을 느낀다. 따라서 본서의 주제는 '하나님 나라가 반격을 가하는 중요시 되는 부분'에 대한 이야기를 하려고 한다. 사도행전 28장 이후 이 세상 끝날까지 하나님 교회를 통하여 연속적으로 이루어지는 '교회사의 연속성'에 대하여 재발견한 소중한 보물 이야기를 지금부터 전개하려고 한다. 교회사 연속성과 감추어진 교회사를 본서에서 묻혀 있던 보물을 재발견하게 되어 너무 기쁜 마음으로 다시 한번 하나님께 감사드린다.

1. 본서 내용의 주안점(主眼點)

이 책 머리말에서 '교회사는 성경 말씀을 기반으로 하여 하나님께서 교회를 통하여서 하신 일을 기록하는 것이라는 일념으로 기술하였다.'라고 하였는데 이제 구체적으로 살펴보자.

(1) 감추어진 교회사 재발굴

이 책도 일반 교회사와 같이 '초대교회사', '중세교회사', '근현대 교회사' 등 연대기 순으로 기술하고 있다. 그런데 특히 ①초대교회사, ②켈트교회 중세 유럽선교 교회사, ③영국교회 14~16세기 종교개혁 준비기 교회사 등은 현재 일반 지역교회에서 -2000년의 하나님 교회사 속에서 그 중요성에 비추어서 우리 기독교 일반 성도들에게 알려진 내용은 빙산의 일각이고- 나머지 대부분은 알려지지 않은 내용이다. 이에 대하여 'Ⓐ 감추어진 성경중심 교회사' 라는 이름으로 재발굴하여 이 책에서 이를 자세히 소개하고자 한다.

(2) 새로운 교회사 체계와 관점을 재구성하여 제언(提言) 드림

그런데 우리에게 중요한 교회사 내용인데 "Ⓐ감추어진 성경중심 교회사라는 중요한 교회사 내용이 왜 우리에게 지금까지 잘 알려지지 않았을까?"라는 의문을 갖게 된다. 이 의문을 살펴보는 과정에서 이 교회사 체계와 교회사 관점을 '하나님께서 교회를 통하여 일하시는 교회사' 라는 시각으로 '성경중심의 교회사' 로 '두 기독교 교회사 체계' 를 재구성하여 작성한 본서 내용으로 여러분과 함께 소개하고자 한다. 그리하여 현행 교회사 체계로부터 'Ⓐ감추어진 성경중심 교회사' 를 새롭게 발굴과 더불어, 우리에게 현재까지 감추어진 원인이 되었던 교회사 관점을 성경 말씀에 기반하여 새롭게 구성하는 '두 기독교 교회사 체계' 를 제언하고자 한다.

(3) 교회사를 하나님과 성경 관점에서 살펴보기

이를 표현하기 위하여 하나님 관점으로 교회사를 바라볼 수 있는 방편으로 각 장 마지막 절 마다 ≪ 하나님 섭리와 경륜 ≫ 이라는 단락을 두었다. 각 장의 주제마다 (하나님 관점으로 보는) 하나님께서 인류 구원을 이루시기 위하여 '하나님 백성을 향한 신실하신 하나님이 교회를 통하여 이루어 가신 열심과 작정' 을 ≪ 하나님 섭리와 경륜 ≫ 이라는 단락에 요약하여 담았다. 이것은 하나님 섭리와 경륜을 감히 우리의 아둔한 머리로 '축복의 통로' 와 '제사장 나라' 라는 두 창문을 통하여 교회사를 조금이나마 엿보고 이해하고자 노력을 기울이는 자그마한 '신앙 고백' 의 한 표현이라고도 할 수 있겠다.

2. 본서 구성과 편집 특성

본서의 주 독자층으로 신학을 전공한 목회자와 신학을 전공하지 않은 일반성도 모두에게 비교적 쉽고 평이하게 기술하려고 노력하였다. 특히 본서는 많은 주제를 넓게, 때로는 깊게 다루게 되므로 이를 쉽게 이해하기 위하여 '1편 본서 요약편'을 별도로 구분하여 본서 첫 자리에 배치하였다. 그리고 전문적인 용어나 비전공자로서 설명이 필요로 하는 경우는 주기 각주 등의 방법으로 설명을 추가하였다. 그리고 본서 필자의 두 전작『말씀 속의 삶』과『구속사와 히브리서』두 권의 책과 본서는 다소 연관성이 있으므로 필요 부분에서는 서로 연관내용을 부가적으로 기술하였다.

(1) 1편 요약편을 책 첫 부분에 마련하고 1편, 2편, 3편 세 편으로 편성

본서의 특징은 본서 주제를 다루기 위하여 광범위하고 다양한 본서의 대상이 되는 요소들을 감싸 안으면서 소화하고 나아가야만 하기 때문에, 독창적이고 참신한 편집 구성이 필요하게 되었다.

1편 요약편을 별도로 마련

이를 해결하기 위하여 조금 번거롭지만, 전체 내용 줄거리 요약편을 별도로 작성하여야 되겠다는 착상을 하게 되었고, 비교적 쉽게 읽을 수 읽도록 이야기 형식으로 본서의 첫 부분에 배치하였다. 이를 '1편 요약편'으로 편성하여서, 본서 2편 본편 내용의 줄거리를 이야기 형식 (Story Telling) 으로 요약하여 본서 전체 대략적인 줄거리 내용을 파악할 수 있게 하여서, 이어서 2편 본편을 읽고 이해하는데 훨씬 도움이 될 것으로 생각한다.

2편 : 본서의 본편에 해당한다.

본편 2편은 일반 도서의 본문에 해당하는 내용이다.

3편 [주제설명]

일반적으로 독자들의 서평을 듣거나 읽어보면 어떤 독자는 책 내용을 좀 더 구체적이고 상세한 배경 부분과 근거까지 이해하기를 원하는 독자가 있는가 하면, 어떤 독자는 책의 어느 특정 부분이 너무 상세하게 기술되어서 여기에 빠져들다 보면 책의 전체 흐름을 간혹 놓치거나 책 전체 줄거리를 이해하는데 혼란스러워하는 독자도 있었다. 그래서 2편 본편을 읽다가 각 해당 주제에 대한 상세한 내용이 필요하다고 판단하는 독자층은 3편의 20여 가지 [주제설명] 상세 내용을 취사 선택하여 읽을 수 있도록 탄력적으로 편성하였다.

한 권의 책으로 마치 세 권의 책처럼 활용

본서의 편성을 세 부류 독자층의 목적과 취향에 맞출 수 있도록 현대인 독자층 맞춤형으로 편성하여서, 독자마다 다소나마 본서를 편리하고 효율적으로 접하고 이해할 수 있도록 탄력적으로 구성하였다.

□ 기본 독자층

본서의 대략적인 기본 줄거리 이해와 쉽게 접근하기 위한 읽는 방법으로 1편 '요약편'을 먼저 읽는다. 왜냐하면, 1편 요약편은 2편 본편의 1장 ~4장을 종합하여 요약정리하여 1절~4절로 구분 작성하였기 때문에 비교적 평이하게 읽을 수 있겠다.

□ 내용 중시 일반독자층

'2편 본편'은 1~4장을 본문 중심으로 읽으며 본서 전체 내용을 이해한다.

□ 심층 독자층

2편 내용 특정 주제에 대하여서는 상세한 내용은 '3편 [주제설명]'에 수록하여, 20가지 [주제설명] 내용을 독자의 형편에 따라서 2편 본편에서 해당 주제가 안내하는 데 따라서 3편 [주제설명]에서 취사 선택할 수 있게 탄력적으로 편성하였다.

(2) 참조한 문헌과 주석(각주)을 상세히 기록하여야 하는 고충

본서의 내용 중에 많은 부분은 아직 한국기독교 교계에 보편적으로 널리 알려지지 않은 부분이나 정설로 소개되지 않은 부분이 다소 있다. 따라서 이를 객관성과 논리적 근거를 갖추기 위하여 자세히 설명하여야 하는 고충과 그리고 일반적으로 생소한 자료가 다소 있으므로 참고문헌 주석(각주)들을 일일이 열거하는 부가적인 작업이 필요하였다. 이에 대하여 독자님들의 넓은 이해를 부탁드린다. 그리고 이렇게까지 출처와 근거를 자세히 기록하여야 하는 본서 내용의 소중함과 가치는 4장 결론부 '성경 중심 교회사'에서 '교회사 재발견'의 소중함을 이해함으로써 해결되리라 생각한다.

(3) [그림], [표] 사진 등의 시각적 다수 자료 첨가

본서는 교회사라는 특성상 서술적으로 기술하거나 논증하는 내용이 주류를 이룬다. 그 과정에서 어떤 주제 내용은 선후 복잡한 서로 연관되는 사고(思考)를 하여야 하는 경우와 사전 지식이 종합되어야 다음을 이해할 수 있는 경우에는 가능한 한 밝혀져 있는 지식을 형상화하여 독자께서 종합해서 쉽게 이해할 수 있도록 [그림], [표] 등을 다수 첨가하여 시각적으로도 풍성하게 인지할 수 있도록 하였다.

특히 복잡한 논리와 교리 부분을 [그림]으로 형상화하는 데는 많은 어려움과 다소 무리는 있었으나, 시각적 [그림]이 있고 없고에 따라서 전달하려는 내용의 이해하는 양과 깊이와 속도와 풍성함이 현저하게 차이가 있었다. 이해하기 특히 복잡하고 어려운 논리와 교리 부분이 포함되는 연대기 부분은, 가능한 심혈을 기울여서 [그림] 30여 종류를 시각적으로 형상화 표현하였고, [표] 27종류 요약 및 계수화하여 추가하였다. 그러다 보니 어느 일정 부분은 다소 어색한 표현이 있더라도, 내용 전체를 이해하고 전달하는 수단으로 좀 더 쉽고 명확하게 전달하기 위함임을 헤아려주시기 바란다. 왜냐하면, 본서가 담고 있는 정보량이 워낙 방대하고 복잡하고 미묘함으로 인하여, 문자로만 서술하여 전달하기에는 한계가 있고 또한 독자가 이해하는 폭이 불충분하므로 [그림], [표], 사진 같은 시각적인 언어로 최대한 표현하려고 노력하였다.

(4) 같은 내용을 각각의 목적으로 중복하여 표현

본서 서술 방법 특징 중에서 하나는, 서로 같거나 중복되는 내용과 표현이 반복되어 나타나는 경향을 다수 발견할 수 있다. 이는 '성경 기반 관점의 교회사' 내용을 기술하는 데 있어서 같은 대상을 다각적으로 바라보면서 표현하고 있기 때문이다. 이는 마치 신약성경 '오병이어(떡 다섯 개와 물고기 두 마리)' 이적 구절이 4 복음서에서 모두 중복 기록되어 있는 것과 같이, 예수 그리스도 생애와 교훈에서 같은 사건을 4 복음서에서 각각의 주제를 설명하는 가운데 오병이어 이적을 인용하여 설명하여야 하는 것과 같은 이치이다. 본서에서 내용이 중복되거나 반복되는 설명이 기술되는 것도 이러한 이치와 목적 때문이라는 것을 독자께서 이해하여 주시기를 미리 양해를 구한다.

3. 본서 저작 계기와 과정

필자는 신학을 전공한 신학자도 아니고 공학을 전공한, 더군다나 목양을 전문으로 하는 목회자도 아니다. 필자는 하나님께서 당신의 형상대로 창조하신 인간에 대한 만군의 여호와 하나님의 신실하신 열심과 작정을 알고, 그 사랑과 은혜와 능력을 믿는 기독교 한 신앙인으로서 본서를 집필하게 되었다.

(1) 집필 계기

집필의 직접적인 계기는 본서의 전편에 해당하는 필자의 『구속사와 히브리서』[1]에서, 2000년 교회사 가운데서 '믿음의 모범공동체'로 성경 말씀과 일치되게 실제적인 삶을 살았던 신앙공동체를 찾고 있었는데, 우연히 '초대교회의 새로운 내용'을 알게 되면서 이 책을 기술하기 시작하게

---

[1] 김인규, 『구속사와 히브리서-초보를 떠나서 장성함으로 나아가자』, (도서출판 두손컴, 2018).

되는 직접적인 계기가 되었다. 우연히 수년 전(2016년 3월경)에 로마제국 시대에 성경적 믿음을 실천한 열정적인 '로마제국 시대 초대교회'와 전염병 계기로 인하여 폭발적인 교회 성장에 관한 정보를 처음 접하게 되었고, 이에 대한 영어원서를 구입하게 되었다.

(2) 집필 과정

영어원서를 해당 부분만 1차 한글 번역작업을 완료하는 시점에, 교회사 전체에 대한 재발견의 계기는 필자가 20년 전(2002년경)에 선교 전문 교육을 받고 연구하였던 랄프 윈터의『미션 퍼스펙티브』문헌을 다시 읽고 영적 깨달음을 주셨다. 즉 복음적(성경중심) 교회는 시대별로 각각 1~4세기 초대교회, 5-10세기 켈트교회공동체, 14~16세기 영국교회, 16세기 이후 세계교회 부흥운동은 하나님 '교회사의 연속성'을 나타내려고 하는 것과 같은 '2000년의 교회사 전체'가 연결되는 영적 안목이 확대되는 계기가 시작되었다.

그런데 이때 전후부터 필자의 고뇌는 교회사 전공자도 아닌 한 신앙인 개인이, '교회사 재발견' 같은 엄청나고 하나님께서 교회에 하신 일을 기록하는 '2000년 교회' 주제로 글을 집필하는 것은 주제넘고 능력이 되지 않는 당치도 않는 일이었다. 그러면서 필자는 이러한 영적인 갈림길에 처했을 때는 습관적으로 기드온의 '양털 한 뭉치(사사기 6:37-40)' 기도와 같이 2018년 중반부터 집중 새벽기도 기간을 수개월 거치는 동안, 이 분야에 필자는 전공자는 아니지만, 그 옛날 수십 년 전부터 이에 연관되는 자료들과 성경 말씀연구 그리고 신학 학문, 하나님 구속사, 선교학과 교회사 연구를 지속해서 하게 하셨던 기억과 경험을 되돌아보고 또 하나하나 생각나게 하셨다.

하나님께서 미리 준비하심에 순종하여야 한다는 깨달음이 시작되었고(요 1:48), 그러면서 집필 집중을 힘들게 하던 교회 장로 시무와 생업의 공사(公私) 간의 무거운 짐을, 2018년 연말에는 이 집필에만 집중하도록 성령 하나님께서 은혜 주시면서 말끔히 정리해 주시었고, 피치 못하도록 순종하게 인도하셨다.

(집필 과정의 상세 내용은 본서의 끝부분 ≪편집 후기-집필 계기와 과정≫에 담아 놓았다).

4. 제언(提言) 드리는 주제

이 책은 현행 교회사 체계에 대비하여 다음의 5가지 주제를 꼭짓점 결론으로 향하여 논증하는 것을 기록하고 있으며, 또한 이 5가지 주제 결론을 제언 드리는 책이다.

□ "교회사는 성경 말씀을 기반으로 하여 하나님께서 교회를 통하여서 하는 일을 기록한 것"에 대한 교회사 관점
□ '두 기독교' 즉 '성경중심 기독교'와 '교권중심 기독교'로 교회사 체계를 각각의 특성에 합당하도록 새롭게 구성하는 '두 기독교 교회사 체계 재발견'이다. '재발견'의 구체적인 작업은 다음의 '재발굴'과 '재구성'으로 완성된다.
□ '감추어진 성경중심 교회사'를 발굴하여 평가하는 '재발굴'
□ 하나님 '구속사'와 '언약의 성취'가 진행되는 방향으로 1000년의 중세교회사를 '재구성'
□ "어떠한 교회사 체계"가 여호와 하나님 뜻에 합당한가를 교회사적으로 증명하는 것.

전염병 팬데믹 사태로 인하여 암울하게 살아가던 시대에, 『성경중심 교회사 재발견』이 책이 하나님 사랑의 위로가 전해지는 새롭고도 기쁜 소식이 되기를 소망한다. 2000년 교회사가 이제까지 자칫 드라이하게 우리에게 읽히어졌던 책이었다면, 아무쪼록 이 새로운 책이 따뜻한 하나님 품성과 우리를 구원하시는 사랑이 전달되는 감동으로 하나님 교회사가 우리

가까이에 있기를 소망하면서, 이 분야에서 40~50년에 걸친 자료검토와 연구 그리고 5년의 집필 과정을 거쳐서 이 책을 독자님께 드린다.

1편 성경중심 교회사 재발견 − 요약편

1편 성경중심 교회사 재발견 – 요약편

1절 로마제국에서 초대교회 발흥과 융성

기독교 발흥의 원천이며 우리가 믿는 개혁교회의 뿌리에 해당하는 초대교회에 대하여 우리는 지금까지 알고 있는 내용은 빙산의 일각으로, 그 중요성에 비하여 단편적이거나 거의 알지 못하는 실정이다. 본서 1편 1절에서는 통일된 로마제국에서 '초대교회'를 재발견함으로써 교회의 연속성을 증명하는 첫 작업을 시작하려고 한다. 본서에서 '초대교회'라 칭함은 예루살렘 교회로부터 시작하여서 380년부터 기독교가 국교화되는 테오도시우스 황제의 재위 기간 395년까지 로마제국[2] 시대 교회를 칭한다.

1. 로마제국 전 지역에 교회를 세우다

〈로마제국 1단계 선교 시작기〉

'초대교회'의 기독교 발흥은 크게 3단계로 진행되었는데

1단계 선교 시작기(1~2세기)는 하나님께서 헬라-유대 기독교인을 중심으로 로마제국 전 지역에 걸쳐서 교회를 세우셨고,

2단계 선교 전파기(2~3세기)는 로마제국 전 지역에 창궐하는 전염병을 계기로 기독교인이 이교도를 헌신적 섬김으로 개종(선교)이 이루어지면서 기독교가 활발하게 전파되었고,

3단계 선교 확산기(4세기)는 로마제국 황제와 국가 제도를 사용하셔서 기독교 확산을 이루시는 시기.

(요 15:16) '너희가 나를 택한 것이 아니요 내가 너희를 택하여 세웠나니'

하나님께서 하신 일은 인간의 생각과 관점이 아니라 하나님 관점에서 혜안(역사를 꿰뚫어 보는 안목과 식견)을 갖고 이를 이해하기 시작하여야 하

---

2) 로마제국: 본서에서 '로마제국'이라 함은 서로마제국이 멸망하는 서기 476년까지의 '서방', '동방' 로마제국을 중심으로 기술하는데, 특별한 설명이 없는 경우는 서로마중심으로 기술한다. 로마제국이 쇠퇴해가려는 징조가 보이던 394년에 테오도시우스 황제는 두 아들에게 제국을 동로마제국, 서로마제국으로 나누는데 서로마제국은 476년 멸망하고, 동로마제국은 1453년까지 존속하였다.

겠다. 우리는 이제부터 관련 문헌들을 통하여 로마제국 기독교 발흥에 관하여 베일에 감추어있던 하나님의 섭리와 경륜을, 그리하여 우리에게 지금까지 낯설던 로마제국 기독교인 선교를 하나씩 소개하면서, 우리들의 '청년기 단절'과 같은 '근현대 교회사 단절'에 대한 연속성을 입증하고 그에 대한 합당한 해답을 찾는 -한편의 대서사시를 대하는 심정으로- 첫 여정을 시작하겠다.

(1) 헬라-유대인들이 로마제국 내에서 영향력 있는 공동체 형성

신약성경에서 스데반의 순교 이후에 유대 그리스도인들은 팔레스타인 지역에서 로마제국의 여러 지역으로 흩어져서 살게 되는데(행 8:1) 이들을 '헬라-유대인'이라 칭한다. 그들은 점차 흩어져서 정착하는 로마제국의 그 주거 지역에서 소수 가난한 자들의 외톨이 공동체가 아니라 경제적인 기회를 활용하여 윤택한 영향력 있는 헬라-유대인 공동체로 성장하고 있었다. 로마제국이 융성하기 이전 기원전 4세기경에는 지중해 연안을 통일한 그리스-마케도니아의 알렉산더 대왕의 고대 그리스 문명은 '헬레니즘 문명(헬라 문명)'으로 헬라어를 사용하였다. 로마제국은 지혜롭게도 자기 모국어인 라틴어(고대 이탈리아어)로 고집하지 않고, 그 당시 지중해 연안의 세계인이 수백 년 전부터 가장 많이 사용하고 있는 헬라어를 로마제국 공용어(신약성경이 처음부터 헬라어로 기록된 이유)로 사용하는 탁월한 융통성 있는 언어 정책을 선택하였다.

□ 세계화된 헬라-유대인 공동체

따라서 지중해 연안은 헬라 문명이 지배하고 있었으며, 이곳에 이주한 헬라-유대인 중에는 벌써 1세기경부터 로마제국 제2 도시 이집트의 알렉산드리아에서는 헬라-유대인 이민자 공동체가 그들의 부유함으로 인하여 그 도시에 매우 중요한 공동체로 성장하여 그 사회에서 인정받고 살고 있었다. 그리하여 헬라-유대인들에게는 기원전 3세기부터 유대인 고유 언어인 구약성경을 기록한 히브리어는 점점 사라지고 로마제국의 공용

언어인 헬라어로 구약성경이 번역되었는데 우리는 이 헬라어 구약성경을 '70인 역'이라고 한다. 이때부터 신구약 성경은 그 당시 세계공용어인 헬라어로 모두 기록되어서, 친숙한 성경책이 로마제국 내에서는 언어적으로 막힘 없이 어디에서 누구나 읽을 수 있게 되었다.

헬라-유대인의 세계화 정도를 나타내는 것 중의 하나가 그들의 이름을 어떤 언어로 사용하느냐로 볼 수 있겠다. 그 당시 로마시의 유대인 지하 묘지에서 발굴된 비석의 이름을 조사해 보면 2% 만이 히브리어 혹은 아람어 (유대인 고유언어) 이름이고 대부분 74%는 헬라어(그리스어) 이름이며 나머지는 라틴어(이탈리아어) 이름이었다. 이러한 헬라-유대인들이 그들의 이름으로 사용된 언어만 보아도 헬라-유대인 공동체는 그들만의 가난한 외톨이 히브리인 공동체가 아니라, 그리스-로마문화에 적응하여 헬라어를 사용하면서 그 당시의 세계인화 되었다는 말이다.

□ **헬라-유대인 이민자에 대한 기독교 선교 장소**

여기는 기원후 50년의 예루살렘으로, 우리가 복음 전도자 선교사라고 가정해 보자. 이제 막 사도들의 예루살렘 공의회가 소집되었고, 공의회는 복음 전도자들이 유대 땅을 벗어나 해외로 나가 복음을 전파해야 한다고 결의했다. '어디로 가야 할까? 목적지에 도달하면 누구부터 찾아야 할까? 달리 말하자면, 누가 우리를 반겨줄까? 누가 우리의 말을 경청할까? 답은 지극히 당연하다고 본다. 즉 '우리는 주요한 헬라파 유대인 공동체로 찾아가야 한다'.

제국의 모든 중심지에는 상당 규모의 헬라-유대인 이민자들 정착촌이 있었는데, 이는 마치 현대 지구촌 도시마다 중국 차이나타운이 있는 것과 같다. 이 헬라-유대인들은 예루살렘에서 파송한 선교사 선생님들을 접대하는 일에 익숙했다. 아울러 선교사들이 역시 대개 가족과 친지 등의 인맥을 통해 최소한 몇 개의 이민자 공동체와 접점을 가지고 있었다. 바울이 선교사 전형으로써 선교사들 자신이 헬라파 유대인이었기 때문에, 자연스럽게 헬라-유대인 회당이 공동체와 선교사의 접점 역할을 하게 되었다.

(2) 로마제국 주요 도시의 교회 설립연대

우리는 사도행전에서 소아시아의 안디옥(시리아 지역), 에베소와 그리스의 고린도, 아테네 도시에서 교회가 세워지는 내용을 알고 있다. 그 이후 즉 사도행전 28장 끝 절 이후에 로마제국의 인구수 기준으로 큰 도시들에 교회가 어떻게 세워지는지 궁금한 내용을 우리가 지금부터 살펴보고, 기독교가 얼마나 왕성하게 로마제국 전 지역에 신약성경 기록 이후에 굳건하게 쭉쭉 뿌리를 내려가고 있는지를 흥미롭게 파악해보자.

독자 여러분께서는 혹시 이런 유쾌한 상상을 해본 적은 없는가? 구약성경 모세오경이 창세기 이후 출애굽기에서 이스라엘 민족 200만 명이 형성되었고, 신명기를 통하여 이스라엘 백성이 젖과 꿀이 흐르는 가나안 땅에 들어가는 과정을 자세히 알 수 있듯이, 만약에 신약성경이 사도행전 28장 1세기 이후에도 연장 기록되어서 로마제국에서 기독교가 융성하여 수천만 명의 기독교 교인으로 발흥하는 4세기 말까지의 초대교회에 대하여 마치 안디옥교회와 같이 신약성경에 기록이 되어있다면 어떤 내용이 기록되어 있었을까? 더욱이 구약성경에서 이스라엘 12지파는 가나안 땅 어느 골짜기를 분배받았다고 여호수아 서와 지도에까지 상세히 기록되어 있었는데, 초대교회 교인이 4천5백만 명(본서 추정)이나 형성되는 과정에 대하여 조금이라도 더 신약성경에 기록이 되었다면 이라는 아쉬움을 가진 적은 없는가! 바로 이러한 질문에 대한 답으로 교회사 재발견이라는 내용의 중요성을 인식하고 본서에서 이를 규명하는데 조금 이나마 도움이 되려고 노력하였다. 왜냐하면, 초대교회가 우리 근현대교회의 시작이요 뿌리가 되기 때문이다.

우리는 여기서 로마제국 각 도시에 기독교 교회가 세워진 연대를 살펴볼 필요가 있는데, 이는 '로마제국 기독교 발흥'에서 기독교 교인들이 있어야만 이들이 로마제국 전역에 전염병이 창궐한 때 이교도들을 간호하고 기독교로 복음을 전할 수 있는 마중물 역할[3]을 하기 때문이다. 참고로

---

3) 마중물 역할 : 펌프질을 할 때 물을 끌어 올리기 위하여 펌프 위에서 처음 조금 붓는 물의 역할. 어떤 일의 시작을 위하여 처음에 사용되는 것에 대한 역할을 의미한다.

여기서 교회라고 함은 이 당시 기독교가 로마제국에서 합법적인 종교로 공인되기 이전의 불법 단체이므로, 교회 규모는 요즈음 대형교회 같은 큰 조직이 아니라 '가정교회' 중심으로 시작하여 조금 더 큰 소규모 정도의 교회를 말한다.

□ 로마 시대 주요 도시들의 규모를 기준으로 하는 도시 선정

역사신학자 아돌프 하르낙[4]은 그의 역저 '첫 3세기 동안의 기독교 선교와 확장'에서 제국에 속한 지역 가운데 서기 180년경에 이미 현지 기독교 교회를 보유한 곳을 찾아내었다. 사도행전에서는 사도 바울 팀이 소아시아부터 시작하여 로마까지 복음을 전하며 거기에 교회를 세우며 살아가는 그리스도인 공동체를 기록하고 있다. 신약성경을 공부하였던 우리는 그러면 그 이후에 로마 모든 지역에 언제 어떻게 선교가 되고 복음이 전해졌고 교회가 세워졌을까? 라는 궁금증을 자연스럽게 하게 된다.

자! 이제부터 그 궁금증에 대한 답을 아래에서 살펴보도록 하자. 여기에 대한 답 [그림 1편1] '신약성경 이후 로마제국 교회설립 도시'는 여러분 대부분이 아마도 생전 처음 보게 되는 지도 자료일 것이다.

□ 주요 도시 교회설립 연도– 서기 100년부터 200년 이후 세 가지 그룹

로마의 22개의 큰 도시(인구수 3만 명 이상 도시)들이 어느 시기에 교회가 세워졌는가를 [그림 1편1] 지도로 일목요연하게 표시한 매우 귀중한 자료인데 우선 로마제국 큰 도시 순으로 22개 중에서 연대별로 세 그룹으로 교회가 세워지는 내용을 살펴보자. 팔레스타인 지역에서 시작한 예수 그리스도의 복음이 소아시아를 거쳐서 유럽 고린도, 아테네, 로마 등을 포함한 로마제국 동쪽 지역부터 교회가 세워짐을 알 수 있다.

서기 100년대 이전에 교회가 세워져 있는 12개 도시([그림 1편1]에서 ● 표시)는 알렉산드리아(이집트) 등이며, 200년대 이전에 교회가 세워진 6개

---

4) Harnack, Adolf. *The Mission and Expansion of Christianity in the First Three Centuries.* (New York: G. P. Putnam's Sons, 1908).

[그림 1편1] 신약성경 이후 로마제국내 교회설립 도시

로마제국 2~3세기의 22개 대도시 교회 설립 연대

● 서기 100년 이전 교회가 있는 12도시
□ 서기 200년 이전 교회가 있는 6도시
◎ 서기 200년 이후 교회가 있는 4도시

도시(그림에서 □ 표시)는 카르타고(북아프리카 튀니지) 등이며, 200년대 이후에 교회가 세워진 4개의 도시(그림에서 ◎ 표시)는 브리타니아(영국) 런던 등이다.

22개 도시에 교회가 설립되었다는 의미는 로마제국에서 인구 기준으로 1위 도시 로마시를 시작으로 22위 아테네까지 로마제국 모든 대도시에 서기 200년 이후에는 예외 없이 교회가 세워져 있음을 알 수 있다(예루살렘은 상주 인구수 2만 명으로 그 당시 대도시에서 제외). 이 말은 로마제국에서 웬만한 크기의 도시에는 200년대 이후에는 모두 교회가 세워졌음을 추정하게 된다. 이처럼 로마제국 대부분 도시에 가정교회를 기반으로 하는 그리스도인 공동체가 설립된 것은 전염병에 의한 이교도들의 복음 전도를 할 수 있는 그루터기를 미리 하나님께서 마련하셨다고 우리는 믿는다.

자! 지금까지는 서론이고 이제부터 본론으로 우리의 최대 관심사인 로마제국 전역에 이교도가 그리스도인으로 개종(선교)하게 되는데, 그 선교 과정은 크게 3단계로 이 과정을 지금부터 본격적으로 살펴보기로 하자.

(3) 초기 1단계 집단개종(Mass Conversion)에 의한 기독교 선교

이 방법은 신약성경에서 바울 선교여행 활동 등을 통하여 우리가 친숙하게 알고 있는 내용이며, 이 내용은 사도행전 10장에 이방인 백부장 고넬료 가정을 전도한 이후에 로마제국 이교도에게 예수님 제자들이 행한 선교방법이다. 이것을 고대 역사가들의 기록과 현대 역사학자들의 문헌을 통하여 하나님께서 초기 로마제국 이교도들을 어떻게 기독교로 개종(선교)하셨는지 살펴보기로 하자. 서기 30년~165년에 해당하는 사도행전 28장 이후의 집단개종 방법에 대하여 역사가 유세비우스 기록[5]을 보자.

'초기 기독교 선교는 성령 하나님(Divine Spirit)의 권능으로 인하여 처음 복음을 듣는 이교도 군중들은 우주의 창조자 하나님에 대한 그들의 영혼이 영적인 경애심과 믿음으로 전적인 열망에 감싸이게 하였다. 또한, 이러한 대중설교와 기적적인 사역들로 많은 이교도 대중들이 회심으로 기독교 개종이 가능하게 하였다.'

이 유세비우스의 기록과 같이 급격한 기독교 발흥 사실은 한꺼번에 많은 사람이 집단 개종(Mass Conversion) 방법으로 진행되었다고 역사학자들은 기술한다. 이 집단 개종방법은 예수님께서 직접 행하신 방법으로 신약성경에 한 번에 유대인을 포함한 수천 명을 상대로 말씀 전하시고 음식을 먹이시는 이적을 통하여 집단 개종방법의 모형으로 친히 수행하셨고 우리는 신약성경을 통하여 아주 친숙한 방법이다(마 14:21).

[표 1편1]은 2편 본편 1장에서 설명되는 내용이지만 본 단락에서 개략적으로 이해하기 쉽게 설명하기에 적절한 자료이므로 먼저 인용하겠다. 이 표는 로마제국에서 기독교 교회사 관점에서 중요한 연도에 그리스도인 수와 로마제국 전체인구 중에서 그리스도인 점유율 % 를 추정하는 표이다. 2~4세기 로마제국 전체인구는 여러 학자가 6천만 명쯤으로 추정하는데, 이는 현재 한국의 인구보다 조금 많은 편이다. 이 표에 의하면 1차 전염병 창궐 직전 165년 이전 ≪ 1단계 선교 시작기(1~2세기) ≫에 해

---

5) Eusebius, *The Ecclesiastical History and The Martyrs of Palestine* 『교회사와 팔레스타인 순교자』, 1927.

당하는 그리스도인 수 6만7천 명으로 로마제국 인구 천 명당 대략 1명 즉 0.1% (0.08%) 그리스도인으로 극히 낮은 점유율이라 할 수 있겠다.

로마제국 선교 단계별 진행	년도 (서기)	그리스도인 수(천명)	로마제국 그리스도인 %	특기 사항
1단계 집단개종	100년	7.5천 명	0.01%	집단개종 방법
	165년	67천 명	0.1%	전염병 창궐 이전
2단계 전염병 계기	250년	1,171천 명	1.9%	2차 전염병 창궐
	300년	6,300천 명	11%	
3단계 국가 제도적 선교	313년	9,756천 명	17%	기독교 공인
	350년	33,882천 명	57%	과반수 기독교인

[표 1편1] 선교 단계별 기독교인 추정 수와 점유율 %

2. 2단계 전염병 계기로 기독교로 개종(선교)

〈2단계 선교 파급기(2~3세기)〉

로마제국 선교 2단계 '선교 파급기'는 165년 1차 전염병 창궐기부터 시작하여 기독교가 로마제국의 합법적인 종교로 공인되는 313년 이전까지 약 150년 기간을 말한다.

(1) 로마제국 전역에 1차 165년, 2차 251년 전염병 창궐

로마제국에 1차, 2차 전염병이 엄습한 팬데믹 사태는 치명적으로 로마제국 전역을 100년이라는 시차를 두고 강타하였다. 21세기 현대 2020년도 한 해 동안 코로나-19 전염병 창궐로 인하여 전 세계 200여 국가에서 1억 명 이상의 감염 확진자와 200만 명 이상 사망자를 발생시킨 21세기 팬데믹 사태보다도 고대 로마제국 전염병은 더욱 치명적이었다.

1) 로마 전역에 165년 1차 전염병(천연두) 창궐

서기 165년 유명한 마르쿠스 아우렐리우스 황제 시대에 서구세계에서 로마제국 전 지역에 광범위하게 처음으로 전염병(천연두 추정) 이 무서운 파괴력을 가지고 전역에 퍼지기 시작했다. 로마제국 당시의 의학 지식수준은 세균 감염에 의한 전염병 자체를 아직 알지 못하는 시기였다. 로마는 군사적 목적으로 전투에서 다친 군인들을 치료하기 위하여 인체에 대한 외과 수술용 해부학은 발달하였다. 그러나 의학적으로 세균성 전염병 자체에 대한 지식이 전혀 없었으므로 의학적으로는 어떠한 효과적인 대처가 불가능한 시기였다. 그러다 보니 그 전염병 질병이 실체적으로 무엇이든 간에 그것의 피해는 감염자에게 치명적이었다.

□ 전염병 창궐과 피해

165년부터 15년간 지속한 이 전염병으로 로마제국 전체인구의 25~35%인 1,200만 명~2,100만 명가량 사망한 것으로 추정된다. 어떤 학자는 로마제국 인구의 절반(3천만 명)이 죽었다고 주장하는데 우리가 잘 아는 마르쿠스 아우렐리우스 황제도 180년 이 전염병으로 죽게 된다. 이러한 엄청난 전염병이 얼마나 무서운 속도로 광범위하게 감염이 되었으면 로마 황제 자신도 대책 없이 이 전염병에 걸려 죽게 되었겠는가? 전염병으로 인한 사망자를 평균 2천만 명으로 추정할 때(한국의 경인 지역 인구만큼) 로마제국이 인구의 1/3이 전염병으로 죽었는데 과연 견딜 수 있었겠는가?

로마제국 전역에 걸쳐서 발생하는 막대한 사망률은 점차 로마제국 인구의 부족으로 이어지게 된다.

□ 의학자 한스 진저[6]의 문헌에서 살펴본 그때의 전염병 참상

"이탈리아에서 수많은 사람이 도시나 시골에서 이 전염병으로 죽어갔고 많은 도시와 지방들이 버려져서 폐허가 되었다. 재난과 황폐함이 극심해서 마르코마니 전쟁마저도 잠시 중단되었다. 169년에 결국 전쟁이 다시 시작되었을 때 로마제국-독일 여러 국경지대에서 전염병으로 인하여

---

6) Zinsser, Hans. *Rats, Lice and History* (New York: Bantam, 1960)

상흔도 없이 죽어간 남녀의 시체가 야산에 여기저기에서 가득히 목격되었다."

이 당시 전쟁으로 사망하는 것보다는 상흔도 없이 전염병 감염으로 죽어가는 군인과 민간인들의 참혹한 전염병 사망 피해를 기록하고 있다. 이해를 돕기 위하여 재미있는 영화 검투사 "글래디에이터 (Gladiator 2000년 작. 러셀 크로우 Russell Crowe 주연)"의 처음 전투 장면은, 11년간의 이마르코마니 전쟁에서 마지막 서기 180년 전투를 배경으로 극화한 영화이다. 이 전쟁을 끝으로 로마가 승리하여 로마제국은 중부유럽 일부를 정복함으로 유럽대륙을 통치하면서 속주를 두게 된다. 이 전쟁에서 승리한 결과로 로마제국과 유럽 북방 야만족들의 국경선은 유럽대륙을 동쪽과 서쪽을 가로지르는 서부 라인강과 동부 도나우강(다뉴브강)의 국경 방위선이 결정된다.

2) 서기 251년 2차 전염병 (홍역) 창궐

2차 전염병 기간의 피해는 100년(165년과 251년)이 채 지나지 않은 251년에 또 다른 강력한 전염병(홍역으로 추정)이 로마제국을 휩쓸었다. 기록에 의하면 로마시에서만 하루에 5,000명씩이나 죽어 나갔다. 로마 다음으로 큰 도시인 이집트의 알렉산드리아는 인구의 65% (40만 명 도시 인구 중에서 26만 명)이상을 전염병으로 잃었다. 이것을 로마제국 전체로 확대하여 살펴볼 때 얼마나 그 피해가 심각한지 상상할 수 있을 것이다. 더군다나 천연두와 홍역은 그 이전에 전염병 세균에 노출된 적이 없어 면역력이 전혀 없는 사람들에게 처음으로 감염이 되면 엄청난 사망률을 기록할 수 있다. 두 번째 전염병에 대하여 그 당시 기독교 목회자 증언과 기록 문헌을 살펴보자.

북아프리카 카르타고의 유명한 목회자인 키프리안은 251년에 전염병이 로마제국을 강타하여 공동체가 붕괴하고 그가 직접 경험한 참혹한 사회 현상 결과와 원인에 대하여 그 해석과 평가를 이렇게 기록으로 증언한다.

"우리 중에 많은 사람이 이 재앙과 역병으로 죽어갔다. 무서운 전염병이 이교도들과 헬라 철학자들에게 이 위기 상황에 대하여 어떻게 해석하여야 하는지 그리고 그 대처하는 행동처리 기준에 대하여 설명하도록 기대하고 요구하였다. 반대로 기독교인들에게는 인간들에게 이러한 무서운 전염병이 창궐하는 시점에 죽음에 대하여 만족스러운 대답을 제공하고 또한 왜 죽음 이후의 희망적이고 환상적인 미래세계를 묘사하고 있는지에 대하여 기독교인들이 그들이 몸소 실천한 헌신적인 행동들이 이를 설명하는 기회를 제공하였다.”

□ **클라우디우스 고티쿠스 황제마저도 전염병 감염으로 사망**

클라우디우스 황제(서기 268~270년 재위)도 2차 전염병 감염으로 270년 사망하였다. 군인 출신 황제로서 ‘북방 야만족 고트족을 정복한 자’라는 의미에서 ‘고티쿠스’라는 존칭이 붙은 황제는 한창 활동할 시기에 겨우 1년 반 재위 기간 만에 당시 유행하는 역병에 걸려 사망하였다. 1차 전염병 창궐 때 마르쿠스 아우렐리우스 황제도 180년 이 전염병으로 죽게 되는데 그 당시 전염병 감염이 얼마나 심각하였으면 무소불위의 신적인 존재인 황제마저도 −역사 기록에 남은 황제만도 2명− 전염병으로 사망하였다니 일반 시민들의 전염병에 대한 공포는 상상을 초월하게 된다.

3) 전염병에 의한 로마제국 기반의 붕괴 조짐

로마제국 전염병 창궐에 의한 이러한 높은 사망률과 같이 근현대 전염병 창궐에 대한 기록도 심각한 타격이 인구 감소에 영향을 미치며 이것에 대하여 많은 다른 시대와 장소에서도 기록되어 있었다. 예를 들면 근대인 18세기 유럽의 1707년 아이슬란드에서 발생한 천연두 전염병으로 인하여 치명적인 전염병 사망률 추정에 대한 근대 역사적인 기록을 살펴보면 아이슬란드 인구의 30% 이상이 사망하였다.

로마제국의 전염병 연구에 대하여 현대정통적이며 선구자적인 역할을 하는 저명한 의학자 한스 진저는, 로마제국이 이룩한 세계 질서 붕괴의 조짐으로 다음과 같은 사실을 지적하였다.

"계속해서 연이어서 로마제국을 향하여 밀어닥치는 전염병이라는 질병으로 인하여 정치적 재능과 군사적인 용맹으로 유일한 강대국이었던 로마제국과 그들이 이룩한 세계 질서가 계속해서 속수무책으로 붕괴되고 있었다. 전염병이 마치 무서운 폭풍우 구름같이 몰려올 때 모든 주위의 것을 다 날려버리고 폭풍우가 지나갈 때까지 로마인들은 그들의 당쟁과 싸움과 그들의 야망을 버리고 이러한 전염병 테러에 웅크리면서 속절없이 당할 뿐이었다."

100년간을 사이로 두 차례에 걸쳐서 로마제국의 전염병에 대한 역습은 이렇게 전체 도시가 인구의 반 이상이 죽어 나가고, 공포스러운 어두운 죽음의 냄새로 진동하여 친구들과 가족들이 하나둘 사라질 때, 살아남은 사람들은 망연자실하여 "왜"라는 질문을 하게 된다. 왜 이런 일이 벌어지는 거지? 왜 신들은 이 전염병을 보냈을까? 죽음 앞에 두려워 떨며 살아남으려고 발버둥 치며 도움을 구하려고 하며, 로마제국 기반이 무너져 내려가고 있었다.

(2) 전염병에 대처하는 로마제국 이교도들의 행동

전염병이라는 위기의 순간이 온 것이다. 전염병이 정상적으로 작동하던 로마 사회를 흔들기 시작했다. 이 시기에 그리스도인과 이교도(제우스 주신을 비롯하여 로마제국 잡다한 신들을 믿는 자)는 각각 어떻게 반응했을까? 기존의 정치 관료와 지성인과 종교지도자는 이 위기의 순간을 어떻게 감당하였을까?

165년 전염병(천연두)이 발병할 때, 그 당시 로마 최고의 의사인 갈렌도 전염병이 창궐한 로마에서 초기부터 도망쳐서 시골에서 은둔 생활을 하였다. 그리고 그런 행동을 그는 현명하고 지혜로운 처사라고 여겼다. 우리가 이교도들의 끔찍한 전염병으로 고통받는 그들의 입장이 되어보자. 무서운 속도로 로마제국 전체를 엄습하는 전염병에 대하여 로마종교를 이끌었던 사제들은 아무런 답을 주지 못했다. 그리고 아픈 자를 뒤로하고 도시를 황급히 도망쳤다.

제국의 고위 공직자들과 최고로 부유한 귀족들도 가족을 데리고 도시를 떠났다. 환자를 돌보아야 하는 의사들도 도시를 도망쳤다. 그 당시 최고의 지성인이라는 철학자들도 해답이 없었다. 그들은 사람이 죽고 사는 것이 운에 달렸다고 생각했다. 누가 복을 내릴지 고난을 겪을지는 눈먼 운명의 장난이며 삶 속에 일어나는 재난 중에 일부는 인간이 통제할 수 없는 자연재해라고 설명했다. 그들은 아픈 자를 뒤로하고 도시를 떠났다. 전염병으로 개인과 가족의 운명이 위태롭고 심지어 죽어가는 것을 본 사람들에게 '누가 알겠어' 또는 '어쩔 수 없는 자연재해야' 라는 대답은 전혀 위로되지 못했다.

(3) 전염병에 대처하는 기독교인들의 헌신적인 행동

우리는 앞 단락에서 헬라-유대 그리스도인들이 서기 200년대 이후에는 로마제국 대부분의 큰 도시에서 교회공동체를 세우고, 헬라어로 기록된 하나님 말씀을 믿고 생활하고 있던 것을 [그림 1편1]에서 살펴보았다. 이들 그리스도인은 로마 이교도들과 같은 상황에서 전염병에 어떻게 대처했을까?

□ 그리스도인들 즉각적인 위로와 해답 제공

우선 하나님 말씀 복음화로 무장된 그리스도인들은 고통받는 이교도들에게 즉각적인 위로와 닥친 재난이 가지는 복음적인 나름의 의미와 해답을 제공했다. 무자비한 전염병이 기독교를 믿는 자에게는 훈련의 과정이고 시험의 시간이라고 가르쳤다. 또한, 가족과 친지들 친구들, 집, 모든 것을 잃은 사람들에게 죽음 이후에 하나님과의 영원한 삶을 살 수 있다는 영생의 소망을 제시했다. 죽음은 최고신(하나님)과의 교제로 직접 만나는 문이라 가르치며, 고통받는 자들이 죽음을 두려워하지 않게 하였다. 이교들과 이교도 신들은 죽음 이후의 삶에 대답도 없고, 관심도 없었다. 이교도들은 현세의 삶이 전부처럼 여겨졌고, 죽은 자 중에서 극히 일부, 뛰어난 자들만 신의 자격을 얻는다고 했다. 그러나 죽음 이후의 더 나은 미래의 청사진으로 영생의 소망을 기독교가 제시했다. 그러면 이교도 전염병 환자에 대한 그리스도인들의 결정적인 헌신을 살펴보자.

□ 이교도에 대한 그리스도인의 헌신

실제로 기독교인들은 자기 목숨을 걸고 엄청난 인명을 살릴 수 있었다. 윌리엄 맥닐은 그의 저서 『전염병의 세계사』에서 이렇게 평가했다. '모든 통상적인 서비스가 중단되었을 때는, 상당히 기초적인 간호만으로도 사망률을 현저히 낮출 수 있다. 가령 신선한 물과 음식을 제공하는 것만으로도 일시적으로 쇠약해진 환자들이 비참하게 소멸하는 대신 스스로 건강을 되찾도록 도울 수 있다'.

현대의 의학 전문가들은 '약물을 전혀 쓰지 않고' 신선한 물과 음식 제공 등의 성실한 간호만으로도 사망률을 3분의 2 또는 그 이하로 현저히 낮출 수 있다고 말한다.

□ 기독교인들의 성경적인 간호와 섬김의 실천

다시 260년경에 두 번째 큰 규모의 전염병이 닥쳤을 때 알렉산드리아의 디오니시우스 목회자가 성도들에게 부활절에 보낸 편지 속에서 그리스도인들의 전염병 팬데믹 사태에서도 순교적 삶을 실천한 내용을 살펴보자.

"우리 그리스도 형제자매들은 대부분 한없는 사랑과 충성심으로 섬김을 보여주었는데, 자신의 목숨을 아끼지 않고 오로지 상대방을 생각했다. 위험을 개의치 않고 환자들을 떠맡아서 그들의 모든 필요를 채워주며 그리스도 안에서 그들을 돌봐 주었다. 환자를 돌보다가 감염이 되면 그들과 함께 이 세상을 고요히 행복하게 세상을 떠났다. 이 전염병에 걸린 다른 사람을 돌보다가 그리스도인들이 감염되면, 그들 이웃의 병을 그리스도인 자신의 몸으로 받아내며(그리스도께서 하신 것처럼) 기쁜 마음으로 이웃의 고통을 감내하였다. 많은 기독교인이 이교도들을 간호하고 치료하다가 감염이 되어서 이교도들 대신에 그리스도인 자신들이 죽어 갔다. 수많은 장로, 목사, 집사, 평신도들이 이렇게 자신을 목숨을 잃었다. 이런 죽음은 위대한 경건과 강한 믿음의 결과이며 순교나 다름없는 것이었다."

여기서 잠깐 우리는 걸음을 멈추고 로마제국 시대 기독교인들의 삶의 방식을 자세히 들여다보자. 얼마나 성경적인 삶의 숭고한 모습인가? 우리가 21세기 현세에 믿는 기독교 교인과 완전히 다른 모습이 아닌가? 성경적인 삶을 몸소 받아내는 그들의 신앙은 어디에서 오는가?

(4) 기독교인 사랑의 실천 감동으로 이교도들 기독교로 개종

모든 가족과 친지 그리고 이웃 사람들로부터 버림받은 이교도 환자들은 그리스도인들의 헌신적인 보살핌과 사랑에 감동받고 살아남은 후에, 대부분이 종전에 자기가 섬기던 이교를 버리고 그리스도인이 되었다. 그리고 환자들을 돌보다 죽은 그리스도인들도 있지만, 면역이 생겨서 살아남은 그리스도인들이 훨씬 더 많았다. 이교도들의 눈에는 전염병이 극심한 곳에서 환자를 돌보며 병에 걸리지 않는 그리스도인들을 보면서 기독교의 하나님이 그들과 함께하여 그들을 지키고 있다고 믿었다. 아울러 전염병으로 이교도들이 더 높은 사망률 즉 생존율이 낮았으며, 이에 반하여 그리스도인들은 위기의 순간에 기독교 공동체적으로 서로 돌보아주었기 때문에 생존율이 더 높았다. 이것도 이교도들에게는 기적으로 보였다.

이 기적을 보고 느낀 이교도들은 누가 기독교로 개종하지 않겠는가! 2차 전염병이 창궐하는 250년대에는 [표 1편1]에서 그리스도인 수가 100만 명으로 로마제국 인구수 중에 1.9% 점유율로 점차 상승하고 도약하는 시기이다. 이 시기를 기반으로 하여 로마제국 전역에서 약 100년 간 서기 350년대까지 기독교가 폭발적인 성장률을 나타내는 시기였다.

3. 로마제국 기독교 확산에 로마 황제를 사용하심

〈3단계 선교 확산기(4세기)〉

앞 단락에서 '로마제국 기독교 발흥'에 대하여 전염병이 계기가 되어 로마제국 이교도들이 기독교도들의 섬김을 통하여 엄청나게 기독교로 개종(선교)한 사실을 살펴보았다. 우리는 앞에서 초대교회가 설립되고 전염병이 계기가 된 것을 살펴보았는데, 본 단락에서부터는 기독교 발흥을 위하여 하나님께서 그 통일된 로마제국과 인프라를 실체적으로 움직이는 막강한 권력을 가진 로마 황제들을 어떻게 사용하셨는지를 살펴보려고 한다. 왜냐하면, 초대교회 기독교 발흥을 위하여 하나님께서 통일된 로마제국 제도들과 황제들을 매우 긴요하게 사용하게 하셔서, 서기 313년 이후에는 로마제국 국가정책으로 기독교를 적극적으로 장려하고 촉진해 이교도에서 기독교로 엄청나게 선교(개종)가 이루어졌기 때문이다. 로마제국에 많은 황제가 있었지만, 기독교 공인과 진흥 및 촉진정책을 수행하는 콘스탄틴 대제, 콘스탄티우스 황제 부자와 기독교를 국교로 선포하고 이교 청산정책을 엄격하게 수행한 테오도시우스 황제 등 세 명의 황제 역할과 업적을 중심으로 살펴보겠다.

(1) 콘스탄틴 황제의 기독교 공인을 포함한 기독교 진흥정책.
〈콘스탄틴(Constantine:영어 표기), 콘스탄티누스(Constantinus:라틴어 표기) 같은 인물로 두 가지 이름으로 혼용하여 표기한다.〉

1) 콘스탄틴 대제(재위 기간: 306년~337년)가 기독교 개종한 배경
312년 막센티우스 정제와 콘스탄틴 대제의 군대가 로마 근교 밀비우스 다리 전투에서 콘스탄틴 대제가 십자가상을 보고 전투에 임하여 승리하는 계기로 기독교에 개종 하였다는 내용이다. 밀비우스 다리 전투는 우리가 주일학교에서 콘스탄틴 대제의 기독교 개종에 대한 교육 시간에 항상 등장하는 우리에게 친숙한 다리 이름이다. 이 다리는 로마시에서 북쪽 플라미니아 가

오늘날 밀비우스 다리

도를 따라 3km 정도 북상하면 테베를 강을 만나게 되는데 이 강을 가로지르는 8m 폭의 다리이다.

콘스탄틴 대제의 4만 명의 군대와 막센티우스 정제의 19만 군대가 밀비우스 다리 북쪽 평원에서 전투를 시작하였으나 막센티우스 대군이 밀비우스 다리까지 퇴각하게 되고, 사진에서 보는 바와 같이 폭 8m 다리에 19만 명의 막센티우스 황제 패주 병이 한꺼번에 몰려들어 대혼란의 전투 중에 막센티우스 황제는 테베를 강에 익사한 상태로 34세의 젊은 생애를 마감하게 되고 콘스탄틴은 승리하게 된다. 이 전투 전날 환상에서 콘스탄틴이 본 십자가 기를 앞세우고 승리하여서 기독교에 개종하였다는 친 기독교적인 사람이라는 기록이, 로마사에서 콘스탄틴 대제에 기독교 신앙심을 나타내는 유일한 기록이다.

2) 밀라노 칙령과 법령으로 기독교를 로마제국에서 공인(313년)

서방의 정제 콘스탄티누스와 동방의 정제 리기니우스는 기독교를 종전에는 불법 종교이었던 것을 다른 종교들과 같이 동등하게 기독교를 믿을 권리를 합법적으로 공인하고 또한 기독교가 과거에 몰수당한 기도처 같은 재산을 기독교에 반환하고 이를 국가가 보상하기로 하였다. 상기 칙령과 법령은 두 가지로 요약되는데 첫째는 이제까지 불법 단체인 기독교를 로마제국 다른 종교들과 같이 동등한 합법적인 종교로 인정하는 것과 둘째는 몰수당한 교회 재산은 (국가가) 보상하고 다시 교회 재산으로 귀속시

킨다는 것이다.

3) 니케아 공의회 소집으로 '삼위일체' 교리 확립

콘스탄틴 대제는 서기 325년에 콘스탄티노플(이스탄불) 인근에 있는 니케아에 주교들을 소집하여 공의회를 개최하였다. 주제는 그 당시에 성자 예수 그리스도는 성부 하나님과 동일하지 않다는 아리우스파와 성자 예수 그리스도와 성부 하나님은 위격이 동등하다는 삼위일체를 주장하는 아타나시우스파(가톨릭파)와 교리문제로 기독교가 분열이 매우 심각하였다. 이에 콘스탄틴 대제는 현재의 삼위일체 교리로 이에 대한 문제를 해결하고 하나의 교리로 통일하여 기독교가 교리문제로 분열하는 것을 막았다. 그러나 이 문제는 콘스탄틴 사후에도 계속 논쟁의 대상이었다가, 381년 콘스탄티노플 공의회에서 삼위일체 교리문제가 다시 논의되었다(상세 내용은 '[주제설명 4장3] 삼위일체 교리논쟁과 로마가톨릭교회 분기점 시기' 참조).

4) 콘스탄틴 대제의 사유재산 기독교 교회 기증

콘스탄틴 대제

황제의 사유재산을 교회에 기증하여 재정이 많이 소요되는 로마 성 베드로 대성당, 예루살렘 성분묘교회 등 중요도시에 황제의 막대한 재산으로 교회를 세우고 예배를 비롯한 종교의식, 빈민구제에 이 재정을 사용하여 교회 확장에 이바지하였다. 황제의 막대한 사유재산은 재위 기간이 끝나면 다음 황제에게 상속되므로 콘스탄틴의 사유재산 교회 기부는 '밀라노 칙령'에서 '모든 종교는 동등한 자유를 공인' 정신에서 유독 기독교 교회만 기증하는 것은 위반된다. 그러나 4세기 콘스탄틴은 최고의 권력자로 비기독교도들이 이 문제를 지적할 힘도 없고 기개도 없었다.

□ 기독교 성직자 세금면제 및 우대정책

성직자에게 국가의 의무(세금, 부역 등) 모두 면제하고 성직자 세금면제로 중간층의 무거운 세금[7]에서 평민 지식인들을 기독교 교회에 끌어들이게 되는 동기부여가 되었다. 주교는 중과세에 대한 납세자의 불만을 황제의 징세관에게 세금을 감면받기 위해 중재 역할까지 하는 유일한 창구로써 큰 이권까지 누리게 된다. 이와 같은 국가의 많은 제도적 장치가 기독교를 진흥하는 방향으로 국가정책이 진행되므로 이교도에서 기독교로 개종하는 속도가 급진적으로 진행되었다.

(2) 아들 콘스탄티우스 황제와 기독교 우대정책

아버지와 아들 이름이 앞 자는 같고 뒤 자 '누스', '우스'만 차이가 나므로 혼동하지 않도록 주의를 필요로 한다. 아들은 기독교에 대한 공헌도는 아버지 콘스탄틴 대제의 기독교 진흥정책을 충실히 따르고 그것을 더욱 보강하였다. 콘스탄틴 대제와 아들 콘스탄티우스 황제(재위 기간 337~361년)가 2대에 걸쳐 실시한 기독교 진흥정책의 성격을 시대순으로 구분하면 다음 세 단계로 나눌 수 있다.

□ 콘스탄틴 대제 부자의 기독교 우대 및 촉진정책 성격

1단계; 기독교를 공인하여 다른 모든 종교와 동등한 지위. ('밀라노 칙령' 내용)

2단계; 기독교만 우세한 쪽으로 확실히 방향을 튼다.

3단계; 기독교를 장려하고 '이교'를 배격하는 목표로 명확하게 좁혔다.

두 황제의 기독교 장려정책 시행 방향은 1단계와 2단계 본질적인 부분은 콘스탄틴 대제에서 행하여지고, 2단계 나머지와 3단계까지는 아들인 콘스탄티우스 황제가 맡아서 시행하게 된다.

---

7) 콘스탄틴 대제 이전의 디오클레티아누스 황제는 간접세를 주체로 하고 있던 세제를, 각 한사람 마다 직접세 인두세로 세제 개혁을 하여서 평민에게 인두세 세금이 무거웠다.

□ 우상 숭배 금지

콘스탄티우스의 기독교 우대정책은 '이 교'의 배척 정책으로 이를 명확히 했다. 콘 스탄틴 대제 때에 공표한 밀라노 칙령은 기 독교를 포함한 모든 종교의 자유를 동등하 게 인정하였지만, 아들 콘스탄티우스 황제 는 기독교로 기울어져서 모든 이교 우상 숭 배를 금지하였다. '우상'은 '종교적 상징으 로서 구상화된 형상'과 '특정 인물을 절대 적으로 존경하는 것'이라고 정의하였다. 우

콘스탄티우스 황제 시대
(서기 337~361년)

상에 포함되는 것은 제우스, 포세이돈, 신격 아우구스투스(황제)와 카이사 르(부제)의 동상 등 이었으며, 우상에서 제외되는 것은 예수, 마리아, 성 베드로, 천사 등은 우상이 아니었다.

□ 이교 공식 제의 금지령과 이교 신전 폐쇄 명령

이교에 대한 공식 제의와 산 제물을 바치는 희생 의식도 금지하는 금지 령을 내렸다. 금지령이 내린 후 3년 뒤에 또다시 재차 금지령이 공포되었 으며 이때 금지령에는 위반자는 엄중하게 사형에 처한다는 내용이 명시되 어 있었다. 그리스 로마 신전, 시리아 태양 신전, 이집트 이시스 신전 등 모 든 이교 신전 폐쇄하고 제사의식을 금지하였다. 콘스탄티우스 황제는 이 교 신전을 파괴하라고까지는 명령하지 않았지만, 칙령에서는 신전 건물을 허물어서 다른 용도 건축 자재로 재활용하는 자재 조달용은 허가하였다.

□ 기독교 우대정책

아버지 콘스탄틴 대제가 시행하였던 성직자 면세 범위를 더욱 확대하 여 시행하였다. 콘스탄틴은 면세 범위 성직자를 주교·사제·부제로 한정 하였지만, 아들 콘스탄티우스는 교회 고용인, 교회 소유 농지나 공장이나 상점의 종사자까지도 납세자 명단에 해당하는 인구조사에 제외하여 인두

세를 내지 않도록 하였다. 그리고 성직자가 된 뒤에도 사유재산을 계속 소유하는 것을 인정하였다.

□ 콘스탄티우스의 기독교 우대정책의 역사적 의미

기독교 국교화는 380년에 공포되지만, 기독교 장려 및 우대정책은 313년 기독교 승인 이후 30년간 착실히 로마 황제들을 통하여 진행되어왔다. 이 말은 4세기 초 디오클레티아누스 황제 때 서기 303년~305년까지 불법으로 혹독하게 박해받던 기독교가 4세기 중엽부터는 국가 종교화가 되어간다는 의미이다. 이 말은 반대로 이교가 차츰 배척과 금기시되어간다는 양면성을 갖게 된다.

(3) 테오도시우스 황제 기독교 국교공포와 '이교' 청산(清算) 정책

1000년의 로마제국 역사(기원전 6세기 – 5세기)에서 기독교 발흥에 가장 큰 공헌을 하였던 테오도시우스 황제(재위 378~395년)의 업적을 살펴보자. 콘스탄틴 대제 이후 4세기 대부분 황제는 기독교 출신 황제였으나 테오도시우스 황제는 비기독교인 출신이었다. 그러다가 황제 즉위 첫해 서기 378년 12월 원정길에서 33세에 중병에 걸려 몸져눕고 말았다. 목숨이 위험한 중병으로 죽음과

테오도시우스 황제

삶의 경계를 헤매고 있을 때 데살로니가 주교에게 세례를 받고 갑자기 치유되어서 379년 초부터 정상적인 황제의 직무를 할 수 있도록 건강이 완전히 회복되었다. 테오도시우스 황제는 중병이 치유된 것은 하나님의 특별한 은혜라는 것을 믿고 독실한 기독교 신자가 되는 계기가 된다.

□ 기독교를 로마제국 국교로 공포

380년 이후 기독교를 로마제국 국교로 간주하게 되고 황제 재위 기간

17년 동안 기독교 진흥정책과 이교 청산정책을 국가 제도적으로 과감하게 지속해서 추진하여 로마제국에서 기독교가 비로소 국교로 국가적으로 정착하도록 터전을 마련하였다.

"기독교가 로마제국의 국교가 되다"

□ 이교를 과감하게 청산정책 추진

'이교' 청산정책은 교회사적으로 매우 큰 의미가 있다. 로마제국은 기원전 6세기부터 5세기까지 그리스-로마 '이교' 신들을(제우스 등의 다수의 신) 섬기면서 1000년을 이어온 대제국이다. 그런데 서기 380년 기독교가 국교로 선포되므로 기독교는 유일신 하나님만을 섬기게 되는데, 이교도들로부터 저항세력이나 이교에 대한 심각한 잡음 없이 이교에서 기독교로 이행과정에서 연착륙하게 된다. 이 1000년을 이어서 다신교 이교를 섬기던 대제국에서 어떻게 유일신 기독교로 연착륙이 가능하였겠는가?

□ 기독교를 보호하고 이교 청산 의미

우선 테오도시우스 황제의 기독교 국교공포의 의미를 살펴보면 313년 이때까지 콘스탄틴 대제의 기독교 공인정책은 '이교'와 기독교를 법적으로 동등하게 종교로 인정하였다. 그러나 테오도시우스 황제의 380년 기독교가 국교로 공포의 의미는 '이교'가 이제는 기독교 이외의 또 다른 종교로 인정하는 것이 아니고 '사교' 즉 로마제국에서 불법적인 종교가 됨을 의미한다. 따라서 기독교 이외의 모든 종교는 불법 종교로 테오도시우스 황제 재위 15년 동안 로마제국에서 철저하게 청산되기 시작하였다. 그리하여 서기 400년경에는 로마제국 6천만 명의 인구가 대부분 거의 기독교인이 되었다.

이교 청산정책이 왜 교회사적으로 그토록 중요한 의미가 있는가?

만약에 기독교만 국교로 공포되고 이교에 대한 청산작업 없이 버려두었다고 가정해 보자. 이것은 구약시대의 악순환 ─기독교도 섬기고 이교도 섬기는─ 이 또다시 로마 시대에 되풀이될 수 있다는 말이다. 따라서 하나님이 테오도시우스 황제를 통하여 이교(구약에 비교하면 '이방 종교')를 철저하게 청산하게 한 것은 기독교 교회사에서 엄청난 의미가 있는 것이다. 반면에 구약성경에는 다윗왕 이후에도 여러 선지자가 이스라엘 백성들에게 가나안 이방 신들과 종교를 배격하도록 그렇게도 되풀이하여 예언하였지만, 결국 이스라엘 민족은 이방 신들 배격에 실패한다. 이에 비교하여 로마제국에는 테오도시우스 황제의 철저한 이교 청산정책으로 그 이후에도 기독교 이외의 종교는 로마제국 내에서 존재하지 않았다.

4. 로마가톨릭교회가 세상 권력의 중심으로 부상

로마제국에서 불법 종교로 박해받던 기독교는 313년에 합법화되고, 이어서 380년에 유일한 국교가 되면서 박해받던 자리에 있던 기독교가 이제는 세상 권력 중심의 자리로 서서히 신분이 변화하기 시작한다. 4세기 말부터 이러한 징조가 시작되어서 150년 후 6세기경부터는 1000년의 로마가톨릭교회가 절대 권력을 주관하는 중세암흑기가 시작되게 된다.

여기에서 밀라노 주교 암브로시우스(암브로시오)의 특이한 사례를 소개하면서 교회 권력이 어떻게 신격 존재인 세상 권력 황제를 제압할 수 있었는지, 그리고 이 사건들이 중세암흑기 1000년의 전초전 역할을 하게 되므로 그 상징성과 중요성에 비추어서 비교적 자세히 기술하고자 한다. 또한, 기독교 확산정책을 강력하게 추진하였던 테오도시우스 황제 때에 기독교 종교정책에 관해서는 암브로시우스는 황제의 오른팔 역할을 하였으므로 로마교회 교권 강화에 초석을 놓는 중요한 인물이었다.

(1) 로마교회 교권 강화 초석을 놓는 밀라노 주교 암브로시우스

암브로시우스(암브로시오: 330~397년)는 주교가 되기에는 독특한 성장 배경과 과정을 거치게 되는데, 그는 로마제국 최고 명문가 '로마 수도장관' 집안 아들로 태어났다.

□ 밀라노 주지사가 암브로시우스

'로마 수도장관'이라는 자리는 현재 한국 정부체제 직책에 비유한다면 국무총리 겸 서울특별시장을 겸직하는 직책으로써 황제 부재 시에 대리하는 제2인자의 최고위직 집안이다. 따라서 그는 그것에 걸맞은 교육을 받고 성장하여서 이탈리아 북부에 있는 리구리아주의 주지사로서 밀라노가 그의 담당하에 있었던 장래가 촉망되는 행정가로서 성장하고 있었다.

374년 당시 로마제국 기독교 교계 상황은 삼위일체파와 아리우스파 사이에 교리 분쟁으로 첨예한 대립을 하던 시기로 물리적인 무력행사를 동반하는 충돌이 있었고 밀라노 교회는 충돌로 항쟁이 일어났었다. 아리우스파 주교에 의하여 오랫동안 수세에 있던 삼위일체파(가톨릭파)가 유능하고 귀족 가문의 행정 능력이 뛰어난 암브로시우스 주지사를 주교로 영입하여 밀라노 주교를 맡기는 비상대책을 황급히 수립하게 된다.

□ 1주일 만에 밀라노 주지사에서 로마교회 주교로

그러나 암브로시우스는 그가 기독교인도 아니며 따라서 세례도 받지 않

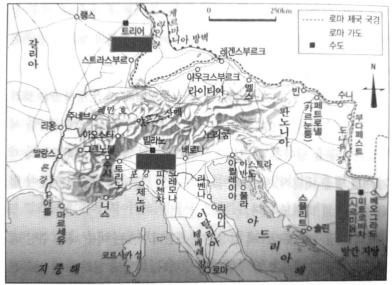

북부 이탈리아와 그 주변 – 트리어, 시르미움 위치

앉다고 주장하고 밀라노 주교 자리를 사양하였으나, 그를 옹립하려는 삼위일체파에서는 그를 1주일도 채 안 되는 기간에 세례를 받게 하고 주교로 임명하였다. 암브로시우스도 무리하여 급속하게 진행되는 주교 자리를 승낙하게 되는 배경은, 그 당시 40대 중반 한창 야망 있는 로마제국 엘리트 행정가 주지사로서 374년도는 동, 서로마의 모든 황제가 기독교 교인으로 기독교를 로마제국 국교로 삼기 위하여 힘쓰는 시기이므로 밀라노 교구는 권력을 지향하는 야망 있는 행정가로서는 매력적인 자리로 판단하였기 때문이다. 그는 우여 곡절 끝에 374년 12월 밀라노 주교로 취임식을 하게 된다.

□ 권력을 향한 요충지 밀라노 주교 자리.

그 당시 로마제국은 4두 정치체제[8]로 서방을 담당하는 황제는 (지도 사진에서 보는 바와 같이) 라인강 전선을 담당하고 있는 갈리아의 '트리어'에 주둔하는 기간이 많았고, 동방을 담당하는 황제는 도나우(다뉴브)강 전선을 담당하는 판노니아 속주의 동북부에 있는 '시르미움'에 머물러 있을 때가 많았다. 밀라노는 지도에서 보는 바와 같이 이 두 도시의 중앙에 있는 지역으로 자연스럽게 밀라노 주교는 두 황제를 만날 기회가 많은 요충지였다. 두 황제는 자기들 필요 때문에 명문가 집안 출신으로 유능한 행정가 출신인 암브로시우스 밀라노 주교에게 자문을 구하거나 타국에 외교사절까지 종종 위촉하였다. 그리하여 그는 로마 주교 자리보다도 그 당시 서방과 동방 황제의 측근으로서 로마제국의 동방교회와 서방교회에서 두루 교회 권력을 행사할 수 있는 기독교 교계 최고의 권력자로 부상하였다(로마인 이야기-14권. 332).

(2) 밀라노 주교 앞에 로마 황제 무릎 꿇고 사죄 의식

밀라노 주교로 임명되어 여러 해가 지난 서기 390년 4월 하나의 사건

---

8) 4두 정치체제: 3~4세기경에 로마제국은 지중해 연안의 그 넓은 영토를 통치하기 위하여 4명의 통치 체제를 '4두 체제'라 하여 제국을 동방, 서방으로 구분하여 각각 정제(아우구스투스 황제)와 황제의 책임 아래 부제(카이사르)를 두어 통치하게 하였다.

이 발생하였는데, 그리스 데살로니가에서 민중의 인기를 한 몸에 받고 있던 그 당시 인기 종목 전차경주 선수가, 사소한 일로 감옥에 갇히는 사건으로 이를 석방하라고 폭동이 일어났다.

석방을 거부하자 데살로니가 장관을 비롯하여 많은 행정관이 폭동으로 살해되는 사태로까지 발전하자, 황제는 민중 폭동으로 단정하고 군대를 파견하여 진압하는 과정에 많은 시민이 희생되었다. 암브로시우스 주교는 이때 엄중한 항의문을 황제에게 보내고, 군대 진압이 지나쳐서 많은 무고한 사람까지 살해되었으니 강경 진압을 명령한 황제가 책임져야 한다고 쓰고, 황제는 죄를 씻기 위해 공식적인 속죄의 뜻을 표시하여야 하며 그때까지는 교회 출석을 금지하였다. 테오도시우스 황제는 폭동진압이 정당한 공권력 행사라고 8개월 동안 뜻을 굽히지 않았지만, 서로 절충하여 속죄의 뜻을 표하는 방식을 간소화하는 절차로 12월에 사태를 수습한다.

상호 절충한 간소화한 절차는 황제는 화려한 황제 예복 대신에 검소한 복장과 겸손한 말투로 폭동진압 사건 참회의 뜻을 무릎 꿇고 교회 앞에

암브로시우스의 거부 (프란체스코 하예즈 그림)
밀라노 주교 암브로시우스가 테오도시우스 황제에게 데살로니가에서
군대가 폭동을 진압할 때 저지른 학살을 사죄하라고 요구하며
황제가 교회에 들어서는 것을 막고 있다.

고백하면, 화려한 주교관을 머리에 쓰고 호화로운 망토로 몸을 감싼 주교 예복을 입은 암브로시우스 주교는 황제에게 얇고 작은 빵 성채를 나누어 주고 죄의 용서를 받아준다. 로마제국 황제와 주교 사이에 벌어지는 이 드라마 같은 희대의 장면은, 교회 안팎에서 많은 사람이 지켜보는 가운데 현세의 최고 권력자 황제에게 주교의 힘을 과시하는 일종의 종교적인 '퍼 포먼스 쇼'를 연출하는 셈이다. 4세기 말 이때는 최고의 세상 권력을 가 진 로마 황제를, 교회 권력과 권위로 주교 앞에 무릎을 꿇게 할 수 있는 변화를 암브로시우스 밀라노 주교는 연출해 내었다.

그 당시 테오도시우스 황제는 동방 로마 황제까지 겸직하는 동서 로마 제국의 유일한 황제로 무소불위의 권력의 정점에 있는 43세의 건장한 황 제였다. 로마제국에서 불법 종교로 박해받던 기독교가 313년에 합법화되 고 67년 후 380년에 국교가 된 이후에 불과 10년 만에 세상 절대 권력자 로마 황제가 교회 권력과 권위 밀라노 주교에게 교회 앞에서 수많은 군중 이 보는 가운데 공식적으로 사죄하는 희대의 이 연출은, 향후 로마가톨릭 교회 절대 권력에 의한 1000년의 중세암흑기를 알리는 전주곡의 초석이 이때부터 서서히 다져지기 시작한다.

이와 유사한 역사적 사건으로 중세를 상징하는 1077년의 '카노사의 굴 욕'은, 교황 그레고리우스 7세에게 용서를 빌어야 하는 처지가 된 신성로 마제국 황제 하인리히 4세가, 사흘 밤낮을 꼬박 눈 속에 서 있었던 '카노 사의 굴욕'으로 알려진 사건인데, 그 전주곡은 700년 전 4세기 말부터 로 마제국 시대에 이미 시작되고 있었다. 불과 100년 전까지도 기독교가 박 해와 순교를 당하던 종교가, 4세기 말 이제는 로마 황제를 주교 앞에 무 릎을 꿇게 할 수 있는 변화를 암브로시우스 밀라노 주교는 연출해 내었 다.

(3) 비성경적 성인(성자 Saints) 제도 기틀을 마련한 암브로시우스

유능한 행정가에서 급조되어 신앙의 연륜 없이 갑자기 로마 주교가 된 암브로시우스는 인간의 필요 때문에 비성경적인 성인제도를 창안하게 된다. 로마제국 시민들이 제우스신을 필두로 잡다한 많은 신을 섬기던 다신교에서 일신교 기독교로 개종하였는데, 기독교는 유일신 한 분뿐이다. 인간은 무언가에 의지하고 싶은데 옛날 이교에는 부부싸움을 관장하는 수호 여신 빌리프라카가 있었는데, 이제는 유일신 하나님과 그의 아들 예수님에게 이러한 사소한 일을 부탁하는 것이 내키지 않았다. 너무 어마어마하지 않고 좀 더 가벼운 마음으로 의지할 수 있는 다른 수호자는 없을까?

신앙 경력이 짧은 상태에서 주교가 된 암브로시우스는 사람들의 이 소망을 들어줄 수 있는 성경을 떠나서 지극히 인간적 발상으로 방책을 생각했다. 그래서 그가 생각해낸 것이 성인(성자)을 대량생산하는 것으로, 암브로시우스는 일신교를 지키면서 많은 수의 성인(성자)들을 수호자로 세울 수 있는 제도를 만들었다. 세월이 흐르면서 성인(성자)수도 늘어났고 1년 365일을 모두 성인들에게 축일로 할당해도 모자라서 축일을 할당받지 못한 성인들을 위해 1년 가운데 하루 11월 1일을 만성절(All Saints Day)로 지정하였다. 로마가톨릭교회는 지금도 성인(성자, Saints) 제도를 지키는데, 이것은 비복음적이고 비성경적인 교리의 토대를 제공하게 되어, 인간의 필요를 충족하는 교권주의의 기틀을 놓음으로써, 비성경적인 일들을 추종하는 빌미를 제공하게 된다.

2절 1000년의 암흑기 중세교회사와 유럽선교

지금까지 앞 단락에서는 로마제국 시대 초대교회 기독교 발흥에 대하여 주로 5세기까지 다루어 왔고, 본 2절에서는 서로마제국 멸망 이후 6세기부터 시작하여 16세기 종교개혁 때까지 1000년의 중세암흑기에 대하여 살펴보고자 한다. 앞 단락에서 성경적이던 초대교회가 국교로 인정되면서 과거에 박해받던 기독교 교회가, 세상 권력과 대등한 관계로 성장하였다. 그리하여 과거에 성경적 기반을 둔 순수한 교회가 세상 권력과 권위적인 교회로 변해가기 시작하여, 나중에는 로마가톨릭교회는 권위와 권력기관으로 1000년 중세암흑기를 만들고 말았다. 이 과정을 신학적, 교리적인 측면과 아울러서 같이 생각해보자.

1. 현행 교회사와 두 기독교 체계 구조 이해

'1000년 암흑기 중세교회사' 첫 장을 열면서 우선 교회사 기술에 앞서서 교회사 구조 체계에 대하여, 아래 '[그림 1편2]현행 교회사(AS-IS)와 두 기독교(TO-BE) 연대기 그림'을 통하여 구조 체계 차이를 먼저 살펴보자. 본 단락 내용은 초대교회부터 시작하는 교회사의 본격적인 내용 기술에서, 교회사 전체 체계를 이해하는 안내 지도(로드 맵 Road Map) 역할을 하므로, 2000년 기독교 교회사 전체를 잘 이해하기 위해서 이 안내 지도 내용을 우선 잘 살펴보도록 하자.

이 그림 맨 아래 표기는 서기 원년부터 시작하여 21세기 현재까지 시간순서 연대기로, 시각적으로 교회사 구조 체계에 대해서 본서 개념과 내용을 가장 잘 나타내는 안내 지도도표이며 또한 가장 많이 인용되는 도표이다. 이 그림 좌측에 보면 세 구분으로 '현행 교회사', '성경중심 기독교', '교권중심 기독교' 나누어서 각각 해당 교회사를 우측 시대별로 설명하고 있다. 우선 간략하게 용어 정의를 하면, '현행 교회사' 용어는 21세기 현재 지역교회에서 교회사 교육시간에 성도들에게 일반적으로 가르치는 교회사 내용을 말한다. '성경중심 기독교'는 초대교회나 개신교 개혁교회를 말하며, '교권중심 기독교'는 로마가톨릭교회와 같이 교회권위 중심 기독교를 말하며 이 그림에 대한 자세한 설명은 이어서 계속 논의를 진행하면서 설명을 하도록 하겠다.

[그림 1편2] 현행 교회사(AS-IS)와 두 기독교(TO-BE) 연대기 그림

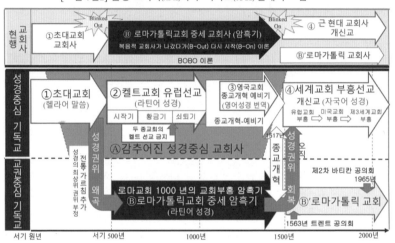

(1) '성경의 권위'에 대한 이해

본 단락에서 '성경의 권위'에 대한 설명은 조금 딱딱한 면이 있지만, 이것은 다음에 전개되는 '두 기독교 관계'를 풀어가는데 핵심 내용으로 가장 소중한 열쇠로 길잡이가 되어서, 이 '성경의 권위 인정' 부분만 이해가 되면 나머지 부분은 이야기같이 비교적 쉽게 술술 진행되므로 다 같이이 부분을 주의 깊게 한번 살펴보기로 하자. 또한 '교회사의 연속성 증명'이라는 마치 엉켜 있는 실타래 같은 주제를 풀기 위해서 시작하는 실마리도 '성경의 권위'에서부터 출발하므로 성경의 권위에 대한 실마리를 잘잡고 풀어가도록 해보자.

1) 권위(權威)란 무엇인가?

여기서 '권위'란 말의 뜻은 어느 조직이나 제도 속에서 일정한 역할로 그 사회에 널리 인정되는 '영향력'을 지닐 경우, 이 영향력을 권위라고 부른다. 기독교적인 의미에서 권위는 성 삼위 성부, 성자, 성령 하나님 자신 안에 있는 권위, 즉 신적 권위(영향력)를 가리키며 이것은 말씀으로 주어지는 (계시) 권위로써 하나님 성경 말씀을 통해 최종적으로 완전하게 우리에게 주어졌다. 하나님과 성경 말씀의 권위 관계를 20세기 가장 복음주의 신학자 중에 한 분인 제임스 패커[9]는 다음 글과 같이 비유하여 잘 설명하고 있다.

"하나님의 말씀은 직접 말씀하시는 방법과 명령으로 되어있으며, 그 말씀을 받는 사람 각자와의 관계 속에서 구체화 되어있다. 인간적인 차원에서 이와 가장 근사한 비유를 들자면, 절대적 통치자가 제정한 법의 권위와 군대 최고사령관이 내린 명령의 권위를 들 수 있다. 왜냐하면, 이 두 경우의 발언은 권위(영향력)를 갖고 있는 사람이(그 법이나 명령이 처음에 주어질 때) 한 말이요 동시에 그 법이나 명령이 지금 현재 그 권위 아래 있는 모든 사람에게 계속 적용되고 있으므로 현재하는 말도 되기 때문이다."

이 비유같이 통치자가 제정한 법의 권위와 군대 최고사령관이 내린 명령의 권위를 생각하면서, 하나님 말씀의 권위(영향력)는 어떻게 해서 지금 이 시대를 살고 있는 우리에게까지 오게 되었는가? 이 말씀의 메시지는 어떻게 발견되고 이해되어야 하는가? 인간의 견해를 어떤 식으로 이 기록된 말씀과 관련을 맺게 되는가? 이 세 가지 질문은 모두 하나님의 권위(영향력)라는 보다 큰 질문과 관련되어 있다. 그것은 바로 그리스도인을 위한 최종권위는 그의 언약을 결속하는 말씀으로서 창조주께로부터 오는

---

9) 제임스 패커(James Innell Packer, 1926~2020): 영국 출신으로 옥스퍼드대학을 졸업하고 트리니티 칼리지 등에서 교수를 역임하였으며, 1979년부터 캐나다 리젠트 칼리지에서 교수역임. '하나님을 아는 지식(Knowing God)' 등을 저술한 저명한 학자이며 저술가이다. 복음주의 기독교가 나아갈 방향을 제시하고 '현대 복음주의 형성의 선구자'로, 마틴 로이드 존스, 존 스토트와 더불어 20세기의 가장 중요한 복음주의자로 꼽힌다.

하나님의 성경 말씀이다. 하나님은 창조주로 주권자이기 때문에 그의 모든 피조물을 다스릴 권위를 갖는 것이 당연하다.

2) '성경중심 기독교(Biblical Christianity)' 이해

'성경 권위중심 기독교' 즉 '성경중심 기독교' 라는 말은 하나님 말씀인 '성경'이 유일하고 최상위의 절대적 권위(영향력)를 인정하는 기독교를 본서에서는 개념적으로 '성경중심 기독교' 라 칭하며, 여기에 속하는 교회를 '성경중심 교회' 라 하며, 예를 들면 '개신교'는 여기에 속한다. 이에 대하여 신약성경에서 살펴보기로 하자.

신약에서는 신약 자체가 성경의 충족성과 명확성을 분명히 밝히고 있다. 그 한 예로 디모데후서 3-4장을 들 수 있다. 여기서 사도 바울은 자기보다 어린 디모데가 자기 모친과 외조모로부터 신앙 교육을 받은 그가 또한 바울의 가르침에 관한 모든 것도 배웠다고 말하고 있다(딤후 3:10-4:4).

이 본문에서 사도 바울은 놀랄 만큼 강력하고 분명한 교훈을 주고 있는데, 그것은 디모데가 이미 구두로 많은 교훈을 전해 들었지만 그럼에도 불구하고 성경을 선포해야 한다는 것이다. 몇 줄 안 되는 이 구절 속에서 성경 말씀의 충족성과 명확성에 관한 교훈이 수차례 반복되고 있다. 따라서 "성경중심 기독교는 하나님 계시의 말씀 '성경'을 최상위 권위(영향력)라고 인정하는 기독교" 라 말할 수 있겠다.

3) '교회 권위중심 기독교(Church Authoritarian Christianity)' 이해

'교회 권위중심 기독교' 즉 '교권(敎權)중심 기독교' 는 성경의 최상위 권위를 인정하지 않고, 대신에 다른 권위 즉 '전통', '성경', '교회 가르침' 모두 동등한 권위가 있다고 주장하는 기독교를 개념적으로 본서에서 칭하며, 여기에 속한 교회를 '교권중심 교회' 라 칭한다. '교회 권위중심 기독교' 는 성경의 최상위 권위를 인정하는 앞의 '성경중심 기독교' 와 상반되는 용어로써 로마가톨릭교회가 여기에 속하는데, 그들이 주장하는 또 '다른 권위'에 대하여 살펴보자. 로마가톨릭교회는 대체로 그 권위가 '전통', '성경', '교회 가르침' 모두에 있다고 말함으로써 그 입장을 분명히 밝히려 한다. 제2회 바티칸 공의회[10]는 이렇게 선언한다.

"따라서 하나님의 지혜로우신 설계에 따라 거룩한 전통, 거룩한 성경, 교회의 가르치는 권위, 이 세 가지는 서로 고리처럼 연결되어 있어서 나머지 둘이 없이는 그 중 어느 하나도 온전히 설 수 없음이 분명하다."

'성경의 최상위 권위 인정' 문제가 앞으로 '교회사 체계' 형성에 결정적 영향력을 발휘하므로 여기에 관하여 이제 성경중심 기독교와 교권중심 기독교를 각각 살펴보자.

(2) [그림 1편2] 내용 설명

앞에서 설명한 '성경중심 기독교'와 '교권중심 기독교'의 용어의 뜻을 생각하면서 이 그림 내용을 살펴보자.

□ 이 그림 용어 설명

이 그림의 용어와 기호를 먼저 소개면, 왼쪽 위에 '현행 교회사' 체계는 우리가 지역교회에서 현재 배우는 내용으로 '①초대교회 교회사'(성경중심 기독교)를 가르치고 이어서 1000년의 'ⓑ로마가톨릭교회 중세암흑기'(교권중심 기독교)를 가르치고 다음에 16세기 종교개혁 이후 다시 '④근현대 교회사'(성경중심 기독교)를 가르친다.

그리고 중앙에 '성경중심 기독교'는 ①초대교회 교회사부터 ②켈트교회 유럽선교 교회사, ③영국교회 종교개혁 예비기 교회사, ④세계교회 부흥선교 교회사까지 시대별 성경중심 교회를 표시하며 특히 ①②③ 교회를 'ⓐ감추어진 성경중심 교회사'로 구분 표시하였다. 이에 대응하여 왼쪽 아래 '교권중심 기독교'에서 5세기 이후는 'ⓑ로마가톨릭 중세암흑기'로 구분 표시하였다. 그리고 '성경중심 기독교'와 '교권중심 기독교'

---

10) 제2회 바티칸 공의회: 1962년~1965년에 이탈리아 로마 바티칸에서 개최된 로마가톨릭교회 공의회이다. 로마교회 공의회는 중요한 교리나 원칙, 법령 등을 공의회에서 결정하여 공포한다.

를 앞으로 본서에서는 편의상 통칭하여 '두 기독교' 라 칭하겠다.

□ 현행 지역교회 교회사 교육 내용 문제점

자! 이제부터 이 그림으로 '두 기독교' 관계 개념을 시각적 그림 언어로 살펴보기로 하자.

이 그림 왼쪽 위 '현행 교회사' 는 현재 지역교회에서 교회사 교육시간에 가르치는 내용 기준으로, 처음 '① 초대교회 교회사'(성경중심 기독교)를 가르치고 이어서 1000년의 'Ⓑ로마가톨릭교회 중세암흑기'(교권중심 기독교)를 가르치고 다음에 16세기 종교개혁 이후 다시 '④근현대 교회사'(성경중심 기독교)를 가르친다.

즉 기호 ①(성경중심 기독교) → Ⓑ(교권중심 기독교) → ④(성경중심 기독교)의 현행 교회사 교육 방법의 모순과 문제점은 전혀 다른 '두 기독교' 즉 '성경중심 기독교' 와 '교권중심 기독교' 를 획일적 같은 선상에서 섞어서 같이 기록하다 보니, 성경 권위 관점으로 볼 때 '로마가톨릭교회' 는 성경의 최상위 권위를 부정하는 전혀 다른 형태의 교권중심 기독교 교회이므로 'BOBO 이론' 과 같은 '교회사 단절' 현상과 같이 보이는 이상한 이론이 나오게 된다. 이 이론은 성경중심 기독교 교회사가 초대교회 교회사 이후 '깜박 나갔다가(Blinked Out)' 종교개혁 이후에 다시 '깜박 들어 온(Blinked On)' 것과 같다는 근현대 개신교 교회사가 단절되고 다시 시작한다는 이론이다. BOBO의 뜻은 형광등이 깜박 나갔다가(Blinked Out) 다시 깜박 들어왔다(Blinked On)는 약자이다. (Mission. 188).

□ '두 기독교 체계' 로 교회사 대안 제시

이들 전혀 이질적인 '두 기독교' 를 이러한 BOBO 이론과 같이 보이는 모순과 문제점을 해결하기 위하여 그 대안으로 '성경중심 기독교' 와 '교권중심 기독교' 의 서로 다른 '두 기독교' 로 이 그림 좌측 중앙과 하단에 각각 구분 작성하여 교회사를 재구성하는 것으로 새롭게 구성하는 것이 본서의 핵심 활동이다. 그래서 이 그림 제목으로 '현행 교회사(AS-IS)와 본서 두 기독교 교회사(TO-BE) 체계' 차이를 설명하고 있으며, 이 두 기독교를 구분 짓는 기준은 "성경의 권위를 최상위 권위로 인정하는냐?" 여부에 달려있는데 이를 지금부터 다 같이 살펴보려고 한다.

[그림 1편2]로 본서의 장과 절 구성을 잠깐 살펴보면 1편 요약편에서 1절은 '①초대교회', 2절은 '②켈트교회 유럽선교'와 '③영국교회' 종교개혁 예비기, 3절은 ④세계교회 부흥 선교, 4절은 '두 기독교 관계'로 구성된다. 2편 본편은 1편 요약편과 같은 제목 1장~4장으로 구성된다.

(3) '성경중심 기독교' 교회사 체계 부문

'성경중심 기독교'는 이 그림 좌측 중앙 내용으로 '①초대교회'에서부터 시작하여, '④세계교회 부흥선교'까지 하나하나를 다음과 같이 약술할 수 있겠다.

'①초대교회'는 1-4세기경에 강력한 로마제국 인프라를 통하여 초대교회가 세워졌고, 약 4천5백만 명의 로마제국 이교도를 기독교로 선교하는 놀라운 초대교회 선교내용은 이미 앞 단락에서 살펴보았다.

'②켈트교회 유럽선교'는 5세기에 영국인 패트릭이 아일랜드에 선교하기 시작하여 켈트족 교회가 아일랜드에 처음 세워졌고, 이후 아일랜드와 영국의 켈트교회공동체가 6~7세기에 선교를 통하여 이 두 지역이 유럽대륙 선교 전진기지가 되도록 수많은 켈트교회공동체로 성장하였다.

'③영국교회'는 로마교회 라틴어 성경을 14세기부터 자국어 영어 성경으로 번역하여서 사용함으로써 로마교회 비성경적인 교리로부터 탈피하여서 성경적인 복음화 내실을 다지게 된다.

특히 상기 그림에서 ①초대교회, ②켈트교회, ③영국교회는 우리 일반 성도들에게 아직 잘 알려지지 않았으므로 'Ⓐ감추어진 성경중심 교회사'라고 표현하였으며, 이것을 재발굴하려는 것이 본서의 목적이요 또한 큰 기쁨과 보람이다.

'④세계교회 부흥선교'는 16세기에 종교개혁으로 말미암아 유럽교회는 '성경중심 기독교'의 순수한 복음을 유럽대륙교회 개신교에 '성경중심 기독교 전승'으로 1000년의 긴 로마가톨릭교회 중세암흑기를 벗어나서 19세기부터는 땅끝까지 하나님의 복음이 전파되는 부흥 시기를 맞았다.

(4) '교권중심 기독교' 교회사 체계 부문

교권중심 기독교 [그림 1편2] 하단 내용에서 '성경권위 왜곡' 아래 방향↓ 화살표 내용설명은 4세기경부터 '성경' 권위에 '전통'과 '가르침'을 추가하여 ①초대교회 (성경중심 기독교)에서부터 ⑧로마가톨릭교회(교권중심 기독교) 중세암흑기로 분리된다. '오직 성경'의 최상위 권위를 부정하고 세 가지 권위가 동등한 권위라고 선언하면서 이를 주장하는데, 이 세 가지 '전통', '성경', '교회의 가르침' 다른 권위에 대하여 살펴보자.

1) 전통

로마가톨릭교회는 전통을 매우 중시하면서도 막상 전통이 무엇인지에 대해서는 절대로 분명하게 정의하지 않으려 한다. 제2회 바틴칸 공의회는 고의로 '전통'을 아주 애매모호하게 표현하고 있다. 이것은 그때그때 마다 상황에 따라서 '전통'이라는 말로서 로마교회 형편에 적합하도록 해석하겠다는 의도이다.

2) 성경 하나님의 말씀

로마가톨릭교회에서 '하나님 말씀'은 단순히 성경을 가리키는 것이 아니라 성경 66권 그 이외의 것을 의미하는데, 로마가톨릭교회는 성경 66권 이외에 외경 7권을 추가하여 73권 전체를 성경이라 부른다. 따라서 성경의 범주에 있어서 '성경중심 교회' 개신교의 성경 66권과 '교권중심 교회' 로마가톨릭교회 성경 73권으로 서로 다르게 구성되어 있다.

3) 교회의 가르침

로마가톨릭교회는 '교회'라는 단어를 반복해 사용하는데, 개신교도인 우리가 말하는 '교회'는 '하나님을 믿는 신자들의 공동체'로 해석하는데,

로마교회가 말하는 교회는 그런 뜻이 아니다. 그들이 말하는 '교회 가르침'이란 '교황의 말'과 '공의회 결정문' 두 가지 권위 중심교회를 뜻한다. 하나님이 주신 성경 이외에 로마가톨릭교회 가르침 - 공의회(종교회의)와 교황의 무류하게 가르치는 권위 -을 성경의 권위와 동등한 권위로 인정하는 것은 참으로 비성경적인 발상이고 비복음적이라 할 수 있겠다.

상기 본 단락 내용은 두 기독교에 대한 개념 설명으로 그 결과와 선언적인 내용 중심으로 다음 단락을 위한 선행지식 습득 목적으로 기술하였기 때문에 모든 내용을 이해하기에는 다소 어려움이 있다고 본다. 따라서 본 단락에서는 용어의 개념 정도만 이해하면서 다음 1편 4절, 2편 4장에서 점진적으로 상기 내용이 다시 상세히 설명되므로 그때 자세히 살펴보자.

자! 이제 '두 기독교' 문제는 여기서는 이쯤하고 다음에 해당 단락에서 또 이야기하기로 하고, 지금부터는 '②켈트교회 유럽선교'에 대하여 Ⓐ감추어진 성경중심 교회사 보물찾기 여행을 같이 시작하기로 하자.

2. 패트릭 선교로 아일랜드 켈트교회가 '선교 기지화'

지금부터 설명내용은 [그림 1편2]에서 살펴보면 좌측 중앙 '성경중심 기독교'에서 '①초대교회'는 앞 단락에서 이미 설명하였고, '②켈트교회 유럽선교' 내용을 설명하려고 한다. 이 내용은 5세기경부터 유럽 교회사를 살펴보기 위하여 그 당시 유럽지역 종교정치 지형 지도를 우선 살펴보면서 진행하는 것이 훨씬 이해하기가 편하다.

(1) 중세암흑기 초기 유럽 선교적 지형 상황
유럽에서 로마제국이 통치하는 지중해 연안 전 지역은 앞 단락 [그림 1편1]에서 살펴본 바와 같이 5세기경에 모두 기독교 국가가 되었다. 4세기 후반 로마제국의 유럽 북방에서 대치하는 야만족 분포를 보면 북방민족과 로마제국 국경선은 [그림 1편3]와 같이 좌측부터 영국 지역의 브리타니아 → 대서양 유럽대륙의 라인강 → 도나우강(다뉴브강) → 흑해를 국경선으로 하여 그 남쪽은 로마제국이 통치하는 기독교 국가가 되었고 국경선 북쪽 유럽은 야만족들과 대치하는 형국이다.

[그림 1편3] 로마제국에 대치하는 야만족 분포 지도

본 단락은 6세기~16세기(1000년의 로마교회 중세암흑기 기간)에 걸쳐서 '영국과 유럽대륙에서 로마제국 국경선 북쪽의 야만족들에 대한 복음 선교를 어떻게 하느냐?' 가 하나님의 관심사라고 할 수 있겠다. 바꾸어 말하자면 '유럽 중부와 라인강과 도나우강 넘어서 북쪽 선교를 누가 언제 어떻게 하느냐?' 라는 관점으로 1000년의 중세 교회사가 기록되어야 한다는 말이기도 하겠다.

1) 북방 야만족 선교에 관심이 없는 로마가톨릭교회
로마제국이 기독교 국가로서 초대교회 4천5백만 명의 그리스도인들을 이어받아서 로마가톨릭교회는 일반적인 순리대로 생각한다면, 5세기 이후에는 유럽 북방지역 야만족 선교 소명을 받아서 이것을 교회의 첫 번째 사명으로 담당하여야 한다. 왜냐하면, 그들 4천5백만 명 기독교인이 세계선교 마중물로 삼기 위해서 하나님께서 그들을 하나님 백성으로 삼으셨기 때문이다. 그리하여 4천5백만 명의 하나님 백성들이 '축복의 통로'가 되어 '제사장 나라' 역할을 하여서, 로마가톨릭교회도 축복을 받고 야만족들도 복음화되어 하나님의 복을 받아서 '언약의 성취'를 하여야 하는데, 로마가톨릭교회의 유럽대륙 중세 유럽 교회사는 그렇게 되지 않는 방향으로 진행되었다.

이는 마치 구약성경에서 이스라엘 민족이 하나님이 택한 백성으로 하나님 언약 사명을 다하여 하나님을 잘 섬기고 다른 민족을 하나님께로 인도하는 '축복의 통로'로서 '제사장 나라' 역할을 하여야 함에도 불구하고, 출애굽 이후 가나안 땅에 정착한 이스라엘 민족이 그렇게 하지 못한 것 같이, 로마가톨릭교회도 마찬가지로 중세 1000년 동안 로마제국 북쪽 야만족들을 그렇게 기독교로 선교하지 않았다. 왜 그렇게 진행되지 않았고 그러면 그 선교 역할을 누가 언제 어떻게 하게 되었을까? 지금부터 우리에게 현행 교회사 교육에서는 잘 알려지지 않았지만, 하나님의 중세교회사에서 가장 중요하고 흥미 진진하며 극적인 그 내용을 지금부터 살펴보기로 하자.

2) 켈트족이 기독교 복음을 접한 경로

우리는 지금부터 아일랜드와 영국의 켈트교회공동체가 유럽대륙 복음 선교 전진기지 역할을 하는 내용을 전개하려고 하는데, 여기에 앞서 켈트족이 처음 어떤 경로로 복음을 받아드렸는지를 살펴보면서 이야기를 시작하겠다. 영국의 앵글로색슨족은 5세기 이후에 북방 독일지역에서 바다 건너 영국으로 남하한 민족이고, 그 이전에 영국, 아일랜드에는 켈트족이 살았다. 켈트족은 그 지방 토속종교 드루이드교를 믿던 영국 남부 켈트족이 어떻게 기독교 복음을 접하게 되었는지 그 경로를 같이 탐사하여 보자.

□ 중동 유대 땅에서 브리타니아(영국)까지 켈트족 복음화 경로

교부 이레니우스(서기 130년~200년)는 초기 기독교 신학에서 중요한 사람이었다. 소아시아 서머나 교회의 초대교부 폴리캅(서기 70년–156년 순교)은 사도 요한의 수제자였으며 이레니우스는 폴리캅의 제자였다. 사도 요한이 폴리캅을 통해서 제자 이레니우스에게 영향을 준 것은 분명하며, 사도 요한은 폴리캅–이레니우스를 통해 켈트교회에 영향을 미쳤다고 한다. 이레니우스 자신이 프랑스 리용에서 켈트족 속에서 목회자로 섬기면서(서기 178년~200년), 완전성에 관한 그 자신의 신학과 창조의 선함에 대한 그의 존중은 켈트족의 세계관과 조화를 이뤘다. 이레니우스는 골(Gaul 라틴어는 갈리아) 지역의 주요한 기독교 중심지였던 리용(프랑스)에서 목회자로 복음을 전하였으며, 브리타니아(영국)는 [그림 1편1] 왼쪽 위 '갈리아', '브리타니아'에서와 같이 4세기 이전까지 복음이 전파되었다.

□ 영국, 아일랜드 기독교는 하나님 특별한 은혜 가운데 성장

영국과 아일랜드 기독교는 하나님의 특별한 섭리 속에서 유럽대륙 기독교 교회와는 달리 성경중심 기독교 교회로 성장한다. [그림 1편1]에서 보는 것과 같이, 브리타니아(영국)는 런던을 중심으로 남부지역만 로마제국 영토였고, 지금의 영국 중부 및 북부 스코틀랜드와 아일랜드 지역은 로마제국 영토가 아닌 변방의 '야만족(바바리안)'에 해당하였다. 서기 200년 이후 런던을 중심으로 영국 남부지역만 복음화가 되기 시작한다. 그리하여 다음에 소개하는 패트릭에 의하여 432년에 야만족(바바리안) 아일랜드 켈트족에게 선교가 시작된다. 패트릭 선교팀은 켈트족에게 라틴어 성경을 읽게 하려고 외국어인 라틴어를 켈트족에게 가르쳤다. 로마가톨릭 교회에서는 야만족에게는 선교하지 않는 선교 정책에 따라서, 이때부터 150년 이후인 596년이 되어서야 비로소 주교를 선교사로 임명하고 영국에 처음 파송하게 된다. 이 말은 섬나라 영국과 아일랜드는 5~6세기까지는 로마가톨릭교회의 직접적인 영향력과 간섭 없이, 켈트교회공동체를 통하여 성경중심 기독교 교회로 자유롭게 성장할 수 있었다. 지금부터 초대교회의 복음적인 '성경중심 기독교' 신앙을 5세기부터 전승하게 되는 켈트교회공동체 복음화 선교 이야기를 시작해보자.

(2) 아일랜드 켈트교회 선교 – 패트릭 선교사례

유럽선교 복음화 과정을 간략하게 살펴보자. 유럽선교는 다음 [그림 1편4] 지도에서 보는 바와 같이 ①패트릭 선교팀에 의하여 ②아일랜드까지 복음이 전파되었다(432년). 그 이후 563년 스코틀랜드 북서쪽의 ③아

[그림 1편4]켈트교회공동체 유럽선교 진행 과정

이오나 섬에서 콜롬실에 의하여 보편적인 선교방법에 대한 검증이 이루어지고, 633년 아이든 선교팀에 의하여 스코틀랜드 북동쪽 ⑤린디스판 섬에 복음이 전파된다. 이러한 아일랜드 켈트족의 용감하고 헌신적인 켈트교회공동체 출신 전도자들이 콜롬바누스 선교팀을 중심으로 아일랜드 출신 켈트족 선교사들이 ④유럽대륙에 서기 600년에 선교를 시작할 수 있었다. 그리하여 패트릭이 선교한 아일랜드 켈트교회공동체는 마치 안디옥교회가 바울 선교팀을 파송한 것처럼 유럽대륙을 선교하는 선교팀을 파송하는 선교 전진기지 역할을 하게 된다. 이 내용을 지금부터 하나씩

살펴보자.

브리타니아 켈트족 출신 패트릭은 아일랜드 선교를 통하여 선교하지 않는 로마가톨릭교회를 대신하여 후일에 아일랜드가 유럽대륙 여러 야만족을 기독교로 선교하는 선교 전진기지 역할을 하게 되므로, 신약성경 바울사도 다음으로 중세교회사 유럽 복음 선교에서 그의 중요한 위치와 역할로 보아서 이 내용을 자세히 기술한다.

□ 패트릭의 성장 배경

패트릭(Patrick 386~461년)은 오늘날 영국 남부에서 자라났고, 후에 영국을 이루는 켈트부족 가운데 하나인 브리튼인 이었다. 그의 가족은 모두 크리스천이었고 할아버지는 목회자였으며, 그는 세례도 받고 교리문답교육 등 소정의 기독교 교육을 받고 자랐다. 그러나 패트릭이 영국에서 16세 되던 해(서기 406년), 아일랜드의 해적이 그의 마을을 습격하여 패트릭과 다른 청년들을 강제로 배에 태워 아일랜드로 잡아가서 노예로 팔아 버렸다. 패트릭은 그곳의 부유한 족장인 드루이드교(고대 갈리아 및 브리튼 섬에 살던 켈트족의 토속종교) 사제 밀리욱이라는 사람에게 노예로 팔려가서 양을 치는 일을 하게 된다. 패트릭은 그곳에서 6년간 두 유형의 삶을 살게 되는데 먼저 밀리욱의 정착민들과 함께 하는 삶이었으며, 또 다른 삶의 영역은 구약의 소년 다윗과 같이 들판에서 양을 치는 삶이었다. 6년 동안 소년 시절 두 영역의 삶을 통해 패트릭은 결정적인 변화를 경험하게 된다.

□ 기독교 목회자로 성장과 선교사로 부르심

그러던 그가 잡혀 온 지 6년째 22세가 되던 해(412년)에 기이한 방법으로 노예 상태에서 풀려나 고향 영국에 돌아와서 기독교 목회자의 생활을 하고 있었는데, 어느 날 꿈에 아일랜드에서 패트릭을 노예로 부렸던 주인 밀리욱으로부터 편지 하나를 받는다. 그 편지를 읽으면서 한목소리로 외치는 소리를 들었다. "간곡히 부탁합니다. 거룩한 종이여, 우리에게 와서 함께 해 주시오" 다음날 아침잠에서 깨어난 패트릭은 그 꿈을 하나님이 부르시는 '마케도니아 소명(행 16:9-10)'으로 믿고, ①아일랜드의 켈트족에게 복음을 전하라는 명령으로 받아들였다. 그가 40세가 조금 넘은 나이 때인 서기 432년 역사상 최초로 [그림 1편4]의 ②아일랜드로 파송 선교사로 사제, 신학 수련생, 남녀 평신도들과 함께 12명의 '사도적 팀'을 이루어 아일랜드에 도착한다.

□ 패트릭 선교팀의 선교 역사적 의미

아일랜드로 도착한 패트릭 켈트교회 선교팀의 발걸음은 마치 신약성경(행 13:4)의 서기 45경에 안디옥교회 바울 선교팀의 발걸음과 같이 세계선교 교회사에 역사적인 의미를 갖는다. 사도 바울 선교팀은 로마제국을 향한 전문적인 선교팀의 발자취였다면, 400년 후 패트릭 선교팀은 -켈트족과 유럽 야만인 선교에 관심이 없던 로마가톨릭교회를 대신하여- 유럽교회를 향한 전문적인 선교 전진기지를 구축하는 역사적인 발자취였다. 사도 바울 선교팀은 1, 2, 3차와 로마선교 여행을 통하여 로마제국에 복음을 전파하였다면, ②패트릭 선교팀은 아일랜드에 선교 전진기지를 구축하고 그 이후에 ③콜롬바, ⑤아이든, ④콜롬바누스가 영국과 유럽대륙에 5~7세기에 걸쳐서 선교할 수 있는 발판을 마련하였다는 교회사적 의미가 있다.

패트릭은 선교지에 도착하자마자 먼저 왕과 주요 지도자를 사귀기 시작했다. 패트릭이 소년 시절 아일랜드에 포로로 잡혀 와서 6년간 노예 생활을 하였기 때문에, 아일랜드 풍습과 문화에 친숙한 것이 아일랜드 선교에 결정적으로 큰 도움이 되었다. 그들의 회심을 기대하면서 그의 선교팀이 원주민과 가까운 지역에 캠프를 치고 신앙공동체를 세우는 것을 허락받기 위해서다. 그 선교팀은 사람들을 직접 만나서 대화와 사역을 통해 사귀고, 복음에 수용적인 사람을 찾아냈다. 특히 선교팀은 몇 주 혹은 몇 달을 아일랜드 원주민과 함께 거하면서 라틴어 성경을 읽기 위하여 라틴어를 가르치면서 그들의 신앙공동체를 돌보았다. 물론 원주민 안에서 일어난 교회는 대단히 토착적인 교회였다.

□ **패트릭 아일랜드 선교사역 결과**

　패트릭과 그의 선교팀이 28년 동안 아일랜드 켈트 야만족에게 선교하면서 성취한 것은 무엇인가? 그것을 수치상으로 정확히 답할 수는 없지만 432년 패트릭이 아일랜드에 첫 선교사로 파송되어 갔던 이전에 그곳에서 자체적인 기독교 복음 운동이 일어났다는 보고는 없다. 패트릭과 그의 선교팀에 의해 기독교 복음 운동이 비로소 시작되었고 그들의 선교를 통해 원주민들 가운데 수만 명이 세례를 받았다. 패트릭은 아일랜드 북쪽, 동쪽, 중앙에서 켈트교회 부흥으로 상당한 성과를 거두었으며, 그 외에도 여러 지역을 여행했다. 패트릭은 7백여 개의 교회를 개척하고 1천여 명의 목회자를 임명하였다. 그가 살아있을 동안, 150개의 켈트족 부족 가운데 30~40개 이상의 부족들이 실질적으로 기독교화되는 엄청난 켈트교회 부흥을 경험하였다.

(3) 아일랜드인 선교팀의 스코틀랜드와 웨일즈 선교

　패트릭 선교팀 아일랜드 사역은 미전도종족 아일랜드를 복음으로 변화시켜서, 패트릭 선교팀 자신들과 아일랜드를 축복의 땅으로 변화시킨 것뿐만 아니라, 그 '축복의 통로'와 '제사장 나라' 사명을 그의 이웃 잉글랜드와 스코틀랜드에 전파하기 시작하였다.

□ **콜롬바(콜룸실) 선교팀의 아이오나(Iona)섬 선교**

　패트릭이 세상을 떠난 지 100년도 안 되어 아일랜드 켈트 크리스천들은 아일랜드를 넘어 펼쳐질 수확을 바라보게 된다. 뛰어난 사도적 지도력을 발휘했던 콜롬바(Columba, 콜룸실 이라고도 함)와 그 일행은 563년 스코틀랜드 서부 해안가에 있던 한 섬인 [그림 1편4]의 ③아이오나 섬에 이르렀다. 그 일행은 목회자 60명과 집사 30명 그리고 50명의 수련생 등 140명의 선교팀이었다. 이 대단위 규모는 그가 얼마나 이 선교를 중요하게 여겨서 준비를 철저히 하였는지 암시하고 있다. 다른 문화의 사람들에게 복음을 더 효과적으로 전달하기 위해서 켈트 크리스천 리더들은 픽트족을 이해하려고 노력했으며 -픽트족 문화의 '상황화' 노력- 특히 그들의 언어와 문화를 이해하기 위한 대가를 치렀다. 또한, 그들은 팀을 만들어 정착민 마을에 들어가서 교회를 세우는 켈트교회공동체를 계속해서 복음을 퍼트려 나갔다. 이렇게 해서 픽트족은 한 세대도 안 되어 모두 크리스천이 되었다. 한 족속이 복음화되는 이 얼마나 감사하고 은혜로운 켈트교회 부흥의 변화인가!

□ 아이든 선교팀의 린디스판섬 선교

633년 아이오나 섬의 켈트교회공동체는 아이든(에이든)이 이끄는 선교팀을 영국 북동쪽 해안가에 있는 [그림 1편4]의 ⑤린디스판섬에 보내어 그곳에 켈트교회공동체를 세우도록 했다. 그곳 주민들은 북유럽 스칸디나비아에서 온 게르만 앵글로-색슨족이 거주하고 있었으며, 린디스판섬의 아이든의 공동체는 후일에 아이오나섬에 있는 모교회 만큼이나 중요한 선교기지로 유럽교회 선교 업적을 남겼다. 피선교지역이었던 아이오나 섬 켈트족들이 복음을 영접하고 크리스천이 되어서 70년(563년~633년) 약 두 세대가 지난 후에 (첫 복음을 받은 아이오나 주민들의 손자 세대)에서 아이든의 린디스판 선교는 복음의 놀라운 능력을 증거 한다. 아이든 팀 사역은 633년에 시작하여 영국의 북쪽과 중앙지역(과거 로마제국시대 브리타니아 국경선 북쪽 야만인 지역)에 많은 부족을 복음화시키면서 기독교를 대단히 넓게 확산시켰다는 점에서 아이든 이야말로 '영국의 사도'로 불리기에 적합하고 그 순종에 존경받기 합당하다.

□ 항해자 브렌던 선교팀의 스코틀랜드, 웨일즈 선교

아일랜드 서쪽 해안가에서 태어난 브렌던(Brendan 486~578년)은 '항해자 브렌던(Brendan the Navigator)'이라고 불리며 북부 아일랜드와 영국 스코틀랜드, 웨일즈까지 항해를 하며 복음 선교를 하였다. 560년경 아일랜드 클렌퍼트에 켈트교회공동체를 세워 이를 중심으로 선교 활동을 왕성하게 하였으며, 그와 14명의 선교팀 활동은 『브렌던 항해기』기록으로 유럽 전역에 널리 유포되었다.

　패트릭, 콜롬바, 아이든 그리고 브렌던 선교팀들을 파송한 모국 켈트교회공동체는 대부분 켈트교회공동체 원장이 켈트교회공동체(지역교회)를 이끌었고, 목회자들은 사도적 선교팀을 이끌었다. 사도적 선교팀은 그들이 사역하고자 하는 지역의 거주민에게 지속해서 찾아가서 그들에게 적합한 토착적인 방법으로 복음을 전파하고 교회를 세워나갔다.

(4) 5~7세기 켈트교회는 부흥하는 '교회 부흥 운동' 그 자체이다!

　패트릭이 ②432년 아일랜드 선교를 시작으로 200년 후 아이든의 633년 ⑤린디스판섬 선교는, 5~7세기에 걸쳐서 하나님 선교와 교회 부흥의 역사 그 자체였다. 켈트족은 성경을 읽기 위해서 라틴어를 배우고 또 선교지에서 가르쳤으며, 그리스도 복음의 소중함을 깨닫고 이를 선교하기 위하여 많은 선교팀을 구성하여 아일랜드, 영국을 복음화하였으며, 다음 단락에서는 켈트교회 부흥의 훨훨 타오르는 불길이 과거 로마제국 라인강-도나우강 국경선 북쪽 중부 유럽대륙까지 복음화한다. 켈트교회공동체는 축복의 통로와 제사장 나라 사역을 열정적으로 야만족에게 복음 선교하는 '하나님 언약의 성취'를 실천하는 민족이 된다.

　이는 로마제국에서 1~4세기에 헬라-유대 그리스도인을 기반으로 이교도를 개종하여 4천5백만 명의 기독교인으로 ①초대교회(성경중심 기독교)가 선교하여 부흥한 것처럼, 이어서 5~7세기에는 아일랜드, 영국 ②켈트교회공동체(성경중심 기독교)가 중심이 되어서 라인강-도나우강(다뉴브강) 북쪽 중부 유럽대륙까지 토속종교를 믿던 유럽 각 민족에게 기독교 복음화를 이루게 되는 다음 단락에서 선교 이야기가 계속된다.

3. 켈트공동체 콜룸바누스 유럽대륙 선교

　한편 5~7세기 아일랜드 기독교 리더들은 그들이 야만인들에게 복음을 전하는 것에 대해서 하나님으로부터 특별히 배운 것이 있다는 놀라운 사명을 믿음으로 확신했다. 정말로 아일랜드 켈트교회공동체 기독교인들은 마치 신약성경의 사도 바울이 그렇게 한 것처럼, 하나님이 서부 유럽대륙 야만인들에게 복음을 전하라고 자신들을 선택하였다고 굳게 믿고 있었다. 그리하여 아일랜드와 스코틀랜드를 비롯한 섬나라 영국이 어느 정도 복음화가 진행되고 있을 때, 600년 아일랜드인 콜룸바누스(콜룸반)사도와 그의 제자 12명 선교팀은 대륙에서도 켈트 크리스천 선교를 수행하기 위해 유럽대륙을 향해 출발하였는데 이것은 교회사적으로 [그림 1편4]의 ④유럽대륙을 향한 기념비적이고 선교의 역사적인 발걸음이라고 볼 수 있다.

콜룸바누스는 543년 라인스터에서 태어나서 아일랜드 클로나드 피니안의 제자인 시넬 문하에서 수학하고 신학에 조예가 깊게 되었으며 켈트교회공동체 학교의 수석 강사가 되었다. 콜룸바누스는 570년 27세부터 30년 동안 신학을 가르치다가 순례자(선교사)가 되리라는 부르심이 임했다. 그리하여 콜룸바누스는 다년간 신학교에서 신학을 가르친 그의 제자 등 열두 명의 선교팀과 더불어 유럽대륙 골(Gaul) 지역에 상륙하여 선교를 시작하게 된다.

(1) 유럽대륙 선교 활동

아일랜드를 출발한 콜룸바누스 선교팀은 골(프랑스) 지역선교, 스위스 오스트리아 지역선교, 남부 독일지역 선교, 이탈리아 밀라노 지역선교 등 남중부 유럽대륙 선교를 15년 동안 수행하였다. 그가 유럽대륙에 파송된 첫 번째 아일랜드인 사도는 아니었지만, 분명히 후에 아일랜드 선교사들은 유럽대륙으로 '대량 유출'을 불러일으킨 선구자인 것은 분명하다.

□ 600년경 유럽대륙 종교 지형 상황에 접합한 선교 활동

서로마제국이 476년 멸망하고 난 이후에 100년이 지난 600년경의 유럽대륙 기독교 지형은, 당시 로마가톨릭교회는 '교권중심 기독교 교회' 초기 형태로 대내외적으로 로마교회 권력 강화에만 집중하고 있었던 시기였다. 따라서 로마가톨릭교회는 이탈리아반도 중심 과거 로마제국 직할 지역 이외의 과거 로마제국 속주(식민지) 지역은 관심이 없거나 거의 영향력을 끼치지 못하는 시기였다. 따라서 아일랜드 켈트교회공동체 콜룸바누스 유럽대륙 선교팀은 비교적 자유롭게 유럽대륙에서 선교 활동을 할 수 있었던 시기였다.

이 당시 유럽대륙의 선교는 피선교 국가와 민족의 형편에 따라서, 주로 세 가지 유형으로 진행되었다고 볼 수 있다. 첫째는 [그림 1편3]로마제국 국경선 지도에서 로마제국 당시에 국경선 북방에 있던 야만족들에게는 기독교 복음 선교를 하였으며, 둘째로 과거 국경선 주변에 있던 아리우스파 기독교인들에게는 라틴어 성경을 가르치며 정통 기독교 신앙을 전하였고, 셋째로 도덕적으로 해이해진 타락한 로마가톨릭 교인들에게는 성경을 읽을 수 있도록 라틴어를 가르치며 그리스도 복음으로 양육하는 세 가지 도전에 직면하면서 세 유형에 적합하도록 훌륭히 선교 활동을 수행하였다.

□ 콜룸바누스의 저술 활동

콜룸바누스는 젊은 시절에 켈트교회공동체 학교에서 30년간 신학을 강의한 신학자답게 신학과 후학을 가르치는데 조예가 깊었고 경험이 많았다. 라틴어로 글을 썼던 콜룸바누스는 두 권의 규범(Rules)을 저술하였으며, 그는 또한 솔직한 설교자여서 유럽대륙 지방 로마교회 성직자들과 왕족, 평신도들을 삶에서 도덕이 결여되어 있다고 강력하게 권면했다. 그는 소수파 주장을 옹호하고 의견이 다르거나 사회에서 소외된 사람들을 관용하는 것으로 알려졌다. 콜룸바누스는 켈트교회공동체에 관한 저술 외에 규정서와 여러 통의 편지, 열세 편의 설교 그리고 약간의 시를 후세에 남겼다.

□ 콜룸바누스 선교팀의 유럽대륙 선교 업적과 평가

유럽대륙 선교를 시작하여 15년 동안 콜룸바누스는 지금의 프랑스, 스위스, 이탈리아, 독일에 켈트교회공동체를 세워나갔다. 그동안 그의 팀들은 60개 이상의 유럽대륙 켈트교회공동체를 하나로 묶는 광범위한 네트워크를 만들었으며, 유럽대륙 각각 나라의 수십 개의 언어와 문화를 배우면서 사람들과 관계를 넓히고 교회를 세우고, 유럽에 산재해 있던 야만인들과 특히 지금의 프랑스, 벨기에, 스위스, 오스트리아, 독일에서 매우 중요한 기독교 운동을 일으켰다. 8세기 초 앵글로색슨족 선교 지도자들은 켈트식 선교방법을 수행했던 보니파스는 수십 년 동안 지도력을 발휘하면서 유럽의 게르만 민족을 복음화하는 데 결정적으로 공헌했다. 수 세기를 지속해서 선교한 결과 켈트 기독교는 유럽을 다시 복음화시키게 되었고 유럽을 암흑시기에서 빠져나오도록 도왔다. 이는 8세기 말 샤를마뉴의 카를링거 르네상스 문화장려에서 비롯한 프랑크 왕국의 고전 문화 부흥 운동을 촉발시켰고, 4천5백만 명 규모의 로마가톨릭교회가 돌보지 않은 유럽대륙 북쪽 야만족 선교에 공헌했다.

□ 켈트교회공동체의 성경 필사 사역

외부 선교사역을 하지 않고 켈트교회공동체에 머물러 있던 다른 켈트 크리스천들도 매우 중요한 역할을 감당했다. 그들은 성경을 필사하여 새로운 양피지에 옮겨 적어서 성경을 만들었고, 문화를 사랑하는 켈트교회공동체 특징으로 그리스와 로마의 상당히 많은 문헌을 보존했다. 토마스 카힐의 말을 인용하면 '그것이야말로 아일랜드가 문명을 구한 방법'이다. 로마가톨릭교회가 상당히 오랫동안 세계 선교사역에서 제구실을 못한 반면에, 켈트교회 기독교의 선교는 서구 문명을 구하고 유럽에서 역동적인 기독교를 회복하는데 결정적으로 공헌한 것이다. 그들의 기독교가 문명을 독려하고 진보시키며 회복시켰다는 것은 오랫동안 거론되어온 그들의 업적이다. 이러한 위대한 켈트교회공동체의 유럽교회 선교와 부흥에 대한 사실이 놀랍게도 오늘날 현행 교회사 교육에서 전혀 다루어지지 않는 사실은, 참으로 교회사 기록 내용 관점을 과연 어디에 두고 기록하느냐를 다시 한번 생각나게 하는 대목이다.

(2) 켈트교회공동체 일상적인 삶의 특성

켈트교회공동체는 경건 생활을 하는 잘 훈련된 헌신자들로 동방 수도원보다 훨씬 더 다양한 공동체를 세워나갔으며, 평신도 수도원장에 의해 이끌어졌다. 그곳에는 성직자, 교사, 학자, 기능공, 예술가, 요리사, 농부, 가정들과 아이들이 가득했으며, 근본적으로 평신도 운동이었기에 몇 안되는 성직자나 준비생에게는 유용하지 못했다. 어떤 켈트공동체는 천 명 이상의 사람들이 살고 있었으며, 벤고르와 크론퍼트 같은 곳에는 3천 명의 사람들이 모여 살았다.

켈트교회공동체의 하루 일상생활은 하루를 예배시간, 공부시간, 작업시간으로 삼 등분 해서 다양한 종류의 활동을 수행했다. 공동체 간 다소 차이는 있으나 그곳 아이들은 학교에 다녔으며, 남녀 청년들은 기독교적 소명을 이루기 위해서 준비했으며, 기독교 학문이 장려되었다. 일반 사람들은 각기 자기 직업에 관한 일을 하였으며 공동체를 위해 요리를 하고, 아픈 사람이나 동물들을 보살피고 손님들을 접대했다. 매일 함께 두 차례 예배드리고 성경을 함께 배웠으며 그들은 기도를 통해 삶 속에서 하나님과 교통하였다. 또한, 많은 켈트교회공동체는 그 구성원을 하나님 믿지 않는 불신자를 위한 선교사로 준비시키는 '선교기지' 역할을 하고 있었다.

(3) 켈트교회공동체 출현으로 유럽 문명사에 끼친 업적

오늘날 세계의 여러 혼란스러운 지역들과 유사한 당시의 상황에서 가장 영속성 있는 구조는 '켈트교회공동체(수도원)'들이 유럽 전체에 퍼지게 되었다. 게다가 우리는 이러한 새로운 기독교공동체를 이 중세의 영성과 학문의 원천이었을 뿐 아니라, 유럽 산업사회의 여러 가지 기술 -가죽, 염색, 직조, 금속세공, 석공기술, 교량건설 등- 까지 보유하고 있었다. 이 훈련된 켈트교회공동체들이 이룬 가장 큰 업적은 로마에 대해 우리가 알고 있는 내용 거의 대부분이 켈트교회공동체 도서관에서 나온 것이라는 간단한 사실에서 알 수 있다. 또한 그들의 장서를 보면 그들이 그리스도인이었음에도 불구하고 고대시대의 '이교도' 저자들을 존중했었다는 것을 은연중에 알 수 있다.

따라서 인정하기 부끄러운 일이긴 하지만 현재와 같은 세속적인 시대에는 고대 사본들(성경 사본뿐만 아니라 고대 기독교 및 비기독교 고전들도 역시)을 보존하고 필사한 이 박식한 '선교 전진기지' 켈트교회공동체 그리스도인들이 아니었다면 오늘날 우리는 마야제국이나 잉카제국 혹은 오래전에 사라져버린 많은 제국에 대해 모르는 것과 마찬가지로 로마제국에 대해서도 알지 못했을 것이다.

또한 우리 현대 교회에 켈트교회공동체와 그들의 유럽대륙 선교에 대한 찬란한 교회 선교역사를 'ⓐ감추어진 성경중심 교회사' 형태로 우리 그리스도인들에게 아직 알려지지 않음은 아쉬움은 물론이고 심한 부끄러움이다. 우리는 이제라도 켈트교회공동체에 대하여 배우고 또한 그들의 선교 업적을 발굴하여 개신교의 '성경중심 교회사 연속성'을 증명하는 역사적 증거와 '믿음의 모범공동체'로 한시바삐 삼아야 하겠다.

4. 켈트교회와 로마가톨릭교회의 선교방법 충돌

본 단락은 앞 단락에서 소개하였던 교권중심 기독교 로마가톨릭교회가 중세시대에 유럽 북부 야만족을 선교하지 않았던 교권중심 교회의 '전통'과 '교회의 가르침'이 얼마나 성경에서 벗어나며, 예수님의 지상 명령인 "유대와 사마리아와 땅끝까지 복음을 전하라"라는 명령에 로마교회가 어떻게 총체적으로 여호와 하나님의 길을 가로막고 성경 말씀에서 벗어나 있는지를 5~8세기 중세 유럽 선교현장 사실을 바탕으로 우리가 살펴보기로 하자.

(1) 로마가톨릭교회는 북유럽 야만인들을 왜 선교하지 않았나?

로마가톨릭교회는 그들의 '전통'과 '교회의 가르침'으로 결정한 선교 전제조건이, 성경에서 기록된 사도들의 성경적 모델 선교사례 권위보다 로마교회 권위를 우선하는 교권중심 교회의 치명적인 신학적 잘못을 범했다. 5세기에 패트릭에 의하여 세워진 [그림 1편2] 연대기 그림 중앙에 '②켈트교회 유럽선교'와 이 그림 하단에 'Ⓑ로마가톨릭교회 중세암흑기'를 연대기 그림에서 상호 비교하면서, '두 기독교'가 어떻게 선교 정책을 펼치는지 유럽대륙 선교현장을 살펴보자. 하나님 계시 성경 말씀 사례를 따르지 않는 교권중심 교회 로마가톨릭교회가, 로마교회 그들의 가르침으로 선교방법을 사람이 인위적으로 결정한 '라틴화' 획일적인 선교방법으로 역사적 선교현장에서 발생하였던 하나님 선교사역을 가로막는 비극적인 사건 현장을 교회사 발자취를 추적하면서 지금부터 살펴보도록 하자.

□ 선교전략에서 '기독교화(Christianization)'와 '문명화(Civilization)' 충돌

5세기에 패트릭 선교팀이 아일랜드 선교를 처음 시작하면서 직면했던 도전과 중요성은 아무리 과장해도 부족할 정도로 그 선교는 전례가 없던 일로 특히 아일랜드 켈트족은 '야만인들'이었기 때문이다. 아마도 기독교 세계 선교역사에서 가장 오래되고, 계속해서 반복되는 선교전략에서 문제는 '기독교화'와 '문명화'라는 두 단어의 우선순위 문제로 요약할 수 있다.

이 두 가지 목표를 피어스 비버[11]는 "논의가 있었다면 '기독교화'와 '문명화' 중에서 어느 것을 먼저 해야 하는가? 라는 우선순위에 대한 것이었다. 어떤 이들은 어느 정도 문명화가 되어야 기독교를 받아들일 수 있다고 생각(교권중심 로마가톨릭 방법)하는 반면, 어떤 사람들은 복음이 사람으로 하여금 문명화에 대한 욕구를 만들어 낼 것이기 때문에 기독교화부터 (성경중심 켈트교회 방법) 시작해야 한다고 주장했다. 그러나 대부분 사람은 이 둘이 상호작용하기 때문에 동시에 같이 강조되어야 한다고 믿었다."

---

11) Pierce Beaver, *The History of Mission Strategy*, 1992.

□ 로마가톨릭교회는 '문명화'가 선교의 전제조건

패트릭 이전 로마기독교의 확장 초기에도 이와 비슷한 문제가 있었는데, 그중에서도 특히 선교전략에서 두 가지 문제에 시달렸다. 5세기경 로마가톨릭교회의 선교정책에 대한 가르침은 다음 두 가지로 요약될 수 있다(켈트전도법. 23).

 – 로마가톨릭교회의 선교정책은 일단의 피선교 대상 사람들이 먼저 문명화되어야 한다고 생각해서 기독교인화 될 수 있을 정도로 충분히 문명화되어야 한다는 것이 복음화 선교의 전제조건이었다.
 – 그다음 충분히 문명화 개화된 사람들이 기독교인이 되면, 그들은 라틴어(이탈리아어)로 성경을 읽고 말하고, 로마의 관습에 따라 라틴어로 로마식 예배를 드리며 문화적으로 로마식 기독교인이 되어 살아가게 될 수 있다고 주장하며 이를 '라틴화'라고 하였다.

로마가톨릭교회 선교정책을 한마디로 요약하면 선교 전제조건은 '문명화'이며 추진 목표는 '라틴화'이었다. 이 얼마나 성경 말씀과 위반되는 선교정책인가?

이러한 로마가톨릭교회가 선교정책에서 로마교회 가르침으로 결정한 '문명화'라는 선교 전제조건으로 말미암아, 로마제국 주변 북방에 있던 켈트족, 고트족, 반달족, 프랑크족, 프리지아족, 훈족, 바이킹족 같은 '야만족들'이 문명화되어 있지 않았으므로, 로마가톨릭교회는 어떤 조직적인 선교도 이루어지지 않았다고 선교학자들은 보고하고 있다. 이를 요약하면 [표 1편2] "두 기독교의 '문명화'와 '상황화' 교리 차이"와 같다.

두 기독교	켈트교회(성경 중심) 선교방식	로마가톨릭(교권 중심) 가르침
'기독교화' 대 '문명화'	피선교 국가에 선교 복음화를 추진하면서 동시에 문명화도 추진하였다.	피선교 국가에 문명화를 전제조건으로 삼고 문명화되지 않은 곳에 선교도 추진하지 않았다.
'상황화(狀況化)' 대 '라틴화'	피선교 국가에 문화, 언어, 사회적 여건에 적합한 방식으로 상황화하면서 선교를 추진하였다.	피선교국가 상황에 관계없이 획일적 로마교회 방식(라틴화 방식)이 우월하다는 교권중심 기독교 가르침을 갖고 있었다.

[표 1편2] 두 기독교의 '문명화'와 '상황화' 교리 차이

위와 같이 로마가톨릭교회는 켈트족을 포함한 유럽 북방 바바리안(야만족)들이 기독교를 받아들이는 전제조건인 문명화가 되어있지 않기 때문에 야만족들에게 복음을 전하지 않았던 것이다.

□ '성경의 가르침'을 따르는 켈트교회 선교방식

그러면 우리는 여기서 모든 복음화에 대한 정책의 지침서가 되는 성경 말씀은 우리에게 어떻게 가르치고 있는지 선교정책을 결정하는 이 방법은 '두 기독교' 차이의 핵심을 이루는 교회사적 중요한 사건이므로 이를 살펴보자. 신약성경에 기록된 1세기 사도적 복음 운동은 개화되거나 충분히 로마화 되지 않은 민족들에게까지 복음을 전했다. 예를 들어 사도적 전통에 따르면, 예수님의 제자 안드레는 시리아의 이방인들에게 복음을 전했고, 도마도 페르시아와 시리아인들에게 복음을 전했고, 마태의 순교는 식인종 부족 안에서 기독교 운동을 일으켰다.

패트릭은 성경 말씀에 순종하여 사도적 전통에 따라 로마교회 선교 전제조건과는 대조적으로 앞 단락에서 살펴본 바와 같이 그는 하나님께서 부르시는 '마케도니아적 소명'을 깨닫고 서기 432년에 12명의 선교팀을 조직하여 로마교회의 눈에는 전혀 문명화되지 않은 아일랜드 켈트 야만족에게 복음을 전하러 갔던 이 내용을 앞 단락에서 자세히 기술하였다. 즉 패트릭 선교팀의 선교방법은 아일랜드 초기 선교를 사도적 방법 즉 켈트식 전도방법을 성공적으로 수행하여 아일랜드인들 복음화를 성경적 방법으로 훌륭히 수행한 사례였다.

□ 5세기 이후 '축복의 통로'와 '제사장 나라' 언약을 포기한 로마교회

이것은 로마가톨릭교회가 성경과 사도들의 선교 전례를 따르지 않고, 로마가톨릭교회 선교정책에 대한 '전통'과 '교회의 가르침'에 따라서 '문명화 전제조건 방법'을 인위적으로 만들어서 로마제국 북방 야만족 미전도 종족에 대해 선교를 하지 않았다. 이것은 하나님이 주신 언약 '축복의 통로'로서 '제사장 나라' 사명을 다하여야 할 4천5백만 명의 로마교회와 교계 지도자가, 성경 말씀에서 위반되는 로마교회 인위적인 선교 전제조건 '문명화'와 '라틴화' 교회 가르침을 만들어서 북방 야만족에게는 선교도 하지 않고 그들만의 로마교회 교권 강화와 세속화 추구에 골몰하였다. 그리하여 로마교회도 축복을 받지 못하고 북방 유럽인들에게도 제사장 나라 역할을 하지 못하므로 후일에 바이킹족 침략이라는 250년간의 피비린내 나는 비자발적인 무력 침략 선교를 자초(自招)함으로 인하여, 1000년의 암흑기를 로마가톨릭교회가 하나님 앞에 스스로 죄를 범하고 있었다.

(2) 성경적 '상황화 선교'에 순응한 켈트교회와 역행하는 로마교회

또 하나 선교학적으로 선교전략에 중요한 명제는 피선교 종족에 대한 '상황화'라고 할 수 있는데, 켈트교회는 성경적 모범의 상황화 사례에 순종하여 성공적으로 유럽대륙에 복음을 전하였다. 반면에 로마가톨릭교회의 전통과 가르침으로 선교정책을 '라틴화'를 유일한 대안으로 피선교 민족에게 획일적으로 강요하여 교회사적으로 세계선교에 막대한 지장을 초래하였다. ([표 1편2] 요약 참조)

□ 세계선교에서 '상황화' 의미와 중요성

'상황화(狀況化; Contextualization)하다'라는 말은 어떤 것을 상대방 문화적 맥락에 맞게 제시한다는 의미이며, 이는 우리 자신과 하나님의 메시지를 수용자들의 문화에 맞게 제시한다는 선교적 의미이기도 하다. 타문화권에서 일하는 그리스도인들이 던지는 기본적인 질문은 '문화에 대한 하나님의 관점은 무엇일까? 유대문화는 하나님이 창조하신 것이며, 그렇기 때문에 하나님을 따르는 모든 사람에게 강요해야 하는가? 아니면 성경에는 하나님이 이와 다른 입장을 취하신다는 어떤 다른 예시가 있는가?'라는 물음이다.

이 물음들에 대하여 성경에서 제시하는 모범 해답 사례를 살펴보자. 고린도전서 9:19-22에 그에 대한 답이 나와 있는데, 거기에서 바울은 문화적 다양성에 대한 그의(그리고 하나님의) 접근법을 명료하게 표현한다. 바울은 "유대인들과 일할 때는 나는 유대인처럼 살지만, 반면에 이방인들과 함께 일할 때는 나는 이방인처럼 산다."라고 말한다. 그러므로 그의 접근법은 '여러 사람에게 내가 여러 모양이 된 것은 아무쪼록 몇몇 사람들을 구원코저 함'이다.

그리고 사도행전 15:2 이하를 보면 바울은 초대교회 대다수사람들의 입장과는 반대로, 이방인들이 그들 자신의 사회 문화적 맥락 안에서 예수님을 따를 권리가 있다는 것을 열렬하게 주장하고 있는 것을 보게 된다. 하나님은 유대인 문화를 따르지 않은 이방인들에게 성령을 주심으로, 먼저 베드로에게(행 10장) 그리고 바울과 바나바(행 13~14장)에게 이것이 옳다는 것을 보여주셨다.

□ '상황화'에 역행하는 로마교회 사례

1000년의 중세암흑기를 탄생시킨 로마가톨릭교회는, '상황화'와 정반대로 1~4세기 당시 세계공용어인 헬라어 성경을 자기들의 언어인 이탈리아어 즉 라틴어로 성경을 번역하여 라틴어가 아닌 다른 나라 사람들 자신의 모국어로 성경 번역하는 작업을 엄격히 금지하는 것은 물론이고 이를 법제화하여 위반자는 극형으로 사형에 처하도록 하는 '상황화'에 역행하는 방법을 택하였다. 자기 나라(이탈리아어) 라틴어 불가타 역본만을 '신이 주신 언어'라고 근거 없는 거짓말로 주장하고, 그리하여 심지어 라틴어를 능숙하게 알지 못하는 로마가톨릭교회 사제(이탈리아인이 아닌 외국인 사제)까지도 성당 벽화를 보고 기독교 교리를 설명하여야만 하는 비성경적 악행을 저질렀다. 이것은 유대인들이 구약성경의 원전 언어가 유대 고유언어 히브리어로 된 성경을 기원전 3세기경에 그 당시 세계공용어인 헬라어 성경으로 번역하여 70인역 구약 헬라어 '상황화' 노력에도 불구하고, 로마가톨릭교회는 자기 언어인 라틴어로 성경을 또다시 번역하여 사용하게 함으로써, 다른 자국어 성경 번역과 사용을 극형으로 법제화하는 '상황화'에 역행하여 교회사적 악행을 중세 1000년 동안 1563년까지 지속하였다.

(3) 세계선교 역사의 변곡점[12]이 되는 두 종교회의 결정

세계 선교사에 비극적 사건이 7세기 말에 두 번의 종교회의에서 결정된다. 이 사건으로 말미암아 아일랜드와 영국 켈트교회가 중심이 되어서 7세기 초엽부터 유럽대륙을 복음화하는 활활 타오르던 교회 부흥의 횃불이 서서히 꺼져가는 세계선교 역사에 비극적인 사건이 발생한다.

□ 휘트비 종교회의 ([그림 1편4]의 ⑥번 위치 참조)

로마가톨릭교회는 하나님의 지상 명령 선교보다는 교황권에 의한 교권주의 '교회 가르침'이 먼저 앞서므로 교황권은 켈트공동체의 선교방법과 부딪치기 시작하였다. 이를 해결하기 위하여 서기 664년 영국 오스위 왕은 양측 주장을 듣기 위해 휘트비에 종교회의를 소

집했다. 두 가지 표면적인 문제는 부활절 날자 계산법과 켈트 사도들이 로마 사제와 수도사와 같이 삭발을 하지 않는다는 표면적 이유지만 그 내막은 로마가톨릭교회 방법으로 모두 통일시키겠다는 의도이다. 양측이 입장을 서로 자세히 설명하였지만, 교활한 방법을 사용하는 로마교회의 조직적인 대응에 켈트교회가 이기지 못하고 로마교회가 승리한 것이다. 이리하여 영국 어디에서나 켈트교회 선교방법은 금지하고 로마가톨릭교회 선교방법으로 대체하여야 한다고 결정하였다. 오스위 왕은 이 회의에서 로마가톨릭 방법을 따르기로 결정하였으며, 이후 백여 년간 일부 켈트교회가 저항하기는 했지만, 잉글랜드 기독교는 로마의 길을 따르는 쪽으로 결론이 났다.

---

12) 변곡점: 대변혁(大變革)의 전환점(轉換點)을 일컫는 말이다.

□ **오탱 회의** ([그림 1편4]의 ⑦번 위치 참조)

그 이후 유럽대륙에도 670년 프랑스 파리와 밀라노 중간에 있는 오탱 (오퉁)에서 회의는 유럽 전역에 있는 켈트공동체들의 교회 선교방법은 금지되고 로마의 로마가톨릭식 규칙 (베네딕트회 규칙)을 따라야 한다고 결정했다. 즉 켈트교회공동체가 지향하는 세계선교 기지로서 선교사 사관학교 역할은 마감하고, 수도사 개인 영성 훈련을 목적으로 하는 로마가톨릭교회 수도원 방법으로 강제적으로 대체되기 시작하였다. 이것은 켈트교회공동체의 세계선교 사역의 종언을 의미하는 세계 선교사에서 비극적인 결정이었다.

□ **두 종교회의 결정은 예견된 결과**

휘트비와 오탱 두 종교회의 결과가 비성경적인 방법의 선교 정책 방향으로 결론이 나고 그 이후에 유럽교회 선교에 막대한 지장을 초래하였지마는 이 두 종교회의 결정 내용은 예견되었던 결과이다. 왜냐하면 [표 1편2]의 '문명화' 와 '라틴화' 라는 로마가톨릭교회의 선교전략은 이미 '로마교회의 가르침' 으로 확고하게 결정되어 있었다. 이 '문명화와 '라틴화' 라는 로마교회 선교 정책은, 성경적 가르침 '복음화' 와 '상황화' 라는 신약성경 사도 바울팀의 선교사례와 패트릭 선교팀의 선교사례와는 확연하게 배치되는 대척점에 해당하는 교권중심 기독교 로마교회의 선교전략이다.

따라서 로마교회가 '문명화' 와 '라틴화' 라는 비성경적 선교전략을 포기하지 않는 이상, 이다음에 또 다른 형태의 종교회의가 선교방법에 관하여 개최된다고 하여도, 로마가톨릭교회는 항상 성경적 '복음화' 와 '상황화' 에 반대되는 '문명화' 와 '라틴화' 로 여호와 하나님 성경 말씀의 길에서 항상 대척점에 서 있게 된다. 이러한 로마가톨릭교회의 '문명화' 와 '라틴화' 에 따르는 복음 선교를 가로막는 여호와 하나님 앞에 죄악은, 1000년의 중세교회사를 '암흑기' 라고 일컫게 되는 중요한 요인이 된다.

(4) 로마교회가 켈트교회 선교를 금지하는 유럽교회 선교의 비극 현장

영국 북동쪽 웨아마우스와 자로에 있던 베데 수도원들에 대한 역사는 켈트교회 선교방법이 로마가톨릭교회 방법으로 대체되는 전체적인 흐름 속에서 나타난 지역 축소판이다. 베데의 웨어마우스와 자로의 수도원들이 현재 하고 있는 켈트교회 방식에서 모든 것을 로마교회 방식에 따르도록 변경하였다. 그러나 우리는 웨어마우스나 자로의 어떤 수도원도 유럽 대륙 이교도를 위한 선교를 더 이상 수행하지 않았다는 베데의 설명에 주목하여야 한다. 그들은 수도원 안팎의 어떤 불신자들에게도 복음을 증거하지 않았고 오직 수도원의 '라틴화' 작업에만 몰두하였고 그들의 수도사들은 자신들의 영혼 구원에만 증진하였다.

그런데 웨어마우스와 자로의 모델은 유럽의 그의 모든 곳에서 수도원 공동체와 교회들이 로마화 되어 갈수록, 점차 복음 전도는 등한시되었다. 왕성했던 켈트교회 선교 황금 시기는 이렇게 끝나가고 기독교의 사도적 선교는 거의 500년 동안 무시되어 [그림 1편2] 중앙에 13~15세기 정체기에 접어들게 된다. 이것은 로마교회가 성경적 사례 선교전략보다는 로마교회 자체 사람의 인위적 가르침이 만들어낸 로마식 라틴화 선교전략에 집착하여 더 이상 피선교국에 선교하지 않는 비성경적인 교권중심 기독교 로마가톨릭교회 모습을 여실히 역사적 교훈으로 보여주는 사례이다. 두 종교회의에서 켈트교회방식 선교 금지 결정은 그 이후에 유럽선교 역사의 흐름을 바꾸는 변곡점이 되었다.

필자가 본서를 집필하면서 의문점 중 하나는, 왜 현대 한국 지역교회 교회사 교육시간에는 이 중요한 '두 종교회의'에 대한 내용을 교육하지 않았을까 하는 의문이다. 이 두 종교회의 사건은 중세 1000년 동안 로마가톨릭교회의 수많은 교황의 치적이나 종교회의 그 어떤 결정사항보다도, 하나님 교회사와 켈트교회 유럽선교역사 흐름을 끊어 놓은 가장 결정적인 전환점(변곡점)이 되는 16세기 종교개혁 다음으로 중세교회사를 결정하는 중요한 사건이다. 본서가 교회사 관점은 '성경적 기반으로' 라고 주장하는 것은, 이러한 하나님의 구속사를 가로막는 '두 종교회의' 교회사적 죄악을 거울로 삼아서 교훈을 얻기 위함이다.

(5) 켈트교회공동체와 로마가톨릭교회 수도원 차이

우리는 켈트교회공동체와 로마가톨릭이 지향하는 동방수도원과의 근본적인 차이점을 [표 1편3]로 상호 비교해보자. 수도원 설립 목적과 수도사들의 경건 생활 목적부터가 근본적으로 다르다. 우선 우리가 현재 알고 있던 로마가톨릭 수도원과 수도사의 목적은 물질주의와 교회 부패에서 벗어나서 수도사 영혼 성장을 위해 수도원에서 경건 생활로 수도사 자신 영성을 연마하는 것이 목적이었다.

반면에 켈트교회공동체와 수도사의 목적은 이방 종교 선교와 교회 부흥을 위해 설립한 '선교기지'로써 켈트교회 리더들은 다른 사람들 영혼을 구원하기 위해 켈트교회 공동생활을 통하여 선교사 파송을 위한 선교전진기지 역할이 목적이다. 또한 피선교민족을 위한 '상황화'는 켈트교회공동체의 기본적인 전략이다.

구분	로마가톨릭교회 수도원	켈트교회공동체
수도원 설립 목적	로마가톨릭 세계의 물질주의와 교회 부패에서 벗어나기 위해서 설립	복음 확장과 이교도 선교를 위해 설립 '선교기지 Mission Station'
수도사 목적	수도사 영혼 성장을 위해 세상에서 벗어나서 수도원에서 경건 생활	켈트교회 리더는 다른 사람 영혼을 구원하기 위해 켈트공동체 생활
미래 목표	수도사 자신 영성 연마	선교사 파송을 위한 선교 전진기지
'상황화'에 대한 인식	선교를 포함한 일반적인 사항은 로마가톨릭교회 기준을 준수하여 '라틴화'한다.	기독교 기본진리를 제외하고 문화적인 내용은 피선교민족의 문화에 적합하도록 '상황화(狀況化)'를 한다
수도원 위치	인적이 드문 외딴곳	거주지와 가까워서 단시간에 접근

[표 1편3] 로마가톨릭교회 수도원과 켈트교회공동체 비교

요약하면 로마가톨릭교회 수도원은 개인 영성 연마가 우선 목적과 '라틴식' 방법으로 획일화하는 반면에 켈트교회공동체는 선교를 위한 전진기지로 선교사들을 배출하는 사관학교의 역할을 담당하며 상황화를 기본적으로 피선교 종족 문화에 적합하도록 선교를 수행하였다. 따라서 켈트교회공동체가 모두 로마가톨릭교회 수도원 방법으로 두 종교회의 결정에

따라 교체가 된다면 선교학적으로는 선교사를 배출하는 선교 사관학교 문을 닫는 것과 같은 말이 되며 즉 선교의 문을 닫는 꼴이 된다.

5. 샤를마뉴 카롤링거 르네상스와 켈트족 문명인

샤를 대제(재위 기간 768~814년)가 담당하는 지역은 중부유럽 대륙에 해당되며 지금의 독일, 프랑스, 이탈리아 지역으로 카롤링거 왕조를 이루었다.

(1) 샤를마뉴 시대(742~814년)

오늘날의 서유럽 세계의 토대를 만든 것은 프랑크 왕국의 샤를마뉴(카를로스 마그누스, 카를 대제)였으며, 그는 서기 800년에 교황 레오 3세로부터 대관식에서 로마제국의 제관(帝冠)을 받고 게르만족, 기독교, 그리고 그리스·로마 문화를 계승하였다.

대관식(왕관을 받는 샤를마뉴를 묘사한 그림)

□ 중부유럽 전역에 기독교 전파

샤를마뉴와 같은 강력한 인물의 등장으로 서유럽(중부유럽) 전역에 기독교가 널리 전파되었다. 7세기 말 휘트비, 오탱 두 종교회의에서 켈트교회 방식 선교 금지 결정으로 기독교 선교가 침체일로에 있던 유럽에서, 카롤링거 르네상스 기간에는 기독교 선교가 이루어졌다가 카롤링거 르네상스 이후 다시 선교 침체기에 들어가게 된다.

샤를마뉴의 후원으로 사회적, 신학적, 정치적 전 영역의 문제들을 성경과 이전의 로마시대 기독교 지도자들의 저작에 비추어 진지하게 재연구하였다. 샤를마뉴는 몇 가지 점에서 제2의 콘스탄틴이었으며, 서유럽에서 500년 역사상 그 누구보다도 큰 영향력을 행사했다. 하지만 샤를마뉴는 콘스탄틴 황제보다 훨씬 더 독실한 그리스도 신앙인다웠으며 기독교 활동도 훨씬 더 열심히 후원했다.

□ 카롤링거 르네상스

서로마가 오랫동안 점진적으로 몰락하는 중세암흑기 동안 유럽 각 국가에 부족민들이 이주해 들어옴으로써 삶 자체가 부족민 수준으로 격하되었을 때 그 상황을 혁신하기 위한 두 가지 위대한 이상이 있었다. 하나는 한때 로마가 가지고 있던 영광을 재건하자는 소망과 또 다른 하나는 모든 것을 영광의 주님께 굴복시키고자 하는 소망이었다. 이 두 가지 목적이 거의 달성될 뻔했던 정말로 중대한 시점은 서기 800년 전후의 샤를마뉴의 길고도 열정적인 통치 시기였다. 최근의 한 학자가 말했듯이

'로마제국이 쇠퇴한 이후 1,000년 후 르네상스가 꽃필 때까지의 긴 유럽 역사에서, 샤를마뉴만이 독보적으로 위풍당당한 인물이었다.'

최근에 학자들이 샤를마뉴의 통치기를 카롤링거 르네상스라고 부르며 그럼으로써 하나의 긴 1,000년(590년~1517년)의 암흑기를 초기의 제1차 암흑기와 그다음의 제2차 암흑기로 나누어서 그사이에 '카롤링거 르네상스'가 있었다고 좀 더 정확하게 보는 것도 무리가 아니다. 이 카롤링거 르네상스는 1000년의 중세 암흑기 사막을 지나는 중간에서 만나는 문명의 갈증에 시원한 물로 목을 축일 수 있는 오아시스와 같은 존재였다고 한다. 불행히도 재건된 제국(후에 신성 로마제국으로 불린)에 등장한 샤를마뉴 후계자에게는 샤를마뉴와 같은 탁월한 요소들을 찾아볼 수가 없었다. 그러나 더욱 안타까운 것은 새로운 위협이 이제는 외부에서도 제기되었다. 샤를마뉴는 자기 백성인 게르만족들이 그리스도인이 되기를 간절히 바랐다. 그는 여러 면에서 지혜롭고도 영적인 지도력을 발휘했으나, 북쪽에 있는 스칸디나비아인들에게 담대한 선교 활동을 펼치는 일에는 전혀 힘

을 쓰지 않았다. 그의 아들 대에 선교사역이 시작되기는 했으나 이미 너무 늦었으며 미비했다. 이러한 사실이 그의 제국의 몰락에 크게 영향을 끼쳤다.

(2) 아일랜드 켈트교회공동체의 유럽 문명에 기여

실로 공교육이라 이름할 수 있는 것을 최초로 진지하게 시도한 사람은 샤를마뉴였다. 발단은 샤를마뉴는 영국에서 온 아일랜드 앵글로–켈트족 선교사들과 학자들의 조언 및 자극을 받아서 그 일을 시작했다.

□ 처음으로 공교육 기틀을 만듦

샤를마뉴에게 조언한 사람 중에 알퀸은 여러 가지 사업을 벌이고 결국에는 영국과 아일랜드의 수천 명의 박식한 켈트교회 그리스도인들을 불러들여서 유럽대륙에 설립한 여러 학교에 필요한 라틴어를 가르치는 교사 인원을 충당하게 되었다. 또한 믿기 어려운 일이지만 이전에 '야만족'이었던 아일랜드의 라틴어 선생들이 결국은 '문명화된' 유럽대륙의 교육을 위해 필요하게 되었다. 라틴어는 아일랜드에서 모국어였던 적이 한 번도 없었는데 어떻게 8세기 말에 수천 명의 박식한 아일랜드 켈트교회 선교사들이 유럽대륙 전역에 라틴어로 이탈리아 사람 대신에 교사의 역할을 할 수 있었을까? 이는 5세기 때에 아일랜드에서 패트릭 선교팀과 그 이후 계승자들은 그 당시 성경이 라틴어로만 사용되었기 때문에 오로지 성경을 읽고 가르치기 위해서 라틴어를 아일랜드에서 집중적으로 교육하였다. 이것은 켈트교회공동체가 순전히 성경을 읽기 위하여 그 어려운 라틴어를 가르친 것은, 성경중심 기독교 켈트교회가 성경 말씀의 중요성을 적극적으로 강조하는 것을 광범위하게 보여준다.

우리가 여기서 이 아이러니한 현상을 다시 한번 생각하여 보자. 로마가톨릭교회는 그들의 모국어인 라틴어를 사용하면서도 유럽인들을 복음화로 선교하지 않았는데, 아일랜드인은 라틴어로 되어있는 성경을 선교하기 위하여 라틴어(이탈리아 고어)를 배워서 유럽대륙에 라틴어 교사로 수천 명이 채용되어 라틴어를 가르치고 또한 복음을 전파하였다.

켈트족 그리스도인들과 그들이 회심시킨 앵글로색슨족 및 유럽대륙 그리스도인들은 성경을 특별히 소중히 여겼다. 성경이 그들에게 영감을 주었다는 것은 이 '암흑' 세기 동안 만들어진 최고의 예술작품들이, 놀랍게도 '장식된' 성경 사본들과 경건하게 꾸며진 교회 건물들을 보면 잘 알 수 있다. 그들은 비기독교인 고전 작품 작가들의 작품도 보존하고 필사하기는 했지만 '성경책' 만큼이나 정성을 들여서 멋지게 장식하지는 않았다.

6. 북부 유럽 바이킹족 침공과 비자발적 선교 (9-11세기)

≪스칸디나비아반도 북부 유럽 바이킹족 선교≫

샤를마뉴의 지도로 서유럽 합병이 이루어지자마자 평화와 번영을 위협하는 새로운 위협이 등장했다. 이 새로운 위협은 바이킹으로 인해서 적어도 반 암흑이 250년간 지속하는 두 번째 암흑기를 맞게 된다.

(1) 바이킹족의 침공

유럽의 민족대이동 현상은 4세기 이후 약 200년으로 끝난 것이 아니고 9~10세기에도 다시 나타났다. 샤를마뉴가 죽은 후 그의 왕국은 무너지기 시작했고, 870년에는 오늘날 프랑스, 독일, 이탈리아로 분할되었다. 서유럽이 약화되고 있을 때 이슬람 아랍인과 바이킹족(노르만족)이 각각 남부·북부에서부터 쳐들어왔는데, 그 가운데서도 서유럽에 가장 심대한 타격을 준 것은 북부 바이킹족의 침입이었다.

□ 초기에는 노략질 목적으로 침공

북부 유럽 스칸디나비아반도의 바이킹족이 9세기 말부터 서유럽을 침입한 것은 처음에는 정복보다는 해적질 내지는 노략질의 성격을 띠었으나, 나중에는 그들 다수가 짓밟은 지역 일부에서 정착했다. 바이킹족은 일반적으로 작은 떼를 지어 돛과 노를 쓴 작은 배를 타고 템스강, 세느강, 루아르강 하구와 해안 일대에서 약탈을 일삼았다. 그들은 사나운 전사들로서 직속 상관에 대한 충성심이 높고 기율이 엄했다.

그들은 '치고 달아나는' 기습전법의 명수들이었고, 적을 잔인하게 학살했다. 바이킹족 침입에 대해 서유럽인들은 성벽을 단단히 쌓는 축성과 기병대에 의존해 싸웠으나 효과적인 대응책을 찾지는 못했다. 바이킹들은 해안가의 말들을 강탈하고, 기지를 만들어 자신들의 기병대 조직을 발전시켜나갔다. 바이킹 군대의 핵심인 보병들의 용맹과 신속성에 기강이 빠진 유럽 봉건 군대는 맥을 못 추었다.

□ 중기 이후에는 점령지에 주둔

점차 세력을 키우던 바이킹족은 수백 척의 함대를 만들어 유럽 해안 일대를 점령하고, 영국 섬으로도 그들의 정복지역을 넓혔다. 몇 세기 전 로마인들이 북쪽 고트족에게 당한 것과 같이 프랑크인들은 북쪽 바이킹족에게 노르망디 지방을 양보하게 되었다. 바이킹족이 그와 같이 팽창할 수 있었던 것은 그들이 보병으로서 용맹을 발휘하기 전에 이미 우수한 해군으로서 능력을 갖추었기에 가능한 일이었다. 그들은 당시 최고 수준의 조선기술을 자랑하는 배를 보유하고 있었으며, 놀랍도록 배를 잘 다룰 줄 아는 사람들이었다.

상륙 후에도 바이킹은 함대를 하나의 기지로 삼았다. 주요 수로를 따라 올라간 다음에 육지에 올라 마을과 특히 수도원을 중요목표로 약탈했다. 그들은 갑옷과 무기를 빼앗고 주 공격무기로는 육중한 도끼를 사용하는 것을 선호했다. 그들은 적 기병이 잘 싸울 수 없는 시냇물 가나 늪지대 또는 가파른 언덕에서 방패·벽을 만들어 일단 수비태세를 갖추고 있다가 결정적인 순간에 백병전으로 전환하는 것을 좋아했다. 직업적인 전사들로서 체격이 크고 건장한 그들은 내륙으로부터 긴급히 출동된 정부군 군대에 대해 마치 미치광이들처럼 난폭하게 무기를 휘두름으로써 성공을 거두었다.

(2) 바이킹 침공과 북방민족 선교

다시 한번 기독교인들이 이교도들에게 선교하지 않았을 때 이교도들은 그리스도인들이 가지고 있던 것을 노리고 쳐들어 왔다. 그러나 기독교의 경이적인 능력이 드러났는데, 즉 정복자들이 자기 포로들의 신앙에 의해 정복당했다.

□ 피정복자가 정복자(바이킹)를 그리스도인으로 회심

보통 종으로 팔려간 수도사들이나 강제로 정복자들의 아내나 첩이 된 그리스도인 여성들이 결국에 가서는 이 북방의 야만인들을 회심시켰다. 다시 말해서 하나님이 사랑하는 백성들이 폭력과 악을 당하는 비극이 일어났으나 결국에 가서는 하나님의 섭리로 그 침입자들이 구속을 받은 것이다. 이것은 하나님께서 그리스도인들이 자발적으로 선교를 하지 않을 때는 바이킹족이 침략해서 기독교인들을 포로로 강제로 데리고 가서 결국 하나님의 뜻대로 복음화를 이루어 내신다는 의미이다.

□ 귀중한 필사본 서적 보존

그 전 100년간 샤를마뉴의 학자들은 고대 사본들을 주의 깊게 수집하였지만 그중 대부분이 바이킹들에 의해 불타버렸다. 샤를마뉴 시대의 문예 부흥의 열매가 조금이라도 남아 있을 수 있었던 것은 너무나 많은 필사본이 만들어지고 너무나 널리 보급되었기 때문이다. (설혹 어떤 곳에서 바이킹이 침입하여 고대 사본들이 유실되어도 또 다른 지역 어느 곳에서는 필사본들이 보존되어 있어서 후대에 전승할 수 있었다.) 한때는 학자들과 선교사들이 아일랜드에서 영국을 건너 유럽대륙까지, 심지어 샤를대제의 국경 경계선 너머까지 갔다. 그러나 북쪽에서 쳐들어온 이 새로운 폭력적 침략의 기세 속에 3세기(7세기~9세기) 동안 열정적으로 복음 전도의 불을 쏟아내온 아일랜드의 화산은 휘트비, 오탱 종교회의 겔트교회공동체 선교금지 결정과 그 이후 바이킹족 침공으로 차갑게 식어버리다 못해 거의 꺼지고 말았던 것은 교회사적으로 참으로 가슴 아픈 일이었다.

(3) 교권중심 교회의 전통 '문명화 선교 전제조건'의 비극

앞에서 소개한 성경중심 기독교 교회(켈트교회공동체)와 교권중심 기독교 교회(로마가톨릭교회)가 하나님 선교역사에서 어떤 영향을 미치며 그 결과가 역사적으로 어떻게 실제로 나타나는지 살펴보자.

로마교회는 문명화 전제조건으로 북방 야만족을 선교하지 않았다. 선교전략에서 문명화 전제조건은 성경의 권위보다 교회 전통과 가르침을 최상위 권위로 인정하는 로마가톨릭교회의 역사적 잘못을 여실히 나타내는 역사적 교과서이다

□ 휘트비, 오탱 종교회의 결과로 켈트교회공동체 유럽 북방 선교를 금지

켈트교회공동체의 피선교 민족에 적합한 '상황화'라는 성경적 가르침 대신에 "라틴화로 획일화"라는 교권중심 교회 로마교회의 전통과 가르침을 최상위 권위로 인정하는 비 복음적 행위의 비극으로  결과적으로 켈트교회공동체의 북방 야만족에 대한 선교를 결과적으로 못하게 금지되었다. 유럽 중세역사는 250년 동안 유럽 바이킹족 침략으로 참화 후에 비자발적으로 기독교 선교가 이루어진다.

역사에는 가정이 허락되지 않지만, 만약에 두 종교회의에서 켈트교회 선교 금지를 결정하지 않았다면 용감하고 복음 선교에 열정적인 켈트교회 선교사들에 의하여 발트해를 건너서 스칸디나비아반도 민족들의 복음화가

10세기경에는 이루어졌을 것이다. 아무튼 로마교회 교권적 결정으로 중세 유럽에 250년 동안 바이킹족 침략전쟁의 상흔과 그 이후 13세기경에 가서야 비로소 유럽대륙의 모든 민족에 대한 선교가 이루어진 것은, 유럽대륙 복음화가 3세기 정도 늦추어진 것은 참으로 안타까운 일이었다.

또한, 16~17세기 100년 유럽 종교전쟁이나 30년 종교전쟁도 일어나지 않았을 것이다. 필자는 1000년의 중세교회사에서 가장 중요한 사건을 하나 선택하라면 "휘트비(664년), 오탱(670년) 두 종교회의 결정"이라고 선택하겠다. 이 결정(켈트교회공동체 선교 금지)으로 8~17세기 1000년 동안 유럽 교회사에서 앞으로 우리가 살펴보겠지만 치명적인 결과를 초래하게 된다.

7. 영국교회의 종교개혁 예비기(14~16세기)

종교개혁-예비기 14~16세기 동안에도 [그림 1편2] 중앙에 '③영국교회 종교개혁 예비기로 영어 성경 번역' 작업으로 자국어 성경을 갖게 되었다. 5세기 때에 패트릭 선교팀에 의하여 아일랜드 켈트족에게 복음선교 역사를 허락하시고 9세기까지 중부 유럽대륙을 그 복음화 선교로 꽃피우고 카롤링거 르네상스를 맞게 하셨다. 로마교회가 여호와 하나님 길에서 벗어나서 로마가톨릭교회 교권 강화에만 몰두하고 있음에도 불구하고, 14~15세기는 영국교회를 본 단락에서 설명하려는 것과 같이 16세기 종교개혁을 위하여 준비시키시고, 또한 1492년 아메리카 신대륙을 발견하게 하여서 후일에 18세기부터 미국교회를 중심으로 세계선교를 할 수 있도록 준비시키는 14~16세기 영국교회를 지금부터 살펴보자.

(1) 알프레드 대왕의 영어 예배
9-10세기 바이킹 무력침공의 무시무시한 공포 속에서도 약간의 축복은 있었다. 영국 남부 웨식스의 알프레드 대왕은 재위 기간 28년(871~899

년)으로 22세에 즉위하여 9세기 웨식스 왕국의 국왕으로 영국의 역대 왕 중 유일하게 대왕(대제) 칭호를 받은 왕이다. '잉글랜드'라는 국가 및 민족의 정체성을 확립한 왕으로 평가받고 있으며 현재에도 영국인들(잉글랜드인들)에게 많은 존경을 받는 인물이다.

알프레드 대왕은 로마문화를 담은 라틴어 문헌들을 고대 영어(앵글로색슨어)로 번역해서 영어의 기초를 세웠다. 특히 알프레드 대왕은 바이킹의 침략에 맞서, 잉글랜드 북부를 완전히 정복하고, 남부 잉글랜드에 있는 웨식스 왕국까지 넘보던 바이킹들을 여러 번 패퇴시켜 앵글로색슨족의 정체성을 지키는 업적을 세웠다. 알프레드 대제는 예배 때 일반적으로 라틴어를 사용하던 것을 중지하고 자국어인 영어(앵글로색슨어)로 예배를 드리며 또한 영어로 기독교 문서를 만들기 시작했다.

(2) '영국 종교개혁의 샛별' 존 위클리프와 영어 성경 번역작업

존 위클리프(1320~1384년)는 '영국 종교개혁의 샛별'이라고 불리며 14세기 옥스퍼드의 유명한 학자였으며, 그는 평생토록 이 대학과 관련을 맺었다. 그는 죽는 날까지 로마교회의 사제였지만, "교회의 유일한 머리는 그리스도이며 복음정신으로 다스리도록 예정된 사람이 아니라면 교황은 적그리스도의 대리자"라고 선언했다. "권력을 장악하고 있는 교권제도와 특별한 종교적 신성을 주장하는 수도사와 탁발 수도승은 성경적 기반을 결여하고 있다."라고 역설했다. 또한 그는 신앙 문제에 있어서 로마교회의 무오성을 부인했으며 비밀 고해성사를 부정했고 또한 연옥 신앙, 성지 순례, 성자(성인) 예배, 성물 숭배 등을 모두 비성경적인 것으로 배척했다.

그는 소박한 삶을 사는 설교자들의 단체를 조직하여, 사제들이 좀처럼 설교하지 않았고 또한 사람들이 교육을 받지 못했던 시대에 영국 전국을 다니면서 하나님의 말씀을 전하게 했다. 9세기 알프레드 대왕이 이룩한 라틴어 대신에 자국어 앵글로색슨어(고대 영어)로 교회 예배를 드리도록 하였던 기반 위에 위클리프의 추종자들이 영어로 성경을 번역한 일의 -최초의 영어 성경(1380년~1384년)을 만드는 일- 중요성은 존 위클리프의 가장 큰 업적이라고 하여도 지나치지 않다. 그 영향력은 매우 광범위하여서 영국의 귀족과 농부가 다 같이 성경 말씀을 자국어로 이해함으로써 진리를 자각할 수 있게 되었을 뿐만 아니라 영국교회가 하나님의 교회사에서 '성경중심 기독교 전승' 이라는 사명을 감당할 수 있는 밑거름이 되었다. 이로써 자국어 성경 말씀에 입각한 영국교회가, 중세교회를 지배하던 로마가톨릭교회 교리와 신학에서 탈피하여 복음적인 신앙을 갖게 되면서, 연이어 다음 3절에 16세기 이후의 종교개혁에 대비하여 하나님께서 준비시켜셨다.

(3) 착실히 진행되는 스코틀랜드의 종교개혁 준비

이 내용은 영국교회가 종교개혁 전에 착실히 성경적 복음화 준비 단계를 거치므로 그 결과로 유럽대륙 교회와 달리 비교적 평화적으로 종교개혁을 할 수 있었던 성공적인 영국의 스코틀랜드 교회를 소개하고자 한다.

1) 종교개혁 기반 마련

스코틀랜드에서처럼 그렇게 완전하고도 철저한 종교개혁은 세계 그 어느 나라에서도 없었다. 소란스러운 역사를 가진 이 작은 나라에서 로마가톨릭에 대하여 사실상 생명의 손실을 크게 받지 않고 또 별로 많은 사람이 투옥되지 않은 채 종교개혁이 이룩되었다는 것은 또한 주목할 만한 일이

존 위클리프

다. 이것은 다음과 같은 몇 가지 종교개혁을 준비하였던 교회사적 요인에 기인한다.

　□ 고대 켈트교회공동체가 남겨놓은 소중한 성경적 영적 복음화 유산

□ 옥스퍼드에서 공부한 스코틀랜드 학생들이 들여온 위클리프주의 롤라드
　파(Lollardy)의 영향

　롤라드파는 16세기 종교개혁 160여 년 전의 14세기 중반에, 현재 개신
교와 유사한 기존 가톨릭교회 개혁을 주장하는 세력이 잉글랜드에서도
있었는데 존 위클리프와 그를 따르는 무리를 로마가톨릭교회에서는 롤라
드파(Lollardy)라 불렀다.

2) 14~16세기 영국교회 평화적인 종교개혁 모델

　이처럼 스코틀랜드 교회는 14세기 말부터 존 위클리프의 자국어 영어
성경 번역작업으로 인하여, 외국어 라틴어가 아닌 자국어 성경을 보유하
게 됨으로써, 귀족은 물론 평민들도 성경을 읽고 신앙생활을 할 수 있으
므로 로마가톨릭교회가 더 이상 그들의 비성경적 교리와 로마교회 교권
체제를 강요할 수 없게 되기 시작하였다.

　우리는 여기 14~16세기 영국교회에서 중요한 교회사적 사건에서 소중
한 모델을 발견하게 된다. 다음 단락에서 다루겠지만 유럽대륙 교회는
16~17세기 100년에 걸쳐서 로마가톨릭교회 파와 개혁교회파 간의 '유럽
교회 100년의 종교전쟁' 무력 충돌로 유럽 여러 나라가 참여하는 피비린
내 나는 전쟁을 통하여 종교개혁을 이룩하게 된다. 이에 반하여 영국 스
코틀랜드 교회는 평화적으로 종교개혁을 이룩하는 모델을 제시하였다. 그
차이는 어디에서 기인할까?

3) 자국어 성경을 기반으로 하는 복음주의 그리스도인 양육

　스코틀랜드 교회와 유럽대륙교회 차이점은 여러 가지 역사적인 요소도
많겠지만 근본적인 이유는 그 교회가 성경 말씀으로 "복음적 하나님 백
성"이 되었느냐와 로마가톨릭교회와 같이 로마교회 교리에 입각한 "로마
교회 교인으로 양육"하였느냐에 대한 차이라고 할 수 있다.

□ '복음적 그리스도인'과 '로마가톨릭교회 신자'의 차이

다른 말로 표현하면 성경 말씀에 입각한 "복음적인 그리스도인"과 성경 말씀보다는 로마교회 교리에 의하여 양육된 "로마가톨릭교회 신자"와 차이점이라 할 수 있겠다. 따라서 자국어 성경을 읽고 말씀의 양육이 얼마나 중요한 것인가를 단적으로 나타내는 대목이다.

더군다나 1450년경에 독일에서 금속활자가 발명되어 인쇄술의 급격한 발달로 자국어 성경 보급이 더욱 활발하게 되었으며, 스코틀랜드 교회는 자국어 영어 성경을 보유하게 됨으로써 귀족은 물론 평민들도 성경을 읽고 신앙생활을 할 수 있으므로 로마가톨릭교회가 더 이상 그들의 비성경적 교리와 로마교회 체제를 강요할 수 없게 되기 시작하였다. 그리하여 1560년경 이후에는 로마가톨릭교회는 사실상 그 땅 스코틀랜드에서 스스로 자취를 감추었으므로 평화적인 종교개혁을 이룩할 수 있었다. 참으로 성경 복음적인 평화적 종교개혁 방법으로 타 국가와 유럽대륙 교회에 본보기가 될 수 있겠다.

이러한 성공적인 스코틀랜드 종교개혁은 자국어 성경을 기반으로 하는 참다운 복음화가 이루어졌기 때문에, 유럽대륙 교회와 같이 로마가톨릭교회와 개신교 간의 교리적인 차이 때문에 100년간의 종교전쟁으로 수많은 사람이 피를 흘리며 죽고, 죽이지 않는 평화적으로 종교개혁을 할 수 있었다.

3절 시대별 교회 부흥으로 땅끝까지 세계선교

우리는 앞 단락 [그림 1편2]에서 'Ⓐ감추어진 성경중심 교회사'에 해당하는 ①초대교회, ②켈트교회, ③영국교회를 살펴보았으며, 본 단락에서는 이어서 성경중심 교회사가 완성되는 '④세계교회 부흥과 선교' 교회사를 살펴보려고 한다. 세계선교는 하나님의 백성들 교회 부흥을 통하여 성령 하나님의 역사와 능력으로 땅끝까지 직접 이루어 가시는 교회 부흥 교회사와 선교 교회사를 다 같이 살펴보자.

1. 교회 부흥과 성령 하나님의 역사

앞 2절에서 아일랜드 켈트교회공동체의 하나님 나라 확장 과정을 살펴보면, 먼저 패트릭 선교팀에 의하여 복음이 아일랜드 켈트족에게 전해지고, 그 복음이 불씨가 되어 아일랜드 켈트족 교회 부흥이 일어나게 되고, 그 켈트교회 부흥의 결실로 또 다른 스코틀랜드 섬으로 선교가 되면서 부흥의 불씨가 유럽대륙 선교에까지 선순환하며 이어졌다.

(1) '교회 부흥'에 대한 하나님의 뜻

이와 같이 하나님 나라 확장은 교회 부흥과 선교가 한 쌍이 되어 나란히 선순환 구조를 이루며 하나님 나라 확장을 마치 쌍두마차의 두 마리 말처럼 진행해 간다. 따라서 본 3절에서는 유럽교회 부흥의 불씨가 세계 각 지역에 세계선교로 확장되므로 '유럽교회 부흥'과 '세계교회 부흥'을 초점으로 살펴보도록 하자.

□ 하나님의 구속사와 교회 부흥의 관계

조나단 에드워즈[13]는 '구속사와 교회 부흥의 관계'에 대한 사실관계를

---

13) 조나단 에드워즈(Jonathan Edwards, 1703-1758) 목사는 미국교회 대부흥운동을 이끌며 2편 본편 미국 교회 부흥운동에서 자세히 소개된다.

의심할 여지 없이 입증할 수 있음을 역설한다. 그는 하나님 구속 사역과 교회 부흥의 관계에 대하여 '인간이 타락한 때부터 오늘까지 효과적인 구속 사역은 성령 하나님의 특이한 교통을 통해서 수행되어왔음을 관찰할 수 있다. 비록 성령 하나님께서 늘 교회의 의식에 어느 정도 영향을 끼치시지만, 가장 위대한 일을 이루시는 방법은 항상 특별한 긍휼의 때에 특이한 폭발을 통해서였다' 라고 정의한다.

교회사를 바르게 읽으면 틀림없이 조나단 에드워즈의 이 명언이 옳음을 알고 찬동하게 될 것이다. 분명히 교회의 진행과 발전역사는 주로 부흥의 역사였고, 성령의 강력하고 예외적인 부으심의 역사였다. 하나님께서 자신의 영광과 능력을 이러한 비범하고 예외적이며 이적적인 방법으로 나타내심으로써, 자신의 일을 지키시고 발전시키셨다는 것은 의심의 여지가 없다. 우리는 위와 같은 내용을 근거로 하여 유럽대륙 복음화가 그 이후 세계교회사에서 어떤 의미와 역할을 하였는지 교회부흥 역사를 전체를 대체로 간략하게 요약하여 살펴봄으로써 이를 설명하려고 한다.

(2) 교회 부흥과 성령 하나님

교회 '부흥운동' 이라고 하면 우리 각자가 '부흥 운동' 단어의 의미에 대하여 나름대로 개인 경험에 의하여 다양하게 생각하고 있을 것이다. 여기에 대하여 우리가 '부흥운동' 단어의 의미를 우선 통일되게 정리하고 이를 설명해나가는 것이 순서라고 생각된다.

□ 교회 부흥운동의 정의

마틴 로이드 존스 목사[14]는 교회 부흥의 정의를 다음과 같이 하였다. "부흥을 정의하는데 시간을 쓸 필요 없는 것은 〈성령하나님께서 비상하

---

14) 마틴 로이드 존스 목사(1899~1981년)는 영국 출신 복음주의 설교자와 저술가로, 존 스토트 목사와 함께 한국교회에 가장 영향력이 많았던 목회자였다. 원래 외과 의사였으나 40세에 목사가 되어 1938~1968년 은퇴하기까지 30년 동안 런던 웨스트민스터 채플에서 강해설교자로 유명하다.

게 역사하실 때 교회의 생활 속에서 체험되는 것이 바로 부흥이다〉.” 일차적으로 성령하나님께서는 교회에 속한 지체들을 통해 그러한 역사를 하시므로 부흥은 신자들의 부흥이다. 생명이 없던 것을 부흥시키는 것은 불가능하기 때문이다.

부흥 운동은 곧 교회 부흥을 의미한다. 따라서 부흥에서 나타나는 주요한 두 가지 특징은

첫째, 교회 지체들이 이처럼 특이하게 새로운 생명의 힘을 얻게 된다는 것과

둘째, 이제까지 교회 밖에 있던 많은 사람이 회심한다는 것이다.

그러므로 교회 부흥으로 교회는 새로운 생명의 힘에 의하여 흥왕하게 되고, 많은 하나님을 믿지 않은 사람들이 회심을 하게 되어 기독교 교인 숫자적 증가를 이루어 간다. 따라서 교회 부흥은 하나님 백성을 위하여 성령 하나님의 교회를 통한 섭리하시는 능력의 증거이시다. 일반적인 사역과 특별한 역사(부흥 운동)의 차이를 살펴보자.

□ **일반적인 사역**

우리는 하나님 나라를 유지하고 확장시키는 일에 있어서 보다 느리고 고요하고 점진적인 방법을 찾는데 매우 익숙해진 나머지 성령 하나님께서 갑작스럽고 강권적으로 역사하시는 일을 들을 때 놀라며, 심지어는 어느 정도 회의적인 마음으로 듣는 경향이 있다. 아니, 우리는 정규적인 사역 하에서 흔히 관찰되는 것보다 획기적이고 급속한 변화가 교회와 세계에 이루어지는 것을 기대하거나 그것을 위해 기도하지 않는다.

□ **특별한 역사(부흥 운동)**

‘이는 내 생각이 너희의 생각과 다르며 내 길은 너희의 길과 다름이니라 여호와의 말씀이니라(이사야 55:8).’

우리가 지금 논하는 것은 일반적인 세상사가 아니라 하나님 교회에 대한 ‘교회 부흥운동’이다. 이는 자연히 우리의 관점이 아니라 하나님의 관점으

로 이해하여야 하는 이치로 '교회 부흥운동'의 주체는 성령 하나님이시기 때문이다. 교회 역사를 보면서 하나님께서는 종종 현명하신 이유를 가지고, 그의 은혜와 능력을 매우 특이하고 괄목한 방법으로 나타내시기를 기뻐하신다. 그리하여 무기력해 빠진 교회를 일으키시기도 하고 그러한 일들을 부정하는 사람들을 깨우치고 확신시킨다. 하지만 무엇보다도 중요한 것은 사람들이 무시하기 쉬운 은혜의 주권과 능력을 단번에 가르치시기 위하여 그렇게 하신다. 이 특별한 역사가 바로 '교회 부흥운동'이다.

(3) 교회사와 선교와 교회 부흥과의 관계

우리는 하나님의 교회사를 살펴보는데 왜 선교와 교회 부흥은 교회사와 어떤 관계가 있으며, 또 우리는 왜 이 문제를 다 같이 다루어야만 하는가? 우리는 앞에서 하나님의 효과적인 구속 사역은 성령 하나님의 특이한 교통을 통해서 수행되어왔음을 관찰할 수 있으며, 교회사를 바르게 읽으면 틀림없이 교회의 진행과 발전역사는 주로 부흥의 역사였고, 성령의 강력하고 예외적인 부으심의 역사였다. 교회 부흥 운동의 두 가지 특징은 첫째로 교회 지체들이 이처럼 특이하게 새로운 생명의 힘을 얻게 된다는 것과 둘째로 이제까지 교회 밖에 있던 믿지 않던 많은 사람이 복음 선교로 회심한다는 것이다.

따라서 교회 역사는 교회 부흥의 역사와 복음 선교역사를 다 같이 서로 포용하고 서로 선한 영향력을 끼치면서 세월의 강물을 따라 지금도 도도히 진행되고 있다. 하나님께서 자신의 영광과 능력을 이러한 비범하고 예외적이며 이적적인 방법으로 나타내심으로써, 자기 일을 지키시고 발전시키셨다는 것은 의심의 여지가 없다. (참조 [그림 2편11] '구속사-교회사-선교역사의 관계 도표').

(4) 교회 부흥의 시대별 구분과 진행 방향

2000년의 교회사를 보는 각도에 따라서 다양한 방법으로 구분 지을 수가 있겠지만 앞에서 기술한 바와 같이 기독교의 부흥 곧 교회 부흥이라는 관점에서 [표 1편4] '세계 지역별 교회 부흥과 선교운동 요약표' 와 같이 개략적으로 5단계로 부흥 운동의 교회사로 구분 설명하려고 한다.

1) 교회 부흥의 시대별 구분

기독교 부흥 운동의 관점에서 다음과 같이 5단계 시대별로 이 땅끝까지 교회 부흥 운동이 일어난다고 볼 수 있다.

〈영국연방교회 : 영국교회, 호주교회, 캐나다교회〉

시 대	①1세기~5세기	②6세기~15세기	③16세기~18세기	④18세기~20세기	⑤20세기~21세기
선교 부흥 대상	로마제국 초대교회 선교 부흥 운동	아일랜드, 영국 켈트교회 부흥, 유럽대륙 선교	유럽교회 부흥과 선교	미국교회, 호주교회, 캐나다교회 부흥과 선교	제3세계 교회 선교와 부흥
선교 부흥 방법	그리스도인 공동체(가정교회) 중심 선교	로마가톨릭교회 대신에 켈트교회공동체 유럽선교	종교개혁 이후 유럽교회 폭발적인 부흥과 선교사역	유럽교회 부흥운동 미국,호주, 캐나다 선교와 교회 부흥 연결	세계 2차대전 후 제3세계 각국 독립하여 선교와 부흥의 시대

[표 1편4] 세계 지역별 교회 부흥과 선교운동 요약표

① 1세기 ~ 5세기   초대교회 이교도 선교와 부흥 운동
② 6세기 ~15세기   아일랜드, 영국 켈트교회 부흥과 유럽대륙 선교
③ 16세기~18세기   유럽교회 선교와 부흥
④ 18세기~20세기   미국교회 선교와 부흥
⑤ 20세기~21세기   제3세계 교회 선교와 부흥

2) 부흥 운동 진행 방향 세계지도

[표 1편4]를 세계지도 그림으로 시각적으로 부흥 운동 진행 방향을 표현한다면 ' [그림 1편5]초대교회부터 세계선교 진행 방향 지도' 와 같이 예루살렘 교회를 시작으로 하여 서쪽으로 서쪽으로 서진 운동을 하면서 진행된다.

[그림 1편5] 초대교회부터 세계 선교 진행방향 지도

북극해
Arctic Ocean

16-18C 유럽교회 부흥과
미국,캐나다,호주,중국선교

6-15C 켈트교회 유럽선교
영국교회 복음화

1-5C 초대교회
4천5백만 명 기독교 선교

1C 예루살렘교회

20-21C 한국교회
부흥과 세계선교

18-20C 캐나다교회
부흥과 세계선교

18-20C 미국교회
부흥과 세계선교

태평양
Pacific Ocean

대서양
Atlantic Ocean

20-21C 아프리카 교회
부흥과 세계 선교

20-21C 중남미교회
부흥과 세계선교

인도양
Indian Ocean

18-20C 호주교회
부흥과 세계선교

남극해
Southern Ocean

기호 ①②③④⑤는 [표1편3]'시대별 교회 부흥운동 요약표'기준

(*주: [표 1편 4] 기호 ①~⑤는 [그림 1편 2] 기호 ①~④와는 무관함)

2. 초대교회 부흥부터 유럽교회 부흥까지 (1-15세기)

이제부터는 [표 1편4] '세계 지역별 교회 부흥과 선교운동 요약표' 순서에 따라서 '①1~5세기'부터 살펴보자. 2000년의 교회사를 보는 각도에 따라서 다양한 방법으로 구분 지을 수가 있겠지만, 앞에서 기술한 기독교의 부흥 곧 교회 부흥이라는 관점에서 [표 1편4]①-⑤ 구분한 것을 세계지도 [그림 1편5] 세계선교 진행 방향 지도와 표를 함께 시각적으로 연상하면서 교회사를 구분 설명하려고 한다. 본 단락은 앞 1절, 2절의 초대교회와 켈트교회공동체를 '교회 부흥의 관점'에서 다시 조명해 보는 내용이다.

(1) ①초대교회(로마제국 교회) 시대
앞 단락 1절에서 설명하였던 초대교회(로마제국) 시대의 교회부흥에 대한 내용이다. (①1세기~5세기; [그림 1편5] 좌측 중앙 위치 참조)
"초대교회는 그 자체가 부흥의 시대 교회였다!"

부흥운동에 대하여 회의적으로 생각하는 사람들의 주장 중의 하나는 신약성경에는 어디에도 부흥을 위하여 기도하라는 가르침이 없다는 것이다. 이에 대한 풍족한 답변이 있는데 −그것은 오히려 역설적으로− 신약교회 자체는 부흥 중에 있었기 때문에 부흥을 위해 기도를 하라는 권면을 받지 않았다. 신약성경에 나오는 교회에 관한 기사는 부흥의 기사이다. 신약교회는 성령하나님의 능력이 충만했는데 우리가 부흥의 역사를 읽을 때 즉시 사도행전을 연상하게 되지 않는가? 그러한 교회는 언제나 부흥 가운데 있던 신약교회와 비슷한 모습을 띠기 마련이다. 신약성경 시기는 부흥의 시기였으며 오순절의 위대한 부어 주심은 계속되었으며, 신약교회는 영적인 교회였고 성령이 충만한 부흥하고 있는 교회였다.

(2) ②로마가톨릭교회 1000년의 중세 암흑시대

기독교 교회사적으로 볼 때 로마가톨릭교회는 교회가 성령부흥을 경험하지 못하는 1000년의 '성령 부흥의 암흑기'이기도 하다. 본 단락은 주로 중세 1000년의 암흑기를 성령하나님의 능력을 마음껏 누리지 못하는 '성령의 능력을 소멸하는 암흑기'에 관하여 살펴보려고 한다. 마틴 로이드 존스 목사의 참고문헌[15] 중심으로 설명하겠다.

1) 로마가톨릭 교리의 성령하나님 역사에 대한 제한

"로마가톨릭교회는 교회적으로 부흥을 경험한 적이 없다."

마틴 로이드 존스 목사는 참고문헌 내용 중에서 '부흥−역사적 및 신학적 관점에서 본 부흥'에서 "2. 부흥의 역사와 쇠퇴한 이유"의 글에서 로마가톨릭교회가 결코 교회사적인 부흥을 경험하지 못한다는 내용을 참고문헌을 인용하여 설명한다.

"제가 언급하고 싶은 첫 번째 요점은 '로마가톨릭교회에는 부흥이 일어났던 적이 한 번도 없다는 점이다.' 이것은 출발점으로 의미심장한 사실이

---

15) 마틴 로이드 존스. 『청교도 신앙-그 기원과 계승자들』 *The Puritans : Their Origins and Successors* (생명의말씀사, 2013), 19 '부흥의 역사와 쇠퇴한 이유'

다. 로마가톨릭에 속한 개인들은 부흥이라고 할 수 있는 것들을 알고 체험하기도 했다. 그러나 가톨릭교회가 부흥을 경험한 적은 전혀 없었다. 왜 그럴까? 다음과 같이 말씀드리는 것이 정곡을 찌르는 설명이라고 본다. 그것은 성령께 대한 로마가톨릭교회의 전체 교리가 낳은 직접적인 결과이다."

로마가톨릭교회에 속한 개인들은 부흥이라고 할 수 있는 것들을 체험하기도 했으나 가톨릭교회 자체가 부흥을 경험한 적은 전혀 없었다. 왜 그럴까?

그것은 성령 하나님께 대한 그들의 전체 교리가 낳은 치명적인 오류이다. 로마가톨릭교회는 성령 하나님을 교회와 사제(신부)에게서, 특히 성례들에, 보다 특별하게는 영세에 국한시킨다. 성경 말씀에 "성령을 소멸하지 말며(살전 5:19)"라고 하셨는데 로마가톨릭은 그들 교리에 벌써 성령의 사역을 극도로 제한하였다. 그들은 성령 하나님을 제한하는 치명적으로 교리의 결함을 보인 결과 성령 하나님이 역사하시는 교회 부흥의 여지를 전혀 남겨두지 않음으로 그들은 결코 부흥을 경험하지 못한다.

2) 켈트교회공동체 부흥 운동

1000년의 로마가톨릭교회 암흑기는 부흥이 없었지만, 동시대에 앞 단락 2절은 켈트교회공동체의 아일랜드 선교와 유럽대륙 선교는 초대교회 선교와 같이 "아일랜드 교회와 유럽교회 부흥 운동" 그 자체였다.

□ 아일랜드 켈트교회공동체 부흥 운동 결과 영국 복음화

432년 패트릭(영국) 선교팀의 아일랜드 켈트교회 선교는, 2000년의 교회사 속에서 가장 성공적인 선교운동과 교회 부흥 운동을 동시에 대표하는 모범 사례에 해당한다고 할 수 있겠다. 마케도니아적(행 16:9) 소명을 받고 12명의 선교팀과 함께 아일랜드에 복음 선교를 시작한 패트릭 선교팀은, 아일랜드 켈트족을 대상으로 하는 복음 전도는 켈트족의 문화에 적합하도록 상황화하여 성령하나님의 은혜로 아일랜드 많은 켈트부족에게 폭발적인 켈트교회 부흥을 이룩하였다. 그들의 켈트교회 부흥은 선교 지향적인 독특한 공동체로 발전하여, 우리가 익숙한 로마가톨릭의 동방수도원과 같은 속세를 떠나 수도사 개인 영성 위주의 수도원과는 근본적으로 달랐다. 패트릭이 임종하기까지 28년 동안 선교사역 결과 아일랜드 150개 부족 중에서 30~40개 부족이 복음화되는 놀라운 켈트교회 부흥운동의 열매이다.

그러나 그보다 더 중요한 것은 패트릭 선교팀으로 끝나는 것이 아니라 그 선교 지향적인 정신을 이어받아 563년 콜롬실의 140명의 대단위 선교팀이 스코틀랜드 북서쪽 아이오나 섬을 복음화하여 장차 유럽대륙에 파송하는 선교사 기지가 될 만큼 아이오나 섬을 복음화하여 아이오나 켈트교회가 급팽창하는 눈부신 부흥을 이루었다. 그다음 633년 아이든의 12명의 선교팀은 스코틀랜드 북동쪽 린디스판 섬을 복음화하여 린디스판 섬 켈트교회 부흥의 열매로 또한 유럽에 파송하는 선교사의 전초기지 역할을 담당하게 된다.

□ 아일랜드 켈트교회공동체 부흥 운동과 유럽대륙 복음화

600년 아일랜드인 콜룸바누스 사도와 그의 제자 12명 선교팀은 유럽대륙에서도 켈트 크리스천 선교를 수행하기 위해 대륙을 향해 출발했다. 그는 신학에 조예가 깊어 켈트교회공동체 학교의 수석 강사가 되어 30년 동안 신학을 가르치다가 순례자(선교사)가 되리라는 부르심을 받고, 그의 열두 제자와 더불어 유럽대륙 골(Gaul, 라틴어는 갈리아) 지방을 향해 선교하게 된다. 그리하여 켈트교회공동체 중심의 선교단에 의하여 중부 유럽대륙에 복음화 선교로 유럽지역 켈트교회 부흥이 성공적으로 진행되었다.

3. 유럽교회와 미국교회 부흥의 시대(16~20세기)

앞 단락에서 우리가 살펴본 것과 같이 [그림 1편2]의 좌측 중앙 '성경중심 기독교'에서 켈트교회 유럽대륙 선교가 은혜롭게 유럽대륙 복음화를 왕성하게 하는 중에 7세기 말 휘트니, 오탱 종교회의 결과 켈트교회공동체 선교사역이 로마가톨릭교회에 의하여 대체되고 활활 타오르던 선교의 불길은 꺼져갔다. 그 12세기 이후에 300년 동안 성령 하나님의 역사 '종교개혁-예비기'([그림 1편2] 성경중심 기독교 중앙)는 1517년 종교개혁으로 그 복음의 불씨를 되살리게 된다.

(1) ③종교개혁 열매 청교도운동과 유럽교회 부흥 시대
(③16~18세기; [그림 1편5] 왼쪽 위 참조)

16세기 1517년부터 유럽교회는 종교개혁(교회개혁)을 통하여 개신교는 예수 그리스도의 성경적인 복음으로 재무장하였으며, 18세기부터는 전 세계를 대상으로 활발한 세계선교의 역사가 진행된다. 또한 15세기 말 1492년에 아메리카 신대륙이 발견되자, 그 이전 7~8세기에 아일랜드 켈트공동체가 주축이 되어 유럽대륙에 복음 선교하였던 전통을 본받아, 17~18세기부터는 ③유럽교회([그림 1편5]좌측 상단)가 이제는 아메리카 신대륙을 선교하여 기독교 국가 미국을 탄생하게 된다.

1) 유럽 각 국가의 부흥 운동

유럽 각국 17~18세기는 부흥 운동의 시기였으며 이 시기에 우후죽순처럼 일어나는 유럽 각국의 교회 부흥 운동을 개략적으로 살펴보자.

□ 북아일랜드 부흥 운동으로 17세기에 주목할 만한 일련의 부흥 운동은 1620년대에 일어났다. 웰시, 브루스, 리빙스턴 같은 사람들의 사역을 통하여 스코틀랜드의 다른 교회들 가운데도 그와 유사한 부흥이 산발적으로 일어났다. 1735년 이후의 웨일즈에서도 부흥이 있었는데, 이러한 일은 여러 해 동안 계속되었다.

□ 스코틀랜드에서 16세기에는 1550년대의 존 낙스(John Knox)의 종

교개혁이 있었다. 17세기에는 1620년의 스튜아튼의 부흥, 1625년의 솟츠 교회의 부흥, 그 부흥으로 인하여 일어난 1638년의 스코틀랜드 제2의 종교개혁과 그 뒤의 언약도 운동이 있었다.

☐ 18세기(1727년) 독일 모라비아 공동체는 헤른후트의 모라비아 공동체에서 일어났던 주목할 만한 부흥을 만나게 된다. 이때 일어난 놀라운 성령의 역사는 존 웨슬리의 일기 처음 부분에 생생하게 묘사되어 있다. 물론 모라비아 형제단의 역사에 관한 많은 책에서도 이 일이 잘 그려져 있다. 이 부흥의 물결은 미국으로 건너가 조나단 에드워즈와 '대각성 부흥운동'을 만나게 된다. 1790년에 이르기까지 부흥이 일어나게 되는데, 넓은 안목으로 보면 이 기간 17~18세기 전체를 어떤 의미에서 부흥의 시대라고 묘사할 수 있다.

2) 청교도운동과 부흥운동
청교도(淸敎徒, Puritan)는 16~17세기 영국 및 미국 뉴잉글랜드에서 칼빈주의의 흐름을 이어받은 프로테스탄트 개혁파를 시작으로 한다. 청교도의 출현 배경은 영국에서 1559년 엘리자베스 1세가 내린 통일령(국왕을 종교상의 최고의 권위로 인정)에 순종하지 않고 영국교회 내에 존재하고 있는 로마가톨릭적인 제도 · 의식의 일체를 배척하며, 칼빈주의에 입각하여 투철한 개혁을 주장하였다. 엄격한 도덕, 주일의 성수, 향락의 제한을 주창하였다.

(2) ④미국교회 대각성 부흥운동과 세계 선교시대
유럽교회의 청교도 신앙이 신대륙으로 건너가서 건국이념이 되었던 미국과(④18~20세기; [그림 1편5] 우측 중앙 참조) '미국교회 세계선교'가 중심이 되어 19세기 이후 미국교회와 영국연방국가(영국, 호주, 캐나다)의 교회들이 협력하여 아프리카, 아시아, 오세아니아 모든 지구촌에 교회를 세우고 하나님을 예배드리는 선교의 바탕이 되게 하셨다.

1) 미국교회 부흥 대각성운동

미국교회의 부흥 운동은 특별히 '대각성 (The Great Awakening) 교회 부흥운동' 이라 일컬어지며 이것은 '청교도 정신' 이 초기 북미대륙 미국인 각 개인의 신앙이었다면 '대각성 운동' 은 이것을 미국인 사회 공동체로 확산시키는 신앙 운동이었다. 오늘날까지 미국 사회에 큰 영향을 미치고 있는 미국사의 가장 큰 사건 가운데 하나로 학자들은 18세기 초에 북미 모든 식민지를 휩쓴 '대각성 운동' 을 꼽는 것을 주저하지 않는다.

'대각성운동' 이란 미국교회에서 이른바 '부흥 순회 전도사들이 주도한 개신교 부흥운동' 인데, 1720년 무렵부터 거의 30년(1720~1750년) 동안 계속되면서 루터의 종교개혁에 버금가는 엄청난 영향을 신대륙에 미쳤다.

2) 조나단 에드워즈 목사와 미국 대각성 부흥운동

□ 대각성 교회부흥운동의 시작

대각성 교회부흥운동의 시발은 1719년 네덜란드 개혁교회 소속 프렐링후이젠 목사가 뉴저지 래리탄 계곡에서 개최한 일련의 '부흥회'에서 비롯되었다. 그러나 이를 뉴잉글랜드[16] 전역으로 확산시키는 데 결정적 공헌을 한 인물은 청교도인 노샘프턴의 젊은 목사 조나단 에드워즈이다.

조나단 에드워즈는 프렐링후이젠 목사의 집회에 참석하여 큰 감명을 받고 자신도 프렐링후이젠 같은 위대한 부흥사가 되기로 결심을 했다. 그가 노샘프턴에서 순회 부흥집회를 시작한 것은 1734년인데, 원죄, 회개, 신과의 교감을 열정적으로 외쳐대는 그의 설교는 너무도 강력하여 집회에 참석한 많은 사람이 회심(Conversion)이라는 신비한 종교적 체험을 하게 되었다. 그는 자신의 이런 경험을 토대로 『노샘프턴의 수많은 영혼을 회심시킨 신의 놀라운 일들』이라는 책을 썼는데, 책은 나오자마자 영국, 독일, 네덜란드에서까지 베스트 셀러가 되었다.

---

16) 뉴잉글랜드: 영국은 초기에 신대륙 북아메리카 대서양 북부 연안에 13개 주의 식민지를 만들었고, 이곳을 '뉴잉글랜드(새로운 영국)' 라고 불렀다.

1742년에는 대각성 운동이 최고조에 달하여 부흥집회에서 '회심'을 경험한 사람들은 '새빛회'(New Lights)라는 전국적인 회심자들의 모임을 결성하고 열성적인 활동을 하였다. 신약시대 교회부흥운동은 성령하나님의 역사로 이루어 가신다.

□ 조나단 에드워즈 목사
   (Jonathan Edwards 1703~1758년)

조나단 에드워즈

개신교 개혁교회 부흥운동의 두 상징적 교회인 영국교회와 미국교회 부흥 운동에서 성령의 역사와 교회 부흥운동의 상징적인 인물 중에서 조나단 에드워즈 목사를 통하여 교회 부흥운동을 살펴보자. 그는 목회자의 아들로 태어나 1716년 13세의 어린 나이로 예일대에 입학, 1720년 17세 때 최우수 학생으로 졸업한다. 그는 1722년 8월부터 뉴욕에 있는 장로교회의 목사로 19세에 사역을 시작했고, 1724~1726년까지 예일대의 교수를 역임하기도 했다. 에드워즈는 1726년 8월에 자신의 외조부인 솔로몬 스토다드가 목회하고 있던 노샘프턴 교회의 부목사로 부임해 사역하다가 1729년 26세에 외조부의 뒤를 이어 담임목사로 사역하게 된다.

에드워즈는 두 차례에 걸친 영적 부흥과 대각성(1734~1735년에 일어난 코네티컷 강 계곡 부흥과 1740~1742년에 일어난 1차 대각성운동)을 그의 목회지에서 경험하게 되고, 부흥과 대각성운동의 변호자가 된다. 에드워즈는 1751년에 매사추세츠주 스톡브리지에서 지역교회 목사 겸 인디언 선교사로 다시 사역을 시작했으며, 1758년에는 프린스턴 대학 총장으로 청빙 받아 부임한다.

마틴 로이드 존스 목사는 조나단 에드워즈를 다음과 같이 요약하여 극찬하였다. "청교도들을 알프스에 비유하고 루터나 칼빈을 히말라야산에 비유한다면, 조나단 에드워즈는 에베레스트산에 비유하고 싶습니다. 제게 있어서 그는 언제나 사도 바울을 가장 닮은 사람인 것 같습니다. 그는 신학자요, 철학자며, 설교가요, 위대한 부흥사요, 복음 전도자요, 선교사요, 저술가요, 교육자였습니다."

□ 성령하나님의 사람 조나단 에드워즈 목사

조나단 에드워즈에게는 성령의 요소가 다른 어느 청교도들보다 더 탁월하게 드러났다. 에드워즈를 통해서 청교도주의가 절정에 이르게 되었는데 왜냐하면 그에게는 다른 모든 사람에게서 발견되는 것이 있고, 추가하여 성령께서 역사하시는 청교도의 정신과 삶과 부가적인 생명력이 있기 때문이다. 에드워즈 목사는 성령 체험의 사람으로 지금까지 미국의 모든 철학자 중에서 가장 위대한 설교자였다.

3) 대각성 부흥운동의 영향

□ 미국 정신세계에 끼친 영향

이 대각성 부흥운동은 미국의 정신세계와 역사 전반에 지울 수 없는 영향을 남겼다. 이 운동의 중요성은 무엇보다도 이것이 북아메리카 전체 식민지에 걸친 최초의 대중운동이었다는 데에 있다. 이전까지 각 식민지들(뉴잉글랜드) 간에는 별다른 유대감이 없었고, 심지어 각 종파, 특히 남부의 영국 국교도(성공회)와 북부의 청교도 사이에는 미묘한 적대감마저 있었는데, 대각성 부흥운동은 이런 벽을 단숨에 허물어버리고 식민지 간에 뚜렷한 정신적 통합을 일구어냈다. 또한 대각성 부흥운동이 내건 반형식주의와 탈정치주의의 기치는 정치와 종교의 엄격한 분리 —영국 성공회는 국왕이 성공회 수장을 겸직하므로 국가 정치와 종교가 엄격하게 분리되지 않았다— 라는 미국 민주주의의 기초를 닦는 데 결정적으로 공헌했다. 뿐만 아니고 대규모 군중 집회들은 미국 정신세계의 큰 물줄기인 반귀족적 대중주의를 만들어냈다.

이 대각성 부흥운동을 기반으로 하여 미국교회는 대 부흥운동이 시작되었으며, 1886년 매사추세츠 주의 헬몬산 대회 등에서 수많은 대학생 선교사들을 결실로 1930년대까지 대학생 선교 지망 사역이 활발하여 2만 명 이상의 학생을 선교사로 배출하여 세계선교의 기폭제가 되었다. 1936년 큰 대회를 마지막으로 미국교회와 신학교에 인본주의를 주장하는 자유주의신학에 물들어 성령하나님의 능력을 제한함으로써 세계 선교의 헌신 물결이 소멸하기 시작하였다.

□ 대각성 부흥운동의 결과물 미국대학 설립

대각성 부흥운동은 미국의 교육제도에도 많은 영향을 미쳤다. 개신교 각 교단은 부흥사들에게 체계적으로 신학과 목회 방법을 가르치기 위한 대학들을 경쟁적으로 세우기 시작했다. 1776년 미국이 독립 직전까지 영국 식민지 통치하에서 당시 우리가 잘 알고 있는 미국 동부 명문대학교들은 신학대학부터 설립되기 시작하여 뉴저지 프린스턴 대학(1746), 브라운 대학(1764), 컬럼비아 대학(1754) 등이 신학교를 중심으로 부흥사와 목회자를 양성하는 것을 주목적으로 세워진 대학들이다. 비교단 교육기관으로는 1740년에 설립된 펜실베이니아 대학이 유일했다.

□ 부흥운동에 대한 시각변화

유럽교회와 미국교회 부흥의 역사를 1860년까지로 일단락해서 살펴보자. 이 한 세기의 역사는 거듭 일어나는 부흥의 이야기라 할 수 있다. 1760년부터 1860년까지 영국 웨일즈에서만 해도 주요한 부흥이 적어도 열다섯 번이나 있었기 때문이다.

– 이제 우리는 1860년이나 1870년쯤에는 이 문제를 보는 사람의 시각에 커다란 변화가 생겼음을 알게 된다. 이 역사적인 시기를 기점으로 한 획이 그어진 것 같다. 이 구획선 이전에는 사람들이 부흥의 차원에서 생

각했음을 알 수 있고 교회 역사에 부흥이 자주 있었음을 알 수 있다. 그러나 그 이후에는 교회 부흥 운동이 오히려 예외적인 현상이 되어 버려 지금은 교회에 속한 대다수가 부흥의 차원에서 생각하기를 거의 중단해 버린 시대인 것 같다. 이 부흥의 시기는 1885년 조선 땅에 첫 개신교 선교사 언더우드, 아펜셀러가 선교를 하기 시작하는 시기와 마주 닿는 시기인 것을 유념하여야 하겠다.

(3) 로마가톨릭교회 국가들은 한 번도 교회 부흥의 역사가 없다

이제까지 [그림 1편2] 중앙 성경중심 기독교 교회 부흥에 대하여 켈트교회공동체 부흥과 유럽교회 부흥 형편을 살펴보았다. 그러나 이 기간에 옆으로 눈을 돌려서 이 그림 하단 교권중심 기독교 로마가톨릭교회 부흥 운동은 어떻게 진행되었는가? 한 마디로 답을 하면 "어떤 부흥 운동도 없었다,"

같은 유럽국가로서 로마가톨릭 국가인 프랑스는 개신교 교회 부흥운동 기간에 대조적으로 나폴레옹 황제(1769~1821년)에 의한 정치 권력 세력다툼 전쟁으로 나날을 보내게 된다. 교회 부흥의 '성경중심 기독교 개신교'와 세상 정치 권력 전쟁의 '교권중심 기독교 가톨릭교회'의 두 얼굴이 동시대에 대비되는 기간이다. 하나님께서는 이 두 진영의 '두 기독교'를 어떻게 보고 계셨겠는가?

□ 성경중심 기독교 교회

영국과 독일 등의 중북부 유럽국가들의 17~18세기에 '개혁교회 부흥운동'의 불길이 활활 타올랐던 내용은 앞에서 기술하였다.

□ 교권 중심 기독교 교회

프랑스, 이탈리아, 스페인 등의 남부 유럽에 있는 로마가톨릭교회 국가들은 교권 강화와 남부 유럽국가들의 '정치 권력투쟁'에 참여하여 교회의 본질인 교회 부흥과 세계선교는 뒷전으로 하고 세상 권력투쟁에만 몰입하고 있었다. 프랑스 나폴레옹 황제(1769~1821년)에 의한 정치 권력 세력다툼으로 이웃 나라들과 전쟁의 소용돌이 속으로 몰입하게 되어서, '성경중심 기독교 개신교'의 1760년~1860년 대부흥의 세기에도, 로마가톨릭교회는 교회사적으로 기록할만한 이렇다 할 교회 부흥의 역사를 왜 한 번도 남기지 못하였는가?

4. ⑤제3세계 부흥운동과 세계선교 시대 (20~21세기)

본 단락에서는 부흥 운동의 시대 마무리 단락으로 제3세계 부흥운동과 20세기 폭발적인 그리스도인의 성장률에 대하여 살펴보려고 한다. ([그림 1편5] 중앙 ⑤ 참조)

□ 제3세계 교회 부흥운동

20세기의 1차 세계대전, 2차 세계대전을 끝내고 이제 21세기를 맞아 2000년도에는 [그림 1편5] 중앙 '21C 한국, 중국교회 등 제3세계 교회 하나님의 세계선교' 역사에 동참하여 현재 진행형으로 진행된다. 일반적으로 제3세계 교회란 유럽, 미국교회 등 서구교회 이후에 나타나는 아시아, 아프리카, 남미지역 등의 비서구교회를 말한다. 우리는 이제부터 제3세계 교회 중에서도 20세기 이후에 특이하게 부흥되는 중국교회와 한국교회 예들을 살펴보겠다.

그런데 아쉽게도 중국교회 사례를 살펴보는 대는 두 가지 어려움이 있다. 첫째는 중국 공산당의 종교지배 아래 삼자교회라는 비 복음적인 이단아를 양성하여 기독교의 복음 진리 전파를 가로막고 있으며, 특히 2013년 이후에 시진핑의 강력한 국가 중심의 중화 민족주의 중국 공산당 이념 통제 아래서 신앙의 자유는 점점 멀어져가고 하나님 자리에 중국 공산당 이념과 중앙정부가 그 자리를 차지하고 있다. 둘째는 중국에 진정한 종교와 언론의 자유가 없으므로 중국교회 부흥에 대한 근현대사 역사적인 기록 자료가 일반적으로 공개되어 발표된 것을 찾아볼 수 없는 것이 오늘날 현실이다. 따라서 2020년 현시점에서는 차선책으로 한국교회의 부흥 운동 교회사를 살펴봄으로써 제3세계 교회 부흥 운동의 한 사례로 대신에 하려고 한다.

(1) 1970년-1980년대 한국교회 대부흥운동

이 당시 한국 국내 정치, 사회적 상황을 살펴보면 매우 어수선한 혼란의 시기였다. 한국교회 부흥운동이 있기 전까지 한국 정치, 경제, 사회적 분위기는 국가에 대한 미래의 희망이 전혀 없어 보이는 암울한 상태 그 자체였다. 일제 강점기 36년이 끝난 1945년 직후에 1950년~1953년 한국전쟁, 1960년 4.19 학생 의거, 1961년 5.16 군사 혁명 등의 불안정하고 급변하는 정치, 사회상황이 한 치 앞 미래도 보이지 않는 '허탈 상태' 이었다.

또한, 한국교회 교계의 형편은 1950년 한국전쟁 이후에 각 교단이 일제 신사참배문제, 자유주의신학과 연관된 교리적인 부분과 여러 가지 이유로 한국의 장로교 교단을 비롯하여 각 교단이 분리되는 과도기적인 불안하고 불안정한 시기였다.

1) 1965년 부흥운동 준비

그런데도 한국교회는 선교 80주년이 되던 1965년을 '복음화 운동의 해'로 지정하여 부흥운동의 시발점이 되어 부흥의 불길이 한반도 남쪽에서 타오르기 시작하였다. 1964년 이화여자대학교에 각 교단을 포함한 75인 인사가 모여 복음화 운동을 초교파적으로 한국교회에서 추진하기로 결의하고, 표어를 '3천만을 그리스도에게로'(그 당시 한국 인구 3천만 명) 라고 결정하고 각 교단 대표 300명을 '복음화운동 전국위원회' 를 구성하게 된다.

한국 개신교 교회가 여러 교단과 교파로 나누어져 있음에도 불구하고 복음화 부흥운동을 범교단적으로 연합하여 추진한 것은 참으로 성령 하나님의 역사이다. 그것은 여러 교회가 교회의 목적과 시대적 사명을 다 같이 인식하고 공감하는 가운데서 이루어진 것이었다. 이것은 복음주의 입장에서는 부정적인 이론에 구애됨이 없이, 복음은 정통적인 경건주의적 전도 정신과 열정으로 전파하는 것은 성령 하나님의 역사를 잘 나타내는 것이다. 1965년 한 해 동안 농촌전도, 도시전도, 학원과 군 전도, 개인별, 그룹별 전도 등 가능한 모든 방법을 총동원하여 교단별 혹은 연합적으로 전도운동을 전개하여 부흥운동의 횃불이 훨훨 타오르기 시작하였다.

2) 미국 빌리 그레이엄 부흥사 초청 부흥운동

복음화운동추진위원회는 다시금 대형 집회를 통한 전도부흥운동을 준비하였다. 1973년 빌리 그레이엄 목사를 초청하여 5월 26일부터 6월 2일까지 전국 주요 도시에서 집회를 열었다. 전도부흥회에서 여의도 광장에서 51만 명이 일시에 모였으며, 여러 도시에서 참석한 연인원 1,185,000명이 운집하는 한국교회 초유의 대단위 부흥운동의 열기를 경험하게 되었다.

3) '엑스플로74' 전도 대회

이 열정을 이어서 1974년 8월 13일부터 나흘간 여의도 광장에서 '엑스플로74' 전도 대회를 개최하였다. '예수 혁명', '성령의 제3폭발'의 주제와 '민족의 가슴마다 그리스도를 심어 이 땅에 성령의 계절이 오게 하자' 등의 구호 아래 개최되었다.

1974년 엑스플로 74 대회 여의도 광장

1974년 8월13~18일
여의도광장

'엑스플로 74 대회'
연인원 655만 명

매일 110만 명
연인원 655만명 참석
엑스플로 74 대회

'예수 혁명의 큰 횃불'
-빌리 그레이엄 목사-

집회 참가자들이
여의도광장을 향하여

'예수혁명 엑스플로
74 성령폭발'

저녁 집회에서
참가 성도들이
가슴을 치며
회개기도

대회에서 전도훈련을 받은
고등학생들이 전도활동을
펼치고 있다

연인원 655만 명이
참여한 부흥 집회에는
세계 언론 취재 활동도
뜨거웠다.

국제대학생선교회 총재 빌 브라이트를 위시하여 한국교회 부흥사들이 부흥집회를 이끌었다. 고등학생들과 어린 학생까지 연인원 655만 명이 참여한 성령 폭발 대부흥운동 이었다.

4) 세계 복음화 대회 전도부흥운동

1980년에 다시금 위의 모든 기록을 대폭 경신하는 대형집회가 '세계 복음화 대회'를 초교단적으로 진행하였으며, 전야 기도회를 시작으로 하여 5일간 개최되었다. 이 부흥집회에서 한국교회가 세계선교의 중추적 역할을 담당할 것을 강조하는 한편, 한국민족이 복음화되어 민족 숙원 통일이 달성될 것임을 역설하였다. 전야제 기도회에 100만 명 참석, 연인원 1,700만 명으로 새 신자 70만 명이라는 집단선교의 결신자 부흥운동의 경험을 갖게 된다.

5) 부흥운동 결과 한국교회 양적인 성장

한국 개신교의 신자 수 통계자료를 살펴보면

　　　1934년　　　307,403 명 (일제 강점기),

　　　1988년　10,337,075 명 (빌리 그레함 전도대회, 엑스폴로74, 세계복음화대회 등의 대단위 전도대회 이후 한국교회 부흥의 물결)

1934~1988년 50년 동안에 동북아시아 한반도 대한민국에 교회 부흥의 결과로 무려 1,000만 명의 하나님 백성으로 강력한 성령 하나님 부흥운동의 결실을 맺는 교회사를 기록하게 된다.

(2) 역동적인 한국교회 선교사역

□ 세계적인 부흥운동과 한국교회 부흥운동 연관 관계

1970~1980년대 한국교회 부흥운동은 우리가 앞에서 살펴보았던 전 세계적인 부흥운동과 이어져서 연관 관계를 맺으면서 성령 하나님께서 이

끌어 가셨다. 유럽교회와 미국교회에서 1860~1880년대 일어났던 교회 부흥운동 불길이 100년이 지나서 아시아의 분단국가 한국교회에서 100만 명이 넘는 대집회와 부흥운동을 주관하시는 성령 하나님의 역사를 현대 한국 교회사에서 경험하게 된다.

한국교회는 이 부흥 운동이 밑거름되어서 21세기 세계선교에 중추적인 역할을 담당하게 된다. 선교 100년이 겨우 지난 한국교회는, 미국교회 다음으로 많은 개신교 21,000명의 선교사(2010년 기준)를 세계 169 국가에 파송하고 있다.

(3) 20세기 폭발적인 그리스도인 성장률.

1) 복음의 놀라운 진전

4000년 전에 하나님이 아브라함에게 처음으로 주신, 모든 땅의 족속들을 복을 주시겠다는 약속(창 12:3) '축복의 통로' 언약이 '우리가 믿지 못할 속도'로 현실이 되고 있다. 어떤 사람들은 일부 세부적인 것들에 대해 이의를 제기할지는 모르지만, 전반적인 동향은 논란의 여지가 없이 확실하다. 성경적 믿음이 역사상 이전 어느 때보다도 급속하게 자라고 있으며 복음은 전파되고 있다.

지구상에 사는 사람 중에 열 명 중 한 명은 성경을 읽고 성경을 믿는 기독교의 흐름에 속해 있다. 그리고 이제는 전통적으로 선교사 파송 기지였던 서구교회보다 비서구교회에서 더 많은 선교사가 파송된다. 남미의 개신교 성장률은 생물학적인 성장률보다 족히 세배는 넘는다.

또한 대한민국의 개신교는 50년 남짓한 사이에 1934년 30만 명이었던 신자가 1985년에는 800만 명 이상으로 늘어났으며 대부분 성장이 지난 몇십 년 사이에 이루어졌다. 더욱 놀라운 것은 대한민국 개신교는 100여 년 전에는 피선교 국가였던 나라인데도 불구하고 이제 지금은 선교역사 100년 만에 개신교 선교사 파송 숫자가 20,000명을 넘어 미국 다음으로 세계 2위 선교사 파송 국가가 되었으며 국가 인구대비 선교사 파송 비율은 월등히 높은 세계 1위의 국가가 되었다. 또한 1980년대 네팔은 여전히 견고한 힌두교국으로 소수의 핍박받는 교회만이 있었다. 하지만 오늘날에는 수십만 명의 기독교 신자들이 있고 100개 이상의 종족집단 안에서 교회가 시작되었다.

2) 20세기 기독교인 성장률

헌신 된 그리스도인들이 초대교회부터 시작하여 1900년까지 세계 총 인구 중 그리스도인 비율이 2.5% 되기까지 19세기까지 1,900년이 소요되었지만, 2.5%에서 1970년에 5%로 성장하기까지는 겨우 70년이 걸렸다. 그리고 5%에서 11.2%로 성장하는 데는 단 30년 걸렸다.

이제 역사상 처음으로 전 세계 아홉 명의 불신자마다 한 명의 그리스도인이 있게

NO.	선교 기점	선교 기간	그리스도인 %
1	1년 -1900년	1900년	2.5%
2	1900년~1970년	70년	5.0%
3	1970년~2000년	30년	11.2%

되었다. 이 표는 20세기 세계 총인구 중 그리스도인 비율을 나타내는 표로써 1900년부터 2000년까지 한 세기 100년 동안에 11.2%는 지난 1900년 동안 그리스도인의 비율 2.5%와 비교할 수 없는 폭발적인 성장을 하였음을 알 수 있다.

이것은 이제 예수 그리스도 복음 선교의 주체가 유럽교회, 미국교회 등의 서구교회뿐만 아니라 제3세계 비서구교회까지 전 세계교회가 주체가 되는 시기가 도래함으로써 이루어진 결과이다. 특히 1945~1970년의 폭발적인 성장 시기는 '믿을 수 없는 25년'으로, 1970년 그 이후 제3세계 비서구교회를 중심으로 급격한 세계 기독교 교인 성장률을 견인하는 하나님의 기독교 교회사에 기록될 것이다.

'너희는 열국을 보고 또 보고 놀라고 또 놀라지어다 너희 생전에 내가 한 일을 행할 것이라 혹이 너희에게 고할지라도 너희가 믿지 아니하리라' (하박국 1:5)

(4) 구속사 변곡점 시대에 하나님께서 사용하시는 사람들

우리는 하나님께서 이 세상을 창조한 이래 하나님의 구속사 가운데서 여러 형태와 사태와 사건들을 만나게 되는데, 그중에서도 구속사 중대한 변곡점 시기에 하나님께서 사용하시는 위대한 하나님 사람들을 만나게 된다. 이 위대한 사람들을 통하여 하나님께서 하신 일을 구속사와 교회사의 큰 줄거리를 염두에 두면서 함께 생각해보자.

하나님께서는 기원전 20세기경에 아브라함을 택하여서 그가 믿음의 조상이 될 것과 큰 민족을 이룰 것을 언약하셨다. 그리하여 기원전 15세기경에 모세를 세우시고 이스라엘 히브리 민족 200만을 노예 같은 이집트 땅에서 출애굽하도록 인도하셨고, 기원전 10세기경에는 이새의 아들 다윗을 택하여서 여호와 하나님이 약속한 젖과 꿀이 흐르는 가나안 땅에서 하나님 백성 이스라엘 열두 지파의 통일된 다윗왕국이 세워지는 것을 보게 하셨다.

신약성경 교회 시대에 와서는 사도 바울을 택하여 신약성경 많은 부분을 기록하게 하시고, 또한 안디옥교회 사도 바울 선교팀을 여러 차례 전도 여행을 하게 하셔서 그리스도 복음이 로마제국에 편만하게 전파되도록 후대에 교회 부흥발전과 선교팀 모형을 보여주셨다. 그리고 5세기경 로마가톨릭교회가 4천5백만 명의 그리스도인들을 마중물로 삼아 하나님 복음 전파에 힘을 기울이지 않고 로마교회 교권 강화에만 몰두하고 있을 때, 유럽대륙 바다 건너 432년 패트릭 선교팀을 통하여 아일랜드 켈트교회공동체를 세우시고, 그 이후 영국 켈트교회공동체들과 함께 유럽대륙 선교 전진기지로 사용하셨다.

5세기부터 시작하였던 로마가톨릭교회 1000년 동안 성령 하나님 부흥의 역사가 멈춘 중세암흑기 기간에, 로마가톨릭교회는 세속 권력에만 매몰되어 있던 중세암흑기 끝자락 14세기에, 영국 종교개혁의 샛별 존 위클리프를 택하여 자국어 영어 성경 번역을 통하여 하나님 백성이 성경 말씀으로 성숙하여 종교개혁을 준비하셨다. 마침내 16세기 루터, 츠빙글리, 칼빈 등 유럽대륙 종교개혁가들을 사용하셔서 그들의 용맹과 불굴의 믿음으로 이 땅에 성경중심 개혁교회가 중심이 되는 교회 부흥과 선교역사를 다시 이루는 터전을 마련하셨다.

그리하여 그리스도 복음이 유럽대륙을 시작으로 전 세계에 널리 전파될 때에, 아메리카 신대륙에서 미국과 미국교회를 통하여 대각성 부흥운동으로 미국교회를 세계교회 부흥 선교에 앞장서게 예비하시고, 황량하던 18세기 미국교회에 조나단 에드워드를 택하시어 성령 하나님의 사람으로 그를 18세기 미국교회 대부흥 운동에 특별하게 사용하셨다. 조나단 에드워드를 연구하다 보면 그는 성령 하나님께서 직접 사용하시는 성령 하나님의 사람이라는 것이 조나단 에드워드의 특징이었다. 그러므로 구약시대는 하나님께서 하나님의 사람들을 직접 신탁(神託)하여 사용하신 것과 같이, 예수 그리스도가 이 땅에 오신 이후 신약시대의 교회사는 하나님의 계시 성경을 기반으로 하여서, 구속사의 변곡점에서 하나님께서 직접 사용하시는 하나님 사람들과 함께 기록되어야 할 것이다.

4절 성경중심 기독교 교회사에서 두 기독교 관계

[교회사 신학]

본문 서두에 '2000년 교회사에 연속성이 있는가?' 질문은 이 책을 쓰게 되는 직접적인 계기와 동기부여를 하였으며, 이 질문에 대하여 역으로 '교회사의 단절' 같이 보이는 현상에 대하여 원인 규명과 그에 대한 해결책을 찾아서 해답을 제시하고 연구하는 과정이 본서 내용이다.

1. 2000년 교회사에 연속성이 있는가?

본서를 시작하는 첫 서문에서 하였던 이 질문에 대한 답을 다음의 글 '세계 기독교 운동의 확장 The Expansion of the World Christian Movement' 이라는 앞에서 인용한 서문 내용을 계속 이어가면서 질문에 대한 그 해답을 지금부터 제시하겠다.

(1) 하나님 구속사에서 연속적인 필연성

"우리는 성경 전체의 줄거리가 하나님의 전 세계적 목적을 성취하면서 세계선교가 꾸준히 전개되어 하나님 백성들이 구원에 이르도록 하는 것(하나님의 구속사)으로 믿고 있었다. 하지만 사도행전 28장 이후에는 어떤 일이 일어났는가? 종전에는 우리 대부분은 로마가 불타는 와중에서도 초대교회 신자들이 지하묘지인 카타콤에서 의연하게 견뎌냈다는 것과 나중에 기독교가 국교로 공포되었다는 것을 막연하게나마 알고 있다. 그리고 중세기 암흑시대에 십자군을 비롯한 여러 가지 혼란스러운 상황들로 인해 종교개혁 때까지 기독교 운동이 침체되어있었다고 일반적으로 알고 있다.

이런 일들만 일어났다면 열방을 축복하시겠다는 하나님 약속은 소망이기보다는 과장과 허위에 더 가까웠을 것이다. 1세기 이후에 하나님은 오랫동안 자기 제자들에게 실망하셔서 땅끝까지 복음이 전파되는 것을 보겠다는 생각을 버리셨는가? 그리고 (종교개혁 이후) 최근에서야 세계가 선교를 행하리라는 낙관적 가능성을 깨닫게 되셨는가? 하나님은 상황이 무르익은 것처럼 보일 때는 위대한 일들을 이루시지만, 암흑시대가 오면 아무런 행동도 하지 않으시고 그저 한없이 시간만 보내는 기회주의자이신가?

BOBO이론은 앞에서 설명한 바와 같이 초대교회에 선교가 일어나다가 중세에 1000년 동안 선교가 깜빡 중단되었고, 다시 종교개혁과 함께 선교가 깜빡 시작되었다는 이론이다. 많은 역사가는 역사의 단절을 말하면서, 중대한 사건이 연속해서 일어나는 것처럼 보이는 것은 단지 신기루일 뿐이라고 설명한다.

하지만 그리스도를 믿는 사람들은 예수님 자신이 '때가 찼고(막 1:15)'라고 선포하심으로써 하나님 나라가 도래했음을 알리셨다는 것만 떠올려도, 역사 전체는 굉장한 목적이 있다는 사실을 충분히 깨닫게 된다. 오랜 세월 동안 성경 전체에는 하나님의 목적(구속사)이 면면히 이어 내려오고 있다. 하나님 나라는 이미 왔으며 훨씬 더 큰 권능으로 올 것이다. 모든 열방의 하나님은 또한 모든 세대의 하나님이시다. 하나님을 모든 역사의 하나님으로 아는 사람들만이 하나님을 온전히 따를 수 있다. 사실상 이것은(BOBO 이론 같은 것) 사도 시대와 종교개혁 사이에 하나님께서 그 성경책을 가지고 행하신 엄청난 일들을 전혀 접하지 못한다는 의미일 뿐이다. 그 시기는 성경의 독특한 권능을 유감없이 입증해주는 시기인데도 말이다! 많은 사람은 마치 '중간기에는 성도가 없는' 것처럼 생각한다.

왜 오래된 기록들을 우리는 파헤치는가? 그것은 과거 교황들과 통치자들의 연대와 이름을 암기하기 위해서가 아니라, 자신의 목적을 수행해 가시는 하나님의 손길을 추적하기 위해서이다. 하나님의 관점에서 역사를 따라가는 사람들은 실망하지 않는다. 그들은 계속 펼쳐지고 있는 중요한 '줄거리'와 많이 알려져 있기는 하지만 '주변적인 것들'을 구분해 낼 수 있는 사람들이다." (Mission Perspectives. 183~188).

(2) 하나님 교회사 연속성의 입증

윗글에서 사실상 사도 시대와 종교개혁 사이에 하나님께서 그 시기에 성경의 독특한 권능을 유감없이 입증해주는 시기에 한 일들을 본서 [그림 1편2]에서는 'Ⓐ감추어진 성경중심 교회사'라 칭하였다. 이 그림 중앙에서 'Ⓐ감추어진 성경중심 교회사' 즉 '①초대교회', '②켈트교회 유럽선교', '③영국교회 종교개혁 예비기'가 바로 -사도 시대와 종교개혁 사이에- 성경의 독특한 권능을 유감없이 입증해주는 시기에 해당한다.

[그림 1편2] 현행 교회사(AS-IS)와 두 기독교(TO-BE) 연대기 그림

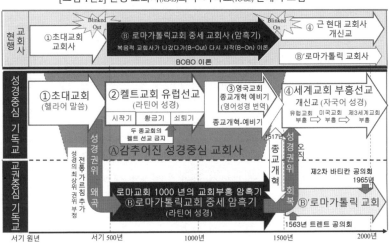

이 그림에서 보듯이 우리는 이제까지 개신교에 몸담고 신앙생활을 하고 있으면서도, ①,②,③ 교회에 해당하는 'Ⓐ감추어진 성경중심 교회사' 즉 '④세계교회 부흥선교(근현대 교회사) 개신교' 이전의 성경중심 기독교 교회사 앞부분을 하나님께서 그 성경책을 가지고 행하신 엄청난 일들을 전혀 접하지 못한다는 즉 송두리째 모르고 있었다는 것이다. 이것은 결국 우리 개신교의 뿌리를 잘 알지 못하고 있었다는 것이며, 이러한 사실 때문에 마치 '근현대 교회사 단절' 같이 보이는 현상을 우리는 잘못 말하고 있었다.

그런데 하나님께서는 그 성경을 가지고 행하신 이렇게 엄청난 일을 하셨는데도 불구하고, 아직 우리가 '교회사 단절' 같은 소상히 알지 못하는 것에 대해서 부끄러운 마음과 죄송한 심정이 원동력이 되어서 안타까운 마음으로 본서를 끝까지 집필하게 하셨다. 그래서 지금부터라도 우리는 하나님이 하신 일을 익히 알아서 참다운 하나님 자녀로서 굳건한 믿음으로 살아가야 할 것을 결단하게 된다.

이것이 '개신교 개혁교회 성도로서 그 믿음의 정체성을 확립' 하는데 성경 다음으로 하나님의 '교회사' 가 왜 일반 성도에게 얼마나 중요한 역할을 하는지를 알게 하는 대목이다. 이러한 하나님께서 행하신 엄청난 일 'Ⓐ감추어진 성경중심 교회사' 내용에 대해서는, 이미 1편 1,2,3절에서 간략하게 처음으로 살펴보아서 우리가 하나님께서 ①,②,③,④ 교회를 통하여서 하신 일을 개략적으로 알게 되었으며, 앞으로 2편 1,2,3장에서 다시 본격적으로 다루는 이 내용이 교회사의 단절을 메꾸면서 연속성을 입증하는 길잡이 역할을 하게 된다.

아! 이 얼마나 감사한 일인가! Ⓐ감추어진 성경중심 교회사의 연속성을 발견하고 - 하나님께서는 그 성경을 가지고 행하신 이렇게 엄청난 일 - 얼마나 기쁜 그 환희의 순간은 참으로 값진 일이었다. 자! 우리도 함께 이 멋진 하나님께서 우리를 위하여서 하셨던 일을 하나하나 알아가는 여행을 떠나보자. 이 책을 길잡이로 하여 마치 하나님의 보물섬을 찾아가는 심정으로 즐겁고 희망찬 여행을 같이 해보자.

(3) '점진적(Progressive) 표현' 설명 방법 이해 돕기

앞으로 본서 여행에 대한 안내 멘트로서, 본 단락 주제 '두 기독교 관계' 에 대한 내용설명 방법 '점진적 표현' 을 같이 살펴보자. 본 단락 내용은 하나님 교회사를 [그림 1편2] 상단 '현행 교회사' 에서는 획일적인 하나의 교회사로 뭉쳐서 다루었지만, 본서는 이 그림의 중앙 '성경중심 기독교' 와 하단 '교권중심 기독교' 로 서로 전혀 다른 '두 기독교 관계' 로 구분하여 교회사를 작성하여야 한다는 신학적 논리를 논증하는 것이다.

이에 대하여 본서는 '두 기독교 관계'라는 주제를 설명하는 방법으로 "구속사는 점진적 (Progressive)이다"[17]라는 그 속성을 참조하여 점진적으로 세 부분으로 나누어서 작성되어 있다. 첫 번째는 앞 단락 1편-2절 서두에서 개념 설명만을 하였고, 두 번째는 본 단락 1편-4절에서 좀 더 '두 기독교 특성'을 설명하고, 세 번째는 2편-4장-1절에서 본격적인

논증과 결론을 내리도록 세 곳에서 점진적으로 기술하고 있다. 점진적 방법은 한 번에 몽땅 설명하지 않고 나누어서 설명하는 것이 복잡하게 보이는 같지만, 다음과 같은 특징이 있는 주제를 해결하기에는 가장 효과적인 기술(記述) 방법이라 생각한다.

1) 주제가 한 번에 설명하기에는 복잡한 구조를 가질 경우
2) 주제 이해를 위하여 관계되는 다른 부제들을 먼저 이해하는 선행지식이 필요한 경우
3) 주제 자체가 점진적(Progressive)으로 발전 혹은 진보하는 경우

이 '점진적 표현' 방법은 신약성경 히브리서의 본문구조[18] 사례에서 살펴볼 수 있는데 -예를 들면 히브리서 주제인 "예수 그리스도의 희생 제사"개념은 이 또한 신구약 성경 전체의 주제일 만큼 중요하고 난해(難解)한데- 이를 구약을 인용하며 논증하는데, 그 주제의 특징에 비추어서 세 단계 점진적으로 하나씩 설명하여 전체적 이해를 돕는 방법이기도 하다.

본서 주제 특징은 상기 1), 2) 사항에 해당하며, 히브리서 본문구조는 이 1), 2), 3) 모두에 해당한다[19]. 이러한 본서 주제의 특징 때문에 세 부분

---

17) *Graeme Goldsworthy*. 『복음과 하나님의 나라』 (성서유니온 1993), 51.

18) 양용의. 『히브리서 어떻게 읽을 것인가』, (성서유니온, 2016). 38. 구조
김인규. 『구속사와 히브리서』, 385. 히브리서 본문구조: 1 논의의 기반(1:1-2:18), 2 대제사장직 (3:1-7:28), 3 그리스도의 희생 제사(8:1-10:39)로 본문을 3단계로 구분하여 기술.

19) 히브리서는 '그리스도 복음의 발전' 혹은 '구속 역사의 발전(계시의 발전)'이라는 특징 때문에 상기 세 가지 이유에 다 해당한다.

점진적 표현으로 구성되어 있으므로 본 단락에서는 '두 기독교 관계'에 대하여 용어 개념과 두 기독교의 특성 정도만 유념하고 전체의 맥락과 이해는 다음 2편-4장-1절 마지막 단락에서 점진적으로 이해할 수 있겠다.

2. '성경중심 기독교(Biblical Christianity)' 특성에 대한 이해

본서의 주제 '교회사의 연속성'에 대한 실타래를 풀어가는데 결정적으로 중요한 열쇠가 되는 것은 앞에서 설명한 바와 같이 '성경의 최상위 권위 인정' 문제에서부터 출발하게 되는데, "권위란 일정한 역할로 널리 인정되는 영향력을 지닐 경우, 이 영향력을 권위라고 부른다"라고 하였다. 또한 성경중심 권위를 최상위 권위로 인정하는 '성경중심 기독교 교회'와 이와는 다른 권위까지 동등하게 인정하는 '교권중심 기독교 교회'에 대하여 앞 단락에서 살펴보았다. 본 단락에서는 이 두 기독교의 특성을 좀 더 자세히 파악하려고 하는데 그 이유는 이 특성이 본 논증의 바탕을 이루고 있으므로, 본서 해결의 실마리를 가진 '성경의 권위' 인정 문제를 좀 더 명확하게 이해하기 위한 사전 지식에 해당한다. 그러면 다 같이 이 부분을 살펴보도록 하자.

(1) 성경의 확립에 대한 이해

하나님 성경 말씀은 여호와 하나님이 자신의 계획과 목적을 당신의 형상대로 창조한 인간에게 알리고 그것을 성취시키는 데 쓴 계시의 수단이다. 하나님 말씀 성경의 정경성에 대해 말할 때, 우리는 규범 또는 규례로서의 성경에 대해 말하고 있는 것이다. '정경(正經)'이라는 단어는 '잣대', '규례' 또는 '규범'이라는 뜻이 있는 헬라어 카논(kanon)을 문자 그대로 번역한 것이다. 정경이라는 단어는 대개 신구약 성경 각 권 전체를 가리킬 때 사용된다. 이것은 교회가 받아 성경이라 불리는 책으로 집대성한 66권 전체를 가리킨다. '성경'이라는 단어는 '책'이라는 뜻의 헬라어에서 유래되었다. 엄격히 말해 성경은 한 권의 책이 아니라 66권으로 되어있는 책이다. 성경의 범주에 대하여 개신교는 신구약 성경 66권을 의미한다. 그러나 '로마가톨릭교회 성경'에는 외경(外經) 7권을 더 포함하여 73권을 성경이라 하므로 "성경의 범주"부터 성경중심 기독교와 교권중심 기독교는 서로 다른 두 기독교이다.

□ 성경의 확립 과정과 기준

현재 신약성경에 포함된 대다수가 교회 역사상 가장 초기부터 '정경'으로서의 기능을 하고 있었다. 히브리서, 야고보서, 베드로후서, 요한이서, 요한삼서, 유다서, 요한계시록을 포함한 몇몇 책들에 대해서는 의문점이 제기되었으며, 서기 397년 카르타고 공의회는 현재 정경에 속해 있는 글을 모두 포함하여 성경 66권을 확립하게 된다.

이처럼 정경에 관한 논쟁이 진행되는 동안 어느 것을 정경에 포함할지 그 일정한 기준이 세워지게 되는데 다음 세 가지이다.

1) 사도적 기원
2) 최초의 교회들이 그 글을 받아들였는지 여부
3) 정경에 속한 다른 글들의 명백한 핵심과 일관성이 있는가

여기서 사도적 기원은 그것이 사도들 자신에 의하여 쓰였는가 하는 점은 물론이고 사도들이 그것을 성경으로 인정했는지 하는 점도 포함된다. 예를 들어 마가복음은 베드로가 인정하고 있으며 누가복음은 바울이 인정하고 있음이 나타나 있다. 최초의 교회들이 그 글을 영접했는가 하는 것은 교회들이 공적 예배와 가르침에서 그것을 사용했느냐 하지 않았느냐 하는 것과 관련되어 있다. (솔라 스크립투라. 84).

□ 교회와 정경과의 관계

존 칼빈은 그의 역저 기독교강요에서 '교회와 정경' 관계를 논증하였다. 칼빈에게 있어서 성경은 객관적으로 하나님의 말씀이요, 성경의 권위는 교회로부터 오는 것이 아니라 하나님께로부터 온다고 역설하였다.

교회는 성경을 만들어내는 것이 아니라 성경을 받아 그 안에 이미 있는 권위에 순복할 뿐이다. 종교개혁자들에게 있어서 성경은 그것이 쓰인 즉시 '정경'으로, 하나님 말씀은 그 자체적으로 이미 권위를 갖고 있다. 교회는 다만 그 권위를 인정하고 그것에 순복해야 할 의무가 있을 뿐이다.

(2) '성경 말씀 중심 기독교' 용어 구분 설명

본서에서 '성경 말씀'에 대한 용어 사용에 대하여 살펴보면, 성경의 정경 확립 과정은 서기 397년 카르타고 공의회에서 성경 66권을 확립하게 된다. 그리고 [그림 1편2]에서 ①초대교회와 ⑧중세 로마가톨릭교회의 구분은 테오도시우스 황제의 마지막 재위 기간 서기 395년경을 경계로 구분하여 그 이전을 '①초대교회'로, 그 이후를 '⑧중세 로마가톨릭교회'라 본서는 구분하고 있다.

이 기준에 의하면 초대교회는 성경의 정경 확립 과정 중 기간에 있게 됨으로써 '성경중심 기독교'라는 용어보다도 '말씀 중심 기독교'라는 용어가 좀 더 합당하다고 생각된다. 따라서 본서에서는 서기 395년 이전 초대교회 교회사에서는 가급적 '말씀 중심 기독교'라는 용어로 사용하고, 395년 이후 중세 기독교 교회사부터는 하나님 말씀 성경이 정경으로 확립된 이후이므로 '성경중심 기독교'라는 용어로 구분하여 사용하겠다.

(3) 성경의 충족성과 명확성에 대한 성경의 가르침

'성경중심 기독교'라는 말은 하나님 말씀인 '성경'만이 유일하고 최상위의 절대적 권위(영향력)를 인정하는 기독교를 본서에서는 개념적으로 '성경중심 기독교'라 칭하며, 여기에 속하는 교회를 '성경중심 교회'라 하며, 예를 들면 '개신교'는 여기에 속한다. 이에 대하여 신약성경 본문 내용을 살펴보기로 하자.

신약에서는 신약 자체가 성경의 충족성과 명확성을 분명히 밝히고 있다. 그 한 예로 디모데후서 3~4장을 들 수 있다. 여기서 사도 바울은 자기보다 어린 디모데가 자기 모친과 외조모로부터 신앙 교육을 받은 그가 또한 바울의 가르침에 관한 모든 것도 배웠다고 말하고 있다(딤후 3:10). 이어서 성경의 충족성과 명확성을 다음 본문에서 살펴보자.

(딤후 3:14-4:2) "그러나 너는 배우고 확신한 일에 거하라. 너는 네가 누구에게 배운 것을 알며 또 어려서부터 성경을 알았나니 성경은 능히 너로 하여금 그리스도 예수 안에 있는 믿음으로 말미암아 구원에 이르는 지혜가 있게 하느니라. 모든 성경은 하나님의 감동으로 된 것으로 교훈과 책망과 바르게 함과 의로 교육하기에 유익하니 이는 하나님의 사람으로 온전하게 하며 모든 선한 일을 행할 능력을 갖추게 하려 함이라. 하나님 앞과 살아있는 자와 죽은 자를 심판하실 그리스도 예수 앞에서 그가 나타나실 것과 그의 나라를 두고 엄히 명하노니 너는 말씀을 전파하라 때를 얻든지 못 얻든지 항상 힘쓰라 범사에 오래 참음과 가르침으로 견책하며 경계하며 권하라."

상기 구절은 성경의 충족성과 명확성을 몇 줄 안 되는 본문 속에서 잘 나타나고 있는데, 좀 더 구체적으로 삶에 적용하는 방법을 설명하는 '웨스트민스터 신앙고백서의 정의' 1장 (성경에 관하여) 6절 (성경의 충족성)에 대해서는 다음 단락에서 자세히 설명하기로 하겠다.

(4) 오직 성경(Sola Scriptura)만이 절대적 권위

로버트 고드프리 교수의 문헌을 통하여 성경의 절대적 권위 내용을 살펴보자. 이 내용은 현재 기독교 교계가 지금 처한 앞으로 우리가 살펴보아야 할 논점의 주제에 대하여 제목과 같은 표제를 나타낸다고 할 수 있겠다.

"개신교도인 우리는 오직 성경만이 우리의 권위라는 입장을 견지한다. 그러나 이에 반하여 로마가톨릭교도들은 성경 자체만으로는 하나님 백성의 권위가 되기에 충분치 못하므로 '전통'과 '교회가 가르치는 권위'를 성경에 추가시켜야 한다고 주장한다. 이것은 아주 진지하고 엄숙한 주제로, 결코 농담의 여지가 없다. 우리는 진리를 추구해야 하며, 하나님은 그의 말씀을 더하거나 빼는 자는 누구든지 그의 저주를 받게 될 것이라고 말씀하셨다(요한계시록 22:18-19). 그러나 로마가톨릭교회 주장은 전통에 포함된 하나님 말씀을 없애버렸다는 이유로 우리 개신교도들을 '로마가톨릭교회로부터 파문을 당했다'라고 선언한다. 한편, 우리 개신교도들은 하나님의 말씀에 인간의 전통을 추가하였다는 이유로 로마가톨릭교회를 '거짓 교회'라 부른다. 종교개혁 이후 지금까지 거의 500년에 걸쳐 많은 훌륭한 변증가들이 진지하게 토론해 왔음에도 불구하고, 이 문제는 16세기 종교개혁 때나 지금이나 거의 같은 상태이다. 따라서 새롭게 더 보탤 말은 없지만 그래도 계속해서 진리를 추구해야만 한다.

물론 이것은 쉽지 않은 과업이다. 그럼에도 불구하고 나는 개신교 변증가(변호자)의 대열에 합세하여 성경만이 우리의 궁극적 권위라는 교리를 단호히 변호하고자 한다. 그리고 이것이야말로 성경의 분명한 입장이라는 사실이 점점 더 자명해지리라 믿으며, 전통을 성경과 동등한 위치에 두는 로마가톨릭교회가 이로 인해 성령으로 감동된 하나님의 말씀인 성경의 충족성과 명확성을 얼마나 참담하게 손상시켰는지 그 오류를 하나님의 은혜로 볼 수 있기 바란다.

윌리엄 휘이커가 그의 훌륭한 저서[20]에서 말했듯이, '우리 역시 교회가 성경 해석자요, 성경 해석의 은사는 오직 교회 안에서만 있다고 믿는다. 그러나 그것이 어떤 특정인들에게만 소속되어 있다거나 어떤 특정 주교 관구나 인간적 계승에 얽매여 있다는 주장은 부인한다.'

개신교의 입장이요 나의 입장은 이렇다. 즉 일반 신자들이 구원과 신앙 및 삶에 관한 필요한 모든 것을 그 안에서 발견하고 이해할 수 있을 정도로 성경은 그것들에 관해 분명히 가르치고 있다는 것이다. 이 입장은 성경 자체가 가르치고 있는 것이기도 하다". (솔라 스크립투라. 25-27).

---

20) William Whitaker, *A Disputation on Holy Scripture* (Cambridge University Press, 1849) 411.

3. '교권중심 기독교' 특성에 대한 이해

교권중심 기독교(Church Authoritarian Christianity)는 성경의 최상위 권위를 인정하는 '성경 권위적 기독교'와 대비되는 용어로써 '교회 권위적 기독교'로 로마가톨릭교회가 여기에 속하는데, 그들이 주장하는 또 '다른 권위' 즉 '전통', '성경', '교회 가르침' 모두에 동등하게 있다고 이론적으로는 설명하지만, 실질적인 최상위 권위로 로마가톨릭교회 자체에 있다고 앞 절에서 살펴보았다. 이에 대하여 교권중심 기독교의 특성을 좀 더 살펴보자.

(1) 로마가톨릭교회가 주장하는 성경에 배치되는 사례들

16세기 종교개혁은 로마가톨릭교회의 이런 주장과 가르침들에 반기를 들고 프로테스탄트 주의 운동이 일어났다. 중세 때는 교회의 대부분 사람이 성경과 교회의 전통은 같은 교리, 또는 적어도 상호보완적인 교리들을 가르친다고 믿었다.

그러나 마틴 루터와 다른 종교개혁가들이 로마가톨릭교회가 여러 세기

구 분	성경의 가르침	로마가톨릭교회 전통과 가르침
단번의 제사	성경은 그리스도께서 모든 이들을 위해 단번에 자신을 십자가에서 속죄 제물로 드렸다 (히 7:17, 9:28, 10:10).	신부가 미사 때마다 제단 위에 그리스도를 희생제물로 바친다고 가르친다.
우상 숭배	성경은 어떤 형상에든 절하지 말라고 가르친다(출 20:4-5).	전통은 형상에 절해야 한다고 가르친다.
만인 제사장	성경은 모든 그리스도인이 성도요 제사장이라고 가르친다 (엡 1:1; 벧전 2:9)	전통은 성인과 제사장은 기독교공동체 내에서 특별 계층에 속한다고 가르친다.
영생의 믿음	성경은 모든 그리스도인이 자신이 영생을 갖고 있음을 안다고 가르친다(요일 5:13).	전통은 모든 그리스도인은 자신이 영생을 갖고 있음을 알 수도 없고 또 알지도 못한다고 가르친다.
마리아 무류 (무오) 사상	성경은 예수님을 제외한 모든 인간이 다 범죄했다고 가르친다 (롬 3:10-12; 히 4:15). 성경은 예수만이 하나님과 인간 사이의 유일한 중재자라고 가르친다 (딤전 2:5).	전통은 마리아도 원죄가 없다고 가르친다 전통은 마리아도 그리스도와 마찬가지로 중재자라고 가르친다.

[표 1편5] 성경과 배치되는 로마가톨릭교회의 전통과 가르침

에 걸쳐 연구한 것보다도 더욱 자세하고 깊이 있게 성경을 연구한 결과, (로마가톨릭교회가 주장하는) 전통이 실은 성경과 배치되고 모순된다는 사실을 발견하기 시작하였는데, 예를 들면 다음과 같은 '[표 1편5]성경과 배치되는 로마가톨릭교회의 가르침' 사실들을 발견하게 되었다. (솔라 스크립투라, 35). 이 표의 모든 성경에서 위반되는 로마가톨릭교회의 교리는 성경의 최상위 권위를 부정하고 로마가톨릭교회의 가르침을 최상위 권위로 하는 원인에서 기인한다. ([그림 2편9-1] '로마교회 최상위 권위의 헌법 개념 비유' 참조).

종교개혁자들은 예수님께서 바리새인들에게 하신 말씀, 즉 "너희 유전으로 하나님의 말씀을 폐하는도다(마 15:6)" 라는 말씀이, (종교개혁자 자신들의 시대에도 로마가톨릭교회에 의하여) 같이 적용되고 있음을 보았다. 또한, 전통이 전통 자체와도 모순된다는 사실을 발견했다. 예를 들어, 로마가톨릭교회 전통은 교황이 교회의 머리요 모든 주교들 위에 군림하는 주교라고 가르친다. 19세기 교만한 교황 피우스 9세가 1870년 제1회 바티칸 공의회에서 "내가 곧 전통이다"[21]라고 교만하게 말한 것처럼 교황은 로마교회 전부이다.

그러나 초대교회 말 당시 교황이요 성인이었던 그레고리우스 1세 교황은 이런 교훈은 적그리스도의 영으로부터 온 것이라고 말했다. "자기 자신을 가리켜 '만유의 제사장' 이라고 부르거나 다른 사람들이 그렇게 불러주기를 바라는 자는 누구든지 그 교만함이 적그리스도에 버금가는 것이라고 나는 자신 있게 말할 수 있다"[22].

위와 같이 여러 교황 가운데서도 같은 내용을 갖고 교황마다 교황의 인품과 영성에 따라서 서로 각각 배치되는 주장을 하는 경우를 볼 수 있다. 이러고도 어찌 교황은 무오(무류: 잘못이 없음)하다는 '무오(무류)설'을 주장할 수 있겠는가?

---

21) Jesef Rupert Geiselmann. *The Meaning of Tradition* (Montreal: Palm Publishers, 1966) 16, 113-114.

22) W. H. Hutton. *Cited in Cambridge Medieval History* (New York : The MacMillian Co., 1967), II: 247.

(2) 교권중심 교회에서 로마가톨릭교회의 실제적인 최상위 권위

결론적으로 로마가톨릭교회가 하는 말을 주의 깊게 들어보자. 그러면 사실 로마가톨릭교회 참 권위(영향력)는 성경도 전통도 아닌 바로 로마가톨릭교회 그 자체에 있다는 사실을 알게 될 것이다. 성경이 다 무엇이며 성경이 무엇을 가르친단 말인가? 오직 로마가톨릭교회가 무엇을 어떻게 하라고 말할 것이다. 전통과 교회의 가르침이 다 무엇이며 전통과 교회의 가르침이 무엇을 가르친다는 말인가? 오직 로마가톨릭교회가 무엇을 어떻게 하라고 말할 것이다. 그러므로 로마가톨릭교회는 성경중심 권위(영향력)보다는 실질적으로 로마가톨릭교회 권위(영향력) 중심의 교회이다. ([그림 2편9-1] 참조).

4. 교회사 인식전환과 구속사에서 위치

본 단락은 두 기독교에 관하여 요약정리를 하고, 이에 대한 인식전환과 장구한 구속사 속에서 교회사는 어떤 위치에 놓여 있는가를 살펴보려고 한다.

(1) 두 기독교 권위에 대한 요약정리

여기서 성경중심 권위 기독교와 교회 권위적 기독교 두 기독교를 요점 정리하면, 교회의 최상위 권위를 성경에 두는 교회와 그렇지 않고 다른 권위도 성경의 권위와 동등하게 두는 기독교는 교회사 속에서 각각 다른 행보를 걷게 된다.

□ 성경권위 중심 기독교(성경중심 기독교)

성경중심 기독교의 정의 :『성경 권위중심 기독교(성경중심 기독교)'의 용어 정의는 하나님 말씀인 '성경'만이 유일하고 최상위의 절대적 권위를 인정하며 다른 모든 권위는 2차 적인 원천으로 인정하는 기독교를 말하며, 성경중심 기독교를 믿는 교회를 '성경중심 교회'라고 본서에서 칭한다. 개신교가 이에 속한다고 볼 수 있다』

교회의 최상위 권위를 성경 말씀에 둔다. 성경의 충족성은 웨스트민스터 신앙고백서에서 살펴보면 1장-6절 (성경의 충족성)에서 성경에 명백하게 표현되어 있는 것은 성경에 따라 순종하게 되고, 그렇지않은 것은 성경으로부터 추론할 수 있으며 이것은 성경의 하위 개념이 되어야 한다. 이것이 성경중심 기독교에 최상위 권위에 대한 요약이다. 개신교 교회가 전형적으로 성경중심 기독교에 해당하며 정통 신본주의 기독교이다.

□ 교회 권위중심 기독교(교권중심 기독교)

교권중심 기독교의 정의 :『교회 권위중심 기독교(교권중심 기독교)'의 용어 정의는 성경의 최상위 권위를 인정하지 않고, '다른 권위' 곧 '전통', '성경', '교회의 가르침' 모두가 동등한 권위를 갖는다고 인정하는 기독교를 말하며, 이를 믿는 교회를 '교권중심 교회' 라고 본서에서 칭한다. 로마가톨릭교회, 동방 정교회는 교권중심 기독교에 속한다고 볼 수 있다』

다른 권위 모두를 성경과 동등한 권위로 인정한다. 따라서 어떤 사안을 검토하고 결정할 때는 실제적으로는 성경 말씀보다는 대부분 교회의 전통이나 (교회의) 가르침에 의한 결정으로 하며. 로마가톨릭교회가 전형적으로 교권중심 기독교에 해당한다. 결국 로마교회라는 실체는 '종교회의'와 '로마교황'으로 나타나는데 외형적으로는 신본주의를 표방하나 내부 실제적 결정은 교회가 하는 유사 신본주의로 정통적 신본주의 기독교에서 왜곡된 기독교라 하겠다.

(2) 성경중심 교회사의 틀(프레임) 창안과 인식전환(TO-BE)

『본서의 주제 '성경중심 교회사 재발견'은 크게 두 부분으로 요약하게 된다. 한 부분은 [그림 1편2] '현행 교회사' 라고 하는 ① → Ⓑ → ④의 획일적인 하나의 틀(프레임)에서, 이 그림 좌측 중앙과 하단의 '두 기독교'로 획기적인 인식전환(패러다임 시프트 Paradigm Shift)하는 새로운 틀로 재구성하는 부분이다. 그리고 나머지 한 부분은 'Ⓐ감추어진 성경중심 교회사' ① → ② → ③ 교회사 보물을 차례로 찾아내어 재발굴하여서, 세상에 영롱하게 빛을 발하게 하여 성경중심 교회사 연속성을 증명하는 것』이라 할 수 있다.

□ **성경중심 교회사 틀(프레임)에 대한 인식전환**

이를 다시 풀어서 [그림 1편2] 그림 언어로 설명하면, '두 기독교' 내용과 같이 각각 다른 두 기독교를 현행 교회사에서 보는 바와 같이 동일하게 한데 섞어서 '2000년의 교회사'라고 표현하다 보면, 이 그림의 왼쪽 위 '현행 교회사'에서 보는 바와 같이 'BOBO 이론' 같은 교회사가 마치 단절된 것 같은 기이한 이론이 나오기 마련이다. 이에 대한 근본적인 해결책은 두 가지로 인식전환을 하여, 첫째는 이 그림과 같이 성경중심 기독교와 교권중심 기독교로 분리하여 각각 교회사를 새롭게 재구성하는 것이고, 둘째는 이 그림 중앙에 'Ⓐ감추어진 성경중심 교회사'로서 '①초대교회' → '②켈트교회 유럽선교' → '③영국교회 종교개혁 준비'를 본서에서 재발굴하여 교회사 연속성을 입증하게 되는 것이다.

(3) 구속사에서 교회사가 놓여 있는 위치

구속사(신학 언어) 진행과 언약의 성취(성경 언어) 속에서 교회사가 놓여 있는 위치에 관한 내용은 "[그림 1편6]구속사 속에서 [교회사 기록]의 위치"로 표현되는 이 그림 언어 중심으로 살펴보자. 창조주 여호와 하나님 창조 사역의 목적과 의미는 하나님 형상으로 창조된 인류에게 하나님 성경 말씀으로 계시되어 전달되었다. 그런데 계시된 그 말씀으로써 "신구약 성경 말씀은 모두 인류를 구원하기 위해 하나님이 일하신 역사를 기록하고 있다. 많은 성경 신학자는 이것을 '구속사(Salvation-History)'라고 불렀고, 일부 학자들은 이것이 구약성경과 신약성경의 연속성을 보여주고 서로 관계를 맺게 하는 주된 요소라고 여긴다."[23] 그리고 '구속사적'이라

---

23) Christopher J. H. Wright, 『그리스도를 아는 지식-구약의 빛 아래서』 Knowing Jesus through the Old Testament (성서유니온, 2010), 51, 구약으로 신약을 비춰보라.
김인규, 『구속사와 히브리서』 21,

는 말의 속성에는 '하나님 우선'이라는 창조주 하나님 선제권과, '역사의 발전'이라는 점진적으로 계시가 발전하는 역사성과, '구원'이라는 그리스도의 희생 제사의 3가지 속성을 갖는다.[24]

[그림 1편6] 구속사 속에서 [교회사 기록]의 위치 <4장-1절-2-(3)>

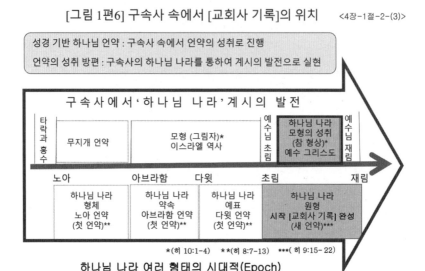

성경 기반 하나님 언약 : 구속사 속에서 언약의 성취로 진행
언약의 성취 방편 : 구속사의 하나님 나라를 통하여 계시의 발전으로 실현

구 속 사 에 서 '하 나 님 나 라' 계 시 의 발 전

| 타락과 홍수 | 무지개 언약 | 모형 (그림자)* 이스라엘 역사 | 예수님 초림 | 하나님 나라 모형의 성취 (참 형상)* 예수 그리스도 | 예수님 재림 |

| 노아 | 아브라함 | 다윗 | 초림 | 재림 |
| 하나님 나라 형체 노아 언약 (첫 언약)** | 하나님 나라 약속 아브라함 언약 (첫 언약)** | 하나님 나라 예표 다윗 언약 (첫 언약)** | 하나님 나라 원형 시작 [교회사 기록] 완성 (새 언약)*** |

★(히 10:1-4) ★★(히 8:7-13) ★★★(히 9:15- 22)

하나님 나라 여러 형태의 시대적(Epoch)

□ 구속사에서 초림과 재림 사이의 [교회사 기록] 위치

구속사는 신구약 성경에서 하나님 통치하심을 '하나님 나라'라는 모티브(주제)로 사용하여 언약의 성취를 연대기 순으로 이 그림 하단부에 그림 언어로 표현하고 있다. 즉 '하나님 나라(하나님 통치하심)'가 '하나님 나라 형체'(노아시대 이후) → '하나님 나라 약속'(아브라함 시대 이후) → '하나님 나라 예표'(다윗 시대 이후) → '하나님 나라 원형'(예수 그리스도 초림과 재림)으로 '역사의 발전(계시의 발전)'성을 또한 띠고 진행하고 있다.

구약(아브라함) 언약 "첫 언약"이 신약에 와서는 예수님의 초림과 재림 사이에서 "새 언약"으로 계승됨을 히브리서(히 8:1-13)는 말하고 있다. 따라서 교회사는 구속사의 한 부분인 예수님의 초림과 재림 사이에서, 첫

---

24) Gootjes N. H. 『구속사적 설교의 실제』(기독교문서선교회, 1991), 196-201.
  김인규. 『구속사와 히브리서』 22-27.

언약을 계승하는 새 언약 내용으로 하나님이 교회를 통하여 일하시는 내용(하나님 나라 모형 그림자의 성취로서 '원형')을 '시작'하여 '완성'하는 역사성을 또한 띠고 있다. 그러므로 예수님의 초림과 재림 사이에서, 첫 언약을 계승하는 새 언약 내용으로 하나님이 교회를 통하여 일하시는 하나님 통치 내용을 [교회사 기록]에서 담고 있다는 역사성을 띠게 된다는 말이겠다. 이 말은 '교회사'를 역사 신학으로서 '구속사' 빛 아래서 성경 말씀의 큰 흐름 속에서 살펴보아야 한다는 말로서, [그림 1편6]에 관한 자세한 설명은 4장-1절에서 계속하게 된다.

(빌 2:5-8) 너희 안에 이 마음을 품어라 곧 그리스도 예수의 마음이니 그는 근본 하나님의 본체시나 하나님과 동등됨을 취할 것으로 여기지 아니하시고 오히려 자기를 비워 종의 형체를 가지사 사람들과 같이 되셨고 사람의 모양으로 나타나사 자기를 낮추시고 죽기까지 복종하셨으니 곧 십자가에 죽으심이라

2편 성경중심 교회사 재발견 − 본편

1장 로마제국에서 기독교를 국교로 선포

[초대교회 교회사]

🌿 1장 로마제국에서 기독교를 국교로 선포

2000년 전 로마제국 시대에 기독교가 극복해야 했던 내적, 외적 도전들과 어려움을 보면, 성장은 차치하고라도 기독교가 시작된 것 자체가 세상적 관점으로는 도저히 있을 수 없는 기적과 같다.("[주제설명 1장]초기 기독교 대내외적 어려움과 발흥의 원인 분석"내용 참조 바람). 하나님의 섭리로 이러한 문제를 극복하고, 로마제국의 기독교 융성을 위한 기본적인 인프라 구성 내용에 이어서 로마제국이 기독교를 국교로 선포되기까지 '기독교 발흥'에 대한 이야기를 살펴보려고 한다. 시대적 연대는 로마제국의 주로 1~4세기경에 해당한다.

□ 역사서 장르의 교회사 – {정설}, {학설}, {가설} 구분 표기

본서는 가상의 픽션 소설이나 개인 수필집이 아니고 '교회사'라는 역사서 장르에 대한 기록이다. 그러므로 역사적 사실에 객관적 근거를 둔 바탕으로 교회사에 관한 내용을 기술하려고 무척 노력하였다. 본서의 주제를 논증하기 위한 목적으로 잘 알려지지 않은 내용을 필히 설명하여야 하는 경우와 역사적 사실을 입증하기 위하여 상세한 내용을 기술하여야 하는 고충이 있었다. 또한 본서 주제를 논증하기 위하여 아직 정설로 공인되지 않은 내용을 기술하는 경우에는 본 단락에서부터는 처음부터 독자께서 이것을 쉽게 식별하여 정설과 변별력(辨別力)을 가질 수 있도록 구분 표기를 하였다. 즉 내용 중에서 {정설}이 되기 이전 학술적 단계에 해당하는 내용은 {학설}, 일반론적으로 가정하여 설정하는 내용은 {가설}이라고 해당 단락의 첫 부분에서 미리 밝힘으로써, 독자에게 역사적 사료(史料)에 대한 {정설}과 혼동되지 않는 변별력을 갖도록 사전에 표기하였다.

1절 로마제국 일반 시민 생활과 초기 기독교 선교

로마제국 다양한 속성들과 기독교 선교 시작을 본 단락에서 다루려고한다. 본 1장에 관한 주요 참고문헌 두 종류『로마인 이야기』와『기독교의발흥』을 먼저 소개하고 시작하도록 하겠다.

□『로마인 이야기』

본서에서 로마제국에 관하여 역사적 기록을 주로 인용하는 참고문헌은여류작가 시오노 나나미 여사의 '로마인 이야기'[25]이다. 이 문헌은 전권이 15권으로 구성된 '로마제국 역사'에 대한 시리즈로 출간된 문헌이다.여사는 1992년에 1권을 출간하면서 2006년까지 15년 동안 매년 1권씩 출간해서 전권 15권을 출간하겠다고 독자들과 약속하였는데 실제로 그 약속을 지켰다. 한국어판은 1995년부터 시작하여 2007년까지 평균 매년 한권씩 출간되었는데 필자는 40대 때에 매년 신간 출간될 때마다 기다렸다가 구입하여 읽었던 재미가 쏠쏠한 로마제국 역사 문헌이다.

로마인 이야기는 저자가 그녀 나름대로 로마 역사를 객관적으로 기록하려고 무척 노력한 흔적이 역력하게 나타나는데 저자의 글 중에서 "시중에 대부분의 출간된 로마사 문헌들이 남성 서양 기독교인들에 의해 기록되었기 때문에, 여성 동양인 비기독교인 관점에서 로마 역사를 편향되지않게 객관적으로 기술하였다"라고 소개를 하고 있다.

참고문헌을 본서 본문에서 인용하는 표기법은 만약에 4권 율리우스 카이사르 397페이지를 인용한 경우에는 약어로 (로마인 이야기-4권, 397)로표기한다.

□『기독교의 발흥』 *The Rise of Christianity*

이 책은 미국의 사회역사학자 로드니 스타크 교수의 저서이다. 저자는

---

25) 시오노 나나미. 『로마인 이야기 1권-15권』 (한길사, 1995-2007).

미국 워싱턴대학교 사회학 및 비교종교학 교수로 초기 기독교 발흥 및 당시 사회에 깊은 관심을 품고 사회학적 이론과 분석 방법을 통해 초기 기독교의 급성장 요인을 밝히고자 이 책을 썼다. 저자 로드니 스타크는 비기독교인으로 사회학자 관점에서 저술하였으므로 이 책이 처음 발간되었을 때에 책 내용에 대하여 그 당시 기독교계와 논쟁이 있었다.[26] 그러나 필자는 기독교 신앙인 관점에서 참고문헌 내용 중에서 동의할 수 없는 부분은 제외하고, 기독교 교리에 합당한 내용만 취사 선택하고 다시 재해석하여 인용하였으므로, 논란의 여지가 없도록 특별히 유념하여 본서를 집필하였다.

본서 본문에서 인용표기는 약어로 영문 원서는 (The Rise. 12) 등으로 표기하며, 한글 번역본의 본문에 표기는 (기독교의 발흥. 12) 로 표기한다.

1. 고대 로마제국에서 시민들의 일반 생활

앞으로 본서에서 전개되는 유대−헬라 그리스도인들이 로마인들의 필요를 어떻게 채워줬는지, 그들의 마음을 어떻게 선교하여서 그리스도인이 되었는지 이해하기 위해서 우리는 우선 로마인들의 일상생활을 들여다볼 필요가 있다. 여기서도 오늘날과 같은 현대 21세기 복지국가와는 거리를 두는 작업이 필요하다.

(1) 로마제국 일반적인 시민들의 도시 생활

오늘날과 달리 고대 로마제국은 국가에서 운영하는 복지제도나 의료제도가 없었던 고대국가 시대였다. 로마제국에 사는 보통 사람들은 기근, 지진들, 반복되는 전쟁들, 폭동들, 화재들로 가득한 안정되지 못한 사회

---

26) Rodney Stark, *The Rise of Christianity* (Princeton University Press, 1996).
　　로드니 스타크. 『기독교의 발흥』(좋은씨앗, 2016년 6월).
　　이 책 내용에 대하여 비판적인 논문 3편이 'Journal of Early Christian Studies, 6호 (1998년)' 특집으로 편집되어 발행될 정도로 그 당시 기독교 교계와 열띤 논쟁이 있었다. 이 점을 필자는 특히 염두에 두고 이 참고문헌 내용 중에서 비성경적인 부분은 인용하지 않았으며, 본서에서 꼭 필요한 부분은 필자가 기독교 신앙인으로서 참고문헌 내용을 복음적으로 재해석하여 본서에 인용함으로써 기독교 신앙에 문제의 소지를 남기지 않으려고 특히 유념하였다.

생활환경 속에서 삶을 살아왔다.

□ **로마시민 생활환경**

화재가 왜 잦았을까? 로마의 큰 도시들은 좁은 시가지에서 일반 시민 주거 공간은 3층, 4층 목조건물(현대 연립주택 같은 형태)로 다닥다닥 붙은 좁은 주거 공간을 상상해 보아도 화재의 위험성을 항상 안고 살았다.

치안도 불안하여 밤이 되면 모두 집으로 급히 들어가 문을 잠그고 살았다. 또한, 지금의 그 흔한 비누조차도 없던 시대에 살던 이들은 위생은 말할 수 없이 낙후되어서 간단한 질병에도 많이 죽어갔다. 가벼운 치통으로도 생명을 잃을 수 있는 시대였다. 상하수도 시설[27]이 각 가정마다 되어 있지 않아서 도시는 인분을 포함한 참을 수 없는 냄새로 가득했고, 질병이 쉽게 걸리고 전염이 급속도로 번질 수 있는 생활환경이었다.

□ **로마시민 평균 수명**

이런 열악한 생활환경에서 로마인들의 평균 수명은 30년 정도밖에 되지 않았다. 여자들의 경우는 애를 낳다가 쉽게 죽는다. 태어난 아이들 두 명 중 1명은 태어나자마자 죽고, 10년 내 태어난 아이의 부모 중 1명이 죽는다. 질병과 죽음이 매일의 삶을 위협했고, 갑작스러운 죽음을 대면하는 것이 일상인 세계에서 고대 로마인들은 살았다. 21세기 현대 문명인 평균 수명을 80세 정도 본다면 로마시민은 그 절반 정도인 40~50세 되면 대부분 사망하였다.

소아시아 안디옥 도시인 삶을 사례로 살펴보자. 신약시대의 안디옥을 정확히 묘사하려면 비참, 위험, 공포, 절망, 증오가 만연한 도시로 그려야 한다. 이 도시에 거주했던 평균적인 가족의 삶을 묘사한다면 더럽고 비좁은 생활환경에서 불결하게 살았고, 출생 자녀의 최소 절반이 출생 시 또

---

27) 강이나 수원지에서 도시의 공동 상수도 시설은 공동 목욕탕이나 분수까지는 수로시설이 고대국가로서는 너무나 잘 되어있었다. 그러나 도시 일반 시민의 각 가정마다는 상하수도 시설은 연결되어 있지 않았으므로 불결한 생활 하수 노출로 인하여 고대 대도시는 불결하기 짝이 없었다.

는 영아기에 사망했으며, 대부분 어린이가 성년이 되기 전에 부모 가운데
한 사람을 여의었다.

□ 로마제국 사회 환경

로마제국의 끊임없는 전쟁의 승리 결과물로 정복한 이민족들을 로마제
국 각 도시로 강제적으로 유입하여 이주시켰다. 그로 인하여 이웃 간에
살벌한 인종적 적개심에서 비롯된 증오와 두려움이 도시 전체를 지배했
고, 끊임없는 이민족 나그네의 유입으로 상황은 더욱 악화되었다. 안디옥
은 자연발생적인 도시형태가 아니라 로마제국 동부지역을 담당하기 위한
전략적으로 필요한 인위적인 도시로서 동족 간에 오랫동안 거주하는 자
연발생적인 안정된 동족과 애정으로 연결되는 사회 망이 너무나도 부실
하여 사소한 사건도 군중의 폭력사태로 비화하기 일쑤였다. 범죄는 창궐
하고 밤거리는 위험하였다.

그리고 무엇보다도 지진과 화재와 전쟁 등의 대재앙이 거듭해서 닥쳐
서 살아남는다고 해도 문자 그대로 길거리에 나앉는 일이 다반사한 도시
였다. 이런 상황에 부닥친 사람들이 자주 절망하며 말세가 가까웠다는 결
론을 내렸음은 전혀 이상할 바가 없었으며, 그들은 필연적으로 안식과 희
망과 구원을 갈망했을 것이다.

(2) 로마제국의 이민, 이주 기본 인구정책

우리는 여기서 로마제국이 피정복민들을 어떻게 로마인으로 귀속시켜
서 로마제국을 융성하게 지탱하여 나가는지에 대한 국가인구정책(오늘날
에 비교하면 국가 이주, 이민 인구정책이라 볼 수 있겠다)에 대하여 주목하여야
한다. 로마제국은 야만인들(바바리안)[28]을 정복하여서 이들을 대단위로 로
마제국 시민으로 제국의 영토에, 그리고 군인으로는 로마군단에 이주시
켜는 정책을 사용하였다. 이 정책은 로마제국에서 인력 부족과 비어있는

---

28) 바바리안(barbarians); 로마시민이 아닌 모든 민족을 '야만인'으로 호칭하였으며 로마제국의 피정복자를 뜻
   하는 명칭.

재산을 채워주는 합리적이고 로마제국 체제를 지탱하고 유지하는 가장 유용하고 중요한 국가 전략적인 정책수단이었다. 예를 들면 로마시에 실제 거주하는 인구는 65만 명으로 추정하는데 로마제국 통치하의 전체인구 6천만 명을 어떻게 확보하였겠는가? 로마제국은 노예제도를 인정하였으므로 인구 자체가 큰 자산이었다.

다음 장에서 설명하겠지만 기독교가 출현한 후, 이런 비문명적인 다양한 고질적인 문제에 대해 기독교가 우월한 대응력을 갖췄음이 선명하게 드러났고, 이 점이 기독교의 극적인 승리에 큰 몫을 했다는 것이다. 안디옥은 이런 도시의 제반 문제를 혹독하게 겪었고 해결책이 절실히 필요했다. 초기 기독교 선교사가 이 도시에서 따뜻한 환대를 받은 것은 놀랄 일이 아니었다. 선교사들이 가져온 것은 단순한 도시 복음 운동이 아니었다. 그들이 가져온 것은 그리스-로마 도시의 삶을 더 잘 견뎌낼 수 있게 하는 새로운 복음 및 문화였다.

(3) 초대교회 교회사 연대기 자료의 빈곤

현행 교회사에서 지역교회에 가르치는 초대교회에 대한 연대기 자료에 대하여 살펴보자.

대부분 연대기 시대적 구분으로 30~90년 사도시대, 90~140년 속 사도시대, 140~180년 변증가 시대, 180~250년 초기 교부시대 그리고 기독교 박해와 순교 내용을 시기별로 간간이 소개하고 4세기로 훌쩍 뛰어넘어 313년 기독교 공인, 380년 기독교 국교 선포 등의 줄거리로 가르친다. 연대기 별로 초대교회 규모나 실체적 현황에 대한 사실은 가르치지 않는다. 왜 초대교회 연대기에 대한 정보는 부족할까?

1) 3세기 이전에 로마제국 대도시 전역에 교회설립

그러나 우리는 [그림 1편1]과 [표 2편1]에서 3세기 이전에 로마제국 인구수 3만 명 이상 기준 22개 대도시에 기독교 교회가 전역에 걸쳐서 모두 세워진 내용을 역사적 자료로 확인하였다. 313년에 콘스탄틴 대제 때 기독교가 합법적인 종교로 공인되고 그 이전에는 기독교 교회에 대하여 두리뭉실하게 그냥 데이터나 역사적 자료 없이 기독교 국교까지만 제시하고 있다.

이것은 로마제국이 기독교를 불법 종교로 하였기에 이에 대한 사료(史料)가 없었을까? 아니다. 서기 111년 트라야누스 황제 시대에 공포한 기독교 신분에 대한 법률공포 내용을 살펴보면, 서기 111년 이후 313년 기독교 공인 때까지 200년간 기독교에 대한 법적 신분은 로마제국의 '관용'이라는 일반적 규범에 따라서 기본적인 기독교 활동과 권리는 묵인되어 왔다. 그럼에도 불구하고 초대교회에 대한 1차 사료(史料)[29]가 현재 전해지지 않은 것은 그 당시 연구나 보존이 가능한 능력과 권력과 책임을 갖고 있던 로마가톨릭교회가, 5세기부터 현재 21세기까지 초대교회의 연대기적인 1차 사료를 찾고 편찬하고 발굴하려는 노력과 열심히 없었거나, 이에 대한 특별한 의도된 다른 사유가 있었다고 생각된다.

2) 차선책으로 초대교회 부흥 단계별 기독교인 수 추정하여 제시

신약성경 첫 장 마태복음 (1:1-2) "아브라함과 다윗의 자손 예수 그리스도의 계보라 아브라함이 이삭을 낳고 이삭은 야곱을 낳고 야곱은 유다와 그의 형제를 낳고"로 시작하여 16절까지 예수 그리스도의 계보를 조상 한 사람 한 사람 이름을 기록하고 있다. 그리고 17절에는 열네 대씩 세 번에 걸쳐 42대 계보를 자세히 언급하고 있다. 이것은 우리에게 무엇을 말해 주는 것일까? 많은 다른 이유도 있겠지만 그중에 중요한 것은 예수 그리스도의 성육신(成肉身) 사건이 그냥 이야기로 전해서 내려오는 막연한 것이 아니고, 육신의 계보를 하나하나 기록함으로써 예수님 탄생에 대한 역사성을 증거하고자 하는 목적이 있다.

---

29) 역사서 사료(史料)는 1차 사료(원사료)와 2차 사료로 양분하는데, 1차 사료는 역사적 사건 당대나 직후에 기록한 것으로 한국사에서는『조선왕조실록』이나 이순신 장군의 『난중일기』 등이 1차 사료에 해당한다. 2차사료는 후세에 학자와 역사가들이 1차 사료(원사료)를 토대로 하여 쓴 역사서로『로마인 이야기』,『기독교의 발흥』 등이 2차 사료이다.

□ 초대교회 역사적 사료(史料)에 대한 중요성

앞에서 (마 1:1-2) 성경 본문을 인용한 것은 초대교회 뿌리에 대해서 말하고자 함이다. (마 1:1-2)에 예수님 성육신 사건의 육신의 계보라는 역사적 사실로 인하여 많은 다른 증거도 또한 있지만, 우리에게 성육신이 역사적 사실로 인식된다. 마찬가지로 초대교회에 대한 구체적이고 확실한 사료(史料)에 대해서 현행 교회사는 그 중요성에 비추어서 미흡하다는 생각을 지울 수 없다.

우리는 초대교회 부흥에 대하여 현재까지 이교도에서 집단개종(Mass Conversion)으로 부흥되었다는 하나만을 정설로 가르친다. 그러면 기독교 공인 313년과 기독교 국교 선포 380년에 대하여 그 전후에 교회에 대한 규모나 교인의 수에 대한 근황은 희미하다. 그러니 현재까지 주일학교에서 가르치는 초대교회에 대한 정보는 두리뭉실하여 그냥 뜬구름 잡는 식으로 넘어가는 것이 현실이다. 따라서 본서에서는 차선책으로 1단계, 2단계, 3단계 기독교 발흥에 대한 단계별 발흥 내용과 기독교 교인 수를 추정한 자료를 제시하고자 한다. 아마도 향후에 이에 대한 공론화 과정을 거쳐서 공인된 자료가 확정되기 전까지는 이 {학설}, {가설} 내용을 잠정적인 자료로 사용하여 설명하기 위함이다.

초대교회 교회사의 사실적이고 구체적인 정보 사료(史料)가 왜 그렇게 중요한가? 우리는 [그림 1편2]에서 보는 것과 같이 두 기독교 교회는 초대교회부터 그 뿌리가 시작되므로 초대교회에 대한 정보가 희미하거나 불명확하다면 교회사를 처음 시작하는 밑둥치부터 관련 정보가 부실한 상태로 시작한다는 말이 되겠다. 만약에 마태복음 (1:1-2) 예수님 계보에 대한 구체적인 정보가 없었다고 가정해 보자. 예수님 탄생의 역사적 사실을 입증하는데 이보다 더 중요하고 긴요한 자료가 있을까?

로마제국 1단계 선교 시작기(1~2세기)

2. 1단계 집단 개종(Mass Conversion)에 의한 기독교 선교

이 내용은 사도행전 10장에 이방인 백부장 고넬료 가정을 전도한 이후에 로마제국 이교도에게 예수님 제자들이 행한 선교방법으로 신약성경에서 바울 선교여행 활동 등을 통하여 우리가 친숙하게 알고 있는 내용이다. 이것을 고대 역사가들의 기록과 현대 역사학자들의 문헌을 통하여 하나님께서 초기 로마제국 이교도들을 어떻게 기독교로 개종(선교)하셨는지 살펴보기로 하자. 로마제국에서 1차로 165년에 전염병이 전 제국에 창궐하였는데 그 이전(서기 30년~165년)에는 집단 개종방법으로 이것에 대하여 유세비우스 등이 이에 대한 기록을 1편 1절에서 소개하였다.

하나님께서 하신 일은 우리의 생각과 관점이 아니라 하나님 관점에서 혜안을 갖고 이를 이해하기 시작하여야 하겠다. 우리는 본서에서 관련 문헌들을 통하여 로마제국 기독교 발흥에 대하여 하나님의 섭리와 경륜을 하나씩 감추어졌던 그 베일을 연구하면서 이에 대한 설명과 합당한 해답을 찾으려는 노력을 기울이겠다.

(요한복음 15:16) '너희가 나를 택한 것이 아니요 내가 너희를 택하여 세웠나니'

그렇다.

우리는 앞에서 기독교 발흥이 (세상적인 관점에서) 불가능하게 보이는 난관들을 살펴보았다.([주제설명 1장1]" 초기 기독교 대내외적 어려움과 발흥의 원인 분석" 참조) 그러나 본 단락에서는 세상 관점에서 불가능하게 보이는 이 난관들을 하나님께서 어떻게 섭리하셨는가에 대하여 택하신 백성을 통하여 일하시는 하나님의 경륜을 살펴보려고 한다. 이들 유대-헬라 기독교인 이민자(Diaspora)들이 자연스럽게 초기 기독교 선교의 주축을 이루게 된다. 그들은 그 이전에 이미 로마제국 곳곳에 세워져 있던 유대인 회당에서 먼저 복음을 전하고 이어서 이방인들에게 복음을 전하였다(사도행전

13장, 17장). 신약성경에 기록된 이러한 유대인 회당을 이용하는 유대기독교 이민자 선교 패턴이 전 로마제국 영토에서 자연스럽게 시행되는 형태를 살펴보려고 한다. 따라서 앞으로 유대인 이민자 공동체가 로마제국 전체 기독교 선교의 발판(교두보) 역할을 하게 되는데 이것을 이해하기 위해서 우리는 앞으로 헬라 유대인 이민자 공동체 내에서 유대교인 공동체 사회와 기독교인 공동체 사회가 어떠한 관계 속에서 생활하였는지를 살펴보기로 한다.

(1) 스테반 순교로 팔레스타인에서 로마제국 전국으로 흩어짐

우리는 사도행전 8장에서 스데반의 순교로 말미암아 유대 그리스도인들이 팔레스타인과 모든 땅으로 흩어지는 기록을 익히 알고 있다(사도행전 8:1). 우리는 먼저 인구 수적인 면을 살펴볼 때 팔레스타인 지역에 남아 있는 유대인들 숫자보다도 로마제국 곳곳에 흩어져 있는 헬라 유대인들(팔레스타인 지역을 벗어나 로마제국 곳곳의 헬라 문화에서 생활하는 유대인 이민자) 수가 훨씬 많다는 것을 명심하여야 한다. 존슨[30]은 2~5세기에 유대인 약 백만 명 정도가 팔레스타인 지역에 살았고, 나머지 4백만 명이 팔레스타인 이외의 로마제국 곳곳에서 살았다고 제시한다. 또한 멕스[31]는 이보다 훨씬 많게 유대인 이민자들이 5백만에서 6백만 명에 달한다고 제시한다. 이 말은 유대인들의 주요 활동무대가 2세기 이후부터는 로마제국의 인구분산 이주정책으로 인하여 중동의 팔레스타인 땅이 아니라 로마제국 곳곳으로 즉 세계적인 무대로 활동하고 있음을 의미하며 우리는 그들을 '헬라 유대인 이민자' 라고 부른다.

이해를 돕기 위하여 이들은 지금의 한국에 비유한다면 한인 해외동포에 해당하는데 한인 해외 거주 이민자 동포 수는 700만 명으로 추정되며, 로마제국 당시 유대인 이민자 인구수와 비슷하다고 추정된다.

---

30) Johnson, Paul. *A History of Christianity* (New York; Atheneum, 1976).
31) Meeks, Wayne A. *The First Urban Christians* (New Heaven: Yale University Press, 1983).

(2) 이민자 유대인 회당의 다양성

□ 유대인 회당의 다양성

회당(Synagogue)[32]이라는 말은 원래 종교적 또는 사회적인 목적을 위한 사람들의 모임을 말한다. 그리고 좁은 의미로는 사람들의 모임 그 자체를 의미하지만 넓은 의미로는 사람들이 모이는 건물을 뜻하기도 한다. 구약시대에 유대인 회당의 기원은 일반적으로 바벨론 포로 기간에 설립되었다는 것이 보편적인 견해로써, 포로 기간에 성전 예배가 불가능했으므로 그 기능을 만족시키는 회당 제도가 시작되었을 것이다. 예루살렘 성전이 파괴된 후 제사장들과 레위인들이 바벨론으로 포로가 된 상황에서 정상적인 제사는 존속될 수 없었을 것이고 따라서 신앙을 지킬 새로운 모임과 장소가 필요하게 되었다.

이러한 회당에서 유대인들은 첫째로 예배를 드렸을 것이고 다음으로는 자녀교육, 즉 율법을 가르쳤다. 그리고 이러한 회당이 많이 생기게 되자 회당을 공적인 각종 회의나 집회의 장소, 법정, 그리고 나아가 유대인 여행자들을 위한 숙박 시설로도 사용하게 되었으며 자연스럽게 유대인 공동체의 중심적인 역할을 하게 된다.

□ 선교 전진기지 유대인 회당

신약성경에 나타나는 유대인 회당은 서기관들과 바리새인들의 활동 중심 무대이었으며 예수 그리스도의 복음을 전파하는 공생애 사역에서 방해하는 세력의 근거지로 표현되기도 한다. 그러나 예수님께서 복음을 전파하실 때 맨 처음 상대한 사람들은 당연히 유대인들이었으며 그 이후에 이방인들에게 복음을 전하였다. 따라서 자연스럽게 유대인 회당은 처음 복음을 전하는 유대인 공동체 대상이며 예수님께서도 제자들을 처음 택하신 이후에 유대인 회당에서 복음을 가르치기 시작하셨다(마태복음 4:23).

---

32) 유대인 회당은 어떤 지역에서 유대인 성인 남자 10명 이상이 거주하기 시작하면 일반적으로 유대인 회당을 결성하여 유대인 공동체의 중심적인 역할을 하게 된다.

사도 바울도 전도 여행에서 유대인 회당에서 복음을 전하기 시작하였다 (사도행전 13:14-15). 기독교는 헬라-유대인 이민자에게 있던 유대적 문화 유산과 상당한 연속성이 있었을 뿐 아니라 그들에게 있던 헬라적 문화요 소와 매우 부합했다. 자신의 믿음을 전하기 위해 예루살렘을 떠나온 초기 기독교 선교사들의 친지와 친척은 누구였는가? 바울 자신이 그랬듯이 당 연히 헬라-유대인 이민자이었다. 하르낙 (Harnack 1908)[33]은 이렇게 언급 했다.

'헬라-유대인 이민자 회당은 제국 전역으로 기독교공동체가 발흥하고 성장해 나가는 가장 중요한 전초기지였다. 회당이라는 네트워크는 기독교 포교의 구심점이자 포교 활동을 발전시켜나가는 통로 역할을 했다. 이런 식으로 새로운 종교는 아브라함과 모세의 하나님이라는 이름을 달고서, 선 교를 위해 진즉에 마련돼 있던 활동 영역(회당)을 발견했다.'

(3) 헬라-유대인 이민자에 대한 기독교 선교

제국의 모든 주요한 중심지에는 상당 규모의 유대인 이민자가 거주하 는 정착촌이 있었다. 이 유대인들은 예루살렘에서 파송한 선교사들은 역 시 대개 가족과 친지 등의 인맥을 통해 최소한 몇 개의 이민자 공동체와 접점을 가지고 있었다. 이런 연유로 최초의 선교사들은 헬라파 유대인에 게 선교 활동을 집중할 수밖에 없었을 것이다. 거의 모든 신약 역사학자 들은 선교사들이 실제로 그렇게 했고 성공을 거두었다고 의견을 같이한 다. 다음은 역사학자들이 의견이 일치하는 대목이다.

  – 신약에 언급된 많은 개종자는 헬라파 유대인이라고 볼 수 있다.
  – 신약의 많은 부분이 헬라어 구약 70인 역에 익숙한 청중을 전제한다.[34]
  – 기독교 선교사는 종종 이민자 회당에서 공개적으로 가르쳤으며 2세 기에 들어서도 한참 후까지 계속 그렇게 했을 가능성이 있다.[35]

---

33) Harnack, Adolf. *The Mission and Expansion of Christianity in the First Three Centuries*.
34) Frend, W.H.C. *The Rise of Christianity* (Philadelphia : Fortress Press, 1984).
35) Grant, Robert M. *Jewish Christianity at Antioch in the Second Century* (Paris: Recherches de Science Religieuse, 1972).

– 고고학적 증거는 팔레스타인 이외의 지역에 초대교회가 도시의 유대인 구역에 집중적으로 분포되어 있음을 반영하며, 에릭 메이어[36]는 '말하자면 길 하나를 사이에 두고 교회들이 있었다.'

(4) 로마제국 시대 주요 도시들의 교회 설립연대

팔레스타인 지역을 출발점으로 하여 지중해를 중심으로 하는 로마제국 전역으로 유대인 이민자의 진출 경로를 신약성경을 통하여 우리가 알고 있는 내용을 정리해 보자. 먼저 예루살렘에서 시작하여서 북서쪽으로는 지중해를 끼고 다마스쿠스(다메섹)와 안디옥을 거쳐 소아시아(지금의 터키 지역)로 진출하고, 이어서 이스탄불(비잔티움, 콘스탄티노플)을 지나 유럽대륙의 마케도니아와 로마 지역으로 진출하게 된다. 또한 남서쪽으로는 북아프리카 대륙 지중해 연안의 알렉산드리아(이집트)를 지나 카르타고(튀니지)로 북아프리카에 진출하게 된다.

우리는 사도행전에서 안디옥교회를 중심으로 에베소, 빌립보, 고린도, 아테네에 교회들이 세워지는 내용을 알고 있다. 그 이후 즉 사도행전 28장 이후에 로마제국의 인구수 기준으로 큰 도시들의 교회가 세워지는 내용을 지금부터 살펴보고 기독교가 얼마나 왕성하게 로마제국에 뿌리를 내려가고 있는지를 자세히 살펴보자.

우리는 여기서 로마제국 각 도시에 기독교 교회가 세워진 연대를 살펴볼 필요가 있다. [그림 1편1]은 전염병이 처음 창궐하였던 서기 165년 전후(100~200년대)에 교회가 설립된 로마제국의 주요 도시를 표시하고 있다. 그리고 두 번째 251년에 홍역이 창궐하였을 때 로마제국 각 도시에 백만 명 즉 로마제국 인구의 2%가 이미 그리스도인이라고 추정된다(이에 대한 내용은 추후에 설명).

로마제국 시대 주요 도시들의 교회 설립연대의 중요성은 교회사적으로 두 가지 큰 의미가 있다. 첫 번째는 앞 단락에서 기술하였던 신약성경의

---

36) Meyers, Eric M. *Biblical Archaeologist* (1988), 51: 69-79. Early Judaism and Christianity in the Light of Archaeology.

교회 설립연대는 2000년의 세계교회사 내용에서 로마제국시대 초대교회 400년간의 마치 뿌연 안개에 가렸던 감추어진 교회사처럼 희미한 도시교회 설립연도의 연속성의 다리를 이어주는 중요한 의미이다.

둘째는 이제부터 기술하려는 로마제국 시대 설립된 교회들의 기독교인들이 어떻게 로마 이교도들을 기독교인으로 선교(개종)하는 데 결정적인 역할을 하도록 하신 하나님의 섭리와 경륜을 살펴보려고 한다.(The Rise. 129-135)

1) 서기 100-200년대에 로마 주요 대도시들

로마의 주요 도시를 선정하는 기준을 정할 때 그 도시의 정치적 군사적 역할이나 중요성 등을 고려할 수 있으나, 도시의 거주 인구수가 주요 도시를 결정하는 가장 보편타당성 있는 기준이 된다.

〈로마제국 통치 전체인구는 6천만 명으로 추정〉

도시순위	로마제국 시대 도시명칭 / 지역	인구수	현재 국가
1위	로마(Rome)	650,000명	이탈리아
2위	알렉산드리아(Alexandria)	400,000명	이집트
3위	에베소(Ephesus)/ 소아시아	200,000명	터키
4위	안디옥(Antioch 안티오크)/ 소아시아	150,000명	시리아
5위	아파미아(Apamea)/ 시리아 지역	125,000명	시리아
6위	버가모(Pergamum)/ 소아시아	120,000명	터키
7위	사데(Sardis)/ 소아시아	100,000명	터키
8위	고린도(Corinth)	100,000명	그리스
9위	카디즈(Cadiz)/ 스페인 서남부 도시	100,000명	스페인
10위	멤피스(Memphis)/ 북아프리카	90,000명	이집트
11위	카르타고(Carthage)/ 북아프리카	90,000명	튀니지
12위	에데사(Edessa)/ 터키 동남부지역	80,000명	터키
13위	시라쿠스(Syracuse)/ 시실리 섬	80,000명	이탈리아
14위	서머나(Smyrna)/ 소아시아	75,000명	터키
15위	가이사랴 마리티마/ 팔레스타인	45,000명	이스라엘
16위	다마시커스(Damascus)/ 시리아	45,000명	시리아
17위	코르도바(Cordova)/ 스페인 중부	45,000명	스페인
18위	밀란(Milan 밀라노)/ 이탈리아 북부	40,000명	이탈리아
19위	오뱅(Autun)/ 프랑스 중부	40,000명	프랑스
20위	런던(London)	40,000명	영국
21위	살라미스(Salamis)/ 키프로스 섬	35,000명	키프로스
22위	아테네(Athens)/ 그리스	30,000명	그리스

[표 2편1] 로마제국의 22개 주요 도시 인구수
([주제설명 1장3] 로마제국 22개 도시의 교회설립 근거 상세 데이터 참조)

챈들러와 폭스는 "3천 년의 도시 성장"[37]에서 서기 100년경의 세계 최대도시들의 인구를 추정할 수 있는 문헌을 제시하였다. 이 도시의 거주 인구수를 기준으로 나열할 때 [표 2편1]은 인구수가 3만 명 이상이 되는 로마제국의 22개 도시의 거주 인구수 순서이며, 3만 명 이상의 로마제국 대도시의 인구수를 살펴보면 1위는 당연히 로마시로 65만 명에서 시작하여, 2위는 알렉산드리아 40만 명, 3위는 에베소 20만 명에서부터 마지막으로 22위는 아테네시로 3만 명으로 추정된다. 예를 들면 예루살렘 인구는 그 당시 2만 명 정도로 추정하므로 22위 이내의 대도시에 속하지 못한다.

2) 주요 도시 교회설립 연도 100년부터 200년 이후 세 가지 그룹

[그림 1편1]은 로마의 22개의 큰 도시(도시 인구 수 기준[표 2편1]참조) 들이 어느 시기에 교회가 세워졌는지를 지도로 일목요연하게 표시한 매우 귀중한 자료인데 우선 로마제국 큰 도시 순서로 22개 중에서 연대별로 세 가지 그룹으로 교회가 세워지는 내용을 살펴보자.

□ 서기 100년대 이전에 교회가 세워져 있는 12개 도시([그림 1편1]에서 ● 표시)
예루살렘에서 시작한 예수 그리스도의 복음은 안디옥교회를 포함하여 지중해 연안 여러 곳에 교회가 세워졌음을 신약성경은 기록하고 있다. 그 이후에 교회가 설립된 내용을 '[표1.2] 로마 주요 도시교회 보유 관련 다섯 가지 문헌' 에 기초하여 살펴보면 다음과 같은 12개 도시에 서기 100년대 이전에 교회가 설립되었음을 알 수 있다. 즉 알렉산드리아(이집트), 안티오크, 가이샤라(Caesarea Maritima 팔레스타인), 다마스커스, 살라미스(Salamis 키프로스섬), 버가모, 사데, 서머나, 에베소, 아테네, 고린도, 로마 등의 12개 도시에 교회가 제일 먼저 세워진 지도를 표시한다.

팔레스타인 지역에서 시작한 예수 그리스도의 복음이 소아시아를 거쳐

---

37) Chandler and Fox, *Three Thousand Years of Urban Growth* (New York: Academic Press, 1974).

서 유럽 고린도, 아테네, 로마 등을 포함한 로마제국 동쪽에 교회가 세워짐을 알 수 있다.

(교회설립 도시 선정기준은 '[주제설명 1장3] 로마제국 22개 도시의 교회설립 상세 데이터' 참조)

□ 200년대 이전에 교회가 세워진 6개 도시([그림 1편1]에서 □ 표시)

[그림 1편1] 신약성경 이후 로마제국내 교회설립 도시

[표1.2]에 기초하여 그다음에 200년대까지 교회가 세워진 6개 도시는 카르타고(Carthage 북아프리카 튀니지)를 포함하여 아파미아(Apamea 시리아), 멥피스(Memphis 이집트), 에데사(Edessa 터어키), 시라쿠스(Syracuse 시실리 섬), 코도바(Cordova 스페인) 등 이다. 북아프리카를 포함하여 사도 바울이 복음 전도 여행을 위하여 그렇게 가고 싶어 하였던 스바냐(스페인)까지 복음이 전파되어 교회가 설립되었다.

□ 200년대 이후에 교회가 세워진 4개의 도시([그림 1편1]에서 ◎ 표시)

그리고 [표1.2]에 기초하여 200년 이후에는 브리타니아(영국) 런던을 포함하여 4개의 도시 오탱(Autun 프랑스), 밀란(Milan 이탈리아), 카디즈(Cadiz 스페인) 등에 교회가 설립되었다. 이 지역은 로마제국의 북쪽 남부 유럽과 영국까지를 포함하여 남유럽에 복음이 전파되어 교회가 설립되었음을 알 수 있다.

4) 예루살렘에서 출발하여 서바나(스페인)까지 교회설립

22개 도시에 교회가 설립되었다는 의미는 [그림 1편1]을 살펴보면 교회가 처음에는 예루살렘에서 출발하여 서기 100년대 이전에는 서북쪽으로는 로마의 동쪽 지중해 연안과 서남쪽으로는 북아프리카에 교회가 주로 세워졌으며, 200년대 이전에는 이탈리아 로마시 주변의 도시에 교회들이 세워졌음을 알 수 있다. 그리고 200년대 이후에는 북쪽으로 갈리아(프랑스)와 브리타니아(영국) 지역에 그리고 서쪽으로 에스파냐(스페인) 지역으로 로마제국 전역에 교회들이 세워져 가는 과정을 연대별로 볼 수 있다.

로마제국에서 인구 기준으로 1위 도시 로마시를 시작으로 22위 아테네까지 로마제국 큰 모든 도시에 서기 300년 이전에 [그림 1편1]에서 보는 바와 같이 교회가 모두 다 세워져 있음을 알 수 있다. 이 말은 여기서는 대도시 22개 전부 교회가 세워졌다는 말은 로마제국에서 웬만한 크기의 중소도시에도 교회가 세워졌음을 추정하게 된다. 여기서 교회라고 함은 이 당시 기독교가 로마제국 합법적인 종교로 공인되기 이전의 불법 단체이므로 소규모 가정교회 중심의 교회를 말한다. 이는 로마 전역에 전염병이 창궐하였을 때 이교도들을 돌보아서 선교하기 위하여 하나님께서 미리 작정하시고 각 도시에 교회를 세워 그리스도인 공동체를 준비시켜 놓으셨다. 이처럼 100년-200년대 이전에 로마제국 각 도시에 가정교회를 기반으로 하는 그리스도인 공동체가 설립된 것은 전염병에 의한 이교도들의 복음 전도를 할 수 있는 그루터기를 미리 하나님께서 마련하셨다고 우리는 믿는다.

2절 전염병 창궐과 그리스도인 섬김으로 선교{학설}

〈본 단락 2절은 정설(定說) 이전의 {학설(學說)} 단계 내용임을 미리 밝혀 둔다.〉

초대교회에 대하여 현재 지역교회 교회학교에서 가르치는 신약성경 기록 이후 예루살렘 교회 성장에 관한 것은, 우리가 1단계에서 소개한 정설로 되어있는 집단개종 방법밖에는 없다. 그러니 이 집단개종 방법으로만 313년 기독교가 공인되고 380년에 국교가 되어 대부분의 로마제국 사람이 기독교인이 되었다는 데는 설명이 되지 않은 상태에서 지금까지 지나왔다. 본서에서 전염병 창궐이라는 학설을 소개하는 것은 우리가 초대교회의 실체에 대하여 좀 더 가깝게 파악하여 하나님께서 섭리하신 일을 알려는 방편이라 생각한다.

로마제국 2단계 선교 파급기(2~3세기)

현대 2020년은 전염병 코로나-19로 전 세계가 팬데믹 사태로 1억 명 이상이 감염되고 백만 명 이상이 사망하는, 코로나-19로 해가 뜨고 해가 지는 참담한 한 해였다. 21세기 문명과 의학이 발달하여 있는 현재에도 전 세계적으로 공포의 팬데믹 사태인데, 하물며 고대국가 로마제국 모든 삶의 어려움 중에서도 로마인들을 가장 두렵게 하는 것은 전염병이었다. 세계를 정복한 로마인들도 전염병이라는 역병 앞에서는 속수무책으로 급속히 무너져가고 있었다. 본 단락을 위하여 주요한 참고문헌을 먼저 소개하는데 앞에서 소개한 두 종류의 참고문헌 『로마인 이야기』, 『기독교의 발흥』과 함께 본 단락에서 주요하게 인용할 문헌이다.

□ 『전염병의 세계사』

'전염병의 세계사'[38]는 다양하게 변화하는 전염병의 전파유형이 고대

---

38) 영어 원본- William McNeill, *Plagues and People* (NY: Doubleday, 1976)
　　한글 번역본- 윌리엄 맥닐, 『전염병의 세계사』 (도서출판 이산, 2012)

부터 오늘날에 이르기까지 인간사에 어떤 영향을 미쳐왔는지 보여줌으로
써 전염병의 역사를 역사학적인 설명의 장으로 끌어들이고자 하였다. 저
자 윌리엄 맥닐은 1917년 캐나다에서 태어나 미국 시카고대학을 졸업, 코
넬대학 박사학위 이후 40년간(1947-1987) 시카고대학 역사학과 교수로
재직하며 미국 역사학회 회장을 역임했으며 20여 권의 저술가로 유명하
다. 본서에서 참고문헌 표기는 만약 12페이지를 인용 시에는 (전염병의 세
계사. 12). 라 표기한다.

1. 로마제국 전역에 1차 서기 165년, 2차 251년 전염병 창궐

리비우스(기원전 59년-서기 17년, '로마사'를 저술한 고대 로마 역사가)의 기
록에 의하면, 로마 공화정 시대에 전염병으로 인한 재난은 기원전 387년
부터 적어도 열한 차례나 발생했다. 그러나 이런 경험은 서기 165년부터
로마제국 전역에 퍼지기 시작한 질병에 비하면 사소한 것으로, 이 전염병
은 동방의 메소포타미아 원정군 로마군단을 통해 지중해 지역으로 유입
되었으며, 그 후 몇 년 사이에 제국 전체로 퍼져 나갔는데, 이 역병은 천
연두(Smallpox)라고 알려졌다(전염병의 세계사. 137).

(1) 로마 전역에 165년 1차 전염병 천연두(Smallpox) 창궐

서기 165년 마르쿠스 아우렐리우스 황제 시대에 서구세계에서 처음으
로 천연두 전염병이 무서운 파괴력을 가지고 로마제국 전역에 퍼지기 시
작했다. 로마제국 당시의 의학 지식수준은 세균 감염에 의한 전염병 자
체를 아직 알지 못하는 시기였다. 군사적 목적으로 전투에서 다친 군인
들을 치료하기 위하여 인체에 대한 외과 수술용 해부학은 발달하였다. 그
러나 의학적으로 세균성 전염병 자체에 대한 지식이 전혀 없었으므로 의
학적으로 어떠한 효과적인 대처가 불가능한 시기였다. 그러다 보니 그 전
염병 질병이 실체적으로 무엇이든 간에 그것의 피해는 감염자에게 치명
적이었다.

1) 전염병 창궐과 피해

165년부터 15년간 지속된 이 전염병으로 로마제국 전체인구의 25~33%(1,200만 명~2,000만 명)가 사망한 것으로 추정된다(전염병의 세계사. 138). 어떤 학자는 로마제국 인구의 절반(3,000만 명)이 죽었다고 주장하는데 우리가 잘 아는 마르쿠스 아우렐리우스 황제도 서기 180년 이 전염병으로 죽게 된다.[39] 로마제국 전역에 걸쳐서 발생하는 막대한 사망률은 점차적으로 로마제국 인구의 부족으로 이어지게 된다(Boak 1955년 '인력 부족과 서로마제국의 멸망'). 이러한 엄청난 전염병이 얼마나 무서운 속도로 광범위하게 감염이 되었으면 로마 황제 자신도 대책 없이 이 전염병에 걸려 죽게 되었겠는가? 전염병으로 인한 사망자를 평균 2,000만 명으로 추정할 때(경인 지역 인구만큼) 로마제국이 인구의 1/3이 전염병으로 죽었는데 과연 견딜 수 있었겠는가?

2) 마르쿠스 아우렐리우스 황제의 증언

2세기에 발생한 엄청난 전염병은 '갈렌의 역병(Plague of Galen)'이라고도 불리는데, 165년 군사작전 중이던 베루스(Verus)의 군대에서 처음으로 발병하여서 그다음 전 로마제국으로 퍼져 나갔다. 많은 도시에서 사망률(평균 30%)이 매우 높았기 때문에 로마 황제 아우렐리우스는 그 당시 상황을 이렇게 묘사하였다. "전염병 죽음의 도시들로부터 시신을 싣고 나가는 수레들과 짐마차의 행렬이 마치 대상(Caravan)과 같이 줄지어 무리를 이루었다."

(2) 로마 전역에 서기 251년 2차 전염병 홍역(Measles) 창궐

서기 165~180년에 걸친 마르쿠스 아우렐리우스 황제 시대의 전염병에 견줄 만한 신종 전염병이 251~266년에 걸쳐 로마를 강타했다. 이때 로

---

39) Boak, Arthur E. R., *A History of Rome to 565 AD 3d ed.* (New York: Macmillan, 1947)
　　Gilliam, J. F., *The Plague under Marcus Aurelius* 『마아크스 아우레리우스 시대의 역병』(American Journal of Philology 94:243-255, 1961).

마시의 인명 피해는 더욱 심각했는데, 전염병이 기승을 부리던 기간에는 하루에 5,000명씩 죽었다고 전해진다. 또한, 농촌 인구가 받은 타격은 아우렐리우스 시대에 전염병이 유행했을 때보다도 더 컸다고 한다(전염병의 세계사. 138). 2차 전염병 기간의 피해는 1차 100년(165년과 251년)이 채 지나지 않은 251년에 또 다른 강력한 전염병 홍역이 로마제국을 휩쓸었다.[40] 로마 다음으로 큰 도시인 북아프리카의 알렉산드리아는 인구의 65%(40만 명 도시 인구 중에서 26만 명)이상을 전염병으로 잃었다.[41] 이것을 로마제국 전체로 확대하여 살펴볼 때 얼마나 그 피해가 심각한지 상상할 수 있을 것이다. 더군다나 천연두와 홍역은 그 이전에 전염병 세균에 노출된 적이 없는 사람들에게 처음으로 감염 되면은 엄청난 사망률을 기록할 수 있다.[42] 두 번째 전염병에 대하여 그 당시 기독교 목회자 증언과 기록 그리고 근현대 학자들의 문헌을 살펴보자(The Rise. 74).

□ 디오니시우스(Dionysius)의 기록

키프리안과 같은 시대 3세기 또 한 사람의 북아프리카 이집트 알렉산드리아의 목회자가 251년 전염병(홍역)이 발생한 후에 성도들에게 보낸 목회 서신에서 로마인들이 전염병에 어떻게 대처했는지를 알 수 있다.

'로마인들은 정반대로 행동했다. 전염병이 돌자마자, 고통받는 자들을 밀쳐버리고 그들의 가장 소중한 사람들(가족, 친지, 친구들)을 뒤로 한 채 도망쳤다. 이교도들은 치명적인 질병의 확산과 전염을 막으려고 질병으로 고통받는 자들을 그들이 죽기도 전에 도로에 던져버렸고 땅에 묻지 않은 시체를 함부로 대했다. 그들은 할 수 있는 수단을 다 써보지만, 질병을 피하는 것의 어려움을 깨닫게 되었다.'

그런데 이번에는 디오니시우스 목회자의 부활절 편지에서 꼭 같은 상황에서 기독교인들이 행동한 내용을 기록으로 살펴보자.

---

40) Russel, J. C. *Late Ancient and Medieval Population* (Published as vol. 48, pt.3 of the TAPS, 1958).
41) Boak, Arthur E. R. *A History of Rome to 565 AD 3d ed.*.
42) Neel, James V. *American Journal of Epidemiology* (1970), 91:418-429. Notes on the Effect of Measles and Measles Vaccine in the Virgin Soil Population of South America Indians.

"어떤 재앙보다도 더 소름끼치게 놀라운 이 질병이 우리에게 엄습했다. 기독교인들의 사랑과 애정에 대한 가치는 처음부터 사회봉사와 공동체 결속에 대한 표준과 모범을 보여주었다. 이러한 전염병 재앙이 엄습할 때 그리스도인들은 대처 능력이 탁월하고 그 결과로 살아남아서 생존하는 확률이 로마 이교도보다 훨씬 높았다. 그리스도인들이 각각의 전염병에 대처한 이러한 결과로 새로운 개종 없이도 기독교인의 인구 점유율이 높아져 갔다. 무엇보다도 다른 이교도들과 비교해서 그리스도인들의 경이적으로 높은 생존율은 그리스도인과 이교도들 모두에게 '기적'으로 간주되었고 이것이 또한 이교도들이 기독교로 개종에 큰 영향을 끼쳤다(유세비우스, 교회사 1965년)."

상기 기록의 사실성과 진실성은 수신자가 모두 자기 목회지에서 같이 생활하는 성도들에게 보내는 목회 서신이므로 그 내용의 신뢰도는 매우 높다. 왜냐하면 이것은 이러한 전염병의 참상과 기독교인의 이교도에 대한 헌신적인 노력은 그 당시 성도들이었던 수신자들도 모두 다 직접 보고 듣고 느끼고 있었기 때문이다.

두 번 연속 발생한 악성 전염병(1차 165~180년, 2차 251~261년)이 몰고 온 피해는, 전염성이 강한 이 두 질병이 인구 밀도도 높고 아무런 저항력도 지니지 못했던 지중해 세계 주민들을 차례로 공격했을 때 일어날 수 있는(일어날 수밖에 없는) 파국 그 자체였다(전염병의 세계사. 139).

(3) 로마제국 교통망 인프라를 통한 전염병의 급속한 확산

1) 전염병 확산 속도

앞에서 로마제국 담당 영토에 대한 인프라에 대하여 언급한 것처럼 고대국가로서는 교통망이 탁월하게 갖추어져 있었기 때문에, 전염병 세균이 육상과 해상의 교통망을 통하여 감염병 질환 예방에 대한 지식이 없던 상태에서 순식간에 로마제국 전역으로 퍼져 나갔다. 로마 군대에도 예외 없이 전염병이 퍼져 나갔는데 특히 세균의 잠복기를 고려한다면 전염병의 병세가 발병하였을 때 이것을 초기에 차단하였다 하더라도, 천연두는 2주 정도 세균의 잠복기 동안에 이미 다른 지역으로 퍼져 나갔기 때문에 로마제국 곳곳에 퍼져서 전염 속도는 가히 제국의 존립 자체마저도 위협하는 수준이었다.

2) 로마제국 전 지역에 감염된 전염병과 감염 기간

우리는 이 무서운 전염병이 일정한 제한 지역이나 잠깐 창궐하고 사라진 것이 아니라 오랜 기간과 광범위한 감염 지역에 대하여 유념하여야 한다. 우선 기간으로 15년간 지속하였다는 것은 인간의 한 세대에 걸쳐서 철저하게 전염병에 노출되어 출생과 발육과 성장에 지대한 영향을 미쳤다는 말이다. 그리고 100년 후 251년에 또다시 전염병이 발생하여 전 제국에 막대한 손해를 끼쳤다는 사실에 주목하여야 한다.

다음으로 지역적으로는 로마제국 담당 국경의 최남단인 북아프리카 대륙(이집트 알렉산드리아 디오니시우스 목회자 기록 문헌)을 시작으로 하여 지중해를 건너 유럽대륙으로 거슬러 올라가서 제국의 국경 최북단에 있는 게르만 민족(Zinsser의 게르만족 독일 국경 지역의 전염병 참상 기록 문헌) 지역까지이다. 이를테면 북아프리카 대륙부터 시작하여 지중해와 유럽대륙 전체에 고대국가로서는 특이하게 발달하였던 로마제국의 탁월한 교통망 인프라로 인하여 전염병이 급속하게 그리고 광범위하게 퍼져 나가면서 창궐하였다는 의미이다. 이것은 14세기에 유럽 전역을 강타한 전염병 [그림 2편5] '14세기 유럽의 흑사병 전파과정' 창궐 지도와 시기를 참조하여도 광범위하게 참혹한 피해를 줬다(전염병의 세계사. 187).

100년간을 사이로 두 차례에 걸쳐서 로마제국의 전염병에 대한 역습은 이렇게 전체 도시가 인구의 반 이상이 죽어 나가고, 죽음의 냄새로 진동하여 친구들과 가족들이 하나둘 사라질 때, 살아남은 사람들은 망연자실하여 "왜"라는 질문을 하게 된다. 왜 이런 일이 벌어지는 거지? 왜 신들은 이 전염병을 보냈을까? 죽음 앞에 두려워 떨며 살아남으려고 발버둥 치며 도움을 구하려고 하며, 로마제국 기반이 무너져 내려가고 있었다.

2. 전염병에 대처하는 로마제국 이교도들의 행동

전염병이라는 위기의 순간이 온 것이다. 전염병이 정상적으로 작동하던 로마 사회를 흔들기 시작했다. 전염병은 난공불락의 거대한 로마종교라는 요새에 틈새를 만들어 주었다. 위기의 순간은 기존 종교들에는 시험의 기간이나 새로운 종교에는 기회의 시간이다. 이 시기에 그리스도인과 비그리스도인들은 각각 어떻게 반응했을까? 기존의 정치 관료들과 지성인들과 종교지도자들은 이 위기의 순간을 어떻게 감당하였을까?

1) 일반 로마인들의 전염병에 대한 대처 행동

위기의 순간에 로마제국에 살았던 로마인들은 전염병이 창궐하면, 전염병을 피해 달아났고, 아픈 자들과의 접촉을 꺼렸다. 165년 전염병(천연두)이 났을 때, 그 당시 로마 최고의 의사인 갈렌도 전염병이 창궐한 로마에서 초기부터 도망쳐서 시골에서 은둔 생활을 하였다. 그리고 그런 행동을 그는 현명하고 지혜로운 처사라고 여겼다.

요약하면 기존의 로마제국 정치 종교 사회체제는 위기의 순간에 그 원인을 설명하지 못하였으며, 살아야 할 의미를 제공하지도, 구체적인 아무런 도움도 주지 못했다. 우리가 이교도들의 끔찍한 전염병으로 고통받는 그들의 입장이 되어보자.

"우리는 여기 죽음의 악취가 진동하는 도시의 한복판에 놓여 있다. 사방에서 가족과 친지들이 쓰러져 나간다. 우리도 언제 병에 걸릴지 아무도 단언할 수 없는 무섭고 두려운 상황이다. 이런 처참한 상황 한가운데서 인간은 '왜?' 라고 본능적으로 묻게 되어있다. 왜 이런 일이 일어나지? 왜 그들에게 일어나고 나는 아니지? 우리는 모두 죽게 될까? 왜 애당초 세상이 존재할까? 이다음에 무슨 일이 일어날까? 우리가 할 수 있는 일은 무엇일까?"

2) 정치와 종교지도자들의 무기력함

무서운 속도로 로마제국 전체를 엄습하는 전염병에 대하여 로마종교를 이끌었던 사제들은 아무런 답을 주지 못했다. 그리고 아픈 자를 뒤로하고 도시를 성급히 도망쳤다. 제국의 고위 공직자들과 최고로 부유한 귀족들도 가족을 데리고 도시를 떠났다. 환자를 돌보아야 하는 의사들도 도시를 도망쳤다. 그 당시 최고의 지성인이라는 철학자들도 해답이 없었다. 그들은 사람이 죽고 사는 것이 운에 달렸다고 생각했다. 누가 복을 내릴지 고난을 겪을지는 눈먼 운명의 장난이며 삶 속에 일어나는 재난 중에 일부는 인간이 통제할 수 없는 자연재해라고 설명했다. 그들은 아픈 자를 뒤로하고 도시를 떠났다. 전염병으로 개인과 가족의 운명이 위태롭고 심지어 죽어가는 것을 본 사람들에게 '누가 알겠어' 또는 '불가항력적인 자연재해야' 라는 대답은 전혀 위로되지 못했다.

3. 전염병에 대처하는 기독교인들의 행동

우리는 앞 단락에서 유대-헬라 그리스도인들이 서기 200년대에는 로마제국 대부분의 큰 도시에서 교회공동체를 세우고 생활하고 있던 것을 [그림 1편1]에서 살펴보았다. 이들 그리스도인은 로마 이교도들과 같은 상황에서 어떻게 대처했을까? 우선 그리스도인들은 고통받는 로마 이교도들에게 즉각적인 위로와 닥친 재난이 갖는 나름의 의미와 해답을 제공했다. 무자비한 전염병이 기독교를 믿는 자에게는 훈련의 과정이고 시험의 시간이라고 가르쳤다. 또한 가족과 친지들 친구들, 집, 모든 것을 잃은 사람들에게 죽음 이후에 하나님과의 영원한 삶을 살 수 있다는 영생의 소망을 제시했다. 죽음은 최고 신(하나님)과의 교제로 직접 만나는 문이라 가르치며, 고통받는 자들이 죽음을 두려워하지 않게 하였다. 이교도들과 이교도 신들은 죽음 이후의 삶에 대답도 없고 관심도 없었다. 이교도들은 현세의 삶이 전부처럼 여겨졌고, 죽은 자 중에서 극히 일부, 뛰어난 자들만 신의 자격을 얻는다고 했다. 그러나 죽음 이후의 더 나은 미래의 청사진- 영생의 소망-을 기독교가 제시했다.

(1) 기독교인이 바라본 전염병

다음의 글은 로마제국 당시 카르타고의 목회자였던 키프리안(Cyprian 200~258년)이 보고 경험하였던 내용을 소개한다(전염병의 세계사. 144).

"죽음의 재앙 속에서 우리 중 많은 사람이 죽어가고 있다. 아니, 우리 중 많은 사람이 이 세상으로부터 자유로워지고 있는 것이다. 이 무서운 재앙은 유대인이나 이교도, 그리스도의 적들에게는 파멸이지만, 신을 모시는 그리스도인에게는 축복받은 출발이다. 인종에 상관없이 악한 자뿐 아니라 의로운 자도 죽는다고 해서, 이 재앙이 악인에게나 의인에게나 똑같은 의미가 있다고 생각해서는 안 된다. 착한 사람은 새 생명을 얻기 위해 부름을 받은 것이고, 나쁜 사람들은 고통을 받기 위해 소환된 것이다. 믿음 있는 사람들에겐 보살핌이 주어지고, 믿음이 없는 사람들에겐 징벌이 주어질 뿐이다. … 전염병의 유행은 언뜻 보기엔 두렵고 치명적인 것 같지만, 모든 사람을 공평하게 처리하고 인간의 마음을 검증하니 … 이 얼마나 적절하고도 필요한 일인가."[43]

그리스도인들은 닥친 재난과 고통에 의미를 부여해 주었을 뿐 아니라, 전염병으로 고통받는 이교도들에게 구체적이고, 피부에 와 닿는 도움을 주었다. 먼저 그리스도인들의 섬김에는 어디까지라는 제한이 없었다. 목숨까지 버려가면서 병든 자를 돌보았다. 돕는 대상도 그리스도인과 비그리스도인을 구분하지 않았다. 그리고 교회의 몇 사람만 한 것이 아니라 교회 전체가, 지도자들부터 평신도까지 한 몸으로 참여했다. 다음의 글들에서 이에 대한 그리스도인들의 구체적이고 실질적인 물질의 나눔과 구제의 손길 내용을 살펴보자.

---

43) Cyprian. *De Mortalitate*, Hannon, trans. (Washington D.C., 1933), 15-16.

(2) 이교도 전염병 환자에 대한 그리스도인들의 결정적인 헌신

1) 모세시대 장자의 죽음 재앙과 비교
여기서 잠깐 우리는 걸음을 멈추고 로마제국 시대 기독교인들의 삶의 방식을 자세히 들여다보자. 얼마나 성경적인 삶의 숭고한 모습인가? 우리가 21세기 현세에 믿는 기독교 교인과 완전히 다른 모습이 아닌가? 성경적인 삶을 몸소 받아내는 그들의 신앙은 어디에서 오는가? 21세기 한국교회 기독교인의 신앙 따로 삶 따로 이원화되어있는 우리 신앙인의 모습이 부끄럽기도 한 생각이 든다.

이어서 디오니시우스 목회자는 모세 시절의 이집트 사람들과 같이, 가정마다 장자 한 사람씩 죽었던 사실(출애굽기에서 이집트의 열 가지 재앙 중 마지막 재앙 장자의 죽음)과 비교하면서, 전염병은 더 많은 사망률을 기록하고 있다고 강조하였다. 이집트는 각 가정마다 장자 한 사람씩 죽었지만, 전염병은 가정마다 다수의 사망자가 발생하였다. 또한, 그리스도인이라고 죽음이 모세시대 유월절같이 그냥 지나가지 않았으며, 이교도들은 훨씬 더 많은 사망자가 발생하여 사망률이 그리스도인보다 훨씬 높았다.

"사망자가 한 명에 그친 집은 하나도 없었다. 그랬다면 얼마나 좋았을까! 전염병의 거대한 충격이 고스란히 이교도에게 엄습했다."(The Rise. 82)

2) 기독교는 역경의 세월에 적응하는 사상과 정서의 체계
이교도보다 그리스도인들이 지닌 또 하나의 이점은, 갑작스럽고 충격적인 죽음 앞에서도 인간의 삶을 의미 있게 여기도록 가르치는 신앙의 힘이었다. 고통으로부터 해방은 언제나 실현되는 것은 아니었지만 누구나 바라던 바였다. 전쟁이나 질병 또는 양자 모두를 겪으면서도 천신만고 끝에 목숨을 부지한 일부 생존자들은, 선량한 그리스도인으로 살다 간 친척이나 친구들이 천국에서 영생을 누릴 수 있으리라 상상하면서 슬픔을 떨쳐버리고 마음의 위안을 얻을 수 있었다. 전지전능한 신은 행복한 순간은 물론 재앙이 닥친 시기에도 인생의 의미를 부여했다. 예상치 못한 힘겨운 재난은 이교도들의 자존심을 짓밟고 세속적인 제도들을 붕괴시켰지만, 평온한 시기보다 신의 존재를 더욱 극명하게 드러내는 계기가 되기도 했다. 그러므로 그리스도교는 고난과 질병, 비참한 죽음이 판을 치는 역경의 세월에 완벽하게 적응할 수 있는 사상과 정서의 체계였다(전염병의 세계사. 144).

(3) 전염병 퇴치를 위한 기독교인들의 헌금, 구제 (성경적인 섬김)

과연 전염병이 창궐할 때 그리스도인들이 이교들과 같이 도망치지 않고 사람들을 돌보았을까 의구심을 가질 수 있다. 그러나 우선은 위에 전염병에 관한 글이 목회 서신의 일부분이라는 것에 주목할 필요가 있다. 목회자가 그들의 직접 보고 들은 성도들에게 보내는 편지에 거짓으로 꾸며서 헌신적 사랑의 삶을 그려 냈을까? 성도들이 다 알고 직접 보고 있는 일을 목회자가 거짓으로 지어낸다는 것은 말이 되지 않는다. 실제로 고대 교회 그리스도인들의 사랑과 섬김은 믿는 자나 믿지 않는 자나 다 알고 있는 사실이었다.

1) 성경적으로 물질 사용 : 헌금과 구제

다음으로 그리스도인들의 적극적이고 조직적인 헌금 활동과 구제 활동 상태를 살펴보자. 서방 신학의 기초를 놓고 북아프리카 카르타고에 살았던 초대 교부시대의 한 사람인 터튤리안(160~220년)이 말하는 그리스도인들의 사랑에 대해서 들어보자.

'한 달에 한 번 또는 자기들이 원하는 때 아무 때나 모든 성도는 준비한 헌금을 교회에 가져온다. 이 헌금은 각자가 원할 때만 그리고 할 수 있는 여력이 있을 때만 가져오지 절대로 강요는 없다. 왜냐하면, 자원하여 드리는 예물이기 때문이다. 우리는 이 돈을 비싼 만찬을 하는데, 술 파티하는데, 감사함이 없이 먹고 마시는 데 쓰지 않는다. 반대로 우리는 가난한 자들을 먹이고, 그들의 장례를 치러주는 데 사용한다. 또 부모가 없고 가진 것이 없는 어린아이를 위해, 나이 먹어 일할 수 없는 노예를 위해, 배가 망가져 모든 것을 잃은 어부를 그리고 광산이나 섬이나 감옥 안에 갇혀있는 이들을 위해 헌금을 사용한다.'

기독교인은 마음이 하나가 되어서 연합을 이룬 우리는 우리의 재산을 나누는 것을 주저하지 않는다. 우리는 배우자를 제외하고는 모든 것을 서로 나누어 쓴다. [터틀리안의 기독교 변증 중에서]

그리스도인 사랑의 실천에 대한 역설적인 추가 내용은 [주제설명 1장 4] 로마제국 전염병 창궐' 에서 '2. 줄리안 로마 황제 그리스도인들의 사랑에 대한 평가' 참조 바란다. 줄리안 로마 황제는 기독교를 박해한 황제이지만 역설적으로 기독교인들의 적극적인 사랑의 실천을 이교도와 비교하여 기독교인을 이교도가 본받아야 한다고 역설한다.

2) 로마제국 기독교인 구제 활동 : 구제 사역은 교회 목회 활동의 중심

로마제국 아래의 교회는 구제에 있어서 성경적이었고 탁월하였다. 개개의 교회는 '구제부' 라는 부서가 있는데 이곳 부서는 다른 부서들보다 월등히 규모도 크고 중요했는데, 교회 재정의 대부분이 구제부를 통해 가난한 자, 과부, 고아, 병든 자들을 돌보는데 쓰였다. 담임목사가 직접 관리 감독하였다. 기록에 의하면 3세기 로마 시내 교회들 (로마시에 있는 성도 수 추정 30,000명)에서만 사회 취약계층 1,500명의 사람이 구제부에 등록되어 도움을 받고 있었다고 한다. 구제가 더 활성화된 4세기에는 교회 목사들은 '가난한 자들을 사랑하는 자들' 이라고 불리기도 했다.

3) 종합보험 같은 그리스도인들의 신분보장

여기서 이런 질문을 던질 수 있다. 그리스도인들이 믿지 않는 이방인들에게도 저렇게 섬겼다면 믿는 믿음의 형제자매들끼리는 어떠하였을까? 만약에 이를 현대사회의 보험제도에 비유한다면 그리스도인들은 모든 것이 보장되는 종합보험에 든 것과 같은 삶을 살았다. 즉 복지나 의료보험이 전혀 없던 고대국가 시대에 온전한 사회보장 복지제도가 그리스도인들 간에 실천되고 있었다. 무한 책임주의, 무한 사랑주의가 교회 성도들

간에 존재했다. 성도가 노예로 팔리어 가면 무슨 수를 써서라도, 돈이 얼마가 들어도 그 성도를 구했다. 감옥에 있는 성도를 잊지 않고, 가족 그이상의 사랑으로 그리스도인들은 서로를 돌보았다. 이 말은 그들이 성경의 원리대로 그리스도 사랑의 실천을 매일의 삶 속에서 서로 사랑하며 살고 있었다는 것이다.

(4) 이교도와 기독교도 차별화 요약

[표 2편2]에서 비교항목 〈전염병에 직접적인 간호〉, 〈경제적 측면〉, 〈사회적 측면〉, 〈종합 결론〉으로 이교도와 기독교도 차별화를 요약한다.

구 분	전염병 엄습 때에 로마제국 시민의 형편	로마제국 공동체 국가와 이교도 대처	기독교 공동체 가정교회 중심 대처
전염병에 직접적인 간호	-감염자 전염이 두려워서 가족, 친지 도망 -환자는 혼자 고통에서 투병하다 죽어감 -살아남아도 주변 가족, 친지들이 사망하거나 유리되어 극심한 박탈감	-국가는 전염병에 대하여 전혀 대책 없음 -국가, 기관에서 감염자를 버리고 가족, 친지들은 도망감	-교회공동체 중심으로 감염자를 간호함 -가족, 친지, 이웃, 이교도를 구별하지 않고 간호하고 보호함
경제적 측면	-대다수 시민계급과 노예들은 만성적인 궁핍으로 열악한 경제생활 -소수의 귀족과 지도층은 풍족한 물질생활	-고대국가로서 복지정책이 없으므로 경제적 지원 없음 -재물은 이교도 개인 소유로 상호 구제가 없음	-재물에 대한 공공개념 -교회공동체 중심으로 기부, 구제 문화가 생활화 -가난한 자, 고아, 과부, 나그네를 우선 볼 봄
사회적 측면	-피정복민 강제적 유입 다른 민족 간의 공동생활 항상 이질적인 요소로 충돌위험 내재 -고대도시 공통적 현상으로 주거시설, 위생 열악한 환경	-자연재해(전염병, 지진, 화재, 기근)에 상시 노출되어 불안정된 생활 -이민족의 신규강제 유입으로 기존 거주 민족과 갈등위험 상존	-기독교 사랑의 실천을 생활화하며 서로 사랑하는 새로운 문화를 형성하여 붕괴한 이교도 사회에서 기독교공동체로 대체 개종 (선교) 함
종합 결론	일반 시민 항상 불안하고 열악한 일상생활	이교도 전염병에 대한 대책 없이 기존질서 붕괴와 몰락	-기독교의 의식주 실질적인 대안 제시 -이교도를 기독교인으로 개종 승리 -로마제국 이교도에서 점차적으로 기독교로 개종

[표 2편2] 이교도에서 기독교로 개종하는 차별화된 이유

4. 로마인의 신들과 기독교 하나님의 차이

우리는 지금까지 전염병에 대처하는 이교도와 기독교도 차이를 살펴보았는데 이제부터는 우리가 믿는 하나님과 이교도 신들과의 차이를 살펴보자.

(1) 로마인이 섬기는 신과 예배자

그리스도인이나 비그리스도인이나 다 같은 성정을 가진 인간이면서 로마사람들이었다. 같은 음식을 먹고 같은 언어를 쓰고, 같은 구조의 집에서 살았던 사람들이다. 그러면 무엇이 그리스도인들을 특별하게 사랑이 넘치는 사람들로 만들었을까? 위기의 상황에서 이교도들이 따라올 수 없는 사랑의 실천은 어디에 기인한 것일까? 종교학자들과 기독교 역사가들은 그런 행동의 차이는 그들이 믿었던 신들의 차이에서 온다고 설명한다.

우리는 앞에서 로마인들이 섬겼던 신들의 특징을 몇 가지 언급했다. 로마인들이 섬겼던 신들은 수가 셀 수 없이 많았다. 로마인들은 그 많은 신을 서로 경쟁상대로 보지 않았고 모든 신을 다 존중하고 인정했다. 그래서 한 사람이 섬기는 신의 수도 제한이 없었다. 하지만 이교도들과 그리스도인들의 행동 차이를 설명하기 위해 우리는 로마 신들이 그들의 예배자들과 맺은 관계를 눈여겨보아야 한다.

□ 로마 신들과 예배자 관계

로마 신들과 그들의 예배자들의 관계는 각자의 이익에 기초한 관계다. 이들의 관계를 '내가 주면 신도 준다'라고 즉 'Give and Take'로 요약할 수 있겠다. 주고받는 교환의 관계라고 볼 수 있다. 로마 신들이 예배자들에게 요구한 것이 있다면 그것은 희생제물들과 신들을 신들로 대접해주는 합당한 제사였다. 강력한 능력을 갖춘 로마 신들은 예측 불허의 존재들이었다. 이 관계 속에서 주목할 것은 로마 신들은 희생제물을 바치며 예배드리는 사람들을 향해 사랑의 감정을 느낄 수 없었다. 이익에 기초한 신과 인간관계 속에서 신들은 인간들을 진심으로 사랑하고 돌보지 않았다. 모든 신은 인간을 사랑한다, 사랑해야만 한다는 생각은 우리가 기독교에 너무 익숙해서 갖는 생각이다. 한국의 무당과 무당이 접한 신과의 관계를 생각해보라. 한국의 토속신들을 생각해보라.

□ 제사만 요구하는 신들

또한 신들은 희생제물과 깍듯한 제사 외에 다른 어느 것도 요구하지 않는다. 헌신을 요구하지 않는다. 매주 섬기지 않아도 되었다. 일 년에 간헐적으로 정해진 시간에 정해진 장소에서 정해진 방식으로 올바르게 희생제물을 드리면 그것으로 끝이었다. 즉 신들은 예배자들이 구원을 얻기 위해 윤리적으로 올바르게 삶을 살라고 요구하지 않았다. 윤리적인 계명을 지키라고 요구를 안 했기에 당연히 그들은 인간이 죄를 짓거나, 도덕적 규범을 어겨도 심판하지 않았다. 그리고 다른 신들을 섬기지 말고 나만 섬겨야 한다는 헌신을 요구하지 않았다. 오늘날 기독교처럼 매주 주일예배를 드리듯이, 정기적으로 신을 경배할 필요도 없었다. 현세의 문제들을 해결 받기 위해 신들의 도움을 받지만, 죽음의 문제나 사후의 삶에 대해서 신들은 아무것도 해줄 수 없었다.

이는 우리가 일반적으로 종교를 고등종교와 하등종교로 구분하는 경우가 있는데 고등종교는 기독교, 불교, 이슬람교, 힌두교 등을 지칭하는 것으로서 실제로 그 종교를 세운 창시자, 문서로 만들어진 경전, 전도를 위한 조직을 지닌 종교를 지칭하고 하등종교는 그러하지 못한 종교이다. 이 기준에 의하면 로마제국 이교는 일반적으로 하등종교에 가깝다고 할 수 있다.

(2) 기독교 하나님과 예배자 관계[44]

1) 하나님과 인간 사랑의 관계

□ 사랑의 관계

로마 신들과 예배자들의 관계와 달리, 기독교의 신은 인간과 진정한 의미의 사랑의 관계를 맺었다. 하나님이 자기를 경배하는 자를 사랑한다는 사상은 로마인들에게는 새롭고 낯선 것이었다. 요한복음 2장 16절을 이

---

44) MacMullen Ramsay. *Paganism in the Roman Empire* (Yale University Press, 1981).

교도들이 처음 맞닥뜨렸을 때를 상상해 보라. (요한복음 3:16) "하나님이 세상을 이처럼 사랑하사 독생자를 주셨으니 이는 그를 믿는 자마다 멸망하지 않고 영생을 얻게 하려 하심이라." 신들과 이익의 관계에 익숙해져 있던 이교도들이 신이 세상을 사랑한다는 요한복음의 메시지는 충격, 그 자체였을 것이다.

□ 하나님 아들을 희생하면서까지 사랑

다른 이들의 잘못을 용서하지 않는 예배자의 기도와 예배를 이교도 신들은 받지만, 기독교의 하나님은 그 사람들을 절대 용서하지 않는다는 것이다. 기독교는 예배자가 사람을 어떻게 대했는지가 하나님을 대면할 때 영향을 준다는 것이다. 사람들을 미워하며, 함부로 대하는 사람들이 기독교의 신 앞에 나올 수 없다는 것이다.

왜 사람들이 이웃을 중요하게 생각하는가? 그것은 이교도 신들과 달리, 기독교 신은 그 이웃을 자기 아들을 희생하면서까지 사랑했기 때문이다. 앞에서 하나님 나라 운동을 일으킨 예수도 죽고, 그의 제자들은 스승이 죽고 다 뿔뿔이 흩어졌는데, 운동이 시작된 것이 기적이라고 언급했다. 아마 이런 흩어진 제자들을 다시 하나로 모으는 강력한 사건이 없었다면, 기독교는 시작도 못 해보고 잊혀 버렸을 것이다. 예수가 있는지도 몰랐을 테고, 그래서 예수 부활 사건은 더더욱 진실이라고 생각이 된다. 문제는 제자들이 예수가 부활했다고 해서 바로 운동을 시작했을까 하는 의문이다. 부활이 새 힘을 주었겠지만, 그들을 예수께 목숨을 바쳐 헌신하도록 할 만한 것이었을까?

2) 삶의 윤리와 신앙

삶의 윤리와 신앙이 분리된 로마의 종교와 달리, 기독교는 신앙(믿음)과 윤리를 가장 강력하게 연결을 시켰다. 모든 그리스도인의 행위 속에 사랑이 그 중심을 차지하게 되었다. 하나님을 섬기는 것과 곤경에 처한 자들을 사랑하는 것이 긴밀히 연결되어 있다는 것을 그리스도인들은 가르쳤고 또 그렇게 살았다. 예수님의 제자들이 그랬고, 스테반 집사를 포함하여 그 제자들의 제자들도 사랑을 몸소 실천하였다. 이런 희생적 사랑의 릴레이가 결국 로마제국을 무너뜨릴 수 있었다.

2~3세기경의 이교도와 그리스도인의 전염병 대처에 대한 행동의 차이는 극명하게 크게 나뉜다. 기독교인들은 전염병 원인이 되는 세균 자체에 대한 의학적인 지식은 이교도와 똑같이 알지 못하였지만, 질병이 발병하였을 때 성경의 가르침과 그 믿음대로 이를 체계적으로 환자들을 돌보아 주며 대처하고 있었고, 이교도들은 그렇지 못하였다. 이러한 서로 다른 행동 형태는 또한 이교도와 기독교인 간에 생존하는 사망률이 서로 각각 차별되게 나타났다.

(3) 로마인이 신과 예배자의 관계와 하나님의 차이 요약

하나님과 이교도의 신들은 다음에 기술하는 내용과 같이 여러 면에서 극명한 차이가 나므로 이로 인하여 전염병 발생 시에 이교도에서 기독교로 개종하는 이유 중에 가장 큰 이유가 된다. 이 내용을 다음 '[표 2편3] 기독교 신과 이교 신들과의 차이'로 요약할 수 있다.

구분 신-인간관계	전염병 엄습 때에 로마제국 시민의 형편	로마제국 공동체 국가와 이교도 대처	기독교공동체 가정교회 중심 대처
신관(神觀)	신과 인간관계는 제사와 보호를 주고받는 Give and Take 관계	전염병 초자연적 현상에 신이 인간을 아무런 보호를 하지 못함	창조주 하나님과 인간 사랑의 관계로 대안 제공
영생 교리	현세만 있지 죽으면 끝이라는 두려움	현세만 존재 전염병에 두려움과 죽음에 절망	영생의 보장으로 삶과 죽음에 대한 위로와 소망
삶과 윤리	삶과 윤리는 신과 무관한 하등종교	신과 인간의 삶이 무관하므로 속수무책	삶과 윤리 성경 말씀 순종 사랑으로 실천

[표 2편3] 기독교 신과 이교 신들과의 차이

우리 그리스도인의 관점을 볼 때는 창조주 하나님과 피조 세계의 이교도 신들과는 비교 대상이 되지 않는다. 앞으로 다음 단락에서도 이교도에서 기독교로 개종하는 과정을 계속해서 기술할 텐데 [표 2편2] 이교도에서 기독교로 개종하는 차별화된 이유 '이교도에서 기독교로 개종하는 궁극적인 차이'와 [표 2편3] '기독교 신과 이교 신들과의 차이'를 포함하여 종합적으로 차이점을 설명해 나갈 것이다.

　(로마제국 전염병 창궐에 대한 상세 내용은 '[주제설명 1장4] 로마제국 전염병 창궐' 참조 바람)

3절 기독교 확산에 로마 황제와 제도를 사용하심

3단계 선교 확산기(4세기)

앞 단락에서 '로마제국 기독교 발흥'에 대하여 전염병이 계기가 되어 로마제국 이교도들이 기독교도들의 섬김을 통하여 엄청나게 기독교로 선교한 {학설} 내용을 살펴보았다. 로마제국 2단계 선교 전염병과 마찬가지로, 3단계에는 로마제국 황제들과 국가정책이 '로마제국 기독교 발흥'에 결정적인 역할을 하게 된다. 그런데 이제까지 로마제국 황제들과 기독교에 연관되는 역사적 사실들이 현재 지역교회 교회사 교육에서 313년 기독교 공인, 380년 기독교 국교 공포 등의 너무나 단편적인 사실들만 그것도 아주 조금씩만 우리 기독교인들에게 알려져서 이에 대한 지식이 별로 없다.

기독교와 연관되는 로마제국 황제들의 역사적 기독교에 관한 업적과 기독교 진흥 국가정책은 본서 주제와 연관되어서 그 내용과 결과가 교회사 (구속사)적으로 매우 중요한 역할을 하게 되므로, 우리가 가능한 한 자세히 알아야 할 필요가 있다. 왜냐하면 이 내용을 우리가 이해하고 인지한 이후에는 하나님께서 로마제국과 그 황제들을 기독교 발흥을 위하여 어떻게 사용하셨는지, 성경의 계시 내용을 역사적 실제상황 속에서 하나님이 어떻게 섭리하셨는지를 알게 되는 매우 의미가 있는 내용이다. 우리가 이 내용을 현재는 제대로 교육받지 않았기 때문에 하나님께서 로마제국을 사용하신 초대교회의 강대함과 구속사적 의미를 깨닫지 못하고 있다고 생각되므로, 이 귀중한 내용을 역사적 자료에 근거하여 살펴보자.

1. 4세기 로마제국 황제들에 관련된 이해

우리는 앞에서 로마교회가 설립되고 전염병이 계기로 이교도가 개종하여 기독교인이 되어서 기독교가 부흥하기 시작하는 것을 살펴보았는데, 본 단락에서부터는 마찬가지로 기독교 발흥을 위하여 하나님께서 그 통일된 로마제국과 인프라를 실제로 움직이는 막강한 권력과 의사결정권을 가진 로마 황제들을 어떻게 사용하셨는지를 살펴보려고 한다. 왜냐하면 로마제국 기독교 발흥에 하나님께서 로마 황제들을 매우 중요하게 사용하셔서 313년 이후에는 로마제국 국가정책에 의하여 기독교를 적극 장려 및 촉진해서 이교도에서 기독교로 엄청나게 선교(개종)가 이루어졌기 때문이다.

본 단락에서는 로마제국에는 수많은 황제가 있었지만, 기독교 발흥에 직접적인 영향을 끼친 네 명의 로마제국 황제만 다루려고 한다.

네 명 황제　　　**재위 기간 (4세기는 기독교 황제의 시대라 할 수 있다)**
□ 콘스탄틴 대제　　　306~337년
□ 콘스탄티우스 황제　337~361년
□ 그라티아누스 황제　375~383년 서방 정제
□ 테오도시우스 황제　378~395년 동방 정제 (383년부터 서방 정제 겸임)

(1) 황제 관련 호칭과 직무

참고로 로마 황제 호칭은 주로 3~4세기경에는 황제에 즉위하기 전에는 부제(카이사르: 군사행동이 주된 업무)라고 부르며 황제는 정제(아우그투스: 군사와 정치 국가 최고책임자)라고 구별하므로 부제, 정제로 구분하여 표기한다. 오늘날 국가 최고지도자의 제일의 업무는 국내와 국외 정치 활동인 데 반하여 로마제국 시대 황제의 주된 임무는 고대시대이므로 지금과는 달리 군사적으로 국가를 보위(保衛 보호하고 방위함)하는 것으로 황제가 직접 군사적으로 적을 공격하거나 혹은 방어를 하여 국방을 튼튼히 하는 것이 제일 큰 책무이었다.

(2) 4세기경 로마 황제의 담당 영토

1) 4세기경 로마제국 야만족 분포

　본 장의 로마제국 황제에 관련되는 내용과 다음 2장의 유럽선교에 관한 내용은 로마제국의 야만족들과 깊이 연관되는 복음 선교사역으로서, 유럽지역 야만족에 대한 분포 상황을 파악하고 있어야 그 내용을 이해하게 된다. 그 당시 중북부 유럽 야만족들의 주요 산업은 농경업과 목축업이었으므로 자연스럽게 따뜻한 남쪽 유럽지역을 선호하게 되고 틈만 있으면 남쪽으로 로마제국 국경까지 침략하는 것이 다반사였던 그 당시 국제정세이었다. [그림 1편3]지도와 같이 유럽 서쪽으로는 라인강, 동쪽으로는 도나우(다뉴브)강이 흐르고 있다. 로마제국 북방 야만족은 서쪽 라인강 변에 분포는 앵글족, 색슨족, 프랑크족, 부르군트족, 반달족 등이며 동쪽 도나우강 변에 분포는 서고트족, 동고트족 등이었다.

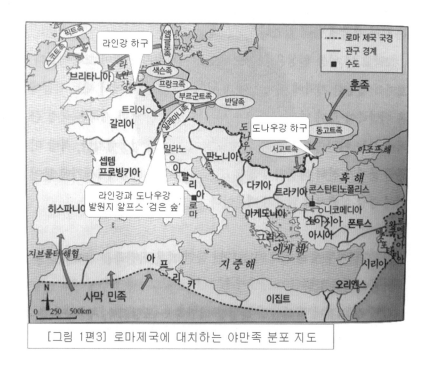

[그림 1편3] 로마제국에 대치하는 야만족 분포 지도

2) 3~4세기경 서방 담당, 동방담당 로마 황제 담당 지역과 국경선

3~4세기경에 로마제국은 지중해 연안의 그 넓은 영토를 통치하기 위하여 제국을 동방, 서방으로 구분하여 각각 정제 아우구스투스 황제와 황제의 책임 아래 부제 카이사르를 두어 통치하게 하였다. 이들 4명의 통치체제를 '4두 체제'라 하여 서기 293년부터 수십 년간 존속하였는데 3~4세기에 광대한 로마제국을 황제가 직접 통치하기 위한 효율적인 방법이라 할 수 있겠다.

□ 서방 담당 황제 : 유럽대륙 남서부 방면
제국 서방 지역: [그림 1편3]의 좌측. 이탈리아, 라인강 이남 갈리아(프랑스), 브리타니아(영국), 에스파냐(스페인 이베리아반도), 북아프리카 지역 통치 담당

□ 동방담당 황제 : 유럽대륙 남동부 방면
제국 동방지역: [그림 1편3]의 우측. 도나우강 이남 발칸반도, 소아시아, 중동, 이집트 지역 통치 담당

그 당시 로마제국 유럽대륙 국경선 방어진지 역할은 유럽대륙을 동서로 가로질러 흐르는 도나우(다뉴브)강과 라인강이며, [그림 1편3] 지도 중앙에서 보는 바와 같이 알프스의 슈바르츠발트(검은 숲)에서 발원한다. 라인강은 서유럽대륙 여러 나라를 거쳐 네덜란드를 통하여 대서양으로 흘러가며, 도나우(다뉴브)강은 유럽대륙 동쪽으로 여러 나라를 거쳐 우크라이나를 통하여 흑해로 흘러간다. 참고로 이 두 강의 발원 '검은 숲' 지역은 강폭이 좁아서 야만족들이 로마제국을 침략하는 루트로 자주 이용되므로 여기에 특별한 국경선 방책을 세워 놓았다. 북방의 훈족과 같은 북방민족은 유럽대륙에서 남침하게 되면 자연히 고트족 지역으로 침략하게 되고 고트족은 남으로 로마제국 도나우강 국경 쪽으로 발칸반도 마케도니아 지방까지 도미노 현상으로 밀려서 내려오게 된다.

3) 로마 황제의 주둔지역

따라서 황제가 직접 전선에서 전쟁과 전투에 임하는 것이 로마 황제의 일상적인 주 임무였다. 그리하여 황제의 주둔지역은 서방 황제는 로마 황궁보다는 라인강 변 전선(갈리아의 트리어)이었으며, 동방 황제는 콘스탄티노플(이스탄불) 황궁보다는 도나우강 변 전선(판노니아의 시르미움)에 있는 경우가 더 빈번하였다. 이탈리아반도 북부 밀라노 지역은 서방 황제 주둔지역과 동방 황제 주둔지역의 중앙에 위치하게 된다. 따라서 교황제도가 있기 이전의 이 시기는 밀라노 주교 자리가 로마 주교나 콘스탄티노플 주교보다 서방, 동방 황제를 동시에 더 가까이에서 대할 수 있는 주요한 자리였으므로, 앞 단락에서 설명한 암브로시우스 밀라노 주교 자리는 그 당시 최고의 요충지였다.

2. 기독교 공인과 진흥 및 촉진정책을 수행하는 로마 황제들

콘스탄틴 대제, 콘스탄티우스 그리고 그라티아누스 세 황제의 역할과 업적을 살펴보겠다.

(1) 콘스탄틴 황제의 기독교 공인을 포함한 기독교 진흥정책.
  (재위 기간: 306~337년)
〈콘스탄틴(Constantine:영어 표기법), 콘스탄티누스(Constantinus) 두 가지 이름으로 혼용하여 표기한다(동일 인물).〉

1) 밀라노 칙령과 법령으로 기독교를 로마제국에서 법적으로 공인(313년)
서방의 정제 콘스탄티누스와 동방의 정제 리기니우스는 기독교를 종전에는 불법 종교이었던 것을 다른 로마제국 종교들과 같이 동등하게 기독교를 믿을 권리를 합법적으로 인정하고 또한 기독교가 과거에 몰수당한 기도처 같은 재산을 기독교에 반환하고 이를 국가가 보상하기로 하였다.

[밀라노 칙령과 법령 전문]

〈(중략) 서방의 정제 콘스탄티누스와 동방의 정제 리기니우스는 제국이 안고 있는 수많은 과제를 의논하기 위해 밀라노에서 만나 이 기회에 모든 백성에게 매우 중요한 신앙의 문제에 대해서도 명확한 방향을 정해야 한다는 데 의견이 일치했다. 그것은 기독교도만이 아니라 어떤 종교를 신봉하는 자에게도 각자가 원하는 신을 믿을 권리를 완전히 인정하는 것이다. 그 신이 무엇이든 통치자 황제와 그 신하인 백성에게 평화와 번영을 가져다준다면 인정해야 마땅하다. 우리 두 사람은 모든 신하에게 신앙의 자유를 인정하는 것이 가장 합리적이며 최선의 정책이라고 합의에 이르렀다.

오늘부터 기독교든 다른 어떤 종교든 관계없이 각자가 원하는 종교를 믿고 거기에 수반되는 제의에 참여할 자유를 완전히 인정받는다. 그것이 어떤 신이든 그 지고의 존재가 은혜와 자애로써 제국에 사는 모든 사람을 화해와 융화로 이끌어주기를 바란다.〉

이 칙령에 근거하여 국가정책을 각 지방에 실제로 집행하는 부속 법령은 다음과 같다.

〈(중략) 지금까지 훼손당하는 일이 많았던 기독교도에 대해서는 특히 몰수당한 기도처의 즉각 반환을 명하는 것으로 보상하고자 한다. 몰수된 기도처를 경매에서 사들여 소유하고 있는 자들은 그것을 반환할 때 국가로부터 정당한 값으로 보상이 이루어진다는 것도 여기에 명기한다.〉

상기 칙령과 법령을 요약하면 다음과 같다.

- 이제까지 불법 단체인 기독교를 로마제국 다른 종교들과 같이 동등한 합법적인 종교로 인정
- 몰수당한 교회 재산은 (국가가) 보상하고 다시 교회 재산으로 귀속시킨다.

2) 니케아 공의회 소집으로 '삼위일체' 교리 확립

콘스탄틴 대제는 서기 325년에 콘스탄티노플 인근에 있는 니케아(니카

이아)에 주교들을 소집하여 공의회를 개최하였다. 주제는 그 당시에 하나님과 예수님 지위가 차등이 있다는 아리우스파와 교리문제로 기독교가 분열이 매우 심각하였었는데 현재의 삼위일체 교리로 이에 대한 문제를 해결하고 하나의 교리로 통일하여 기독교가 교리문제로 분열하는 것을 막았다. 그러나 이 문제는 콘스탄틴 사후에도 지속해서 논쟁의 대상이었다. 자세한 내용은 "[주제설명 4장3] 삼위일체 교리논쟁과 로마가톨릭교회 분기점 시기" 참조 바람.

3) 콘스탄틴 대제의 사유재산 기독교 교회 기증

황제의 사유재산을 교회에 기증하여 황제의 막대한 재산으로 재정이 많이 소요되는 로마 성 베드로 대성당, 예루살렘 성분묘교회 등 중요도시에 교회를 세우고 예배를 비롯한 종교의식, 빈민구제에 이 재정을 사용하여 교회 확장에 이바지하였다.

- 황제의 막대한 사유재산은 재위 기간이 끝나면 다음 황제에게 상속되므로 콘스탄틴의 사유재산 교회 기부는 '밀라노 칙령'에서 '모든 종교는 동등한 자유를 공인' 정신에서 유독 기독교 교회만 기증하는 것은 위반된다. 그러나 4세기 콘스탄틴은 최고의 권력자로 비기독교도들이 지적할 힘도 없고 기개도 없었다.
- 고대의 경제기반은 농경지이고 그다음은 원자재를 가공하는 수공업과 제품을 파는 상점이다. 콘스탄틴은 이런 것들도 다수 기독교 교회에 기증했다.

4) 기독교 성직자 세금면제 및 우대

또한, 교회와 성직자는 국가의 모든 세금, 부역의 의무 등을 면제하여 특전을 줌으로써 기독교 장려정책을 추진하였다. 콘스탄틴은 성직자 우대 이유를 이렇게 말했다.

'성직자는 번거롭게 다른 임무에 신경 쓰지 않고 오로지 성스러운 임무에만 전념해야 한다. 그것이 국가에 헤아릴 수 없이 큰 이바지가 된다.'

- 성직자에게 국가의 의무(세금, 부역 등) 모두 면제
- 성직자 세금면제로 중간층의 무거운 세금(디오클레티아누스 황제가 간접세를 주체로 한 세제를 직접세로 세제 개혁)에서 평민 지식인들을 기독교 교회에 끌어들이게 되는 동기부여가 되었다.
- 주교는 중과세에 대한 납세자의 불만을 황제의 징세관에게 세금을 감면받기 위해 중재 역할의 유일한 창구가 되었다.

이와 같은 국가의 많은 제도적 장치가 기독교를 진흥하는 방향으로 국가정책이 진행되므로 이교도에서 기독교로 개종하는 속도가 급진적으로 진행되었다. 성직자의 결혼 금지는 중세 이후에 시행되었으므로 이 당시 주교들은 가정이 있었다.

(로마인 이야기-13권 최후의 노력. 305-355).

(2) 아들 콘스탄티우스 황제와 기독교 (재위 기간 337~361년)

아버지와 아들 이름이 앞 자는 같고 뒤 자 '누스', '우스' 만 차이가 나므로 혼동하지 않도록 주의를 필요로 한다. 기독교에 대한 공헌도는 아버지 콘스탄틴 대제의 기독교 진흥정책을 충실히 따르고 그것을 더욱 보강하였다.

1) 우상 숭배 금지

콘스탄티우스의 기독교 우대정책은 '이교' 의 배척 정책으로 이를 명확히 했다. 콘스탄틴 대제 때에 공포한 밀라노 칙령은 기독교를 포함한 모든 종교의 자유를 동등하게 인정하였지만, 아들 콘스탄티우스 황제는 기독교로 기울어져서 모든 이교 우상 숭배를 금지하였다.

'우상(idol)' 이라는 말은 '종교적 상징으로서 구상화된 형상' 과 '특정 인물을 절대적인 권위로써 존경하는 것' 이라고 정의하였다.

- 우상에 포함되는 것; 제우스, 포세이돈, 신격 카이사르, 아우구스투스 형상 등
- 우상에서 제외되는 것; 예수, 마리아, 성 베드로, 천사 등의 형상은

우상이 아니었다.

2) 이교 공식 제의 금지령

- 이교에 대한 공식 제의와 산 제물을 바치는 희생 의식도 금지하는 금지령을 내렸다.
- 금지령이 내린 후 3년 뒤에 또다시 재차 금지령이 공포되었으며 그 해 금지령에는 위반자는 사형 등의 극형에 처한다는 내용이 명시되어 있었다. (로마인 이야기-14권. 103)

3) 이교 신전 폐쇄 명령

그리스, 로마 신전, 시리아 태양 신전, 이집트 이시스 신전 등 모든 이교 신전을 폐쇄하고 제사의식을 금지하였다. 콘스탄티우스 황제는 이교 신전을 파괴하라고까지는 명령하지 않았지만, 칙령에서는 신전 건물에서 건축 자재로 재활용하는 자재 조달용은 허가하였다.

4) 기독교 우대정책

아버지 콘스탄틴 대제가 시행하였던 성직자 면세 범위를 더욱 확대하여 시행하였다. 콘스탄틴은 면세 범위 성직자를 주교·사제·부제로 한정하였지만, 아들 콘스탄티우스는 교회 고용인, 교회 소유 농지나 공장이나 상점에 종사자까지도 납세자 명단에 해당하는 인구조사(census)에 제외하여 인두세를 내지 않도록 하였다. 그리고 성직자가 된 뒤에도 사유재산을 계속 소유하는 것을 인정하였다.

5) 콘스탄티우스의 기독교 장려정책의 역사적 의미

로마제국 기독교 국교화는 380년에 공포되었지만, 기독교 장려정책은 313년 기독교 승인 이후 30년간 착실히 로마 황제들을 통하여 진행되어 왔다. 이 말은 4세기 초(서기 305년)까지 불법으로 박해받던 기독교가 4세기 중엽부터는 국가 종교화가 되어간다는 의미이다. 이 말은 반대로 이교가 차츰 배척과 금지되어간다는 양면성을 갖고 있다.

(3) 그라티아누스 황제의 기독교 촉진정책 (재위 기간 375~383년)

그라티아누스 황제는 게르만족 장군 출신 발렌티아누스 황제(364~375년)의 아들로 서방 정제를 맡은 젊은 황제는 기독교 촉진정책을 강력하게 추진하였다. 동방 정제는 당시 38세 테오도시우스 황제 시대이었다. (로마인 이야기 14권-기독교의 승리 341-347.)

1) 로마 황제의 '최고 제사장' 겸직을 거부

로마제국은 기원전 율리우스 시저 때부터 로마 황제가 '최고 제사장' 직을 겸하는 것이 전통이었다. 그래서 기독교를 공인한 콘스탄틴 대제도 최고제사장직을 겸하고 있었는데 이는 '밀라노 칙령'이 모든 종교의 자유를 인정하는 처지이었기 때문이다.

최고제사장직은 이교의 신들에게 바치는 제의의 최고책임자이나 그라티아누스 황제는 기독교 촉진정책을 충실히 추진하는 황제로서 이교를 섬기는 '최고제사장직' 취임을 거부하였다. 이는 고대국가의 우두머리인 황제가 국가종교를 관장하는 '최고제사장직'을 거부하는 것은 이제 그 종교는 더 이상 국가종교가 아니라는 것을 의미한다. 그라티아누스 황제의 이 결정은 이교가 이제는 로마제국의 국교가 아니며 앞으로 기독교가 로마 국교로 공포(380년)하기 위한 초석을 마련한 의미로 쓰이게 된다. 그라티아누스 황제가 추진한 로마제국의 기독교 국가화가 그의 죽음으로 중단되지 않고 테오도시우스 황제(서방과 동방을 포함하여 383년부터 실질적으로 제국 전역을 통치)에게 계승된 것을 의미한다.

크리티아누스

2) 그라티아누스 황제 이교 배격 및 기독교 촉진정책

그라티아누스 황제는 로마제국 건국 당시부터 계속되어온 이교의 여사제 제도를 폐지 시켰다. 그라티아누스 황제의 기독교 촉진정책은

- 이교 여사제 제도 폐지
- 이교 신전을 모시는 재원이 되는 과수원이나 포도밭 등을 몰수
- 이교 신전은 모조리 폐쇄되고 길모퉁이나 길가에 있던 사당까지 폐쇄
- 원로원 회의장 정면에 안치된 '승리의 여신상 철거'

원로원(지금의 국회에 해당) 개회를 알리는 제의를 '승리의 여신상' 앞에서 향을 피우고 의원들이 여신상에 참배하고 회의를 시작하였다. 원로원에서 이교의 마지막 상징인 '승리의 여신상' 철거는 콘스탄티우스가 시행하려던 것이 30년 후에 그리티아누스 황제 때 시행되므로 국가 경영에 관여되는 모든 이교적 요소를 제거하는 상징성이 있다고 하겠다.

383년 파리에 머물고 있던 그라티우스 황제는 브리타니아(영국)에서 반란을 일으킨 사령관 막시무스의 공격을 받고 24세 젊은 나이에 살해된다. 그러나 그의 기독교 촉진정책은 동방 정제인 테오도시우스가 막시무스를 처단하고 사실상 서방 정제를 겸임하게 되므로 중단 없이 진행되었다.

(4) 4세기 초는 로마제국 및 그 황제와 기독교의 분수령

4세기 초는 로마제국 및 황제와 기독교 간에 아주 중요한 분수령이 되는 시기로 기독교를 극심하게 박해하는 디오클레티아누스 황제(284~305년)와 기독교를 우대하는 콘스탄틴 황제(306~337년)가 다 같이 등장하는 시기이다. 디오클레티아누스 황제는 303년 기독교도 탄압 칙령을 공포하였는데 그 내용은 매우 철저하고 구체적이어서 교회와 기독교도들에게는 치명적인 피해를 주었다.

- 기독교 교회는 모두 파괴하고 신도들의 모임은 엄금
- 성경 등 기독교 물건은 몰수하여 소각
- 축적된 교회 재산은 몰수하여 경매에 부치고 매상금은 지방자치단체나 직능조합에 분배

– 기독교도로 인정된 자는 모두 공직에서 추방

그러나 다행히 2년 후 305년 황제가 정년제도에 의하여 제위에서 은퇴하므로 이 칙령들은 점차 빛을 잃기 시작하여 309년에는 기독교 탄압 칙령이 철회되었다.

콘스탄틴 대제는 306년 아버지 대를 이어서 서방 부제로 승격하였으며, 312년 황제에 취임하고 313년 기독교를 공인하므로 그 이후 많은 기독교 진흥정책을 상기 기록과 같이 시행하였다. 그 이후 로마 황제들은 콘스탄틴 대제의 기독교를 세습하여 기독교 우대 및 촉진정책을 추진하는 길을 열었다(배교자 율리우스 황제만 예외. 다음 '율리우스[줄리안] 황제' 편 참조). 이제 기독교는 로마제국에서 종전에 박해받고 순교(디오클레티안 284~305년) 하던 고난의 시기를 넘기고 오히려 로마시민보다 우대를 받는 지위로 차츰 신분 상승을 하게 된다. 이에 따라서 국가 제도적으로 기독교를 우대하고 촉진하는 정책에 힘입어서 이교도에서 기독교도로 개종하는 사례가 더욱 급속도로 진행되었다. 기독교도들의 신분 상승과 우대 및 촉진정책에 힘입어 서서히 로마제국에서 핍박받던 기독교인들이 이제부터는 심지어 혜택을 받기 위하여 명목상의 기독교인(Nominal Christian)이 생겨나기 시작했다.

3. 테오도시우스 황제 기독교 국교공포와 '이교' 청산(淸算) 정책

콘스탄틴 대제 이후 4세기 대부분 황제는 기독교 출신 황제였으나 테오도시우스 황제(재위 378~395년)는 비기독교인이었다. 그러다가 황제 즉위 첫해 서기 378년 12월 원정길에서 33세에 중병에 걸려 몸져눕고 말았다. 목숨이 위험한 중병으로 죽음과 삶의 경계를 헤매고 있을 때 데살로니가 주교에게 기도와 세례를 받고 갑자기 치유되어서 379년 초부터 정상적인 황제의 직무를 할 수 있도록 건강이 완전히 회복되었다. 테오도시우스 황제는 중병이 치유된 것은 하나님의 특별한 은혜라는 것을 믿고 독실한 기독교 신자가 되는 계기가 된다. 380(~392)년 기독교는 로마제국의 국교화 되었고 황제 재위 기간 16년 동안 기독교 진흥정책과 이교 청산정책을 과감하게 지속해서 추진하여 로마제국에서 기독교가 비로소 국교로 공고히 정착하도록 터전을 마련하였다. (로마인 이야기 14권-기독교의 승리 313-340; 372-381.)

'기독교가 로마제국의 국교가 되다!'.

(1) '이교' 청산의 교회사적 의미

로마제국은 기원전 6세기부터 5세기까지 그리스 로마 '이교' 신들을 섬기면서 1000년을 이어온 대제국이다. 그런데 380년 기독교가 국교로 선포되므로 이교도들로부터 저항세력이나 이교에 대한 크나큰 잡음 없이 이교에서 기독교로 이행과정에서 연착륙(Soft Landing)하게 된다. 1000년을 이어서 이교를 섬기던 대제국에서 어떻게 이것이 가능하였겠는가?

우선 테오도시우스 황제의 기독교 국교공포의 법적인 의미는 이때까지 콘스탄틴 대제의 313년 기독교 공인정책과는 근본적으로 차이가 있다. 기독교 공인은 기독교도 '이교'와 동등하게 종교로 인정하였다. 그러나 기독교가 국교로 공포의 의미는 '이교'가 이제는 기독교 이외의 또 다른 종교로 인정하는 것이 아니고 '사교' 즉 로마제국에서 불법적인 종교가 됨을 의미한다. 따라서 기독교 이외의 모든 종교는 불법 종교로 테오도시우스 황제 재위 15년 동안 로마제국에서 철저하게 청산되기 시작하였다.

이것이 왜 교회사적으로 그토록 중요한 의미가 있는가?

우리가 구약성경에서 이스라엘 백성들이 출애굽 후에도 과거 400년 동안 노예 생활하였던 이집트제국의 종교나 문물에 향수는 느끼고 이를 갈망하고 있는 히브리 민족을 구약성경에서 보게 된다. 또한, 그 이후에 가나안 땅에 정착하였어도 주위의 일곱 부족을 포함한 온갖 풍요의 신들과 문물 그리고 우상 신상들을 동경하고 이를 탐닉하게 된다. 구약성경은 유일신 하나님은 이스라엘 민족을 하나님 백성들로 삼으시고 그들을 하나님 안에 거하기를 명하셨다. 그러나 이스라엘 민족들은 끊임없이 이방 신들과 우상들과 그들의 문화에 물들어서 이를 척결하고 단절시키기 위하여 수천 년 동안 얼마나 큰 노력을 하며 실패와 좌절을 맛보는 것이 구약성경에 점철된 기록 내용이다.

만약에 로마제국에서 기독교만 국교로 공포되고 1000년을 이어서 섬기어 오던 이교 신에 대한 청산작업 없이 허용하고 버려두었다고 생각해 보자. 이 같은 이스라엘 민족의 구약시대 악순환 −기독교도 섬기고 이교도 섬기는− 은 또다시 로마 시대에도 되풀이될 것이다. 따라서 하나님께서 테오도시우스 황제를 앞세워서 이교를 청산하게 한 것은 기독교 교회사에서 엄청난 의미가 있는 것이다.

(2) '이교'의 청산작업

사실 기독교를 우대하고 이교를 청산하는 정책은 앞 단락에서 설명한 것과 같이 콘스탄틴의 아들 콘스탄티우스 황제 때부터 서서히 시행되고 있었다. 그러나 테오도시우스 황제의 기독교 국교공포는 이러한 기독교 장려와 이교 청산시책을 국가의 법적 근거에 의하여 강력하게 물리적 힘으로 시행한다는 의미이다. 380년부터 395년까지 테오도시우스 황제가 재위에 있던 15년 동안은 기독교가 승리로 가는 길의 최종단계에 해당한다. 이 15년은 '이교'에 대한 전면적인 선전포고로 시작되며 테오도시우스 황제의 명에 의해 밀라노 주교 암브로시우스(본서 1편-4절-4 '밀라노 주교 암브로시우스' 참조)가 그 역할을 담당하였다. 이 15년 동안 '이단' 배척을 목적으로 한 황제의 칙령만 알려진 것만으로도 열다섯 가지이며 실제는 그보다 더 많이 공포되었다. 100년 전까지만 해도 박해받던 기독교가 이제는 반대로 이교가 박해를 받으면서 폐지되는 과정을 보게 된다.

기독교 이외의 모든 종교는 '이교'에 해당하며 이를 금지, 색출, 처벌하는 일련의 활동들이 구체적으로 행하여 졌다. 또한 '이단'은 삼위일체를 믿는 로마가톨릭파 이외의 모든 기독교 종파를 포함한다.

1) 이교 신전 폐쇄를 제도적으로 추진

'성스러운 관청'이라는 이름의 기관을 두어 '이교도'를 고발, 색출, 재판하는 특별업무를 제도적으로 집행하게 하였다.

- '이단'이든 '이교'이든 공적, 사적, 거기에 관련된 미사와 제의는 모두 금지
- 금지령 위반자는 전 재산 몰수하여 국고에 환수하고 성직자와 일반인도 추방령으로 로마제국에서 추방하였다. 몇 번이나 위반을 반복한 자는 사형까지도 당할 수 있었다(로마인 이야기-14권. 341).
- 모든 이교 신전은 기독교 교회로 바꾸되 교회 숫자가 너무 많아지면 신전은 파괴한다.
- 모든 우상은 파괴하고 우상 숭배는 금지한다.

2) 384년 철거되었던 로마 원로원 회의장 승리의 여신상에 대하여 재설치할 것을 수도장관 심마쿠스가 주장하였으나 재설치를 반대하는 밀라노 주교 암브로시우스와 마지막 논쟁에서 재설치는 불허하는 것으로 최종 결정되었다.

3) 388년 테오도시우스 황제가 원로원에 그리스-로마종교의 폐지를 발의하고 원로원에서 폐지를 승인

4) 393년 제우스(유피테르) 신에게 바치는 올림피아 경기 폐지 법률공포로 이교 종교를 기반으로 하는 문화행사를 금지하는 상징성 있는 조치이다.

(3) '이단'의 배격과 동서 로마 분할

콘스탄틴 대제 때 니케아 공의회에서 결의한 '삼위일체설' 이외의 교리를 주장하는 것을 '이단'이라고 간주하였다.

- '삼위일체설'을 주장하는 '가톨릭파'와 하나님과 예수님 위격의 차

등을 주장하는 '아리우스파'가 심각하게 대립하였으며 특히 기독교
가 융성하였던 제국 동방에서 심하였다.

- 유대교도 또한 이단으로 간주하였다.

그리하여 그의 아들 대에는 막강한 로마제국이 동로마와 서로마로 분
할된다. 테오도시우스 황제는 395년에 48세로 병사하게 되는데 맏아들
아르카디우스 동로마, 둘째 아들 호로니우스는 서로마를 통치하기로 한
이후에 제국은 동서로 분열된다.

(4) 로마제국 황제 기독교 주요 친화 정책 시대별 요약

4세기 초 305년까지 로마제국에서 박해받던 기독교가 서기 305년부터
4세기 말 395년까지 완전한 기독교 국가 공동체가 되어가는 과정을 로마
황제별, 시대별로 정리 요약하면 [표 2편4]와 같다.

추진 황제 (재위 기간)	정책 방향	추진 내용
콘스탄틴 대제 306~337년	기독교 승인 (313년)	-밀라노 칙령에 따라 기독교를 합법적 승인 -기독교 교회에 황제 사유재산 기증으로 박해받고 궁핍하였던 기독교가 성장할 수 있는 토대를 마련 -기독교 성직자를 세금면제 등으로 신분 우대
콘스탄티우스 (338~363년)	기독교 진흥정책	-밀라노 칙령에서 기독교 이외 다른 종교와 동등한 입장에서 한 단계 발전하여 공개적으로 기독교 친화 정책을 추진 -성직자 우대정책을 확대하여 교회 종사자와 교회 건물을 비롯한 기독교 자체에 대한 배려 및 촉진정책
그라티아누스 375~383년 서방 정제	로마 황제 이교 '최고 제사장' 겸직 거부	-이교 신전 재산 과수원 포함해 모두 몰수 -이교 신전과 길가 사당까지 폐쇄 -원로원 회의장 '승리의 여신상' 철거(이교 금지 상징적 의미)
테오도시우스 378~395년 동방정제 (383년부터 로마 전체통치)	기독교 국교공포 (380년) 이교 청산 시행	-기독교를 국교로 공포하여 이교를 법적으로 금지함 -이교 폐지와 기독교 촉진정책을 제도적, 지속해서 추진하여 로마제국을 기독교 국가화 -1000년 동안 이교가 갖고 있던 로마제국 제도와 로마시민 종교적 관습과 문화를 청산하고 기독교로 대체

[표 2편4] 로마제국 황제들의 기독교 관련 정책 시대별 요약

(5) 로마제국 황제를 사용하시어 하나님께서 이루어 가신 일

로마제국 안에서 불가능하게 보였던 기독교 복음 선교가 하나님께서
로마제국과 황제를 사용하시어 가능하게 하셨다.

□ **기독교공동체 선교를 위한 제도적이고 법적인 체제를 마련**

기독교가 종전에 불법 단체에서 로마제국에서 합법적인 공인을 받아 국가의 보호를 받게 되며 기독교를 믿고 선교할 수 있는 토대를 마련하셨다.

□ **강권적인 하나님 능력으로 이교에서 기독교로 개종과 이교의 청산**

로마제국 법적으로 국교로 공포하여 이교를 금지하고 기독교를 믿게 함으로써 기독교공동체가 수적으로 증가하며, 로마제국에서 이교의 1000년 동안 지켜왔던 남은 잔재들을 청산하게 함으로써 하나님만을 섬길 수 있는 질적으로 청결하게 하셨다.

4. 기독교 성장에 대한 정량화(계수화) 산출작업{학설}

〈본 단락은 {학설} 단계[45] 내용이므로 {정설}이 되기까지는 검증과정을 거쳐야 함을 미리 밝혀 둔다.〉

12명의 보잘것없는 유대인 제자들로 서기 30년에 시작된 기독교가 유대교의 울타리를 넘어서 로마제국에서 살아남았을 뿐만 아니라, 서기 350년에 제국의 절반을, 380년에 제국 대부분의 이교들을 기독교인으로 개종(선교)하여 드디어 로마제국 국교로 공포하는 사건이 어떻게 가능했을까? 이 주제 사실에 대하여 앞에서는 주로 정성적인 부분을 다룰 수밖에 없었는데 지금부터는 이 문제를 좀 더 누구라도 객관적으로 판단하기 쉽게 정량화(계수화)하는 객관화작업을 같이 시도해보자. (The Rise. 4. 1장 개종 그리스도인 성장률 계산).

그런데 여기에서 문제는 로마제국 기독교 교인의 규모를 객관적으로 판단할 수 있는 정설로 공인된 자료가 지극히 부족하다는 점이다. 그리하여 초대교회 규모를 판단할 수 있는 자료로 차선책으로 아직 학설 단계인 자료

---

45) {학설} 단계 : 로드니 스타크의 『기독교의 발흥』 19 '성장의 산술' 단락의 내용 참조.

로 소개하고자 한다. 향후 이 분야에 전문가들이 많은 연구를 통하여 초대
교회 규모를 짐작할 수 있는 객관적인 자료가 정설로 소개되기를 소망한다.

(1) 그리스도인 성장률 산식 추정

로마제국 치하에 시대별로 그리스도인의 수가 얼마나 되는가? 에 대한
물음에 대하여 고대시대에 이러한 통계치가 존재하지 않음으로 후대 학
자들이 이에 대하여 추정하여 사용할 수밖에 없다. 그래서 많은 역사학
자, 사회과학자, 종교학자들이 여기에 관하여 연구들을 하였다.

로마제국 시대 연도별 그리스도인 추정은 Edward Gibbon(1776~1788
년)[46]과 Erwin Goodenough(1931년)[47]와 같이 초기 학자들이 문헌을 남
겼지만 본 단락에서는 오늘날 가장 신뢰성 있게 사용되는 학자들의 문헌
을 중심으로 기술한다. 우선 4세기경 로마제국 전체인구를 6,000만 명이
라고 공통으로 추정하는 윌리엄 맥닐(서기 14년에 5,400만 명 추정; '전염병
의 세계사'. 126) 외에 다섯 종류의 문헌 즉 Stark 1996; Boak 1955[48];
Russel 1958[49]; MacMullen 1984[50]; Wilken 1984[51]의 문헌 중심으로
살펴보고자 한다. 참고로 동시대에 중국의 한나라(기원전 206년-서기 220
년) 제국에서 서기 2년에 실시하였던 인구조사는 5,950만 명으로 로마제
국과 중국 한나라제국은 비슷한 인구 구조였다(전염병의 세계사. 126).

1) 그리스도인 성장률 산식 추론

이 성장률 산식 수치적인 접근의 해답을 찾기 위하여 여러 가지 방법이
활용될 수 있으나 본 단락에서는 로마제국 인구대비 그리스도인의 성장
률을 중심으로 로마제국 시대별 그리스도인 인구수를 추정하기로 한다.

---

46) Edward Gibbon. *The Decline and Fall of the Roman Empire* (New York: Harcourt, Brace and Com-
  pany,1960).
47) Erwin Goodenough R. *The Church in the Roman Empire* (New York: Henry Holt and Company, 1931).
48) Boak, Arthur E. R. *Manpower Shortage and the Fall of the Roman Empire in the West* (University of
  Michigan Press, 1955).
49) Russel, J. C. *Late Ancient and Medieval Population* (American Philosophical Society, 1958).
50) MacMullen Ramsay. *Christianizing the Roman Empire* (New Heaven: Yale University Press. 1984).
51) Wilken, Robert L. *The Christian as the Roman Saw Them.* (New Heaven: Yale University Press. 1984).

□ 10년마다 40% 성장설

많은 학설이 있으나 로드니 스타크가 제시한 모델 '기독교인 성장률은 10년마다 40% 성장'(Christianity grew at the rate of 40% per decade) 하는 내용을 소개한다. 이 내용은 로마제국에서 기독교인이 매 10년간 40%씩 즉 매년 3.42% 성장한다는 의미이다. 자세한 내용은 '[주제설명 1장 2]. 로마제국 정량화 (계수화) 작업' 내용 참조 바란다.

이것을 토대로 기독교인 수를 추정하면 200년에는 218,000명, 300년에는 6,300,000명과 같이 [표 2편5] 연도별 로마제국 기독교인 % 와 같이 나타낼 수 있다.

로마제국 아래의 인구 6천만 명 기준
기독교인 증가율 : 매 10년마다 40% 증가 비율로 추정 (매년3.42%)

서기 년도	그리스도인 수(천명)	그리스도인 %
100년	7.5천명	0.01%
150년	40천명	0.07%
200년	218천명	0.36%
250년	1,171천명	1.9%
300년	6,300천명	10.5%
350년	33,882천명	56.5%

[표 2편5] 연도별 로마제국 기독교인 수와 %

□ 성장성 추론방법

이 추정 모델은 단지 공식에 의하여 그리스도인들의 숫자를 계산 값으로 산출하는 것이 아니라, 그 반대로 많은 학자가 여러 가지 정황으로 볼 때 로마제국의 어느 시기에 그리스도인이 몇백만 명쯤이라고 추산하고 있는 학자들 각자의 추정치 숫자가 있는데 이것을 통계적 산식으로 모형화하여 제시한 것이다. (상기 내용과 다른 견해를 갖는 학자도 있을 수 있음을 밝혀 둔다.)

2) 서기 300년대 로마제국 시대별 그리스도인 수 추정치 내용

로마제국에서 황제들이 친기독교 정책을 활발하게 추진하였던 4세기 서기 300년대의 그리스도인 추정치를 살펴보자.

□ 기독교 공인 서기 313년에는 '1천만 명 17%' 기독교인 추정[표 1편1].

서기 313년은 콘스탄틴 대제가 기독교를 국가에서 그 이전에는 불법 단체로 박해하던 것을 이제는 합법단체로 공인하는 해이다. 로마제국 인구의 17%에 달하는 1천만 명이 기독교인이라는 무게의 중압감은 로마 황제 콘스탄틴에게는 기독교를 공식적인 종교로 인정할 수 있는 정치적, 사회적 분위기를 형성하였다.

□ 350년에는 3천3백만 명 (56%)

350년에는 인구가 6천만 명으로 추산되는 제국에서 기독교인 수는 3,300만 명은 되었을 개연성이 크다. 이미 350년대는 Harnack[52]을 포함한 기독교 저술가들은 기독교가 다수파라는 주장을 펼치고 있다.

(2) 40% 성장률에 대한 고대 이집트의 파피루스 자료와 비교 검증

앞에 제시한 로마제국 그리스도인 성장률이 "매 10년마다 40% 성장설"이 얼마나 신뢰성이 있는지 실제 데이터값과 비교 검증해보자.

고대 이집트의 기독교화 곡선과 비교 및 검증작업은 바그날(Bagnall, 1982, 1987)[53]은 이집트의 파피루스[54]를 조사하여 여러 시기별로 전체인구 중에서 기독교식 이름을 가진 사람의 비율을 규명하여 이집트의 기독교화 곡선을 재구성하였다. 이집트는 북아프리카 카르타고(튀니지)와 함께 소아시아와 같이 기독교가 초기부터 융성하였던 지역으로서 초기 기독교 성장의 표본 지역으로 선정하기에는 충분한 의미가 있다. 이집트라는 표본 지역의 연도별 기독교인 성장 수치는, 로마제국이라는 모집단의 기독교인 성장률을 추정함에 있어서 더할 나위 없는 결정적인 로마제국 당시 실제 표본 데이터의 의미가 있다.

---

52) Harnack, Adolf. *The Mission and Expansion of Christianity in the First Three Centuries.*
53) Bagnall, Roger S. *Bulletin of the American Society of Papyrologists* (1982). 19:105-124 , Religious Conversion and Onomastic Change in Early Byzantine Egypt.
   Zetschrift fur Papyrologie und Epigraphik, (1987). 69:243-250, Conversion and Onomastics: A Reply.
54) 파피루스 식물은 사초과의 여러해살이풀로 높이는 2m 정도이며, 잎은 퇴화하여 비늘처럼 되며 이것을 이용하여 종이를 만들었다. 여기서는 파피루스에 기록된 문헌을 말한다.

연도	10년마다 40% 성장률 산식 비율(%)	이집트 파피루스 기독교인 비율(%)
239	1.4	0
274	4.2	2.4
278	5.0	10.5
280	5.4	13.5
313	16.2	18.0
315	17.4	18.0

r = 0.86

[표 3편2] 기독교인 비율 비교 두 추정치 상관관계

두 지역의 추정치가 같은 연도에서 서로 유사한 대응을 이루는 사실은 충격적이며 [표 3편2]에서 두 곡선 간 0.86이라는 상관도[55]는 가히 기적에 가깝다고 할 만하다. 로마제국 전체의 기독교인 성장률과 표본 지역 이집트의 기독교인 성장률 양자에 대한 강력한 확증이라고 여겨진다.

'[주제설명 1장2]. 로마제국 정량화 (계수화) 작업'에서 자료의 신뢰성을 입증하기 위하여 '40% 성장률 산식에 대한 검증작업' 내용의 그 당시 이집트 파피루스 문헌에 기록된 기독교인 비율(%) 자료에 의하여 상기 40% 산식 검증작업을 참조하기 바란다.

(3) 서기 350년 이후의 기독교 성장률 추정 모델 산출 {가설}

본서의 주 참고문헌은 서기 350년까지만 기독교 교인을 추정하여 앞 단락에서 기술하였다. 그 이후의 로마제국 기독교인을 추정하는 방법은 일반적인 성장 추이 방법론으로 모델링을 하여 다음과 같이 본서에서 {가설}로 추론하였으므로 참조 바란다.

초대교회에서 서기 350년 이후 기독교 성장률 추정 모델은 기독교인이 과반수가 되는 서기 350년을 변곡점([그림 2편1]의 중앙)으로 하여 새로운 성장률 산식이 도출되어야 한다.

왜냐하면, 350년경 이후 선교운동은 인구 가운데 과반수가 이미 개종한

---

55) 상관도: 통계학 용어로 두 변량의 값에 대한 상관관계를 나타내는 용어로써 값이 1이면 두 변량이 같은 것이며 값이 0이면 아무런 관계가 없다. 상관도 계수 r=0.86이면 두 변량의 관계가 상당한 의미 있는 관계(유의미)를 갖는다.

후에는 점진적으로 잠재적 개종자의 '어장 고갈(Fished Out)' 현상이 일어나 어김없이 성장이 둔화한다. 그러므로 기독교인 증가율 산식 '10년마다 40%씩 성장'은 350년대 이후에는 유효하지 않으므로 350년이 과반수로 변곡점이 되어서 그 이후의 인구수를 추정하여야 한다. 그리하여 다음 사항은 350년 이후는 일반적인 성장 'S 커브 이론'을 적용하여 추론하고자 한다. [그림 2편1]와 같은 일반적인 'S 커브 성장이론'은 성장 단계를 「완만한 성장세 → 가파른 성장세 → 성장 정체」등으로 나누게 된다.

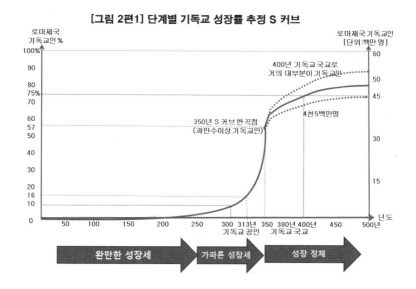

[그림 2편1] 단계별 기독교 성장률 추정 S 커브

그리하여 본서에서는 400년도 그리스도인 추정치를 70%와 80%의 그 중간값으로 75%를 적용하여서 이 그림에서 보는 바와 같이 S 커브 성장이론에서 좌표값으로 350년 56.5%에서 변곡점이 되어서 그 이후 좌표값 400년 75%로 설정하여 S 커브 그래프를 완성하여 그리스도인 추정치 4천5백만 명을 [표 2편6]과 같이 도출하였다. (상기 내용에 대한 설명은 '[주제설명 1장2] 로마제국 정량화(계수화) 작업 (학설)'에서 '3 서기 350년 이후의 기독교 성장률 추정 모델 산출(가설)' 내용을 참조 바란다.)

로마제국 선교 단계별 진행	년 도	그리스도인 수(천명)	그리스도인 %	특기 사항
1단계 집단개종	100년	7.5천 명	0.01%	
	150년	40천 명	0.07%	1차 전염병
2단계 전염병 계기	200년	218천 명	0.36%	
	250년	1,171천 명	1.9%	
	300년	6,300천 명	11%	
3단계 로마 황제의 국가 제도적 기반	313년	9,756천 명	17%	기독교 승인
	350년	33,882천 명	57%	
	400년	45,000천 명	75%	이교도 추방

[표 2편6] 로마제국 단계별 기독교인 수 점유율 추정

(4) 로마가톨릭교회 시발점 시기 도출 검토

앞 단락에서 성경의 최상위 권위 인정 여부에 따라서 '성경중심 기독교'와 '교권중심 기독교'로 '두 기독교'로 개념적으로 구분하였다. 성경중심 기독교가 시작되는 초대교회와 교권중심 기독교가 시작되는 로마가톨릭교회에 대한 기간적 경계에 관한 내용을 검토해 보자.

□ 초대교회 시기별 중요한 사항

이 기간 대에 시기별로 기독교 교회사에 영향을 미치는 중요한 사항은 다음과 같다.

303년 309년 313년 325년   374년 380년 390년 395년 397년
❶   ❷   ❸   ❹   ❺ ❻ ❼ ❽ ❾

❶ 303년 디오클레티아누스 황제 기독교 탄압 칙령 공포

❷ 309년 디오클레티아누스 황제 305년 퇴위 후 309년 기독교 탄압 칙령 철회

❸ 313년 콘스탄틴 대제 밀라노 칙령 공포되어 기독교가 공인되어 합법화됨

❹ 325년 콘스탄틴 대제 니케아 공의회에서 삼위일체 교리를 정통교리로 니케아 신경 결정

그러나 381년 콘스탄티노플 공의회에서 교리문제가 확정될 때까지

교리 분쟁 계속됨.

❺ 374년 암브로시우스 밀라노 주지사를 삼위일체 교리논쟁 문제로 황급히 주교로 임명

이때까지도 아리우스파와 삼위일체파 간에 무력 충돌할 정도로 분쟁이 치열

❻ 380~392년 테오도시우스 황제 때 기독교는 로마제국 국교화되다.

380년 그라티아누스 황제와 테오도시우스 황제, 기독교 이외의 이교 배격에 본격적으로 나섬

❼ 390년 데살로니카 폭동진압 불상사에 로마 황제가 교회 앞에 무릎 꿇고 공식으로 사죄

❽ 395년 테오도시우스 황제 48세 사망

❾ 397년 암브로시우스 밀라노 주교 67세 사망

□ 초대교회 기간의 분기점 서기 395년으로 추정

초대교회에서부터 시작하는 로마가톨릭교회가 교회 권력을 강화하면서 확장을 주력하기 시작하는 시기를 살펴보자. 초대교회는 ❷ 기독교 탄압이 철회될 때까지는 교회 생존을 위하여 핍박에 대응하는 것에 모든 힘을 쏟았다. 그리고 ❸ 밀라노 칙령 이후에 합법단체가 된 기독교 교회가 법적 권리를 주장할 수 있게 되었으나 ❹ 니케아 공의회 기간에는 아리우스파와 삼위일체설을 주장하는 아타나시우스파(로마가톨릭파) 간에 교리논쟁에서 무력 충돌이 일어날 만큼 심각한 때였기 때문에 교권 강화할 겨를이 없었다. 니케아 신경 결정 이후에도 374년경에도 양쪽 교파 간에 교리논쟁으로 밀라노 지역에서 무력 충돌을 할 만큼 치열하여 ❺ 밀라노 주지사 암브로시우스를 삼위일체 파(가톨릭 파)에서 급히 밀라노 주교로 임명하게 된다.

□ 로마가톨릭교회 4세기 말 기원설

기독교가 국교로 선포되는 ❻ 시기에는 본격적으로 교권 강화를 시작할 수 있는 시기였다. 이 말은 이 시기 380년 이전에는 두 교파 간의 세력

다툼 투쟁 시기였으므로 어느 교파가 일방적으로 우세하거나 기독교 전체를 대표할 만큼의 세력은 아니었다. 이 말은 로마가톨릭교회의 기원설을 주장할 때 1세기부터 성 베드로 성당의 사도 베드로의 무덤 위에서부터 시작하여 세워졌다는 연속성 주장을 희석하는 중요한 의미가 있다. 즉 이 당시는 어느 교파라도 초대교회 속의 한 분파에 지나지 않으며 30년~395년은 '초대교회 시대'였다.

그리하여 데살로니카 폭동진압 불상사에 대하여 황제가 교회 앞에 공식으로 사죄하는 ❼ 시점을 기화로 하여, 이후부터는 종교에 관한 권한은 전적으로 밀라노 주교 암브로시우스가 관장하는 체제로 구축된다. 그 이후 초대교회의 강력한 추진자인 ❽ 동로마와 서로마 황제를 겸하고 있던 막강한 테오도시우스 황제 사망으로 초대교회 시대는 마감되고 그 세력을 로마가톨릭교회로 교권이 강화되는 경계 시점으로 볼 수 있겠다. 본서에서는 개념적으로 예루살렘 교회로부터 시작하여 서기 395년까지는 초대교회로 지칭하고, 395년 이후부터는 로마가톨릭교회로 지칭한다. 따라서 로마가톨릭교회의 실질적인 기원설은 이때 4세기 말부터 시작한다는 것이 역사적으로 설득력 있는 기원설이 되겠다. 뒷장의 [그림 2편12]에서도 로마가톨릭교회는 5세기부터 실질적인 역할을 하는 것으로 표현하고 있다.

4절 로마제국 황제들의 명암과 구속사적 의미

우리는 앞 단락에서 로마제국 황제들의 국가 제도적인 기독교 확산정책 및 이교 청산정책에 대하여 비교적 소상히 알게 되었는데, 이 내용을 처음 접하는 분들이 대부분이라고 생각되며, 앞 단락에서는 로마제국의 기독교에 관계되는 중요한 로마제국 국가정책 추진과 그 내용 위주로 설명하였다. 그러나 이러한 황제들의 중요한 결정과 추진에는 황제 자신의 기독교에 대한 진실한 믿음과 여러 가지 관련 정치적 상황과 또한 중요한 배경에 대하여 좀 더 부가 설명들이 필요하므로 본 단락에서 이를 다루려고 한다.

이러한 목적은 우리가 생각하고자 하는 기독교 발흥에 대한 균형 잡힌 감각을 갖기 위함이다. 왜냐하면, 우리는 4천5백만 명에 가까운 초대교회라는 거대한 코끼리 몸체를 파악하는데 앞 다리 하나만 더듬어 보고 코끼리 몸체를 판단할 것이 아니라 앞 단락 내용에 추가하여 다른 역사적 배경과 주변 사실들을 파악함으로써 실체적 사실에 대하여 좀 더 균형 잡힌 감각을 갖기 위함이다. 이를 위하여 본 단락에서는 배교자 율리아누스 황제 편만 다루었지만, 나머지 자세한 사항은 "[주제설명 1장5] 기독교 선교를 위하여 로마 황제를 사용하심" 참조 바란다.

1. 배교자 율리아누스 황제의 기독교 박해

율리아누스(배교자 줄리안)는 재위 기간(361~363년) 1.5년으로 콘스탄틴 대제의 이복동생 율리우스 콘스탄티우스의 둘째 아들로 콘스탄티우스 황제에게는 사촌 동생으로 337년 황궁 참살 사건 시에는 겨우 6살로 살아남았다([그림 3편1] '콘스탄틴 주요 인물 가계도' 참조). (로마인 이야기-14권 그리스도의 승리. 185-201.)

(1) 격리되어 유폐 생활을 하게 되는 성장기

□ 소아시아 대도시 니코메디아 근처 산중 유폐 생활

이복형 콘스탄티우스 황제 치하에서 6살 때부터 친형 갈루스와 함께 두 소년은 콘스탄티노플 근처 대도시 니코메디아 산중에 기독교 주교 감시 하에 유폐 생활(6세부터 12세까지)을 하게 된다. 방치 상태에서 기독교 교육은 전혀 이루어지지 않았고 우크라이나 환관 출신 마르도니우스에게 고전 그리스 로마 철학과 문학을 배우고 자랐다.

□ 카파도키아의 작은 시골 마을 마켈룸으로 이동하여 유폐 생활 지속

12세 때 친형 갈루스와 함께 카파도키아의 작은 시골 마을 마켈룸으로 옮겨져서 가장 감수성이 예민한 19세까지 7년 동안 계속해서 유폐 생활을 하게 된다. 두 형제가 만날 수 있는 사람이라고는 감시를 위해 배치된 병사들과 하인 역할 노예들과 그 가족뿐이었다. 그 당시 유배 생활을 율리아누스는 이렇게 회고했다.

'마켈룸에서 보낸 세월은 감금과 구속과 격리의 세월이었고, 본격적인 학문과는 거리가 멀어졌다. 체육이나 경기를 함께 하는 친구는 노예들 자식밖에 없었다.'

지난 과거 어린 시절에 니코메디아 근처 산중에서 있었던 우크라이나 환관 출신 마르도니우스와 고전 그리스 로마 철학과 문학 장서들은 마켈룸에서는 금지되었기 때문에 과거에 배운 내용을 머리에 암기한 장서로 소년의 머릿속 도서관은 가득 차 있었다. 율리아누스는 암울하였던 유소년 시기를 그리스 로마 철학과 문학을 친구로 삼아 공상하면서 불안한 미래를 바라보면서 우울한 유폐 생활로 나날을 지냈다.

(2) 율리아누스 황제 즉위와 반 기독교 정책 추진

1) 율리아누스 황제 즉위

콘스탄티우스 황제는 자녀가 없었고 모든 황족을 몰살시켜 없애버렸으므로,[56] 355년 4촌 동생 율리아누스가 24세 때에 부득이 유일한 황족(친형 부제 갈루스는 354년에 황제 살해 음모 누명으로 처형)이었던 유폐 생활하던 율리

율리아누스 황제

아누스를 데려다 쓰기 위하여 밀라노로 불러 아테네에서 공부하게 하였다. 그런데 기이하게도 콘스탄틴 대제의 아들 삼형제에게는 누구도 황녀나 후궁을 통해서도 자녀 −왕위승계를 위하여 그렇게 노심초사하여 왕위승계 구도([그림 3편2] '콘스탄틴 후계자 담당 영토 지도' 참조)를 콘스탄틴의 노력에도 불구하고 손자− 가 한 명도 없었다.

콘스탄티우스 황제는 율리아누스를 황제의 여동생 헬레나와 결혼시키고 부제 카이사르로 임명하여 서방 갈리아의 라인강 전선을 맡겼다. 콘스탄티우스 황제는 361년에 24년 동안 황제 재위에서 43세로 갑자기 병사하였다. 361년 12월에 유일한 황족 율리아누스가 유폐 생활에서 풀려난지 6년 후에 갑자기 황제로 즉위한다.

2) 기독교로부터 배교자 황제가 되는 원인과 사유

율리아누스 황제는 기독교 우대정책을 철폐하고 그리스 로마 종교(이교)의 부흥을 꾀하게 된다. 율리아누스는 어린 시절부터 이복형 콘스탄티우스 황제로부터 격리되어 유폐 생활을 하였기 때문에 기독교 복음을 전혀

---

56) 콘스탄틴 대제 장례식에서 황족 몰살사건 : 337년 6월 콘스탄틴 대제 장례식을 거행하였던 콘스탄티노플 황궁에서 황족 50여 명이 참살되는 끔찍한 숙청 사건이 발생함. 상세 내용은 "[주제설명 1장5]로마 제국 황제를 사용하심" 1-(3) 콘스탄틴 대제 장례식 황족 몰살사건 참조.

접하지 못하고 자랐다. 그가 알고 있는 지식은 6세부터 12세까지 니코메디아 근처 산중에서 우크라이나 환관 출신 마르도니우스에게 고전 그리스 로마 철학과 문학을 배웠고 그에 따르는 그리스 로마종교를 알게 되었던 것이 전부였다. 따라서 그의 몸과 마음속에는 그리스 로마문화와 종교가 전부였고, 그는 자연스럽게 그리스 로마 시대로 돌아가기 위하여 그리스 로마문화와 종교는 장려하였고 기독교를 핍박하는 정책을 펴게 된다.

3) 반 기독교 정책과 법의 시행

율리아누스 황제는 기독교 핍박과 이교 장려정책으로 과거의 로마제국 종교 이교로 회귀하려는 정책을 추진한다.
 - 국고로 교회를 지어서 기증하는 행위 금지
 - 교회와 기독교 성직자 사유재산에 대한 비과세를 철폐하고 과세
 - '이교' 신전에서 벌어지는 공식 제의를 부활
 - 제국의 도시마다 '이교' 전문 제사장과 사제를 두었다.

그러나 율리아누스 황제가 363년 제위 19개월 만에 32세 젊은 나이에 병사함으로써 그의 생전에 제정하였던 모든 반 기독교 정책 법령들은 폐지되고 그 이전의 콘스탄틴 대제 시대 법령으로 되돌아갔다.

(3) 율리아누스 황제 사망 이후 콘스탄틴 대제 황족 단절

콘스탄틴 대제와 그의 아들 콘스탄티우스 2대에 걸쳐서 왕위를 위협할 수 있는 모든 황족을 처형하였으므로 마지막 율리아누스 황제 사망 이후에는 황족 후계자가 끊어졌다. 363년 6월 율리아누스 황제가 페르시아군과 전쟁에서 습격을 받아 부상으로 그날 밤에 사망하였다. 황족 후계자가 없으므로 장군, 고관 회의에서 황제 호위대장 요비아누스가 황제로 선출되었다. 그 이후 황제들 계승에 15년 동안 혼란을 일으키다가 378년 테오도시우스가 동방 정제에 임명되면서 안정을 찾기 시작하였다.

(율리아누스 황제의 전후 사정을 좀 더 정확하게 이해하려면 "[주제설명 1장5] 기독교 선교를 위하여 로마 황제를 사용하심"에서 자세한 설명을 하였음.)

2. '스모킹 건' 역할로 보는 이집트제국과 로마제국 비교

앞 단락에서 기독교 발흥의 진행되는 과정이 로마제국에서 기독교 집단개종 → 전염병 계기 이교도 개종 → 로마 황제 기독교 확산 및 이교 청산정책으로 살펴보았다. 우리는 이제부터 우리의 시야를 좀 넓혀서 구속사 관점에서 구약의 이집트제국과 신약의 로마제국을 사용하시는 하나님의 섭리와 경륜을 두 제국을 상호 비교하면서 살펴보자.

우리는 어떤 일에서 확실한 증거를 말할 때 스모킹 건 (Smoking Gun)[57]이라는 표현을 사용하는데 이는 어떤 사건에 '절대 바꿀 수 없는 확실한 증거' 라는 말로써 우리는 역사에서나 일반적인 세상사에서 어떤 결정적인 증거가 될 수 있는 계기나 사건을 '스모킹 건 역할' 이라고 표현한다. 우리는 상기 '로마제국 시대 기독교 발흥' 내용을 좀 더 이해하기 위하여 우리의 눈을 구약 모세시대 출애굽 사건 때로 뒤돌아보자. 성경에서 하나님이 간섭하신 역사적으로 나타난 '스모킹 건 역할' 을 살펴본다면 다음과 같은 것들이 있을 수 있다.

(1) 이집트제국에서 이스라엘 장정 60만 명 출애굽 사건의 '스모킹 건 역할'
 – 애굽에서 바로 왕에게 10가지 재앙 중에서 마지막으로 '모든 가정에 장자의 죽음 재앙' 으로 이스라엘 백성을 출애굽 하기로 한 결정적인 '스모킹 건 역할' 을 가게 된다.
 – 출애굽 과정에 '홍해를 무사히 건너는 모세를 통한 하나님의 이적' 에서 홍해를 무사히 건널 수 있었던 것은 홍해 바닷물을 가르는 '스모킹 건 역할' 이 있었기 때문이다.

---

57) 스모킹 건(Smoking Gun)을 의역하면 연기 나는 총으로, 연기 나는 총은 총을 쐈다는 결정적 증거이다. Smoking Gun이라는 용어는 영국 탐정 소설가 코난 도일의 1892년 셜록 홈스 시리즈 'The Gloria Scott' 에서 'Smoking Pistol'로 유래된 말로, 이 용어는 1974년 미국 닉슨 대통령의 탄핵소추가 진행 중일 때 뉴욕타임스가 처음으로 'smoking gun' 이라는 표현을 쓰면서부터 '확실한 증거' 라는 표현으로 사용한다.

이것은 모두 그 시대 그 사건의 '스모킹 건 역할'을 말하며, '스모킹 건 역할'을 언급하지 않고서는 앞뒤를 설명할 수 없는 '중대하고 핵심적이고 무엇보다도 결정적인 증거나 역할'을 말하는 것이다.

1) 장자의 죽음 재앙과 출애굽

먼저 출애굽에서 결정적인 '스모킹 건 역할' 사건인 애굽 장자의 죽음을 생각하여 보자. 애굽 왕 바로에게는 풍요한 농산물의 소출을 위해서나 각종 국가적인 대규모 공사나 피라미드 같은 웅장한 건축물 제작에는 고대사회에서는 반드시 대단위 노동력이 필요로 하였다. 그런데 어느 날 모세가 애굽왕 바로에게 갑자기 나타나서 하나님의 명령으로 이집트에 거주하는 200만 명의 노동력을 일시에 이집트에서 가나안 땅으로 데리고 나가겠다고 한다면 바로왕으로서는 도저히 허락할 수 없는 애굽 입장에서는 도저히 수락할 수 없는 모세의 터무니없는 황당한 요구 조건이었다.

그리하여 하나님이 10가지 재앙 중에서 마지막 재앙 즉 이집트에서 출생한 사람과 짐승의 모든 처음 난 자(장자)의 죽음으로 인한 크나큰 재앙을 내림으로 말미암아 바로 왕이 비로소 이스라엘 민족 출애굽을 허락할 수밖에 없었다. 즉 10번째 재앙 장자의 죽음이라는 '스모킹 건 역할'을 언급하지 않고는 이집트로서는 막대한 노동력의 손실을 주는 출애굽 사건을 설명할 수 없다는 말이다.

2) 홍해 물을 가르는 이스라엘 민족을 구출하는 사건

장자의 죽음 재앙으로 마지못해 출애굽을 허락하였던 바로 왕은 이것을 곧 후회하고 이스라엘 민족의 탈출을 막고 그들을 다시 데려오기 위하여 추격대 군대를 인솔하여 이스라엘 민족이 탈출하는 홍해 바닷가에서 그들과 만나게 된다. 이스라엘 백성은 절체절명의 위기에 놓여 항복하여 다시 애굽으로 잡혀가거나 그 자리에서 항거하여 몰살당하는 두 가지 방법밖에 없게 된다. 그러나 하나님의 홍해 물을 가르는 기적으로 말미암아 이스라엘 백성은 무사히 홍해를 건너고 추격하는 애굽 군대는 다시 물이 합쳐지는 기적으로 몰살하는 사건이 발생한다. 홍해의 물을 가르는 기적의 '스모킹 건 역할'을 설명하지 않고는 이스라엘의 이집트 탈출을 설명할 수 없다.

(2) 로마제국에서 기독교가 국교가 되는 '스모킹 건 역할'

초기 기독교가 시작한 신약교회 당시 미미한 그리스도인 숫자의 기준으로 보면 [주제설명 1장1]에서 설명한 바와 같이 기독교는 성장은 고사하고 존립 자체도 버거웠는데 불과 300년이 지난 후에는 기독교가 로마제국 국교로 공포되었는데 어떤 것들이 '스모킹 건 역할'을 하였을까?

  – 전염병 계기 이교도 개종 선교
  – 로마 황제의 기독교 확산 및 이교 청산정책

로마제국 시대에 아무리 집단개종이 있었다 하여도 '전염병 계기 이교도 개종'과 '로마 황제의 기독교 확산 및 이교 청산정책'이라는 '스모킹 건 역할'이 없었더라면 300년이라는 짧은 기간에 로마제국 인구의 '거의 대부분'에 해당하는 4천5백만 명 이상을 이교도에서 그리스도인으로 선교(개종)한다는 것은 불가능한 일이다.

만약에 현대 역사가 중에서 로마제국 기독교 발흥을 가장 잘 설명하고 대표하는 플랜드나 맥 멀런의 "로마제국의 기독교 발흥" 역작을 아무리 1980년대에 문헌으로 주장하였다고 하여도, 380년에 국교로 선포하기까지 기독교 선교가 '전염병 계기'와 '로마 황제의 기독교 확산 및 이교 청산정책'과 같은 '스모킹 건 역할'을 설명하지 않고는 기독교가 로마제국에서 왕성하게 되었다는 것은 일반 교인으로서는 현재와 같이 논리적으로 도저히 이해가 되지 않는 일이다.

이에 대한 피해로 현행 교회사는 언급하지 않아서 오늘날 우리 성도들은 알지 못하므로 초대교회 기독교 발흥과 그 흥왕함에 대하여 현재같이 도무지 모르고 있다. 역사서 장르에 속하는 교회사에서 아직 {정설}로 확인되지 않는 '전염병 계기'로 로마제국의 기독교 발흥할 수 있었다는 {학설}을 굳이 소개하는 것은, '스모킹 건 역할'을 하는 '전염병 계기' {학설}을 소개하지 않으면 현재와 같이 논리적으로 도저히 이해가 되지 않기 때문이다.

(3) 이집트제국과 로마제국을 그루터기로 사용하시는 하나님

모세 시대 이집트 바로왕 장자의 죽음으로 연관되는 출애굽 사건과 이에 대하여 로마제국에서 전염병 죽음으로 연관되는 내용의 사망률 비교에 대해서는 로마제국 당시 알렉산드리아의 목회자 디오니시우스도 기록에도 언급한 바가 있다(The Rise. 82. 3장). 기독교 발흥을 이집트제국과 로마제국을 상호 비교를 통하여 하나님 구속사적인 의미를 살펴보고자 한다.

1) 이집트제국을 그루터기로 사용하시는 하나님

창세기 46:1-4에서 하나님께서 야곱이 애굽으로 내려가서 큰 민족을 이루고 다시 올라올 것(가나안 땅으로)이라고 약속하신다. 그리하여 창세기 46:27에서는 야곱 가족 70명이 가나안 땅에서 애굽으로 내려가서 나일강 하류 비옥한 고센 땅(창 46:28)에 정착하게 하셨다. 이곳에서 400년 동안 하나님께서 70명에서 장정 60만 명(2백만 명 이스라엘 민족으로 추정) 숫자상으로 대 민족으로 번성하게 하셨다.

2) 이집트제국과 로마제국 비교

[표 2편7] '이집트제국 이스라엘 민족과 로마제국 그리스도인 비교표'에서 살펴보자.

70명의 야곱의 가족들이 이집트제국을 사용하시어 수백 년 동안 히브리 혈통 중심으로 2백만 명의 이스라엘 대민족을 이루어주신 하나님의 경륜처럼, 서기 30년경에 세계로 흩어진 수천 명의 유대 그리스도인 이민자들을 서기 300년에 6백만 명의 이교도를 그리스도인으로 삼으셨다. 그리고 로마제국 황제를 사용하시어 제도적인 로마제국 기독교 확산정책으로 기독교가 국교로 선포되는 서기 380년에 이교도들 4천5백만 명을 그리스도인으로 개종(선교)하여 하나님의 백성으로 만드셨다. 이는 모든 민족을 제자로 삼는 예수 그리스도의 지상 명령 수행하는 과정을 나타내기 위함이다(마 28:19-20).

항 목	이집트제국 야곱의 후손들	로마제국 그리스도인
비교대상 내용	출애굽한 200만 명(장정 60만 명) 이스라엘 민족	이교도에서 기독교인으로 개종한 로마제국의 4천5백만 명 그리스도인
하나님 백성 출발점	야곱의 가족이 애굽으로 이주 (창 46:1-3)	로마제국에 이주한 유대 그리스도인 이민자(행 8:1)
시작 연대 기간	야곱 가족 70명(창 46:27)으로 시작 BC 1700년-BC 1300년 400년 기간에	유대 그리스도인 수천 명을 시작으로 AD30년-AD400년 기독교 국교 및 이교 청산 350년 기간에
증가한 인구수	2백만 명 추정(60만 명의 장정)	4천5백만 명 추정(로마제국 인구 거의 대부분)
증가의 주요 요인	요셉 총리로 인한 애굽 왕국의 보호와 나일강 하류 고센 땅의 비옥한 농경지에서 곡식 생산으로 식량이 풍부하여 큰 민족을 이룸	두 차례의 전염병 계기로 그리스도인 공동체의 섬김과 로마제국 황제들의 기독교 확산정책으로 이교도들이 기독교로 개종하여 기독교인이 됨
세계 선교적 의미	이집트 제국을 사용하셔서 이스라엘 민족 중심 혈연공동체 중심으로 70명에서 시작한 2백만 명의 야곱의 후손은 이스라엘 민족을 형성하는 그루터기.	로마 제국(1세기~5세기)을 사용하셔서 예수 그리스도의 교회중심 신앙공동체로 4천5백만 명의 로마제국 그리스도인들은 5세기 이후 세계선교 유럽교회의 그루터기
증가 요인	인구수의 절대 수가 증가	'집단개종', '전염병 계기 이교도 개종', '기독교 확산 및 이교 청산정책'으로 기독교 선교

[표 2편7] 이집트제국 이스라엘 민족과 로마제국 그리스도인 비교

3) 기독교인 4천5백만 명이 되기까지 선교 과정

우리는 앞 단락에서 이집트제국을 사용하여 200만 명의 이스라엘 민족을 일구시는 하나님 경륜과 로마제국을 사용하시어 이교도들을 4천5백만 명의 기독교인을 하나님 백성들로 삼으시는 하나님 경륜을 보게 되었다. 이 과정에서 구약시대 이스라엘 민족 200만 명은 단순 종족혈통의 번성이었던 것에 반하여, 로마제국은 다민족 이교도를 기독교인으로 선교하시는 여러 과정을 거치므로 다수의 민족과 문화를 아우르는 복합적인 과정을 거쳐 초대교회라는 교회공동체를 - 구약은 유대 단일민족 혈연공동체- 이루게 된다. 이에 대하여 하나님께서 이러한 교회공동체라는 역사를 이루시는 의미와 가치를 다음 단락에서부터 살펴보자.

1장의 《 하나님 섭리와 경륜 》 - [초대교회 교회사]

《 하나님 섭리 》

구약의 이집트제국을 통하여 새롭게 이스라엘 민족 2백만 명을 하나님 백성으로 만드시고 출애굽하게 하시는 하나님께서, 통일된 로마제국을 통하여 이교도 4천5백만 명(본서 추정)을 초대교회 그리스도인으로 삼아서 신약교회 교회사의 초석을 이루게 하셨다.

《 하나님 경륜 》

□ 구약 히브리 민족의 이집트제국 그루터기

기원전 15세기경에 70명의 야곱 친족으로부터 시작하여 이집트제국을 사용하시어 2백만 명의 히브리 민족을 출애굽하게 하시고, 그 히브리 민족 2백만 명이 가나안 땅에 정착하여 이스라엘 왕국을 이루게 하신 것처럼

□ 신약교회 시대 로마제국 그루터기

하나님께서 로마제국이 지중해를 중심으로 강력한 통일제국으로 기원전 5세기부터 1000년간 통치하게 하셨다. 하나님 독생자 예수 그리스도가 성육신하여 이 땅에 오신 후, 팔레스타인 지역에서부터 흩어진 유대-헬라 그리스도인 이민자들이 중심이 되어 대략 3세기 이전까지 로마제국 전국 지역에 가정교회 형태로 시작하여 하나님 초대교회 공동체를 세우셨다. 이를 토대로 2~3세기 로마제국 전염병 창궐 계기와 4세기 로마제국 황제를 비롯하여 로마제국 제도적 장치를 통하여 4천5백만 명에 이르는 로마제국 기독교 초대교회를 세우셨다.

《 하나님 뜻 》

로마제국의 통일된 강력한 제국 정치체제를 통하여 팔레스타인 지역에서 시작한 예수 그리스도의 하나님 나라 복음이, 통일된 로마제국 이교도

6천만 명의 각 민족 각 국가[58]에게 국경과 각 민족 문화라는 장벽과 막힘이 없이 하나님 말씀이 헬라어로 널리 신속하게 기독교 선교하기 위함이었다. 하나님은 그리스도의 복음을 전파하는 선교를 흥왕하게 하시기 위하여, 로마제국으로 통일하여 1000여 년 동안(서로마제국 경우) 5세기까지 지중해 주변 지역을 통치하여 다스리게 하셨다. 이교도의 나라 로마제국 시민에게 기독교 교회공동체를 통하여 예수 그리스도의 사랑과 복음을 전하여 이교도가 개종하여 초대교회 4천5백만 명의 하나님 백성이 되게 하셨다.

하나님 섭리와 성령 하나님 역사의 본질에 대한 믿음

우리는 여기서 생각하는 사고방법과 표현 방법과 용어 사용에서 주의하여야 할 점을 다 같이 깊이 생각하는데, 본 단락이 본서를 시작하는 첫 장이며 이 내용은 마지막 4장까지 같이 적용되므로 출발하는 시점에 교회사 기록에 대하여 다 같이 생각하자.

□ 세상을 다스리시고 세계선교 주관자는 하나님이시다!

앞에서 우리가 살펴본 것과 같이 로마제국 2단계 선교에서 전염병이 로마인들을 이교도에서 그리스도인으로 선교하는 결정적인 계기가 된 것과 3단계 선교에서 로마 황제와 기독교 국교 선포로 국가 제도적 장치를 사용하여 선교하였다는 사실을 설명하였다. 그러나 '전염병이 이교도를 그리스도인으로 개종하게 하였다' 라고 표현하는 것과 '로마 황제와 로마제국 국교공포로 기독교 선교가 되었다' 고 말하는 것은 단지 표면적인 원인과 현상과 과정만을 표현할 뿐이지 실제 본질적 내용을 설명하는 것에는 잘못된 표현이다.

우리는 구약에서 하나님께서 이스라엘 백성을 하나님 택하신 백성으로 삼기 위하여, 많은 자연재해와 사회 현상들을 섭리하셨던 역사적인 창조

---

58) 로마제국의 통치 영토는 만약 로마제국이 통일하지 않고 그대로 있었다면 수십 개 민족과 수십 개의 국가가 존재하게 되어서 이를 하나씩 선교하는데 엄청난 수백 년 이상의 장구한 세월이 소요되었을 것이다.

주 여호와 하나님을 성경을 통하여 잘 알고 있다. 예를 들면 출애굽하기 위하여 간악하였던 애굽 왕 바로를 10가지 재앙을 허락하므로 굴복시키고, 홍해를 가르는 기적의 자연 현상들을 잘 알고 있다. 이때 우리는 애굽 장자의 죽음과 홍해의 갈라짐 같이 재앙과 자연 현상 기적들에 의한 것보다는, 그 배후에 하나님께서 그분의 언약을 성취하는 당신의 목적과 영광을 위해서, 하나님의 때에 하나님의 방법으로 이러한 자연재해와 기적들을 사용하셔서 이룩하신 하나님의 섭리와 경륜에 의해서 출애굽할 수 있었고, 가나안 땅을 정복할 수 있었다고 믿으며 또 그렇게 말한다.

□ 로마제국 황제와 제도를 통하여 하나님 섭리를 이해하려는 믿음의 눈

마찬가지 방법으로 로마제국에서 전염병에 의한 것과 로마제국 황제와 로마제국 제도로 선교가 되었다는 사회 정치 현상으로만 보는 것이 아니라, 이것을 허락하시는 하나님의 섭리와 권능이라는 내용을 믿음의 눈으로 보고 우리는 해석하여야 한다. 본 단락에서도 비록 참고문헌의 비기독교 저자의 기술 내용을 필자가 기독교인으로 재해석하여 일부 인용은 하였지만, 자연 현상이나 사회 정치적인 현상들을 가지고 표면적으로만 이해하는 것 넘어서 이것을 섭리하시는 하나님의 섭리와 경륜과 참뜻을 믿음의 눈으로 바라보아야 한다. 참고문헌 비기독교인 저자와 하나님을 믿는 기독교 신앙인의 차이점은, 객관적인 사회 현상과 사실 기록에만 중점을 둘 것인지, 아니면 그 배후에 섭리하시는 하나님 경륜과 권능을 바라보고 믿는 믿음의 관점에서 기록할 것인지가 근본적인 차이점이라 할 수 있겠다.

□ 세상 관점으로는 실패할 수밖에 없게 보였던 팔레스타인의 기독교 운동!

초대교회 발흥이 하나님 섭리와 경륜으로 보는 증거는, 일반적인 세상사 관점으로 볼 때는 1세기 당시 로마제국 시대 기독교는 당연히 실패할 수밖에 없는 하나님 나라 운동 신흥종교였다. [주제설명 1장1]에서 세상 관점으로 볼 때는 99% 이상 실패할 수밖에 없는 10가지 정도 이유를 자세히 설명하고 있다. 그런데도 로마제국 기독교 발흥이 승리한 것은 하나님의 섭리이고 경륜이고 권능이다. 앞으로 시작되는 본서의 각 장마다 마지막 절에 ≪하나님 섭리와 경륜≫이라는 단락을 두는 목적은, 우리가 각 장의 내용을 교회사적 사실 위주의 관점에서 기술하지만, 마지막 단락에서는 이것을 주관하시는 하나님 관점으로 다시 한번 생각하는 자그마한 '신앙고백'의 단락으로 삼으려 한다. "교회사는 성경 말씀을 기반으로 하여 하나님께서 교회를 통하여서 하신 일을 기록하여 알리는 것"이어야 한다.

* 계시(啓示. Revelation): 사람의 지혜로서는 알 수 없는 진리를 하나님이 가르쳐 알게 함.

2장 1000년의 암흑기 중세교회사와 유럽선교

[중세교회 교회사]

🫒 2장 1000년의 암흑기 중세교회사와 유럽선교

- 세계 기독교 운동의 확장 -
(The Expansion of the World Christian Movement)

우리는 본 단락에서 5세기 이후 1000년의 중세암흑기 교회사를 살펴보려고 하는데 교회사의 선교역사에 대하여 존 스토트[59]의 명언을 소개하면서 시작하려고 한다.

"하나님은 온 세계를 구원하시기 위한 계획을 세우셨고 그 계획을 실행하셨다. 이것은 바로 '살아계신 하나님이 선교하시는 하나님이시다(Our living God is missionary God)' 이기 때문이다. 즉 하나님께서 선교사이신 것이다. 따라서 선교는 인간에 의해서 좌우되는 것이 아니라 하나님에 의해서 진행되는 것이다."

이 구호는 존 스토트 목사가 한 선교대회에서 한 강의의 제목이다. 그 강연의 전문은 미션 퍼스펙티브 교재의 첫 글로 실려있으며 그래서 미션 퍼스펙티브 과정(PSP)[60] 첫 과의 제목이 되었다. 즉 하나님께서 선교의 주체이시며 하나님의 선교가 일어나고 있다는 것이다. (Mission. 24) 하나님 구원의 역사(구속사)에서 중세교회사 연속성에 대하여 이제부터 기술하려고 하는데 이 내용에 대하여 주 참고문헌을 소개하겠다.

□ 주 참고문헌 소개

본서의 주 참고문헌 '미션 퍼스펙티브 Mission Perspectives'[61]는 100

---

59) 존 스토트(John Stott; 1921~2011): 영국에서 태어나 케임브리지 신학부를 졸업하고, 1945년 목사로 안수받은 후 런던 올 소울즈 교회 목사로 봉사하였다. 탁월한 설교자이자 복음 전도자이며 학자인 동시에 저술가이며, 마틴 로이드 존스, 제임스 패커와 더불어 20세기의 가장 복음주의자로 꼽힌다. 이 글은 1976년 어바나(Urbana) 학생선교대회에서 개회 성경 강해로 처음 발표되었다.

60) 미션 퍼스펙티브 과정(PSP) : 선교 전문 교육과정으로 12주 정도 '미션 퍼스펙티브 Mission Perspectives' 교재를 통하여 주제 강의와 조장의 인도 아래 약간 명의 조별 모임을 통하여 Group Study를 한다. 모든 과정이 끝나면 선교 교육 내용에 대한 소정의 시험을 거쳐서 인정서를 수여하게 된다.

61) 랄프 윈터, 스티븐 호돈. 『미션 퍼스펙티브』 *Mission Perspectives* (예수전도단, 2001).

2장 1000년의 암흑기 중세교회사와 유럽선교 217

여 명의 선교 거장들이 선교에 관 한 성경적, 역사적, 문화적, 전략 적 관점에서 저술한 주옥같은 글 들을 124편이나 모아서 출간한 대 장서이다. 선교의 특정한 면에 관 하여 쓴 책은 수없이 많으나, 선교 에 관련된 여러 문제점에 해답을 주기 위해 대가들이 쓴 논문들을  한데 엮은 것은 이 책이 처음일 것이다. 선교학은 이론과 실천이 합쳐진 학문으로 이런 점에서 이 책은 단연 독보적인 선교학의 총체적 기본 교과 서라고 할 수 있다.

본서의 본문 중에서 상기 참고문헌의 내용을 표기할 때는 만약 181페이 지에서 인용하는 경우에는 약자로 (Mission. 181) 으로 표기한다.

1절 초기 켈트교회공동체 선교 시대 (400년~800년)

왜 오래된 (역사) 기록을 우리는 파헤치는가? 그것은 과거의 교황들과 통치자들의 연대와 이름들을 암기하기 위해서가 아니라, 자신의 목적을 수행해 가시는 하나님의 손길을 추적하기 위해서다. 하나님의 관점에서 역사를 따라가는 사람들은 실망하지 않는다. 그들은 계속 펼쳐지고 있는 중요한 '줄거리' 와 많이 알려져 있기는 하지만 '주변적인 것들' 을 (하나님 이 하시고자 하는 일을) 구분해 낼 수 있는 사람이다. (Mission. 183)

이 5~9세기 400년 기간은 하나님 교회사에서 놀라운 시기로 5세기 피 선교 민족이었던 켈트족이 복음을 받아드려 하나님 백성이 되었고, 켈트 교회공동체 부흥으로 선교 전진기지가 되어서 9세기 이후까지 켈트교회 가 유럽대륙을 선교하는 놀라운 400년 기간이었다. 이는 언약의 성취 '축 복의 통로' 와 '제사장 나라' 사명을 함께 이루는 놀라운 하나님 은혜의 사건이다. 이에 관하여 우리는 1편에서 다루었던 켈트교회공동체 유럽 선교사역을 계속해서 다음 단락에서 이어서 살펴보기로 하자.

1. 하나님 나라가 반격을 가하다: 구속사에 나타난 '10시대' 구분

『미션 퍼스펙티브』문헌에서 소개하는 [그림 2편2] 구속사에 나타나는 10시대 연대기를 살펴보면서 본 2장을 시작하려고 한다.

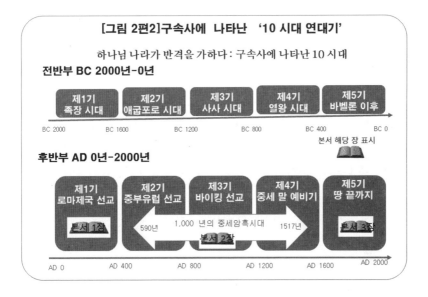

[그림 2편2] 구속사에 나타난 '10 시대 연대기'

하나님 나라가 반격을 가하다 : 구속사에 나타난 10 시대

전반부 BC 2000년-0년

| 제1기 족장 시대 | 제2기 애굽포로 시대 | 제3기 사사 시대 | 제4기 열왕 시대 | 제5기 바벨론 이후 |

BC 2000 　BC 1600 　BC 1200 　BC 800 　BC 400 　BC 0

본서 해당 장 표시

후반부 AD 0년-2000년

| 제1기 로마제국 선교 | 제2기 중부유럽 선교 | 제3기 바이킹 선교 | 제4기 중세 말 예비기 | 제5기 땅 끝까지 |

본서 1장 　590년 　1,000 년의 중세암흑시대 　본서 2장 　1517년 　본서 3장

AD 0 　AD 400 　AD 800 　AD 1200 　AD 1600 　AD 2000

신구약 성경 내용을 기원전 2,000년부터 시작하여 오늘날 21세기까지 4,000년 기간을 400년 단위로 같은 기간으로 [그림 2편2] "구속사에 나타난 '10시대' 연대기" 그림 같이 구분할 수 있다. 우리는 이 그림에서 전반부를 구약시대, 후반부를 신약시대라고 부르고 있으며, 본서는 주로 그리스도 이후의 다섯 시대 즉 후반부 신약시대 교회사를 묘사하고 있다. (Mission. 185-203)

(1) 후반부 제1기-제5기 시대 요약 이야기

다음 후반부 2000년의 신약시대 기간은 하나님과 예수님이 역사에 개입하신 것을 근거로, 다른 열방들이 복을 받았고 또한 "땅의 모든 족속에게 복의 근원이 되리라"고 불리었다는 '축복의 통로'를 확인해 주는 기간이다. 그리고 하나님은 "많이 받은 자(민족)에게 많이 찾을 것"이라고 말씀하신다. 지금 우리는 로마사람들, 켈트 사람들, 프랑크 사람들, 앵글로인들, 색슨족들, 게르만 사람들, 그리고 결국에 가서는 심지어 훨씬 더 북쪽 출신의 바이킹이라는 무자비한 이교 해적들 영토에서 하나님 나라가 반격을 가하는 것을 앞으로 보게 된다. 이 모든 종족 층은 복음의 능력에 의해 침범을 당하고 굴복되며 정복당할 것이다. 그리고 그들은 또한 다른 사람들과 그 복을 나누어야 한다(Mission. 189).

후반부 제1기-제5기를 살펴보면 아래 '[표 2편8] 후반부 시대별 제1기-제5기 언약의 성취 구분'으로 표현할 수 있다. (여기서 [표 2편8] 그리고 1편의 '[표 1편4] 세계 지역별 교회 부흥과 선교운동 요약표' 관계를 설명하면, [표 2편8]으로 400년 균등한 기간으로 기계적으로 나눈 시간적 시대 구분이며, [표 1편4]는 세계 지역별 교회 부흥과 선교운동을 전 세계 지역별로 구분한 표이다.)

구분	제1기 로마제국 선교 원년-400년	제2기 중부유럽 선교 400년~800년	제3기 바이킹 선교 800년~1200년	제4기 영국교회 준비 1200년~1517년	제5기 땅끝까지 선교 1517년-21세기
'축복의 통로' 믿음으로 삶 (성경 말씀 중심) 복음화	유대-헬라 이민자 로마제국 교회설립	아일랜드 켈트교회공동체 라틴어를 배워 성경 중심의 삶	로마교회에 의한 켈트교회 선교 금지로 '축복의 통로' 상실	라틴어 성경을 영국교회 영어 자국어 성경으로 번역	종교개혁으로 전 세계에 자국어 성경 신앙으로 교회 부흥
'제사장 나라' 다른 민족 선교 (선교 지향적 삶)	유대-헬라 이민자 섬김으로 이교도 기독교로 개종(선교)	아일랜드 켈트교회 선교사에 의하여 유럽대륙 복음화	북방 스칸디나비아민족 비자발적인 방법으로 선교	영국교회 자국어 성경으로 복음적 교회로 종교개혁 이전 신앙 성숙 예비기	성경 말씀을 준행하고 땅끝까지 복음 증거하여 전 세계 복음화 추진

[표 2편8] 후반부 시대별 제1기-제5기 언약의 성취 구분

□ 신약교회 시대 2000년

[그림 2편2] '10시대 연대기'와 앞 단락의 [그림 1편6] '구속사 속에서 [교회사 기록]의 위치'와 비교해보자. '10시대 연대기' 그림의 후반부 2000년은 [그림 1편6] 오른쪽 아래 '하나님 나라 원형' 신약 교회 시대를

말하고 있으며 우리가 지금 대상으로 하는 2000년의 하나님 교회사에 관한 이야기이다. 따라서 [그림 2편2] '10시대 연대기'의 후반부 2000년과 [그림 1편6] '하나님 나라 원형' 2000년과 신약 교회시대 2000년 교회사와 '[표 1편4] 세계 지역별 교회 부흥과 선교운동 요약표'는 -두 그림과 두 표 즉 [그림 1편6], [그림 2편2]와 [표 1편4], [표 2편8]- 모두 하나님의 구속사 관점으로 연계하여 같은 시대를 각각 다른 각도에서 보면서 서로 이야기하고 있다. 이는 마치 신약성경 4 복음서가 같은 시대의 예수 그리스도 생애와 교훈을 각각 다른 각도에서 기술하는 것과 같은 이치이다.

(2) '축복의 통로'와 '제사장 나라' 사명 수행의 관점 제1기-제5기

[표 2편8]의 후반부 제1-제5기 시대의 특징을 기독교 복음화와 복음을 다른 민족에게 전달하는 선교에 대하여 "후반부 시대별 언약의 성취(축복의 통로'와 '제사장 나라') 특성" 관점에서 대략 살펴보자.

□ 사명 수행에 관심이 없는 사람들

하지만 한 가지 측면에서 나중에 후반부 다섯 시대는 처음 전반부 다섯 시대와 크게 다르지 않다. 복을 받은 이 나라들은 -구약의 이스라엘 백성과 같이 신약의 로마가톨릭교회- 그 특별한 축복을 나누고 새로운 하나님 나라를 확장하는 일에 별로 열심을 내지 않았다. 반면에 켈트교회공동체는 초대교회 5세기 이후 처음 500년간 가장 활발하게 선교 활동을 벌인 민족 교회공동체이다. 앞으로 살펴보겠지만, 구약에서와 마찬가지로 이 특별한 축복을 받으면 그에 대한 책임을 져야 하는데, 만일 그 책임을 이행하지 않았을 때는 상응하는 위험에 처하게 된다. 그리고 우리 하나님은 하나님 복음을 전하는 방편으로 이 '네 가지 선교 메커니즘'(다음 단락에서 설명되는[표 2편10] 참조)들을 계속 되풀이해서 이용하시는 것을 보게 될 것이다(Mission. 189).

후반부 2,000년을 하나님의 선교관점으로 살펴보면 다음과 같이 진행되는데 '제1기 로마제국 선교 → 제2기 켈트교회 중부유럽 선교 → 제3기 바이킹 북부 유럽 선교 → 제4기 영국교회 예비기 → 제5기 땅끝까지 선교'로 진행되어 오고 있다. 이 중에서 1000년의 6세기~16세기(590년 ~1517년) 중세 암흑기는 제2기부터 제4기까지 해당한다. 본서는 이미 1장에서 제1기 로마제국 선교를 다루고 있고 본 2장은 제2기부터 제4기 1000년의 중세암흑기를 기술하고 있다. 그리고 '제5기 땅끝까지'는 교회 부흥의 시대를 중심으로 다음 3장에서 자세히 기술하려고 한다.

□ 중세암흑기 1000년 제2기~제4기

따라서 본 2장의 주제는 1000년의 중세암흑기에서 하나님께서 세계선교를 어떻게 이끌어 가셨는지를 살펴보는 것이 중점이 되겠다. 초기 켈트교회의 유럽교회 선교 황금시대는 5세기에 시작하여 7~8세기까지 계속되다가, 두 종교회의 결과 켈트교회 선교 금지로 말미암아 그 이후는 황금시대에는 미치지 못하지만 백은 시대(silver age)가 12세기까지 계속되다가 켈트교회는 로마가톨릭교회에 의하여 완전히 흡수되고 세계선교는 여기서 멈추게 된다. 이러한 기막힌 교회사적 역사 기행 내용을 지금부터 [그림 1편2]을 참조하며 탐구하여 보자.

□ 중세암흑기 1000년에 대한 [주제설명] 안내

본 2장을 전체적으로 이해하는 데 도움이 되는 배경 설명과 선행지식으로 3편 "[주제설명 2장1], [주제설명 2장2]"은 본 단락을 이해하는데 참조 바란다.

본 2편 2장을 이해하는 선행지식으로 관련 3편 [주제설명] 내용은 다음과 같다.

[주제설명 2장1]-중세암흑기 개요와 중세유럽 각국 선교 복음화 상황

[주제설명 2장2]-중세 유럽 각국의 정치 상황

[주제설명 2장1]은 중세 유럽 복음화 상황, [주제설명 2장2]는 정치 상황이므로 먼저 읽어두면 본 2장 전체를 이해하는 데 매우 유익하다.

2. 켈트교회와 켈트교회 공동체 생활 이해

(3편 "[주제설명 2장3]은 켈트교회 문화적 이해"는 본 단락을 이해하는 데 매우 유익하다.)

지금부터 본 단락은 초대교회 이후 5세기에, 유럽선교에 가장 크나큰 발자취를 남겼던 교회사적인 사건을 같이 탐구해 보도록 하겠다. 지금까지 앞 단락 1장에서는 [그림 1편2]에서 '①초대교회' 기독교 발흥에 대하여 주로 다루었고, 본 2장은 두 번째 '②켈트교회 유럽선교'와 세 번째 '③영국교회'에 대한 내용이며 이 세 ①②③ 교회를 이 그림 중앙에 'Ⓐ 감추어진 성경중심 교회사'라고 표시하였다.

이제 본 2장은 하나님께서 1000년 중세암흑기 시대에 하나님의 나라를 어떻게 확장하셨는지에 대하여 살펴보려고 하는데, 첫걸음으로 '②켈트교회 유럽선교'에 대하여 교회사를 살펴보려고 한다. 이 내용은 본서의 앞 1장에서 '①초대교회' 선교에 대하여 우리에게 생소하였던 것과 같이 마찬가지로 '켈트교회공동체'는 하나님께서 유럽선교를 위하여 감추어진 보물과 같은 교회사 존재이다. 그 보물을 이제부터 1편 2절에서 요약한 내용을 기반으로 하여 본론적인 내용을 하나하나씩 살펴보고 음미하면서 하나님의 섭리를 조금씩 이해하도록 하자.

우선 본서 기술되는 '켈트교회공동체'에 대한 참고문헌으로서, 주요 참고문헌 다음 4권을 소개하겠다.

〈주 참고문헌 소개〉
- 랄프 윈터, 스티븐 호돈. 『미션 퍼스펙티브』Mission Perspectives, (예수전도단, 2001).
- 조지 헌터 3세. 『켈트 전도법』The Celtic Way of Evangelism, (한국교회선교연구소 KOMIS, 2012).
- 티머시 조이스. 『켈트 기독교』Celtic Christianity, (기독교문서선교

회CLC, 2003).

– 에드워드 셀너. 『켈트 성인들 이야기』 Wisdom of the Celtic Saints,
(기독교문서선교회CLC, 2005).

처음 참고문헌 Mission Perspectives 은 이미 앞 단락에서 소개하였다.

☐ **'켈트 전도법'**: 저자 조지 헌터 3세 교수는 미국 에즈베리 신학대학교
선교학 교수로 교회 성장과 선교학 전문가이다. 이 책은 켈트교회가 갖
는 독특한 전도(선교) 방법을 주로 기술하며 켈트교회 영성, 켈트교회공
동체 등을 설명하고 있다. 특히 '켈트 전도법' 한국어판 문헌을 발간한
(2012년) 한국교회선교연구소(KOMIS) 모임은, 선교전략을 연구하고자
한국교회 목사님들의 연구모임 단체에서 발간한 '켈트 전도법' 문헌이
본서의 켈트교회 기술 내용에 많은 도움이 되었음을 감사드린다.

☐ **'켈트 기독교'**: '성스러운 전통, 희망의 비전' 저자 티머시 조이스는
아일랜드계 미국인이며 미국 매사추세츠 글래스톤베리 부원장으로
켈트교회에 대한 일반적인 사항을 기술하고 있다.

☐ **'켈트 성인들 이야기'**: 저자 에드워드 셀너 교수는 미국 성 케서린대학
목회신학 교수이며 '영성'에 관한 저술가이다. 이 책은 켈트교회에 소
속하였던 19명의 대표적인 성인을 인물 중심으로 소개하는 책이다.
상기 문헌을 본서 인용 시에 (켈트전도법. 20) 등으로 표기하겠다.

본서는 주로 상기 4권을 주 참고문헌으로 활용하였다. 참고로 '켈트교
회'는 한국교회 일반 성도님들에게는 널리 알려지지 않은 생소한 교회 이
름이다. 그러나 하나님의 교회사에서는 신약성경의 안디옥교회처럼 매우
긴요하게 사용되었던 켈트교회공동체이므로 이번 기회에 소상히 알아서
하나님께서 세계선교를 어떻게 진행하여 오셨는지를 살펴보는 좋은 기회
가 되리라 믿는다. (본서의 목적은 "교회사는 성경 말씀을 기반으로 하여 하나
님께서 교회를 통하여서 하신 일을 알리는 것"이라는 일념으로 기술하였으므로,

이번 기회에 하나님께서 켈트교회공동체를 통하여 유럽을 선교하신 내용을 소상히 알아야 하겠다.)

여기서 '수도원 (Monastery, Abbey)'이라는 단어(용어)에 대하여 한 번 논의하여야 하겠다. 일반적으로 켈트 수도원이라는 명칭을 사용하는데 '수도원'이라는 용어의 선입견이 갖는 오해이다. 우리가 '수도원' 하면 먼저 연상되는 뜻은 중세 유럽대륙 수도원은 발생 초기에는 어느 수도원이든 참신하고 거룩하게 출발하였다가 수십 년이 지나간 이후에는 하나 예외 없이 대부분의 수도원이 변질하고 타락하여 세상의 손가락질을 받는 부정적인 단체 의미가 있다. 따라서 켈트 수도원이라는 용어를 사용하면 중세 유럽대륙의 일반 수도원이 연상되어 혼동되므로 본서에서는 켈트교회(켈트교회공동체, 켈트공동체)로 표기하고자 한다. (이에 대해서는 차후에 여러 방면으로 논의가 되리라 예견된다.)

(1) 초기 켈트교회공동체 특성

신학적이고 정치적인 갈등들이 기독교를 비극적으로 나누기 오래전에 가장 오래되고 창조적인 교회 중에 한 교회가 점점 유력하게 되었다. 바로 이 켈트교회공동체는 5-12세기에 걸쳐서 존재하였다. 중세 암흑시대가 존재 기간 내내 어두운 그림자를 전 유럽에 걸쳐 드리우는 동안, 켈트교회공동체는 당시에 생생한 고전적 성경 가르침을 보전하였다.

□ 초기 켈트교회공동체 문화적 특성

켈트교회공동체는 아일랜드 전역과 영국의 북잉글랜드, 콘월, 웨일즈, 스코틀랜드, 브리타니에 있는 다양한 교회들로 이루어진 것이었다. 이러한 교회들은 결코 행정적으로 하나의 가시적인 교회 '교단' 같이 연합한 적은 없으나, 그 교회들의 수도원적인 공동체 삶의 형태와 초기 성인들 사이의 우정, 여성들의 은사에 대한 존경 그리고 보편적인 영성을 통해서 대단한 결속력을 체험했다.

이 켈트교회공동체 영성은 바로 복음이 전해지기 전에 성행하였던 문

화적 요소 즉 시적인 상상력과 예술적인 창조성, 긴밀한 상호관계 그리고
마음의 온유함, 신비한 이야기 그리고 꿈의 인도와 같은 것에 가치를 두
었던 것이었다. 그것은 풍경이 가지고 있는 아름다움과 힘찬 바다라는 존
재 그리고 밤에 이루어지는 드넓은 하늘을 가로지르는 보름달의 운행에
의해서 깊게 영향을 받았던 영성이다. ([주제설명 2장3] '켈트교회공동체 문
화적 배경과 이해' 참조)

(2) 켈트교회공동체와 로마교회가 추구하는 가치 차이

로마교회와 켈트교회의 차이점들은 켈트인을 현재의 지형으로 즉 아일
랜드와 영국의 스코틀랜드, 웨일즈 그리고 콘월로 몰고 갔던, 5세기에 영
국을 휩쓴 앵글로 색슨족을 포함하는 게르만족의 침공으로 로마제국이
여러 나라로 붕괴한 그 기간에 걸쳐 등장하였다. 다른 가톨릭교회들이 거
대한 교회들과 그들의 성찬 예식을 위한 호화로운 교회에 가치를 두게 되
었던 반면, 켈트교회는 나무 그리고 그 후에는 돌로 만든 작은 교회를 건
축하였다. 교회의 구성원들이 증가할 때조차도 켈트 그리스도인들은 그
들 구성원 사이의 친밀감을 유지하기 위해서 예배를 위한 거대한 건축물
보다는 계속해서 분리하면서 더 많은 수의 더 작은 교회들을 건축하였다.
또한, 유럽대륙의 로마가톨릭교회들이 그들의 주교에게 좋은 예복을 입
히는 것과 그들을 금으로 만든 옥좌에 앉히는 등 점점 더 물질적으로 되
어 갈 때, 켈트교회는 더 금욕적인 삶의 방식에 가치를 두었다. 켈트교회
는 열정적인 밖으로의 선교, 평민들 사이의 목회 그리고 빈약하게 먹고
오랜 시간을 기도로 보내는 것들이 켈트교회 지도자들로 특징지어진다.
(켈트 성인들 이야기. 18-22)

(3) 켈트교회공동체 이해 - 문화적, 역사적, 종교적 접근

켈트기독교를 탐구하기에 앞서서 고대 켈트족으로부터 켈트기독교로
오는 근원적인 주제들, 운동들, 특징들을 검토하는 것이 켈트교회공동체
를 이해하는 데 도움이 되므로 이를 살펴보자. 이 주제를 설명하는데 어

려움은 우리가 섬기고 있는 현재 지역교회가 켈트교회공동체에 대해서 너무나 생소하여 아는 지식이 전혀 없는 상태에서 출발하여야 하는 어려움이다. 이를 위해서 '켈트공동체에 대한 이해'와 '기독교회에 영향을 끼치는 켈트전통과 문화'는 켈트공동체를 이해하는 기본 배경이라고 할 수 있다. 이에 해당하는 자료로 「[주제설명 2장3] 켈트교회공동체 문화적 배경과 이해」와 「[주제설명 2장4] 켈트교회공동체 생활과 동방수도원 이해」에 수록하였으므로, 본 단락을 읽기 전에 이에 대한 선행지식을 갖고 본 단락을 접할 수 있도록 편성하였다.

3. 아일랜드 켈트교회 '선교 기지화'와 유럽대륙 선교

패트릭 선교팀이 아일랜드 켈트족 선교로부터 시작하여 유럽대륙 선교까지 살펴보기로 하자.

(1) 아일랜드 켈트교회 선교 – 패트릭 선교사례

켈트족 출신 패트릭은 아일랜드 선교를 통하여 아일랜드를 로마교회를 대신하여 유럽대륙 여러 야만족을 기독교로 선교하는 선교기지 역할을 하게 되므로 유럽 교회사에서 중요한 위치로 보아서 앞 1편 2절에 기술한 이후의 내용을 살펴보자. (켈트 전도법. 17-35.)

1) 기독교 목회자로 그리고 선교사로 부르심

패트릭을 아일랜드 노예 생활에서 구출한 그 배는 그를 유럽대륙 남부 고을(Gaul) 지역에 데려다주었다. 그는 그 지역에 있는 성 마틴 수도원과 로마에서 얼마간 지낸 후에 영국에 있는 그의 부족에게 되돌아갔다. 그는 고을(Gaul 라틴어 갈리아), 로마, 영국에 있는 동안 목회자가 되기 위한 교육을 받았다. 패트릭은 이 기간에 이미 큰 전도사역을 감당할 수 있는 지도자로 세워질 수 있도록 하나님께서 준비시켰다. 이 대목은 마치 훗날

1000년 후 장로교를 창시한 스코틀랜드의 존 락스 생애와 유사하게 진행되어 존 낙스를 생각나게 한다[62].

– 패트릭은 그 훈련을 통해 성경연구에 몰두할 수 있었으며, 그런 후에 그는 목회자가 되어 영국 교구 목회자로 몇 년간 성실히 사역하였다.

몇 년이 지난 어느 날, 그는 다시 한번 그의 인생을 바꿔놓는 꿈을 꾸게 되는데, 빅터라고 하는 천사가 아일랜드에서 패트릭을 노예로 부렸던 주인으로부터 편지 하나를 배달한다. 그 편지를 읽으면서 한목소리로 외치는 소리를 들었다. "간곡히 부탁합니다. 거룩한 종이여, 우리에게 와서 함께 해 주시오"[63] 다음날 아침잠에서 깨어난 패트릭은 그 꿈을 하나님이 부르시는 '마케도니아 소명(행 16:9-10)'으로 믿고, 아일랜드의 켈트족에게 복음을 전하라는 명령으로 받아들였다. ([그림 1편4]에서 ①)

2) 아일랜드 사도적팀 선교 사역

하나님이 패트릭의 선교팀을 축복하시고 원주민들이 믿음으로 응답할 때면 그들은 그곳에 교회를 세웠다. ([그림 1편4]에서 ②) 그들이 선교에서 가장 중요한 목표로 삼는 것은 교회를 세우는 것이며 패트릭이 직접 교회의 위치를 결정하기도 했다. 그들에게 교회 개척이란 첫 번째 회심자가 공예배에서 세례를 받을 때 이루어지는 것으로 이해되었다. 선교팀이 전도를 위하여 새로운 곳으로 이동하게 되면, 패트릭은 이전의 사역지를 그의 제자들 가운데 한 사람에게 넘기고 떠났다. 이때 그는 후임자에게 기독교 기본 지침서를 남겼으며[64] 켈트족 원주민 청년들 가운데 앞으로 목회자나 여전도자가 되고자 하는 한두 사람을 그들의 선교팀에 받아들여 새로운 지역의 선교를 위해 함께 떠났다. 패트릭은 이러한 팀 그룹 접근법을 460년 그가 죽을 때까지 사용했다. 이 운동이 성장함에 따라 그의

---

62) 존 낙스(1515~1572년)가 스코틀랜드 성 앤드류스 성에서 프랑스 함대에 포로가 되어 노예선에서 2년간 노예 생활하다가 풀러나서 스위스로 가서 칼빈 문하에서 3년간 수학하고 1559년 조국 스코틀랜드에 돌아왔을 때는 거대한 임무 장로교 교단 창시를 위해 하나님께서 모든 면에서 잘 준비시켜 놓으셨다.

63) Liam de Paor, *St. Patrick's Declaration* (University of Notre Dame Press, 1993).

64) James Bulloch, *The Life of the Celtic Church* (Edinburgh: Saint Andrew Press, 1963), 49.

시간 대부분을 교회행정, 목회자 교육, 그리고 사도 바울처럼 그가 세운 교회들을 방문하는 데 할애했다. 그러는 동안에도 다른 지도자들은 이 선교팀들(Apostolic Bands)을 이끌며 아일랜드의 더 많

[그림 1편4]켈트교회공동체 유럽선교 진행 과정

은 원주민에게 선교하는 일에 집중했다. 패트릭은 특히 켈트교회공동체를 많이 세웠는데 이는 그가 선교사로 임명받기 전에 고을(Gaul) 지방과 로마에 머물면서 성 마틴 공동체와 동방교회 수도원에서 배웠던 두 유형 모두를 아일랜드 켈트교회공동체를 결성하는 데에 참조하였다. (켈트 전도법. 38.)

3) 패트릭 아일랜드 선교사역 평가와 후원 교회

루이스 고고드[65]는 다음과 같이 패트릭을 평가했다.

'그가 아일랜드의 모든 이교도를 회심시킨 것은 아니다. 그러나 그는 상당히 많은 사람을 그리스도인으로 만들었으며 많은 교회를 세우고 목회자들을 임명했다. 그는 사람들 마음속에 있는 열정에 불을 붙임으로써 다음 세대에 아일랜드를 꽃피웠던 기독교의 부흥에 직접적으로 공헌했다고 할 수 있다.'

패트릭의 선교적 성취에는 사회적인 차원도 포함되는데 그는 유럽 지도자들 가운데 최초로 노예제도를 반대했던 사람이다. 그의 생애에 아일랜드 노예무역이 중단되었으며 살인과 부족 간의 전쟁 같은 폭력도 감소했다. 또한 그가 세운 공동체들은 모든 아일랜드 사람들에게 평화와 자비

---

65) Louis Gougaud, *Christianity in Celtic Lands*, 44-45.

와 성실을 실천하는 성경중심 기독교인 삶의 모델이 되어 주었다.

우리는 패트릭을 아일랜드로 파송한 영국교회가 계속해서 그의 선교를 승인하고 그의 성과를 높이 평가했을 것으로 생각할 수 있는데 사실은 그렇지 않았다. 오히려 영국 주교 가운데 상당수는 패트릭을 심하게 비난하고 그에게 큰 상처를 주었고, 이 때문에 패트릭은 그의 선교사역을 변호하기 위해 『고백록 Confession』을 저술하게 되었다. 영국 가톨릭교회 지도자가 패트릭을 비난하는 이유는 사제가 하는 일은 이미 세워진 교회들을 치리하고 기존의 크리스천들을 돌보는 것인데 패트릭은 교인들을 돌보지 않고 그의 시간 대부분을 이교도들, 죄인들, 야만인들과 선교사역으로 보낸다는 사실에 상당히 영국교회 사제들이 분노했다.

5세기 패트릭이 아일랜드를 선교할 당시 영국 가톨릭교회 체제 내에서는 이것이 큰 문제일 수도 있었다. 그러나 이 문제에 대하여 신약성경에도 모범적인 사례가 있는데 안디옥 교회(지역교회)와 바울 선교팀(전문선교팀)이 분담하여 로마제국 초대교회 선교사역을 조화롭게 담당하였다. 오늘날 현대 선교학에서는 이것을 모달리티(Modality)라는 '지역교회'와 소달리티(Sodality)라는 '전문 선교단체' 두 구조에 의하여 선교 전문적인 개념으로 서로 조화롭게 역할 분담을 하여 이 문제를 해결한다(Mission. 208). 이러한 선교전략 개념이 확립되어 있지 않은 당시 초기 영국 가톨릭교회에서는 패트릭과 같은 많은 어려움과 오해가 파송교회에서 존재할 수 있었으리라 생각된다.

4) '축복의 통로'와 '제사장 나라' 역할

패트릭은 내적으로 그의 대적자들에게 사도적 전승을 계승한다는 것이 무엇을 의미하는지를 '사도적 선교팀'의 선교사역을 상기시켰다. 즉 고대 초대교회 사도들을 계승해서 불신자를 위해 사역하는 것이 무엇을 뜻하는지를 말이다. 또한 외적으로 그는 전 세계민족들에게 나아가 전도하는 성경의 명령에 대한 그의 소명을 옹호했다. 패트릭은 아일랜드인들이 '하나님 안에 다시 태어나도록 하기위하여', 그리고 '땅끝에서부터 구원을 받도록 하기 위해서' 자신의 전 생애를 쏟아부었다고 고백한다. 왜냐하면, 교회는 이 세상 모든 민족 가운데 빛으로 세움을 받았기 때문이다. 패트릭은 다음과 같이 쓰고 있다[66].

'하나님을 알지 못하던 사람이 … 최근에 하나님의 자녀들로 변화되었다. … 하나님이 나에게 은혜를 베푸사 나를 통해 많은 사람이 하나님 안에서 새롭게 태어났으며 완전한 상태에 이르게 되었다.'

(2) 아일랜드인 선교팀의 영국과 유럽대륙 선교

패트릭 선교팀 아일랜드 사역은 미전도종족 아일랜드를 복음으로 변화시켜서, 패트릭 선교팀 자신들과 아일랜드를 축복의 땅으로 변화시킨 것뿐만 아니라 그 '축복의 통로'와 '제사장 나라' 사명을 그의 이웃 잉글랜드, 스코틀랜드 그리고 유럽대륙에까지 전파하기 시작하였다.

1) 아일랜드 켈트교회의 선교학적 의미

세대 구분	선교 지역	선교 P등급	내 용	결 과
1세대 432년 패트릭 팀	아일랜드	P3	영국에서 온 로마화 된 브리튼인 선교팀 12명이 아일랜드 첫 선교로 28년간 사역	아일랜드 선교기지화
2세대 563년 콜룸바 팀	스코틀랜드 북서 아이오나 섬	P2	아일랜드인으로 60명의 목회자와 80명의 집사 및 수련생 140명이 스코틀랜드 픽트족 선교	스코틀랜드 아이오나 섬 선교기지화
3세대 633년 아이든 팀	스코틀랜드 북동 린디스판 섬	P2	아일랜드인으로 게르만 앵글로-색슨족에게 다문화 선교	스코틀랜드 린디스판 섬 선교기지화
4세대 600년 콜룸바누스팀	유럽대륙 남중부 유럽	P0-P3	영국인으로 그의 제자 12명 팀으로 남중부 유럽대륙 15년 동안 선교사역	남중부 유럽대륙 복음화

[표 2편9] 켈트교회 유럽선교 세대별 구분

아이든 선교팀의 의미는 선교학적으로 볼 때 켈트기독교 확장에서 [표 2편9]와 같이 세 번째로 중요한 전략적 전환점을 보여준다. 첫 번째로 영국 켈트족 선교 1세대 패트릭 팀은 영국에서 온 로마화 된 브리튼인들로,

---

66) From 'St. Patric's Declaration', in de Paor's *Saint Patric's World*, 103-104.

그들의 선교가 이교도 아일랜드 켈트족의 문화에 적응하는 것이었다면 (P3 : [그림 2편3] '타 문화권 선교에서 미전도종족 P-E 등급 구분' 참조), 두 번째로 선교 2세대 콜룸실 팀은 모두 아일랜드인들로 스코틀랜드에 있는 켈트 피트족들의 약간 다른 언어와 문화에 적응하는 것이었다(P2). 이제 세 번째로 선교 3세대로써 대부분 아일랜드인이었던 아이든팀은 다민족이지만 비슷한 언어와 문화 그리고 원시 종교를 가지고 있던 영국 북부와 그곳에 거주하는 게르만 앵글로-색슨족에게 타문화 선교(Cross-Cultural Mission)를 수행(P2)하게 된다.

패트릭, 콜룸실 그리고 아이든 선교팀들을 파송한 모국 켈트교회공동체는 대부분 켈트교회원장 혹은 수녀원장이 겔트교회공동체 (Modality)를 이끌었고, 목회자들은 사도적 선교팀 (Sodality)을 이끌었다. 사도적 선교팀은 그들이 사역하고자 하는 지역의 거주민에게 지속적으로 찾아가서 그들에게 적합한 토착적인 방법으로 복음을 설명하고 교회를 세워나갔다. 아이든 팀 사역은 633년에 시작하여 영국의 북쪽과 중앙지역 스코틀랜드에 많은 부족을 복음화시키면서 기독교를 대단히 넓게 확산시켰다는 점에서 아이든 이야말로 '영국의 사도'로 불리기에 적합하다(켈트전도법. 57).

('선교 P등급' 설명은 '[그림 2편3] 타 문화권 선교에서 미전도종족 P-E 등급 구분' 참조)

2) 타문화권과 미전도 종족 등급 구분

선교에 관한 전문적인 용어나 개념을 익혀서 앞으로 논의하는 교회의 선교적 사명에 대하여 이해를 돕고자 한다.

P-등급과 E-등급 : 타문화권과 미전도 종족 등급 구분

전도와 선교의 용어 정의 및 선교 대상 영역에 대한 설명이다. 복음 전도의 두 가지 관점으로 선교의 두 범주를 규정한다.

P-등급 : 잠재적인 회심자(피전도자)의 관점에서 그들을 교제권으로 맞아들일 교회 간의 거리로 [그림 2편3] 좌측에 해당한다.

P0 : 동일 문화적으로 지역교회에 참여하고 있는 종족 (양육과정)

[그림 2편3] 타 문화권과 미전도 종족 구분 등급

P-등급			미전도 종족 / 전도된 종족	복음전도 / 미개척지 선교
	교회가 없는 종족. 교회가 있는 가까운 종족 문화와 매우 다른 문화 종족	P3	미전도 종족	미개척지 선교
	교회가 없는 종족. 교회가 있는 가까운 종족 문화와 비슷한 문화 종족	P2	미전도 종족	미개척지 선교
	문화권 안에 지역 교회가 있는 종족	P1	전도된 종족	복음전도
	문화적으로 지역교회에 참여하고 있는 종족(양육)	P0	전도된 종족	복음전도

단일 문화		타 문화	
E0	E1	E2	E3
교인들에 대한 전도 (양육)	같은 문화권 비그리스도인 전도	유사 타문화권 전도	전혀 다른 타문화권 전도
E-등급			

P-등급 : 회심자 관점에서

E-등급 : 선교사 관점에서

P1 : 동일 문화권 안에 지역교회가 있는 종족 (전도)

P2 : 교회가 없는 종족으로 교회가 있는 종족과 비슷한 문화를 가진 종족 (선교)

P3 : 교회가 없는 종족으로서, 교회가 있는 가장 가까운 종족의 문화와 매우 다른 문화를 가진 종족 (선교)

한국교회에는 P0-P1(E0-E1)을 '전도' 그리고 P2-P3(E2-E3)를 '선교'라는 용어로 구분하여 사용한다. 따라서 선교학적 용어 구분은 '동일 문화권'은 '전도'이고, '타문화권'은 '선교'로 구분하여 사용하나, 광의로 '선교'라는 용어를 사용할 때 전도까지도 포함하는 '복음 전함' 전체를 지칭하기도 한다. 그리고 P2, P3를 '미전도 종족'이라 한다. P0~3에서 숫자가 작을수록 민족과 문화가 유사성이 많은 집단이고 클수록 이질적인 타민족 타문화 집단이다.

E-등급 : 복음 전도자의 관점에서 잠재적인 회심자(피전도자) 간의 문화적인 거리[그림 2편3] 오른쪽 아래에 해당한다.

E0 : 교인들에 대한 양육이나 부흥전도

E1 : 교회와 접촉이 없는 비그리스도인에게 복음 전함

E2 : 유사하지만 다른 문화권 내에 있는 비그리스도인

E3 : 완전히 다른 문화권 내에서의 복음 전함

　　(Mission. 279. '임무를 완수함-미전도 종족들의 도전')

3) 유럽대륙 선교지역 3가지 유형의 선교 활동

콜룸바누스 선교팀은 프랑스 골(Gaul) 지역선교 → 스위스, 오스트리아, 독일 지역선교 → 이탈리아 밀라노 지역선교 등을 15년 동안 수행하였다. 그가 유럽에 파송된 첫 번째 아일랜드인 사도는 아니었지만 분명히 후에 아일랜드 선교사들은 유럽대륙으로 '대량 유출'(The Mass Exodus)을 불러일으킨 선구자인 것은 분명하다[67].

유럽대륙에 도착한 아일랜드인 선교사들은 피선교국 유럽대륙에서 그 지역의 복음화 수준에 따라서 3가지 유형 선교 활동을 하였다. 이 내용 이해를 돕기 위하여 [그림 1편3]으로 로마제국 국경선 라인강과 도나우강을 중심으로 북쪽 야만족 피선교민족 복음화 분포와 [주제설명 2장1] '중세 각국 선교 복음화 상황'을 참조하여 7세기 당시 유럽대륙 미선교 각국의 복음화 상황을 염두에 두고 이해하기를 바란다.

　　□ 첫째는 과거 로마제국 국경 북쪽의 야만인들에게 기독교로 회심시키고(P2-P3 선교),

　　□ 둘째는 로마제국 국경 근처의 아리우스파 기독교인들에게는 라틴어를 가르쳐 라틴어 성경을 읽게 가르쳐서 삼위일체 교리의 정통 기독교 신앙을 전하고(P1 전도),

　　□ 셋째는 도덕적으로 해이해진 타락한 로마가톨릭교회 신자에게는 라틴어 성경을 가르쳐서 새롭게 해야 하는(P0 양육) 세 가지 도전에 직

67) Tomas Fiaich. "Irish Monks on the Continent" in *James Mackey, An Introduction to Celtic Christianity* (Edinburgh: T&T Clark, 1989), 106

면해 있었다. [표 2편9]에서 마지막 줄 '콜룸바누스팀'의 '선교 P등급'에서 'P0-P3'는 유럽대륙 각 지역의 기독교 신앙 수용 수준에 따라서 세 가지 각각 다른 환경의 수준에 적합하도록 선교하였다는 의미이다.

□ 켈트교회 성경 학습과 로마교회 교리 학습의 근본적인 차이점

우리는 상기 둘째와 셋째 유형에서 성경중심 기독교 켈트교회 선교사들이 교권중심 기독교 로마가톨릭교회 신자들 – 아리우스파와 삼위일체 가톨릭파 – 모두에게 성경을 읽기 위하여 라틴어를 가르치며 성경적으로 로마가톨릭 신자들을 다시 양육하는 P0, P1 양육과정을 유심히 살펴볼 필요가 있다. 이것이 성경중심 기독교 켈트교회의 성경 학습 신앙과 교권중심 기독교 가톨릭교회 교리 학습 성도들의 기독교 성경관에 대한 근본적인 관점의 차이를 발견하게 된다.

즉 켈트교회 선교사들이 라틴어 성경 말씀 자체를 가르쳐서 하나님 백성 성도로 양육하는 반면에 로마가톨릭교회가 성경 보다는 로마교회 교리를 가르쳐서 로마가톨릭교회 성도로 양육하는 것은 기독교 신앙에서는 근본적인 차이라고 할 수 있겠다. 이점이 얼마나 중요하냐 하면 두 기독교의 중세교회 특성을 결정하는 결정적인 차이점이 되기 때문이다. 그리하여 이 서로 다른 양육의 목적 결과로 켈트교회 성도의 양육목적으로 성숙한 성경적 하나님의 성도가 되는 것과 로마교회 양육목적으로 로마교회에 순종하는 로마교회 교리 중심 성도가 되는 것은 기독교 신앙에 근본적인 차이점을 발견하게 된다.

이것이 결국 중세 1000년의 두 기독교 성도의 신앙의 성숙도를 결정하는 근본적인 원인이 된다. 즉 900년 이후 중세 끝자락 16세기 1572년에 가서, 이 지역에서 발생하는 프랑스의 바르톨로메오 대학살 사건 –그 뿌리가 두 기독교 가톨릭 로마교회 성도가 프랑스 개혁교회 위그노(Huguenot) 5,000명을 대학살 하는 피비린내 나는 처참한 사건– 7세기부터 시작하는 두 기독교 켈트교회와 로마교회의 근본적인 양육목적 차이에서 출발하게 된다. 이 내용은 다음 해당 단락에서 또다시 살펴보기로 하자.

4) 콜룸바누스 이후 계속되는 유럽대륙 선교 활동

콜룸바누스는 57세부터 유럽선교를 본격적으로 시작하여 614년에 71세에 서거했다. 하지만 그를 따르던 선교팀 아일랜드 선교사들은 유럽으로의 이러한 선교적 진출을 계속했다. 성 킬리안(689년 사망)은 독일지역 부르츠부르크에 정착했으며 이 독일 도시의 수호성인으로 존경받고 있다. 독일에는 다른 아일랜드 켈트교회공동체들이 트리어와 마인츠, 콜롱에도 세워졌다. 아일랜드 켈트 선교사들은 오스트리아 비엔나와 잘츠부르크, 스위스의 라이헤나우와 베른, 이탈리아의 밀라노와 베로나, 페에졸, 루카, 남부의 타란토 그리고 유럽대륙의 다른 많은 곳에 켈트교회공동체를 설립했다. 한편 반대 방향으로 유럽대륙인들이 아일랜드 켈트공동체에서 공부하려고 아일랜드에 유학하러 왔다. 베데[68]는 그의 저서 '교회사' 에서 수많은 사람이 아일랜드의 켈트교회공동체들에서 공부하려고 잉글랜드와 유럽대륙에서 유학을 왔다고 기술했다. 이 말은 초대교회가 1세기경부터 발원지가 예루살렘 교회와 소아시아지역 교회에서 로마제국을 복음화하였다면, 7세기 유럽대륙 선교의 산실은 5~6세기 복음화된 아일랜드와 영국 켈트교회공동체가 유럽대륙을 복음화하였다고 할 수 있겠다.

아일랜드 카르멜파 수사인 피터 오드와이어[69]는 콜룸바누스 선교팀의 유럽대륙 선교의 역사적 의의를 이렇게 요약한다.

'야만적인 침략과 정복들의 세월 속에서 아일랜드는 유럽에 특별한 선물 두 가지를 베풀었다. 하나님 숭고한 도덕적 진지함과 하나님의 율법서 및 복음서에 있는 권면의 수용과 이것을 타협 없이 수용하는 것이다. 다른 하나는 마음을 수련하는 일을 강조하는 것이다. 콜룸바누스는 6~7세기 아일랜드의 유일한 성자다. 그는 우리에게 많은 저서를 남겼는데 이 저술

---

68) Bede, *The Ecclesiastical History of the English People* (Oxford University Press, 1994)
69) Peter O' Dwyer, *Towards a History of Irish Spirituality* (Dublin; Columba Press, 1995), p.23.

활동 덕분에 우리는 초기 중세시대 아일랜드 교회의 거룩성이 어떠한지 알 수 있다.'

4. 중세 유럽선교 현장에서 선교전략의 변곡점이 되는 사건

이어서 본 단락부터는 세계선교 현장에 불행하게도 치명적으로 비극적인 교회사적 사건을 논증하고자 한다. 이 내용은 21세기 지금 선교현장에서도 되풀이될 수 있는 문제이므로 개혁교회에서도 경각심을 갖고 유념하여 이를 거울로 삼아야 하겠다. 우선 여기서 켈트교회와 로마교회를 비교 검토하는 데 어려운 점은 로마 교회사는 여러 종류의 다양한 교회사 정보가 풍부한 데 비하여, 켈트교회는 질적으로 종합적이고 정돈된 켈트 교회사 정보가 현대까지 전해 내려오지 않는다는 점과 양적으로도 매우 부족하다는 점이다. 예를 들면 이 당시에 730년 베데(Bede)의 '영국 교회사(Church History of the English People)'는 로마가톨릭교회 입장에서 교회사를 아주 상세하고 체계적으로 남겼는데, 이에 반하여 켈트교회의 이 당시 상황을 기술하는 종합적이고 자세한 켈트 교회사가 전해 내려오지 않는다는 점이다. 하지만 주어진 역사적 사료(史料)에 근거하여 이 문제를 같이 생각하도록 하자.

(1) 세계선교 역사의 변곡점이 되는 두 종교회의 결정

세계선교 역사에서 비극적인 사건이 7세기 말에 두 번의 종교회의에서 결정된다. 이 사건으로 말미암아 결과적으로는 아일랜드와 영국 켈트교회가 중심이 되어서 7세기 초엽부터 유럽대륙을 복음화하는 불길이 활활 타오르던 하나님의 선교와 교회 부흥의 횃불이 서서히 꺼져가는 세계선교 역사에 비극적인 사건이 발생한다. (켈트 전도법. 60-62)

1) 영국 휘트비 종교회의 (The Synod of Whitby)

앞에서 유럽대륙 선교에 관하여 기술한 600년에 시작하였던 역동적인 콜룸바누스 선교팀과 그 이후에 켈트선교팀들이 계속해서 탁월한 유럽대륙 선교 업적에 대하여, 로마교회가 성경적인 기독교인이라면 그들이 하지 못하던 하나님의 선교를 켈트선교팀이 하였던 사역에 감사하게 생각하여야 하는 것이 기독교인으로서 지극히 복음적인 사고방식이다. 그러나 로마가톨릭교회는 하나님의 지상 명령 선교보다는 교권중심 기독교의 교회 전통과 가르침이 성경적 선교를 주 사역으로 하는 켈트교회 선교방법보다는 우월하다고 생각하므로 켈트공동체의 방식과 부딪치기 시작하였다. 이를 해결하기 위하여 서기 664년 영국 오스위(Oswiu) 왕은 양측 주장을 듣기 위해 휘트비에서 종교회의를 소집하였는데, 북쪽의 켈트교회와 남쪽의 로마가톨릭교회의 선교현장이 만난 곳이 바로 이 스코틀랜드의 휘트비 지역이다.([그림 1편4] 유럽 지도에서 '⑥ 휘트비 종교회의' 위치 참조)

양측의 주장을 들어 본 후, 같은 기독교지만 잉글랜드에서 선교방식을 포함하여 여러 분야에서 서로 충돌하는 두 기독교에 대하여 오스위 왕이 어느 편을 받아들일지 결정하려는 의도였다. 품위 있어 보이는 로마가톨릭 주교들과 야성미 넘치는 켈트교회 지도자들이 휘트비에 모였다. 이 회의에서 두 가지 표면적인 쟁점 문제는 부활절 날자 계산법과 켈트 사도들이 로마 사제와 같이 삭발을 하지 않는다는 표면적 이유지만 그 내막은 켈트교회 방식은 금지하고 로마가톨릭교회 방식으로 '라틴화'하여 일원화시키겠다는 의도이다. 양측이 입장을 서로 자세히 설명하였지만 교활한 방법을 사용하는 로마교회의 조직적인 대응에 켈트교회가 방어하지 못하고 결국 로마교회가 승리하게 된다. 이 회의 결과로 영국 어디에서나 켈트교회 방식은 금지되고 로마가톨릭교회 라틴화 방식으로 대체해야 한다고 결정하였다[70].

---

70) Bede, *Ecclesiastical History*, Bede's account of the Synod of Whitby is featured primary in bk. 3, chap.25. 이외에 이 책 여러 곳에서도 The Synod of Whitby 주제를 다루었다.
 A. M. Renwick, 『간추린 교회사』 *The Story of the Church* (생명의말씀사, 1997), 65, 영국의 복음화.
 J. L. G. Meissner, *The Celtic Church in England* and J. A. Duke, *The Columban Church*.

이제까지 켈트족 목회자들은 대주교 밑에서 사역하지 않고 켈트교회공동체 제도하에서 자유롭게 활동했으며, 그 당시 7세기 초기까지는 이탈리아 로마가톨릭교회가 자체 권력 강화에 집중하였던 시기였기 때문에 이탈리아 이외의 다른 지역에서는 직접적 간여를 하지 않았다. 게다가 켈트교회는 로마교황의 권위를 인정하지 않았다. 오스위 왕은 이 회의에서 로마가톨릭을 따르기로 결정하였으며, 이후 백여 년간 일부 켈트교회가 저항을 하기는 했지만, 아일랜드와 영국 기독교는 로마교회의 길을 따르는 쪽으로 결론이 났다.

2) 프랑스 오탱(오툉) 종교회의 (The Synod at Autun)

영국 휘트비 종교회의와 같이 켈트교회와 로마교회의 충돌로 그 회의 6년 이후 670년 유럽대륙 프랑스의 오탱에서 종교회의가 열렸다. 이 회의에서도 휘트비와 같이 유럽 전역에 있는 켈트교회공동체 방법이 금지되고 로마가톨릭교회의 방법을 따라야 한다고 결정했다[71]. ([그림 1편4] 유럽 지도에서 '⑦ 오탱 종교회의' 위치 참조. 또한 [그림 1편1] 'Autun' 위치 참조)

즉 켈트교회공동체가 지향하는 세계선교 기지로서 성경적이고 하나님의 충성스러운 선교사를 배출하는 사관학교 역할은 마감하고, 수도사 개인 영성 훈련을 목적으로 하는 로마가톨릭교회 수도원 방법으로 강제적으로 대체되기 시작하였다. 이것은 켈트교회공동체의 세계선교 사역의 점차적인 종언을 의미하는 세계 선교역사에서 가장 비극적인 결정이었다.

3) 두 종교회의 배경과 근본적인 이유

휘트비와 오탱 종교회의(이하 '두 종교회의' 라 칭함) 배경에 대한 진짜 이유는 부활절 날짜 계산법이나 성직자의 머리 스타일이나 공동체 생활을 위한 규칙들이기보다는 다음과 같은 근본적인 이유이다.

□ '성경 말씀 중심' 대 '로마 교회 중심' 두 핵심 가치의 충돌

성경중심 기독교와 교권중심 기독교의 각각 추구하는 핵심 가치의 충

---

71) Nigel Pennick, *The Scared World of the Celtic* (New York: Harper Collins, 1997), 94-95.

돌이었다.

□ **보수(Conservation) 대 변화(Change) 두 입장의 충돌**

켈트기독교인들은 부활절 날짜 계산법뿐만 아니라 다른 것들에 대해서도 로마교회의 변화에 따르지 않았다. 데이비드 보쉬[72]에 의하면 "대체로 당시 로마가톨릭은 '선교지에 파송된 교회'가 모든 면에서 로마의 관습 (라틴화)을 반영해야 한다."는 입장을 견지하고 있었다.

□ **토착화(Indigenity) 대 문화적 획일화(Cultural Uniformity)**

성직자 머리 스타일뿐만 아니라 켈트교회는 선교지 민족 문화에 순응하는 입장을 취하였으나(상황화), 가톨릭교회는 로마의 문화적 양식이 모든 교회와 모든 민족에게 도입되기(라틴화)를 원했다. 그것은 정말로 켈트 교회운동의 상황화 실천 노력과 피선교지 특성을 무시한 비성경적인 정책이었다.

□ **통제(Control)와 일치(Conformity)**

지구촌의 모든 사람이 로마가톨릭교회의 방식으로 교회를 운영하는 것은 로마가톨릭 기독교에 굉장히 중요한 핵심 정책 사항이었다. 일단 어떤 사회가 기독교를 받아들이면, 정치적으로 지배적인 로마교회는 신생교회들이 주교에 의해 이끌어지는 로마 교구 방식을 따르고, 라틴어로 예배하는 것을 배우며, 로마교회의 예식을 수행하고, 라틴어 성경과 로마의 음악으로 찬양하기를 강요했다.

– 휘트비 회의, 오탱 회의 결정은 로마 양식이 어디에서든 지켜져야 하는 규칙이 되었다. 두 종교회의 이후에 간혹 켈트 사제들이 로마와 다른 켈트교회 방식으로 교회를 운영하면 그들은 곧 출교되었으며, 켈트교회는 반드시 로마가톨릭교회 규칙을 따라야 했다.[73]

---

72) David J. Bosh. *Transforming Mission: Paradigm Shift in Theology of Mission* (Orbis Books, 1991), 294.
73) Ibid., 95.

4) 두 종교회의 결과가 중세교회사에 미치는 의미

"❷두 종교회의 결과로 켈트교회 선교 금지" 결정은 뒷장 [그림 2편
14]"성경중심 교회사와 두 기독교 관계(중세)" 중앙에서 보듯이 1000년
중세교회사 성격을 결정짓는 두 변곡점 중에 하나에 해당하는 중요한 사
건이다. 이 그림 중앙 상단에 "❶로마가톨릭교회의 라틴어 성경 이외의
자국어 성경 번역금지"와 함께 ❶, ❷ 두 사건은 1000년 중세교회사를
"암흑기"라고 부르는 결정적인 변곡점 사건에 해당한다. [그림 2편14]은
이 두 사건을 중심으로 중세 1000년의 암흑기 교회사의 인과 관계를 나
타내고 있을 만큼 두 사건은 중요하며, 이에 관한 내용은 4장-2절에서 계
속하도록 하겠다.

(2) 교권중심 가톨릭교회가 삼켜버리는 유럽교회 선교역사 현장의 비극

이어서 두 종교회의 결과로 유럽대륙 선교에서 어떠한 영향을 결정적
으로 끼쳤는지 역사적인 실제 사례를 살펴보자.(켈트 전도법. 62)

1) 베데와 베네틱트 로마교회 문화 동경 및 집착

영국 북동쪽 웨어마우스와 자로에 있던 베데(Bede) 수도원들에 대한 역
사는 켈트교회가 로마가톨릭교회로 대체되는 전체적인 흐름 속에서 나타
난 지역 축소판이다.[74] 이러한 지역적인 역사의 베데 모델은 베네틱트 수
도원장의 이야기로부터 시작된다. 베네틱트는 오랜 숙원의 성취로 로마
에 갔다. 그곳에서 그는 사도들의 무덤과 그들의 유적을 경배하고 곧바로
고향에 돌아와 그가 로마에서 보았던 너무나 사랑스럽고 매력적인 교회
삶의 양식을 가능한 널리 알리는 데 자신을 끊임없이 헌신했다. 교회를
로마식으로 운영하는 것은 베네틱트의 집착이지만 베데도 마찬가지로 베
데의 두 수도원장과 수사들도 자주 로마를 오가며 여행했다. 그들은 로마
로부터 책, 그림, 유물을 가져오고 돌로 된 로마 스타일의 교회도 지었다.

---

74) Bede. *The Lives of the Abbots of Wearmounth and Jarrow* (Penguin Books, 1988) 185-208.

베데와 로마기독교 지도자들이 켈트문화에 대해서만 편견으로 차별한 것은 아니고 그들은 로마의 양식이야말로 다른 모든 문화의 양식보다 훨씬 더 우월하다고 믿었다. 더 나아가 기독교가 라틴어와 로마의 문화적 양식으로 표현될 때 가장 잘 표현될 수 있다고 확신하고 있었다.

2) 베데 수도원들의 유럽대륙 이교도 선교 중지

그런데 베데는 웨아마우스와 자로의 수도원들이 현재 하고 있는 켈트교회 방식에서 모든 것을 로마가톨릭교회 방식에 따르도록 변경하였다. 그 결과로 우리는 웨아마우스나 자로의 어떤 수도원도 그 이후에 유럽대륙 이교도를 위한 선교를 수행하지 않았다는 베데의 설명에 주목하여야 한다. 그들은 수도원 안팎의 어떤 불신자들에게도 복음을 증거하지 않았고 오로지 수도원의 로마화 작업에만 몰두하였고 그들의 수사들은 자신들의 영혼 구원에만 증진하였다. [표 1편3] '동방수도원과 켈트교회수도원의 차이'에서 보듯이 그들의 목적은 복음 전도는 하지 않고 자신들의 영성 수양에만 몰입하였다.

3) 유럽에 베데(Bede) 모델이 표준화

베데의 모델이 비극적으로 전 유럽교회의 공통적인 현상이 되어가고 있었다. 웨아마우스와 자로의 수도원 모델은 유럽의 그의 모든 곳에서 수도원공동체와 교회들이 로마가톨릭화되어 갈수록, 점차 복음 전도는 등한시되었다. 베데의 '교회 역사(Ecclesiastical History)'를 통해 보면, 양적으로 성장하지 않는 성경의 선교명령에 불순종하는 로마교회가, 항상 왕성한 선교 활동으로 외적 성장하는 켈트교회보다 모든 면에서 세련되고 항상 더 많이 알고 있으며 우월하다고 착각했다. 그리고 성장하지 않는 쪽이 성장하는 쪽을 지배하고 자신들을 따르게 하고, 교회 건물을 치장하는데 많은 시간을 쏟아부어 왔다. 왕성했던 켈트교회 선교 시기는 이렇게 12세기에는 저물어가고 있었다.([그림 1편2] 성경중심 기독교의 '②켈트교회 유럽대륙 선교' –시작기, 황금기, 쇠퇴기 그림 참조). 그 이후 기독교의 사도적 선교는 '정체기'를 맞으며 거의 16세기 종교개혁 때까지 무시되고 있었다. ([그림 1편2] 중앙 '종교개혁-예비기' 참조) 그만큼 두 종교회의 결정은 세계선교 역사에 변곡점에 해당하는 중대한 사건이었다.

4) 발트해 스칸디나비아반도 선교 지연

두 종교회의 결정은 후일에 북유럽과 스칸디나비아반도 복음화 선교에 결정적인 비극을 초래하는 바이킹 침략의 직접적인 원인을 제공하게 된

다. 유럽대륙 북부 발트해 지도를 연상해보자. 켈트공동체 출신 선교단이 7세기 초(서기 600년)부터 유럽대륙에 진출하여 지금의 독일 남중부지역까지 복음화를 이루었다. 8세기 이후 시간이 지나면 아일랜드 켈트교회, 영국 켈트교회 출신 선교단들이 영국 도버해협을 건너 유럽대륙에 상륙하였듯이, 덴마크와 북쪽 발트해를 건너 점차적으로 스칸디나비아반도에 있는 노르웨이, 스웨덴, 핀란드 등에 복음을 전파하여야 하는 7세기 말은 역사적인 시기였다.

그러나 두 종교회의 결과 670년 이후에는 유럽대륙에서는 선교방법도 켈트공동체 방법이 금지되고 로마가톨릭교회 방법으로 대체되어 결과적으로 독일 북부지역을 지나서 스칸디나비아반도에 진출하는 선교 기회가 상실되어 막혀 버렸다. 그리하여 부득이 바이킹에 의하여 비자발적인 선교방법을 200년 이후에 하나님께서 허락하셨다. 이 비극적인 비참한 선교방법은 다음 단락 '바이킹족 선교'에서 자세히 기술하겠지만, 아무튼 13

❸	10~11세기	바이킹족 무력침공으로 250년간 유럽지역 참화

세기가 되어서야 스칸디나비아 3국 모두가 복음화가 된다. 다음 단락에서 "로마가톨릭교회 중세 6대 오작동과 해악"에 대하여 논증하게 되는데, 이 두 종교회의는 결과적으로 ❸바이킹족 침략의 근원을 제공하게 된다.

5) 두 종교회의 다시 쓰는 세계 역사 (가정)

만약에 -역사에는 가정이 없지만- 두 종교회의와 같은 결정이 없었다면 켈트교회공동체의 활발한 선교방법이 그대로 유지되었을 것이며, 스칸디나비아가 복음화되어 바이킹족의 피비린내 나는 유럽 침공 없이 9-10세기경에 유럽대륙 전체가 복음화 될 수 있었을 것이다.

만약에 이 정체기 없이 켈트교회공동체가 계속 유럽대륙 선교 활동을 왕성하게 할 수 있었다면, 10세기에 와서는 북부 유럽과 스칸디나비아반도 지역까지 복음이 활발하게 펼쳐지게 되었을 것이다. 그러면 남부 유럽 지역 로마가톨릭교회만 선교사역을 담당하지 않았지, 나머지 켈트교회공동체는 중북부 전 유럽을 역동적으로 성경중심 기독교 국가로 복음화하게 되므로 중세 1000년을 '암흑기'라고 규정할 수가 없게 된다.

또한, 10세기 200년 동안 바이킹족의 침략과 16세기 종교개혁과 100년 유럽종교전쟁 역사도 달라진다. 그러므로 그만큼 이 '두 종교회의' 결정과 그 파급 효과는 중세를 '암흑기'라고 성격을 규정할 정도로 중세 교회사와 세계사를 다시 쓰게 되는 결정적으로 중요한 의미를 갖게 되며, 따라서 우리는 앞으로 이 '두 종교회의'에 대한 중요성을 재평가하여야 하겠다.

그런데 여기서 한 가지 의문이 드는 것은 이렇게 유럽 선교와 하나님 교회사에서 결정적인 영향을 끼쳐서 변곡점에 해당하는 7세기 '두 종교회의' 사건을 현행 교회사 교육시간에는 비중 있게 왜 다루지 않았을까? 그렇다면 현행 교회사 관점은 '두 종교회의' 문제가 교회사 중요한 사건에서 기록되어 있지 않다면, 그러면 무엇이 중요하게 하나님 교회사 기록으로 남기는 기준 즉 현행 교회사 관점은 무엇이 되는가?

(3) 켈트교회가 가진 조직력의 약화
우리는 여기서 켈트교회공동체 특징을 살펴보자

□ 호랑이 켈트교회와 사자 로마교회
결과적으로 켈트족들은 부족 간에 연합전선을 구축해본 경험이 거의 없었다. 그래서 켈트족들은 공동의 적과 싸움에서도 연합해서 싸우지 못하고 각자 독립적으로 자기 부족만을 위해서 싸우는 식이었다. 동물학자에 의하면 한 마리의 호랑이는 한 마리의 사자와 싸워 이길 수 있다. 그러나 다섯 마리의 사자는 다섯 마리의 호랑이와 싸워서 이긴다. 왜냐하면, 호랑이와는 달리 사자는 팀을 이루어 싸우기 때문이다. 다섯 마리의 사자들은 호랑이를 한 번에 한 마리씩 공격한다. 각각의 용맹한 켈트족 전사들은 싸움에 있어서 모두 무서워하고 두려워하는 호랑이와 같다. 그러나 조직과 협동력에 있어서 전설적인 강점을 가진 사자 같은 로마인들은 켈트족 교회를 하나씩 공략하면서 그들의 로마가톨릭교회 세력을 점차 확장해 나갔다.

□ 중앙 집중적인 조직을 두지 않은 켈트교회
켈트교회는 개 교회와 켈트공동체 중심으로 운영되었으므로 켈트교회 전체를 대표하는 중앙집중식 조직이 없었기 때문에(예를 들면 '켈트교회 연합교단 혹은 교파' 같은 조직체) 그 독특한 켈트기독교가 역사 속에서 사라진 것은 어쩌면 당연한 일인지 모른다. 그렇게 끝난 것은 너무나 후회스러운 일로서, 사도 시대만큼 순수하고 깨끗한 켈트교회 기독교는 다시는 반복되거나 실현되지 못할지도 모른다.[75] 이리하여 켈트교회공동체는 역사의 무대에서 서서히 퇴장하게 되었으며 그럴수록 5-10세기 유럽 기독교 선교 전진기지 역할로서 켈트교회공동체의 아름다운 전통이 더욱 빛을 발한다.

5. 켈트교회공동체가 하나님 교회사에 남긴 발자취
켈트교회공동체는 5-10세기에 유럽 기독교에 중심적인 역할을 하였지

---

75) Nora Chadwick. *The Celts*, *rev. ed* (Penguin Books, 1997) 222.

만, 두 종교회의의 비극적인 결과로 켈트교회 방법이 로마가톨릭교회 방법으로 대체되어 선교역사의 현장에서 점차적으로 사라졌지만, 교회사에 남긴 켈트교회공동체의 의미는 실로 엄청나다.

(1) 현대 선교현장에서 같은 '상황화' 현상에 대한 교훈

지금부터 20여 년 전 1998년 아프리카 짐바브웨의 하라레에서 세계교회협의회가 열렸는데 아프리카 선교 토착화(상황화) 문제가 크게 대두되었다. 아프리카 목회자들은 선교하는 서구교회나 지원교회의 모델보다는 아프리카에서는 아프리카인들(피선교국)을 위한 방법으로 교회를 운영할 것을 주장하였다[76]. 하라레에서 아프리카 신학자들은 아프리카 사람들의 예배는 지적으로뿐만 아니라 정서적으로도 아프리카 사람들을 사로잡을 수 있어야 한다고 주장하면서, 아프리카 예배 양식, 음악, 춤을 포용하고 이전의 (서구) 식민지적 통치와 연결된 모든 형식을 버림으로써, 많은 아프리카 교회들이 성장하는 것을 목격했기 때문이다. (켈트 전도법. 68)

이 회의 결정은 10세기에 켈트교회가 로마교회에 의하여 점차 대체되어 교권적 '라틴화' 방법이 성경적 켈트방식 선교를 몰아내던 시기부터 1,000년 이 지난 지금, 현대 21세기 세계선교 현장에서도 켈트교회 '상황화' 적용 방법이 로마교회 '라틴화' 방법보다도 훨씬 사도적 모델을 따른 성경적인 방법으로 판명이 되고 있다.

(2) 이탈리아 로마에서 제3세계로 이동

묘하게도 우리가 사용하는 '제3세계'라는 말은 로마제국 시대부터 제1세계는 헬라어 세계, 제2세계는 라틴어 세계였고 나머지는 야만인들이 제3세계였던 시절에 유래된 것이다. 이 말을 사용해서 표현한다면, 유럽의 야만족들은 사실 이탈리아나 고을(Gaul 갈리아: 프랑스 남서부) 출신의 선교사들(제2세계 라틴어 로마가톨릭교회)의 노력으로 더욱 켈트족 및 앵글로

---

76) Gustav Niebuhr. *Christianity's Rapid Growth Giving Africans New Voice* (Lexington Herald Leader, 1998).

색슨족 회심자들(제3세계 켈트교회 선교사들)의 노력으로 더 많이 기독교로 돌아왔다. 이러한 사실은 서유럽에서 힘의 중심이 남부 지중해에서 북유럽으로 확실하고 영구적으로 옮겨 가는 것과 결정적으로 관계가 있다. 서기 596년에 가서야 로마가톨릭교회 최초의 선교사가 북쪽으로 나갔는데, 그보다 앞서 훨씬 더 대담하고 광범위한 지역에서 활동을 펼친 아일랜드 선교사 콜룸바누스는 이미 거기서 활동하고 있었다. 콜룸바누스는 박식한 켈트족 전도자 중 한 명으로 사실상 로마 문전까지 갔으며, 어거스틴이 가려고 계획하고 있었던 거리보다 더 멀리까지 이미 나가 있었다.

동방에 살고 있던 사람들이 콘스탄티노플(이스탄불)을 '제2의 로마'로 여긴 것이나, 아센(Aachen: 샤를마뉴 때의 프랑스 수도)과 모스크바가 새로 기독교화된 프랑크족과 슬라브족의 후예들에게 새로운 로마로 인정되려고 서로 경쟁을 벌인 것은 놀라운 일이 아니다. 원래 로마시나 이탈리아 반도 지역이 다시는 신흥 국가들인 독일, 영국의 주요 도시들처럼 정치적으로 중요하게 여겨지지 않았다.

(3) 켈트교회공동체 활동 기간 구분

켈트교회공동체는 432년 패트릭 선교팀에 의해서 켈트공동체 교회가 아일랜드에 세워지면서 교회 부흥과 선교가 시작되었고, 600년 콜룸바누스 선교팀이 유럽대륙에 선교를 시작하면서 유럽교회가 확장되기 시작하고 교회 부흥의 꽃을 활짝 피웠다. 그러다가 켈트교회공동체 선교사역은 7세기 말 휘트비, 오탱 두 종교회의 결과로써 켈트교회공동체 선교방법이 금지되고 대신에 로마가톨릭교회 방법으로 대체되면서 유럽교회 선교 확장의 불은 꺼지기 시작하여 12세기경에는 막을 내리게 된다.

켈트교회공동체 선교 시작기 : 5세기

켈트교회공동체 선교 황금기 : 6~8세기 카롤링거 르네상스

켈트교회공동체 선교 쇠퇴기 : 9-12세기

[그림 1편2] 중앙의 '켈트교회 유럽선교 : 시작기 → 황금기 → 쇠퇴기(백은기)'는 이 기준에 따라서 작성되었다.

2절 중기 카롤링거 르네상스 시대 (800년~1200년)

본 단락은 중세교회사에서 가장 중요한 사건인 "❶로마교회 라틴어 성경 이외 자국어 성경 금지"를 먼저 살펴보려고 한다. 이어서 이슬람 동로마제국 기독교 국가 침공, 샤를마뉴와 카롤링거 르네상스 시대 그리고 바이킹족 유럽 침략과 비자발적 선교 등의 주제를 살펴보기로 하자.

중세 중기 암흑기에 관한 내용을 본격적으로 다루므로 본문 내용의 전후 관계와 배경을 이해하기 위하여 3편 "[주제설명 2장1] 중세암흑기 개요와 중세유럽 각국 선교 복음화 상황"과 "[주제설명 2장2] 중세 유럽 각국의 정치 상황" 이해가 먼저 필요한 부분이므로 이를 참조 바란다.

1. 라틴어 성경 이외의 자국어 성경 사용금지

(여호수아 34:8) "이 율법책을 네 입에서 떠나지 말게 하며 주야로 그것을 묵상하여 그 안에 기록된 대로 다 지켜 행하라 그리하면 내 길이 평탄하게 될 것이며 네가 형통하리라."

성경을 최고의 권위로 두는 '성경중심 교회'에서 로마가톨릭교회가 로마교회 권위를 실질적으로 최고의 권위로 두는 '교권중심 교회'로 '왜곡' 되므로 말미암아 5세기 이후 1500년의 교회사에서 이루 말할 수 없는 해악들이 점철되었지만, 여기서 가장 중요한 한 가지 사례로 "❶로마교회 라틴어 성경 이외 자국어 성경 금지"가 교회사 속에서 하나님 성경 말씀의 능력과 복음 전파를 가로막았다. 이는 특히 해악을 끼친 핵심적인 결정적 사건으로 이를 교회사 속에서 확인할 수가 있는데, 이 사건을 앞뒤로 시계열(時系列)적으로 살펴보기로 하자.

이를 설명하기 위하여 4장-2절에서 설명되는 "[그림 2편14]성경중심 교회사와 두 기독교 관계(중세)"는 중세 1000년의 여러 사건의 인과 관계를 요약하여 설명하는 그림인데 이를 먼저 인용하겠다. 이 그림 중앙 아래에 "❶로마교회 라틴어 성경 이외 자국어 성경 금지"와 중앙 위에 "❷로마교회 두 종교회의 켈트교회 선교 금지" 두 사건이 중세 1000년의 교회사를 좌우하는 가장 중요한 사건이다. 따라서 본 단락에서는 "❶로마교회 라틴어 성경 이외 자국어 성경 금지" 내용을 살펴보기로 하자. ("❷로마교회 두 종교회의 켈트교회 선교 금지" 내용은 앞 단락 2장-1절 켈트교회공동체 내용에서 이미 설명한 내용이다.)

자국어 성경 금지는 (여호수아 34:8)"이 율법책을 ... 주야로 그것을 묵상하여 그 안에 기록된 대로 다 지켜 행하라... " 하나님의 명령(수 34:8)을 금지하여서 하나님 백성들이 "평탄하고 형통"하지 못하게 하는 무서운 죄악에 해당한다고 할 수 있다.

(1) 로마제국 ①초대교회가 '성경 말씀 중심' 교회가 되는 과정

[그림 1편2]의 ①초대교회는 초기에는 헬라-유대인 이민자들에 의하여 시작되었던 역사적 사실들을 본서 1장에서 살펴보았다. 그런데 여기서는 헬라-유대인 이민자들이 성경 말씀 중심이 되는 교회와 사회를 세우기 위하여 헬라-유대인들이 얼마나 큰 노력을 기울이었는지 살펴보자. 가나안땅에 정착한 고대 유대민족은 그들의 민족 언어인 히브리어를 사용하였는데 그래서 구약성경 원본은 히브리어로 기록되어 있다. 그러다가 이스라엘은 기원전 3세기경부터는 로마제국이 지배하는 유대 속국으로 헬라 문명 속에서 로마제국 공용어인 헬라어를 사용하게 되었다. 자연스럽게 많은 사람이 성경을 쉽게 읽고 이해하기 위하여서는 그 당시 로마제국 공용어인 헬라어로 된 구약성경이 필요하기 시작하였다.

□ 히브리어 구약성경의 헬라어 번역 70인 역본 발간

그리하여 기원전 280년에 히브리어로 된 구약성경을 헬라어로 번역하기 위하여 여러 해 동안 70여 명의 당시 성경 연구가들에 의하여 번역작업을 완료하였는데 이 헬라어 번역본 구약성경을 '70인 역'이라 부른다. 이 헬라어로 된 구약성경 70인 역이 예수님 당시에도 얼마나 보편적으로 권위 있게 사용되었느냐 하면, 신약성경(마태복음, 누가복음, 로마서)에서 예수님 제자들이 구약성경 본문을 인용할 때에 히브리어 원본 구약성경을 인용하지 않고, 70인 역 헬라어 번역본 본문을 인용하였을 정도로 헬라어 구약성경이 권위가 있고 상용화되어 있었다. 어떻게 신약에서 구약을 인용할 때 구약 원문 히브리어 성경에서 인용하지 않고, 헬라어 '70인 역' 본에서 인용을 하였을까? 신약성경에서 구약 원본인 히브리어 구약성경 대신에 이 헬라어 번역본을 애용한 것은 번역어로 된 성경의 권위를 바로 보여주는 상징적 증거이다. 또한, 신약성경은 처음부터 유대 히브리어로 기록하지 않고 헬라어로 기록되었다.

□ 헬라어 성경으로 말씀에 성숙한 초대교회 그리스도인들

이 로마제국 공용어인 구약, 신약(예루살렘 공의회의 정경화 과정) 모두 헬라어 성경을 사용하여 본서 1장에서 기록된 바와 같이 헬라-유대인 이민자들은 로마제국 수많은 민족과 잡다한 언어로 구성되어 있던 이교도들에게 하나님의 복음을 헬라 공용어 성경으로 언어적 장벽 없이 마음껏 선교하였다. 그리하여 4세기 말에는 이 이교도를 4천5백만 명의 그리스도인으로 선교하는 기독교 국가로 만드는데 놀라운 업적을 이룩하는 데는 로마제국 공용어인 이 헬라어 신구약 성경 역할이 지대하였다. ①초대교회 기독교인들이 이교도 이웃을 위하여 헌신적으로 희생할 수 있었던 이유 중에 하나는, 헬라-유대 기독교인들이 성경 말씀에 깊숙이 뿌리를 내리고 이 복음을 삶으로 실천하는 믿음과 삶이 일원화된 성숙한 그리스도인이었기 때문이다.

이것은 중세 1000년의 ⑧로마가톨릭교회가 지배하는 라틴어 성경 체계 속에서는 라틴어가 어려워서 성경을 이해하지 못하는 —이탈리아인이 아닌 다른 민족들은 대부분 명목상의 그리스도인(Nominal Christian)으로- 타민족 로마가톨릭교회 신자들에게는 라틴어 성경은 읽을 수 없는 성경이었다. 그러나 헬라-유대인을 비롯한 ①초대교회 교인들에게는 헬라어 성경을 이해하는 말씀의 능력과 은혜로 말미암아 도저히 말로 상상할 수 없는 성령 하나님의 은혜가 그들의 가슴판에 새겨져 있는 성숙한 그리스도인이었다. 기독교는 말씀 계시의 종교이기 때문에 성경을 이해할 수 있는 사람과 그렇지 못하는 사람은 교회사 속에서 말씀의 능력과 은혜에서 엄청난 차이를 발견할 수 있다.

□ **성경은 모국어 번역본을 통해서도 넉넉히 이해될 수 있다**[77]

어떤 그리스도인들은 성경은 (성경이 기록된 원어) 히브리어나 헬라어로만 읽어야 제대로 의미를 깨달을 수 있다고 믿는다. 그러나 그리스도 이후의 대부분 신자는 모국어로 번역된 성경밖에 몰랐다. 오늘날이라 할지라도 세상에 있는 극소수의 그리스도인들만이 성경의 원문을 아는 학자들의 글을 읽고 접할 기회를 얻고 있다. 또 주석이나 성구 사전, 기타 연구자료도 대부분 자국어로 된 것이 드물거나 혹은 너무 비싸므로 누구나 손쉽게 참고할 수 없다. 그렇다면 하나님이 대부분 교인이 하나님의 말씀을 충분히 이해하지 못하도록 일을 꾸미시는 것일까? 절대로 그럴 리가 없다. 번역된 성경이라도 원어 성경의 핵심적인 의미는 그대로 전달해 준다.

성경은 처음에 구약은 히브리어, 신약은 헬라어로 기록되었으므로 우리가 가진 성경이 한국어, 영어, 불어, 라틴어 그 이외 어떤 언어로 되었건 그것은 다 번역본이다. 대부분의 성경 번역은 신앙이 돈독한 기독교 성경학자들이 신중하면서 기도하는 마음으로 번역한 것이다. 그래서 이러한 번역들을 우리가 안심하고 사용할 수 있다.

(2) 라틴어(이탈리아 자국어) 성경 이외의 모국어 성경을 금지한 해악(害惡)

[그림 1편2]의 하단 ⑧로마가톨릭교회는 성경 말씀에 대하여 라틴어를 신

---

77) 노튼 스테렛. 『성경 해석의 원리』 *How to Understand Your Bible* (한국성서유니온, 2010) p. 33.

이 주신 언어라고 엉터리 거짓 주장을 하고 자기 민족어 라틴어 성경만을 고집하여 Ⓑ로마가톨릭교회가 자국어 라틴어 이외의 각 나라의 모국어 성경을 철저하게 금지하는 만행을 5세기부터 1000년 이상 악행을 행하였다.

□ 금서 목록(The Index of Forbidden Books)

1559년 교황 피우스 4세의 저서 '금서 목록'을 보면 다음과 같은 기록이 되어있다[78].

"인간은 대담하고 뻔뻔스럽기 때문에, 아무 차별 없이 누구나 모국어로 된 성경을 읽도록 허락하면 유익보다는 해를 초래하게 될 것이라는 사실을 우리는 경험으로 알 수 있다. 따라서 이점에 있어서는 주교들과 종교재판관들의 판단을 길잡이로 삼아야 할 것이다. 관할 지역 신부와 고해 신부의 조언에 따라, 주교와 종교재판관들은 (라틴어)가톨릭 성경을 읽는 것이 해를 끼치지 않고 오히려 그 신앙과 경건 증진에 도움이 될 것이라고 인정되는 사람들에게 성경을 읽도록 허락해 줄 수도 있을 것이다. 그 허락은 반드시 글로 써서 전해 주어야 한다. 이런 허락 없이 성경을 읽거나 소지하는 자는 누구든지 그 성경을 반환할 때까지 용서받지 못할 것이다."

참으로 뻔뻔스럽게도 권위 의식에 가득 찬 피우스 4세 교황은 신도들이 라틴어든 모국어든 성경을 자유롭게 읽거나 소지하는 자를 용서받지 못할 것이라 하였다. 윗글에서 보는 바와 같이 개인의 성경 소유를 엄격하게 규제하고, 성경을 라틴어 성경만을 고집함으로써 라틴어 이외에 각 나라 모국어(자국어)로 성경을 번역하는 것을 Ⓑ로마가톨릭교회는 법으로 엄격히 금함으로써 이탈리아 이외 국가들이 1000년 동안 교회사에 남긴 비성경적인 미성숙 그리스도인으로의 폐단은 이루 말할 수가 없다. 이를 위반하고 라틴어 이외의 자국 언어로 성경을 번역할 때는 종교재판에 부쳐지어 중징계를 내렸으며, 최종적으로는 종교재판관들이 극형(교수형, 참수형, 화형 등 사형 집행)으로 다스렸다.

---

78) James Townley. *Illustrations of Biblical Literature* (London : Longman, 1821) Vol. 2 p. 481.

그다음에 앞의 '금서 목록'에서 라틴어 성경이라도 "인정되는 사람들에게 성경을 읽도록 허락해 줄 수도 있을 것이다. 그 허락은 반드시 글로 써서 전해 주어야 한다. 이런 허락 없이 성경을 읽거나 소지하는 자는 누구든지 그 성경을 반환할 때까지 용서받지 못할 것이다."라고 성경 읽기와 소지를 제한하고 있으며 그 허락도 문서로 남기도록 하였다.

이러한 성경 접근 금지와 성경 읽기 문서로 허락은 (여호수아 34:8) "이율법책을 … 주야로 그것을 묵상하여 그 안에 기록된 대로 다 지켜 행하라… ." 하나님의 명령(수 34:8)을 금지하여서 하나님 백성들이 "평탄하고 형통"하지 못하게 하는 무서운 죄악에 해당한다고 할 수 있다. 과연 로마교황 (1559년 교황 피우스 4세)은 그리스도의 사도인가? 아니면 존 위클리프가 주장하던 적그리스도인가? 그 당시 1559년은 독일에서 금속활자 발명 100년 이후이므로, 인쇄술의 발달로 성경을 개인이 소유하기 시작할 수 있는 시기였다.

□ **성경 말씀을 주야로 묵상하라는 하나님의 가르침**

계시의 종교 기독교에서는 하나님 말씀이 얼마나 중요한 것인지를 (신명기 6:6-9), (여호수아 34:8)에 잘 나타나 있다.

(신 6:6-9) "오늘 내가 네게 명하는 이 말씀을 너는 마음에 새기고 네 자녀에게 부지런히 가르치며 집에 앉았을 때에든지 길을 갈 때에든지 누워 있을 때에든지 일어날 때에든지 이 말씀을 강론할 것이며 너는 또 그것을 네 손목에 매어 기호를 삼으며 네 미간에 붙여 표로 삼고 또 네 집 문설주와 바깥 문에 기록할지니라."

그런데 이 자국어로 사용되어 주야로 친숙하게 묵상하여야 할 하나님 말씀을 남의 나라 라틴어 언어로 된 성경 말씀 이외는 사용을 금지하는 것과 라틴어 성경조차도 주교와 종교재판관들이 문서로 허락한 사람만이 읽을 수 있다는 것은, 하나님 말씀을 성도들로부터 떼어놓는 제도와 법칙은 얼마나 하나님 앞에 죄악을 범하는 행위인가? 그것도 무려 1000년 동안 전 세계교회를 향하여 말이다.

이는 결코 하나님 앞에 용서받지 못할 죄악일 것이다. 우리 신앙의 선배 중에는 라틴어 성경을 모국어로 번역하여 사용한다는 단 하나의 죄명으로 수많은 귀중한 생명이 순교로 생을 마감하여야만 하였다. 이러한 만행은 1517년 종교개혁 때까지 1000년 동안 기독교 세계에서 하나님의 성경이 모국어로 사용할 수 없는 것과 그리고 성경 읽기 접근은 문서로 허락받아야만 하는 암흑기에 살았다.

□ 이탈리아인 이외 성직자들도 라틴어 성경의 어려움

심지어 5세기 이후에 이탈리아인 이외의 다른 나라 각국 로마가톨릭교회 신부들, 수녀들조차도 라틴어 성경을 전문적으로 수학하였음에도 불구하고 외국인으로서 라틴어 성경을 모국어만큼 쉽게 이해할 수 없었는데, 하물며 일반 성도들은 성경 자체를 언어가 다르므로 도저히 혼자서 이해할 수 없었다. 그래서 성당에 그려진 수많은 성경 내용의 벽화 그림을 보고 (미루어 짐작하여서) 성경 말씀을 추측하여야만 하는 성경 무지의 암흑세계에서 1000년 동안 살았다. 로마가톨릭교회가 1000년 동안 이탈리아 자국어 '오직 라틴어 성경'만을 고집하고 각국 나라 성도들이 모국어 성경 사용을 종교재판에서 사형으로 엄벌한 죄악은 하나님과 그리스도인들 가슴속에 영원히 남아 있다.

기독교인 신앙생활 중심에는 옛날이나 지금이나 '성경 말씀 봉독'과 '기도 생활' 이 두 가지 큰 기둥으로 받치고 있다. 그런데 가톨릭교회는 성경 말씀 봉독에서 성경이 외국어(라틴어)로 기록되어 읽을 수 없게 하고, 기도는 고해성사 신부를 중간에 두어서 삼위 하나님과 직접 기도로써 교통할 수 없도록 교리와 제도적으로 가로막았다. 그렇게 되면 참다운 복음적인 신앙생활이 정말 가능할 수 있는 일인가? 지금 생각만 하여도 성경 없는 신앙생활은 상상조차 할 수 없는 일이 아닌가!

(3) 라틴어 이외에 다른 번역어 성경 사용금지 원칙의 근원적 모순

5세기 초 405년에 제롬에 의하여 번역된 라틴어 불가타 역본을 ⑧로마가톨릭교회는 '신이 주신 언어' 라고 근거도 없는 거짓 엉터리 주장으로 라틴어 이외에 다른 언어 성경 번역본을 엄격하게 금지시켰다.

□ 라틴어 성경도 원전 성경에서부터 이탈리아어(모국어) 번역본에 지나지 않는다.

이 얼마나 이탈리아 고대 자국어 라틴어만 고집하고 다른 언어는 금지하는 것은 전혀 논리적으로 부당하고 자기 모순적이다. 왜냐하면, 라틴어 성경 자체도 원어 성경 히브리어(구약), 헬라어(신약)로부터 번역된 하나의 (고대) 이탈리아어 번역본에 지나지 않는다. 결국, 라틴어 번역본만 허용하고 다른 나라들 자국어 번역본을 금지하는 행위는, 자의적(恣意的)이며 형평성에도 부적합한 자기중심적 편협한 논리이다. 라틴어가 신이 주신 언어라고 하는 것은 ⑧로마가톨릭교회만의 주관적 주장이고 성경에서 벗어나며 논리적인 근거는 전혀 없다. 각국 자국어 성경은 히브리어(구약), 헬라어(신약) 원전 성경에서부터 라틴어 성경과 마찬가지로 번역본들이다.

□ 성경 활용의 보편성과 용이성

성경은 지식이 많은 사람이나 권력(귀족이나 평민)이나 물질(부자와 가난한 자)이나 민족, 국가나 기타 세상적인 요소에서 성경의 접근성에서 제한이나 차등을 두는 것이 아니라, 접근성과 용이성을 평이하여지도록 하는 것이 성경적인 가르침이다. 신약시대에 종교지도자들이 70인 역 헬라 구약성경 번역본을 당시 공용어 헬라어로 사용하도록 널리 전파한 것은 전형적으로 성경적인 가르침이다.

16세기 로마 교황 피우스 4세의 저서 '금서 목록'을 보면 얼마나 비성경적인 교만함을 엿볼 수 있는가! 교황은 "인간은 대담하고 뻔뻔스럽기 때문에, 아무 차별 없이 누구나 모국어로 된 성경을 읽도록 허락하면 유익보다는 해를 초래하게 될 것이라는 사실을 우리는 경험으로 알 수 있다". 이 얼마나 교만하고 하나님의 백성들에게 하나님의 성경을 멀리하게 하고 주야로 묵상하여야 하는 성경 말씀을 침상 곁에 친숙하게 가까이하게 하는 것을 제도적으로 금지하는 만행인가! 우리가 5-15세기 중세기

서구 문인들이나 지식인들의 위인전이나 자서전을 살펴보면, 저자들이 유년기 시절에 라틴어를 배우는 어려움 때문에 고통받았던 경험과 기억을 여기저기 기록에서 공통으로 발견할 수 있다.

우리가 2장 앞에서 살펴본 바와 같이 ②켈트교회공동체에서 패트릭이 아일랜드에 복음 선교하면서 켈트족이 성경을 읽게 하기 위하여 5세기부터 라틴어를 열심히 가르쳤다. 그 이후에도 라틴어가 아일랜드에 모국어가 된 적이 한 번도 없었지만 오로지 성경을 가르치기 위하여 그 어려운 라틴어를 켈트족에게 배우게 하였다. 교회사 속에서 참으로 기이한 사건은 8세기 말경 샤를 대제 카롤링거 르네상스 시기에 유럽대륙에 문예 부흥을 위하여 라틴어 교육이 필요하였는데 유럽대륙에는 라틴어 교사가 부족하여서 샤를 대제가 수백 명도 아니고 수천 명의 라틴어 교사를 라틴어의 본고장 이탈리아가 아니고 아일랜드에서 켈트교회 교인들을 라틴어 교사로 유럽대륙에 모셔와야만 하였는가? 이는 ②켈트교회공동체가 성경을 읽기 위하여 그 어려운 외국어 라틴어를 많은 켈트교회 교인들에게 열정적으로 가르친 것은, 성경중심 기독교 켈트교회가 성경 말씀을 얼마나 사모하고 중요하게 섬겼는지를 잘 알 수 있으며 같은 그리스도인으로서 또한 존경하게 된다.

☐ 현재 로마가톨릭교회의 이에 대한 입장

20세기가 되어서야 로마가톨릭교회는 모국어 성경 번역본을 허락하게 된다. 그들의 공식 입장인 '1962년-1965년 제2회 바티칸 공의회 기록'을 보자[79].

"신실한 그리스도인들 모두 쉽게 성경을 접할 수 있는 길이 마련되어야 한다. (중략) 하나님의 말씀을 언제든지 쉽게 볼 수 있어야 하므로, 어머니와 같은 자애심을 갖고 있는 교회는 (성경 원본을 근거로) 정확하고 적절한 성경 번역이 여러 나라말로 이루어져야 함을 절감한다."

---

79) 제2회 바티칸 공의회의 기록 Documents of Vatican II. 125-126.

로마가톨릭교회는 20세기 중엽 1965년에야 비로소 각국 교회들이 모국어 성경을 사용하는 것을 허락하였다. 그전에는 성경은 물론 이탈리아가 아닌 다른 모든 나라에서도 성당에서(한국 서울 명동 성당에서도 1965년까지) 미사 때에는 라틴어(한국어 대신)를 사용하는 비성경적인 만행을 행하였다. 가령 개신교도들이 만약에 예배 때에 영어로만 된 성경을 사용하고 공예배 때에 영어로만 말하여야 한다고 교회에서 교권으로 지금도 강력하게 규제한다고 가정하면 이 얼마나 비복음적이고 어처구니없는 만행인가! 그러나 제2회 바티칸 공의회 기록에는 '자국어 성경 이외의 성경 금지' 원칙을 만들어서 이것 때문에 순교하거나 고통받은 1500년간의 죄상을 하나님 앞과 고통받은 그리스도인들에게 공식적인 회개나 사죄는 보이지 않는다. 공의회 기록에서 "어머니와 같은 자애심을 갖고 있는 교회"라고 로마교회를 미화하며 마치 선심을 쓰는 것처럼 뻔뻔스럽게 자국어 성경을 허락하였다.

(4) 모국어 성경 번역본을 14세기부터 사용한 영국교회 성공 사례

로마가톨릭교회가 유럽대륙 교회 내에서 라틴어 성경만을 고집하고 모국어 성경 번역 및 사용을 금지하고 위반하는 경우 종교재판으로 처형할 때에, 섬나라 영국은 14세기 말부터 모국어 성경을 갖게 되었다. 영국의 알프레드 대왕은 재위 기간 28년(871~899년) 동안 로마문화를 담은 라틴어 문헌들을 고대 영어 앵글로색슨어로 번역해서 영어의 기초를 세웠다. 특히 알프레드 대왕은 바이킹의 침략에 맞서는 시기에 -로마가톨릭교회가 정신없이 어수선한 때에- 그는 교회 공예배 때에 라틴어를 사용하던 것을 중지하고 그 당시 자국어인 앵글로색슨어(고대 영어)로 예배드리게 하고 성경과 기독교 문서를 만드는 기반을 마련했다.

□ 존 위클리프의 영어 성경 번역본 발간

그리하여 14세기 옥스퍼드의 유명한 학자이며 주교인 존 위클리프는 '영국 종교개혁의 샛별'로서 로마가톨릭교회가 주장하는 비성경적인 교리를 부정하였으며, 교회의 머리는 그리스도임을 주장하는 신앙의 토대를 마련할 수 있었다. 존 위클리프의 추종자들이 라틴어 불가타 역본을 대체하는 영어로 번역하는 최초의 영어 성경(1380년~1384년)을 만드는 일을 하여, 영국의 귀족과 농부가 다 같이 성경 말씀을 자국어로 이해함으로써 진리를 자각할 수 있게 되었다. (간추린 교회사. 97, 가톨릭교회에 대한 반대 운동 발생).

또한, 존 위클리프는 성경 말씀에 기초하여 화체설, 로마교회의 무오성, 비밀 고해를 부정하였고 연옥 신앙, 성지 순례, 성자(성인) 예배, 성물 숭배 등을 모두 비성경적인 것으로 배척했다. 이는 9세기 알프레드 대왕이 라틴어가 아닌 모국어로 교회 공적 예배를 드리게 함으로써, 영국교회와 일반사회에 향후 모국어 성경을 갖게 하는 기틀을 마련한 것으로 조금도 놀라운 일이 아니다.

□ **영국교회의 평화적인 종교개혁 가능**

영국은 평민들에게도 14세기부터 자유롭게 모국어 영어로 성경이 사용되어 학습한 기독교 교리로 영국교회의 기독교 신앙을 개혁할 수 있는 토양을 마련하였던 반면에, 유럽대륙의 교회들은 종교개혁 과정에서 100년 동안 피비린내 나는 종교전쟁과 학살 등이 자행되었다. 그러나 영국교회는 일찍이 성경 말씀으로 양육되어서 비교적 점진적으로 종교개혁을 할 수 있었다. 16세기 종교개혁 직후부터 벌써 영국에서 존 낙스에 의한 장로교단 창설, 존 웨슬리에 의한 감리교단 창설, 1612년 헤리스에 의한 런던에서 침례교회 창설 등은 14세기부터 영국교회의 자국어 성경연구에 기반을 두었던 든든한 성경적 복음주의 신앙의 바탕 위에서 개신교에서 세계 선교 사역에 중추적인 역할을 담당하는 세 교단의 복음적 기틀로 하나님께서는 14세기부터 영국교회를 준비시켜셨다. 이것은 16세기 프랑스 파리 바르톨로메오 축일의 대학살 사건과 상호 비교된다.

2. 이슬람 동로마제국 기독교 국가 침공

우리는 하나님 세계선교에서 교회 부흥을 통하여 땅끝까지 복음을 전하는 흥분되는 세계전도 여행 진척을 이야기하지만, 때로는 1000년의 로마가톨릭 중세 암흑시대에 세계선교에 역사의 발전에서 뒷걸음질 치는 암울한 역사를 만나기도 한다. 다음 단락에서 논의되는 '구속사' 내용 중에서 '역사의 발전' 내용을 본 단락과 연관되므로 먼저 인용하겠다. "구속사적이라는 말의 속성에는 '하나님 우선'과 '역사의 발전'과 '구원'이라는 3가지 속성을 갖고 있는데, '역사의 발전'이라는 속성에서는 상태가 항상 더 나아지는 것이 아니라, 자주 불순종, 쇠퇴, 배반 등이 나타남을 보게 된다." 이로 말미암아 뒷걸음질 하는 경우도 맛본다는 것을 교훈으로 삼기 위하여 다음 이슬람 침공과 바이킹족 침략 두 가지 사례를 살펴보자.

(1) 모하메드(마호메드)의 출현

중세 기독교 교회사에 있어서 모하메드의 출현과 이슬람교의 발생은 교회에 큰 충격과 각성을 주었다. 기독교회는 당시 비록 신앙적 논쟁을 통해 교리를 확립함으로써 교회 발전의 기초를 놓은 점이 있기는 하지만 삼위일체 교리문제에 너무 많은 시간과 기력을 낭비하고 그런데도 실제적으로는 이단 종파들에 대해 거의 무관심했기 때문에 이슬람이 침투할 여지를 주었다.

당시 기독교회는 아리우스파 등 많은 기독교의 분파들과 이단 종파들로 말미암아 큰 혼란에 빠져 있었고 또 콘스탄틴 대제 시대 이후에는 교회가 동방과 서방으로 분열되어 서로 논쟁을 거듭하고 있었다. 이런 와중에서 기독교의 가장 강한 방파제라고 할 수 있는 기독교의 발상지들 곧 북아프리카와 소아시아 및 팔레스타인 지역들이 모하메드의 침략을 당하고 말았다. 그리하여 그 지역의 대부분을 차지하는 명목상의 기독교 신자

들은 거의 모하메드교를 따르게 되었다. 모하메드는 예루살렘이 서기 70
년에 멸망된 지 꼭 5세기 후인 570년에 아라비아의 도시 메카에서 태어
나서 610년 그의 나이 40세 무렵에 그는 최초의 소위 신적 계시라는 것
을 받았다.

(2) 세력 확장

이슬람교의 특징은 신앙뿐 아니라 정치 군사 모든 면에서 실권을 장악
하여 무력으로 이슬람교화 하는 것이다. 그들의 전도와 포교는 칼과 코란
을 들고 "알라신에게 복종하라 찬양하라 그렇지 않으면 목을 베일 것이
다"라고 외치며 정복 활동을 하는 것이다. 이들이 제시하는 보상은 지상
에서의 침탈한 노획물이었고, 죽은 후에도 정욕적 쾌락을 누리는 낙원이
었다. 이런 조건들은 사람들의 관심을 끄는 것이어서 그들의 포교는 상당
한 효과를 보았다. 거기다가 신앙을 바탕으로 한 연합된 힘으로 정복 활
동을 편 결과 그들은 주변의 이교적 내지는 원시적 종교를 가진 부족들을
정복할 뿐 아니라 기독교 국가도 상당수 정복하여 이슬람화하기에 이르
렀다. (로마인 이야기-15권 493 지도 참조)

'이슬람 제국' 영토의 땅은 이 지도를 살펴보면 기독교 국가들인 대부
분 동로마제국의 중동지역과 북아프리카 그리고 한때는 스페인 땅 이베
리아반도까지 이슬람교의 동로마제국 지역에 대한 침략과 포교는 순탄
하였다. 서기 632년에서 651년 사이에 페르시아 전체가 모하메드 수중
에 들어갔고, 더 나아가 인도까지 갔다. 그리고 스페인도 점령하였다. 반
면에 서방에 대한 진출은 여의치 못했는데, 이는 중세 기독교 교회의 완
강한 저항 때문이었다. 특히 711년 투르의 전투에서 모하메드교가 프랑
크에게 패한 것이 크게 작용하였다. 이처럼 약 100년 동안 이슬람교는
서쪽으로는 스페인 이베리아반도, 동쪽으로는 중국 당나라의 국경에 이
르렀으며, 하나의 거대한 사라센제국을 형성하였다. 소아시아와 중동의
동로마제국 기독교 국가 대부분을 이슬람 세력이 침공하여 이슬람 국가
로 만들었다.

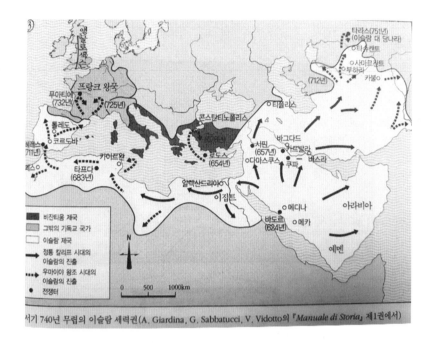

서기 740년 무렵의 이슬람 세력권(A. Giardina, G. Sabbatucci, V. Vidotto의 『Manuale di Storia』 제1권에서)

　이 지도를 살펴보면 '이슬람 제국' 영토의 땅은 기독교 국가들인 대부분 동로마제국의 중동지역과 북아프리카 그리고 한때는 스페인 땅 이베리아 반도까지 이슬람교의 동로마제국 지역에 대한 침략으로 기독교 국가에서 이슬람 국가가 되었다. 우리는 5세기경에 로마가톨릭교회가 초대교회 교인 4천5백만 명으로 출발하였는데 이슬람 침공 후 8세기 말에는 전체 기독교인 수는 얼마나 줄었을까?

　하나님의 약속 '축복의 통로 (창 15:5 '뭇별을 셀 수 있나 보라 네 자손이 이와 같으리라')' 언약의 성취에서 역사의 발전에서 퇴보하는 결과를 초래하게 된다.

3. 샤를마뉴와 카롤링거 르네상스 시대

본 단락은 1000년의 중세암흑기 동안에 마치 삭막한 기나긴 사막을 지나는 질식할 것 같이 지쳐있던 대상들이 오아시스 샘물을 발견하는 것과 같이, '샤를마뉴에 의한 카롤링거 르네상스'는 1000년의 암흑기 사막의 중간에 오아시스와 같이 수십 년 동안 유럽을 새롭게 문명 세계로 영적으로 잠시 쉬어갈 수 있게 숨돌리게 하는 내용이다.

(1) 샤를마뉴 시대(742~814년)

오늘날의 서유럽 세계의 토대를 만든 것은 프랑크 왕국의 샤를마뉴(Chalemagne, 카를로스 마그누스, 카를 대제: 재위 기간 768년~814년 46년간) 였다. 서기 800년에 교황 레오 3세로부터 로마제국의 제관(帝冠)을 받고 게르만족, 기독교, 그리고 그리스·로마 문화를 계승하였다. 샤를 대제가 통치하는 지역은 중

대관식 (왕관을 받는 샤를마뉴를 묘사한 그림)

부 유럽대륙에 해당되며 지금의 독일, 프랑스, 이탈리아 지역([그림 1편3] 지도 좌측에 '프랑크 왕국' 참조)으로 카롤링거 왕조를 이루었다.

1) 중부유럽 전역에 기독교 전파

샤를마뉴와 같은 강력한 인물의 등장으로 서유럽(중부유럽) 전역에 기독교가 널리 전파되었다. 샤를마뉴와 카롤링거 르네상스 시대는 [그림 2편9] '성경중심 두 기독교 교회사 체계'에서 중앙에 ②켈트교회 유럽선교의

'황금기'와 '쇠퇴기' 중간에 위치한다. 샤를마뉴의 후원으로 사회적, 신학적, 정치적 전 영역의 문제들을 성경과 이전의 로마 시대 기독교 지도자들의 저작에 비추어 진지하게 재연구했다. 서로마 문화가 오랜 기간 (6~8세기) 점진적으로 몰락하는 암흑기 동안 부족민들이 이주해 들어옴으로써 삶 자체가 부족민 수준으로 격하되었을 때 그 상황을 혁신하기 위한 두 가지 위대한 이상이 있었다. 하나는 한때 로마가 가지고 있던 영광을 재건하자는 소망과 또 다른 하나는 모든 것을 영광의 주님께 굴복시키고자 하는 소망이었다. 이 두 가지 목적이 거의 달성될 뻔했던 정말로 중대한 시점은 서기 800년 전후의 샤를마뉴의 길고도 열정적인 통치 시기 (46년간)였다.

2) 카롤링거 르네상스 (Carolingian Renaissance)

프랑크의 국왕으로서 많은 정복 전쟁과 기독교 전파에 힘을 쓴 샤를마뉴(카롤루스)를 교황 레오 3세가 동로마 비잔티움 황제의 대항마로 쓰기 위해서 서기 800년 크리스마스 때에 서로마 황제로 대관식을 거행한 이후에 서로마 황제로 명명하였다. 당시 옛 서로마의 권역은 게르만족을 비롯한 수많은 이민족이 지나가며 자행한 파괴와 약탈행위에 철저히 야만 상태로 돌아갔다. 그런 상황에서 샤를마뉴는 고전 그리스-로마문화를 되살리고자 노력했다. 우선 수도 엑스-라-샤펠(현재 프랑스 아헨)에 학교를 만들고 문학과 문화를 크게 장려하였다. 스스로 평생 칼만 잡은 무인 출신 군주였지만 문화 부활과 장려에 심혈을 기울여 당시 서유럽의 문화가 크게 발달(부분적으로 되살린 고전 라틴 문화와 기독교 문화를 조합한 것으로 당시 실정을 고려한다면 대단한 발전이었음) 하게 되어 이후 서유럽 문명의 근본이 되었다. 이것을 카롤링거 르네상스라고 부르는 이유는, 샤를마뉴가 카롤링거 왕조의 군주 중 하나였기 때문이다.

하지만 샤를마뉴가 죽고 나서 제국이 빠르게 쇠퇴하며 분열하여 실질적으로 지속한 기간은 그리 길지 않았다. 그는 여러 면에서 지혜롭고도 영적인 지도력을 발휘했으나, 북쪽 발트해 연안에 있는 스칸디나비아인들에게까지 담대한 선교 활동을 펼치는 일에는 전혀 힘을 쓰지 않았다. 그의 아들 대에 선교사역이 시작되기는 했으나 이미 너무 늦었으며 미비했다. 이러한 사실이 그의 제국의 몰락에 크게 영향을 끼쳤다. (Mission. 195)

(2) 샤를마뉴 시대에 아일랜드 켈트교회공동체의 유럽 문명에 기여

5세기 때에 아일랜드에서 패트릭 선교팀과 그 이후 계승자들은 그 당시 성경이 라틴어로 기록되었기 때문에 성경을 읽고 가르치기 위해서 라틴어를 패트릭 선교팀과 그 이후의 선교팀도 아일랜드 선교지에서 집중적으로 교육하여야만 하였다. 토마스 카힐(Thomas Cahill)의 책 '어떻게 아일랜드인이 문명을 구했는가(How the Irish Saved Civilization)' 는 이러한 현실을 배경으로 하고 있다. 아일랜드인은 라틴어로 되어있는 성경을 선교하기 위하여 아일랜드에서 라틴어(외국어)를 배워서 유럽대륙에 건너와서 선교사와 라틴어 교사로 수천 명이 채용되어서 라틴어를 가르치고 또한 복음을 전파하였다.

켈트족 그리스도인들과 그들이 회심시킨 앵글로색슨족 및 유럽 대륙인들은 성경 말씀을 특별히 소중히 여겼다. 성경이 그들에게 영감을 주었다는 것은 이 '암흑' 세기 동안 만들어진 최고의 예술작품들이, 놀랍게도 장식된 성경 사본들과 경건하게 꾸며진 교회 건물들을 보면 잘 알 수 있다. 그들은 비기독교인 고전 작가들의 작품도 보존하고 필사하기는 했지만, 성경같이 애정을 가지고 멋지게 장식하지는 않았다. (Mission. 195).

(3) 카롤링거 르네상스와 14세기 르네상스 비교

보통 세계사에서 르네상스라고 지칭하는 카롤링거 르네상스 이후의 르네상스는 14세기부터 16세기경까지 이루어지는 문예부흥 운동이었다. (본서에서는 카롤링거 르네상스와 구분하기 위하여 편의상 '이탈리아 르네상스'라 호칭하겠다)

1) 14~16 르네상스(이탈리아 르네상스)

이 르네상스는 십자군 전쟁 동안 서유럽에서는 상실되었던 아리스토텔레스와 같은 고대 그리스나 로마 대철학자들의 저작이나 기록을 아랍과 동유럽으로부터 재수입하여 기존의 기독교 신학이나 신 중심 사고방식에 일대 변혁을 일으켰다. 이것이 문화나 예술로까지 파급하여 당시 신과 신학은 모든 사고체계의 중심에서, 인문주의를 발전시키고 인간 중심의 예술이 발전하는 등의 효과를 낳았다. 이는 신 중심 사고에서 탈피하여 사회학, 인문학 등의 학문을 발전시키고 헬레니즘 문화는 실증적인 자연과학을 발전시키는 토대가 되었다.

2) 두 르네상스의 차이점

카롤링거 르네상스는 기독교를 강화했지만, 이탈리아 르네상스는 인문주의를 숭상하고 기독교를 약화시켰다. 그리고 카롤링거 르네상스는 프랑스-독일(서유럽)에서 일어났지만, 이탈리아 르네상스는 이탈리아(남유럽)에서 일어났다. 물론 후일에 알프스 북부까지 파급되었지만 기원은 이탈리아였다. 또한 카롤링거 르네상스는 왕이 주도하여 라틴 문화의 복고주의였으나, 이탈리아 르네상스는 시민과 상공업 계층이 후원하였으며 그리스 문화의 복고적인 경향이 더 강했다.

4. 바이킹 침략과 '네 가지 선교 메커니즘'

앞 단락 1편 2절에서 기록한 북부 유럽 바이킹족 침략(9~11세기) 내용에 비추어서 다음 비자발적 선교에서 아래 '네 가지 선교 메커니즘' 내용에 대하여 살펴보자.

(1) 네 가지 선교 메커니즘

기독교는 다른 사람들을 축복하기 위해 '축복의 통로'가 되고 '제사장 나라'가 되기 위해서 [표 2편10]과 같이 '네 가지 선교 메커니즘'이 작용

했다. (Mission. 187)

1) 〈원심력, 팽창력〉

나아가는 것으로 자발적과 비자발적 두 종류가 있다. 선교 목적으로 자발적으로 가는 것과 선교적 의도 없이 비자발적으로 가는 것으로 바이킹에게 잡혀간 그리스도인들이 바이킹들을 개종시키는 경우이다.

2) 〈구심력, 흡입력〉

오는 것으로 선교를 목적으로 자발적으로 오는 것과 비자발적으로 와서 선교가 되는 것으로 바이킹족이 유럽 침략하여 궁극적으로 침략한 그 지역에서 기독교 신앙을 갖게 되는 경우이다.

네 가지 메커니즘	구 약	신 약	초대교회->1800년	현대 선교 시대
자발적으로 감 원심력(팽창력)	-아브라함이 갈대아 우르에서 가나안 땅으로	-베드로가 고넬료에게 가서 이방인 전도	-켈트족 선교팀이 영국과 유럽으로 감	-윌리암 캐리와 제 1세대 선교사들
비자발적으로 감 원심력 (팽창력)	-애굽에 종으로 팔린 요셉이 바로왕에게 증거	-팔레스타인 땅에서 쫓겨나와 로마제국 모든 지역으로 감	-바이킹에게 잡혀간 그리스도인들이 바이킹들을 개종시킴 (스칸디나비아에서)	-세계 2차대전 때 그리스도인 병사들이 돌아와서 150개의 선교단체를 시작함
자발적으로 옴 구심력 (흡입력)	-룻이 모압에서 유다로 가기로 선택함	-마케도니아 사람들이 바울에게 도움을 청함	-바이킹이 유럽 침략하여 궁극적으로 신앙을 갖게 됨 (침략한 유럽주둔지)	-기독교화된 서구에 방문객들 유학생들, 사업가들이 유입
비자발적으로 옴 구심력 (흡입력)	-이방인들이 고레스대제에 의해 이스라엘에 정착함	-로마 군대가 '이방인들의 갈릴리' 지역을 점령하고 침투	-아프리카에서 미국으로 노예들을 데려옴	-공산주의 탄압에서 피해 나온 난민들

[표 2편10] 시대별 '네 가지 선교 메커니즘

(2) 바이킹족 선교사례

선교사역에서 하나님 주권이 가장 잘 나타나는 역사적 사례이다.

1) 선교의 주체는 하나님이시다

이것은 [표 2편10] 시대별 '네 가지 선교 메커니즘'에서 선교학적 용어를 사용하면, 침략을 당하여 노예로 잡혀간 수도사나 여인들 처지에서는 셋째 줄 넷째 칸의 '비자발적으로 감. 원심력(팽창력)' 선교에 해당한다.

동시에 침략한 바이킹족으로서는 넷째 줄 넷째 칸의 '자발적으로 옴. 구심력(흡입력)' 선교에 해당하며, 이것은 하나님께서 그리스도인들이 자발적으로 선교를 하지 않을 때는 바이킹족이 침략해서 기독교인들을 포로로 강제로 데리고 가서 결국 하나님의 뜻대로 복음화를 이루어 내신다는 것을 의미한다. 실로 하나님은 우리를 구속하시기 위해서 자기 아들까지도 아끼지 않았던가? 따라서 사단이 악을 위해 도모한 일을 하나님은 다시 선으로 바꾸신 것이다. 우리는 귀중한 교회사 속에서 '바이킹족의 선교 모델'을 올바르게 이해하여야 하고 우리 후손들에게 가르쳐야 한다.

이 당시 로마가톨릭교회가 선교 할 수 있는 모든 여건이 갖추어져 있음에도 불구하고, 그들은 켈트교회 선교방식을 금지하고 오히려 로마교회 자신도 북방 야만족을 선교하지 않았다. 결국 바이킹족의 침략을 하나님께서 허락하여 선교를 하게 되는 결과와 마찬가지로, 우리가 선교하지 않았을 때는 하나님께서 그의 백성을 선교하시기 위해서 어떻게 섭리하셨는지를 [표 2편10] 시대별 '네 가지 선교 메커니즘'에서 '바이킹족 선교 모델'을 통하여 정확하게 똑똑히 가르쳐야 한다.

2) 선교명령에 순종하는 마음

그래서 각 시대마다 하나님이 선교를 진척시키기 위해 적극적인 관심을 나타내시는 것을 [표 2편10]에서 보게 되는데, 하나님의 백성들은 그 일에 적극적으로 사역하기도 했고 협조하지 않기도 했다. 예수님은 자기 땅에 오시지만 "자기 백성들이 영접지 아니하였다(요 1:11)." 나사렛 사람들은 예수님이 하나님께서 이방인들을 축복하기 원하신다고 말씀하시기 전까지는 예수님을 환영했다. 그러나 예수님이 그렇게 말씀하신 그 순간(누가복음 4:28) 사람들이 살기등등하며 분개하였는데, 이것은 택함 받은 백성-복을 받고 그 복을 전달하도록 택함 받은(출애굽 19:6)- '제사장 나라' 사명에서 멀리 벗어나 있다는 사실을 나타낸다.

이러한 상황에서 사실상 예수님은 대위임령을 주기 위해 오신 것이 아니라 빼앗아 가기 위해 오셨다. 원가지를 꺾기 우고 "원 가지가 아닌" 다른 가지들이 접붙여졌다(롬 11:13-24). 선교하도록 부름 받은 나라가 주로 소극적인 태도 -나중에 복음을 받아들였던 다른 나라들(로마가톨릭교회 사례 등)에게도 전형적으로 나타나는- 를 보였음에도 불구하고, 일부 신실하고 의로운 사람들 덕분에 많은 종족집단이 실제로 복음을 접했다.

(상세 내용은 "[주제설명 2장5]-바이킹족 침략과 북유럽 선교" 참조)

3절 말기 종교개혁 예비시대 (1200년~1517년)

십자군 전쟁, 페스트 전염병 창궐 등으로 예수 그리스도 복음 선교가 인간의 죄성으로 말미암아 고난을 받는 듯한 구속사적으로 기이한 시대를 맞는다. 그러나 중세 1000년의 로마가톨릭교회의 캄캄한 암흑기가 끝나가는 14세기 무렵, 하나님께서는 16세기 종교개혁의 여명을 알리는 영국과 영국교회를 준비시키신다. 그리고 또한 1492년 아메리카 신대륙을 발견시켜서 미래의 미국과 미국교회를 준비시키시는 시기이다. 암울한 중세 말기에도 하나님께서는 미래 세계선교를 위하여 예비하게 하신다.

1. 십자군 전쟁(1096년~1270년)의 피해

이전에는 어떤 나라나 집단도 십자군 전쟁에서 비극적으로 완패한 유럽처럼 열정적이고 지속적으로 예수님의 이름을 걸고 다른 나라 영토에서 전쟁을 자행한 적이 없다. 십자군 전쟁은 많은 정치적 의도를 지니고 있긴 하지만 로마가톨릭교회 지도자들이 열성적이지만 비복음적인 선동을 하지 않았더라면 일어나지 않았을 것이다. 십자군 전쟁은 유럽인 스스로에게도 전대미문의 유혈극이었으며 무슬림에게도 잔혹한 상처를 남겼다. 그뿐만 아니라 심지어 헬라-라틴 기독교 연합과 동유럽의 문화적 연합에도 치명타를 가했다. 장기적 관점에서 보면 서양의 그리스도인들은 예루살렘을 100년간이나 장악하고 있었지만, 십자군 전사들은 결국에 태만으로 동양의 그리스도인들을 오토만 술탄제국에 넘겨주는 계기를 만들었다. 그보다 훨씬 더 나쁜 결과는 그들이 선교에서 기독교적이라는 말이 지닌 가치를 오늘날까지도 손상하면서 기독교가 잔인하고 호전적인 종교라는 비성경적인 영원한 인상을 심어 놓았다는 것이다.

묘하게도 십자군의 선교가 비열한 기독교적 헌신에 사로잡히지만 않았더라도 그처럼 지독한 부정적으로 끝나지는 않았을 것이다. 십자군 전쟁이 주는 큰 교훈은 선의로 혹은 하나님의 뜻에 순종하여 희생적으로 행하는 일이라고 생각해도 하나님의 뜻을 분명히 이해하고 행했어야 한다는 것이다. [그림 2편4] 11~13세기경 십자군 전쟁 지역 세력 분포 (로마인 이야기-15권. 부록2)

(1) 십자군 전쟁 이란?

11세기 말에서 13세기 말 사이에 유럽 각국의 그리스도교도들이 성지 팔레스티나와 성도 예루살렘을 이슬람교도들로부터 탈환하기 위해 전후 8회에 걸쳐 200년 동안 감행한 원정에 참여한 군사를 십자군이라고 부른다. 당시 전쟁에 참여한 기사들이 가슴과 어깨에 십자가 표시를 했기 때문에 이 원정을 십자군이라고 부르게 되었으며 대부분의 원정이 실패로 끝났다.

(2) 십자군 전쟁 참가 배경

자군에게서 종교적 요인을 강하게 느끼게 되는 것은 표면적으로는 그리스도교도와 이슬람교도와의 전쟁이라는 점이지만 그 내면에는 정치적, 경제적, 사회적 이유에서 각 국가와 개인이 자기의 목적 달성을 위하여 참가하였다. 즉 교황은 교권 강화 욕심, 봉건영주 특히 하급 기사들은 새로운 영토지배의 야망에서, 상인들은 경제적 이익에 대한 욕망에서, 또한 농민들은 봉건사회의 중압에서 벗어나려는 희망에서 저마다 정치적, 경제적, 사회적 이유로 원정에 가담하였다.

1) 십자군 전쟁의 배경

그리스도교 영향권에 있던 동유럽과 소아시아와 북아프리카가 국가들이 이슬람교의 세력에 의해 7~8세기에 차츰 점령되기 시작하면서 서유럽 그리스도교 세계가 위기를 느끼면서 11세기 말에 그리스도교가 이슬람교(이교도)를 몰아낸다는 명목하에 이루어진 전쟁이다.

[그림 2편4] 11-13세기경 십자군 전쟁 지역 세력 분포(로마인 이야기-15권. 부록2)

2) 십자군 전쟁의 원인

그 당시 모든 그리스도 교인의 의무로서, 예루살렘 성묘에 참여하고, 이슬람이 점령한 성도를 탈환하여 시리아 팔레스타인의 교회를 해방하기 위한 군사행동을 하여야 한다는 잘못된 선동에 의한 믿음이 있었으며, 1095년 삐아첸자와 끌레르몽 교회 회의에서 교황 우르바노 2세는 동로마 제국의 알레시오 황제가 파견한 자들로부터 위급한 상황을 전해 듣고, 그리스도의 성지를 되찾고 동방의 그리스도인들을 구출하기 위해 원정군을 보내자고 호소함에서 시작되었다.

(3) 십자군 전쟁 원정 결과

십자군 원정의 결과는 결국 서유럽 사회의 변질을 촉진하는 요인으로 작용하게 되었다. 원정의 실패는 그렇지 않아도 세속화의 경향을 보이기 시작하고 있던 교황과 교회의 권위를 더욱 떨어뜨렸으며, 또 이 무렵 벌써 성장하기 시작하고 있던 상공업과 도시를 한층 발전시켰다. 이와 함께 로마가톨릭교회의 세속화와 타락의 경향이 더욱 심해져 중세 말기에는 교회의 개혁을 외치는 소리가 점점 높아졌다. 이처럼 정치, 경제, 종교 등 사회 각 방면에 동요와 불안이 고조되어가고 있는 가운데 중앙집권적인 민족국가의 성립, 대규모적인 상공업의 발전, 르네상스, 종교개혁 등 근대 유럽의 탄생을 알리는 여러 움직임이 나타나게 되었다.

2. 유럽지역 페스트(흑사병) 역병 창궐 (1346년~1386년)

200년 동안의 지긋지긋한 십자군 전쟁이 끝이 나고 70년쯤 지나자 이제는 또 다른 복병 페스트 전염병이 창궐하여 유럽대륙을 40년 동안 고통 속에 몰아넣었다. 제4기 때 갑자기 새로운 침입자 페스트(Pest; 흑사병)가 나타났다. 그런데 21세기 2020년에도 코로나-19 전염병 팬데믹 사태로 전 세계에 1억 명 이상의 감염자와 100만 명 이상의 사망자를 낳고 자유롭게 활동하지 못하는 폐쇄적 상태에서 참혹한 나날을 겪고 있다. 그런데 하물며 14세기 유럽에 의학적인 치료 수준도 현저히 낮은 상태에서 더 혹독하고 참혹한 시련을 맞이했다.

(1) 유럽 전역에 전염병 창궐

그것은 이전 어느 때보다도 적의에 차 있었고 이전 어느 때 보다 유럽사회에 더 큰 환란과 재앙을 가져왔다. 1346년 처음 나타났고 그다음 10년간 매우 자주 나타나 페스트의 침입은 고트족이나 앵글로색슨족 혹은 바이킹의 침입보다 유럽 기독교사회에 더 큰 퇴보를 가져왔다.

[그림 2편5] 6개월 간격으로 흑사병이 상륙하여 퍼져 나간 유럽지역 지도에서 보는 바와 같이 페스트는 처음에는 흑해 크림반도에서 시작하여 이탈리아와 스페인 일부를 황폐시켰고, 그다음에는 서쪽과 북쪽으로 프랑스, 영국, 네델란드, 독일, 스칸디나비아로 퍼져 나갔다. 40년 후 페스트가 자연히 소멸할 때쯤에는 유럽 인구의 1/3에서 1/2이 죽었다. 경건한 영적 지도자들이 겪은 피해는 특별히 심각했는데, 그들은 뒤에 남아서 아

픈 사람들을 돌보고 죽은 사람들을 장사지내 주었기 때문에 피해가 더 컸으며 유럽은 완전히 황폐해졌다.

흑사병으로 큰 피해를 본 것은 농촌 지역보다는 사람들이 많이 사는 도시 지역이었다. 흑사병으로 인해 전체 유럽 인구의 1/3이 죽었는데 피렌체와 같은 도시에서는 도시 인구의 2/3가 죽기도 하였다. 흑사병으로 도시 거주 인구가 많이 감소하면서 적은 인구로 인한 노동력 감소로부터 도시를 효율적으로 운영하기 위해 여러 가지 노력이 진행되었다. 그 때문에 각 도시에서는 길드(Guild :중세시대에, 상공업자들이 만든 상호 부조적인 동업 조합)를 통하여 길드 소속원들에 대한 통제를 진행하였고 길드에 속하지 않은 노동자들에 대해서도 도시의 통치 기관 차원의 통제가 강화되어 도시를 보다 효율적으로 운영되게 하였다.

(2) 전염병 팬데믹 기간에 영어 성경 번역 사역 완료

14세기 말에 영국교회가 자국어 영어 성경 번역 사역이 로마가톨릭교회의 라틴어 성경만이 사용되었던 유럽교회에서 로마교회 방해를 받지 않고 가능하였던 것은, 유럽 전역을 페스트 역병으로 40년간(1346년 ~1386년)을 공포의 시기에 이룩한 점을 유념하여야 하겠다.

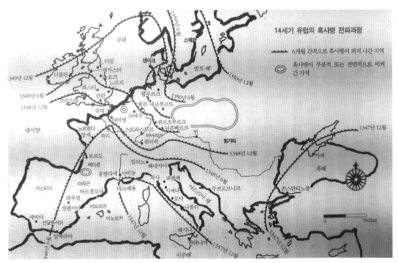

[그림 2편5] 14세기 유럽의 흑사병 전파 과정(전염병의 세계사. 187)

이 전염병은 1346년 크림반도의 교역 도시 카파 [그림 2편5] 우측 중앙에 흑해 연안 도시를 포위 공격하던 한 몽골 왕자의 군대에서 처음 발생했다(전염병의 세계사. 186). [그림 2편5]의 흑사병 유럽 상륙 지도에서 살펴보면 1347년 12월에 이탈리아반도 바티칸 로마가톨릭교회를 흑사병 역병이 상륙하여 1348년 6월에는 북부 이탈리아와 프랑스 파리까지 전파되었으며, 1348년 12월에는 영국 런던에 상륙하여 1349년 12월에 스코틀랜드 북쪽 영국 전역으로 흑사병이 북상하며 퍼져 나가기 시작하여다.

그런데 앞에서 설명하였던 존 위클리프의 추종자들이 영어로 번역하는 최초의 영어 성경을 만드는 영어 성경 번역 사역은(1380년~1384년), 유럽 전역을 페스트 역병으로 40년간(1346년~1386년) 공포의 시기 끝자락 동안에 이루어졌다. 만약에 평온한 평상시기 같으면 로마가톨릭교회가 영국 성경 번역작업을 방해하지 않고 그대로 허락하였을까? 유럽 전역 전염병 팬데믹(Pandemic) 사태 기간에 로마가톨릭교회가 꼼짝없이 왕래를 단절하고 교류를 금지하는 기간에 영국교회는 하나님 은혜로 자국어 영어 성경 번역과 보급을 할 수 있었다고 믿는다.

3. 14~16세기 종교개혁 예비기 : 영국교회를 예비하심
- [그림 1편2] 중앙에 ③종교개혁 예비기 -

유럽대륙에 십자군 전쟁 이후 흑사병 역병 전염 시기는 유럽대륙 '종교개혁-예비기'에 속한다. 이 시기는 바이킹족에 의한 침공으로 발트해 북유럽 지역 스칸디나비아반도에 무력침공으로 비자발적 선교가 12세기까지 이루어지는 것 이외에는 이렇다 할 성경적인 세계선교가 잠깐 멈춘다.

우리는 구약에서 신약으로 넘어가는 기원전과 후 과도기로, 말라기서 이후 예수님 탄생과 신약성경 계시 때까지 이 약 400년간 하나님 예언이 멈추었던 시기를 대 침묵기(The Great Silence)라고 한다. 이는 마치 유럽 대륙에서도 12세기 켈트교회공동체의 유럽선교 중단 이후에 중세 십자군 전쟁과 페스트 전염병 이후 16세기 종교개혁까지 복음 선교사역과 교회 부흥이 400년간 침묵기에 해당하는 [그림 1편2] 중앙에 '종교개혁-예비기'를 갖게 되었다고 비유할 수 있겠다.

(1) 2000년 기독교 교회사에서 영국과 영국교회의 특이한 역할

본 단락에서 14~16세기 종교개혁 전까지 영국교회 내용을 살펴보려고 하는데, 본서에서 '영국교회'라 함은 협의로는 자국어 성경 영어 성경 번역을 완료한 1384년부터 시작하여 1534년 영국 국왕 헨리 8세가 로마가톨릭교회와 단절하는 영국의 종교개혁까지 위의 14~16세기 150년 기간을 말하겠다. 그러나 광의로는 일반적으로 5세기 패트릭 선교로부터 시작하여 21세기 현재까지 1500년간의 '영국'과 '영국교회'를 주로 지칭하겠다.

필자는 본서를 작성기 전부터 평소에 역사적으로 5세기 영국 패트릭의 켈트교회공동체 선교사역부터 시작하여 21세기 현재까지, 영국과 영국교회를 하나님께서 특별하게 사용하시고 계신다는 생각을 늘 갖고 있었다. 왜냐하면, 하나님의 2000년 교회사에서 영국과 영국교회를 한번 제외하고 없었다고 생각해보자! 이는 마치 신약성경에서 그 절반에 해당하는 사도 바울이 기록한 바울 서신서를 제외하고 없다고 가정하고, 나머지 신약성경을 논하는 것과 같다고 생각한다.

□ 영국과 영국교회를 만지시는 특이한 손길

그만큼 영국과 영국교회를 사용하시는 하나님의 특이한 교회사적인 특별한 손길을 느끼게 된다. [그림 1편2]의 '성경중심 기독교' 그림을 살펴보면 ①초대교회 이후 영국과 아일랜드는 5세기부터 ②켈트교회 부흥으로 ⑧로마가톨릭교회를 대신하여 유럽대륙 선교를 담당하는 것을 출발점으로 하여, ③영국교회 종교개혁 예비기에는 14세기부터 풍성하게 복음적인 자국어(영어) 성경 연구가 허락되어 졌다. 종교개혁으로 유럽대륙의 100년간의 휘몰아치는 유럽종교전쟁에도 불구하고 영국교회는 비교적 안정적으로 보존되어서, 그다지 유혈 전쟁 없이 로마가톨릭교회를 상대하는 든든한 개혁교회 우군의 버팀목 역할로 성장하고 있었다.

그리고 17세기 이후 영국교회는 ④세계교회 부흥 선교에 앞장을 서서 청교도 기반으로 신대륙 미국교회를 낳게 하였으며, 영국 연방 교회(호주교회, 캐나다교회)와 함께 그 역할을 19세기 미국교회가 이어받기까지 역할을 다하였다. 즉 영국과 영국교회는 [그림 1편2]상단의 5세기 ②켈트교회부터 ③영국교회 예비기에서 연속되는 21세기 현재까지 1500년 기간은, 이 그림 하단의 ⑧로마가톨릭교회 중세암흑기 +⑧' 로마가톨릭교회의 1500년과 대비하면서, 성경중심 기독교 국가와 교회로서 든든하게도 세계선교 리더 역할을 담당하고 있었다.

오죽하면 신대륙 북아메리카 대서양 연안 13개 주를 뉴잉글랜드(새로운 영국)로 불렀으며 - 미국 국기 성조기에도 13개 주를 상징하는 13개의 적색과 백선의 선으로 뉴잉글랜드(새로운 영국)를 표시하고 있는데 - 13개 주 뉴잉글랜드는 18세기 이후 미국 팍스·아메리카 시대를 출발하는 상징과도 같은 지역이 되었다. 그만큼 세계사와 2000년의 교회사에서는 영국과 영국교회를 하나님께서 특이하게 사용하셨다고 믿는다. [그림 1편5] '초대교회부터 세계선교 진행 방향 지도'를 살펴보면 '6-15C 켈트교회 유럽선교 영국교회 복음화' 부터 시작하여 '16~18C 유럽교회가 미국교회 선교' 이후까지 늘 그 중심에는 항상 영국과 영국교회가 그 역할을 하도록 하나님께서 은혜를 주셨다.

그것은 영국교회뿐만 아니라 영연방 호주교회, 캐나다교회도 마찬가지인데, 한 가지 사례를 소개하겠다. 일제 강점기에 조선 한반도를 선교하던 서구교회는 1920년도에 조선 반도를 효율적으로 선교하기 위하여 담당 구역을 네 곳으로 구분하여 선교한다. 미국 북장로교는 서울과 서북지역, 미국 남장로교는 전라도와 충청도, 호주 장로교는 경상도, 캐나다 장로교는 원산과 동해안 동북지역 선교를 담당하였다[80]. 영국 연방 교회들

---

80) 김영재. 『한국 교회사』(개혁주의신행협회, 1996), 92.

도 19세기 이후에 하나님의 세계선교 대열에 동참하여 일익을 담당하고 있었다.

□ 중세암흑기 끝자락에 종교개혁을 예비하는 영국과 영국교회

하나님께서는 1000년의 로마가톨릭 중세교회의 암울한 끝자락 14세기에서, 유럽교회의 종교개혁을 위하여 로마가톨릭교회의 유럽대륙에서 도버해협을 건너 조금 떨어진 섬나라 영국의 교회를 미래 부흥을 위하여 사전에 예비시키고 계셨다. 그리고 1492년 아메리카 신대륙을 발견하여 장차 미국교회를 예비시키는 하나님께서, 미국교회가 18세기에 흥왕하기 전까지는 영국의 교회를 14세기 이후부터 일으켜 준비시키시고 부흥시켰다. [그림 1편2]를 중심으로 살펴보면 하단에 '교권중심 기독교'는 5세기부터 이탈리아와 로마가톨릭교회가 중심이 되어서 21세기 오늘날까지 지속하고 있는 반면에, 중앙에 '성경중심 기독교'는 5세기부터 영국과 영국교회 패트릭부터 시작하여 14~16세기 종교개혁 전후와 18세기 미국교회 수립과 21세기 현재까지 영국과 영국교회가 늘 그 중심에 있었다.

(2) 알프레드 대왕 공예배 시에 라틴어 금지하고 자국어 사용

9세기 바이킹족 침략의 이러한 무시무시한 공포 속에서도 약간의 축복은 있었다. 영국 남부지역 웨식스(Wessex)의 알프레드 대왕은 재위 기간 28년(871~899년)으로 22세에 즉위하여 9세기 말 영국 남부의 웨식스 왕국의 국왕으로 영국의 역대 왕 중에서 유일하게 대왕(대제 the Great) 칭호를 받은 왕이다.

1) 영국의 기틀을 이룩한 알프레드 대왕

특히 알프레드 대왕(Alfred the Great: 849~899년)은 바이킹의 침략에 맞서, 잉글랜드 북부를 완전히 정복하고, 남부 잉글랜드에 있는 웨식스까지 넘보던 바이킹들을 여러 번 패퇴시켰다. 그리하여 국가와 민족적으로는 '잉글랜드'라는 국가 및 민족의 정체성을 확립한 왕으로 평가받고 있으며 현재에도 영국인들(잉글랜드인들)에게 많은 존경을 받는 대왕이다.

2) 초기부터 자국어 공예배로 영국교회 정체성 확립에 노력

알프레드 대제는 그 당시 교회 예배 때 일반적으로 라틴어(고대 이탈리아어)를 사용하던 것을 중지하고 자국어인 앵글로색슨어(고대 영어)로 기독교 문서를 만들기 시작했다. 16세기 종교개혁 시기에는 독일을 비롯하여 각 국가가 모국어로 된 성경을 갖기 위하여 로마가톨릭교회에 대항하여 투쟁하였다. 하지만 영국은 알프레드 대왕이 9세기 말 이후부터 자국어로 기록된 교회 예식에서 라틴어가 아닌 자국어로 공예배를 드리게 되었다.

이때는 마침 바이킹 침략의 비극으로 유럽 각국 교회에 대한 로마가톨릭교회 통제가 느슨한 시기였으므로, 자국어 공예배가 가능하였지 평상시 같았으면, 아마도 이러한 자국어로 공예배를 드리는 결정이 수 세기는 지연되었을 것이다. 이것으로 후세 14세기에 영어 성경 번역의 터전을 마련해 주었다.

3) 라틴어 서적 영어로 번역

알프레드 대왕은 유용한 라틴어 서적들을 누구나 이해할 수 있는 그 당시 자국어 고대 영어(Old English)로 옮겨야 할 필요성을 절감하고 거국적인 번역작업에 착수하였다. 그가 직접 참여했던 역서들로서는 그레고리 교황의 『성직자의 계율』, 비드사(師)의 『영국교회사』, 로마의 철학자 보에티우스의 『철학의 위로』, 오로시우스의 『세계의 역사』 등이 있다. 대왕은 왕궁 곁에 교회당과 라틴어 서적을 고대 영어로 번역할 수 있는 시설과 거처를 마련하고, 많은 지식인을 뽑고 양성하면서 라틴어 서적을 고대 영어로 번역하는 사역을 미래 잉글랜드 왕국을 위한 필생의 사업으로 생각하고 그가 재위에 있는 날까지 지속해서 수행하였다.

어쨌든 크리스토퍼 도슨이 말하듯이 바이킹족 침략에 의한 영국과 유럽의 유례없는 황폐화는 '이교도의 승리' 가 아니었다. 롤로(Rollo)의 지도하에 유럽대륙에 상륙한 북방민족들은 기독교화된 노르만족이 되었으며, 중부 영국의 거대한 부분을 차지했던 덴마크 사람들(영국과 아일랜드 여러 곳에 동족들을 심어 놓았던 노르웨이 출신 침략자들과 함께) 또한 곧 그리스도인이 되었다. 복음은 너무나 능력이 있었다. 그 결과 새로운 기독교 문화가 역으로 스칸디나비아로 거슬러 퍼져 나갔다. 이것은 주로 최초의 켈트교회공동체들과 선교를 강조한 초기 목회자들이 있던 아일랜드 교회와 영국 교회로부터 나온 것이었다. 아일랜드와 영국이 잃은 것을 스칸디나비아는 얻었다. 이로 인하여 스칸디나비아는 기독교 복음을 라틴어 성경 대신에 자국어 스칸디나비아 언어 성경을 처음부터 갖게 된다. (Mission. 197).

(3) '영국 종교개혁의 샛별' 존 위클리프

존 위클리프(1320~1384년)는 14세기 옥스퍼드대학의 유명한 학자였으며, 그는 평생토록 이 대학과 관련을 맺었다. 그는 죽는 날까지 로마교회의 사제였지만, "교회의 유일한 머리는 그리스도이며 복음 정신으로 다스리도록 예정된 사람이 아니라면 교황은 적그리스도의 대리자"라고 선언했다.

1) 존 위클리프의 자국어 영어 성경 번역 사역

그는 로마교회 사제였지만 "권력을 장악하고 있는 교권제도와 특별한 종교적 신성을 주장하는 수도사와 탁발 수도승은 성경적 기반을 결여하고 있다."라고 역설했다. 그는 화체설[81]이 성경에도 이성에도 전적으로 어긋난다고 하며 거부하였다. 또한 『성경의 진리』라는 저서를 출판하여 "진리의 근원은 교황이 아니라 성경이다"라고 주장하였다.

9세기 알프레드 대왕이 이룩한 라틴어 대신에 자국어 고대 영어로 교회 예배를 드리도록 하였던 기반 위에, 위클리프의 추종자들이 라틴어 성경 불가타 역본을 대체하여 영어로 번역하는 최초의 영어 성경(1380년~1384년)을 만드는 일의 중요성은 존 위클리프의 가장 큰 업적이라고 하여도 지나치지 않다.

---

81) 화체설이란 성만찬에서 떡과 포도주가 사제에 의하여 그리스도의 살과 피로 변화된다고 하는 로마가톨릭의 교리이다. 성경은 그리스도의 살과 피를 기념하는 '상징성'의 의미로 기록되어 있다.

그 영향력은 매우 광범위하여서 영국의 귀족과 농부가 다 같이 성경 말씀을 자국어로 이해함으로써 복음의 진리를 자각할 수 있게 되었을 뿐만 아니라, 영국교회가 하나님의 교회사에서 '성경중심 기독교 전승'이라는 사명을 감당할 수 있는 밑거름이 되었다.[82] 또한 바이킹족 침략 이후 비자발적으로 복음화를 이룩하게 되는 스칸디나비아족은 처음부터 로마가톨릭교회의 직접적인 영향력 아래 놓여 있지 않았기 때문에, 자기 모국어로 번역된 성경을 사용할 수 있었으므로(Mission. 200.), 비교적 성경 말씀 중심 복음화를 이룰 수가 있었다. 스칸디나비아반도가 자국어 성경에 입각한 복음화로 스웨덴은 개혁교회의 일원으로서 로마가톨릭교회와 유럽종교전쟁에서는 스웨덴 교회는 개혁교회로써 큰 역할을 하게 된다.

2) 영국교회 복음 진보에 로마가톨릭교회 방해에서 보호하시는 하나님 섭리

하나님께서는 바이킹 침략전쟁과 흑사병 역병을 허락하시어 로마가톨릭교회가 영국교회 복음적 진보를 방해하지 못하도록 전쟁과 역병으로 섭리하셨다고 믿는다. 9세기 알프레드 대왕 때 라틴어 이외의 자국어로 예배를 드리는 복음적인 진보는 대단히 중요한 결정이며 바이킹 침략의 비상시기에 이러한 조치가 행하여지지 않았더라면, 로마가톨릭교회의 방해로 성공하지 못하였을 것이다. 꼭 같은 이치로 앞 단락 전염병 창궐에서 살펴보았지만, 영어 성경 번역 사역(1380년~1384년)은, 유럽 전역을 페스트 역병으로 40년간(1346년~1386년)의 전염병 공포의 시기 동안에 이루어졌다.

그 당시 로마가톨릭교회 권력이 막강하여 얼마나 강력하게 시행되었는가 살펴보면, 유럽 전염병 팬데믹 사태가 조금 지난 30년쯤 이후에, 1415년 개최된 콘스탄츠 공의회에서 체코 프라하대학 총장 존 후스(얀 후스)가 성경 말씀에 순종하여 복음적 개혁 활동에 대한 죄목으로 로마교회 교황 존 23세 때에 종교재판에서 사형이 선고되어 화형으로 순교하였던 다음

---

82) A. M. Renwick, 『간추린 교회사』 97, *The Story of the Church*.

단락의 내용을 살펴보면, 이 시기가 얼마나 로마가톨릭교회에 의하여 철통같은 권력에 휘둘려지고 어두운 죽음의 그림자가 드리워지는 암흑시기인가를 상상할 수 있다.

3) 영국교회의 복음주의 태동과 인쇄술 발달

14~16세기 유럽 르네상스 문예 부흥 운동의 기운으로 엘리트 지식층들이 헬라어와 히브리어로 되어있는 성경 원전을 읽기 시작하였다. 성경 원전을 통하여 복음의 눈이 밝혀지기 시작하면서 로마가톨릭교회의 비성경적 교리를 엘리트 지식층이 발견하고, 이때부터 1517년 종교개혁 횃불이 타오르기 시작할 때까지 100년 동안, 유럽의 가톨릭 각 국가가 종교개혁을 시작할 수 있는 복음적인 밑바탕 역할을 영국교회가 담당할 수 있었다.

□ 종교개혁 직전의 유럽 기독교 교계의 형편

1517년 마틴 루터에 의한 종교개혁 이전의 유럽 기독교 교계의 형편을 한번 살펴보자. 로마가톨릭교회의 잘못에 대해 탄식했던 사람은 루터뿐만이 아니었다. 그보다 100년 앞서, 체코의 종교개혁가인 존(얀) 후스는 면죄부 판매를 정죄하였다. 심지어 후스 이전에도 영국의 존 위클리프는 로마교회가 고수하고 있는 일부 전통들(마리아 숭배 교리 등)은 성경에 근거한 것이 아니라고 지적하였다. 그리고 루터와 동시대 사람들인 로테르담의 에라스무스와 영국의 윌리엄 틴들[83]은 교회의 개혁을 주장하였다. 그리하여 구텐베르크가 독일에서 1450년경에 금속활자 인쇄기를 발명한 덕택에 루터의 목소리는 다른 개혁가들의 목소리보다 더 크고 더 멀리 신속하게 퍼져 나갔다.

□ 1455년 독일 구텐베르크의 금속활자 인쇄기 역할

구텐베르크의 금속활자 인쇄기는 1455년 당시 독일 마인츠에서 가동되

---

83) 윌리엄 틴들(1494~1536년): 존 위클리프는 14세기에 라틴어 성경을 처음으로 영어 성경으로 번역을 하였고, 그다음에 종교개혁가 틴들은 16세기에 히브리어와 헬라어 원어 성경을 영어로 번역하였다. 종교개혁가 윌리엄 틴들은 1536년 10월 화형으로 순교하게 된다.

고 있었다. 16세기 초 1517년 종교개혁 시작기에는 벌써 독일의 60개 도시와 유럽의 12개국에서 금속활자 인쇄기가 도입되었다. 그리하여 사상 처음으로 대중은 관심거리들을 금속활자 인쇄기로 대량의 인쇄물들로 신속히 접할 수 있었으며, 루터가 작성한 종교개혁 95개 조항은 이러한 인쇄술의 발달로 대량으로 인쇄되어 유럽 전역에 삽시간에 배포되었다. 교회개혁 문제는 더 이상 독일이나 어느 특정 지역의 국지적인 문제가 아니었고, 그 문제는 유럽 전역에 광범위하게 논쟁을 불러일으켰으며, 마르틴 루터는 순식간에 독일에서 가장 유명한 사람이 되었다.

이는 마치 현대 사회에서 인터넷 문명의 발달로 5G와 같은 빠른 속도의 통신망으로 온 지구촌에 정보를 전달할 수 있는 오늘날의 SNS 수단과 같이, 15세기 유럽 금속활자 인쇄술 발명은 손으로 필사하여 만드는 성경에서 금속활자 인쇄기로 대량의 성경책을 손쉽게 널리 자국어 성경책을 보급할 수 있었다. 또한 종교개혁가들의 -루터의 95개 조항과 같은- 성경적 개혁 사상을 널리 신속하게 전달할 수 있는 수단이 되었다. 16세기는 독일어 성경을 비롯하여 프랑스어와 스페인어 등 자국어 성경이 번역되어서 대량 인쇄술 같은 보급 수단이 절실히 필요로 하였던 시기였다.

4) 성경적 복음화된 영국교회는 기독교 사회 문화의 산실 역할

영국은 평민들에게도 자유롭게 자국어 영어로 성경이 200여 년 전 1384년 이후부터 사용되어 학습한 결과로, 기독교 복음 신앙으로 영국 기독교를 개혁할 수 있는 토양을 마련하였던 반면에, 유럽대륙의 교회들은 자국어로 성경을 학습한 성경적 복음 지식이 전혀 없으므로, 종교개혁 과정에서 로마가톨릭교회 교리들로만 무장된 로마가톨릭교도들은 개혁교회를 타파 대상으로 학습되어 무력으로 마치 십자군 전쟁과 같이 피비린내 나는 종교전쟁과 학살 등이 종교개혁 이후에 100년 동안 유럽종교전쟁이 자행되었다.

그러나 영국교회는 일찍이 자국어 성경 말씀으로 복음적으로 양육되어 비교적 점진적으로 로마가톨릭교회로부터 종교개혁을 할 수 있었다. 이러한 상황은 현대 21세기 교회 성도에게는 당연한 내용으로 이해되지 않지만, 그 당시 중세 로마가톨릭교회가 라틴어 성경만을 주장하고 이탈리아 이외 외국인들은 성경을 읽을 수가 없으므로, 영국교회가 자국어 성경을 읽고 말씀의 능력으로 은혜를 깨닫고 신앙생활을 할 수 있다는 것은 중세시대에 영국교회 교인들 만의 축복이었다. 자국어 영어 성경을 번역한 업적의 존 위클리프를 '영국 종교개혁의 샛별'이라고 우리가 부르는 것은 이러한 이유 때문이라 하겠다.

이것으로 로마가톨릭교회 중세암흑기 치하에서 자국어 성경 번역에다 금속활자 덕분으로 성경을 쉽게 구입할 수 있어서, 성경이 귀족은 물론 평민들에게까지 획기적인 복음의 진보를 이룰 수 있는 엄청난 변혁의 시대를 맞이할 수 있도록 하나님께서 유럽교회를 허락하셨다.

□ 영국교회는 복음주의 교단 창설의 산실

16세기 종교개혁 직후부터 벌써 영국에서 존 낙스(1515~1572년)에 의한 장로교단 창설, 1612년 헤리스에 의한 런던에서 침례교단 창설, 존 웨슬리(1703~1791년)에 의한 감리교단 창설 등을 이루었다. 이것은 14세기부터 영국교회의 자국어 성경연구에 기반을 두었던 든든한 복음주의 신학의 바탕 위에서, 16세기부터 미래의 세계 선교사역에 개혁교회에서 중추적인 역할을 담당하는 장로교단, 침례교단, 감리교단 세 종류 교단을 차례로 창설할 수 있었던 것은, 하나님께서는 14세기부터 영국교회를 준비시켜 놓았던 결과들이라 할 수 있겠다. 상기 세 종류 교단 등을 중심으로 개혁교회들이 21세기 끝날까지 그리스도 복음을 세계 방방곡곡 땅끝까지 전하는 성경적 복음 전승이 이미 영국교회에서부터 준비되고 있었다.

(4) 유럽대륙교회 신학에 영향을 미치기 시작하는 영국교회

14~15세기 영국의 성경적 복음 운동은 유럽대륙과 복음 운동을 연계하면서 전파되어 폭발적인 종교개혁이 태동하게끔 폭풍전야의 시대로 성경적 복음이 무르익어 가고 있었다.

1) 체코의 존 후스(얀 후스)와 복음 교류

'영국 종교개혁의 샛별' 존 위클리프(1320~1384년)는 로마가톨릭교회의 화체설, 로마교회의 무오성 등의 모두 비성경적인 것으로 배척했다. 그의 이러한 복음주의 사상은 유럽대륙에도 전파되어 프라하대학 총장이었던 존 후스(1360~1415년)와 체코 보헤미안 사람들에게 깊은 감동을 주었다. 당시 영국 옥스퍼드대학과 체코 프라하대학 사이에는 밀접한 교류가 있어서 영국교회 위클리프의 가르침은 대륙 체코교회 존 후스와 보헤미아(체코) 사람들에게 깊은 영향을 끼치게 된다.

2) 체코의 존 후스 (1360~1415년) 순교

가난한 농부로 태어난 존 후스(얀 후스)는 자기 능력으로 당시 유럽에서 파리와 옥스퍼드 다음으로 중요한 대학이었던 체코 프라하대학 총장이되었다. 그는 진정한 회심을 경험했고 불타는 정열로 성경적 복음을 선포하고 두려움 없이 일상의 죄악을 꾸짖는 보헤미아 언어로 말하는 능력 있는 설교자였다. 존 후스가 성직자들의 탐욕과 사치와 나태를 공격할 때마다 가톨릭교회는 그를 대적했다. 존 후스의 복음적 개혁 활동을 저지시키기 위해서 로마가톨릭교회 대주교는 그의 설교를 중지시키고 그의 저서들은 공개적으로 불태워졌다.

그는 1415년 개최된 콘스탄츠 공의회에 소환되었고, 독일 왕이며 선제후인 지시스문트가 발행한 안전 통행증을 의지하고 그는 소환에 응했다. 그러나 그는 로마가톨릭교회에 의하여 투옥되었고 야만적 대우를 받았다. 독일 황제는 석방 명령을 내렸지만, 교황과 추기경들에 의하여 취소되고 말았다. 7개월간 혹독한 고통을 당한 후, 후스는 장난 같은 종교재판에서 '하나님의 말씀에 위배되지 않는 한 나의 설교를 철회하지 않겠다'고 선언하였으나 사형이 선고되었다. 1415년 그는 그 종교재판에서 가장 치욕적인 모독을 당한 후에 콘스탄츠 교외 사형장에서 화형을 당하여 순교한다(간추린 교회사. 99, 존 후스).

3) 원고와 피고가 뒤바뀐 사악한 15세기 종교재판

한편 이 의로운 사람 존 후스의 죽음에 대한 책임을 져야 하는 로마가톨릭교회는 교황 존 23세 때에 콘스탄츠 공의회가 개최되었다. 그 당시 종교재판의 가톨릭교회 교황은 존 23세로써, 교황 자신은 세상적인 사악한 일에 몰두하고 있었다. 역사가 마가렛 딘슬리는 존 23세 교황을 가리켜 '교황 성의를 걸친 산적'이라고 했고, 대주교 트렌치는 콘스탄츠 회의가 끝나기도 전에 '수없이 많고 극악무도한 범죄와 또 이에 대한 조사를 회피한다는 혐의로 교황 존 23세는 교황직에서 축출당했다'[84]라고 기록하였다.

이 얼마나 참담한 일인가!

15세기 유럽대륙은 의로운 복음주의 종교개혁가 존 후스는 콘스탄츠 종교재판에서 참된 성경적 복음을 설교하고 주장하였다는 죄목으로 사형이 선고되어 화형으로 순교를 당하였던 반면에, 그 공의회 최고책임자인 존 23세 교황은 '수없이 많고 극악무도한 범죄와 또 이에 대한 조사를 회피한다는 혐의로' 교황직에서 축출당하게 되는 로마교회가 타락한 부도덕한 사회 극치를 후 세대에게 보여주었다. 로마가톨릭교회의 종교적 탄압이 극심하였던 14~15세기에도 영국교회는 유럽대륙 교회에 이때에도 복음적인 선한 영향력을 미치고 있었다.

또한, 이 콘스탄츠 공의회에서는 수십 년 전에 사망하고 없는 영국의 존 위클리프에게 로마가톨릭교회에 반대하여 성경의 진리를 주장하였던 것에 대하여, 콘스탄츠 공의회는 사망하고 수십 년이 지난 존 위클리프에게 화형을 선고하고 위클리프 시신을 무덤에서 꺼내어 화형을 시키고 그 뼈를 물에 뿌리는 부관참시(剖棺斬屍)의 비기독교적 만행을 저질렀다.

(5) 착실히 진행되는 스코틀랜드의 종교개혁 사례

스코틀랜드에서처럼 그렇게 완전하고도 철저한 종교개혁은 세계 그 어느 나라에서도 없었다. 소란스러운 역사를 가진 이 작은 나라에서 로마가톨릭에 대하여 사실상 생명의 손실을 크게 받지 않고 또 별로 많은 사람

---

84) R. C. Trench, *Mediaeval Church History* 『중세교회사』, 291.

이 투옥되지 않은 채 종교개혁이 이룩되었다는 것은 또한 주목할 만한 일이다. 이것은 다음과 같은 몇 가지 교회사적 요인에 기인한다.

- 고대 켈트교회공동체가 남겨놓은 성경 말씀 중심의 소중한 영적 유산
- 옥스퍼드에서 공부한 스코틀랜드 학생들이 들여온 위클리프주의[85](Lollardy)의 영향
- 유럽대륙을 여행하는 수많은 여행객과 유학생들을 통하여 전해진 존 후스, 피터 두보이스, 윌리암 오캄 등 종교개혁가들의 가르침
- 마틴 루터 사상의 지속적인 침투
- 웃음거리가 되어 버린 로마가톨릭 성직자의 널리 알려진 타락과 개혁에의 요구

□ **스코틀랜드의 해밀톤 순교**

그러나 무엇보다도 1528년 스코틀랜드는 명문가 출신 해밀톤(Patrick Hamilton)의 순교에서 상징적인 사건으로 깊은 감동을 받는다. 1527년 말 고국에 돌아오면서 그는 하나님의 은혜의 복음을 두려움 없이 설교하였다. 로마교회 대주교 비튼은 우정을 가장하여 그를 회의에 초청한 후에 이단으로 단죄하여 1528년 2월 29일 성 앤드루스의 성 살바도르 대학 앞에서 화형에 처했다. 그의 죽음은 나라 전역에 큰 감명을 주었다. "패트릭 해밀톤 선생의 연기는 그 연기에 닿은 모든 사람을 감화시켰다."(상세 내용은 [주제설명 3장4] "기독교 박해와 순교 이해" 참조)

(6) 기독교 박해와 순교

우리는 지금 2000년의 교회사를 뒤돌아보면서 기독교 복음을 전파하다가 박해를 받고 순교한 신앙의 선배들에 대한 교회사 기록은 또한 소중한 의미가 있다. 혹자는 초대교회의 박해 이야기를 접할 때 관념적이고

---

85) 롤라디(Lollardy): 14세기 중반 종교개혁 160여 년 전에, 현재 개신교와 유사한 기존 가톨릭교회 개혁을 주장하는 세력이 잉글랜드에서도 있었는데 존 위클리프와 그를 따르는 무리를 로마가톨릭교회에서는 롤라디라고 불렀다

추상적으로 생각하거나 실제를 일부 각색한 신앙 고백일 거라 말하곤 한다. 그러나 초대교회 성도들이 당한 박해의 이야기는 실제이고 우리가 아는 것 그 이상이었다. 초대교회의 역사 속에 우리 믿음의 실체가 녹아 있다. 그리고 그 속에서 십자가 고난의 능력을 발견할 수 있다. 초대교회 성도들의 신앙은 구체적이고 실천적으로 그들의 삶에 스며들었다[86]. 초대교부 터튜리안은 이렇게 말했다.

"순교자의 피는 실로 교회의 기초이다. 죽음으로서 우리는 이긴다. 우리가 목숨을 버리는 순간 우리는 승리하면서 앞으로 나아가게 된다."

로마제국 시대는 불법적인 기독교를 믿는다는 죄목으로 초대교회는 박해와 순교를 하였지만, 그러나 1000년의 중세 암흑시대는 로마가톨릭교회 종교재판에서 성경 복음을 증거하다가 가톨릭교회 교리로부터 이단이라는 죄목으로 종교재판에서 순교한 선배 신앙인들의 믿음을 본받으려고 한다. 이 초대교회 시대와 1000년의 중세암흑기 시대의 '기독교 박해와 순교 교회사' 내용을 정리하여 '[주제설명 3장4] 기독교 박해와 순교 이해'에 수록하였다.

4. 교회사는 하나님이 교회에 하신 일을 기록한 것

성경 다음으로 교회사만큼 일관되게 하나님께서 교회를 통하여서 하신 일을 역사성을 갖고 기록한 공적 문헌이 없기 때문에 "교회사를 어떤 관점으로 기록해야 하는가?"는 중요한 의미가 있다. 본 단락은 세 가지 주제를 다루는데 첫째는 교회사 관점에 대하여 1000년의 중세교회사를 대상으로 하여 살펴보려고 한다. 둘째는 본서에서 기술하고 있는 교회사의 '재발견', '재발굴', '재구성'이라는 용어 정의와 의미가 중요하다고 생각되므로 같이 살펴보기로 하자. 셋째는 개신교의 뿌리와 정통성을 1000년 중세교회사를 마무리하는 자리에서 같이 살펴보기로 하자.

---

86) 라은성. 『이것이 복음이다』, (PTL, 2012), 26.

(1) 1000년 중세교회사 재구성과 교회사 관점 문제

1000년의 중세암흑기를 [그림 1편2]를 보면서 시각적으로 같이 생각하도록 해보자. 이 그림 상단에 현행 교회사는 ①초대교회사 → ⑧로마가톨릭교회 중세암흑기 → ④근현대 교회사와 같이 일률적으로 제시하여 설명하고 있다.

이 그림 성경중심 기독교에서 중앙의 '④감추어진 성경중심 교회사'에서 우리는 앞에서 중세교회사를 살펴보았다. 따라서 향후 2000년 교회사에서 1000년의 중세교회사를 지금과 같이 다른 기독교(⑧로마가톨릭교회 중세교회사)로 기록할 것이 아니라, 이 그림과 같이 성경중심 기독교 원줄기로 초대교회부터 시작하는 ④감추어진 성경중심 1000년의 중세교회사를 기록하고, 5세기경 초대교회에서 성경권위 왜곡으로 파생된 교권중심 기독교 ⑧로마가톨릭교회 중세교회사를 이 그림 하단부와 같이 ④교회사와 ⑧교회사를 함께 나란히 병기(竝記)하여 기록하는 방법으로 '재구성' 되기를 제언 드린다.

1) 5세기 이후 중세 1000년의 하나님 교회사의 중심교회

[그림 2편2] 구속사에 나타난 '10시대 연대기'를 한번 살펴보자! 기원전 1500년 전반부 제2기 출애굽 당시 2백만 명의 이스라엘 백성의 귀중함과 제4기 기원전 1000년의 통일된 다윗왕국 하나님 백성의 귀중함과 함께 5세기경 후반부 제2기 초대교회 4천5백만 명의 하나님 백성의 귀중함이다. 이는 하나님의 언약 '축복의 통로'와 '제사장 나라'에서 (창 15:5) '뭇별을 셀 수 있나 보라 네 자손이 이와 같으리라' 말씀의 언약이 성취되는 놀라운 열매를 맺는 귀중한 하나님 백성들을, 하나님께서는 언약이 성취되는 모습을 보시고 얼마나 흡족하게 기뻐하셨을까!

그러나 5세기 이후 교권중심 교회 로마가톨릭교회는 [그림 1편2]에서 '성경권위 왜곡'으로 말미암아 중세 1000년 동안에 4천5백만 명의 귀중한 하나님 백성들을, 하나님 성경 말씀중심 신본주의 핵심 가치 추구 대신에, 로마교회 교권 중심 유사 신본주의 핵심가치 '로마교회 중심' 추구로 여호와 하나님의 길에서 안타깝게도 점점 멀어져가고 있었다. 그리하여 하나님께서는 ⑧로마가톨릭교회 대신에 5-12세기경에 충성스러운 패트릭 선교팀을 시작으로 하는 [그림 1편2] 중앙에 '②아일랜드, 영국 켈트 교회공동체'를 사용하여 유럽선교를 위하여 당신의 언약을 계속 수행하셨고, 16세기 종교개혁 때까지 그들을 보호하셨다. 자! 그러면 우리는 하나님께 중세 1000년의 교회사를 지금 이 그림 "현행 교회사"와 같이 여호와 하나님의 길에서 벗어난 일률적으로 ⑧로마가톨릭교회 중심으로 중세교회사를 기록하여야 할 것인가?

2) 가나안 땅 예루살렘 성전이 아닌 바벨론 포로들의 기록

구약 선지자 예레미야에게 이스라엘 하나님 백성의 바벨론 유배를 예언하신 여호와 하나님은, 예루살렘과 가나안 땅을 뒤로하시고 바벨론 포로 유대 백성들과 함께 계셨고, 따라서 구약성경은 그 당시 예루살렘과 가나안 땅의 역사 기록이 아니라, 유배된 하나님 백성들의 바벨론 포로 이야기 다니엘서와 에스겔서에서 기록하고 있다. 우리는 하나님 교회사를 하나님이 함께하시는 백성들의 교회사 관점으로 기록하여야 하는데, 그러면 중세 1000년의 교회사는 신약교회 시대에 와서 하나님의 언약 '축복의 통로' 교회 부흥발전과 '제사장 나라' 복음 선교확산이라는 창문으로 볼 때 어떻게 기록되어야 할까?

3) 한국 국사 과정에서 중국 당나라 역사를 배우는 꼴

이를 만약에 한국 역사 '한국사'를 배우는 과정으로 극단적으로 비약하여 간단하게 생각해보자. 한국사는 고조선사로 시작하여 고구려, 백제, 신라의 삼국사 이후에 통일신라사 → 고려사 → 이씨 조선사 순으로 가르친다. 그런데 지금 교회사는 마치 통일신라사 → 중국 당나라[87] 역사 →

---

87) 중국 당나라: 618년에 중국의 이연(李淵)이 수나라 공제(恭帝)의 양위를 받아 세운 통일 왕조. 도읍은 장안(長安)이며, 중앙 집권 체제를 확립하고 문화가 크게 융성하였으나, 안사(安史)의 난 이후 쇠퇴하여 907년에 주전충(朱全忠)에게 망하였다.

이씨 조선사 순으로 배우는 꼴이다. 즉 자기 나라 Ⓐ성경중심 교회사 ②켈트교회 유럽선교, ③ 영국교회 예비기 교회사는 아예 배우지 않고 이웃 나라(교권중심 기독교) Ⓑ로마가톨릭 중세교회사만을 배우는 셈이다. 단적인 예를 들면 7세기 휘트비와 오탱 두 종교회의 결과는 하나님 유럽선교와 세계선교를 가로막는 −하나님 구속사에서− 엄청난 결정적인 변곡점이 되는 교회사적 대사건인데도 불구하고, 현행 교회사는 이 중대한 사건을 가르치지 않았고 그래서 우리는 지금까지 알지 못하고 있었다. 단적인 예가 오탱 종교회의 상세한 내용은 한글본으로 된 사료(史料) 문헌을 찾을 수가 없을 정도로 매우 희귀하다.

이 어찌하여 할 말을 잃게 하는가! 이제라도 중세교회사 과목은 [그림 1편2] 같이 Ⓐ성경중심 기독교 ①초대교회사, ②켈트교회 유럽선교, ③영국교회 종교개혁 예비 교회사를 중심으로 기술하며, 다른 기독교 Ⓑ로마가톨릭교회 중세교회사는 거기에 함께 이 그림 하단부와 같이 나란히 함께 적어 반면교사로 삼아서 두 기독교의 관계성을 가르치고 배워야 할 것으로 제언 드린다.

(상기 내용 이해를 돕는 "[그림 2편13]결론: 성경중심과 로마교회 중심의 교회사 관점 비교"에서 현행 로마가톨릭교회 교회사 관점(AS−IS)과 앞으로 개혁교회 교회사 관점(TO−BE) 모델 그림 비교 참조 바람)

(2) 본서의 '재발견', '재발굴', '재구성'의 용어 기준과 의미

본서에서 '재발견', '재발굴', '재구성'이라는 용어를 사용하고 있는데 우선 그 의미 대상과 기준을 정의하고 이를 사용하여야 하겠다. 이를 이해하기 쉽게 [그림 1편2]를 사용하여 생각하도록 하자.

1) 의미 대상 : 재발견, 재발굴, 재구성

□ 재발견 − '두 기독교' 구조 체계 교회사 '재발견'

이 그림에서 지금까지 '현행 교회사' 체계를 두 기독교 즉 '성경중심 기독교'와 '교권중심 기독교'로 새롭게 구성하여서 각각의 교회사로 구분 짓는 체계로 구성하는 것을 '재발견'이라는 용어로 사용하겠다. 재발견 의 구체적인 작업은 다음의 재발굴과 재구성으로 완성된다.

재발견 = 재발굴 + 재구성

□ **재발굴 – Ⓐ감추어진 성경중심 교회사 '재발굴'**

이 그림 중앙에 'Ⓐ감추어진 성경중심 교회사①,②,③' 부분과 같이 현 재는 감추어진 내용을 발굴하고 제대로 평가하는 것을 '재발굴'이라는 용 어를 사용하겠다.

□ **재구성 – 1000년의 중세교회사 '재구성'**

'Ⓑ로마가톨릭교회 중세교회사' 위주의 "현행 교회사" 중세교회사를 중앙의 'Ⓐ감추어진 성경중심 교회사'와 하단의 'Ⓑ로마가톨릭교회 중세 교회사'를 함께 나란히 병기(竝記)하여 상호관계를 기록하는 것을 '재구 성'이라 하겠다.

2) 용어 사용자 대상 기준은 하나님 백성 – 일반성도 기준에서

2000년 교회사를 살펴보면서 본서에서 재발견, 재발굴, 재구성이라는 용어를 사용하는데, 앞에서 용어의 의미는 살펴보았는데 그다음으로 "그 기준을 누구의 관점에서 어디에 둘 것인가?"를 먼저 같이 생각해보도록 하자. 이 대상 기준을 결론적으로 「지역교회 일반성도 입장」에서 살펴보 도록 하겠는데, 본서에서 이들 용어 정의는 "교회사 관점에서 중요한 내 용이지만 아직 일반 성도에게 잘 알려지지 않은 내용을 재발견, 재발굴, 재구성하는 것"을 말한다.

그런데 만약에 하나님 구속사 관점에서 중요한 교회사 내용이 지역교 회 일반성도 교회사 교육 내용에 기록되어 있지 않고, 소수 전문가나 특 수계층만 알고 있는 내용은 마치 구약의 다른 외경 등과 같이 일반 성도 에게는 읽히어지지 않는(알려지지 않는) 것은 숨겨져 있는 의미 없는 내용이라 할 수 있다. 따라서 본서에서 앞으로 사용하는 이들 용어의 대상 개념 기준은 "교회사에서 하나님 관점에서 중요한 내용이지만 아직 일반 성도에게 알려지지 않은 내용을 발굴하여 성경적 기준에서 그 가치에 합당하게 재발견, 재발굴, 재구성하여 성도들에게 알리는 것"이라는 의미로 사용하겠다.

(3) 성경중심 교회사 개신교 뿌리와 정통성을 찾아서

[그림 1편2] 상단 '현행 교회사(AS-IS)' 체계로부터 새롭게 구성한 이 그림 중앙과 하단의 '두 기독교 교회사 체계(TO-BE)'는 교회사의 뿌리와 정통성을 설명하는데 시각적으로 볼 수 있도록 중요한 근거와 정보를 제공하게 되는데, [그림 1편2], [그림 2편9], [그림 2편12] 연대기 그림 중에 종합 편 [그림 2편12]를 참고하여 다음 내용을 살펴보자.

1) 두 기독교 교회의 기원

먼저 서로 다른 두 기독교 교회의 기원에 대하여 살펴보자.

□ 교권중심 기독교 로마가톨릭교회의 기원

'로마가톨릭교회'는 그들의 교회 기원을 성 베드로 성당의 사도 베드로(인간)의 무덤 터전 위 (바틴칸에) 로마가톨릭교회를 세웠다고 장소적인 개념을 주장한다. 따라서 로마가톨릭교회의 기원은 성 베드로 성당의 무덤 터 위에 가톨릭교회가 세워졌다는 것을 의미한다. 지금 로마 바티칸 교황청 자리는 참고로 8세기 752년 샤를대제 아버지 피핀 왕이 그 땅을 로마 교회에 기증하면서부터 바티칸 교황청 자리가 세워졌다.

□ 초대교회(성경중심 기독교 교회)의 기원

그러나 이 내용은 성경을 바탕으로 사실을 자세히 따져서 바로 밝혀 규명(糾明)하도록 하자. '초대교회(성경중심 교회)'는 당초에 베드로 성당이라는 장소의 개념이 아니라, 사도 베드로의 신앙 고백(마 16:16-18) 터 위에 세워진 교회이다. "이 반석 위에 내 교회를 세우리니(마 16:18)"에서 '이 반석'을 로마가톨릭교회는 베드로의 무덤이 있는 성 베드로 성당의 장소를 의미한다고 주장한다. 그러나 18절의 "이 반석 위에"는 앞 절 16절 베드로의 신앙 고백 즉 "주는 그리스도시요 살아계신 하나님의 아들이시니이다" 라는 신앙고백 위에 예수님이 머리되시는 교회를 세웠다는 의미이다.

따라서 신약성경의 예수님 시대에 예루살렘 교회를 포함하여 팔레스타인의 초기에 세워진 교회가 성경중심 기독교 교회의 기원 즉 초대교회의 기원이다. 한 인간(베드로)의 육체적 무덤 위에 내 교회(엡 1:22 예수님이 교회의 머리)가 세워졌다는 로마가톨릭교회의 인본주의적 발상과 인간(제자)의 하나님(예수님) 믿음(신앙고백) 위에 내 교회가 세워졌다는 신본주의적 발상의 차이점으로 우리는 어느 주장이 진리인지를 믿음의 눈으로 알 수 있다.

2) 개신교 뿌리에 대한 오류

성경중심 기독교는 [그림 1편2] 좌측 중앙에서 보는 바와 같이 ①초대교회부터 시작되고, ②켈트교회와 ③영국교회와 종교개혁과 ④ 근현대교회 개신교로 성경중심 기독교에서 정통성을 이어받아서(연속성) 그 원줄기로써 예루살렘 교회부터 시작하는 '성경중심 기독교' 교회 원뿌리로부터 오늘날 개신교 개혁교회로 성장하였다.

이에 반하여 로마가톨릭교회는 [그림 1편2], [그림 2편9], [그림 2편12] 왼쪽 아래 '교권중심 기독교'에서 보는 바와 같이, 초대 성경중심 기독교 원 뿌리 ①초대교회로부터 시작하여 4세기 말 395년 전후에 '성경 말씀'에 더하여 '전통'과 '교회 가르침'을 동등한 권위로 추가하는 아래 방향 화살표 ↓ '성경권위 왜곡'으로 ⑧로마가톨릭교회' 라는 별도의 곁가지를 만들어서 그들만의 '교권중심 기독교' 라는 새로운 갈래로 즉 ① → ⑧ → ⑧'로 오늘날까지 진행되었다고 볼 수 있다.

우리는 앞 단락 1장-3절 끝부분에서 교권중심 기독교 로마가톨릭교회 시발점 시기를 검토하는 내용에서 '❽ 395년 테오도시우스 황제 사망' 이후를 초대교회와 로마가톨릭교회를 시대적으로 구분하는 분기점으로 기술하였다. 이 내용에 따라 추론해 볼 때 우리가 현재까지 '현행 교회사' 체계에서 사용하고 있던 '구교'와 '신교'라는 로마가톨릭교회 중심의 교회사 사관의 관점에서 오도(誤導)된 용어 사용 잘못에서 탈피하여야 하겠다.

3) '구교', '신교' 용어 개념이 갖는 오류

종교개혁 의미는 [그림 2편6] 중앙 우측에 '회복의 종교개혁' ↑화살표와 같이, 1517년 종교개혁은 개신교가 로마가톨릭교회의 비성경적 '교권중심 기독교'에서 '성경중심 기독교' 원뿌리로 '회복'하는 '성경권위 회복' 운동으로 이해되어야 한다. 또한 동시에 개신교의 뿌리는 [그림 1편2] 상단의 현행 교회사에서 중세 '교권중심 기독교' 로마가톨릭교회가 아니라, [그림 2편6] 좌측 중앙 '성경중심 기독교'에서 '전승의 종교개혁'→ 화살표와 같이 ①초대교회 → ②겔트교회 → ③14~15세기 영국교회 → 종교개혁 → ④개신교로 이어지는 원줄기라고 볼 수 있겠다. 따라서 '전승의 종교개혁'→ 화살표 개념으로 보면, 성경중심 기독교는 초대교회가 먼저 생겨서 개신교로 전승되었으므로 오히려 '구교'라고 할 수 있고, 로마교회는 4세기경부터 나중에 시작하므로 '신교'라고 불러야 한다.

반면에 로마가톨릭교회는 [그림 2편12]에서 초기 ①초대교회(성경중심 기독교)에서부터 성경 최상위 권위 외에 로마교회 전통과 가르침을 추가하면서 교권중심 기독교로 '성경권위 왜곡' ↓으로 ⑧로마가톨릭교회 중세암흑기와 16세기 트렌트 공의회의 교회개혁을 거부하고 '⑧로 새로운 갈래로 오늘날까지 곁가지로 뻗어 나오는 별도의 새로운 갈래 즉 ① → ⑧ → ⑧'로 해석된다. 즉 [그림 1편2] 상단과 같은 두 기독교의 교회사 변천사를 볼 때 상기 16세기 종교개혁이 '현행 교회사' 중심으로 '구교'에서 '신교'로 파생되었다는 '로마가톨릭교회 중심적 사고'는, 교회사적 관점에서 [그림 2편6] 종교개혁 양면성 연대기 그림을 참조하면 한쪽 면만 의미하는 합당하지 않은 용어이다.

따라서 4세기 말부터 왜곡된 로마가톨릭교회에서 16세기 종교개혁으로 원래의 '성경중심 기독교 교회'로 '성경권위 회복'이라는 용어가 적합하며 이것은 또한 '성경중심 기독교 전승'의 의미 양면성을 함께 고려하여야 하겠다. 따라서 우리는 앞으로 '신교'와 '구교'의 의미를 "개신교 뿌리에 대한 오류"를 바로잡기 위하여 가려서 분별하여 사용하여야 하겠다.

(앞으로 4장에서 다루겠지만, '하나님 교회사 관점'의 폭넓은 이해는 [그림 1편6] '구속사 속에서 [교회사 기록]의 위치'에서부터 출발하여, '[그림 2편13] 성경중심과 로마교회 중심의 교회사 관점 비교'에서 두 기독교의 상이한 교회사 관점을 비교하였으며, [그림 2편16] '요한계시록 본문구조 하늘과 땅의 교회론 대비'에서 시공간을 초월하는 교회론 관점까지 하나님 나라 통치 구조로써 폭넓은 사고(思考)를 필요로 하게 된다)

(사 41:8-9) "그러나 나의 종 너 이스라엘아 내가 택한 야곱아 나의 벗 아브라함의 자손아 내가 땅끝에서부터 너를 붙들며 땅 모퉁이에서부터 너를 부르고 네게 이르기를 너는 나의 종이라 내가 너를 택하고 싫어하여 버리지 아니하였다 하노라."

2장의 ≪ 하나님 섭리와 경륜 ≫ - [중세교회 교회사]

≪ 하나님 섭리 ≫

아일랜드와 영국 켈트교회공동체를 통하여 유럽교회를 세우시고 종교개혁 이후에 유럽교회를 통하여 세계 복음화를 위한 그루터기를 사전에 예비하시는 하나님

≪ 하나님 경륜과 뜻 ≫

□ 유럽 북쪽 야만족을 선교하지 않은 로마가톨릭교회

로마제국이 기독교를 국교로 하는 초대교회는 5세기경에 그리스도인 하나님 백성 4천5백만 명(본서 추정)으로, 출애굽 당시 이스라엘 민족 2백만 명과 그다음으로 통일된 다윗왕국 하나님 백성과 함께 놀라운 하나님의 축복을 보게 되는 영광스러운 하나님 백성 열매였다. 그러나 하나님 백성 4천5백만 명으로 5세기에 시작되는 로마가톨릭교회는, 하나님 언약의 말씀 실행은 뒷전으로 하고, 교권중심 로마가톨릭교회 권력 유지와 강화에만 1000년이라는 긴 세월을 몰두하게 된다. 언약의 성취로서 '축복의 통로' '교회 부흥발전'과 '제사장 나라'로 유럽 북방 야만족에게는 '복음 선교확산'은 하지 않고 이렇다 할 교회 부흥발전기록은 없게 된다.

□ 아일랜드, 영국 켈트교회공동체 부흥발전과 유럽선교 확산

그러나 여호와 하나님은 5세기부터 영국과 아일랜드 켈트교회공동체를 사용하시어 교회를 부흥시키시고, 선교에 열정적인 켈트교회공동체를 선교전진기지로 삼아서 7세기부터는 유럽대륙을 하나님 나라로 복음화하기 시작하셨다. 그리하여 7~8세기는 유럽대륙에 '교회부흥발전'과 '복음선교확산'의 불길이 훨훨 타올랐다. 그러나 휘트비,오탱 두 종교회의에서 켈트교회공동체의 선교방법은 금지되고 로마가톨릭교회 방법으로 강제로 대체되어, 9세기부터는 유럽대륙 복음화 선교불길이 꺼져가기

시작하여 그 이후는 켈트교회 선교사역이 멈추게 된다.

□ 비자발적인 바이킹족 선교

한편 복음화되지 않은 북유럽 스칸디나비아 바이킹족은 그들이 만든 배를 사용하여 복음화된 중남부 유럽을 10~12세기 250년 동안 침공하여 정착촌을 만들고, 또한 기독교인들은 바이킹족 그들 나라에 포로로 잡혀가서 기독교인의 비자발적인 방법 무력으로 기독교 복음화된다. 이러한 전 유럽지역이 250년 동안이나 바이킹족에게 참혹하게 무력으로 유린당하는 침공에도 로마가톨릭교회는 회개하지 않았다.

□ 성경 말씀 성숙으로 종교개혁을 준비하는 영국교회

14세기 40년 동안 유럽의 흑사병 역병을 허락하시고, 그 기간에 영국교회가 로마교회 라틴어 성경에서 벗어나서 영어 자국어 성경을 갖게 되어 영국교회가 자국어 성경 말씀으로 복음에 충만하도록 성장하게 준비하셨다. 그리하여 16세기까지 누적되어 있던 '성경권위 왜곡'된 교권중심 기독교 로마가톨릭교회에서 본래의 성경중심 기독교로 '성경권위 회복'을 하기 위하여 종교개혁 혁명의 활화산 불길이 폭발하여 터져 나오도록 영국교회를 예비하셨다.

□ 로마가톨릭교회 1000년의 중세교회사

로마가톨릭교회 1000년의 중세교회사는 '줄거리'가 빠져버린 '주변 것들'만 요란하게 기록된 로마가톨릭교회 중심 교회사로서 '줄거리'와 '주변 것들'을 구분하는 관점이 중요하다.

3장 시대별 교회 부흥으로 땅끝까지 세계선교

[근현대 교회사]

🌿 3장 시대별 교회 부흥으로 땅끝까지 세계선교

앞 단락 2장에서는 1000년의 중세 암흑기에 대하여 살펴보았는데, [그림 1편2] 중앙 '성경중심 기독교'에서 1장은 '①초대교회', 2장은 '②켈트교회 유럽선교', '③영국교회'이었고 본 3장은 16세기 이후의 '④세계교회 부흥선교'이며, 2000년 교회사 마지막 부분에 관한 내용이다

1절 종교개혁의 양면성과 교회 부흥에서 성령의 역사

앞 장 2장에서는 1000년의 중세 암흑시기에 하나님 나라 확장을 위하여 주로 아일랜드와 영국 켈트교회공동체 유럽대륙 선교 중심으로 기술하였다. 본 3장에서는 그 이후 16세기 종교개혁부터 하나님께서 세우신 유럽교회의 부흥을 시작으로 하나님 세계선교를 땅끝까지 이루어 가시는 세계교회 부흥의 역사를 살펴보려고 한다. 이에 앞서 우선 성경중심 기독교 연속성에 입각하는 교회사적으로 16세기 종교개혁의 다양한 의미부터 살펴보자.

1. 종교개혁의 양면성과 유럽 종교전쟁

16세기는 1517년 종교개혁으로부터 시작하는데, 다음 그림 '[그림 2편6] 종교개혁의 전승과 회복 양면성'과 다양성을 교회사의 진행 방향으로 이해를 돕기 위하여 시계열(時系列)적으로 표현한 그림으로 이 그림을 이용하여 종교개혁 양면성을 같이 생각하고자 한다. 이 그림에서 좌측 '성경중심 기독교'와 '교권중심 기독교' 관계를 연결하는 좌측의 아래 방향 ↓화살표 '성경권위 왜곡'이라는 내용과 이 그림 중앙의 우측 화살표 '전승의 종교개혁'과 위 방향↑ 화살표 '회복의 종교개혁'이라는 내용 중심으로 '종교개혁 양면성'을 살펴보도록 하겠다.

(1) 종교개혁 의미의 양면성

지금까지 우리가 알고 있는 16세기 종교개혁 개념은 앞 단락 [그림 1편 2]의 '현행 교회사' 교육 내용과 같이 초대교회부터 종교개혁까지 일직선 선상에서 종교개혁과 개신교를 해석하다 보니, 중세 1000년 로마가톨릭 교회 다음으로만 종교개혁과 개신교를 일직선 선상에서 해석함으로써 오늘날과 같은 로마가톨릭교회에서 개혁하여 처음 초대교회로 회복하는 종교개혁 회복의 의미 즉 이 그림 중앙에 ↑화살표 '회복의 종교개혁' 위주로 단순하게 인식되고 있다.

[그림 2편6] 종교개혁의 전승과 회복 양면성

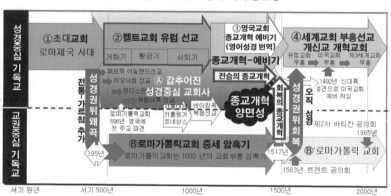

1) 성경중심 교회 전승 의미의 종교개혁 양면성

그러나 성경중심 기독교는 [그림 2편6] 왼쪽 위에서 보는 바와 같이 ① 초대교회부터 시작되고, ②켈트교회와 ③영국교회와 종교개혁으로 성경중심 기독교에서 정통성을 이어받아서(연속성) 오늘날까지 그 원줄기로써 예루살렘 교회부터 시작하는 성경중심 교회 원뿌리로부터 오늘날 ④개혁교회로 성장하였다. 따라서 이 그림 중앙에 화살표 → '전승의 종교개혁' 의미는 또 하나의 성경중심 기독교 ① → ② → ③ → ④ 교회의 전승 의미 양면성을 의미이며, 지금까지 종교개혁은 정통적 '전승의 종교개혁' 원뿌리의 의미를 무시하여 왔다.

2) 성경권위 왜곡과 성경권위 회복 용어 설명

이어서 로마가톨릭교회의 실제적인 권위와 이 그림 중앙에 있는 화살표↓ 그림 '성경권위 왜곡'과 화살표↑ '성경권위 회복' 용어에 대하여 살펴보자.

□ '성경권위 왜곡' 용어 설명

이것은 이 그림에서 좌측 중앙에 아래 방향 ↓화살표 '성경권위 왜곡'에 대한 설명으로 4세기 말부터 성경중심 기독교 ①초대교회에서부터 로마가톨릭교회는 '성경권위'에 대하여 '전통'과 '가르침'이 추가되어 화살표 아래 ↓로 '성경권위 왜곡'이라는 표현으로 왼쪽 아래 '교권중심 기독교'로써 그 다음 'Ⓑ로마가톨릭교회 중세암흑기'로 즉 ① → Ⓑ로 연결되어 나타난다.

결국, 교권중심 기독교 교회는 성경(하나님) 권위를 최상위 권위로 인정하지 않고, 로마가톨릭교회(사람)의 권위가 최고의 권위가 됨으로서 신본주의(하나님) 기독교에서, 로마가톨릭교회(사람)가 최고의 권위를 갖는 유사 신본주의 기독교로 신학적으로 '왜곡' 되기 시작하는 것을 이 그림 언어 교회사 속에서 볼 수 있게 된다. 로마가톨릭교회는 '전통', '성경', '교회 가르침' 모두를 동등한 권위로 인정하였으나, 실질적인 권위는 로마교회 권위가 최상위 권위로 인정되었기 때문에 '성경권위 왜곡' 용어는 이것을 뜻하는 것이다. 따라서 '성경권위 왜곡' 용어의 뜻은 성경 자체를 왜곡한다는 의미보다는, 성경권위 즉 성경의 최상위 권위 인정을 왜곡하였다는 말이며 이는 성경권위가 최상위 권위로 인정되어야 한다는 기독교 신학의 정통성 의미에서 비롯한다.

□ '성경권위 회복' 용어 설명

이 그림 우측 중앙에 16세기 초 경에 화살표 '회복의 종교개혁' 의미는 이 그림 언어로 표현하자면 위 ↑ 방향 화살표로 처음 시작되었던 '성경중심 기독교'로 '성경권위 회복'을 뜻한다. 이 말의 의미는 4세기 말경에 '전통'과 '가르침'이 추가되어서 Ⓑ로마가톨릭교회 1000년의 중세암흑기 성경권위 왜곡으로부터, 16세기 종교개혁 3대 원리 중에 하나로 '오직 성경' 만으로 최상위 권위를 인정하는 처음 시작되었던 '초대교회'의 성경중심 기독교로 다시 '회복'하는 성경권위 회복 운동을 뜻하는 그림 언어이다. 따라서 '종교개혁'의 참 의미는 로마가톨릭교회에서 개혁하여야 한다는 의미는 원래의 원줄기 성경중심 기독교로 '회복'하는 운동이므로 엄밀히 뜻을 생각하면 '종교회복 운동'이라는 용어가 더 원래의 뜻을 기린다고 생각한다. 따라서 우리는 앞으로 종교개혁의 양면성 즉 '전승의 종교개혁' 과 '회복의 종교개혁' 양면성을 다 같이 함께 생각하여야 하겠다.

(2) '종교개혁의 3대 원리'에서 비추어 보는 성경권위의 근거

종교개혁의 핵심 사상을 말할 때 우리는 '종교개혁의 3대 원리' 오직 믿음으로!, 오직 은혜로!, 오직 성경으로! 라고 요약하여 말한다. 그런데 우리는 종교개혁 많은 분야에서 이를테면 신학과 교리와 제도와 의식들은 성경적으로 개혁(회복)되었다. 그러나 우리가 지금 다루고 있는 교회사 부분만은 유독 종전의 로마가톨릭교회가 중심이 되는 현행 교회사 체계에서 개혁신학의 3대 원리의 "오직 성경으로(권위의 근거)"라는 개혁 원리에 합당하도록 왜 21세기 아직도 로마가톨릭교회 중심의 교회사 부문은 종교개혁이 되지 않았는지 다시 한번 의문이 간다. 본 소단락 주제는 본격적으로 4장-1절-3에서 다루게 되므로 여기서는 개념 정도만 이해하기로 하자.

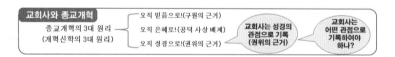

1) '교회사' 부문만은 왜 종교개혁의 성경권위에 따라서 개혁되지 않았나?

우리는 그림 '교회사와 종교개혁'에서 "종교개혁의 3대 원리(개혁신학의 3대 원리)"에 대하여만 본 단락에서 살펴보자. 16세기 이후 개혁교회는 기독교 신학과 대부분 교리와 제도들이 로마가톨릭교회의 주장 교리에서부터 개혁하여 이 그림의 종교개혁의 3대 원리에 비추어서 합당하도록 개혁되고 회복되었다.

그런데 유독 교회사 부분만은 종전의 로마가톨릭교회가 중심이 되는 현행 교회사 체계에서 개혁신학의 3대 원리의 "오직 성경으로(권위의 근거)"라는 개혁 원리에 합당하도록 개혁되지 않았는지를 다시 한번 진지하게 검토하게 된다.

2) 종교개혁 500년이 지난 이 시점에 "교회사의 오직 성경의 권위"는?

교회사에서 "오직 성경으로(권위의 근거)!"를 확인하려면 '교회사가 성경권위의 관점으로 기록되었느냐?' 이며 이것으로 교회사 기록 관점을 확인하게 된다. 교회사 부문의 성경 권위의 근거는 앞 단락에서 우리가 논증한 내용과 같이 교회사가 성경의 줄거리(mainstream)로서 구속사 즉 언약의 성취 관점에서 기록되었느냐이다. 한 걸음 더 나아가 [그림 2편 10] 중앙에 신약 교회 시대에는 축복의 통로 → '교회 부흥발전'과 제사장 나라 → '복음 선교확산' 관점으로 기록되었느냐 하는 문제이다.

[그림 1편2] 상단 '현행 교회사'의 중세교회사를 자세히 살펴보면 16세기 이후에도 종교개혁이 이루어졌는데도 불구하고 1000년의 중세교회사는 교권적 기독교 '로마가톨릭교회' 중심 교회사로 가득 채워져 있다. 성경적 권위의 근거로 기록된 "Ⓐ감추어진 성경중심 교회사 ①초대교회 → ②켈트교회 → ③영국교회"는 아직도 교회사 뒷켠에 가려워져 제대로 존재 자체도 인식하지 못하고 21세기 현재 지역교회 교회사 교재에도 원래의 줄거리는 빠져 있다. 종교개혁 500년이 지난 21세기에 와서도 이제 왜 이 문제를 새삼스럽게 다루어야 할까?

3) 그러면 교회사는 어떤 관점으로 기록되어야 하나?

랄프 윈터 선교사[88]의 글에서 "왜 오래된 (교회사) 기록을 우리는 파헤

---

88) 랄프 윈터(Ralph D. Winter) 선교사는 미국인으로 목사, 신학자, 저술가, 선교 동원운동 전략가이다. 그는 다양한 학문 전공으로 하나님께서 준비시킨 자로서 칼텍에서 토목공학사, 콜롬비아 대학에서 영어교수법 석사, 코넬대학에서 구조언어학, 문화인류학으로 박사학위를 받았고, 풀러와 프린스턴 신학교를 졸업했다. 과테말라 산지에서 마야종족 인디언 부족 선교사로 10년간 섬겼다. 풀러 신학교 세계선교 대학원에서 10년간(1966~1977년) 교수로서 대학교 안팎의 1,000명 이상의 선교사를 만나서 선교 실무와 선교학 지식을 쌓았으며 국제연구소(IIS)에서 Perspective Study Program(PSP)을 시작했다. 그는 많은 선교단체를 설립하며 책임자로 섬겼다. 특히 1974년 스위스 로잔대회에서 3,000명을 대상으로 선교 미개척지의 중요성을 강조하는 선교 동원 운동 전략가이다.

치는가? 하나님의 관점에서 역사를 따라가는 사람들은 실망하지 않는다. 그들은 계속 펼쳐지고 있는 중요한 '줄거리'와 많이 알려져 있기는 하지만 '주변적인 것들'을 구분해 낼 수 있는 사람이다."

우리는 이 같은 질문에 대하여 [그림 2편10]과 같이 다음과 같은 기준을 도출해 내었다. 즉 이것은 신학 언어 '구속사'와 성경 언어 '언약의 성취' 쌍두마차 비유로 요약할 수 있으며, 이는 '교회 부흥발전 역사'와 '복음 선교확산 역사' 두 창문의 기준으로 들여다보아야 한다. 이에 관한 본격적인 논증은 뒤 단락 4장-1절-3에서 계속해서 설명하고자 한다.

(상기 내용에 관한 해답은 "[주제설명 4장5] 교회사의 관점 '성경말씀 기반 방식' 논리 ≪요점정리≫" 내용을 참조 바람.)

(3) 로마교회는 '성경권위 회복'의 기회 트렌트 공의회 개혁거부

5세기경 성경권위 왜곡 때문에 로마가톨릭교회의 발생과 16세기 종교개혁 당시에 트렌트 공의회에서 로마교회의 개혁거부 내용을 살펴보자.

1) 5세기 성경권위 왜곡으로 로마가톨릭교회 시작

로마가톨릭교회는 [그림 2편6] 왼쪽 아래 '교권중심 기독교'에서 아래 방향 화살표 '성경권위 왜곡' 현상을 같이 생각해보자. 이는 초대 성경중심 기독교 원 뿌리 ①초대교회의 '성경권위를 최상위로 인정'이라는 기독교의 정통성으로부터 5세기경에 '전통'과 '교회 가르침'이라는 신학체계와 교리를 '성경권위'와 동등한 권위로 추가하는 '성경권위 왜곡'으로 4세기 말 395년경부터 별도로 '로마가톨릭교회'라는 이 그림에서 보는 바와 같이 곁가지 즉 '①초대교회' → 'Ⓑ로마가톨릭교회 중세암흑기'로 로마교회만의 '교권중심 기독교'라는 새로운 갈래로 1000년의 중세암흑기를 만들어 왔다.

2) 로마교회 트렌트 공의회의 종교개혁 거부

트렌트(Trent) 공의회는 찰스(칼) 5세 황제의 요청으로 종교개혁 문제를 협의하기 위하여 16세기 중반에 모이게 되었다. 찰스 5세는 스페인, 독일, 네덜란드, 이탈리아 일부의 황제로서 그 당시 종교개혁 문제로 로마가톨릭교회와 개신교의 극심한 분쟁을 타결하기 위하여 찰스 5세 황제의 요청으로 로마가톨릭교회에 의하여 북이탈리아 트렌트에서 공의회가 개최되었다.

□ **기간과 참석자**

기　간 : 1545~1563년 18년 동안 3차에 걸쳐서 개최

　　　　1차 1545~1547년, 2차 1551~1552년, 3차 1562~1563년

참석자 : 1차 때는 대주교 4명, 주교 20명, 신학자 3명, 수도회장 4명 등 31명 참석하였는데, 로마가톨릭교회는 자칭 세계 공의회라고 하였으나 그 당시 존재하는 프로테스탄트 개혁교회와 희랍 정교회는 참석하지 않았다. 그리고 주교 20명의 국적을 보면 이탈리아인 12명, 스페인인 5명, 프랑스인 2명, 독일인 1명으로 이탈리아인, 스페인인 주교가 대부분이었다. 세계 기독교 공의회라고 보기에는 반쪽짜리 로마가톨릭교회만의 공의회였다.

□ **결정사항**

- 전통을 성경과 같은 권위로 삼는다는 재확인

　치오지아 주교 나치안티 등 일부 참석자는 전통과 성경을 같은 권위 수준으로 올려놓는 그것을 극렬하게 반대하였으나 대다수 참석자는 이를 찬성하였다.

- 성경은 라틴어 불가타(Vulgate) 역본을 최종권위로 결정

　라틴어 불가타 역본을 유일한 권위로 인정하여 모국어 성경을 금지하려 하였으나 1517년 종교개혁 이후 이때는 이미 스페인, 프랑스, 독일에서는 자국어 성경을 사용하고 있었으므로 불가타 라틴어 역본을 유일한 권위가 아니고 최종권위로만 인정하고 나머지 자국어 성경 번역본들도 길을 열어 놓았다.

– 로마가톨릭교회는 종교개혁자들이 주장하는 성경에 벗어난 많은 로마가톨릭교회 교리들 "[표 1편5] 성경과 배치되는 로마가톨릭교회의 전통과 가르침"에 대해서는 개혁을 거부하였다.

마리아 무원죄론, 사제에게 고해성사 등의 7 성사, 화체설, 성인 숭배, 교황은 지상에서 하나님과 예수님의 대리자, 가톨릭 의식 등의 가톨릭교회 종래 주장은 고수하고, 불가항력적 은혜, 만인 제사장 등의 개신교 주장은 배격되었다.

3) 성경권위 회복 기회 상실

로마가톨릭교회가 상기 트렌트 공의회에서 모처럼 찾아온 교회개혁을 거부한 사건은 [그림 2편6] 중앙 우측에 위↑ 방향 화살표 '성경권위 회복'의 기회를 거부 및 상실하는 결과를 초래하였다. 이를 그림 언어로 표현하면 [그림 2편6] 하단 교권중심 기독교 로마가톨릭교회는 '①초대교회'에서 시작하여 성경권위에서 전통과 가르침을 추가하는 '성경권위 왜곡'으로 'Ⓑ로마가톨릭교회 중세암흑기' 1000년을 지내고, 1517년 종교개혁으로 '성경권위 회복'을 할 기회를 맞았으나 1545~1563년 트렌트 공의회에서 이를 거부함으로써 로마가톨릭교회의 모습 ① → Ⓑ → Ⓑ′으로 21세기 오늘날까지 그 모습 그대로를 유지하고 있다.

트렌트 공의회 이후 300년간 공의회는 없었으며 19세기 제1차 바티칸 공의회 때까지 로마가톨릭교회는 종교개혁의 소용돌이 속에서 자신을 정비하는 시간으로 이용하게 된다.

(4) 두 기독교의 유럽종교전쟁

유럽 종교전쟁은 16세기부터 17세기 후반(1517년 마틴 루터–1648년 베스트팔렌 조약)까지 130년에 걸쳐 유럽에서 종교개혁을 계기로 일어난 로마가톨릭교회와 개신교 개혁교회 양 교회의 대립이 유럽에서 국제적 규모로 진전된 일련의 무력 전쟁을 말한다. 같은 여호와 하나님을 믿는 두 기독교가 신학과 교리적인 차이로 말미암아 많은 나라와 민족들이 130년이 넘게 서로 죽이고 죽는 전쟁을 한다는 것은, 하나님 창조질서에 벗어난 로마가톨릭교회의 "성경 말씀 중심 권위"보다도 '로마교회 중심 권위'가 갖는 진리에 대한 죄악으로 서로 피를 흘리는 참혹한 전쟁을 겪게 된다. 이는 11~13세기 십자군 전쟁과 함께 2000년 교회사에서 있어서 안 되는 비기독교인들 보기에 창피하고 참혹한 전쟁이다.

그런데도 불행히도 현행 교회사에서는 같은 기독교인끼리 130년 동안이나 그것도 국제적으로 여러 나라와 민족이 비참하게 피를 흘린 전쟁에 대하여 근본적인 원인과 책임을 명확하게 신학적으로 규명하고 있지 않고 그러므로 후손들에게 훈육되어 있지 않다. 따라서 본서에서는 이 비극적인 130년간의 국제 전쟁의 비참한 사태에 대하여, 근본적인 시발점과 도화선이 성경을 최상위 권위를 인정하는 성경중심 기독교와 하나님 성경권위 대신에 실질적으로 로마교회 인간 권위가 최상위 권위가 되는 중세 1000년의 로마가톨릭교회 권세의 충돌을 하나님께서는 어떻게 벌하시는지를 전쟁 역사를 통하여 반면교사로 삼아야 하겠다.

1) 100년의 유럽교회 종교전쟁 전개 과정

1517년 마틴 루터에 의하여 시작되는 종교개혁은 유럽 대부분 국가가 종교전쟁에 참여하였고 또 큰 피해를 보았지만, 그중에서도 100년을 끌어온 프랑스의 종교전쟁은 돌이킬 수 없는 많은 희생과 상처를 프랑스 역사에게, 기독교 자신에게 낸 사건이었다. 1508년 성경 원전 연구의 중요성을 강조한 르페브르 데타플(1450~1537년 프랑스 신학자)의 논문 발표와 프랑스어 성서 간행을 시초로 프랑스의 종교적 개혁의 움직임이 움텄으며 이 새로운 움직임에 왕족과 쟁쟁한 대귀족들의 참여가 이어져 개신교 위그노(Huguenot)는 점차 세력을 확장하게 된다. 그러다가 1534년 왕궁 '벽보 사건'으로 개신교에 동정적이었던 프랑수와 1세가 급격히 가톨릭 쪽으로 기울게 되면서 프랑스의 본격적인 개신교와 로마가톨릭의 전쟁이 시작되었다. 유럽의 다른 나라들보다 프랑스의 종교전쟁이 더 격렬하고 오래

갔던 것은, 프랑스 개혁교회 위그노(Huguenot)가 이제 막 시작되던 시기여서 개혁교회가 충분한 세력형성이 되기 전이었으므로 어느 한 세력도 다른 한 세력을 완전히 없애버릴 만큼 세력이 강하지 못했기 때문이었다.

☐ 성 바르톨로메오 대학살의 맹목적인 로마교회 광신도들

전쟁이 계속되던 1572년, 프랑스는 분쟁을 종식하고 평화를 공고히 하기 위해 가톨릭교도 공주 마고(마그리트)와 개신교도 앙리 왕의 결혼을 진행시킨다. 1572년 8월 22일, 결혼식을 위해 가톨릭과 개신교 모두 파리로 모여들었다. 이날 성 바르톨로메오 축제일의 결혼식 분위기는 무르익어 갔지만, 결혼식이 끝나고 동이 틀 무렵, 5천여 명의 개신교 성도들이 수많은 가톨릭교도로부터 무참히 살해되어 학살되는 '성 바르톨로메오(Bartolommeo) 축일의 대학살' 이 일어났다. 세느강은 붉은 피로, 파리는 거대한 공동묘지로 변했으며 이미 인간성을 상실한 로마가톨릭교회 광신도들은 기독교의 진리에 반하는 같은 기독교 성도들에게 살인도 마다하지 않았다. 학살 사건을 자행한 프랑스 로마가톨릭교도들은 그들이 이미 그리스도인이 아니었다. 이로부터 오랜 세월 26년이 흐른 이후에 막강한 왕권을 구축하며 왕좌에 오른 앙리 4세는 두 교회의 화합을 위해 양쪽 모두에게 관용을 베풀고 1598년 낭트 칙령으로 개신교도들은 가톨릭교도와 같은 시민 권리, 같은 직책, 집회, 교육의 자유를 가지게 되었다. 프랑스 100년의 종교전쟁은 양쪽에 막대한 피해만을 끼치고 이렇게 막을 내렸다.

2) 두 기독교의 유럽 30년 종교전쟁

17세기 초, 개혁교회와 가톨릭교회 간의 갈등이 다시 깊어졌다. 신성로마 제국과 교황이 개신교를 믿는 도시를 강제로 가톨릭을 믿는 제후의 통치지역으로 편입시켜 버렸기 때문이다. 여기에 저항하여 개신교를 믿는 팔츠의 선제후[89]를 중심으로 개혁교회 연합이 구성되었다. 그러자 가

---

89) 선제후는 신성 로마 제국에서 독일 황제를 뽑는 권한을 가진 사람들을 말하며, 왕이나 황제 다음으로 높은 권한을 가지고 있었다.

톨릭파 제후들도 바이에른을 중심으로 가톨릭 연맹을 결성했다.

30년 전쟁(1618년~1648년)의 전쟁터는 주로 독일지역이었는데, 이는 독일 역사에서 잊을 수 없는 비극적인 전쟁이었다. 전쟁이 계속되는 동안 독일의 민중들은 가족을 잃고 헐벗고 굶주렸으며, 나라 전체가 황폐해졌다. 800만여 명은 다치거나 목숨을 잃었고, 어린이와 여성들은 오갈 곳 없는 신세로 전락하였고, 길에는 다친 사람, 부랑자가 넘쳤다. 이렇게 전쟁이 오랫동안 이어진 것은 여러 나라가 개입하여 국제 전쟁이 되었기 때문이었다.

개신교가 패배하면, 개신교를 믿는 덴마크와 네덜란드, 노르웨이, 스웨덴이 개신교 편에 서서 가톨릭교를 공격하였고, 가톨릭교가 패배하면, 가톨릭교를 믿는 스페인과 오스트리아가 가톨릭교 편에 서서 개신교를 공격했다. 프랑스는 가톨릭교를 믿는 국가였지만, 스페인과 오스트리아와 사이가 좋지 않았기 때문에 개신교 편으로 참전했다.

30년 전쟁으로 유럽의 역사가 많이 바뀌게 되는데, 베스트팔렌 조약을 맺으며 개신교의 승리로 끝났다. 이 과정에서 루터와 함께 개신교를 대표하는 개혁가인 스위스의 종교 개혁가 칼빈의 교리를 믿는 칼빈파도 종교의 자유를 얻게 되었다.

(5) 평화적인 종교개혁 스코틀랜드 교회와 유럽대륙 교회 비교

우리는 여기서 앞 단락에서 평화적인 종교개혁을 이룩한 스코틀랜드 교회와 유럽대륙의 비극적인 종교전쟁 무력 충돌로 프랑스, 독일을 비롯한 유럽대륙 참전 국가들은 국력을 완전히 탕진할 정도로 소모한 이후에 종교개혁을 이룩하는 유럽대륙 교회의 차이점을 비교하여 살펴보자.

1) 자국어 영어 성경 복음으로 평화적인 스코틀랜드 종교개혁

스코틀랜드 교회는 14세기부터 존 위클리프의 자국어 영어 성경 번역 작업과 함께 15세기 금속활자 인쇄술 발달로 인하여, 외국어 라틴어가 아닌 자국어 성경을 보유하게 됨으로써, 귀족은 물론 평민들도 성경을 읽고 신앙생활을 할 수 있으므로 로마가톨릭교회가 더 이상 그들의 비성경적 교리와 로마가톨릭교회 체제를 강요할 수 없게 되기 시작하였다. 그리하여 1560년경 이후에는 로마가톨릭교회는 사실상 그 땅 스코틀랜드에서 스스로 자취를 감추었으므로 평화적인 종교개혁을 이룩할 수 있었다. 그러므로 스코틀랜드 교회의 평화적인 종교개혁 모범 사례는, 이 당시 유럽대륙 교회의 종교전쟁 상황으로 보아서는 교회사적으로 매우 특이한 성경 복음적으로 종교개혁을 하였던 모범적 모형 사례이므로 많은 연구와 참고가 필요하다고 생각한다.

2) 스코틀랜드 교회와 유럽대륙 교회 차이

이에 반하여 프랑스 개혁교회 위그노(Huguenot)는 1508년 성경 원전 연구의 중요성을 강조와 불어 성서 간행을 시초로 프랑스의 종교적 개혁의 움직임이 움텄으며 이 새로운 움직임에 왕족과 쟁쟁한 대귀족들의 참여가 이어져 개신교 위그노는 점차 세력을 확장하게 된다. 그러다가 1534년 '벽보 사건'으로 개신교와 가톨릭교회의 충돌로 100년 전쟁을 치르게 된다. 프랑스 개혁교회가 30년이 채 되지 않은 성장 초기에서부터 로마가톨릭교회의 무력 충돌로 기나긴 100년 전쟁을 치르게 된다.

3) 두 기독교의 추구하는 '핵심가치'의 충돌

평화적 종교개혁 달성 여부는 자국어 성경 보급으로 착실히 교회가 참 복음으로 거듭나는 개혁의 차이로 자국어 성경 번역과 자국어 성경으로 말씀 영육이 얼마나 중요한지 직접적 원인을 일깨워주는 교회사적 사건이라 할 수 있다. 이로 말미암아 ─스코틀랜드 교회 평화적인 종교개혁과 유럽대륙 교회 종교전쟁─ 두 기독교 중에서 성경중심 기독교가 추구하는 핵심가치 '성경말씀 중심'과 교권 중심 기독교가 추구하는 핵심가치 '로마교회 중심'이 얼마나 중요한 차이와 결과가 나타나는지를 100년 유럽 종교전쟁 역사적으로 증명된다. 하나는 '평화'로 상징되며 또 다른 하나는 '전쟁'으로 상징된다. 과연 어느 방법이 여호와 하나님께서 성경 말씀으로 가르쳐 주시려는 '여호와 하나님의 길' 이겠는가? 우리는 후손들에게 이러한 교회사적인 명확한 진실을 훈육하여야 하는 책임이 있겠고, 이것이 또한 교회 역사가 갖는 사명이라고 생각한다.

2. 교회 부흥 운동과 성령 하나님의 뜻

16세기는 1517년 종교개혁부터 시작하므로 앞 단락에서 종교개혁 양면성과 유럽 종교전쟁을 다루었고, 지금부터 본 3장의 주제인 교회 부흥에 관하여 이야기를 시작하고자 한다. 하나님께서 우리를 구원하시는 역사 기록인 구속사는 하나님께서 섭리하시는 세계선교라는 발자취를 남기면서 진행하시며, 세계선교는 성령 하나님의 역사와 능력으로 하나님의 백성들 −지상교회 교인들− 을 통하여 땅끝까지 이루어 가신다. 그렇다면 지상교회 교인들을 세계선교로 움직이게 하고 진행하는 성령 하나님의 능력이 역사하시는 그 과정은 무엇으로 지상교회에 나타나며 어떠한 방법으로 현실 교회에서 하나님께서 그것을 섭리하시는가?

위의 질문을 풀어가기 위하여 '교회 부흥과 성령 하나님의 역사'를 기술하는 소중한 책 한 권을 소개하겠다.

□ 주 참고문헌 소개

『청교도 신앙−그 기원과 계승자들[90]』은 마틴 로이드 존스 목사가 저술한 책으로 1959년부터 1978년까지 19년 동안 '웨스트민스터 청교도 연구회'에서 강연한 19가

---

90) 마틴 로이드 존스, 『청교도 신앙−그 기원과 계승자들』 *The Puritans : Their Origins and Successors* (생명의말씀사, 2013).

지 주제를 묶어서 출간한 책이다.

이 연구회는 1940년대부터 영국 옥스퍼드대학 국제기독학생연맹 회원들이 '청교도 신앙'을 연구하기 위하여 제임스 패커 지도교수의 주관하에 정기적인 연구모임을 가졌는데 주 강사는 마틴 로이드 존스 목사의 강연이 주를 이루었다. 본서에서는 이 참고문헌이 본 3장의 주제 '교회 부흥'과 밀접한 연관이 있으므로 마틴 로이드 존스 목사가 저술한 참고문헌의 19가지 주제 중에서 특히 다음 네 가지 주제에 대해서는 주 참고문헌 내용을 긴밀하게 인용하여 '교회 부흥 운동'의 교회사를 간략하게 본 3장에서 살펴보려고 한다.

1959년 로이드 존스 목사 주제발표 : 부흥-역사적 및 신학적 관점에서 본 부흥

1969년 로이드 존스 목사 주제발표 : 우리는 역사로부터 배울 수 있는가?

1976년 로이드 존스 목사 주제발표 : 조나단 에드워즈와 부흥의 중요성

1977년 로이드 존스 목사 주제발표 : 설교. ([주제설명 3장2] '설교에 대하여 성공회와 개신교 관점의 차이'에서 주로 인용)

마틴 로이드 존스 목사

상기 참고문헌을 본서 본문에서 인용하는 표기 방법은 약어로 (청교도 신앙 계승자들. 12)로 표기하겠다.

마틴 로이드 존스 목사는 교회 부흥의 정의를 다음과 같이 하였다. "부흥을 정의하는데 시간을 쓸 필요 없는 것은 '성령 하나님께서 비상하게 역사하실 때 교회의 생활 속에서 체험되는 것이 바로 부흥이다'."

그러므로 우선 우리는 '부흥의 주체는 성령 하나님이시다'를 알게 된다. 그리고 일차적으로 성령 하나님께서는 교회에 속한 지체들을 통해 그러한 역사를 하시므로 부흥은 신자들의 부흥이다. 생명이 없던 것을 부흥시키는 것은 불가능하기 때문이다(청교도 신앙 계승자들. 18).

교회 부흥에 대한 하나님의 뜻으로는 다음 세 가지 단어 곧 '성령 하나님', '교회', '부흥'이 핵심단어로 축약할 수 있겠다.

(1) 하나님 역사는 일반적인 사역과 특별한 역사(부흥 운동)의 공존

하나님께서 하시는 일반적인 사역과 특별한 역사(부흥 운동)에 대하여 생각해보자. 우리는 하나님 나라를 유지하고 확장하는 일에 있어서 더 느리고 고요하고 점진적인 방법을 찾는데 매우 익숙해진 나머지 성령 하나님께서 갑작스럽고 전반적으로 역사하시는 일을 들을 때 놀라며, 심지어는 어느 정도 회의적인 마음으로 듣는 경향이 있다. 아니, 우리는 정규적인 사역 하에서 흔히 관찰되는 것보다 획기적이고 급속한 변화가 교회와 세계에 이루어지는 것을 기대하거나 그것을 위해 기도하지 않는다. (청교도 신앙 계승자들. 38).

이것을 '가청주파수'라는 개념을 비유하여 설명해보도록 하자. 새소리, 물소리 같은 자연의 소리는 각기 다른 주파수와 음파의 강약의 성질을 띠고 공기 속을 통과하여 전달되어 나가는 현상이다. 인간의 귀로 들을 수 있는 음파의 범위를 가청주파수라고 하는데 20Hz(헤르츠) 이상~20,000Hz 이하 영역의 진동 횟수이며, 돌고래의 가청주파수는 150Hz~150,000Hz 이라고 한다. 그래서 우리 인간은 가청주파수 20Hz 이상~20,000Hz(헤르츠) 이하 에만 익숙하게 들을 수 있다. 이 말은 인간의 가청주파수(20Hz~20,000Hz) 이외에는 소리를 우리 인간이 듣지 못한다고 하여 소리가 없다고 해서는 안 되며, 소리는 있지만, 인간이 일반적으로 들을 수가 없는 것이다. 이처럼 우리는 일반적인 사역(가청주파수 이내 소리)에만 익숙하여져서, 그 이외의 특별한 사역 부흥(가청주파수 이외의 소리)은 존재하지 않는다고 생각하기 쉽다. 이것은 가청주파수 이외의 소리(부흥)는 존재하지 않는다는 말과 같이 우리가 생각하는 것으로 참으로 잘못된 생각이다.

(2) 특별한 역사(부흥 운동)

우리는 지금부터 일반적인 사역(가청주파수 이내)에서 또 다른 특별한 부
흥 역사(비유하자면 '가청주파수' 이외의 '비가청 주파수')를 살펴보려고 한다.

'이는 내 생각이 너희의 생각과 다르며 내 길은 너희의 길과 다름이니
라 여호와의 말씀이니라(이사야 55:8).'

우리가 지금 논하는 것은 일반적인 세상사가 아니라 '교회 부흥 운동'
이라는 성령 하나님이 친히 하시는 일이다. 이는 자연히 우리의 관점이
아니라 창조주 하나님의 주권 관점으로 이해하여야 하는 이치는 '교회 부
흥 운동'의 주체는 성령 하나님이시기 때문이다. 교회 역사를 보면서 하
나님께서는 종종 현명하신 이유를 가지고, 그의 은혜와 능력을 매우 특이
하고 괄목한 방법으로 나타내시기를 기뻐하신다. 그리하여 무기력해 빠
진 교회를 일으키시기도 하고 그러한 일들을 부정하는 사람들을 깨우치
고 확신시킨다. 하지만 무엇보다도 중요한 것은 사람들이 무시하기 쉬운
은혜의 주권과 능력을 단번에 가르치시기 위하여 그렇게 하신다.

(3) 개혁교회가 교회 부흥에 관심을 기울여야 하는 이유

어째서 개혁교회 신앙인들이 그 누구보다도 부흥에 관심을 기울여야 하
는가? 그것은 분명히 다음과 같은 이유 때문이다(청교도 신앙 계승자들. 39.
개혁교회가 부흥에 관심 기울여야 하는 이유).

본 3장에서 교회 부흥을 다루는 이유는 본서의 명제 '하나님 교회사는
연속성이 있는가?'에서 하나님의 구속사는 선교역사를 통하여 진행하며,
선교는 교회 부흥의 역사와 함께 수행되므로 하나님 구속사, 선교역사,
교회 부흥의 역사는 밀접한 관계를 갖고 진행된다. 이를 상징적으로 나타
내는 도표가 [그림 2편11] '구속-교회-선교의 역사 관계 도표'('두 기독
교 체계의 핵심가치 비교도표')라고 할 수 있겠다. 따라서 본서의 명제를
규명하기 위하여 본 3장에서는 이와 연관되는 '교회 부흥' 관점으로 교회

사 연속성을 설명하려고 한다.

1) 교회가 하나님의 교회임을 부흥처럼 잘 입증하는 것이 없기 때문이다.

교회 역사의 도표는 포물선이 연속적인 선을 그리고 지나가는 도표([그림 2편7] '20세기 세계 총인구 중 신자 비율' 그래프 참조)와 같다. 이것은 교회가 인간의 제도가 아님을 입증하며, 만일 교회가 인간의 제도라면 오래지 않아 망하여 사라졌을 것이다. 교회는 살아계신 하나님의 교회이다. 교회가 살아있는 것은 교회가 하나님의 것이며 따라서 하나님께서 때때로 은혜롭게 그것을 보존하기 위해 개입하시기 때문이다.

2) 인류 역사는 인간 혼자로서는 무능함을 잘 보여준다.

인간이 아무리 놀라운 신앙 변증가요 아무리 굳센 정통의 명수라고 할지라도 싸우고 땀 흘리고 글 쓰는 등 이 모든 일을 다 해볼 수 있지만, 그는 여전히 어쩔 수 없는 무능력한 존재로 큰 조류를 막아낼 수는 없다. 그래서 새로운 단체를 조직하고 책을 쓰고 캠페인을 벌이며 우리가 조류를 막을 수 있다고 확신한다. 그러나 그럴 수 없는 것이 원수가 홍수처럼 밀려올 때 일어나 깃발을 세울 분은 주님이시다. 부흥은 인간 홀로는 얼마나 무능하고 보잘것없는가를 거듭거듭 분명하게 입증해준다.

3) 구원의 역사는 성령 하나님의 역사

구원의 역사는 성령 하나님의 역사이지 단순한 도덕적인 설득이나 논증이 아님을 부흥보다 잘 입증하는 것이 어디 있겠는가? 어떤 방법으로 입증할 수가 있는가 하면 부흥이 갑자기 일어나는 것을 통해 알 수 있다. 구원이 논증이나 설득의 결과라면 한동안 그 일을 계속할 필요가 있다. 알미니안주의[91]의 입장에서는 회심의 역사를 합리적 논증에 의해 성취되는

---

91) 알미니안주의는 구원에서 있어서 합리성과 인간의 자유의지(free will)를 강조하는데 구원을 받는 데 있어서 인간의 의지적 결정과 노력이 중요하다고 강조한다(구원의 인간 의지와 노력). 장로교가 채택하는 칼빈주의 신학은 예정론(predestination)과 구원에 있어서 하나님의 주권을 보다 강조한다(구원은 전적인 하나님 은혜).

것으로 본다.

그러나 개혁교회는 그것은 성령 하나님의 역사요, 인간의 마음과 생각과 의지에 성령 하나님께서 직접 역사하셔서 조명하고 새롭게 하시는 역사이며 이를 입증하는 것은 부흥이 일어나는 장소와 때는 이 점을 분명히 보여준다. 회심의 돌발성을 보자. 특히 부흥의 역사 속에서 풍성하게 발견되는 사실, 곧 많은 사람이 집회 장소에 도착하거나 설교자의 말을 직접 듣기도 전에 회심했다는 사실을 주목하자. 그들은 길에서 회심했으며 갑자기 그들에게 죄에 대한 깨달음이 왔다. 이것을 도덕적인 설득이라 말할 수 없으며 그들은 설교를 듣지 않았고 그전에 어떤 예비적인 논증을 들어 본 적도 없었다. 구원의 역사는 성령 하나님의 초자연적인 방법으로 강권적인 역사로 부흥함을 주목한다.

이것은 [주제설명 3장3] '찰스 피니(Charles G. Finny)의 부흥방법론' 과 대조를 이룬다. 찰스 피니의 부흥방법론은 인간의 인위적인 활동으로 이루어지므로 설혹 그 방법으로 숫자적인 증가는 발생할 수 있을지 몰라도 지속적인 회심과 그 결과 얻어지는 지속적인 변화의 바람은 일지 않는다.

4) 부흥은 하나님의 주권을 드러낸다.

부흥을 시간 차원에서 생각하면 어떤 전제조건들을 이루었을 때 부흥이 오는 것이 아니다. 아니, 하나님께서는 전혀 생각지도 않았을 때 그 일을 하신다. 하나님께서 부흥을 일으키실 때를 우리는 알지 못하며 부흥에는 의외성과 돌발성이 항상 있다. 이러저러한 모양으로 '우리가 어떤 일을 행하면 ...... 이 될 것이다' 라고 가르치는 것은 알미니안주의적인 사고방식이다.

부흥이 시작되는 장소를 보아도 하나님의 주권이 잘 나타난다. 그곳은 작은 마을들, 교회 없는 작은 부락들, 들어보지 못한 지역들이다. 사람들은 런던이나 대성당이나 큰 호텔에서 운동을 시작한다. 그러나 하나님께서는 때와 장소 그리고 사용된 사람들의 문제에 있어서 사람의 지혜와 명석함과 중요성을 조소하신다. 하나님께서 사용하시는 사람들을 살펴보면 고전 1:26-27 '육체를 따라 지혜로운 자가 많지 아니하며 능한 자가 많지 아니하며 문벌 좋은 자가 많지 아니하도다. 그러나 하나님께서 세상의 미련한 것들을 택하사 지혜 있는 자들을 부끄럽게 하려 하시고,' 하나님의 주권은 그 무엇보다도 부흥에서 드러난다.

5) 부흥은 '은혜의 불가항력적인 성격'을 가장 잘 드러낸다.

물론 모든 참된 회심을 통해 '은혜의 불가항력적인 성격'이 잘 드러나지만 대단히 큰 규모로 확실히 알 수 있도록 그 성격이 드러나는 것은 부흥의 때이다. 집회를 뒤집어엎고 무산시키기 위해 갔던 사람들이 갑자기 거꾸러지고 엎드려져 눈이 열리고 생명을 얻게 된다. 이러한 하나님의 은혜의 불가항력적 성격이 부흥에서처럼 명백한 것은 없다. '조롱하러 왔던 어리석은 사람들' 뿐만 아니라 심지어 원수들과 과격분자까지 낮아지고 제압당하여 회심하고 거듭나게 되는데, 이처럼 부흥은 특이한 방법으로 특별한 성경의 교리를 강조한다.

그러므로 결론은 이 순간에 우리에게 요청되는 것은 무엇보다도 부흥을 위해 기도하는 것이다. 우리는 부흥을 위하여 행동주의를 비난하고 아무것도 하지 않은 집단이 되어서는 결코 안 된다. 우리의 믿음을 선전하고 변호하기 위해 성경적이고 합법적인 모든 수단을 다 마련하여야 한다. 다른 어느 것으로도 우리가 싸우는 싸움에서 승리할 수 없으므로 부흥을 위해 기도하자. (부흥을 위한 기도는 [주체설명 3장1]- '부흥을 사모하는 기도와 조나단 에드워즈의 설교' 참조)

(4) 교회 부흥이 퇴조하는 이유

개혁신학의 퇴조가 가장 큰 이유로서 16세기 종교개혁 이후 19세기 초기까지 주류를 이루던 신학은 거의 철저한 칼빈주의였다. 그러다가 19세기 초기 1840년대에 시작된 모든 현대주의 운동(인본주의 자유주의신학)은 1860년대 대단한 동력을 얻어 현대주의 운동은 놀랄만한 속도로 번져나갔고, 개혁신학은 특히 뒷전으로 물러났다. '설교의 황태자'라는 별명으로 불리는 영국 빅토리아시대에 활동한 설교자였던 찰스 스펄전[92]은 이 사실을 알았을 뿐만 아니라 이것이 깊이 탄식하며 안타까워했다.

□ 성경을 지식으로만 배우고 성령 하나님의 역사를 소홀

교육이 대중들에게 보편화하여서 회중들이 더욱 학식이 있음을 자랑하는 현학적으로 되고, 사람은 의식하지 못하는 사이에 기독교의 지적인 면과 학식과 이해와 지식에 관심을 끌게 되어 결국 성령 하나님의 능력을 잊게 된다. 신학교의 증가로 사람들이 부흥에 대해 생각하지 못하게 한 요인으로 작용할 수 있다. 우리는 학식을 더 많이 가질수록 더욱 정중하게 되는 경향이 있다.

□ 지나친 감정을 자제하려는 경향

신학적 사고를 하는 사람은 지나친 감정을 천성적으로 좋아하지 않는다. 이러한 사람들은 다른 이들은 감정을 나타낼 수 있지만 자기는 다르다고 주장한다. 이러한 사람은 균형을 잃고 성령을 소멸하는 죄를 범하기도 한다. 또 다른 이유는 오순절주의(Pentecostalism)와 그 현상에 대한 지나친 반응 때문인데, 오늘날 특히 이것이 문제가 되고 있다.

□ 교회 부흥의 인본주의 사상 오염 - 찰스 피니 방법론

교회부흥에서 인본주의 방법론이 대두되었는데 '[주제설명 3장3]찰스 피니(Charles G. Finny)의 부흥방법론에 의한 피해'를 참조 바란다.

3. 초대교회와 1000년의 중세암흑기 부흥 운동

(본 단락은 근현대 교회사 단락이지만 초대교회, 중세교회의 부흥 운동 관점 내

---

92) 찰스 스펄전(Charles Haddon Spurgeon, 1834-1892): 20세의 나이로 런던의 유명한 뉴 파크 스트리트 채플 목회자가 되었으며 메트로폴리탄 타버너클에서 남은 생애 동안 설교했다. 약 천만 명의 사람들이 그의 설교를 육성으로 들었으며, 또 다른 중심 사역은 목회자 대학을 설립하여 설교자를 양성하고 영국 교회의 영적 부흥에 이바지하였다.

용은 여기에 수록하였다.)

시대	①1세기-5세기	②6세기-15세기	③16세기-18세기	④18세기-20세기	⑤20세기-21세기
선교 부흥 대상	로마제국 초대교회 선교 부흥 운동	아일랜드, 영국 켈트교회 부흥, 유럽대륙 선교	유럽교회 부흥과 선교	미국교회, 호주교회, 캐나다 교회 부흥과 선교	제3세계 교회 부흥과 선교

[표 1편4] 세계 지역별 교회 부흥과 선교운동 요약표

우리는 앞 단락에서 [표 1편4] 세계 지역별 교회 부흥과 선교운동 요약표를 살펴보았다.

이 표는 2000년의 교회사를 부흥 운동의 관점으로 5가지 시기로 나누었는데 본 단락에서는 ①1세기~5세기 그리고 ②6세기~15세기까지, 종교개혁 16세기 이전을 다루겠고 나머지는 다음 단락에서 소개하겠다. 본 단락에서 ①②③④⑤ 기호 표기는 [표 1편4] '세계 지역별 교회 부흥과 선교운동 요약표'에서 교회 부흥의 시대별 특징으로 5개로 구분한 기호이다. (앞 장의 [그림 1편2]의 ①-④ 시대별 성경중심 교회 구분 표기와는 서로 다른 내용이다)

(1) 초대교회의 부흥

① 1세기~5세기 초대교회 그 자체는 부흥의 시대 교회였다!

신약교회 자체는 부흥 중에 있었기 때문에 부흥을 위해 기도를 하라는 권면을 받지 않았다. 신약성경에 나오는 교회에 관한 기사는 부흥의 기사이다. 신약교회는 성령 하나님의 능력이 충만했는데 우리가 부흥의 역사를 읽을 때 즉시 사도행전을 연상하게 되지 않는가? (청교도 신앙 계승자들. 32 신약교회는 부흥 중에 있었다).

또한 초대교회를 만들어 가시는 하나님 사역의 진행 과정을 우리는 앞 단락 1편 1절, 2편 1장에서 살펴보았지만 초대교회는 부흥 운동(①1세기~5세기)이 매일 일어나는 부흥 충만한 대표적인 교회였다. 그 부흥의 결과 열매는 수천 명의 헬라–유대인으로부터 시작하여 5세기경에는 4천5백만 명의 이교도를 그리스도인으로 선교한 것은 초대교회는 부흥 운동 그 자체였다. 따라서 초대교회 교회사는 '교회 부흥 운동' 그 자체이므로

부흥운동 내용은 1편 1절, 2편 1장을 참조 바란다.

(2) 켈트교회공동체 부흥 운동

중세 1000년의 암흑기에 유럽대륙에서 떨어져 바다 건너 섬나라 아일랜드, 영국에서 예외적으로 켈트교회공동체 부흥 운동을 경험한다.

1) 아일랜드 켈트교회공동체 부흥 운동과 영국 복음화

432년 패트릭(영국)은 마케도니아적(행 16:9) 소명을 받고 12명의 선교팀과 함께 아일랜드에 복음 선교를 시작하였다. 아일랜드 켈트족을 대상으로 하는 복음 전도는 성경적 방법으로 켈트족의 문화에 적합하도록 상황화하여 성령 하나님의 은혜로 아일랜드 많은 켈트 부족에게 역동적인 선교 활동으로 켈트교회공동체 부흥을 이룩하였다. 그들은 켈트교회공동체라는 선교 지향적인 독특한 공동체로 발전하여([표 1편3] 참조), 우리가 익숙한 로마가톨릭의 동방수도원과 같은 속세를 떠나 수도사 영성 위주의 수도원과는 근본적으로 달랐다. 패트릭이 임종하기까지 28년 동안 선교와 부흥 사역 결과 아일랜드 150개 부족 중에서 30~40개 부족이 복음화되는 놀라운 선교와 부흥 운동이 일어났다.

그러나 그보다 더 중요한 것은 패트릭 선교팀의 켈트교회 부흥 운동의 결과로 그 선교 지향적인 정신을 이어받아 563년 콜롬바의 140명의 대단위 선교팀이 스코틀랜드 북서쪽 아이오나섬을 복음화하여 장차 유럽대륙에 파송하는 선교사 기지가 될 만큼 아이오나섬의 교회를 부흥시켰다. 그다음 633년 아이든의 12명의 선교팀은 스코틀랜드 북동쪽 린디스판섬을 복음화하여 린디스판섬 켈트교회 부흥 운동의 결과로 이제는 저 멀리 바다를 건너 유럽대륙에 아일랜드와 영국 켈트교회공동체가 합심하여 선교사의 전초기지 역할을 하게 된다('[표 2편9]켈트교회 유럽선교 세대별 구분' 참조).

2) 켈트교회 유럽대륙 선교 결과로 유럽대륙 교회 부흥 운동

600년 아일랜드인 콜롬바누스 사도와 그의 제자 12명 선교팀은 유럽대륙에서도 켈트교회 기독교 선교를 수행하기 위해 대륙을 향해 출발했다. 그는 아일랜드 시넬 문하에서 수학하고 신학에 조예가 깊어 켈트교회공동체 학교의 수석 강사가 되어 30년 동안 신학을 가르치다가 순례자(선교사)가 되리라는 부르심을 받고, 그의 열두 제자와 더불어 유럽대륙 골(Gaul, 라틴어는 갈리아) 지방을 향하여 선교하게 된다. 그리하여 켈트공동체 중심의 선교팀에 의하여 중부 유럽대륙에 복음화 선교가 진행되었다. 유럽대륙 선교를 시작하여 15년 동안 콜룸바누스 선교팀은 지금의 프랑스, 스위스, 오스트리아, 독일, 이탈리아에 선교와 부흥을 통하여 켈트교회공동체를 세워나갔다. 그동안 그의 팀들은 켈트교회 부흥으로 60개 이상의 켈트교회공동체를 하나로 묶는 광범위한 네트워크를 만들었다. 그리하여 유럽대륙 각각 나라의 수십 개의 언어와 문화를 배우면서 그 민족에게 적합하도록 상황화하면서 타민족 사람들 및 국가들과 관계를 넓히고 교회를 세우고, 유럽에 산재해 있던 야만인들, 특히 지금의 프랑스, 벨기에, 스위스, 오스트리아, 독일 이탈리아에서 매우 중요한 기독교 부흥 운동을 일으켰다.

(3) 로마가톨릭교회는 교회적으로 부흥을 경험한 적이 없다

우리는 앞 단락에서 [그림 1편2]의 '①초대교회'와 '②켈트교회공동체'의 교회 부흥운동을 살펴보았다. 본 단락에서는 [그림 1편2] 하단의 로마교회 1000년의 교회부흥 암흑기 'ⓑ로마가톨릭교회 중세암흑기' 교회 부흥운동의 형편을 살펴보자. 로마가톨릭교회는 기독교 교리적으로 볼 때 결론적으로 말하자면 교회가 성령 부흥을 경험하지 못하는 1000년의 성령 부흥의 암흑시기이기도 하다. 중세암흑기는 다른 말로 표현하면 "중세 로마가톨릭교회는 성령 하나님이 역사하는 교회 부흥 운동의 암흑기"라고도 할 수 있다. 본 단락은 주로 중세 1000년의 암흑기를 성령 하나님의 능력을 마음껏 누리지 못하는 '성령의 능력을 소멸하는 암흑기'에 관하여 살펴보려고 한다.

마틴 로이드 존스 목사는 1959년부터 1978년까지 19년 동안 '웨스트민스터 청교도 연구회'에서 강연한 19가지 주제 중에서 첫째 년도 1959

년 주제 발표하였던 '부흥-역사적 및 신학적 관점에서 본 부흥' 내용 중에서 두 번째 '부흥의 역사와 쇠퇴한 이유'의 강연 내용이다. 이 강연에서 로마가톨릭교회가 자체 교리적 결함으로 결코 교회사적인 부흥을 경험하지 못한다는 내용을 설명하고 있다(청교도 신앙 계승자들. 19-20. "로마가톨릭교회는 부흥이 일어났던 적은 한 번도 없었다").

1) "로마가톨릭교회 자체가 부흥을 경험한 적은 한 번도 없었다."

글의 서두를 인용하면 "1959년 지금, 이 주제를 다루는 것은 올해는 여러 나라에서 일어났던 1859년 부흥 100주년을 맞는 해이기 때문이다. 이 '웨스트민스터 청교도 연구회'의 목적상 이와 같은 주제를 살펴보는 것은 좋은 일인데 왜냐하면 이 연구회의 궁극적인 목적은 단순히 지적인 자극을 주는 것이 아니라 교회의 상태에 진실되고 깊은 관심을 기울이는 것이기 때문이다". (청교도 신앙 계승자들. 17).

마틴 로이드 존스 목사는 이 문헌에서 "로마가톨릭교회에는 부흥이 일어났던 적이 한 번도 없었다는 점인데, 이것은 출발점으로 의미심장한 사실로 로마가톨릭교회에 속한 개인들은 부흥이라고 할 수 있는 것들을 체험하기도 했으나, 가톨릭교회 자체가 부흥을 경험한 적은 전혀 없었다. 왜 그럴까? 다음과 같이 말씀드리는 것이 정곡을 찌르는 설명이라 본다. 그것은 성령 하나님께 대한 그들의 전체 교리가 낳은 직접적인 결과이다. 로마가톨릭교회는 성령 하나님을 교회와 사제에게 -특히 성례들에- 보다 특별하게는 영세에 국한시킨다. 성령과 성령의 역사를 이렇게 다룸으로써 그들은 부흥의 여지를 전혀 남겨두지 않는다. 그 결과 그들은 결코 부흥을 경험하지 못한다."

로마가톨릭교회는 그들 교리에 벌써 성령의 사역을 극도로 제한하였다. 그들은 성령을 소멸시키는 치명적으로 교리적 결함을 보인 결과 성령 하나님이 역사하시는 교회 부흥의 여지를 전혀 남겨두지 않음으로 성경 말씀에 '성령을 소멸하지 말며(살전 5:19)'라는 말씀에 해당한다고 볼 수 있다.

2) 로마가톨릭교회 성령론에 대한 성경과 전혀 다른 교리

우리가 교회사 가운데서 개신교와 가톨릭교회의 다른 점은 여러 면에서 살펴볼 수 있지만, 특히 근본적인 차이점 중의 하나는 우리가 믿은 신론(神論) 중에서 특히 성령론에서 큰 차이점을 발견할 수 있다. 조직신학에서 신론을 이야기할 때 성부 하나님, 성자 예수님, 성령 하나님을 논하는데 특히 성령 하나님에 대한 신론에서 성령론에 큰 차이점을 발견할 수 있다.

□ 2000년 교회사에서 신론 적용의 변천사(變遷史)

2000년 교회사에서 조직신학의 신론, 기독론, 성령론이 기준에 의하여 그 적용에 대한 변천사를 이번 기회에 한 번 살펴보자. 우리는 앞 단락 로마제국 시대 초대교회에서 삼위일체파와 아리우스파 간에 예수 그리스도의 위격에 대하여 하나님과 예수 그리스도와 위격 차등을 두는 문제로 삼위일체 교리가 형성되는 4세기 때까지 심각한 대립을 살펴보았다. 초대교회 시대 신학에서는 이 중에서 "기독론" 위격에 대하여 많은 논쟁이 있었다면, 5세기 이후에 로마가톨릭교회는 "성령론"에 대하여 성경중심 기독교 개혁교회와 많은 차이점이 있다고 볼 수 있다.

로마가톨릭교회의 중앙집중권력 체계가 본격적으로 가동되기 시작하는 5세기 이후부터 현재 21세기까지, 개혁교회와 로마가톨릭교회는 "성령론"을 실제 신앙생활에 적용하는 교리에서부터 심각한 차이를 보인다. 이에 대한 근본적인 원인은 [그림 1편2] 좌측 중앙에 아래 화살표 ↓ '초대교회에서 로마가톨릭교회는 전통-교회 가르침 추가'에서 "성경권위 왜곡"으로부터 기인하는데 특히 "성령론"에 대한 왜곡이 심각하다.

□ 로마가톨릭교회의 성령론 적용 교리

우리 개신교 개혁교회는 성령 하나님에 대한 성령론을 이야기할 때 보혜사 성령에 대한 성경적 이해를 기반으로 두고서 출발한다. 그런데 로마가톨릭교회 교리를 살펴보면 성령 하나님의 영역과 역할에서 성모 마리아, 성자(성인) 제도, 가톨릭교회 7 성사 중에 특히 세례성사, 성체성사,

고해성사 등에 개입되는 사제 등 우리가 믿는 성경과는 성령론에서 완전 이질적인 내용으로 가득 차 있다. 우리는 기도와 간구를 직접 성삼위 하나님께 아뢰고 간구하여야 하는데, 이 역할과 방법에서 가톨릭교회는 성모 마리아, 성자(성인) 제도 그리고 고해성사 제도에서 중간에 마리아, 성자, 사제 등의 비성경적인 요소 매개체가 잔뜩 개입되어서 성령 하나님의 능력을 제한하고 소멸시키는 교리적 경향을 발견하게 된다.

그래서 종교개혁가들은 종교개혁 3대 강령에서 '만인 제사장설'을 주장하는 것은 이러한 이유 때문이다. 성경 (히 10:5-18)에서는 "... 예수 그리스도의 몸을 단번에 드리심으로 ... 한 영원한 제사를 드리시고 하나님 우편에 앉아 ... 한 번의 제사로 영원히 온전하게 하셨느니라... 이것들을 사하셨은즉 다시 죄를 위하여 제사 드릴 것이 없느니라" 이것을 증언하고 있다. 우리에게 예수 그리스도께서 십자가에서 단 한 번의 영원한 제사 드림으로 말미암아 하나님 백성 모두는 -만인 제사장으로서 -예수 그리스도의 십자가 피 공로에 의지하여 여호와 하나님 성부, 성자, 성령 앞에 담대히 직접 나아갈 수 있는 특권을 누리게 되었다.

그러나 로마가톨릭 교리는 여호와 하나님과 우리 성도 사이에 '사제(주교, 신부 등), 성모 마리아, 성인, 7 성사' 등의 교리와 로마교회 제도로 복잡하게 중간 매개체를 잔뜩 끼워 놓았다. 마틴 로이드 존스 목사는『청교도 신앙 계승자들』에서 "로마가톨릭교회에는 부흥이 일어났던 적이 한 번도 없었다는 점" 내용은 교회 부흥 운동은 '성령 하나님의 역사' 이므로 로마가톨릭교회의 이와 연관되는 '성령론' 에 대한 왜곡 사항을 논증하고 있다.

3) 영국 국교회(성공회)도 보편적인 부흥이 일어난 일은 없다.

이어서 마틴 로이드 존스 목사는 참고문헌에서 "유니테리언[93]교회에도 마찬가지로 부흥이 없다. 저는 사실 있는 그대로 진술하고 있을 뿐이다. 제가 다음으로 관찰할 사항 -비평하려는 생각은 없고 사실만 다루려고 애쓰

---

93) 유니테리언: 삼위일체 교리를 거부하고 예수 그리스도의 신성을 부인하는 기독교 교파이다. 오직 하나님 한 분만 신이라고 하여 유일신론을 주장하기 때문에 이런 이름이 붙여졌다.

고 있음— 은 대체로 영국 국교회(성공회)도 부흥에 대해서 많은 것을 알지 못한다고 말해도 과언이 아니다(마틴 로이드 존스 목사는 자신이 영국인으로서 영국 국교회[성공회]를 언급하는데 매우 조심스러운 입장이었을 것으로 생각한다 – 필자 주). 영국 국교회 속한 사람들이 부흥을 일으키기도 하고 또 부흥에 참여한 적은 분명히 있었지만, 성공회의 역사를 살펴보면 영국 국교회에 보편적인 부흥이 일어난 일은 한 번도 없었다. 이 사실은 매우 중요한 사실임이 틀림없다. 백여 년 전 아일랜드 성공회에서 약간의 부흥을 체험한 적이 있었다. 그러나 다른 지역의 성공회를 살펴보면 부흥의 사례는 대단히 적다.

왜 그럴까? 성공회 예배 형식에 성령께서 자유롭게 역사하지 못하도록 막는 무엇이 있는 것은 아닌가? 그 교회가 국가와 관련 있는 것이 성령의 자유로운 역사를 막는 작용을 하며 교회의 전체적인 성격과 자기 교회 자체와 교구 제도에 대한 그들의 관점이 성공회 내의 부흥 현상을 꺾어 버리는 쪽으로 작용하는 것은 아닌가?"

([주제설명 3장2] '설교에 대하여 개신교와 성공회 관점 차이' 참조)

4) 국가나 세상 권력이 성령의 능력을 소멸시키는 경우

국가나 로마가톨릭교회와 같은 교회 권력에 관련된 여러 가지 제약 때문에 국가나 세상 권력기관의 간섭으로 말미암아 성령 하나님의 자유로운 역사를 가로막는 작용을 하는 경우를 우리는 교회사에서 종종 경험한다.

국가가 교회에 대한 간섭은 영국 국교회(성공회) 사례와 중국 국가기관 종교국의 중국교회 간섭 사례로 볼 수 있다. 영국 국교회(성공회)는 영국 국왕이 영국 국교회 수장을 겸하고 있으므로 영국 국교회는 국가와 국왕과 세상 정치에 항상 영향을 받아왔으므로 성령 하나님의 능력을 제한시키고 있다. 또한 중국 정부는 삼자교회(중국정부 종교국이 인정하는 교회)를 중국 종교법으로 조직하여 성경에서 멀어진 –기독교라 할 수 없는 중국 정부에서 제정한 세상적인– 교리를 삼자교회에 적용하여 성령 하나님의 능력을 소멸하고 있다. 그리하여 성경중심 처소교회(가정교회)를 억압하고 성령 하나님의 역사를 소멸하는 역할을 하고 있다.

5) 유럽교회 부흥 운동에서 제외된 로마가톨릭교회 남부 유럽국가들 사례

필자의 『구속사와 히브리서』(248)'에서 교회 시대 믿음의 모범을 선정할 때 초대교회 이후 1000년(590년~1517년)의 로마가톨릭 교회사를 건너 뛰어 넘어 바로 종교개혁 이후 17세기부터 시작한 '청교도'를 믿음의 모범으로 선택한 것은 바로 이러한 이유이다. 1000년의 로마가톨릭 교회사에서는 뚜렷한 영적 부흥과 믿음의 모범을 발견할 수 없었기 때문이다.

교회사적으로 16세기 종교개혁 이후 17~19세기에 일어난 유럽교회의 대부흥 운동을 다음 단락에서 살펴볼 텐데 결론적으로 미리 언급하면, 로마가톨릭교회가 다수인 남부 유럽국가 교회는 교회 부흥 운동의 역사적 사실을 발견할 수 없다. 즉 로마가톨릭교회가 다수인 국가 —이탈리아, 프랑스, 스페인, 포르투갈— 에서는 로마가톨릭교회 자체적으로 열정적인 교회 부흥 운동의 역사를 경험하지 못하였다. 이것은 실증적으로 본 단락의 주제인 로마가톨릭교회는 교리적으로 성령 하나님의 능력을 제한하므로 '교회사적 부흥을 경험하지 못한다'라는 것을 역사적 사실로 실증하고 있다. 반면에, 다음 단락에서 보듯이 개혁교회인 영국(성공회 제외), 독일, 네델란드 등의 중북부 유럽국가들의 개혁교회가 주축이 되어서 교회 부흥 운동의 횃불이 활활 타오르게 된다. 이것은 바로 "교회 부흥 운동은 성령 하나님이 직접 역사하시는 운동이다"라는 말을 교회사적으로 입증하는 것이며, 그래서 우리는 본 단락 서두에서 "성령", "교회", "부흥"을 교회 부흥 운동의 핵심 단어(키 워드)로 삼았다.

(4) 개혁교회에서도 성령론 이해에 대한 타산지석 교훈

성령론에 대하여 취약한 점은 로마가톨릭교회뿐만 아니라 우리 개혁교회에서도 성령론의 이해와 신앙생활 적용에서도 로마교회 성령론 적용에 대한 문제점들을 타산지석의 교훈으로 삼아야 하겠다. 로마가톨릭교회는 성령론 신학과 교리 자체에서 앞 단락 내용같이 성령 하나님의 사역을 제한하여 성령의 능력을 소멸하는(살전 5:19) 한계를 갖고 있었다. 반면에 개혁교회는 성령론의 신앙생활 적용에서 충분히 성숙하지 못함으로, 간혹

자칫 잘못하면 이상한 성령론 적용으로 불행하게도 이단으로 넘어가는 안타까운 경우를 종종 보게 된다.

□ 성경 본문 해석에서 성령론 적용 특성

성경 해석과 적용의 일반적인 이해단계는 [그림 2편6-1] '성경 본문 해석 적용 3단계'[94]내용에서 살펴보자. 성경 본문에 대한 일반적인 해석과 적용 방법으로 '1단계 주해'는 2000∼3000년 전에 기록된 성경 본문의 기록 당시 원래의 뜻을 찾는 것이고, '2단계 해석학'은 고대 성경 본문이 현대 지금 여기(here and now)에서 뜻으로 해석하는 작업이며, '3단계 적용'은 성경 본문의 일반적인 적용이 독자의 삶에 적용될 수 있는 구체적인 적용으로 바뀌는 작업이다. 그런데 성령론 성경 본문에 대한 특히 3단계 적용 부분이 우리 그리스도인들에게 매우 취약함을 발견하게 되는데, 이 부분은 성령론 적용 경험과 신앙생활의 연륜과도 밀접한 관계가 있기 때문이다.

[그림 2편6-1] 성경본문 해석 적용 3단계

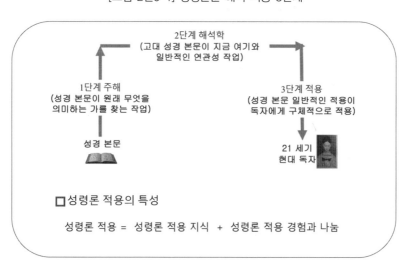

---

94) 그레엄 골즈워디. 『복음과 하나님의 나라』(성서유니온 1993), 53.
　　김인규. 『말씀 속의 삶』 40, 〈도표2〉 성경 본문과 독자 간의 시간 간격 메꾸기

□ 성령론 적용에서 경험과 나눔의 중요성

지역교회 성도들에게 조직신학[95] 기본에 대하여 교육을 할 때 조직신학에서 삼위일체 하나님을 교육할 때 신론(성부), 기독론(성자), 성령론(성령)을 교육하게 된다. 필자의 경험(지역교회에서 주로 교육양육과 선교사역을 수십 년 동안 섬김)으로는 일반적으로 기존 성도님들을 양육할 때, 신론과 기독론은 일반 성도들이 교육하기 전에 사전 지식수준과 이해도가 교과목교육 목표에 80% 정도를 이미 갖고 시작하기 때문에, 나머지 20% 정도의 신론과 기독론에 대한 신학적인 체계와 용어 정의 정도만 교육하여도 어느 정도 신론과 기독론은 교과목 교육 목표 수준에 도달한다.

그런데 유독 성령론(성령)은 교과목 목표 수준에서 50% 정도의 이해도와 사전 지식을 갖고 있으므로 나머지 50%를 전부 새로이 교육하여야 한다. 왜 그럴까? 그것은 [그림 2편6-1] '성경 본문 해석 적용 3단계'에서 성령론의 3단계 적용 부문은 어느 정도 성령론 지식과 함께 삶과 경험(체험)이 반드시 수반되고 녹아 있어야 하는 속성이 있기 때문이다.

□ 지역교회에서 성령론 속성에 적합한 양육과정 배려

그래서 주로 혼자 신앙생활을 하는 성도분과 소그룹 모임(Group Study)을 하는 분들을 비교해보면, 소그룹 모임을 하는 성도들이 훨씬 성경에 기반한 성령론 적용에 성숙함을 볼 수 있다. 왜 그럴까? 이는 성령론 적용의 속성은 성령론에 대한 지식과 함께 경험과 실제 생활 속에서 성령론 적용에 대한 삶에 체험을 서로 나눔이 절실히 필요로 하는 속성이 있기 때문이다. 이점을 지역 개혁교회는 성령론 교육과정을 계획할 때 반드시 배려해야 하겠다.

이에 대하여 한 가지 사례를 소개하면, 양육과정 교육 계획에서 일반 조직신학 과정과 별도로 『성령의 인도하심』[96]이라는 단행본(169페이지) 교재를 만들어서 추가 과정으로 교육과 나눔을 10시간 정도 하며, 그 이후

---

95) 조직신학 - 기독교의 진리로 공인된 가르침을 학문적 차원에서 계통적인 진리 체계로 나타내려는 신학. 특히 신론, 인간론(죄론), 기독론, 성령론, 구원론, 종말론, 교회론 등으로 다룬다.
96) 김인규, 『성령의 인도하심』(동아디앤피 2007). 황영철 목사 '성령님의 인도' 설교를 참조하여 작성.

지속적인 소그룹 모임을 권장하여 서로 성
령론 적용 체험의 유익한 나눔을 통하여
신앙생활이 성숙해지도록 배려하는 것이
다(이 단행본 내용 요약이 『구속사와 히브리
서』(136-172 '구속사에서 성령의 인도 하심'
내용이다). 이 책『성령의 인도하심』 내용은
마치 우리가 어떤 거대한 건물 이를테면
왕궁의 내면을 파악하려면 건물의 조감도
나 설계도를 보아야 알 수 있듯이, 우리 지
정의(知情意) 내면에서 성령 하나님이 인

도하는 체계와 이치를 조감도로 보거나 설계도같이 구체적으로 잘 설명
하여 나타내는 내용이다.

이는 성령론 적용에서 '성령의 인도하심'의 중요성은 하나님 구속사와 나
의 매일의 실제적인 삶을 연결하는 마지막 연결고리 끝단 - 마치 우리 몸속
에서 심장(구속사)의 피가 마지막 세포 조직 하나하나에 가서는 가느다란 실
핏줄(성령의 인도하심)을 통하여 전달되는 것과 같이, 성령론 적용은 하나님
구속사가 우리 삶에 적용되는 마지막 끝단 실핏줄- 에 해당한다고 할 수 있
으므로, '성령의 인도하심'을 친숙하게 익혀서 적용하는 것이 신앙생활이
그만큼 성숙한다는 말이겠다. 아무리 우리가 거대 담론(談論)으로 하나님 구
속사를 논한다고 할지라도, 이것이 우리 매일의 삶에 실제 적용되는 끝 단
계 '성령의 인도하심 적용'이 무너지면 아무 소용이 없게 된다는 이치다.

로마가톨릭교회는 성령론 신학과 교리 자체에서 적용의 제한으로 인하
여 하나님 앞에 성경 말씀에서 벗어나는 죄를 범하였다면, 반면에 개혁교
회는 자칫 잘못하면 미성숙한 상태의 성령론 이해와 적용으로 하나님 앞
에 우를 범하지 않아야 하겠다. 로마가톨릭교회 성령론의 신학과 교리 왜
곡 사례를 타산지석 교훈(다른 산의 나쁜 돌이라도 자신의 산의 옥돌을 가는 데
에 쓸 수 있다는 뜻)으로 삼아서, 개혁교회는 성령 하나님 능력 부어 주심에
삶의 올바른 적용으로 순종하는 교회로 삼아야 하겠다.

2절 이 땅끝까지 이르는 교회 부흥의 시대 (종교개혁 이후)

　본 단락은 종교개혁 이후 현대 21세기까지의 [그림 1편2] '④세계교회 부흥선교' 운동을 기술하여 성경중심 기독교에 대한 앞 단락에서 기술하였던 ①초대교회 → ②켈트교회 → ③영국교회 → ④세계교회 부흥선교에 대한 성경중심 교회의 연속성 작업을 마무리하려고 한다.

1. 종교개혁 이후 유럽교회 부흥의 시대(③16~18세기)
　〈[그림 1편5] 왼쪽 위에③ '16~18C 유럽교회와 세계선교' 참조〉

　16세기 1517년 유럽교회는 종교개혁(교회개혁)을 통하여 개신교는 예수 그리스도의 성경적인 복음으로 재무장하여 전 세계를 대상으로 교회 부흥 운동과 그 이후에 활발한 세계선교의 역사가 진행된다. 또한 15세기 말 1492년에 아메리카 신대륙이 발견되자, 그 이전 7~8세기에 아일랜드 켈트공동체가 주축이 되어 유럽대륙에 복음 선교하였던 ③16~18C 유럽교회가 이제는 북아메리카 신대륙을 선교하여 기독교 국가 미국과 미국교회를 탄생하게 된다. 우리는 먼저 서구 각 교회의 부흥 운동을 살펴보면서, 그 부흥의 열기로 어떻게 세계선교를 향하여 나아가는지 하나님의 인도하심을 살펴보도록 하자.

(1) 유럽 각 국가 교회들의 부흥 운동
　13세기까지 전 유럽이 기독교 복음화가 이룩되었으며, 중세암흑기를 거쳐서 16세기 종교개혁 이후에 개신교 유럽교회는 17~19세기에 열정적인 교회 부흥 운동의 시대를 맞이한다. (청교도 신앙 계승자들. 20-22. 유럽교회 부흥 운동)

□ 17세기 북아일랜드 교회 부흥 운동

17세기 북아일랜드에는 주목할 만한 일련의 부흥이 있었다. 그 일은 1620년대에 일어났다. 웰시, 브루스, 리빙스턴, 데이비드 딕슨, 러더퍼드, 블레어 같은 사람들의 사역을 통하여 스코틀랜드의 다른 교회들 가운데도 그와 유사한 부흥이 산발적으로 일어났다. 잉글랜드에서는 데드험의 로저스와 키더민스터의 백스터 경우가 교회 부흥에 해당한다.

□ 18세기(1727년) 독일 모라비아 공동체 부흥 운동

독일 헤른후트의 모라비아 공동체에서 일어났던 주목할 만한 부흥을 만나게 된다. 이때 일어난 놀라운 성령의 역사는 존 웨슬리의 일기 처음 부분에 생생하게 묘사되어 있다. 물론 모라비아 형제단의 역사에 관한 많은 책에도 이 일이 잘 그려져 있다.

이 부흥의 물결은 미국으로 건너가 조나단 에드워즈와 '미국교회 대각성 부흥운동'을 만나게 되며, 이때 조지 휫필드도 대단한 역할을 했다. 다시 휫필드와 웨슬리와 그 밖의 다른 여러 사람의 사역을 통해 영국에서는 1790년에 이르기까지 부흥이 일어나게 된다. 넓은 안목으로 보면 이 기간 전체를 어떤 의미에서 부흥의 시대라고 묘사할 수 있다.

□ 1735년 이후 웨일즈 부흥 운동

1735년 이후의 웨일즈에서도 부흥이 있었다. 하웰 해리스와 다니엘 로랜드가 다 같이 그들의 말대로 '능력의 세례'를 받았고, 큰 부흥이 일어났다. 이러한 일은 여러 해 동안 계속되었다. 그러나 약해지기 시작하더니 예전의 위치로 다시 돌아와 연이어 계속 부흥이 일어나게 되었고 로랜드가 생을 마친 뒤에도 부흥의 여파는 남아 있었다. 18세기 말까지 간헐적인 부흥이 계속 나타났다.

□ 스코틀랜드 부흥 운동

스코틀랜드에서 16세기에는 1550년대의 존 낙스(John Knox)의 종교개혁이 있었다. 17세기에는 1620년의 스튜아튼의 부흥, 1625년의 숏츠 교회의 부흥, 그 부흥으로 인하여 일어난 1638년의 스코틀랜드 제2의 종교개혁과 그 뒤의 언약도 운동이 있었다. 18세기에는 1740년대에 캠버스랑과 킬쉬쓰에서 일어난 부흥 운동이 있었다. 19세기는 토마스 촬머스와 맥췌인(1839 -1842년) 시기에 일어난 부흥, 그 뒤에 이어져 나타난 1843년의 영국교회에서 이탈하여 스코틀랜드 자유교회를 성립한 사건이 있었다.

□ 19세기(1858년) 북아일랜드 부흥 운동

일반적으로 이것을 1859년의 부흥이라고 부르지만, 이 부흥운동은 이후에 스코틀랜드까지 확산되었다. 웨일즈에도 이와 유사한 부흥운동이 있어 1858년 동안 줄곧 지속하였으며, 신대륙으로 건너가서 1857년을 기점으로 미국 내에서도 이와 똑같은 일이 일어났다.

(2) 유럽교회 부흥 운동의 특징들

청교도운동이 일어나기 시작하면서 교회부흥 운동의 기폭제가 되었다. 유럽 각 대학 내의 복음증거 운동이 활발하여 지성을 겸비한 교회 지도자들을 많이 배출하였으며, 광범위하게 강단 사역이 영어 사용권 세계에 1840~1890년 사이 나타난 것이 특징이다.

1) 대학 내의 복음증거

대학 내의 복음 전도 운동이 왕성하여 엘리트 지성인이면서 복음 전도에 헌신적인 목회자를 많이 배출하게 한다. 찰스 시므온이 케임브리지에 있는 홀리 트리니티 교회에 교구 목사로 재직 기간(1782-1836) 50년 동안 학생들에게 복음 전파에 큰 영향력 행사와 일요일 저녁 다과회 강좌를 통하여 성경의 교훈을 보다 스스럼없이 제시하였다. 옥스퍼드와 케임브리지 그리고 스코틀랜드 대학과 미국대학에서 기독교 학생 협회들이 조직. 출판조직을 두어 종교 문학 분야에 중요한 역할을 담당하였다. 세계기독학생회(IVF), 대학생선교회(CCC) 등의 조직을 창설하였으며 미국 부흥사 무디의 1882년 케임브리지 대학 집회 등이 활기를 띠었다.

이와 같은 대학 내의 복음 전도 운동이 100년 이후에 한국교회에도 일어나게 되는데, 1970-80년 한국교회 대부흥 운동의 시기에 한국 대학 내의 지성인들이 목회자와 선교사로 헌신하도록 결단하게 되며, 그 이후에 헌신적인 사역자들이 많이 배출됨으로써 20세기 말 이후의 한국교회 교단과 선교사로 하나님 사역을 성실히 감당하게 된다.

2) 열정적인 부흥운동의 결과로 기독교 사회단체 창설

19세기 후반에 이르러 영국 개신교에서 일반 대중들에게서 복음적 소명과 교회에 대한 충성심이 큰 특징이다. 광범위하게 강단 사역이 영어 사용권 세계에 1840~1890년 사이 나타난 것은 교회사에 초유의 일이다. 영국교회에서도 100만 명의 새 신자가 교회에 추가되었으며 1844년 YMCA 창립, 1865년 구세군 창단, 1899년 기독교 실업인 기드온 협회의 성경 무상 보급 등의 활발한 기독교 사회단체 설립과 선교운동을 하기 시작하였다. 1873년 미국의 부흥사 무디와 가수 생키가 영국 대도시에서의 부흥 운동은 폭발적인 부흥을 체험하였으며 미국에서도 막대한 결실을 하였다.

(3) 청교도운동과 부흥 운동

청교도(淸敎徒, Puritan)는 16~17세기 영국 및 미국 뉴잉글랜드에서 칼빈주의의 흐름을 이어받은 프로테스탄트 개혁파를 시작으로 한다. 청교도의 출현 배경은 영국에서 1559년 엘리자베스 1세가 내린 통일령(국왕을 종교상의 최고의 권위로 인정)에 순종하지 않고 영국교회 내에 존재하고 있는 로마가톨릭적인 제도·의식을 배척하며, 칼빈주의에 입각하여 투철한 개혁을 주장하였다. 엄격한 도덕, 주일 성수, 향락의 금지를 주창하였다.

□ 종교, 사회 개혁 운동

청교도운동은 영국에서 일어난 개신교 종교개혁운동으로 시작하여 예배 예식 개혁과 삶에 대한 독자적인 자세로까지 발전하게 되었으며 청교도운동은 항상 교회부흥운동을 수반하고 있었다. 이와 동시에 현실 생활에서 청교도운동은 사회를 새롭게 변화하여 쌓아 올리려는 이상을 연료 삼아 추진되는 이상 개혁 운동이었다. 이 운동은 국제적 운동으로 번져나가 영국과 미국을 중심으로 청교도 사상과 독일의 루터, 스위스 칼빈의 견해가 조화를 이루는 운동으로 발전해 나갔다.

그리하여 1517년에 시작한 마틴 루터의 종교개혁과 더불어 청교도는 그 신앙적인 맥을 같이 하면서 개신교의 뿌리를 형성하게 되었다. 다시 말하면 칼빈주의는 개혁교회 교리적인 뼈대를 형성하였다면 청교도는 그 교리를 바탕으로 삶에 적용한 실천 운동이라 하겠다.

□ 만사를 성경적으로 해석하는 실천 운동

성경의 권위를 절대적으로 인정하였다. 또한 삶의 모든 영역에서 성경적 적용을 실천하려는 실천 운동으로 발전하였다. 대학에서 학식과 교양이 있는 사람들을 중심으로 활동하였으며 경제적 운동으로 자본주의에 대한 윤리관의 기초를 확립하고자 노력하였다. 이 청교도 실천 운동은 18세기에 영국 대학을 중심으로 부흥운동의 밑거름이 되기 시작하였다.

□ 전형적인 청교도의 모습

청교도들의 삶을 쉽게 이해하기 위하여 성경을 실천하였던 전형적인 모형을 제시하기로 한다. 전형적인 청교도의 모습은 한 남자와 한 여자가 결혼해서 가정을 꾸렸으며 자녀 교육과 가정 예배(특히 성경 읽기와 기도)가 매우 중요한 자리를 차지하였다. 신앙생활은 대부분 지역교회 중심으로 이루어졌으며, 교회 안에서 교리를 배우고 공동 예배를 드리며 아이들에게 교리문답을 가르쳤다. 교회를 건물이라기보다 생활 전반에 걸쳐 영향력을 행사하는 목회자(목사) 아래 함께 모이는 성도들의 공동체였다. 주일을 뺀 나머지 일주일 동안 매우 바쁜 나날을 보냈으며 인생은 진지한 것이기에 한가할 여유가 없었다. 청교도들은 힘든 노동이 미덕이고 하나님께서 모든 그리스도인이 그리스도인답게 도덕적으로 이 세상일을 수행하도록 촉구하신다고 믿었다.

(4) 계몽주의 사상 출현

유럽대륙이 로마가톨릭교회와 개혁교회 간의 100년의 종교전쟁과 1618~1648년 독일지역을 중심으로 30년 종교전쟁으로 참전 국가들이 국력이 극도로 소진되는 참화를 입었다. 모든 농토와 가옥과 도시 시설들이 파괴되고 황폐하여졌고 특히 젊은 남자들 중심으로 사상자와 가정의 파괴가 광범위하게 유럽을 휩쓸었다. 이 전쟁의 피해를 복구하고 정상적인 국가가 되기까지 독일의 경우에는 100년이 지나서 18세기 중엽이 되어서야 겨우 전쟁의 상흔에서 벗어나기 시작하여 정상적인 국가기능이 회복되었다. 오랜 기간 종교전쟁의 피해로 기독교 신앙과 신에 대한 회의가 생기면서 인간 이성을 중시하는 계몽주의(啓蒙主義)가 나타나기 시작하였다.

계몽주의는 17~18세기에 프랑스에서 전성기를 이루는 사조로써 18세기 후반에 유럽 전역에 걸쳐 일어난, 구습(舊習)의 사상을 타파하려던 혁신적 사상운동이다. 이제까지 신 위주의 가치관 체계에서 인간 이성에 대한 자각을 의미하는 것으로서, 이때 중세의 어둠에서 빛의 세계로 나와야 한다는 의미에서, 인라이튼먼트(enlightenment)라고 부른다. 중세의 신 중심사상과 비이성적인 사유에서 벗어나야 한다는 자각에서 시작되었다. 그 때문에 계몽주의의 근본적인 성격은 비판적이고 이성을 중시한다는 특징을 지니고 있으며, 대표적인 인물로는 18세기에 장 자크 루소에 의해서 본격적으로 이루어졌다.

2. 미국교회 대각성 부흥운동과 세계 선교 시대(④18~20세기)

유럽교회의 청교도 신앙이 북아메리카 신대륙으로 건너가서 건국이념이 되었던 미국과 미국교회가 [표 1편4], [그림 1편5] 우측 ④ 18~20C 미국교회가 중심이 되고, 18세기 이후 이어서 영연방국가 호주교회와 캐나다교회와 함께 신대륙에서 개척하여 교회 부흥을 맞이하게 된다. 그 교회 부흥의 물결이 협력하여 아프리카, 아시아, 오세아니아 모든 지구촌에 교회를 세우고 하나님을 예배드리는 선교의 바탕이 되게 하셨다(본서 전편 '구속사와 히브리서' 부록 2. 간추린 2000년의 세계교회사 참조).

본 3장은 부흥에 대한 시대별 [표 1편4] 특성을 개관하는 형태로 작성되어 있다. 그러나 본 단락 '미국교회 부흥 운동' 편은 부흥에 대하여 앞 단락과 같이 시대별 개관에만 그치지 않고 좀 더 구체적으로 부흥의 사례를 직접 살펴보면서 '부흥'의 실재(實在)에 좀 더 알아보도록 구성하였다. (청교도 신앙 계승자들. 493-526. "조나단 에드워즈와 부흥의 중요성"- 1976년 마틴 로이드 존스 목사 '웨스트민스터 청교도 연구회' 강연 내용).

(1) 미국교회 부흥 대각성운동 시작

미국교회의 부흥 운동은 특별히 '대각성 (The Great Awakening) 교회 부흥운동' 이라 일컬어지며 이것은 개혁교회 청교도 정신이 초기 북미대륙 미국인 각 개인의 신앙이었다면 '대각성 부흥 운동' 은 이것을 미국인 사회 공동체로 확산시키는 신앙 운동이었다. 오늘날까지 미국 사회에 큰 영향을 미치고 있는 미국사의 가장 큰 사건 가운데 하나로 학자들은 18세기 초에 북미 모든 식민지를 휩쓴 '대각성 부흥 운동'을 꼽는 것을 주저하지 않는다.

□ 대각성 운동의 개요

18세기 중엽 북아메리카 식민지에 퍼진 개혁교회 신앙부흥 운동으로, "대각성(The Great Awakening) 부흥 운동"이라고 한다. 주민의 종교적 자각을 고양하고, 교회의 교리나 제도에 변혁을 가져왔으며, 사회적·정치적 영향도 컸다. 신앙부흥은 뉴잉글랜드에서는 조나단 에드워즈 등의 영향으로 시작되고, 중부 식민지에서는 네덜란드 개혁파와 스코틀랜드계 장로파 사이에서 일어났는데, 1739년 영국의 설교자 조지 휫필드가 방문해서 순회 전도를 개시하자, 각지의 연대가 진행되었으며, 남부에서도 1750년대부터 장로교나 침례교 사이에서 운동이 확산되었다. 신앙부흥은 개인적 종교 감정을 중시하고, 일반 신도도 순회 전도나 설교에 종사한 것으로, 기존의 교회제도나 성직자의 권위가 손상되고, 주민의 민주적 기풍을 배양했다. 이 대각성 운동의 결과로 교파의 다양성이 초래되고, 개혁교회의 자유가 촉진되었다. 신도 양심의 자각이나 지역을 초월한 연대감은 미국 독립혁명의 정신적 풍토를 가져왔다.

□ 대각성 교회 부흥 운동의 시작

'대각성(The Great Awakening) 교회 부흥 운동'은 미국교회에서 이른바 '부흥 순회 전도사들이 주도한 개신교 부흥운동'인데, 1720년 무렵부터 거의 30년(1720~1750년) 동안 계속되면서 루터의 종교개혁에 버금가는 엄청난 영향을 신대륙에 미쳤다. 대각성 교회부흥운동의 시발은 1719년 네덜란드 개혁교회 소속 프렐링후이젠 목사가 뉴저지 래리탄 계곡에서 개최한 일련의 '부흥회'에서 비롯되었다. 그러나 이를 뉴잉글랜드[97] 전역으로 확산시키는 데 결정적 공헌을 한 인물은 청교도인 노샘프턴의

---

97) 뉴잉글랜드: 영국은 초기에 아메리카 신대륙 대서양 북부 연안에 13개 주의 식민지를 만들었고, 이곳을 '뉴잉글랜드(새로운 영국)'라고 불렀다. 뉴잉글랜드는 후일에 미국 건국의 출발점이 되는 지역이 된다.

젊은 목사 조나단 에드워즈이다.

조나단 에드워즈는 프렐링후이젠 목사의 집회에 참석하여 큰 감명을 받고 자신도 프렐링후이젠 같은 위대한 부흥사가 되기로 결심하게 된다. 그가 노샘프턴에서 순회 부흥집회를 시작한 것은 1734년인데, 원죄, 회개, 신과의 교감을 열정적으로 외쳐대는 그의 설교는 너무도 강력하여 집회에 참석한 많은 사람이 회심(Conversion)이라는 신비한 종교적 체험을 하게 되었다. 그는 자신의 이런 경험을 토대로 『노샘프턴의 수많은 영혼을 회심시킨 신의 놀라운 일들』이라는 책을 썼는데, 책은 나오자마자 영국, 독일, 네덜란드에서까지 베스트 셀러가 되었다. 그리고 1742년에는 대각성 운동이 최고조에 달하여 부흥집회에서 '회심'을 경험한 사람들은 '새 빛회'(New Lights)라는 전국적인 회심자들의 모임을 결성하고 열성적인 활동을 하였다.

□ 성령 하나님의 사람 조나단 에드워즈 목사

조나단 에드워즈에게는 성령의 요소가 다른 어느 청교도들보다 더 탁월하게 드러났다. 에드워즈를 통해서 청교도주의가 절정에 이르게 되었는데 왜냐하면 그에게는 다른 모든 사람에게서 발견되는 것이 있고, 추가하여 성령께서 역사하시는 청교도의 정신과 삶과 부가적인 생명력이 있기 때문이다. 에드워즈 목사의 성령 체험을 지금까지 미국의 모든 철학자 중에서 가장 위대한 설교자가 말한 것을 직접 들어 본다.[98]

'1737년 어느 날, 건강을 위해 나는 말을 타고 숲속으로 들어가 호전한 곳에 내렸다. 경건한 묵상과 기도하며 걷는 것이 흔히 하는 나의 습관이었다. 그날 나는 내게는 특이한 한 모습을 보게 되었는데, 그것은 하나님과 인간 사이의 중보자이신 예수님의 영광과 그의 놀랍고, 크며, 충만하고, 순결하며, 감미로운 은혜와 사랑 그리고 온유하고 부드러운 낮아지심

---

98) 조나단 에드워즈. 『성령 역사의 분명한 특징들』 Distinguishing Marks of a Works of the Spirit of God(Meadow Books, 2007). 그 당시 목회자였던 쿠퍼(W. Cooper)가 이 책의 서문에서 기록한 내용이다. 본서 본문에서 이 책을 인용할 때 약자로 'Works 1권, 47.' 등으로 표기하겠다.

이었다. 그토록 고요하고 감미롭게 나타난 이 은혜는 하늘보다 높게 보였다. 그리스도의 모습은 형언할 수 없이 탁월하여 모든 사상과 개념을 삼켜버리기에 충분했다. 이런 광경은 내가 판단하기로는 거의 한 시간 동안 계속되었다.'(Works 1권, 47)

(2) 부흥 운동의 실체에 대한 이해

부흥에 대하여 좀 더 세밀하게 심층 분석하여 '부흥'의 실재(實在)에 좀 더 알아보도록 살펴보면서, 시대별 개관에만 그치지 않고 부흥 자체를 좀 더 깊숙이 알아가기 위한 내용을 같이 생각해보자. 특히 앞으로 젊은 세대는 교회 부흥에 대하여 직접 경험하였던 신앙의 선배들로부터 교회 부흥에 직접 경험한 세대의 내용을 접할 기회가 점점 줄어들므로 이번 기회에 교회 부흥에 대한 실체를 알아둘 필요가 있다고 생각한다.

1) 부흥 운동 실체(實體)와 교회사적 연속성에 대한 이해

부흥 운동은 한국교회의 경우에는 1970~1980년대에 대단한 부흥운동을 경험하였는데(다음 단락에서 기술) 이러한 위대한 대부흥의 경험을 하지 못한 세대는 부흥에 대하여 추상적인 개념만 갖고 있을 수 있다. 따라서 본 단락에서는 부흥에 대한 실체적으로 일어나는 현상들의 실태와 이에 대한 평가와 해석 그리고 부흥에 대한 성경적인 내용을 마틴 로이드 존스 목사의 참고문헌을 참조하여 조나단 에드워즈 목사의 부흥에 대한 직접적인 체험에 대하여 살펴보기로 하자. 왜냐하면 각 시대의 교회 부흥 운동은 하나님 교회사에서 활짝 핀 꽃에 해당하고 성령 하나님이 직접 역사하신 일이기 때문이다. 아울러 본 장에서는 2000년의 교회사 중에서 부흥에 대한 구속사적인 연속성을 주로 논하고 있다. [표 1편4]는 1세기부터 시작하여 현재 21세기까지 성령 하나님이 주체가 되는 '성령 부흥 운동'의 연속성을 보여준다.

특히 [표 1편4]에서 ②6세기~15세기 선교부흥 대상과 부흥방법에 대하여 유념하여 하는데 이에 대한 정확한 이해가 부족하므로 현행 교회사 체

시대	①1세기~5세기	②6세기~15세기	③16세기~18세기	④18세기~20세기	⑤20세기~21세기
선교 부흥 대상	로마제국 초대교회 선교 부흥 운동	아일랜드, 영국 켈트교회 부흥, 유럽대륙 선교	유럽교회 부흥과 선교	미국교회, 호주교회, 캐나다 교회 부흥과 선교	제3세계 교회 선교와 부흥
선교 부흥 방법	그리스도인 공동체(가정교 회) 중심 선교	로마가톨릭교회 대신에 켈트교회공동체 유럽 선교	종교개혁 이후 유럽교회 폭발적인 부흥과 선교사역	유럽교회 부흥운동 미국, 호주, 캐나다 선교와 교회 부흥 연결	세계 2차대전후 제3세계 각국 독립하여 선교와 부흥의 시대

[표 1편4] 세계 지역별 교회 부흥과 선교운동 요약표

제에서는 마치 '교회사 단절' 같은 현상을 말하고 있다. 그러나 우리 개
혁교회는 아일랜드, 영국 켈트교회, 유럽대륙을 대상으로 로마가톨릭교
회를 대신하여 켈트교회공동체가 유럽교회 부흥과 선교를 6세기~15세기
에 걸쳐서 연속적으로 수행하였던 역사적 사실을 2장에서 이미 살펴보아
서 이제는 알고 있다.

2) 부흥 운동에 일어나는 여러 가지 현상

본 단락의 특징은 미국교회 부흥운동 편에서 특히 부흥에 대한 구체적
인 실체를 살펴봄으로써, 구속사 전체적으로 걸쳐서 일어나는 부흥운동
을 막연하고 관념적인 개념에 머물지 않고 한 걸음 더 교회사적인 사실에
다가가서 상세히 그 실체를 기술하여서, 본 단락을 통해서 본 3장에 기록
된 부흥에 대한 일반적인 시대별 개관내용을 특히 젊은 믿음의 세대들에
게 실질적으로 이해에 도움이 되기 위함이다.

부흥 운동은 일반적으로 성령 하나님의 강권적인 역사로 특별하게 일
어나게 된다.

(이사야 55:8) '이는 내 생각이 너희의 생각과 다르며 내 길은 너희의 길과 다
름이니라 여호와의 말씀이니라.'

부흥운동에서 나타나는 여러 가지 현상들을 크게 나누면 교회 전체나
어떤 공동체에 임하는 경우와 개인적으로 특이한 경험을 하게 되는 두 가
지 현상으로 나눌 수 있다. 첫째로, 부흥에 대하여 어떤 교회와 공동체에
일어나는 현상은 교회 지체들이 특이하게 새로운 생명의 힘을 얻게 된다
든지, 이제까지 교회 밖에 있던 많은 사람이 회심하여 하나님을 믿게 된

다. 둘째로, 개인에게 일어나는 특이한 현상들은 예를 들면 평상시에는 생각할 수도 없었던 일로 공중에 뜨면서 방 이쪽에서 저쪽으로 옮겨지는 현상(청교도 신앙 계승자들. 515 에드워즈 목사 부인의 경험 사례) 등이다. 그리고 '내 마음과 영혼을 충만하게 하셔서 내가 황홀해졌고 침대에서 큰소리로 주께서 오셨다, 주께서 오셨다'고 외치는 체험 등이 개인적 체험에 속한다(Works 1권. 370. 클랩 대위의 회고록).

그런데 일반적으로 이 체험과 현상에 대하여 상반된 두 가지로 평가하게 되는데 다음 평가 단락에서 다 같이 살펴보자. 이러한 평가가 왜 중요하냐 하면 개인적인 체험을 하게 되는 특이한 현상들이 성경적이고 성령하나님의 은혜로 평가될 수도 있고, 그렇지 않으면 개인적인 괴기한 행동으로 치부되는 경우도 있기 때문이다. 이러한 평가가 중요하므로 조나단 에드워즈는 항상 '부흥 운동의 평가 기준은 성경적 기준'이라는 원칙을 세워 이를 준수하였다.

3) 성령의 부어 주심과 소멸

마틴 로이드 존스 목사는 분명히 부흥은 현재의 필요와 교회의 상태에 대한 유일한 해답이라고 이렇게 진술한다(청교도 신앙 계승자들. 520~524). "성령의 사역을 최고로 강조하지 않는 변증학[99]은 철저하게 실패할 수밖에 없다. 그러나 이것은 전체 상황을 바꾸는 요인들이 되지는 못했으며, 전체 상황을 바꾸어 놓은 것은 부흥이었다. 에드워즈는 우리로 하여금 부흥의 필요성을 일깨워 준다.

부흥에 대한 에드워즈의 글을 읽어보면 그가 항상 사용하는 어휘는 '성령의 부어 주심'이다. 오늘날 우리는 '쇄신'(Renewal)이라는 말을 많이 들어오고 있다. 그들은 부흥이라는 말을 싫어하고 오히려 쇄신이라는 말을 더 좋아한다. 그들이 이 말을 통해서 나타내려는 의도는 우리 모두 중

---

99) 변증학: 교회사적으로 초대교회 때에 기독교를 공격하는 이교 지식인들의 기독교에 대한 공격에 대항하여 기독교를 변호하고, 소개하는 과정에서 발달한 학문이다. 역사상 가장 유명한 기독교 변증가는 C S 루이스로 알려져 있고 불신 지식인들에게 호소력 있게 기독교 신앙을 변호했다.

생 시에 성령으로 세례를 받았으며, 그러므로 우리가 해야 할 일은 우리가 이미 가졌음을 깨닫고 그것에 자신을 복종시키는 일이라는 것이다. 이것은 부흥이 아니며 부흥이란 성령의 부어 주심이다. 그것은 우리에게 임하는 것이요, 우리에게 일어나는 것이다. 우리는 행위의 주체가 아니고 우리는 그저 어떤 일들이 일어났다는 것을 자각할 따름이다. 그래서 에드워즈는 부흥의 진정한 뜻을 상기시켜 준다.

사실 우리는 많은 면에서 '성령을 소멸하지 말라' 는 말씀에 대하여 죄를 지을 수 있다. 온통 신학에만 관심을 기울임으로써 성령을 소멸할 수도 있다. 또 기독교를 산업에 적용하거나, 교육 예술 정치에 적용하는 것만을 염두에 둠으로써 그러한 일을 할 수 있다. 동시에 에드워즈는 체험만을 강조하는 사람에게도 유사한 경고를 한다. 에드워즈의 특징 중 균형만큼 두드러진 것은 없다.

여러분은 신학을 해야 한다. 그러나 그것은 불붙는 신학이어야 하며 빛뿐만 아니라 뜨거움(마음)과 열(감정)도 있어야 한다. 에드워즈에게는 이런 것들이 이상적으로 결합하여서, 위대한 교리들이 성령의 불로 뜨거워져 있다.

무엇보다도 설교이든 청중이든 우리 모두는 에드워즈의 글을 읽고 나서 그가 가장 강조한 것이 무엇인가를 포착하도록 하자. 그것은 바로 '하나님의 영광' 이다. 우리가 얻을 수 있는 어떤 유익을 얻었다고 해서 거기서 머물지 말자. 또한 최고의 체험을 누렸다고 해서 거기서 머물지 말자. 하나님의 영광을 더욱더 알기 위해 노력하자. 이것은 언제나 참된 체험으로 연결되는 것이며, 우리는 하나님의 위엄과 주권을 알 필요가 있으며, 경외심과 경이감을 느낄 필요가 있다.

우리 교회 내에 이러한 기이함과 놀라움이 있는 것들을 알고 있는가? 에드워즈가 언제나 전달해 주고 일으키는 인상이 바로 이것이다. 그는 이러한 일들이 가장 미천한 그리스도인들에게도 가능하다고 가르치고 있다. 그는 아주 평범한 사람들에게 설교했고 사역하였는데 조나단 에드워즈는 이러한 일들이 그들 모두에게 가능하다고 말한다."

([주제설명 3장1] '부흥을 사모하는 기도와 조나단 에드워즈의 설교' 참조)

(3) 부흥 운동의 평가는 성경적 기준

다음으로 부흥에 대하여 '체험분석과 평가는 성경적 기준으로'에 대하여 생각해보자. 조나단 에드워즈가 철학이나 역사의 차원에서 부흥을 전체적으로 거부하는 위험과 부흥의 특별한 측면만 보고 부흥의 전체로 생각하거나, 부흥의 주목할 만한 결과를 고려하지 않은 위험을 얼마나 경고했는지를 보여줄 것이다.

1) 부흥에 대한 상반된 두 가지 체험분석 평가

첫째는, 전적으로 부흥을 반대하는 부류가 있었다. 그들은 에드워즈와 같은 신학을 주장하는 정통적인 사람들로 칼빈주의자였으나 부흥운동을 싫어했다. 또한 감정적인 요소를 싫어했고, 색다른 것을 싫어했다. 그들은 그 당시 일어나고 있었던 부흥에 대하여 많은 반론을 제기했다. 에드워즈는 이러한 비평에 대하여 부흥을 변호해야만 했다.

둘째는, 이와 정반대의 극단적인 사람들도 있었다. 그들은 아주 거칠었으며 거친 불길과 함께 부흥회 기간 나타나기 마련이다. 그들은 광신주의자들인데, 극단으로 치우쳐 어리석음의 죄를 범하는 사람들이었다.

에드워즈는 역시 그들도 다루어야 했는데 그래서 그는 두 전선을 상대로 싸워야 했다. 그러나 그의 유일한 관심은 하나님의 영광과 교회의 유익이었다. 그는 쟁론자가 되고 싶은 생각이 조금도 없었으므로 진리를 변호하기 위하여 글을 써야만 했다.

에드워즈는 이러한 현상들이 마귀에 속한 것이라고 가르치지 않았다. 그는 언제나 양편에 경고했다. 성령을 소멸하는 죄를 범하지 말며, 또한 육체로 이끌림을 받거나 육체를 통해 사탄에게 기만당하지 않도록 하라고 경고했다. 그는 모든 사람에게 경고했는데, 한 번은 자기와 함께 머물고 있었던 조지 휫필드[100]를 경고하기까지 하였는데, 그 당시 휫필드는 '충동'에 복종하고 순응하려는 경향을 띠고 있었다. 에드워즈는 그것 때

---

100) 조지 휫필드(George Whitefield, 1714~1770)는 영국의 신학자이자 설교자이다. 1740년 2차 미국 방문시 특히 그의 노샘프턴 교회(장로교 목사인 조나단 에드워즈 목사가 시무한 개혁교회) 설교는 1차 대각성 운동에 영향을 줄 정도로 영향력이 있었다.

문에 휫필드를 감히 비평했고 가능한 위험들을 경고해 주었다. (청교도 신
앙 계승자들. 515).

2) 성경의 가르침보다 개인적인 체험으로 판단하는 위험

그러나 그가 경계한 방법 중에서 가장 중요한 것은, 이러한 문제들을 성
경의 가르침에 비추어 판단하지 않고 자신들의 개인적인 체험에 비추어
판단하는 것이 얼마나 위험한가를 지적한 것이다. 오늘날 기독교회, 특히
복음적인 교회들이 만나는 큰 위험 중의 하나는, 성경의 위대한 진술 중
일부를 우리 자신의 체험 수준으로 끌어내리는 습관이다.

□ 베드로전서 1:8의 말씀 적용

"예수를 너희가 보지 못하였으나 사랑하는도다 이제도 보지 못하나 믿
고 말할 수 없는 영광스러운 즐거움으로 기뻐하니."

예를 들어 에드워즈가 '종교적 감정에 관한 소논문(Treatise Concerning
the Religious Affections)에서 설교했던 내용이다. 오늘날, 이 말씀을 자
신 체험의 차원에서 해석하고, '말할 수 없는 영광스러운 즐거움' 에 대해
서는 아무것도 알지 못하는 사람들이 많다. 그들은 기쁨을 모든 그리스도
인이 다 체험한다고 말한다. 에드워즈는 이러한 위험에 대하여 다음과 같
이 경고한다.

"나는 적지 아니하는 사람들이 성경을 이러한 일을 판단하는 유일한 척
도로 삼지 않고 대신, 자기들의 체험을 척도로 삼아 현재 고백되거나 체
험되고 있는 어떠한 일들을 자기들이 느끼지 못한다는 이유로 거부하지
않는지 생각해보자고 제안하고 싶다. 하나님의 영광스러운 완전과 그리
스도의 아름다우심과 사랑에 대한 그 위대하고 갑작스러우며 특이한 체
험, 그리고 이로부터 오는 두려움을 주로 이러한 근거 위에서 -비록 독단
적인 정죄는 아닐지라도- 의심하고 꺼리는 사람이 많지 않은가? 또한 그
러한 격렬한 감정과 사랑과 기쁨과 같은 황홀한 상태나, 다른 사람들의
영혼을 불쌍히 여기고 애통해하는 마음과 위대한 효력을 가진 마음의 체

험들을 체험하지 못했다고 해서 정죄하지 않는가? 사람들은 자기 스스로 느끼지 못한 것은 쉽게 의심하는 경향이 강하다. 이러한 것을 근거로 일부 사람들은 이런 특별한 일을 거부할 뿐만 아니라, 구원에 필수적이라고 간주하고 성령 하나님의 직접적인 영향을 통해서 주어지는 죄의 자각, 하나님 영광의 발견, 그리스도의 탁월성, 복음 진리에 대한 내적 확신 등도 거부한다. 이처럼 하나님의 지혜에 굴복하여 하나님의 말씀을 무류한 척도로 삼는 대신, 자신의 경험을 판단 척도로 삼는 사람은 지극히 높으신 자의 명철에 대한 고찰을 폐기하는 죄를 짓고 있는 것이다."(Works 1권. 371)

3) 성경이 우리가 하나님 자녀인 것을 증언

'너희는 다시 무서워하는 종의 영을 받지 아니하고 양자의 영을 받았으므로 우리가 아빠 아버지라고 부르짖느니라 성령이 친히 우리의 영과 더불어 우리가 하나님 자녀인 것을 증언하시나니(롬 8:15-16)'는 어떻게 해석하는가?

□ 로마서 8:15-16 말씀 적용

성령께서 우리 영과 더불어 증거하는 것에 대해서 오늘날 이 점에 대해서 대단한 혼란이 있는데, 조나단 에드워즈는 성령의 증거를 이렇게 다루고 있다. 앞에 제시한 성령의 개인 체험 중에서 애드워즈 목사 부인의 '공중 부양' 체험과 클랩 대위의 '성령 충만으로 침대에서 큰소리로 외치는' 체험에 대하여, 그는 위의 로마서 8장 본문으로 아래와 같이 설명한다. "성령의 이러한 증거를 모든 그리스도인이 느끼고 아는가? 이처럼 영광스러운 진술은 우리의 가련하고 작은 체험의 수준으로 저하해서는 결코 안 된다". 다음은 자기 아내의 놀라운 체험들을 그가 변호한 것이다. 아직도 이러한 모든 것을 하나의 환각 상태와 공상과 지나친 상상력의 소치로 일축해 버리려는 사람들이 많다. 에드워즈가 그것에 대하여 논평하는 것을 들어보자.

"그러한 것들이 광신이거나 병든 뇌에서 발생한 것이라면 나는 뇌가 그런 병에 오래 걸려 있었으면 좋겠다. 여기서 설명한 것을 거부하는 사람들이 가진 종교에 대한 관념은 어떤 것인가? 다음의 성경 표현들과 부응하는 것은 무엇인가? - 모든 지각에 뛰어난 하나님의 평강, 말할 수 없는 기쁨으로 즐거워하는 것, 영광 충만(하나님께서 우리 마음을 비추사 예수 그리스도의 얼굴을 통해 하나님의 영광을 알게 하심), 수건을 벗은 얼굴로 거울을 보는 것같이 주의 영광을 보니 주와 같은 형상으로 변화하여 영광으로 영광에 이르니 곧 주의 영으로 말미암음이라고 한 일, 어두운 데서 불러내어 그의 기이한 빛에 들어가게 하심, 마음에 떠오르는 샛별 등등과 상응하는 것은 무엇인가? 만일 지금 언급한 이 경우들이 이러한 표현들과 서로 상응하지 않는다면 그것들과 상응하는 것은 무엇인가?"(Works 1권. 69)

조나단 에드워즈 목사의 부흥 운동에 관한 더 상세 사항은 '[주제설명 3장1]-부흥을 사모하는 기도와 조나단 에드워즈의 설교'를 참조 바란다.

(4) 대각성 부흥 운동의 영향

이 대각성 부흥운동은 미국의 정신세계와 역사 전반에 지울 수 없는 영향을 남겼다. 이 운동의 중요성은 무엇보다도 이것이 북아메리카 전체 식민지에 걸친 최초의 대중운동이었다는 데에 있다.

□ 미국 정신세계에 끼친 영향

이전까지 각 식민지들(뉴잉글랜드 13개 주) 간에는 별다른 유대감이 없었고, 심지어 각 종파, 특히 남부의 영국 국교도와 북부의 청교도 사이에는 미묘한 적대감마저 있었는데, 대각성 부흥운동은 이런 벽을 단숨에 허물어버리고 식민지 간에 뚜렷한 정신적 통합을 일구어냈다. 또한 대각성 부흥운동이 내건 반형식주의와 탈정치주의의 기치는 정치와 종교의 엄격한 분리라는 미국 민주주의의 기초를 닦는 데 결정적으로 공헌했다. 그뿐만 아니라 대규모 군중 집회들은 미국 정신세계의 큰 물줄기인 반귀족적 대중주의를 만들어냈다.

이 대각성 부흥 운동이 기폭제가 되어서 100년 후 1886년 매사추세츠 주의 헬몬산 대회 등에서 수많은 대학생 선교사들을 결실하였고, 1930년 대까지 대학생 선교 지망 사역이 활발하여 2만 명 이상의 학생을 선교사로 배출하여 세계선교의 밑거름이 되었다. 그러나 1936년 큰 대회를 마지막으로 미국교회와 신학교에 인본주의를 주장하는 자유주의신학에 물들어 성령 하나님의 능력을 제한함으로써 세계선교의 헌신 물결이 소멸하기 시작하였다. 미국교회의 18~19세기 부흥 운동의 불길은 20세기 초부터 미국대학 신학교와 교회에 자유주의신학에 물들면서 서서히 꺼져가고 있었다.

☐ 대각성 부흥운동의 결과물 미국대학 설립

대각성 부흥운동은 미국의 교육제도에도 많은 영향을 끼쳤다. 개신교 각 교단은 부흥사들에게 체계적으로 신학과 목회 방법을 가르치기 위한 대학들을 경쟁적으로 세우기 시작했다. 미국 명문 동부대학 설립 특징은 각 교단의 유능한 부흥사를 양성하기 위하여 신학대학을 중심으로 설립되기 시작한다. 1776년 미국이 독립 직전 영국 식민지 통치하에서 당시 우리가 잘 알고 있는 미국 동부 명문대학교들은 뉴저지 프린스턴 대학 (1746년), 브라운 대학(1764년), 컬럼비아 대학(1754년) 등이 신학교를 중심으로 훌륭한 부흥사와 목회자를 양성하는 것을 주목적으로 세워진 대학들이다. 비교단 교육기관으로는 1740년에 설립된 펜실베이니아 대학이 유일했다.

☐ 부흥 운동에 대한 시각변화

유럽교회와 미국교회 부흥의 역사를 1860년까지로 일단락해서 살펴보자. 이 한 세기의 역사는 거듭 일어나는 부흥의 이야기라 할 수 있다. 1760년부터 1860년까지 영국 웨일즈에서만 해도 주요한 부흥이 적어도 열다섯 번이나 있었기 때문이다. 이제 우리는 1860년이나 1870년쯤에는 이 문제를 보는 사람의 시각에 커다란 변화가 생겼음을 알게 된다. 이 역사적인 시기를 기점으로 한 획이 그어진 것 같다. 이 구획선 이전에는 사람들이 부흥의 차원에서 생각했음을 알 수 있고 교회 역사에 부흥이 자주 있었음을 알 수 있다. 그러나 그 이후에는 오히려 예외적인 현상이 되어 버려 지금은 교회에 속한 대다수가 부흥의 차원에서 생각하기를 거의 중단해 버린 시대인 것 같다(청교도 신앙 계승자들. 22. 유럽 부흥 운동).

(5) 축복받은 미국교회의 쓰임

하나님께 축복받은 미국교회의 쓰임에 대하여 한 가지 사례를 소개하겠다. '[표 2편11] 국가별 선교사 파송 수 비율'은 개신교 선교사 파송 수 상위 10개국을 그 순위대로 나타내는 표인데,

순위	개신교 선교사 파송 국가 순위	파송 선교사 수	국가별 점유율	16세기 이전 유럽국가 교회	16세기 이후 설립 교회
1	미국	46,381명	51.8%		51.8%
2	한국	21,000명	23.5%		23.5%
3	영국	5,666명	6.3%	6.3%	
4	캐나다	5,337명	6.0%		6.0%
5	독일	3,228명	3.6%	3.6%	
6	오스트레일리아	2,019명	2.3%		2.3%
7	브라질	1,912명	2.1%		2.1%
8	남아프리카공화국	1,465명	1.6%		1.6%
9	뉴질랜드	1,275명	1.4%		1.4%
10	핀란드	1,260명	1.4%	1.4%	
	합계	89,543명	100%	11.3%	88.7%

[표 2편11] 국가별 선교사 파송 수 비율   출처 : 로잔국제복음화운동(2007~2010년)

1위 미국교회 파송 선교사 4만6천여 명으로 상위 10개국 교회 합계 8만9천여 명 중에서 절대다수 51.8%를 점하고 있다. 이것을 상위 10개 국가 교회를 포함하여 모든 개신교 국가 교회 파송 선교사 수 도표를 보아도 미국교회가 과반수의 절대적 위치를 차지하고 있는 것을 알 수 있다. '청교도 믿음의 모범공동체'가 뿌리가 되는 미국교회는 하나님께 축복받은 교회로 쓰임을 받고 있다. 이 표로서 세계 지구촌 교회 속에서 미국교회가 차지하는 위상을 알 수 있는데 개신교 전 세계교회 속에서 선교사 파송 수가 그 절반을 감당하는 대단한 축복이며 또한 섬김이다.

(6) 대각성 운동의 열매 선교사와 피선교국 한국교회 첫 접점

1857~1860년의 부흥 운동에서 미국에서 100만 명의 회심자가 하나님의 교회로 돌아왔다. 한국 개신교 전문 선교사로 1885년부터 처음 입국한 미국 언더우드와 아펜젤러를 포함한 다섯 명의 미국 선교사는 이 부흥 운동의 결실이며 세계교회사와 한국 교회사의 첫 접점을 연결하는 역사적인 부흥 운동의 열매들이다.

□ 세계교회 부흥운동과 한국교회의 첫 접점

한국 개신교의 신앙의 뿌리를 찾기 위하여 140여 년 한국교회 역사를 거슬러 올라가면 1880년대 미국교회 부흥 운동을 만나게 된다. 미국교회 이 부흥의 결과로 하나님께 선교사로 헌신을 결단하는 미국 명문대학 출신의 젊은 엘리트들이, 그 당시 땅끝인 조선 땅에 선교사로 미국교회 부흥 운동의 열매들이 한국 땅에 복음의 씨앗으로 뿌려지는 시발점이 된다. 하나님은 서구교회(영연방교회-영국교회, 호주교회, 캐나다교회-와 미국교회) 교회 부흥을 사용하셔서 그 부흥 운동의 결실로 젊은 20대 엘리트 선교사들을 1885년부터 조선 땅에 개신교 선교를 시작하게 하셨다.

□ 조선(한국)교회 파송된 선교사들의 고귀함과 탁월한 헌신

1885년 이후 조선(한국)에 파송된 미국 선교사들의 신학적 배경과 영성과 피선교국에 대한 선교 열정은, 일본에 파송된 미국 선교사들과 비교하여 연구해보면 사뭇 달랐다. 그들은 그 이후 각각 한국교회와 일본교회의 발전 모습에 서로 다른 커다란 영향을 미치고 발자취를 남기게 된다. 이러한 하나님께서 하시는 지구촌 선교역사를 살펴보다 보면, 각 나라 국경과 국가 사정 형편보다는 하나님의 주권에 의하여 하나로 움직이는 선교역사를 관찰할 수 있다.

한국교회가 지금도 아시아 지역 기독교 교계에서 우뚝 설 수 있는 자리에 있게 되는 것은, 하나님께서 19세기 말 당시 서구교회에서 하나님이 가장 아끼시는 헌신적인 엘리트 선교사들을 조선(한국) 땅에 보내신 것이 그 이유 중에 하나라고 할 수 있겠다. 조선 땅에 초기에 입국하는 서양 선교사들이 탁월하고 유능한 엘리트 출신 배경과 조선 땅을 섬기기로 목숨을 걸고 헌신하는 결단을 살펴보면 참으로 눈물겹다. 이 20대 젊은 엘리트 선교사들이 조선 입국 허가를 받기 위하여 준비하는 열심히 오랫동안 작정하고 하나님께 기도하는 모습과 열악한 조선 땅에서 그들의 눈물겨운 사역과 끝으로 양화진 선교사 묘지로 이어지는 조선교회 초기 서양 선교사들의 헌신과 조선을 향하여 사랑하는 하나님과 선교사들의 열정을 깨달아 알게 된다면, 자연스럽게 하나님께 감사의 눈물을 흘리게 된다.[101]

3. 제3세계 교회 부흥운동과 세계 선교시대 (⑤20세기 이후)

본 단락에서는 부흥 운동의 시대 마무리 단락으로 "제3세계 ' 부흥운동과 땅끝까지 복음이 전파되는 20세기 이후 선교 부흥 사례를 살펴보려고 한다. ([그림 1편5] 중앙에 ⑤ '20~21C 한국교회 등의 제3세계 교회 세계선교' 참조)

(1) 제3세계 교회 부흥 운동 사례

이제 21세기를 맞아 2000년도에는 [표 1편4], [그림 1편5] 중앙에 ⑤20세기 이후 한국, 중국교회 등 제3세계 교회 하나님의 세계선교가 선교역사의 한 축으로써 현재 진행형으로 전개된다. 일반적으로 제3세계 교회

---

101) 정연희. 『양화진-이야기 선교역사』(홍성사, 2001). 그 당시 땅끝 조선 땅을 향한 선교 열정으로, 양화진 서양 선교사 묘역에 묻힐 때까지 감격으로 눈물겨운 조선 서양 선교사들의 선교역사 소설이다.
김인규. 『구속사와 히브리서』 256-284. "양화진: 조선의 선교사들 믿음의 모범".

라 함은 유럽, 미국교회 등 서구교회 이후에 나타나는 아시아, 아프리카, 남미지역 등의 비서구교회를 말한다. 우리는 이제부터 제3세계 교회 중에서도 20세기 이후 특이하게 부흥되는 중국교회와 한국교회 예를 살펴보겠다.

그런데 먼저 제3세계 교회의 대표성으로 14억 인구를 가진 중국교회 사례를 살펴보는 대는 몇 가지 어려움이 있는데, 첫째로 중국은 국력으로 비교하여 미국과 세계패권 경쟁을 하려고 하지만 기독교 종교적인 면으로만 볼 때는 중국 공산당 독재 정권의 종교지배 아래 삼자교회라는 성경 말씀에서 한참 벗어난 교리적으로 비복음적인 이단아를 양성하여 기독교의 복음 진리 전파를 가로막고 있다. 더욱이 2014년 이후에 들어와서 시진평 정권의 강력한 국가 장악력 아래 신앙의 자유는 점점 멀어져가고 하나님 자리에 중국 공산당 독재 이념과 중앙정부 권위가 그 자리를 차지하고 있다. 둘째는 중국에 진정한 종교와 언론의 자유가 없으므로 중국교회 부흥에 대한 근현대사 역사적인 기록 자료가 일반적으로 공개되거나, 발표되어 있지 않은 것이 오늘날 현실이다. 따라서 2020년 현시점에서는 차선책으로 한국교회의 선교 부흥 사례[102]를 살펴봄으로써 제3세계 교회 부흥 운동의 한 가지 사례로 대신하려고 한다.

(2) 5천 년 이방 종교의 나라 한국(조선) 반도의 선교

한국은 19세기 말까지 아시아 동북 한반도에 있는 5천 년의 이방 종교의 나라 피선교 국가이었다. 그런데 한국교회 사례를 통하여, 18~19세기 서구교회 부흥의 열매로 헌신적인 선교사들을 통하여 이방 종교에서 기독교 선교 140년 만에 1천만 명의 하나님 백성으로 삼으시며, 제3세계 교회를 대표하는 한국교회 부흥의 역사 사례를 통하여, 성령 하나님의 강권적인 20세기 동북아시아 지역 부흥의 역사를 살펴보려고 한다.

---

102) 김영재, 『한국 교회사』 (개혁주의신행협회, 1996) 59-89.
　　　김인규, 『말씀속의 삶-성숙을 향한 징검다리』 (예영, 2010), 347-363.

조선 땅에 서양 전문 선교사가 첫발을 내딛던 1885년은 이씨조선 500년 왕조 말기에 당시의 조선 백성들은, 조선을 집어삼키려는 세계열강들의 급변하는 세계정세와 정치적인 불안과 절망에 가득 찬 사회상황에서 새로운 종교인 기독교에 관심을 끌게 된다. 이 시대는 마치 2000년 전 로마제국 식민지 유대 땅에서, 로마 지배하에 예수님 탄생 직전의 고요함과 침울한 시대와 비교된다.

1) 부활절에 개신교 선교사 조선에 첫 입국

1885년 미국 북장로교 언더우드, 감리교 아펜젤러 부부가 개신교 첫 선교사로 부활절 아침에, 같은 배로 제물포(인천)에 조선 땅에 첫 입국하게 되어서, 5,000년 동안 이방 종교의 사슬에 묶여있던 조선 백성들에게 예수 그리스도 부활의 선교역사 시작점이 된다. 물론 1년 전 1884년 미국인 의사 알렌이 고종 황제의 주치의 자격으로 입국하였지만, 전문 선교사로서는 이들이 첫 선교사이다. 이어서 1889년 호주 장로교회 데이비스와 누이 미스 데이비스 입국, 1890년 영국 성공회 코프 감독과 6명의 목사 2명의 의사가 입국하게 되며, 1896년 캐나다 장로교회 맥켄지 목사 입국하여 한국교회 선교는 미국과 영연방국가(영국, 호주, 캐나다)교회의 선교사에 의하여 복음 선교를 시작하였다.

2) 대한제국 시대(1897~1910년) 선교 활동

조선 땅에 선교가 시작되고부터 초기 20년간은 철도가 없으므로 선교사들은 가마, 말, 도보로 순회 전도 여행으로 한반도 방방곡곡을 방문하였다. 초기 한국에 온 선교사들은 열정적이고 초인간적인 헌신으로 전국 순회 전도 여행을 하며 한반도에 복음의 씨앗을 뿌렸다. 선교사 베이드 여사는 그 당시 여자의 몸으로 부산에서부터 출발하여 3회 한반도 전국 순회 전도 여행을 다녔다. 게일 선교사는 1889~1897년 8년 동안 계절을 불문하고 매번 다른 길로 한반도를 12번 순회하였으며, 1915년까지 말을 타고 전국을 25번 순회하며 복음을 전했다. 초인적인 헌신과 열정으로 선교사들은 1894년까지 거의 한반도 전역을 답사하였으며, 그 열매로 1930년까지 전국에 7,225개의 전도소(교회)를 설립하였다.

3) 초기 한국(조선) 교회 선교의 특징

□ 네비우스 선교 정책으로 한반도 선교 수행

선교 방법론에 탁월한 네비우스 선교사에 의해 세워진 원칙으로 한반도에 선교하였다. 네비우스 선교 정책의 특징은 선교사는 폭넓은 순회 선교를 통해 전도하며, 성경이 모든 사역의 중심으로 모든 신자는 조직적인 성경공부를 해야 한다. 또한 모든 예배당은 신자들 자신들의 힘으로 건축하며 엄격한 훈련과 기도 생활을 일상화하였다. 이러한 복음적 신앙과 경건 훈련이 헌신적인 선교사들의 섬김을 통하여 한국교회는 초기부터 든든한 반석 위에 세워져 갔다. 이것이 후일에 일제 강점기, 한국전쟁과 같은 국난을 당했을 때 조선교회 (한국교회)는 사회의 든든한 버팀목 역할을 할 수 있도록 하나님께서 조선교회 성도들을 이때부터 단련시켜셨다. 앞 단락에서 살펴본 바와 같이 1840~1860년의 서구교회 부흥 운동 결과 선교사로 헌신을 결단하고 한국(조선)에 입국한 선교사들은 세계교회사와 한국 교회사의 첫 접점을 연결하는 역사적인 부흥 운동의 소중한 생명의 열매들이었다.

(3) 일제 강점기 시대(1910~1945년) 선교 활동

1885~1895년에 개신교의 세례 교인 582명으로 시작한 한국교회는 일제 강점기 전반부에 해당하는 1930년까지는 비교적 건실한 성장을 할 수 있었다.

□ 일제 강점기 전반부 건실한 교회 성장

일제 강점기가 시작되었던 1910년 개신교 교인 수 167,000명으로, 세례 교인 비율이 38%로 성경공부제도(the Bible training class system)를 통하여 세례교인 비율이 비교적 높았다. 교인 전체가 성경공부와 경건 생활에 힘쓰며 전도를 통하여 교회가 급속히 성장할 수 있었다. 그리하여 1934년 선교 50년 희년 때 교회 수 7천 교회 이상, 신자의 수 307,403명의 건실한 조선교회로 성장하고 있었다.

초기 조선교회 성경공부 중심 선교방법은, 5세기 아일랜드에 패트릭 선교팀이 켈트족 선교를 위하여 순회하면서 라틴어 성경을 읽기 위하여 라틴어부터 하나님 말씀을 가르치고 배우면서 하나님 백성으로 양육하는 방법과 매우 유사한 방법이다. 이는 로마가톨릭교회의 가톨릭 교리 중심으로 신도를 가르치면서 하나님 백성보다는 가톨릭교회 신자로 양육하는 방법과 매우 차별화된다. 즉 하나님 백성으로 양육하는 것과 가톨릭교회 신도로서 양육하는 것과의 차이점이라 할 수 있겠다.

□ 일제 강점기 후반부 신사참배 강요 때문에 침체기

1930년대 이후 일제는 일본 왕실의 제 조상과 명치 일왕의 신사를 한국의 방방곡곡에 건립하고 우상 참배를 조선교회에 강요하였다. 또한 이 시기는 서구 개신교에서부터 시작한 자유주의신학이 만연하던 1930년 대로써 크게 흥하였던 한국교회가, 일제의 신사참배 강요와 자유주의신학 영향으로 30만 명으로 신도가 줄어들면서 1945년 해방을 맞게 된다.

신사참배와 한국교회 강단의 명암은 1940년 일본 경찰은 신사참배 반대자를 전국적으로 2,000명을 검거하고 70명은 장기 투옥되어, 50명은 감옥에서 순교하고 20명은 해방을 맞았다. 칼빈주의 정통 보수 신학의 목사들은 신사참배에 신앙 양심에 따라 반대하여서 감옥에 투옥되어 강단에 설 수 없는 한국교회의 비극적인 상황이 발생하였다.

(4) 한국교회 대부흥 운동의 배경 - 1907년 평양교회 대부흥운동

한국의 개신교 선교역사는 1885년부터 시작하여 약 130여 년의 짧은 개신교 역사를 갖고 있으나 그 짧은 개신교 역사에 비하여 20세기 세계교회 교회사에서 1970~1980년대 놀라운 교회 부흥운동의 자산을 가진

하나님으로부터 축복받은 한국국가를 품고 있는 한국교회이다.

한국교회 부흥운동의 배경이 되는 1907년 평양교회 대부흥운동의 초기 발단은 1903년 외국인 선교사 모임 기도회에서 캐나다 대학 선교회 소속 의료 선교사 하디 목사가 3년 전부터 강원도에서 선교하였는데 자기중심의 선교와 부족을 고백하였다. 집회 중에 많은 외국인 선교사들이 성령 충만을 경험하였고 1906년 하디를 사경회 강사로 초빙하여 기도회 모임을 계속하였다. 이어서 1907년 1월 평양의 장대현교회 1,500명이 모인 사경회에서 길선주 장로를 비롯한 많은 성도의 신앙 고백과 회개로 성령 충만하였다. 이 회개 운동이 전국으로 퍼져 초대 한국 개신 교회가 성령 충만으로 교회 부흥운동을 경험하게 된다.

충분한 성경공부를 통한 복음적 믿음으로 광신적이고 신비주의적인 요소는 배제되었으며 이 대부흥 운동은 '한국교회의 영적 부흥'으로 한국교회 신자들의 도덕적, 영적 생활이 더 높은 수준으로 도약하는 밑거름이 되었다. 이 운동의 영적 저력 자산으로 1910년~1945년 36년간의 일제 강점기의 어려운 시기와 신사 우상 참배 강요의 혹독한 고통을 극복할 수 있었으며, 이 영적 부흥운동은 우리가 앞에서 살펴보았던 유럽과 미국의 18세기 말부터 20세기 초에 이르는 대부흥 운동과 동북아시아 지역에서 맥을 같이 하게 된다.

일제 36년 강점기 동안에 서구 선교사의 도움으로 있었던 한반도의 전도 운동을 살펴보면, 1909년 '백만인 구령 운동', 1915년 박람회 기회를 포착하여 추진한 전도 운동, 1920년의 전도 운동, 1930년에 시작한 3개년 간의 전도 운동 등 한국교회가 수시로 시도한 전도운동은 해방 이후의 한국교회 대부흥의의 맥과 전통을 이어받을 수 있는 밑거름이 되었다.

(5) 1970년-1980년대 한국교회 대부흥운동

대한민국 정부가 수립된 이 당시 한국 국내 정치, 사회적 상황을 살펴보면 매우 어수선한 혼란의 시기였다. 한국교회 부흥운동이 있기 전까지 한국 정치, 경제, 사회적 분위기는 국가에 대한 미래의 희망이 전혀 없어

보이는 암울한 상태 그 자체였다. 일제 강점기 36년이 끝난 1945년 직후에 1950~1953년 한국전쟁, 1960년 4.19 학생 의거, 1961년 5.16 군사 혁명 등의 불안정하고 급변하는 사회상황이 한 치 앞 미래도 보이지 않는 '허탈 상태'이었다. 또한 한국교회 교계의 형편은 1950년 한국전쟁 이후에 각 교단이 일제 신사참배 청산문제, 자유주의신학과 연관된 교리적인 부분과 여러 가지 이유로 한국의 장로교 교단을 비롯하여 각 교단이 분리되는 과도기적인 불안하고 불안정한 시기였다.

□ 1965년 부흥 운동 준비

그런데도 한국교회는 선교 80주년이 되는 1965년을 '복음화 운동의 해'로 지정하여 부흥 운동의 시발점이 되어 부흥의 불길이 타오르기 시작하였다. 1964년 이화여자대학교에 각 교단을 포함한 75인 인사가 모여 복음화 운동을 초교파적으로 한국교회에서 추진하기로 결의하고, 표어를 '3천만을 그리스도에게로'라고 결정하고(그 당시 남한 인구는 3천만 명이었다) 각 교단 대표 300명이 '복음화 운동 전국위원회'를 구성하게 된다.

한국교회가 여러 교파와 교단으로 나누어져 있음에도 불구하고 복음화 운동을 범교단적으로 연합하여 추진한 것은 참으로 뜻깊은 일이었다. 그것은 여러 교회가 교회 목적과 시대적 사명을 다 같이 인식하고 공감하는 가운데서 이루어진 것이었다. 이것은 복음주의 입장에서는 그 당시 부정적인 이론에 구애됨이 없이 복음은 전통적인 경건주의적 전도 정신과 열정으로 전파하는 것임을 과시하는 것이다. 1965년 한 해 동안 농촌 전도, 도시 전도, 학원 전도, 군대 전도 그리고 개인별, 그룹별 전도 등 가능한 모든 방법을 총동원하여 교단별 혹은 연합적으로 전도 운동을 전개하여 기독교 부흥운동 기운의 횃불이 훨훨 타오르기 시작하였다.

□ 미국 빌리 그레이엄 선교사 초청 부흥 운동

복음화운동 추진위원회는 다시금 대형 집회를 통한 전도부흥운동을 준비하였다. 1973년 미국교회 빌리 그레이엄 목사를 초청하여 5월 26일부터 6월 2일까지 전국 주요 도시에서 집회를 열었다. 전도부흥회는 서울 여의도 광장에서 51만 명이 일시에 모였으며, 여러 도시에서 참석한 연인원 1,185,000명이 운집하는 한국교회 초유의 대단위 부흥운동의 열기를 경험하게 되었다.

□ '엑스플로74' 전도 대회

이 열정을 이어서 1974년 8월 13일부터 나흘간 여의도 광장에서 '엑스플로74' 전도 대회를 개최하였다. '예수 혁명', '성령의 제3 폭발'의 주제와 '민족의 가슴마다 그리스도를 심어 이 땅에 성령의 계절이 오게 하자' 등의 구호 아래 개최되었다. 국제대학생 선교회 총재 빌 브라이트를 위시하여 한국교회 부흥사들이 부흥집회를 이끌었다. [그림 1편5]에서 고등학생들과 어린 학생까지 연인원 655만 명이 참여한 성령 폭발 대부흥운동이었다. 이 운동은 빌리 그레이엄 목사의 평가처럼 민족 복음화와 세계선교를 위한 전도 정예요원을 길러내는 교회사적 사건이었으며, 이 뜨거운 운동의 결실로 양육된 전도 정예요원들이 향후 한국교회와 세계선교의 일꾼으로 하나님께 헌신하게 된다.

□ 세계 복음화대회 전도 부흥 운동

1980년에는 다시금 위의 모든 기록을 대폭 경신하는 대형 집회 '세계 복음화대회'를 범교단적으로 진행하였으며, 전야 기도회를 시작으로 하여 6일간 개최되었다. 이 부흥 집회에서 한국교회가 세계선교의 중추적 역할을 담당할 것을 강조하는 한편, 한국민족이 복음화되어 민족 숙원 통일이 달성될 것임을 역설하였다. 전야제 기도회에 100만 명 참석, 연인원 1,700만 명으로 새 신자 70만 명이라는 집단선교의 결신자 부흥운동의 경험을 갖게 된다.

□ 부흥운동 결과 한국교회 양적인 성장

일제 강점기 시대부터 한국 개신교의 신자 수 증가 통계자료[103]를 살펴보자.

1934년   307,403 명 (일제 강점기. 한국교회사. 186),
1964년   812,254 명
1969년 3,192,621 명 (1965년 '3천만을 그리스도에게로' 대회 결단 이후)
1972년 3,463,108 명
1975년 4,019,313 명 (여의도 광장에서 '엑스폴로74' 전도 대회)
1988년 10,337,075 명 (빌리 그레함 전도대회, 엑스폴로74, 세계복음화대회
　　　　　　　　　　　등의 대단위 전도대회 이후 한국교회 부흥의 물결)

대한민국은 1970-1980년대에 산업화 성장시대와 더불어 평행하게 한국민족과 한국교회는 1970-1980년대에 성령 하나님의 역사로 폭발적인 대부흥운동으로 교회 성도 수가 2배가 되는(한국교회 성도 배가 부흥 운동) 역사적인 교회 부흥운동을 경험하게 된다.

필자 세대는 이 한국교회 70~80년대 대부흥운동을 직접 경험한 세대로써, 그때 그 열기와 감흥은 지금도 평생 결코 잊을 수가 없다. 1960년대 10대 때는 '전도 운동', 1970년대 20대 때는 '빌리 그레함 전도대회', 1980년대 30대 때는 '세계 복음화대회'를 그 시대에 부흥운동 현장 516 광장(여의도 광장)에서 타오르는 열기와 교회와 직장에서 몸과 마음을 함께하면서 성령 하나님께서 한국교회 부흥 운동을 뜨겁게 인도하셨다.

□ 한국교회 부흥과 해외 선교사 파송 급증

그리하여 한국교회 대부흥 운동의 시대는 1970~1980년대 급격한 한국 고도 산업사회 성장과 나란히 하면서 그렇게 한민족 교회 부흥 운동의 불길은 활활 타오르고 있었다.

---

103) 김영재. 『한국교회사』 (개혁주의신행협회, 1996), 355

년도	파송 선교사 수	파송 국가
1979년	93명	26개국
1990년	687명	87개국
1994년	3,272명	119개국
2008년	19,413명	168개국
2010년	21,000명	169개국

1970~1980년대 급격한 한국 고도 산업사회 성장은 국가 경제를 부강하게 만들어서 그 든든한 경제력과 국력을 바탕으로 하여 한국교회가 2010년에는 169개 국가에 21,000명의 선교사를 파송할 수 있도록 하나님께서 한국국가와 한국교회를 급속히 성장하게 이끄셨다. '파송 선교사 수' 도표[104]를 보면 1994년에 3,272명의 선교사를 119개 국가에 파송하는 급격한 성장은 1970~1980년대 한국교회 부흥 운동과 급격한 한국 고도 산업사회 성장으로 밑거름이 되게 하시는 하나님의 눈으로 볼 수 있어야 하겠다.

1970~1980년대 폭발적인 이 한국교회 대부흥운동은 본서를 기록하는 2020년 기준으로 살펴볼 때는 이미 40~50년 전의 이야기가 되어버렸다. 그리하여 앞으로 미래의 젊은 세대에게는 이 대부흥운동 체험을 육성으로 직접 들을 기회는 점점 사라져 가므로, 한국교회 대부흥의 역사를 기록으로 남기려는 것은, 이 대부흥운동을 직접 경험한 세대로서 필자가 본서를 집필하려는 또 하나의 이유이기도 하다. 한국교회는 이 성장의 저력으로 1992년까지 1,000만 명의 성도로 정점을 기록하였으며, 2000년대에 접어들어서는 답보 내지는 감소추세로 이어지고 있다.

(6) 역동적인 한국교회 해외 선교사역

한국교회 부흥 운동과 함께 한국교회 해외 선교사역을 살펴보자.

□ 세계적인 부흥운동과 한국교회 부흥운동 연관 관계

1970~1980년대 한국교회 부흥운동은 우리가 앞에서 살펴보았던 전 세계적인 부흥운동과 연관 관계를 맺고 하나님께서 이끌어 가셨다. 유럽교회와 미국교회에서 1860~1880년대 일어났던 교회 부흥운동 불길이 100년이 지

---

104) 김인규, 『말씀속의 삶-성숙을 향한 징검다리』 363 한국교회 해외 선교.

나서 아시아의 분단국가 한국교회에서 100만 명이 넘는 대집회와 부흥운동
을 주관하시는 성령 하나님의 역사를 현대 한국 교회사에서 경험하게 된다.

□ **한국교회 부흥운동 결과 해외 선교사역**

한국교회는 이 부흥운동이 밑거름되어 21세기 세계선교에 중추적인 역
할을 담당하게 되는데, 그 부흥 운동의 또 하나의 주제는 세계 복음화 선
교사역이었다. 한국교회는 미국교회 다음으로 많은 개신교 21,000명의
선교사(2010년 기준)를 세계 169 국가에 파송하고 있다. [표 2편11] '국가
별 선교사 파송 수 비율'(로잔국제복음화운동 2007~2010년)에서 기초하여,
'국가별 선교사 비율지수'를 산출하여 [표 2편12] '파송 국가 인구수 대비
선교사 수 비율 순위/지수'를 만들었다.

출처 : 로잔국제복음화운동(2007~2010년)

순위	개신교 선교사 파송 국가 순위	파송 선교사 수	인구수 대비 선교사 비율 지수/순위[105]	순위	선교사 비율지수 국가 순위	선교사 비율 지수
1	미국	46,381명	1.40/ 5위	1	한국	41
2	한국	21,000명	4.06/ 1위	2	뉴질랜드	26
3	영국	5,666명	0.85/ 6위	3	핀란드	21
4	캐나다	5,337명	1.44/ 4위	4	캐나다	14
5	독일	3,228명	0.39/ 8위	5	미국	14
6	오스트레일리아	2,019명	0.81/ 7위	6	영국	9
7	브라질	1,912명	0.09/ 10위	7	오스트레일리아	8
8	남아프리카공화국	1,465명	0.24/ 9위	8	독일	4
9	뉴질랜드	1,275명	2.55/ 2위	9	남아프리카공화국	2
10	핀란드	1,260명	2.10/ 3위	10	브라질	1
	비율지수 평균					14

[표 2편12] 개신교 국가별 세계 선교사 파송 인원수와 선교사 비율지수

한국교회는 미국 선교사 46,381명 다음으로 피선교국 169개국에
21,000명의 선교사를 파송한 세계 2위 선교 선진국이다. [표 2편12] '개
신교 국가별 세계 선교사 파송 인원수와 선교사 비율지수'는 인구 10만
명당 선교사 수를 나타내는 지표로 한국교회는 1위 국가이다.

타국과 비교하면 한국은 파송 선교사 비율지수 41명으로 한국 인구 10

---

105) 선교사 비율지수=파송 선교사수 / 파송국가 인구수 X 100,000 (한국 사례 21,000명 / 51,709,098
명×100,000 = 41). 본서 집필을 위하여 필자가 창안한 선교사 파송 국가 인구대비 선교사 파송수 비율
지수이다.

만 명당 41명의 선교사 파송 수이며, 상위 10개국 전체 평균 14명보다도 월등히 높은 국가이다. 2위 국가 뉴질랜드 26명과 비교하여도 2 배 정도의 높은 비율이고 상위 10개 국가 전체 평균 14명과 비교하면 3배 정도의 선교사 파송 비율이 월등히 높다. 한국은 경제력이나 국력을 비교하는 각종 통계자료를 보면 세계 순위 10위 내외의 국가이다. 그런데 [표 2편12] 넷째 란에 '선교사수 비율지수'에서 한국교회는 1위이면서 상위 10개국 각국 인구 10만 명당 평균 선교사 파송수 14명보다 높은 41명 지수로 월등한 우위를 나타내고 있다.

1885년 첫 복음이 조선 땅에 선교 후에 불과 1세기 120년 경과 후에 세계 선교사 파송 수가 미국 다음으로 두 번째로 많으며, 인구수 대비 파송 선교사 비율은 탁월하게 세계 1위이다. 이것은 세계 속에서 한국교회에 무엇을 의미하는가? 전적으로 하나님께서 한국국가와 한국교회에 대한 강권적인 축복이다. 이 하나님의 강권적인 축복은 한국민족과 한국교회에 무엇을 의미하는가? 교회사적으로 살펴볼 때 한국민족과 한국교회가 하나님 언약 말씀 '축복의 통로'가 되어 '제사장 나라' 역할을 다하기 위함이다.

□ **한인교회가 거주하는 지역 해외에서 원주민 선교**

나아가 한국교회는 물론이거니와 해외에 거주하는 이민자 한인교회는 또한 해외 거주지역에서 힘에 겹도록 해외 그 지역 선교사역을 감당하고 있다. 앞 1장에서 로마제국 시대 유대-헬라 이민자 디아스포라 숫자가 600만 명쯤이라고 추정하였는데, 한국의 재외한인 거주자 디아스포라 숫자는, 그림에서 보는 바와 같이 외교통상부 2011년 통계자료에 의하면 700만 명 이상으로 로마제국 당시 유대인 디아스포라 숫자

보다 많다니 놀랍다. 우스갯소리로 중국인이 해외에서 모이게 되면 먼저 중국 음식점을 열고, 한국인이 해외에서 모이게 되면 먼저 한인교회를 연다는 말이 있다. 그만큼 해외에 거주하는 한국인 이민자 교회는, 열정적으로 하나님과 교회를 섬기며 또한 그 지역 원주민이나 취약계층 선교사역을 활발하게 감당하는 하나님 선교 지향적이다. 이 중에서 한 사례를 소개하면서, 한국교회의 전통적인 선교 지향적인 유전자 DNA는 하나님 앞에 한국교회가 건강하게 성장할 수 있는 가장 귀중한 한국교회의 유산이라고 생각한다.

캐나다 동부 몬트리올에 있는 이 한인교회는 성도가 300명 정도 되는 그 규모나 재정 정도가 이제 겨우 자립하는 정도이다. 그런데 그 교회 형편에 힘에 겹도록 매년 여름이면 캐나다 몬트리올 북쪽 멀리에 있는 캐나다 원주민이 사는 마을에 선교팀을 구성하여, 단기 선교를 떠나서 그들에게 복음을 전하며 섬긴다. 캐나다 원주민으로서는 지배 계급층 백인 선교사가 아니라, 그들과 비슷한 유색인종 한인 남녀 젊은 자비량 선교사들에게 더 마음을 열고 기다리면서 반긴다. 매년 여름 단기 선교를 위하여 몇 개월 전부터 한인교회 선교팀과 교인들은 여름 원주민 선교를 위하여 모여서 기도하고 계획하고 준비하고 그렇게 선교사역에 헌신하면서, 직장인은 소중한 여름 휴가 기간 모두를 여기에 바치고 학생들은 소중한 여름 방학 대부분을 여기에 바친다. 옥합을 깨뜨려 향유를 예수님 발에 붓는 마리아(요 12:3)의 옥합 속 향유는, 자기가 소유하고 있는 가장 소중한 것을 예수님께 드린 것이다. 이렇게 한인 해외 이민자 700만 명은, 이들 형편과 처지에 합당하도록 한인교회 나름대로 힘겹게 하나님의 선교사역을 기꺼이 그 지역에서 감당하고 있다.

□ 7세기 아일랜드 켈트교회공동체와 21세기 한국교회공동체

7세기경 아일랜드는 지정학적 위치나 국력으로 볼 때는 영국과 유럽대륙 국가들에 비교하면 강대국가도 아니며 유럽 서쪽 영국 옆의 조그마한 변방의 섬나라이다. 마찬가지로 21세기 한국은 아시아 북동쪽에 위치하여 중국, 러시아, 일본 등의 주변 세계강대국과 비교할 때는 남과 북이 분단되어있는 조그마한 분단국가이다. 그러나 7세기경 아일랜드 켈트교회 공동체는 로마가톨릭교회가 하지 못하던 유럽대륙 선교를 감당하였으며, 21세기 한국교회는 동북아 세계 강국 중국, 러시아, 일본교회가 [표 2편 12] '선교사 파송 10대 국가' 에 명단도 올리지 못하는 데 비하여, 세계 2 위 선교사 파송 국가이며, 선교사 비율지수로는 월등하게 높은 수치 1위로 세계선교 사명을 감당하고 있다. 어떻게 하여 이러한 세상적으로 볼 때 비교적 조그마한 나라 교회가 주변 강대국가들도 감당하지 못하는 세계선교 사역을 감당할 수 있을까?

이것은 하나님께서 강권적으로 그 나라 교회에 부어주시는 축복이라고 우리는 믿는다. 하나님은 이새의 많은 8명의 아들 중에서 건장하고 강건한 형들 대신에 들판에서 양치기하는 어린 막내아들 다윗을 기름 부어 사용하시어(사무엘상 16:12) 하나님 나랏일을 감당하게 하셨다. 이것은 세상의 이치가 아니라 창조주 여호와 하나님의 주권이며 섭리와 경륜이며 축복이다. "하나님께서 세상의 약한 것들을 택하사 강한 것들을 부끄럽게 하려 하시며"(고전 1:27).

한국교회는 하나님이 맡기신 이 막중한 세계선교 시대적 소명을 인식하고 제3세계 교회를 대표하여 세계선교 사역에 한층 더 뜨겁게 그 일익을 감당하여서 '제사장 나라' 와 '축복의 통로' 의 소명을 다하여야 하겠다

4. 20세기 이후 폭발적인 그리스도인 성장률

'너희는 열국을 보고 또 보고 놀라고 또 놀랄지어다 너희 생전에 내가 한 일을 행할 것이라 혹이 너희에게 고할지라도 너희가 믿지 아니하리라' (하박국 1:5)

우리는 본서 서두에서 "구약에서 이스라엘 백성에게 하신 '축복의 통로' 와 '제사장 나라' 이 언약은 신약에 와서는 하나님 백성 공동체 '교회'

시대로 전승이 되었고, 신약시대 구속사(언약의 성취) 쌍두마차는 '교회 부흥발전'과 '복음 선교확산' 이라는 두 마리 말을 사용하여 진행한다"라고 하였다. 이제 4000년 전에 구약에서 약속하셨던 언약이 우리 시대에 와서 성취되어가는 모습을 본 단락에서 설명하려고 한다.

4000년 전에 하나님이 아브라함에게 처음으로 주신, 모든 '땅의 족속들' 을 복을 주시겠다는 언약(창 12:3)이 '우리들이 믿지 못할 속도로' 현실이 되고 있는데 우리는 본 단락에서 이것을 살펴보려고 한다. 어떤 사람들은 일부 세부적인 것들에 대해 이의를 제기할지는 모르지만 전반적인 동향은 논란의 여지가 없이 확실하다. 성경적 믿음이 역사상 이전 어느 때보다도 자라고 있으며 전파되고 있다(Mission. 276-302).

(창 15:5) '뭇별을 셀 수 있나 보라 네 자손이 이와 같으리라'

(1) 복음의 놀라운 진전

지구상에 사는 사람 중에 열 명 중 한 명은 성경을 읽고 성경을 믿는 기독교의 흐름에 속해 있다. 늘상 '선교지' 였던 곳에 있는 신자의 수가 이제는 선교사를 파송하는 나라 신자의 수를 앞질렀다. 그리고 이제는 전통적으로 선교사 파송 기지였던 서구교회보다 피선교국이었던 비서구교회에서 더 많은 선교사가 파송된다.

□ 16세기 종교개혁 이전 교회와 이후 교회 성장률 비교

다음은 '[표 2편11] 국가별 선교사 파송수'에서 16세기 종교개혁 이전 교회가 설립된 유럽국가 세 나라와 그 이후에 설립된 미국교회를 포함한 일곱 국가의 선교사 파송 수를 나타내는 표이다. 이 선교사 파송 국가 분석표에 의하면 16세기 종교개혁 이전에 설립된 유럽교회 영국, 독일, 핀란드 유럽국가 세 나라가 파송한 선교사 숫자 비율은 11.3%, 그리고 나머지는 미국교회를 비롯하여 16세기 이후에 설립된 일곱 교회가 파송한 선교사 숫자 비율은 88.7%의 압도적인 선교사 파송 점유율을 볼 수 있다.

순위	개신교 선교사 파송 국가 순위	파송 선교사 수	국가별 점유율	16세기 이전 유럽국가 교회	16세기 이후 설립 교회
3	영국	5,666명	6.3%	6.3%	
5	독일	3,228명	3.6%	3.6%	
10	핀란드	1,260명	1.4%	1.4%	
	합계			11.3%	88.7%

이것은 초대교회 이후의 16세기 1500년 동안 선교한 국가들의 교회와 그 이후에 500년 동안 선교한 국가들을 비교하는 자료로서 복음 선교의 급격한 팽창을 알 수 있는데, 이것은 무엇을 의미하는가 하면 복음의 16세기 종교개혁 이후 500년 동안 복음의 팽창률은 그 이전 1500년 동안 복음 선교의 교회와 비교하여 세계 지구촌 전체로 급격한 복음 선교가 진행되었다는 말이다. 그리고 [그림 1편5]세계 선교 방향 지도에서 살펴보면 초대교회 이후 16세기 종교개혁 이전에 1500년 동안 주로 유럽지역에서만

머물러 있던 기독교 복음이 16세기 이후 500년 동안 아시아, 아메리카, 아프리카, 오세아니아 등 지구촌 전체 5대양 6대주로 방방곡곡에 땅끝까지 복음이 편만하게 전해진 내용을 볼 수 있다.

(2) 20세기 이후 기독교의 급격한 팽창

앞 단락에 이어서 20세기 이후 100년 동안의 기독교 복음의 급팽창 내용을 살펴보자. 남미의 개신교 성장률은 생물학적인 성장률보다 족히 세 배는 넘는다. 중국의 개신교는 50년도 안 되는 사이에 약 100만 명에서 8,000만 명 이상으로 늘어났으며 대부분 성장이 지난 몇십 년에 이루어졌다. 또한 한국의 개신교는 50년도 안 되는 사이에 1934년 일제 강점기에 30만 명이었던 신자가 1985년에는 800만 명 이상으로 늘어났으며 대부분 성장이 지난 50년 사이에 이루어졌다.

더욱 놀라운 것은 한국 개신교는 140년 전에는 피선교 국가였던 나라인데도 불구하고, 이제 지금은 선교역사 140년 만에 개신교 선교사 파송 숫자가 20,000명을 넘어 미국 다음으로 세계 2위 선교사 파송 국가가 되었으며, 국가 인구대비 선교사 파송 비율은 월등히 높은 세계 1위의 선교사 파송 국가가 되었다([표 2편12]참조). 또한 1980년대 네팔은 여전히 견고한 힌두교 국가로 소수의 핍박받는 교회만이 있었다. 하지만 오늘날에는 수십만 명의 기독교 신자들이 있고 100개 이상의 네팔 종족집단 안에서 교회가 시작되었다.

　　[그림 2편7] '20세기 세계 총인구 중 그리스도인 비율 그래프'는 1900년부터 2000년까지 한 세기 동안에 서기 원년부터 지난 1900년 동안 그리스도인의 비율과 비교할 수 없는 폭발적인 성장을 하였음을 알 수 있다(Mission. 277).

출처 : 로잔 통계 위원회

NO.	선교 기점	그리스도인 %	선교 기간
1	0~1900년	2.5%	1900년
2	1900년~1970년	5.0%	70년
3	1970년~2000년	11.2%	30년

헌신 된 그리스도인들이 초대교회부터 시작하여 1900년까지 [그림 2편7]에서 세계 총인구 중 그리스도인 비율이 2.5% 되기까지 19세기 1900년이 소요되었으며, 2.5%에서 1970년에 5%로 성장하기까지는 겨우 70년이 걸렸다. 그리고 5%에서 2000년에 11.2%로 성장하는 데는 단 30년 걸렸다. 이제 역사상 처음으로 전 세계 아홉 명의 불신자마다 한 명의 그리스도인이 있게 되었다.

(3) 믿을 수 없는 25년

　　이것은 이제 예수 그리스도 복음 선교의 주체가 유럽교회, 미국교회 등의 서구교회뿐만 아니라 제3세계 비서구교회까지 지구촌 전 세계교회가 주체가 되는 시기가 도래함으로써 이루어진 결과이다.

　　[그림 2편7]에서 '믿을 수 없는 25년'을 살펴보면서 한국교회 대부흥운동의 의미를 같이 생각하여 보자. 제2차 세계대전 종전 1945년 전까지

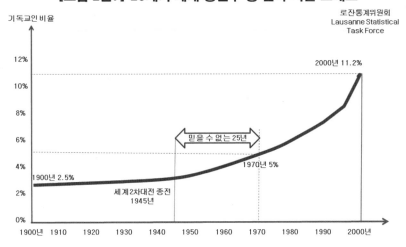

[그림 2편7] 20세기 세계 총인구 중 신자 비율 그래프

기독교인 비율

로잔통계위원회
Lausanne Statistical
Task Force

2000년 11.2%

믿을 수 없는 25년

1970년 5%

1900년 2.5%

세계2차대전 종전
1945년

는, 유럽인들은 비서구 세계의 99.5%를 사실상 지배하기에 이르렀다. 그러나 그런 상황이 계속되지는 않았다. 왜냐하면 식민지에 사는 사람들이 지식 면에서나 주도권 면에서 현저히 성장했기 때문이다. 마치 고트족이 로마제국 경계 밖에서 강해졌던 것과 마찬가지로 식민지에서 현저히 성장했기 때문이다. 그리고 제2차 세계대전을 통해 서구국가들의 손아귀에 있던 세계 전역의 식민지들이 독립 국가가 되면서 완전히 흩어져 버렸다. 더는 참을 수 없어 민족주의가 폭발한 것이다.

그리고 나서 25년 후 1970년경에는 서구의 나라들은 세계 비서구 인구의 5%(종전에는 비서구 세계의 99.5%를 지배)를 제외하고는 제어할 수 없게 되었다. 서구의 통제권이 갑자기 무너져 내린 1945~1970년까지의 기간에 비서구 세계에서 기독교 운동의 중요성이 예기치 않게 급증한 것과 결부하여 그 기간을 '믿을 수 없는 25년'이라고 불렀다.

(4) 서구교회와 제3세계 교회 연합 선교사역의 중요한 의미

1800년에서 2000년까지의 기간은 개신교 교회 선교사들이 전 세계에 민주주의적 정부 기구들, 학교들, 병원들, 대학들, 그리고 신생국들의 정치적 토대를 설립하는 일에 앞장섰다. 이처럼 개신교 선교사들은 분명 오늘날 제3세계에 우후죽순 격으로 퍼지고 있는 엄청난 에너지의 원동력이다.

하지만 이제 부분적으로 복음화된 소수 신진 세력 제3세계 교회를 통해 형세가 역전됨으로써 서양의 선교본부가 흔들려 무너지게 된다면(이전 시기들이 그랬던 것과 마찬가지로), 우리는 바이킹들이 자행한 파괴에 대한 도우슨(Dawson)의 해설에 귀를 기울여야 한다. 곧 그것은 '이방 종교의 승리'가 아니라는 것이다. 그리고 그것은 해외 선교보다는 겉치장에 더 큰 노력을 들여온-그리고 최근에는 열 배나 더 그렇게 한-서구사회 교회에 대한 최대의 징벌이 될 것이다. 서구인들이 받은 복을 나누지 않고 간직하려고만 한다면 그리고 '제사장 나라'와 '축복의 통로' 사명을 망각한다면 이전의 다른 나라들처럼 나머지 나라들이 복을 받게끔 자신의 복을 잃어버리게 될 것이다.

이것은 또한 지금 한국교회에 주는 시사점으로도 매우 크다. 21세기에 들어와서 부유해진 한국교회가 축복의 통로로서 '교회 부흥발전'과 제사장 나라로서 '복음 선교확산'하는 사역에 집중하지 않고, 교회 겉치장과 교회 세력 확장에만 더 큰 노력을 기울인다면, 이전의 다른 나라들처럼 나머지 나라들이 복을 받게끔 한국교회의 복을 잃어버리게 될 것이다.

하나님은 아브라함 이후 지난 4000년간 자신의 계획을 변경하지 않으셨다. 하지만 그 놀라운 '축복'을 어떻게 간직하고 있을지 전전긍긍하기보다는 의도적(성경 말씀대로)으로 그 복을 '제사장 나라' 사명으로 베풀고 애쓰는 일이야말로 얼마나 좋은 일인가! 그렇게 해서 땅의 모든 족속이 '너와 너의 후손 안에서 복을 받을 것이다(창세기 18:18).' 이것이야말로 우리가 하나님의 축복을 계속 받을 수 있는 유일한 길이다. 그리고 이처럼 우리를 통해 하나님의 나라는 계속 확장될 것이다. '이 천국 복음이 모든 민족에게 증언되기 위하여 온 세상에 전파되리니 그제야 끝이 오리라' (마 24:14). 만약 우리가 주저하면 하나님은 다른 사람들을 일으킬 수 있다(Mission. 201-202).

3장의 ≪ 하나님 섭리와 경륜 ≫ - [근현대 교회사]

≪ 하나님 섭리 ≫

아브라함에게 '축복의 통로' 언약을 모세에게는 '제사장 나라' 언약을 하신 하나님께서 구약에서는 이스라엘 백성을 통하여, 신약에서는 교회 성도를 통하여 하나님 언약의 성취를 이루어 가신다. 때때로 하나님 백성의 불순종도 있었지만 그런데도 당신의 백성을 통하여 땅끝까지 복음을 전파하여 당신의 나라를 완성해 가신다. 이제 21세기에 살아가는 우리는 하나님께서 세계 지구촌 끝까지 20세기 이후 최근 100년 동안 그리스도의 복음이 놀라운 속도로 전해지게 하시는 역사를 보고 있다.

≪ 하나님 경륜 ≫

하나님께서는 1~16세기에는 주로 유럽교회를 통하여 [그림 1편5] 왼쪽 위와 같이 하나님 백성들을 복음화하셨다. 이 이후 18세기부터는 유럽교회 부흥을 마중물로 하여 18~20세기에는 전 세계 방방곡곡 교회 부흥을 통하여 하나님 백성을 배가시켜 오셨다. 세계적으로 지구촌의 여러 가지 어려움과 환란과 고통도 있었지만, 그 속에서도 허락한 백성을 하나님 사람으로 삼으시는 하나님의 신실하심과 열심으로 교회를 통하여 오늘도

[그림 1편5] 초대교회부터 세계 선교 진행방향 지도

일하여 오셨다.

이제 주님이 이 땅에 오신 지 2000년이 지난 21세기에 와서, 하나님 언약의 성취되는 모습을 지구촌 전역에서 보게 되었다. 그러나 아직도 하나님의 은혜와 하나님 백성을 통하여 복음 선교가 필요한 때이며 하나님이 허락하신 마지막 백성들을 수확하여야 하는 시기이기도 하다. 하나님 백성들은 예수 그리스도의 재림을 동경하는 마음으로 우러러보면서, 오늘도 묵묵히 예수님을 닮으려고 주님이 가신 길을 흠모하고 하나하나 따라가고 있다.

≪ 하나님의 뜻 ≫

이제 지구촌 교회들은 이 사명을 깊이 마음에 새기고 예수 그리스도께서 우리에게 하신 것처럼 허락하신 백성을 사랑의 마음으로 품어야 하는 시기에 왔다. 교회가 인간의 욕망과 부족함에도 불구하고, 당신의 영광을 위하여 허락하신 하나님 백성을 끝까지 인도하시려는 하나님의 신실하심과 견인하심을 우리는 믿고 또 보고 있다. 이제 이 지구촌에 열에 한 명은 하나님을 믿으며 과거 1900년 동안보다 최근 100년 동안 엄청나게 주님 백성으로 삼고 계신다. 이 놀라운 언약의 성취를 바라보면서 하나님의 은혜를 더욱 사모하게 된다.

이 얼마나 놀랍고 감사한 일인가!

하나님 언약의 성취 축복의 통로와 제사장 나라가 땅끝까지 실현되어 가는 하나님 교회사를 바라보면서, 21세기 지금도 성경 말씀에 순종하는 그리스도인으로 살아가게 하나님 백성을 인도하신다.

4장 성경중심 기독교 교회사에서 두 기독교 관계

[교회사 신학]

🌿 4장 성경중심 기독교 교회사에서 두 기독교 관계

앞서 [그림 1편2] '현행 교회사(AS-IS)와 두 기독교(TO-BE) 연대기 그림'에서 '두 기독교'를 소개하였는데, 본 4장은 이를 종합적으로 이해하면서 본서의 주제인 '교회사 연속성 입증'을 하여서 결론을 내리는 장이다. 서문에서는 본서의 저작 목적을 다음과 같이 이야기하였다.

"본서의 주제는 '하나님 나라가 반격을 가하는 중요시 되는 부분'에 대한 이야기를 하려고 한다. 이것은 하나님의 구속사가 큰 강(대하 大河)같이 도도하게 흐르는 물줄기의 한가운데 하나님 언약과 축복의 주제 – 창세기부터 신구약에 일관되게 흐르는 '축복의 통로'(창세기 15:5, 18:18), 그리고 '제사장 나라'(출애굽기 19:6)에 대한 언약의 말씀 – 이 성취되는 것을 중심 줄거리로 삼고, 사도행전 28장 이후 이 세상 끝날까지 하나님 교회를 통하여 연속적으로 이루어지는 '교회사의 연속성'에 대하여 이야기를 전개하려고 한다."

상기 서문의 저작 목적과 주제에 대하여 본 4장 단락에서는 이제까지 앞 단락 1~3장에서 전개하였던 '성경중심 기독교 교회(사)' 내용을 바탕으로 하여 '성경중심 하나님 교회사 재발견'을 통하여 본서의 결론 부분에 도달하면서 마무리를 하려고 한다.

1절 성경의 최상위 권위 인정에 대한 믿음

〈본 단락은【ⓑ '두 기독교 체계'로 새롭게 구성하는 교회사 구조 체계 재발견】명제에 대한 논정(論定) 내용이다〉

'두 기독교 교회사 체계로 새롭게 교회사 구조 체계를 재발견'하는 것은 본서의 핵심에 해당하는 명제이다. [그림 1편2] 상단과 같이 현행 단일

구조(Single Structure) 교회사 체계를 그 실제(實際)에 합당하도록 이 그림 중앙과 하단과 같이 두 기독교 이중구조(Double Structure) 교회사 체계(틀, 프레임)로 새롭게 재발견하는 명제이다. 이것은 '성경의 최상위 권위 인정' 유무에 대한 신학적 논증을 거쳐서 설명되는 것으로, 이 내용은 광범위한 추론–논증–결론 과정을 거쳐야 하므로 기승전결[106](起承轉結–기起 시작, 승承 전개, 전轉 전환, 결結 끝맺음) 네 가지 과정으로 구분하여 설명하려고 한다.

따라서 앞 단락 1편에서 이 '두 기독교'의 논리 체계를 어느 정도 이해한 독자분은, 본 단락에서 이를 바탕으로 논리적 옳고 그름을 결정하고 확정하는 논정(論定) 차원에서 본서의 전체 내용을 살펴보면서 결론에 도달하도록 구성하였다.

1. 두 기독교 성경의 최상위 권위 인정과 신본/인본주의 <기起 시작>

1~15세기 하나님께서 성경을 가지고 교회를 통하여 놀라운 하나님의 일–교회사–을 하셨지만, 초대교회 이후 기독교 교회사에는 [그림 1편2] 상단 '현행 교회사'에서 'Ⓑ로마가톨릭교회 중세교회사'로 일률적으로 제시되었고, 반면에 'Ⓐ감추어진 성경중심 교회사'의 의미와 역할이 역사적이고 종합적으로 알려지지 않았다. 그리하여 현행 지역교회 교회사 시간에 이 Ⓐ 내용 교육도 전혀 하지 못하였고, 따라서 기독교 신자인 우리에게도 널리 알려지지 않았다. 그래서 이번에 'Ⓐ감추어진 성경중심 교회사'를 '성경중심 기독교' 교회사 관점으로 초대교회로부터 시작되는 기독교 정통성을 승계하는 출발점으로 새롭게 규명하도록 하겠다.

자! 그러면 우리는 앞 단락에서 '두 기독교' 교회사 체계를 '재발견'하기 위하여 많은 것들을 논의하였는데, 본 단락에서는 이를 총정리하여 논

---

106) 기승전결: 한시(漢詩)에서 시의 구절을 구성하는 방법의 일종으로 기승전결 네 가지 과정을 거쳐서 전개(展開)하며, 일반 문학에서도 이를 응용하여 활용한다.

정(論定)하고 마무리 짓도록 하자.

(1) Ⓐ감추어진 성경중심 교회사 '재발굴'

아래 [그림 2편8]은 '현행 로마가톨릭교회 중심 교회사 체계'로 현재 교회 교회사 교육시간에 두 기독교에 대하여 가르치는 획일적인 현행 교회사 내용에서부터 문제가 발단되어 교회사 체계가 꼬이기 시작하는데 두 가지 큰 문제점을 앞 단락에서 살펴보았다.

1) 전혀 다른 '두 기독교'를 동일 선상에서 기록

이 그림에서 보는 바와 같이 현행 교회사 교육 내용은 처음 '①초대교회 교회사(성경중심 기독교)'를 가르치고 이어서 1000년의 'Ⓑ로마가톨릭교회 중세암흑기(교권중심 기독교)' 교회사를 가르치고 다음에 종교개혁 이후 '④근현대 교회사(성경중심 기독교)'를 가르친다. 현재 교회사 교육 방법의 모순과 문제점은 전혀 서로 다른 '두 기독교' 성경중심 기독교와 교권중심 기독교를 섞어서 획일적으로 이 그림과 같이 일직선 ①-〉Ⓑ-〉④ 같은 선상에 놓고 같이 가르치다 보니 성경중심 관점으로 볼 때 이를테면 '개신교'는 '로마가톨릭교회'와는 성경적 내용으로는 전혀 다른 형태의 교회이므로 BOBO 이론과 같은 극단적인 '교회사 단절' 이론이 나오게 되는 것이다.

2) 'Ⓐ감추어진 성경중심 교회사 재발굴' 방법으로 입증

첫째로, Ⓐ감추어진 성경중심 교회사 재발굴 방법은 [그림 1편2] 좌측 중앙에 '성경중심 기독교'는 앞 단락 1장~3장에 설명한 바와 같이 '①초

[그림 2편8] 현행 교회사 체계

대교회', '②켈트교회 유럽대륙 선교', '③영국교회', ④ '세계교회 부흥선교'로 진행되면서 교회사 내용으로 연속성이 입증되었다.

즉 세 부분 – '①초대교회', '②켈트교회 유럽대륙 선교', '③영국교회–은 이 그림 중앙에 표시된 'Ⓐ감추어진 성경중심 교회사' 부분에 해당한다. 이 그림 좌측 중앙에 '②켈트교회 유럽선교'는 유럽대륙 선교가 개화기를 지나서 유럽대륙 선교 황금기 기간에 이 그림 상단 중앙에 7세기 말 휘트비, 오탱 두 종교회의 결과로 '두 종교회의 켈트 선교 금지'가 철저히 이행되어서 그 이후 유럽대륙 선교 열기가 쇠퇴하기 시작하는 변곡점에 해당하면서 종교개혁 때까지 14~15세기에 이 그림 상단 중앙의 선교 '종교개혁–예비기'를 갖게 된다. [그림 2편9] 상단 우측에 1492년 종교개혁–예비기에도 콜럼버스에 의해 아메리카 신대륙 발견은, ④ '세계교회 부흥선교' 기간 18세기 이후 신대륙에서 미국교회가 번성하는 기틀을 마련하게 하나님께서 예비하셨다. 따라서 이 그림에서 시각적으로 보는 바와 같이 – '①초대교회', '②켈트교회 유럽대륙 선교', '③영국교회', ④ '세계교회 부흥선교' – '성경중심 기독교' 교회사가 2000년 동안 연속적으로 이어지면서, 또한 이 그림으로 초대교회부터 시작하는 "성경중심 기독교 교회사" 연속성을 증명한다.

(2) '성경중심 두 기독교 교회사 체계'로 '재발견'

연속성 입증방법 둘째로, '성경중심 기독교 교회사'와 '교권중심 기독교 교회사'로 구조적 구분 작성하는 방법으로 '성경중심 권위'를 최상위 권위로 인정하느냐 여부에 따라서 이를 인정하는 '성경중심 기독교'와 다른 권위를 성경중심 권위와 같이 인정하는 '교권중심 기독교'로 구분되므로, 이를 서로 전혀 다른 두 기독교를 구분하여 각각의 기독교 교회사를 연속성 있게 기술하여야 한다.

1) 중세교회사에서 서로 다른 기독교 교회사를 기록

[그림 1편2] 상단 '현행 교회사'에는 1000년의 중세교회사에서 '성경

중심 기독교'와 '교권 중심 기독교'를 구분하지 않고, 교권 중심 기독교 '로마가톨릭교회 교회사'만을 소개하고 있다. 따라서 정작 '성경중심 기독교'에 해당하는 '②겔트교회 유럽대륙 선교교회사'와 '③14~16세기 영국 교회사'는 지역교회 교회사 교육시간에는 전혀 언급도 하지 않았다. 앞 단락에서도 비유하였지만 마치 한국 국사 교육시간에 삼국사 다음으로 통일신라사 → 고려사 → 이씨조선사 순서로 한국사 교육을 하여야 하는데 통일신라사 → 당나라 역사 → 이 씨 조선사 순서로 남의 나라 역사를 가르치고 정작 '고려사'는 가르치지 않았다고 극단적으로 비유할 수 있겠다.

1492년 콜럼버스에 의하여 아메리카 신대륙 '발견'은 후세 인류문명 발전에 대단히 이바지한 것처럼, '현행 교회사 체계'를 '두 기독교 교회사 체계'로 새롭게 구성한 것은 '재발견'이라는 용어를 사용하겠다. 왜냐하면, 신대륙은 콜럼버스가 발견한 15세기 이전에도 거기에 있었지만, 그당시까지도 문명화된 인류사회에서는 알려지지 않았다.

'교회사 연속성'에 대한 입증은 앞 단락에서 교회사의 전체 흐름을 시각적으로 한눈에 이해하기 위하여 '[그림 1편2] 현행 교회사와 두 기독교 연대기 그림'의 개념 소개를 하였는데, 1편 이후에 기록된 내용을 보완하여 '[그림 2편9] 성경중심 두 기독교 교회사 체계'를 중심으로 좀 더 상세한 설명을 하려고 한다.

그리하여 기독교 교회사는 [그림 1편2] 상단 '현행 로마가톨릭교회 중심 교회사 체계'같이 일률적으로 구성된 교회사 현 체계(AS-IS)를, [그림 2편9] 상단 '성경중심 기독교'와 하단 '교권중심 기독교'로 각각 서로의 연관 관계를 규명하면서 '두 기독교 체계'로 새롭게 구성하는 교회사 체계(TO-BE)로 재발견하게 되었다. [그림 2편9]의 두 기독교 체제로 재발견하여 작성함으로써 상단 '성경중심 기독교'에서 '①초대교회', '②겔트교회 유럽대륙 선교', '③영국교회', ④ '세계교회 부흥선교'로 진행되면서 교회사 내용으로 연속성이 입증되었다.

[그림 2편9] 성경중심 두 기독교 교회사 연대기 그림

2) 종교개혁과 중세교회사 역사관

16세기부터 종교개혁이 진행되면서 자연스럽게 기독교 신학 부문이 원래 성경중심 기독교 초대교회에서 로마가톨릭교회화한 것들이 다시 성경적으로 회복하는 개혁작업이 진행되었다. 그리하여 구원론을 포함하는 대부분 신학 교리들이 성경중심으로 회복되었으며, 예배를 포함하는 기독교 의식에서 많은 진전이 있었다. 이제는 1517년 종교개혁 이후 500년 5세기가 지나는 동안에 개신교 개혁교회는 완전히 성경중심 기독교의 원래의 교리와 모습으로 제자리를 잡은 셈이다.

그런데 이상하게도 유독 한 분야 중세교회사 부분만은 [그림 1편2] 상단 '현행 교회사' 부분에서 나타나는 것과 같이 '성경중심 기독교' 보다는 아직도 많은 부분에서 '로마가톨릭교회 중심'으로 중세교회사가 기록되어 있다. 이것은 교회사 역사관을 어느 관점으로 어떻게 기록하여야 하느냐 하는 중요한 문제와 직결되어 있다고 본다. 그러면 과연 '성경중심 기독교 교회에서 1000년의 중세교회사 역사관을 어떤 기준으로 기록할 것이냐?' 가 이 논제의 핵심이다. 이 문제 또한 다음 단락에서 같이 살펴보도록 하자.

(3) 성경의 최상위 권위 인정과 '두 기독교' 관계

본 단락 4장-1절은 4장의 두 기독교 관계를 규명하는 열쇠(키)에 해당하는 신학적 논증을 하게 되므로 특별히 주의 깊게 관찰하도록 하자. 이 주제 「성경의 최상위 권위 인정과 '두 기독교' 관계」를 다루기 위하여 가장 적합한 참고문헌을 안내하면서 시작하겠다. 이 책은 종교개혁자들의 모토 중의 하나인 "오직 성경! 솔라 스크립투라(Sola Scriptura)!" 라는 주제로 '개신교 성경관' 의 뿌리를 설명하고 있으며, 이에 비교하여 로마가톨릭교회 변증가들의 성경과 비복음적인 로마교회 전통 등의 다른 권위에 대하여 비교 논증으로 구성된 귀중한 문헌이다. 따라서 이번 기회는 또한 올바른 '개신교 성경관' 의 뿌리를 살펴보는 좋은 기회이기도 하다.

〈 주 참고문헌 소개 〉

『오직 성경! (솔라 스크립투라 Sola Scriptura)-프로테스탄트 성경관』[107]은 존 맥아더 외 7명의 저자(프로테스탄트 변증가)가 성경의 권위에 대하여 로마가톨릭교회 변증가들이 주장하는 논증을 여러 가지 주제로 프로테스탄트 변증가 입장에서 각각 논증한 글을 집대성한 문헌이다. 따라서 개신교의 성경관을 로마가톨릭교회와 비교하여 신학적으로 개신교를 대변하는 시금석 같은 저서로서 본서의 「성경의 최상위 권위 인정과 '두 기독교' 관계」라는 주제를 논증하는데 참고할 수 있는 가장 적합한 문헌이라 생각된다. 상기 주 참고문헌 내용 중에서 본서는 다음의 여섯 가지 주제를 주로 인용하여 설명하겠다.

---

107) 존 맥아더, 『솔라 스크립투라』 Sola Scriptura (생명의말씀사, 2000), 존 맥아더(John MacArthur) 2세는미국 퍼시픽 칼리지(B.A.), 탈봇 신학교(M.Div. D.D.)를 졸업하고 그레이스 커뮤니티 교회 목사, 마스터즈 신학대학 학장을 역임한 저술가이다.

□ **솔라 스크립투란 무엇인가?** – 개신교 성경관을 말해준다.

저자: 로버트 고드프리(Robert Godfrey)

□ **솔라 스크립투와 초대교회** – 초대교회 교부들의 성경관을 말해준다.

저자: 제임스 화이트(James White)

□ **성경의 정경 확립** – 성경의 정경 확립에 관한 내용을 설명하여 우리
가 믿는 성경의 역사적 배경과 신학적 의미를 알게 함으로써 성경의
정통성을 명확하게 기술한다.

저자 : R. C. 스프룰(R. C. Sproul)

□ **성경의 권위** –개신교의 성경관과 로마가톨릭교회의 다른 권위들을
설명하여 개신교와 로마가톨릭교회의 확연히 다른 성경관을 변증가
입장에서 비교하여 변증한다.

저자 : 존 암스트롱(John Armstrong)

□ **기록된 말씀의 충족성** – 현대 가톨릭 변증가들 설명에 대한 답변과
논증으로 개신교의 '오직 성경!' 이라는 주제로 개신교 성경관의 충
족성과 명확성을 설명하여 가톨릭교회가 주장하는 다른 권위에 대
한 성경적 해석의 부당성을 변증한다.

저자 : 존 맥아더(John MacArthur) 2세

□ **성경과 전통** – 가톨릭주의에서의 성경과 전통에 대비하여 개신교의
성경관을 개신교 변증가들에 의하여 비교 설명한다.

저자 : 싱클레어 퍼거슨(Sinclair Ferguson)

상기 참고문헌을 본서에 인용할 때에 표기법은 예를 들면 24페이지 인
용 경우 (솔라 스크립투라. 24)로 표기한다.

교회사에서 성경권위를 설명하는 배경으로 '성경의 최상위 권위 인정'
개념을 형성하기 시작하는 시대 즉 로마제국 기독교가 처해 있던 초대교
회 시대의 상황과 형편부터 같이 생각하는 것이 도움이 되겠다. 4~5세기
경 로마제국 기독교 교인들은 그들이 이교에서 기독교로 개종한 다음부

터, 과거 기원전 6세기부터 1000년 동안 뿌리 깊게 이교도 시절에 삶을 살았던 신들이 여럿 있던 다신교 이교도 문화와 습성에서부터 탈피하여서, 일신교 기독교 문화를 만들어 가면서 대체되는 삶을 살기 시작하게 되었다. 이는 한국교회가 5000년의 샤머니즘[108]과 무속신앙, 불교, 유교에서 근세조선 말기 처음 1885년 기독교를 영접할 때 조선인들의 유일신 기독교 신앙 형성기와 유사한 상황이라 같이 연상할 수 있겠다.

1) 하나님 말씀 '성경' 보다는 인간의 '전통' 과 '가르침'이 태동하게 되는 배경

우리는 앞 단락에서 초대교회가 1세기~3세기에는 박해받고 심지어 순교하던 기독교 교회가, 4세기 이후에 급격하게 기독교 복음화되는 과정을 1장에서 연구하였다. 기독교가 로마제국 국교로 공포되는 서기 380년 이후 시점부터는 로마제국 기독교 교회가 그 이전에는 로마제국 내에 이교도 복음 선교에 주력하였으나, 4세기 말 로마제국에서 기독교는 국교로 선포되어 어느 정도 복음화가 완료된 이후부터는 '교회 부흥발전' 과 '복음 선교확산' 보다는 오히려 로마교회 권력 집중과 강화에 치중하게 된다.

그 시발점에 해당하는 여러 사례 중에서 하나가 4세기 말 테오도시우스 황제 때에, 밀라노 주교를 맡은 암브로시우스 밀라노 주교에 의한 성인(성자 Saints) 제도를 만드는 사건 사례를 앞 단락에서 볼 수 있었다. 앞 단락 1편 1절 '밀라노 주교 암브로시우스(374~397년)의 역할' 에서 설명한 바와 같이 유능한 행정가였던 밀라노 지역 주지사 비기독교인 암브로시우스를 로마교회가 1주일 만에 급조해서 주교로 임명하는 사건부터 시작한다. 비기독교인이었던 주교는 로마 교인들이 사소한 생활 주변 사항들에 대해서 유일신 하나님에 대해서 기도하고 의지하기보다는 제우스신 등 이교도 로마제국 시대를 연상하게 하는 인간에게 좀 더 사소하면서 쉬운 수호자 성인을 통하여 하나님께 간구해보는 비성경적인 생각에서 출발한다.

---

108) 샤머니즘(Shamanism): 원시적 종교의 한 형태. 주술사인 샤먼이 신의 세계나 악령 또는 조상신과 같은 초자연적 존재와 직접적인 교류를 하며, 그에 의하여 점복(占卜), 예언, 병 치료 따위를 하는 종교적 현상이다. 아시아 지역 특히 시베리아, 만주, 중국, 한국, 일본 등지에서 주로 볼 수 있다.

이 얼마나 비 복음적인 발상인가! 성경중심 기독교 신앙의 관점에서는 이러한 사항은 당연히 보혜사 성령 하나님께 직접 아뢰고 간구하여야 하는 것들이다. 그런데 성인(성자) 제도를 만들어서 – 더 심각한 문제는 이것이 후대에 로마가톨릭교회의 '구원론'과 직간접적으로 영향을 끼치지만 – 성령 하나님 사역을 대행하게 하겠다는 '성경 말씀'보다는 인간의 필요에 따라서 '로마교회'가 탁월한 행정가 출신의 성경 말씀과 배치되는 교리와 제도를 만드는 사례에서 보게 된다. '성경중심 권위'에서 벗어나서 로마교회의 필요에 따라서 인위적인 성인(성자) 제도를 창안하는 등으로 이 시기부터 로마가톨릭교회는 '교회권위 중심' 형태를 띠기 시작하게 된다. (이에 대한 논리적 배경은 [그림 2편9-1] '로마교회 최상위 권위의 헌법개념 비유' 참조)

2) 성경 말씀의 권위는 어떻게 우리에게 오게 되나?

앞 단락에서 설명하였던 바와 같이 '권위'란 말의 뜻은 어느 사회의 구성원에게 널리 '인정되는 영향력'을 권위라고 하는데, 권위에 대한 이해로써 기독교적인 의미에서 권위는 성삼위 하나님–성부, 성자, 성령– 자신 안에 있는 권위, 즉 신적 권위를 가리키며 이것은 계시가 된 권위로써 하나님 말씀을 통해 최종적으로 완전하게 우리에게 주어졌기 때문이다. 하나님의 말씀이 권위를 갖는 이유는 바로 그것이 하나님께서 그의 이성적 피조물에게 친히 말씀으로 하신 대화와 명령이기 때문이다. 하나님과 성경 말씀의 권위(영향력) 관계를 제임스 패커[109]의 비유 글을 앞 단락에서 잘 설명하고 있다. 즉 하나님의 말씀은 인간적인 차원에서 절대적 통치자가 제정한 법의 권위와 군대 최고사령관이 내린 명령의 권위로 비유하는 말이다.

□ 성경 말씀의 권위는 어떻게 우리에게 오게 되나?

그러면 이 말씀의 권위는 어떻게 해서 지금 이 시대를 살고있는 우리에게까지 오게 되었으며, 이 말씀의 메시지는 어떻게 발견되고 이해되어야

109) James I. Packer, *The Reconstitution of Authority* 「권위의 복원」, (1982). in Crux , Vol. 18, no. 4. 3.

하는가? 인간의 견해를 어떤 식으로 이 기록된 말씀과 관련을 맺게 되는 가? 이 세 가지 질문은 모두 하나님의 권위라는 보다 큰 질문과 관련되어 있다. 그것은 바로 그리스도인을 위한 최종권위는 (그의 언약을 결속하는 말씀으로서 창조주께로부터 오는) 하나님의 말씀이어야 한다는 것이다. 하나님은 창조주로 주권자이기 때문에 그의 모든 피조물을 다스릴 권위를 갖는 것이 당연하다(솔라 스크립투라. 105. 성경의 권위).

R. C. 스프룰 글[110]을 통하여 '성경의 확립'에 대하여 앞 단락에서 살펴보았다. 즉 엄격히 말해 성경은 한 권의 책이 아니라 66권으로 되어있는 책이다. 그러나 '로마가톨릭교회 성경'에는 외경(外經)이 일부 포함되어 있으므로 66권보다 더 많은 73권을 성경이라 한다. 바로 이것 때문에 정경의 정확한 성격에 관한 논쟁이 지금까지도 계속되고 있다. 로마가톨릭교회와 역사적으로 프로테스탄트 주의는 정경 형성에 관해 그 의견을 달리하고 있는데, 개신교 신조들은 정경에서 외경을 제외시킨다.

□ 교회와 정경 관계

로마가톨릭교회가 추가하는 '교회의 가르침'에 해당하는 '교황'과 '종교회의' 둘 다 오류를 범할 수 있다고 루터는 역설했다. 그는 자기주장의 정당성을 오직 성경에만 의지했다. 이에 맞서 로마교회는 진정한 의미에서 성경은 교회의 권위 때문에 그 권위를 받게 된 것이라는 반론을 제기하는데, 그 이유는 바로 교회가 정경을 "창출해 냈기" 때문이라는 것이다. 존 칼빈

은 그의 역저 기독교강요에서 '교회와 정경' 관계[111]를 논증하였는데, 이 주장에 대해 칼빈은 다음과 같이 날카롭게 비판했다.

---

110) R. C. Sproul : 웨스트민스터 신학교(필라델피아)를 졸업하고 암스테르담 자유대학에서 학위를 받았다. 리고니어 선교회의 설립자이며 회장을 역임하고 수많은 저서를 낸 그는 미국 장로교에서 사역하고 있다. 본 문글은 '솔라 스크립투라' 75-84. '3 성경의 확립'에서 인용.
111) John Calvin, 『기독교 강요』 Institutes of the Christian Religion, (생명의말씀사, 1969) Vol. 1, 69.

"따라서 성경을 판단할 능력이 교회에 있으며 성경의 확실성이 교회의 인정에 달려있다는 터무니없는 주장보다 더 어리석은 주장이 없을 것이다. 교회가 성경을 받아 거기에 교회의 권위라는 도장을 찍어줄 때, 이것은 교회가 성경을 진짜로 만들어 준다는 뜻이 아니다. (마치 그렇지 않으면 의심스럽거나 논쟁의 여지가 있기라도 한 것처럼 말이다). 그보다는 오히려 그것을 하나님의 진리로 인정하여 주저 없이 동의함으로써 교회가 보여야 할 마땅한 경외심을 보이는 것뿐이다. '교회의 재가 없이 그것이 하나님에게서 온 것임을 어떻게 알 수 있단 말인가?' 라는 질문은 마치 '우리가 어떻게 어둠과 빛, 흑과 백, 단 것과 쓴 것을 구분할 수 있단말인가?' 라고 묻는 그것만큼이나 어리석은 질문이다. 왜냐하면 흑백의 색이 분명하고 달고 쓴맛이 분명하듯, 성경 또한 그것이 진리임을 나타내는 분명한 증거를 갖고 있기 때문이다."

종교개혁자 칼빈에게 있어서 성경은 객관적으로 하나님의 말씀이요, 성경의 권위는 교회로부터 오는 것이 아니라 하나님께로부터 온다고 역설하였다. 교회는 성경을 만들어내는 것이 아니라 성경을 받아 그 안에 이미 있는 권위에 순복할 뿐이다. 칼빈은 '교회가 그것을 성경으로 선언한 후가 아니라, 성령께서 그것을 밝게 비추어 주신 후에야 비로소 알게 되었다' 라고 설명한다. 종교개혁자들에게 있어서 성경은 그것이 쓰여진 즉시 '정경'이었다. 하나님 말씀은 그 자체적으로 이미 권위를 갖고 있다. 교회는 다만 그 권위를 인정하고 그것에 순복해야 할 의무가 있을 뿐이다. 이 논점은 기독교인의 성경관을 형성하는 매우 중요한 요인이 된다(솔라 스크립투라. 88-89).

본서 처음 시작하는 1편 2절에서 '성경중심 기독교'와 '교권중심 기독교'의 '두 기독교'에 대한 기초적인 개념을 소개하였지만 본 단락에서는 지금부터 이를 좀 더 체계적으로 논증하여 본서의 목표인 '교회사의 연속성'을 증거하여 결론에 이르려고 한다.

(4) 신본주의를 표방하나 실제적으로는 인본주의 점철(點綴)의 피해

'두 기독교 관계'에 대하여 신본주의와 인본주의 관점에서 신학적, 교리적인 면을 살펴보도록 하자.

□ 신본주의와 인본주의

신본주의(神本主義)는 태초에 창조주 신이 있어 모든 만물을 다 만들었고, 지금 일어나는 모든 일이 신의 뜻이라고 신 중심으로 해석하는 태도이다.

인본주의(人本主義)는 신 중심의 세계관으로부터 인간을 해방하고, 고전 문화에 관한 연구를 통하여 인간 중심의 존엄성 회복과 문화적 교양의 발전에 노력하는 태도이다.

기독교는 창조주 하나님을 믿고 하나님의 계시인 성경 말씀에 따르려는 유일신 신본주의 종교이다. 이를 다른 말로 표현하면 기독교는 철저한 '신본주의' 종교로서 성경 교리적으로 생각하면 처음부터 기독교는 인간의 관점을 중시하는 '인본주의'라는 개념이 끼어들 수 없는 종교이다. 그러나 하나님의 백성이 신본주의 삶으로 살아가는 기독교 세계관 속에서도 인본주의적 생각 사고가 때때로 고개를 내밀고 하나님께서 그의 백성에 대한 지고한 사랑의 징표로 주신 하나님 언약과 축복의 주제 – '축복의 통로'와 '제사장 나라' – 궤도에서 벗어나서 구속사 과정에서 아픔을 겪는 시대가 불행하게도 교회사 속에서도 연속적으로 점철되어왔다.

여러 방면과 관점으로 생각할 수 있겠지만 하나님 말씀에 대한 하나님 백성의 반응과 이를 순종하는 삶의 결과를 외형으로는 '신본주의'를 표방하는 것 같지만, 실질적으로 결국에는 '인본주의적 사고'로 그 가치관이 결정되고 그 교리로 귀결되어 적용되는 내용을 역사적인 교회사 속에서 두 가지 사례 즉 '로마가톨릭교회의 권위 지향'과 '20세기 초기 자유주의신학의 피해' 사례를 축약하여 고찰하려고 한다.

1) 로마가톨릭교회는 신본주의 기독교를 표방하나 실제는 유사 신본주의 작용 원리

로마가톨릭교회는 외형적으로는 기독교의 신본주의를 표방하고 있으나, 실제의 많은 교리와 사례는 성경을 최상위 권위로 인정하지 않고 결국은 '로마교회 중심' 작용 원리로 인위적으로 해석하는 유사 신본주의 권위를 가톨릭교회가 자의적이고 합법적으로 교회 운영에 편리하도록 교리를 교묘하게 제도적으로 확보한 셈이다. 로마교회의 권위가 실질적으로 최상위 권위로 인정되는 로마교회 교권중심 기독교 로마가톨릭교회 작용 원리에 대해서는, 정통적 기독교인으로서 이것이 과연 우리가 믿는 창조주 여호와 하나님의 창조질서에 합당한 기독교인가? 에 대한 의문을 갖게 한다.

□ 전통과 교회의 가르침에 대한 가톨릭교회 교리문답서 내용

로마가톨릭교회 신자에게 교리를 상세히 가르쳐서 신앙생활에서 실질적인 지침서 역할을 하는 '가톨릭교회의 교리문답서'(Catechism of the Catholic Church- 약어로 CCC로 명기하며 숫자는 단락 숫자임)에서 가톨릭교회가 실질적으로 최상위 권위가 되는 내용을 살펴보기로 하자. 가톨릭교회는 자신들이 성경과 전통을 뒤섞고 있다는 사실에 대해 공공연히 인정한다. 최근에 출판된 가톨릭교회의 교리문답서는 가톨릭교회가 '모든 계시된 진리에 관한 로마교회의 확신을 성경에서만 추론해 내는 대신, 성경과 전통을 똑같은 열심과 존경심을 가지고 받아들여 경의를 표해야 한다'(CCC 82)고 주장하고 있음을 인정했다.

따라서 가톨릭주의에 의하면, 전통은 성경과 마찬가지로 '하나님의 말씀'이다. 그 교리문답서에 의하면, 전통과 성경은 '아주 밀접하게 결속되어 상호 대화를 나눈다. 같은 하나님의 샘에서 흘러나온 이 둘은 어떤 방식으로 함께 와서 하나가 되어 같은 목적을 향하여 나간다'(CCC 80). '교회에 주어진 이 거룩한 것'—성경과 전통—은 사도들에 의해 그 후계자들에게 맡겨졌으며(CCC 84), 이렇게 해서 오직 교회에 살아있는 교사직만 하나님의 말씀(그것이 기록된 말씀이든 전통의 말씀이든)을 바르게 해석할 임무를 갖게 되었다. '해석의 임무는 주교들에게 맡겨졌는데, 주교들은 베드로를 계승한 로마교회 추기경과 교제하는 가운데 그 일을 수행해야 한다는 뜻이다'(CCC 85).

교리문답서는 이것이 로마교회의 가르치는 권위(교회 권위라고 불리는 것)를 하나님 말씀 자체보다 더 높이는 것임을 재빨리 부인한다(CCC 86). 그러나 계속해서 신실한 자들에게 이렇게 경고한다. '교회 전체의 살아있는 전통 안에서 성경을 읽어야 한다'(CCC 113). 여기서 교리문답서는 다음과 같은 글을 인용한다. '교부들의 말: 성경은 원리상 문서나 기록에서 보다는 교회의 가슴 판에 기록되어 있다. 왜냐하면 교회는 그 전통 속에 하나님 말씀의 살아있는 기념물을 지니고 있기 때문이다'(CCC 113). 여기서 '교회의 가슴판'이나 '기념물'이라는 애매 모호한 표현을 사용하여 결국 이 모든 것을 로마가톨릭교회 권위가 최종적으로 결정할 수 있도록 제도적으로 교묘하게 만들어 놓았다.

□ 로마가톨릭교회는 '로마교회 중심' 유사 신본주의 체계

이렇게 해서 결국 전통은 성경과 같을 뿐 아니라, 문서에 기록된 것이 아닌 교회 자체에 신비롭게 기록된 참 성경이 된다. 그리고 교회가 말할 때는, 그 소리를 하나님 음성인 것처럼 들어야 한다. 즉 '문서와 기록'에 적힌 말씀에 유일하게 참 의미를 부여하는 하나님의 음성으로 들어야 한다. 이처럼 전통이 성경의 권위를 완전히 대신하게 된다. 이처럼 가톨릭교회의 자체 교리문답서에서도 그들은 신본주의(성경)를 표방하고 있으나 실제적 작용 원리는 전통 안에서 성경을 읽어야 한다고 교리문답서에서 직접 기록하여 가톨릭교회 성도들에게 가르치고 있다. (솔라 스크립투라. 146).

상기 사항을 결론적으로 요약하면 『신본주의 기독교를 표방하는 로마가톨릭교회 체계는 실질적 작용 원리로는 '로마가톨릭교회 중심'이라는 유사 신본주의 핵심 가치를 추구하는 기독교이다.』([그림 2편9-1] 참조)

이것은 웨스트민스터 신앙고백서 성경의 충족성(신본주의) 1장-6절에 완전히 배치된다. "하나님 자신의 영광, 인간의 구원, 믿음의 생활을 위해 필요한 모든 것에 관한 하나님의 전체 경륜이 성경에 명백하게 표현되어 있든지, 혹은 선하고 필연적인 결론을 따라서 성경으로부터 추론될 수 있다."

2) 20세기 자유주의신학 인본주의 적용 권위에 대한 아픔과 고통

또 다른 한 가지 사례는 19~20세기에 나타나는 인본주의 중시 또 다른 사례 유형으로, 기독교 교회사 속에서 인본주의 신학이 고개를 치켜들면서 19세기 말~20세기 초에 많은 세대를 거쳐 고통을 안겨주었던 사례를 살펴보자. 자유주의신학(자유주의 사상)은 성경 해석의 바탕을 이성에 두며 성경의 권위로부터 자유를 주장하고, 성경연구에서 교의학적(敎義學的) 전통에 얽매이지 않고 역사적으로 연구하는 신학(자유주의신학)이다. 이것은 신본주의를 표방하나 '인간의 이성' 인본주의가 가미되어 왜곡되는 신본주의의 한 형태라고 볼 수 있으며, 성경의 '하나님 주권'이 있는 자리에 '인간의 이성'을 슬그머니 끼워 놓은 결과로 창조질서에 합당하지 않는 오작동을 하게 된다.

그 가운데 전형적으로 교회사에 해악을 끼친 사례 하나는 19세기 말~20세기 초기에 걸쳐서 서구 기독교 사회에서 인본주의 사조 '자유주의신학'이 고개를 들기 시작하는 사건이다. 그리하여 서구 기독교 사회에서 18~19세기에 불같이 일어났던 성령 하나님이 주관하시던 교회 부흥 운동과 교인 배가(倍加) 운동의 불길이, 성령 하나님의 권능을 제한하는 자유주의신학 사상으로 말미암아 꺼져가게 된다. 자유주의신학 아래 인본주의 주창(主唱)에 의하여 그 시대를 대표하는 미국 프린스턴 신학교를 필두로 미국 다른 신학교들마저 1930년대 자유주의신학에 오염되면서 오작동 되어서 또한 성령 하나님이 주관하시던 교회 부흥운동의 불길은 꺼져갔다. 그러더니 전 인류사회에 1914년 1차, 1945년 2차 세계대전의 결과로 수천만 명의 사상자가 발생하는 참혹함을 통하여 뼈저리게 느끼는 인본주의 인간 본성 한계(죄성 罪性)의 잔인함과 허무함으로 전 세계인류에게 말할 수 없는 좌절과 고통을 안겨주었던 시대가 있었다.

2. 구속사 빛 아래서 두 기독교의 특성 이해 <승承 전개>

본 단락은 네 가지 주제 내용을 전개하게 되는데 우선 '성경의 최상위 권위 인정'을 주제로 설명하면서 '성경중심 기독교'와 '교권중심 기독교' 속성을 상세하게 논증하는 단락이다. 또한 구속사 빛 가운데서 교회사를 이해하는 주제 전개와, 언약의 성취(구속사)와 진행 모형(모델)에 대하여 쌍 두마차 비유를 사용하여 이를 설명하는 내용을 주의 깊게 살펴보자.

(1) 성경중심 기독교(Biblical Christianity) 속성

앞 단락에서 언급한 바와 같이 '성경 권위적 기독교(성경중심 기독교)'의 용어 정의는 하나님 말씀인 '성경'만이 유일하고 최상위의 절대적 권위를 인정하며 다른 모든 권위는 2차적인 원천으로 인정하는 기독교를 말하며, 성경중심 기독교를 믿는 교회를 '성경중심 기독교 교회'라고 본서에서 칭하며 개신교는 여기에 속한다. 이것은 로마가톨릭교회가 주장하는 성경과 동등하게 전통(구전), 로마가톨릭교회의 가르침도 성경과 같은 권위를 갖고 있다는 '교회 권위적 기독교' 개념과 구별되게 하는 말이다. 이에 대하여 성경 말씀의 '충족(充足)성'과 '명확(明確)성'의 원리 관점에서 살펴보기로 하자.

1) 하나님 성경 말씀의 충족성과 명확성

하나님 말씀의 충족성과 명확성의 원리에 대하여 신약성경 자체가 성경의 충족성과 명확성을 분명히 밝히고 있기 때문이다.

□ 디모데가 성경을 선포하여야 하는 이유의 사례

그 한 예로 디모데후서 3-4장을 들 수 있다. 여기서 사도 바울은 자기보다 어린 디모데가 자기 모친과 외조모로부터 신앙 교육을 받은 그가 또한 바울에 가르침에 관한 모든 것도 배웠다고 말하고 있다(딤후 3:14-4:4).

여기서 사도 바울은 놀랄 만큼 강력하고 분명한 교훈을 주고 있는데, 그것은 디모데가 이미 구두로 많은 교훈을 전해 들었지만 그런데도 성경을 선포해야 한다는 것이다. 왜냐하면 성경 말씀은 디모데로 하여금 믿음과 모든 선한 일에 있어서 하나님의 백성을 가르치는 필요한 모든 지혜와 준비를 구비시켜 줄 것이기 때문이다. 성경은 그로 하여금 구원으로 이르는 지혜를 얻게 할 뿐 아니라, 하나님의 말씀을 선포하는 자로서 마땅히 해야 할 모든 선한 일을 하는 데 필요한 것들을 그에게 구비시켜 줄 것이다. 몇 줄 안 되는 이 구절 속에서 성경 말씀의 충족성과 명확성에 관한 교훈이 수차례 반복되고 있다.(솔라 스크립투라. 27-29)

□ 성경 자체에서 신적 권위의 명확성

여기서 우리는 에라스무스[112]가 성경을 정말 애매하다고 공공연히 선언했을 때, 마틴 루터가 한 다음과 같은 답변을 들어볼 필요가 있다.

"성경의 많은 구절이 애매하며 그 뜻을 분명히 이해하기에는 몹시 어렵다는 사실을 인정한다. 그러나 이것은 그 구절들이 너무나 신적이요 거룩하기 때문이 아니라, 우리 자신이 사용하는 언어와 문법적인 한계의 탓이다. 또 성경이 애매하다고 해서 우리가 성경의 모든 내용을 아는데 지장이 되는 것도 아니다. 성경의 인이 이미 떼어졌으며 예수의 무덤을 막았던 그 돌이 무덤 문에서 이미 굴러갔는데, 모든 신비 중 가장 큰 신비-하나님의 아들 그리스도께서 인간이 되셨다는 것, 하나님 한 분 안에서 세 위격으로 계시다는 것, 그리스도께서 우리를 위해 고난을 받으셨다는 것, 그리고 영원히 통치하실 것이라는 가장 큰 신비-들이 환히 밝혀졌는데, 성경의 어떤 엄숙한 진리가 아직도 감추어져 있단 말인가? 이런 신비스러운 진리들이 이미 알려져 우리가 살고 있는 거리거리에서 찬양되고 있

---

112) 에라스무스(1466-1536년) : 루터와 같은 시대에 살았던 네덜란드 출신의 최고의 인문주의 학자, 신학자였던 그는 당시 가톨릭교회의 부패에 대하여 신랄하게 비판한 온건한 종교개혁가였다. 그는 '근원으로 돌아가자'는 정신에서 헬라어(그리스어) 성경 원전으로 된 신약성경을 1516년에 출판했는데, 새로 펴낸 헬라어 원전 신약성경으로 1000년 이상 사용하던 라틴어 성경의 잘못된 번역 부분들을 많이 지적하였다.

지 않은가? 성경에서 그리스도를 떼 내어 보라. 그러면 그 안에서 무엇을
더 발견할 수 있겠는가? 비록 몇몇 구절들 속에서 그 뜻을 분명히 알 수
없는 단어들이 여전히 담겨있다 할지라도, 성경의 전체 내용은 환히 밝혀
졌다는 사실을 알 수 있다."

　기본적으로 '명확성'은 성경이 그 본질적 진리들에 관해 스스로 해석하
고 있다는 뜻이다. 누가복음 16:29은 이 진리를 기정사실로 전제하고 있
는 것 같다. '너희에게 모세와 선지자들이 있으니 그들에게 들을지니라.'
우리 주님께서 친히 하신 말씀 가운데 '성경을 상고하라'(요 5:39)는 말씀
이 있다. 만일 성경을 읽는 모든 이들이 성경을 통해 진리를 알 수 없다
면, 이 말씀은 정말 무의미한 말씀이 되고 말 것이다. 그런데 베뢰아인들
을 초대교회 그리스도인들 가운데 가장 고상하다는 칭찬을 들었는데, 그
이유는 그들이 심지어 사도의 가르침마저도 성경 본문에 충실한지 알아
보기 위해 '날마다 성경을 상고'(행 17:11)했기 때문이다. 여기서 성경을
참으로 상고할 때, 진리를 분명하게 발견할 수 있다는 전제를 볼 수 있다.

□ 웨스트민스터 신앙고백서 1장-6절 정의

　1장 (성경에 관하여) 6절 (성경의 충족성) '하나님 자신의 영광, 인간의 구
원, 믿음의 생활을 위해 필요한 모든 것에 관한 하나님의 전체 경륜이 성
경에 명백하게 표현되어 있든지, 혹은 선하고 필연적인 결론을 따라서 성
경으로부터 추론될 수 있다. (추가 자료 내용은 '[주제설명 4장1]-웨스트민스
터 신앙고백서에서 성경의 충족성과 명확성' 내용 참조)

2) 신적 권위로써 예수님의 성경 사용하심

　성경의 권위에 대한 충족성과 명확성을 논증하기 위하여 예수님께서 직
접 성경 말씀을 사용하신 것과 성경의 정경 확립에서 나타난 하나님의 섭
리 과정을 살펴보자. 사도 바울은 이처럼 성경을 확실히 믿을 뿐만 아니
라 그것을 디모데에게 가르쳤는데, 기독교회의 위대한 교부 어거스틴 역
시 성경에 대한 바울의 이런 자신감을 분명히 이해하고 있었다. 교회 지

도자들의 성경 이해 준비서라고 할 수 있는 그의 저서 '기독교 교리에 관하여(On Christan Doctrine)'에서 어거스틴은 이렇게 말했다.

'성경에서 공공연히 말씀되어지고 있는 것들 가운데서 우리는 지금까지 논의해온 믿음, 삶의 윤리, 믿음과 사랑을 포함한 모든 가르침을 발견한다.'[113]

□ 예수님은 성경 말씀을 사용하여 증거하심

사도 바울, 구약 그리고 고대 교회의 가장 위대한 교사라고 할 수 있는 어거스틴이 이처럼 성경의 충족성과 명확성을 주장하고 있는 것은 조금도 놀라운 일이 아니다. 이것은 예수님의 생애 중 가장 중요한 시기라고 할 수 있는 광야의 시험 때 예수님이 견지하셨던 입장이기도 하다(마 4:1-11; 눅 4:1-13). 예수님은 공생애 초기에 광야에서 사탄의 집중적인 공격을 받으셨는데, 이때 물론 하나님의 아들로서 시험을 받으셨지만 동시에 두 번째 아담이요 참 이스라엘로서도 시험을 받으신 것이다. 그런데 예수님은 그 시험에 어떻게 대처하셨는가? 주님은 구두로 전승된 이스라엘의 전통에 호소하지 않았다. 랍비나 산헤드린의 권위에 호소하지도 않았다. 심지어 주님 자신의 신성이나 성령의 영감에도 호소하시지 않았다. 우리 구세주 예수님은 재차 성경으로 돌아가 "기록되었으되"라는 말씀으로 사탄의 공격을 물리치셨다(솔라 스크립투라. 31).

□ 성경 자체에서 신적 권위의 명확성

가톨릭교회 교리에 의하면, 성경은 오직 교회 자체를 통해 비치는 빛을 통해서만 명확하게 이해할 수 있다고 주장한다.[114] 현대 광신자들은 성경이 개인의 내적 빛에 의해 조명되거나 그 뜻이 분명해진다고 말한다. 즉 이 내적 빛이 사람의 영혼에 직접 또는 즉시 대화한다는 것이다. 그런가 하면 다양한 여러 현대 신학자들은 성경의 진리와 오류의 혼합체를 제시

---

113) Augustine, *On Christan Doctrine* 『기독교 교리에 관하여』 (Liberal Art Press , 1958), II:9.
114) 가톨릭교회 교리문답서(CCC 113단락) : "교회 전체의 살아있는 전통 안에서 성경을 읽어야 한다"

하므로 그리스도인의 체험이라는 수단을 가지고 개인이 이 모든 것을 가려내어 분명히 해야 한다고 한다. 그러나 우리가 이미 살펴본 대로 종교개혁 신학자들이 모든 것이 결국은 인간을 그 결정적인 요인으로 본다는 공통적 사실을 깨달았다.

그렇다면 성경의 명확성 교리는 무엇을 의미할까? 우리가 하나님의 말씀을 해석할 때 전혀 어떤 문제점을 발견하지 않으며, 해석학상의 어떤 어려움도 발견하지 않으며, 말씀 안에서 "이해하기 어려운 말씀"도 전혀 발견하지 않는다는 뜻일까? 물론 그렇지 않다. 이것은 분명 이치에 맞지 않는 말이다. 또 이 교리는 하나님의 말씀을 주의 깊게 연구하는 데에는 우리의 어떤 언어학적, 기술적 재주나 기량이 필요치 않다는 뜻도 아니다. (실은 교회에 덕을 세우기 위해 훈련된 사역이 필요하다.)

사실 대부분의 신약 서신들은 전체 교인들에게 공적으로 읽혀지도록 쓰여졌기 때문에, 그 글을 분명히 이해하지 못할 경우 그 교회는 사도의 지시들을 알 수 없었다(솔라 스크립투라. 129).

3) 성경의 참 빛은 성령에 의해 믿는 자의 심령 속에서만 빛난다

성경의 권위[115]를 저술한 존 암스트롱은 이 책에서 다음과 같이 말한다.

"성경의 참 빛은 성령에 의해 믿음을 받은 자들의 심령 속에서만 환히 빛난다(고후 4:1-6). 성경의 교리적 진리는 심지어 믿지 않는 자들이라도 분명히 알 수 있다. 그러나 오직 여호와 하나님의 영으로 거듭난 자들만이 성경의 가르침을 하나님께로부터 온 것으로 받아들여 사랑할 것이다. 이것은 지극히 중요한 사실이다. 성경의 교리들을 받아들이는 자들 안에서 성령께서 역사하시는 것이 참믿음이요, 구체적 믿음이다. 이것은 십자가에 못 박히신 주 예수 그리스도를 믿는 믿음으로 이루어진다". (솔라 스크립투라. 132)

---

115) '성경의 권위' : 저자 존 암스트롱(John Armstrong) -개신교의 성경관과 로마가톨릭교회의 다른 권위들을 설명하여 개신교와 로마가톨릭교회의 확연히 다른 성경관을 변증가 입장에서 비교하여 변증한다. (솔라 스크립투라. 99-140).

4) 정경 확립에 나타난 여호와 하나님의 섭리 과정

삶의 규범으로서의 성경의 기능과 관련지어 볼 때, 비록 이 시대가 아주 위험한 시대이긴 하나 그래도 우리는 미래에 대해 낙관적이다. 그것은 우리가 여호와 하나님의 섭리를 확실히 믿고 있기 때문이다. 성경이 여호와 하나님의 감독하에 하나님의 영감으로 기록되어 우리에게 주어진 것은 오직 하나님의 섭리에 의해서이다. 그리고 성경의 본래의 글들이 보존되어 정경으로 인정받게 된 것 또한 하나님의 섭리이다. 따라서 우리는 교회의 장래에 대해서도 바로 하나님의 섭리를 믿는다. 웨스트민스터 신앙 고백은 다음과 같이 선언한다.

'여호와 하나님의 섭리하심이 일반적으로 모든 피조물에 이르는 것같이 하나님은 아주 특수한 방법으로 그의 교회를 섭리하시고 교회의 유익을 위하여 모든 것을 처리하신다.'

정경이 잘못을 범할 수 있는 인간과 잘못을 범할 수 있는 기관에 의해 수행된 역사적 선택 과정을 통해 확립되었다고 해서, 이 과정에서 여호와 하나님 섭리의 역할을 고려하지 말아야 할 이유는 전혀 없다. 종교개혁 전통에 따르면 어떤 이들은 이 점에서의 특별 섭리(a providentia specialissima)를 지적했다. 그 한 예로 아브라함 카이퍼는 특별히 정경 확립에 나타난 하나님의 섭리 과정을 우리가 추적해 볼 수 있다고 말했다.[116] 우리가 그 동일하신 하나님의 계속되는 섭리 사역을 믿을 때, 교회와 여호와 하나님 자신의 말씀에 대해 말씀하신 성경의 분명한 약속들과 함께 교회사 속에서 역사하는 눈에 보이지 않는 그 섭리의 손길은 우리에게 큰 위로가 된다. (솔라 스크립투라. 98.)

---

116) G. C. Berkouwer. *De Heilige Schrift I* , (Kampen: J. K. Kok, 1966) 93.

(2) 교권중심 기독교(Church Authoritarian Christianity) 속성

본 단락은 '로마교회 권위가 최상위 권위로 인정'하는 주제로 설명하면서 '교권중심 기독교'의 속성을 상세하게 논증하는 단락이다. '교회 권위적 기독교(교권중심 기독교)'의 용어 정의는 성경의 최상위 권위를 인정하지 않고, '다른 권위' 곧 '전통', '성경', '교회의 가르침' 모두가 동등한 권위를 갖는다고 인정하는 기독교를 말하며, 이를 믿는 교회를 '교권중심 교회'라고 본서에서 칭한다. 이는 '성경중심 기독교'와 대별 되는 용어이며, 로마가톨릭교와 동방정교가 이에 속한다. 여기서 '다른 권위'에 대하여 로마가톨릭교회가 말하는 제2회 바티칸 공의회(1965년)에서 선언하는 내용을 살펴보자.

"따라서 하나님의 지혜로우신 설계에 따라 거룩한 전통, 거룩한 성경, 교회의 가르치는 권위, 이 세 가지는 서로 고리처럼 연결되어 있어서 나머지 둘이 없이는 그 중 어느 하나도 온전히 설 수 없음이 분명하다. 그리고 이 셋이 모두 합세하여 또한 그 각각이 한 성령의 활동 아래 영혼들을 구원하는 데 효과적으로 이바지하고 있음이 분명하다."[117]

21세기 현시대에 들어와서도 로마가톨릭교회는 성경의 최상위 권위를 부정하고 이에 대하여 '전통', '성경', '(교회의) 가르침' 이 셋이 모두 동등하다는 개념에는 변함이 없다(솔라 스크립투라. 32-34).

로마가톨릭교회에서 주장하는 세 가지 다른 권위들에 대하여 알아보도록 하자. 로마가톨릭교회는 '오직 성경'의 절대 권위를 부정하고 이를 포함하여 세 가지 권위가 동등한 권위라고 주장한다.

1) 로마가톨릭교회의 "하나님의 말씀"

로마가톨릭교회에서 '하나님 말씀'은 단순히 성경을 가리키는 것이 아니라 그 이상을 의미한다. 따라서 우리가 할 질문은 '오늘날 구원을 얻기 위해서 하나님의 진리를 아는 데 있어서 성경 66권 이외의 다른 것이 반

---

117) Waiter M. Abbott, *The Documents of Vatican II, ed.* (New York: Herden and Herden, 1996) 118.

드시 필요한가 필요하지 않는가?' 이라는 질문이다. 그러나 로마가톨릭교회는 성경 66권 이외에 일부 외경들을 포함하여 전체를 성경이라 부른다. 따라서 '하나님 말씀' 이라는 부분에서도 가톨릭교회는 우리 개신교와 일부 상이하다. (자세한 내용은 '[주제설명 4장2] 기독교의 세 갈래 대구분과 특징' 에서 '가톨릭교회 대표적 교리' 중에 '① 성경' 참조. 구약 39권에서 외경 7권을 추가하여 46권으로 가톨릭교회의 구약성경 구성).

2) 로마가톨릭교회의 "전통"

로마가톨릭교회는 전통을 매우 중시하면서도 막상 전통이 무엇인지에 대해서는 절대로 분명하게 정의하지 않으려 한다.

□ 애매모호한 "전통"이라는 용어의 정의

전통이라는 단어는 아주 다양하게 사용될 수 있다. 제2회 바틴칸 공의회는 고의적으로 아주 애매모호하게 이렇게 표현한다.

"사도들로부터 온 이 전통은 성령의 도우심을 입어 교회 안에서 발전한다. 왜냐하면 우리에게 전승된 실체와 말씀에 대한 우리의 이해가 점점 더 나아지기 때문이며...... 한 세기가 지나고 또 한 세기가 지남에 따라, 하나님의 말씀이 교회 안에서 완전히 성취될 때까지 하나님 진리의 충만을 향해 교회가 계속 전진하기 때문이다."[118]

전통이 무엇이냐에 대한 정의와 설명으로는 도무지 종잡을 수 없는 애매모호한 내용이다.

전통에 관해 이런 사실을 발견한 종교개혁자들은 성경으로 돌아갔으며, 성경이 모든 가르침의 재판관으로 군림해야 한다는 사실을 발견하게 되었다. 성경은 성경이 하나님의 계시라고 가르치며, 따라서 성경이 가르치는 모든 것을 진실하다고 가르친다. 그러나 성경은 어느 곳을 보아도 교회가 말하는 모든 것은 진실하다고 가르치는 부분은 하나도 없다. 오히

---

118) Ibid., 116. *Dei Verbum 8.* , 『솔라 스크립투라』 33-34.

려 교회가 전체적으로 믿음 안에서 보존되겠지만, 교회 내에서 이리들이 일어나게 될 것을 가르친다(행 20:29-30). 심지어 무법한 자가 거짓을 가르치는 교회에 중심부에 앉게 될 것이라고 가르친다(살후 2:4).

□ 로마가톨릭교회 전통의 유래

어떻게 해서 로마가톨릭교회에 이런 일이 발생하게 되었을까? 제이스 화이트는 그의 글 "초대교회"(솔라 스크립투라. 47-74.)에서 초대교부들은 성경의 권위가 전통(구전)의 권위보다 높다는 사실을 강력히 강조했고 이를 증명해 보였다. 가령, 초대교회에서는 그리스도의 신성, 그리스도의 두 본질, 삼위일체, 원죄 교리와 같은 중요한 문제들에 대한 격렬한 논쟁이 벌어졌는데, 초대교회 공의회들은 모든 권위 중 가장 높은 권위인 성경에 그 문제를 호소함으로써 일단락지었다. 그들은 단순히 가톨릭교회의 성좌 선언 교령[119]들을 발표한 것이 아니라, 성경을 가지고 그 문제를 추론하고 그에 따라 판정을 내렸다. 그 권위는 공의회에 있지 않고 최고 법정인 성경에 호소하는 것으로서(행 14:16-18), 이것은 웨스트민스터 신앙고백서에서 '성경에 명백하게 표현되어 있던지, 혹은 선하고 필연적인 결론을 따라서 성경으로부터 추론될 수 있다' 라는 말이다.

그러나 애석하게도 초대교회는 4세기 말(395년) 이후 세월이 흐를수록 성경의 권위 자체에 대한 질문에 대해 점점 교회의 세력과 영향력이 확장됨에 따라, 항상 명확하게 진술하지 않았다. 교회 지도자들은 성경에는 그 근거가 전혀 없는 권위를 주장하기 시작했다. 많은 사람이 한 기관으로서의 교회를 권위의 근원, 모든 진리의 문제에 관한 재판관으로 보게 되었다. 그래서 어떤 문제가 발생하면, 성경에 호소하기보다는 전통에 호소하는 일이 더 많아졌다. 그 결과, 성경 이외의 교리들이 정경화 되었으며 성경의 지지를 전혀 받지 못하는 견해들이 무류(잘못이 없음)하게 참인 것으로 주장되기 시작했다.

---

119) 성좌 선언 교령 - 교령은 교황의 선언으로써 교회법에 대한 질문에 교황이 문서로 답하는 것으로 그 자체로서 교회법으로서 효력을 지닌다.

가톨릭교회 교리들은 성경적 근거가 전혀 없는 전설, 교설, 미신들로 가득 차 있다. 예를 들어, 성로(예수님이 십자가를 지고 걸어간 길), 성인(성자) 및 천사 숭배, 성모 마리아 무원죄 잉태설, 성모 승천설 등과 같은 교리는 성경이 전혀 지지하지 않는 [표 1편5]와 같은 교리로 성경에서 벗어난 가톨릭교회 전통의 산물에 지나지 않는다.

3) 로마가톨릭교회의 "가르침"

로마가톨릭교회가 말하는 "교회의 가르침"이란 두 가지인데 '종교회의'와 '교황의 무류(잘못이 없음)'하게 가르치는 권위를 뜻하며 이 두 가지를 살펴보자. 로마가톨릭교회 신학자 존 에크[120]가 감히 말했듯이 "교회의 권위에 의한 것을 제외한 성경은 진짜가 아니다."라고 주장한다.

□ '종교회의'는 로마가톨릭교회 중심성의 유사 신본주의

로마교회가 '종교회의'를 어떠한 방법과 목적으로 이끌어 왔는지 '종교회의'의 성격을 규명하기 위하여, 로마가톨릭교회가 모국어 성경 번역본을 허락하는 공식 입장인 "1962년~1965년 제2회 바티칸 공의회 기록" 결정문을 직접 보자.[121]

"신실한 그리스도인들 모두 쉽게 성경을 접할 수 있는 길이 마련되어야 한다. …… 하나님의 말씀을 언제든지 쉽게 볼 수 있어야 하므로, 어머니와 같은 자애심을 갖고 있는 교회는 (성경 원본을 근거로) 정확하고 적절한 성경 번역이 여러 나라말로 이루어져야 함을 절감한다."

오히려 위의 공의회 기록에서 "어머니와 같은 자애심을 갖고 있는 교회"라고 각국 성도가 당연히 자국어 성경을 사용할 수 있어야 함에도 불구하고, 로마교회가 마치 선심과 은혜를 베푸는 것처럼 공의회는 자국어 성경을 허락한다. 이처럼 자국어 성경 허락 건의 공의회 결정문만 보아도

---

120) 성좌 선언 교령 - 교령은 교황의 선언으로써 교회법에 대한 질문에 교황이 문서로 답하는 것으로 그 자체로서 교회법으로서 효력을 지닌다.
121) 제2회 바티칸 공의회 기록 Documents of Vatican II. 125-126.

'공의회' 성격은 코람 데오(CORAM DEO '하나님 앞에서') 정신보다는 로마가톨릭교회 조직을 변호하기 위하여 교회(사람)의 견해 표명(변명)을 위한 유사 신본주의 한계를 벗어날 수 없음을 입증하게 된다.

□ 교황의 '무류(잘못이 없음)하게 가르치는 권위'의 상충성(相衝性)

교황은 무류설을 주장하는데 교황이 같은 주제를 다른 교황과 서로 상충하게 말하는 교회 가르침의 상호 충돌 문제를 살펴보자.

19세기 교만한 교황 피우스 9세가 1870년 제1회 바티칸 공의회에서 "내가 곧 전통이다"라고 교만하게 말한 것처럼 교황은 로마교회 전부이다. 그러나 반면에 6세기 당시 성인이었던 그레고리우스 1세 교황(540~604년)은 "자기 자신을 가리켜 '만유의 제사장'이라고 부르거나 다른 사람들이 그렇게 불러주기를 바라는 자는 누구든지 그 교만함이 적그리스도에 버금가는 것이라고 나는 자신 있게 말할 수 있다. 이런 교훈은 적그리스도의 영으로부터 온 것."이라고 말했다.

□ 로마가톨릭교회 '전통과 가르침'의 시작과 몰락

역사적으로 초대교회 때부터 살펴볼 때, 가톨릭교회 '전통과 가르침'의 시작과 몰락은 애석하게도 기독교 역시 이교주의 및 유대주의와 마찬가지로 전통의 권위를 성경의 권위와 동등시하거나 더 높이려는 경향이 있었다. 특히 가톨릭교회는 유대의 탈무드와 아주 흡사한 기능이 있는 그 자신의 전통을 가지고 있다. 그들은 그 전통을 기준으로 성경을 해석하므로 그 결과 전통이 성경의 소리를 대신하고 있다.

그러나 여기서 우리는 신약교회에서 그 문제를 취급하는 접근방법과 해결방법을 성경중심으로 본문 속에서 살펴보자. 안디옥교회에서 이방인 선교방법이 문제가 되었을 때(행 15:1-5), 이 문제를 예루살렘 공회에서 의논하였다(행 15:6-29). 이때 예루살렘 공회에서 예수님 제자 야고보는 선지자의 말씀(구약성경) 아모스 9:11-12를 인용하여 (행 15:17) "그 남은 사람들과 내 이름으로 일컬음을 받는 모든 이방인으로 주를 찾게 하려 함"으로 구약

아모스 성경 본문에 의뢰하여 이방인 선교 문제를 해결하였다.

만약에 이 이방인 선교 문제를 그 당시 유대인 '전통'에 호소하였다면, 그 당시 구약 율법에 따르게 되어서 결국 그 이후 기독교는 종전의 유대교 같이 여전히 유대민족 중심의 종교로 전락하였을 것이다. 그러므로 이것은 교회에 어떠한 교리 해석문제(예를 들면 이방인 전도방법 문제)가 발생하였을 때, 성경에 의존(성경중심 교회)하여 해결할 것인가 아니면 교회 '전통'과 '가르침'에 의존(교권중심 교회)할 것인가를 극명하게 나타내는 '이방인 선교방법 결정'이라는 중요한 교회 역사적 사례에서 잘 나타나 있다.

4) 교권중심 기독교의 실제적인 최상위 권위는 '로마가톨릭교회'이다.

로마가톨릭교회 신학자 존 에크가 감히 말했듯이 "교회의 권위에 의한 것을 제외한 성경은 진짜가 아니다."라고 주장한다. 또한 교황 피우스 9세가 "내가 곧 전통이다"고 말한 것처럼 교황은 로마교회의 전부라고 어떻게 이런 오만한 말을 할 수 있는지 어처구니가 없는 말이다. 그러나 그의 말은 로마가톨릭교회에서 유일한 참 권위는 바로 로마가톨릭교회라는 그들의 주장을 재확인시켜 준다.

로마가톨릭교회는 성경중심 권위보다는 로마가톨릭교회 권위의 교회이다. 결론적으로 로마가톨릭교회가 하는 말을 주의 깊게 들어보면, 사실 로마가톨릭교회 참 권위는 성경도 전통도 아닌 바로 로마가톨릭교회에 있다는 사실을 알게 될 것이다. 성경이 다 무엇이며 성경이 무엇을 가르친단 말인가? 오직 로마가톨릭교회가 무엇을 어떻게 하라고 말할 것이다. 전통과 교회의 가르침이 다 무엇이며 전통과 교회의 가르침이 무엇을 가르친다는 말인가? 오직 로마가톨릭교회가 무엇을 어떻게 하라고 말할 것이다. 그러므로 '전통', '성경', '가르침'이 셋이 동등한 권위라고 교묘하게 말하지만, 실제적인 교권중심 기독교 로마가톨릭교회의 최상위 권위는 결국 '로마가톨릭교회' 그 자체이다. (솔라 스크립투라. 32-34). 이를 쉽게 이해하기 위하여 세상 법의 '헌법'과 '법률'의 '상 하위법 개념'을 응용하여 이어서 [그림 2편9-1] 비유로 살펴보자.

5) 로마교회 최상위 권위에 대한 헌법 개념 비유

로마교회의 최상위 권위에 관한 개념 설명을 세상 법의 헌법과 법률에 대한 일반적인 상식으로 비유하여 쉽게 설명해보자. 세상 법에서는 보통 국가에서 헌법이 최상위 권위의 법이고 그다음에 법률, 법령 등은 헌법의 하위법으로서 헌법정신에 위반됨 없이 헌법을 따라야 한다. 이 용어 개념을 사용하여 개신교회는 [그림 2편9-1] 왼쪽에 '개신교회 성경의 최상위 권위 개념'에서 성경 말씀을 최상위 권위로 인정하므로 1차 권위로 '성경 –헌법'이라고 할 수 있고, 그 외에 법률, 법령은 2차 권위로 '성경에서 추론–법률'이라 표현할 수 있다.[122]

[그림 2편9-1] 로마교회 최상위 권위의 헌법 개념 비유

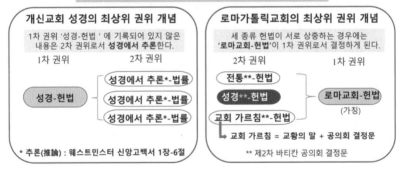

이에 반하여 로마가톨릭교회는 이 그림 오른쪽에 최상위의 헌법 개념은 '전통–헌법', '성경–헌법', '교회 가르침–헌법' 세 가지 모두 동등하다고 주장한다.[123] 이 세 가지를 〈성경말씀 중심〉과 〈로마교회 중심〉 두 관점으로 하나하나를 자세히 살펴보면, '전통'–〈로마교회 중심〉, '성경'–〈성경말씀 중심〉, 교회 가르침 즉 '교황의 말'–〈로마교회 중심〉, '공의회 결정문'–〈로마교회 중심〉으로 구별된다. 즉 하나만 '성경'–〈성경

---

122) 웨스트민스터 신앙고백서 1장-6절(성경의 충족성) - "모든 사물의 이치는 '성경에 표현'되어 있거나 '성경으로부터 추론'되어야 한다.

123) 제2차 바티칸 공의회 결정문 - "거룩한 전통, 거룩한 성경, 교회의 가르치는 권위, 이 세 가지는 서로 고리처럼 연결되어 있어서 나머지 둘이 없이는 그 중 어느 하나도 온전히 설 수 없음이 분명하다."

말씀 중심〉이고 나머지 세 가지 모두 〈로마교회 중심〉이므로 3/4이 구조적으로 로마교회-헌법(1차 권위)로 인정하도록 교묘하게 만들어져 있다. 만약에 어떤 사안이 2차 권위 간에 서로 상충되는 경우에는, 로마가톨릭교회의 권위가 옥상옥(屋上屋)의 3/4의 다수 의견이 되므로 결국 최상위 권위 '1차 권위'의 가칭 '로마교회-헌법' 개념으로 실제 존재하면서 적용하게 된다.

이 법률적 개념 [그림 2편9-1] 오른쪽 그림을 교묘하게 로마가톨릭교회는 제도적 장치를 교리화하여서 로마가톨릭교회 교리문답서(CCC 113)에서는 "교회 전체의 살아있는 전통 안에서 성경을 읽어야 한다. 교부들의 말: 성경은 원리상 문서나 기록에서보다는 교회의 가슴판에 기록되어 있다. 왜냐하면 교회는 그 전통 속에 하나님 말씀의 살아있는 기념물을 지니고 있기 때문이다"

이 교리 개념은 로마교회-헌법(1차 권위)의 '교회의 가슴판'이나 '기념물' 안(아래)에서 성경-헌법(2차 권위)을 읽어야 한다는 의미이다. 따라서 "[표 1편5] 성경과 배치되는 로마가톨릭교회의 전통과 가르침"은 결국 '성경-헌법'은 2차 권위로 하위법이 되므로 [표 1편5] 교리와 같이 성경에 위반될 수 있게 최상위 권위 '1차 권위'의 '로마교회-헌법'으로 제정된 것들이라는 논리적인 근거를 갖게 된다. 이러한 개념은 이 그림 왼쪽 "개신교회 '성경-헌법'(1차 권위)로 하는 신본주의"라고 하는 주장과 오른쪽 "로마가톨릭교회 '로마교회-헌법'(1차 권위)로 하는 유사 신본주의"라고 하는 주장의 이유를 설명해 주는 바탕이 된다.

□ **성령의 능력을 소멸(살전 5:19)**

[그림 2편9-1]의 '로마교회-헌법'이 1차 권위로써 '성경-헌법'이 2차 권위로 '성경의 최상위 권위'가 침해받는 사례는 성령론에서 성령의 능력을 소멸(살전 5:19 성령을 소멸하지 말며)하는 로마교회 교리에서 볼 수 있다. 대표적인 사례가 '성모 마리아 숭배' 교리와 '사제의 고해성사' 교리 등에서 성령 하나님의 은혜와 능력을 사모하는 자리에 대신하여서 인간

(마리아, 사제)을 개입하여서 성령의 은혜와 능력을 소멸하는 로마교회 교리에서 나타난다. [그림 2편6-1] '성경 본문 해석 적용 3단계'에서 설명하는 바와 같이 '성령론 적용'은 우리 그리스도인 매일의 신앙생활 순간순간마다 가장 밀접하게 적용되는 교리이므로, [그림 2편9-1] '성경-헌법' 개념 비유를 유념하여서 '로마교회-헌법'의 '1차 권위' 개념으로 제정된 그릇된 로마교회 성령론 교리 왜곡에서 탈피하여야 하겠다.

이 [그림 2편9-1] '로마교회 최상위 권위의 헌법 개념 비유'는 [그림 2편11] 중앙의 '성경 말씀 중심'과 '로마교회 중심', 그리고 [그림 2편13] 결론 '로마가톨릭교회 관점의 교회사'와 '성경언약 성취 관점의 교회사'에 대한 논리적 근거가 된다.

(3) 구속사 빛 가운데서 교회사를 이해

본 단락은 하나님의 구속사 속에서 교회사는 언제 어떻게 시작과 시작점이 되며 끝점은 언제 어디를 향하고 있는지를 우선 살펴보면서, 또한 교회사는 성경중심 관점으로 기록되어야 한다는 명제가 합당한지를 살펴보도록 하겠다. 본 단락부터는 본서의 핵심 주제에 대하여 앞 단락에서 논증(論證: 옳고 그름을 이유를 들어 밝힘)하였던 내용을 확정해나가는 논정(論定: 옳고 그름을 결정함)에 해당하므로, 한 자 한 자 주의 깊게 살펴보도록 하자.

1) 구속사에서 하나님 우선 선제권과 하나님 통치

성경에 기록된 역사를 살펴볼 때 거기에 하나님과 인간 사이의 교제를 보게 된다. 하나님은 인간이 살 수 있는 세상을 창조하시고 인간은 이 세상에 살고 있다. 하나님은 먼저 선제권으로 인간에게 말씀으로 약속(언약)과 명령을 주시고, 인간은 하나님 앞에 살다가 하나님의 명령을 어긴다. 하나님 통치는 그의 아들을 보내주시고 백성 대부분은 그를 거역하지만 그를 믿는 자도 있었다. 예수 그리스도는 승천하시기 전에 제자들을 온 사방에 보내었고, 세상 여러 족속들은 그 분을 믿기도 하고 믿지 않기도

한다.[124]

□ 성경의 두 극점

이렇게 성경에 기록된 역사에는 두 가지 극점, 곧 하나님과 인간이 있다. 그 역사에서 하나님은 항상 앞에서 나오시고 하나님이 선제권을 가지시며, 규칙을 선언하시며 구원을 이루어 가신다. 그에 대한 인간 반응은 다양한데 믿음, 용기, 신뢰 또는 화, 두려움 또는 불신앙, 불순종 등이다.

□ 성경은 하나님 우선 선제권

성경에 나타난 어떤 사람의 경우에도 개인 생애와 성격에 대한 필요한 자료를 다 제공해주지 못하므로 그의 전기를 만들 수 없으며, 나라도 마찬가지인 것이 이스라엘이라는 나라도 성경에 기록된 내용만으로 역사를 묘사하기에 자료가 부족하다. 가령 베드로와 같은 사람의 경우에도 우리가 그의 심리적인 한 측면을 파악하는 것은 가능하겠지만 그의 전 심리적 구조를 파악하기는 어렵다. 그리하여 성경은 하나님 사역과 그분이 어떻게 행하시는지를 중심으로 역사를 서술하고 있기 때문이다.

2) 구원과 역사의 발전 속에서 교회사 위치와 역할

[그림 1편6]은 '하나님 나라(하나님 통치)' 라는 개념 용어를 사용하여 구속 역사의 발전을 나타내는 그림[125] 으로서, "구속사 속에서 [교회사 기록]의 위치"를 오른쪽 아래에 나타내는 내용이다. 구속사는 '하나님 나라' 라고 표현되는 '하나님 통치 이념' 이 이 그림 하단에서 알 수 있듯이, 구약성경에서 하나님 나라 형체(노아 언약) → 하나님 나라 약속(아브라함 언약) → 하나님 나라 예표(다윗 언약) → 하나님 나라 원형(예수 그리스도)으로 '역사의 발전(계시의 발전)' 성을 또한 띠고 역사의 흐름 속에서 진행하고 있다.

'구속사' 라는 큰 그림의 흐름 속에서 신약 교회시대 교회사의 의미 이해

124) Gootjes N. H. 『구속사적 설교의 실제』, 196-201
　　　김인규. 『구속사와 히브리서』 21-27.
125) 그레암 골드워디, 『복음과 하나님의 나라』 (성서유니온 1993), 134, '도표8. 하나님 나라의 계시'
　　　김인규. 『구속사와 히브리서』 42-48 '성경 속에서 시대별 하나님 나라의 여러 형태들'

는, 이 그림에서 오른쪽 아래 '하나님 나라 모형의 성취(원형) 예수 그리스도-새 언약' - 속에서 예수님 초림부터 재림까지 교회 역사의 발전내용을 나타내는 것으로 이 그림 오른쪽 아래가 '교회사 기록' 위치에 해당한다고 볼 수 있다.

[그림 1편6] 구속사 속에서 [교회사 기록]의 위치 <4장-1절-2-(3)>

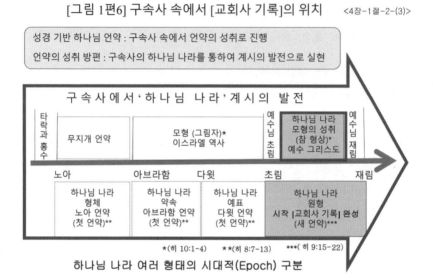

성경 기반 하나님 언약 : 구속사 속에서 언약의 성취로 진행

언약의 성취 방편 : 구속사의 하나님 나라를 통하여 계시의 발전으로 실현

구 속 사 에 서 ' 하 나 님 나 라 ' 계 시 의 발 전

| 타락과 홍수 | 무지개 언약 | 모형 (그림자)* 이스라엘 역사 | 예수님 초림 | 하나님 나라 모형의 성취 (참 형상)* 예수 그리스도 | 예수님 재림 |

노아　　　　아브라함　　　다윗　　　　　초림　　　　　　재림

| 하나님 나라 형체 노아 언약 (첫 언약)** | 하나님 나라 약속 아브라함 언약 (첫 언약)** | 하나님 나라 예표 다윗 언약 (첫 언약)** | 하나님 나라 원형 시작 [교회사 기록] 완성 (새 언약)*** |

*(히 10:1-4)　　**(히 8:7-13)　　***(히 9:15-22)

하나님 나라 여러 형태의 시대적(Epoch) 구분

이 그림에서 보면 구약의 아브라함 언약을 포함하는 여러 형태의 언약을 예수님 초림과 재림 사이 하나님 나라 원형을 위한 이 그림 상단에서 '실체의 그림자'와 '참 형상'(히 10:1-4)라고 성경을 말하고 있다. 이 그림 하단에서는 이 그림자 "첫 언약"(히 8:7-13)이 신약에 와서는 예수님의 초림과 재림 사이에서 "새 언약"(히 9:15-22)으로 계승됨을 히브리서는 말하고 있다.[126] 따라서 교회사는 구속사의 한 부분인 예수님의 초림과 재림 사이에서, 첫 언약(그림자)을 계승하는 새 언약(참 형상) 내용으로 하나님이 교회를 통하여 일하시는 내용(하나님 나라 모형의 성취)을 '시작'하여 '완성'하는 역사성을 띠고 있다. 그러므로 교회사 기록은 여호와 하나님

---

126) 양용의, 『히브리서 어떻게 읽을 것인가』 (성서유니온 2016), 210, 234.

의 구속사 끝자락에서 -이 그림의 화살표가 끝단을 향하고 있는 것처럼-
하나님 당신이 교회를 통하여서 하시는 일을 기록하는 대서사시의 끝맺
은 역할을 또한 포함하고 있다고 할 수 있겠다.

3) 교회사는 성경중심 관점(구속사)으로

그러므로 구속사의 하나님 나라 "참 형상(원형)" 부분인 예수님의 초림
과 재림 사이에서 하나님이 교회를 통하여 일하시는 내용(하나님 나라 모
형의 성취)을 기록하는 교회사는 구속사의 흐름 내용과 같이 '성경중심 관
점'으로 기록되어야 한다는 당위성을 갖게 된다. 왜냐하면 [그림 2편10]
내용의 '구속사에 대한 정의'와 같이 "신구약 성경은 모두 인류를 구원하
기 위해 하나님이 일하시는 역사(하나님 통치)를 기록하고 있는데 이것을
구속사라고 한다(Christopher.『그리스도를 아는 지식-구약의 빛 아래서』)"이
기 때문에 교회사 기록은 성경중심 관점으로 기록되어야 하는 당위성을
갖게 된다. 즉 성경은 구원의 역사(구속사)를 기록한 책으로 교회사는 구
속사 일부분으로 초림과 재림 사이([그림 1편6] 오른쪽 아래)의 교회에 대한
기록이므로 교회사는 마땅히 성경적 관점으로 기록되어야 하며, 이 내용
은 앞으로 계속 이어서 살펴보겠다.

□ 성경에서 기록된 관점은 또한 '구속사 관점'

이 시점에서 우리는 과연 "성경 기록 자체는 어떤 관점으로 기록되었는
가?"라는 기독교의 근본적인 질문에 대한 해답을 찾기 위하여 성경 본문
을 살펴보자. (요 20:30-31) "예수께서 제자들 앞에서 이 책에 기록되지 아니한
다른 표적도 많이 행하였으나 오직 이것을 기록함은 너희로 예수께서 하나님의
아들 그리스도이심을 믿게 하려 함이요 또 너희로 믿고 그 이름을 힘입어 생명을
얻게 함이라"

이 성경 본문에서 가르쳐주시는 성경 기록의 관점은 '성경 기록은 예수
님이 행한 모든 표적을 기록한 것이 아니라, 예수님이 하나님 아들 되심
과 그 믿음으로 구원을 얻게 하는 관점 즉 '구속사 관점'으로 작성되었음

을 알 수 있다. 우리가 교회사 기록 관점을 논할 때도 또한 이 성경 본문을 명심하여 교회 역사 또한 구속사 관점으로 기록하여야 할 것이다.

4) 오직 성경(sola scriptura)과 성령 하나님

오직 성경(sola scriptura)과 성령 하나님은 우리가 하나님의 지혜를 구하고 인도받는 통로가 된다. 기록된 성경을 통하지 않고 우리가 하나님을 알 수 있는 길은 없다.[127]

하나님께서 기록된 계시의 말씀을 통해 교회 가운데 자신을 계시하였다. 새로운 보편교회 시대에는 성도들이 신구약 성경 66권과 성령 하나님에 의해 인도를 받게 된다. 인간들 스스로 하나님의 교회를 이끌어갈 수 없으며 하나님의 백성은 오로지 성경 말씀에 순종해야 하는 자들이다.

기록된 모든 말씀이 하나님의 영감에 의하여 계시된 것임을 성경 스스로 자증하고 있다. 이는 성경이 역사적 산물이 아님을 말하고 있다. 사도 바울은 디모데에게 편지하면서 그에 대한 분명한 가르침을 주고 있다(딤후 3:15-17). 바울이 디모데에게 말한 성경이란 구체적으로 무엇을 말하는가? 여기서 말하는 성경은 기본적으로 구약성경을 가리키고 있지만 이미 부분적으로 기록된 신약성경이 포함된 것으로 이해해야 한다. 예루살렘 공의회가 성령의 영감에 의해 기록된 것으로 확증한 모든 신약의 서책들은 당시 교회에 의해 정경으로 받아들여지고 있는 형편이었다.

□ 성령 하나님의 조명으로 성경을 해석

하나님께서 허락하신 구원은 결코 인간의 지혜와 판단으로 말미암지 않는다. 오로지 하나님의 지혜만이 성도들을 영원히 구원의 길로 인도하게 된다. 성경은 하나님의 자녀들로 하여금 불의한 자신의 존재를 깨닫게 함으로써 진정으로 그리스도를 소망하도록 한다. 그것이 성도들에게 주어진 가장 소중한 유익이다.

---

127) 이광호. 『신약신학의 구속사적 이해』, 318-319, '오직 성경'과 성령 하나님.

우리가 분명히 깨달아야 할 바는 인간은 스스로 하나님의 말씀을 읽고 해석할 만한 능력을 소유하고 있지 않다는 사실이다. 인간의 지혜로 성경을 풀려고 하게 되면 결국 멸망에 이르게 될 뿐이다. 참된 성도들은 성령의 도우심에 따라 성경을 통해 하나님의 음성을 들으려 애써야 한다. 그러므로 베드로는 그 점에 대해 강조하고 있다(벧후 3:16).

위와 같은 개혁교회의 성경관은 가톨릭교회의 교리문답서(CCC 113)에서 설명하는 가톨릭교회의 성경관과는 근본적인 차이점을 말해주고 있다. ([그림 2편13] 참조)

(4) 언약의 성취(구속사)와 진행 모형(모델)으로 쌍두마차 비유

신학 언어 '구속사' 라는 의미의 뜻은 성경 언어 '언약의 성취' 라는 뜻의 동의어로 표현되며 이러한 내용을 바탕으로 하여 두 기독교 관계를 연관하여 살펴보자. 예수 그리스도께서 성육신하여 이 땅에 오신 이후에 그리스도의 구원 사역(구속사)을 위하여 교회 시대에 우리에게 가르쳐주신 방법을 신약성경은 어떻게 기록하고 있는지 [그림 2편10] 상단 '성경중심의 내용' 을 기준으로 '하나님 구속사' 와 '언약의 성취' 와 '신약성경 (행 13:2-4), (히 8:1-13, 10:1-4)' 내용 의미를 살펴보자.

1) 구약시대 언약의 성취에서 '축복의 통로' 와 '제사장 나라' 의 사명

구약의 구속사와 언약의 성취로서 하나님께서 성경 말씀으로 계시하신 '축복의 통로' 와 '제사장 나라' 와 이를 전승하는 신약 교회시대 '교회 부흥발전' 과 '복음 선교확산' 이라는 측면으로 쌍두마차 결과 비유를 살펴보자.

□ 신구약 성경을 통하여 계시로 미리 말씀하심

기독교는 하나님 계시의 말씀이 성경 말씀에 기록된 계시의 종교라고 하며, 본서는 '교회사는 성경 기반으로 하는 하나님께서 교회를 통하여서 하신 일을 기록한 것' 이라고 하였는데 이 '성경 기반' 이란 말을 살펴보

자. 구약성경 39권의 성경 말씀의 시작으로 첫권 창세기는 우주 창조의 신비와 하나님 형상을 닮은 인간 창조를 통하여 하나님의 백성을 '축복의 통로'로 복을 주실 것을 언약하신다. 그리고 신약성경 27권의 끝권 요한계시록은 이 땅의 마무리와 새 하늘과 새 땅을 성경 말씀으로 보여주시면서 예수님 재림을 약속하셨다.

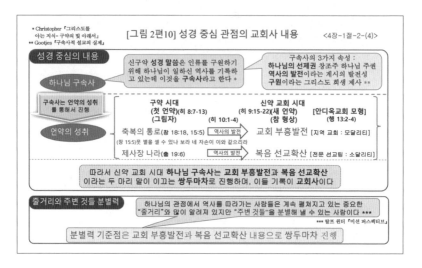

[그림 2편10] 성경 중심 관점의 교회사 내용

이 신구약 66권 모두를 통하여 인간 구원을 이루기 위하여 하나님께서 마련하신 '예수 그리스도의 희생 제사'를 히브리서에서 구약과 신약을 함께 인용하며 우리에게 구원을 약속하셨다. 이것을 '구속사(언약의 성취)'라고 하였으며, 신약 교회시대에는 교회를 통하여 하나님이 하신 일을 기록한 것을 '교회사'라 하며 이것의 표현 관점을 '성경 기반'이라 한다. 그 내용이 쌍두마차 '교회 부흥발전'과 '복음 선교확산'의 진행이며 이 쌍두마차 진행 내용을 분별력 기준점으로 하여 교회사에서 '줄거리'와 그 나머지 '주변 것들'을 구분하게 된다. 이 내용을 계속하여 살펴보자.

□ 축복의 통로

하나님께서 창세기 아브라함에게 하신 '축복의 통로' 언약은 하나님 구속 역사의 근간이며 줄거리이다. 이것은 하나님의 구속사가 큰 강(대하大

河)같이 도도하게 흐르는 물줄기의 한가운데, 하나님 언약과 축복의 주제 – 창세기부터 신구약에 일관되게 흐르는 '축복의 통로(창 15:5, 18:18)' (창 15:5 '뭇별을 셀 수 있나 보라 네 자손이 이와 같으리라')와 (창 18:18 '아브라함은 강대한 나라가 되고 천하 만민은 그를 인하여 복을 받게 될 것') –라고 하셨다.

□ 제사장 나라

그리고 출애굽기 모세에게 하신 '제사장 나라' (출애굽기 19:6)에 대한 언약의 말씀으로 이 선교적인 사상이 시내산 언약에서도 역시 나타난다. (출 19:4-6) "내가 애굽 사람에게 어떻게 행하였음과 내가 어떻게 독수리 날개로 너희를 업어 내게로 인도하였음을 너희가 보았느니라. 세계가 다 내게 속하였나니 너희가 내 말을 잘 듣고 내 언약을 지키면 너희는 모든 민족 중에서 내 소유가 되겠고, 너희가 내게 대하여 제사장 나라가 되며 거룩한 백성이 되리라 너는 이 말을 이스라엘 자손에게 전할지니라."

여기에 이스라엘 민족의 사명에 대해서 말하면서 벌써 제사장 나라라는 개념이 등장한다. 하나님의 소유가 된다는 것과 거룩한 백성이 된다는 것이 이스라엘 민족에게 약속된 축복이라면, 그들이 제사장 나라가 된다는 것은 세계 열방을 위한 다른 민족에 대한 축복이다. 제사장 나라가 된다는 것은 나라가 제사장 역할을 한다는 말인데, 그렇다면 이는 그 나라가 다른 나라를 하나님 앞으로 인도하는 '선교 역할'을 한다는 말이다(구속사와 히브리서. 194).

2) 신약 교회시대 구속사 성경의 진행 모델 "쌍두마차"

신약교회 시대에 와서는 하나님 언약의 성취와 구원 사역으로 하나님 나라 복음을 땅끝까지 전파하는 교회 사역의 방향을 제시하는 정형적인 모형으로써 신약성경에서는 안디옥교회가 사도 바울 선교팀을 파송하는 사례에서 볼 수 있다.

(행 13:2-4) "성령이 이르시되 내가 불러 시키는 일을 위하여 바나바와 사울을

따로 세우라 하시니 이에 금식하며 기도하고 두 사람에게 안수하여 보내니라 두 사람이 성령의 보내심을 받아 실루기아에 내려가 거기서 배 타고 구브로에 가서"

이 본문에서 소아시아의 안디옥교회는 바울 선교팀(사울과 바나바)을 세우고 파송하는 장면을 말하고 있는데, 기능적 역할에서 자세히 살펴보면 두 기관 즉 파송교회와 파송선교팀을 안디옥교회 모델로써 기술하고 있다. 이 모델은 하나님 나라 복음을 땅끝까지 전파하는 방법으로 두 파송 지역교회(안디옥교회)와 선교전문팀(사울과 바나바)으로 구성되는데, 이를 선교학에서는 파송 지역교회를 사회학 용어를 사용하여 모달리티(Modality 회중 구조) 그리고 전문선교팀을 소달리티(Sodality 선교전문 구조)라고 하였다. 이 한 쌍의 지역교회와 선교팀 두 조직이 선한 영향력을 서로 주고받으면서 복음을 땅끝까지 전파하는 '신약성경의 교회 사역 모델'로 제시하고 있으며, 교회사 전체를 통틀어 볼 때 '교회'라고 말할 때는 두 가지 기본적인 구조, 즉 회중 구조와 선교 전문 구조를 의미하고 있다. (Mission. 208)

□ '교회 부흥발전'과 '복음 선교확산'

[그림 2편10] 좌측 중앙에 '언약의 성취'에서 구약시대 첫 언약(히 8:1-13)과 그림자(히 10:1-4)가 구속사 속성 계시의 발전성에 의한 '역사의 발전(계시의 발전)'으로 '첫 언약' → '새 언약'으로 '그림자' → '참 형상'으로 신약시대에 '언약의 성취'가 전승됨을 히브리서에서 증거하고 있다. 신약 교회시대 교회의 사명과 역할은 안디옥 교회 모형(행 13:2-4)을 통하여 '축복의 통로' → '교회 부흥발전'으로 '제사장 나라' → '복음 선교확산'으로 전승됨을 알 수 있다. 즉 '축복의 통로 (창 15:5 뭇별을 셀 수 있나 보라 네 자손이 이와 같으리라)' → 신약시대에는 '교회 부흥발전'으로, 제사장 나라(출 19:6 너희가 내게 대하여 제사장 나라가 되며) → 신약시대에는 '복음 선교확산'으로 언약의 성취가 계시의 발전을 이루면서 교회사 속에서 진행되는 것을 볼 수 있다. 우리는 여기서 축복의 통로 결과에 대한 열매로 (창 15:5)의 계수적(計數的)인 증가[128]에 대하여 유념할 필요가 있다.

상기 내용을 개념적으로 쉽게 비유하자면 [그림 2편10] 하단에 "신약교회 시대 하나님 구속사(언약의 성취)는 '교회 부흥발전과 복음 선교확산'이라는 이 두 마리 말이 이끄는 쌍두마차로 진행하며, 이들 기록이 교회사이다"라고 볼 수 있겠다. 그러므로 우리는 앞으로 '언약의 성취' 되는 하나님의 '구속사'를 '교회 부흥발전'과 '복음 선교확산'이라는 두 창문을 통하여 들여다보려고 하는데 그 성경 근거 내용 [그림 2편10] 상단의 '성경중심의 내용'을 요약하여 '성경 기반(중심)'이라고 표현하였다. 이를 그림 언어로 표현하여 다음 단락에서 이해를 돕고자 하며 더욱 확장 전환되는 개념들을 살펴보자.

3) 역사의 발전에서 역행

우리는 앞에서 구속사의 속성 중에 '하나님 주권', '역사의 발전', '구원' 이 세 가지 요소가 있다고 하였는데 '역사의 발전' 속성을 좀 더 살펴보자.[129]

"역사의 발전이라고 말한다 해서 상태가 항상 더 나아지고 또 하나님의 백성이 뒤로 미끄러지지 않음을 말하는 것은 아니다. 하나님 백성의 상태에는 자주 불순종, 쇠퇴, 배반 등이 나타남을 보게 된다. 에녹이 하나님과 동행했다고 하지만 (창 5:12), 그 후에 셋의 후손이 그렇게 하나님과 교제하지 않고 그들의 죄로 인해 홍수로 멸망당하기도 했다.

이스라엘의 왕이 지은 죄는 다윗의 위치에서부터 판결되어져야 한다. 하나님께서 다윗을 통하여 이스라엘 백성에게 사방의 적으로부터 안전을 주셨기 때문에 그 이후에 이스라엘 백성들이 하나님을 전적으로 믿고 순종하지 않은 것은 더 심한 죄가 되었다. 하나님께서 모든 족속과 그들의 신보다 능력 많은 분이심을 보여주었기 때문에 그들의 죄의 벌은 바벨론 포로였던 것이다(왕하 17:18)."

우리는 이 '역사의 발전에서 역행' 하는 내용에 해당하는 이야기를 앞 단락 2장 '1000년의 로마가톨릭교회 중세교회사 암흑기' 에서 이미 만났다.

---

128) 축복의 통로에 관한 결과가 하나님 백성 수의 증가 열매로 나타나며, 계수적으로 표현되어야 하는 성경적 근거
129) Gootjes N. H. 『구속사적 설교의 실제』, 198.

3. 언약의 성취와 두 기독교의 핵심가치 작용원리 <전轉 전환>

우리는 이제까지 두 기독교 관계와 특성에 대하여 주로 신학 용어와 성경 용어를 사용하여 살펴보았는데 이를 우리 피부에 와서 닿듯이 쉽게 느끼기 위하여 일반사회 과학 용어를 사용하여 이를 좀 더 편하게 이해하도록 해보자. 본 단락에서는 "두 기독교가 추구하는 핵심가치라는 신학적인 주제를 일반사회 과학 용어로 '작용원리'와 '움직이는 힘'으로 전환하여 이해하기 쉽게 설명하려고 한다.

(1) 구속사-교회사-선교역사 관계 도표 그림 설명

[그림 2편11] 두 기독교 체계의 핵심가치 비교도표

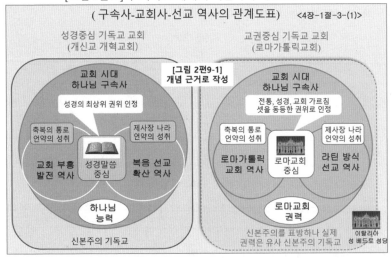

앞에서 신학 언어 '구속사'와 성경 언어 '언약의 성취' 내용을 살펴보았는데 이를 그림 언어로 표현하여 [그림 2편11]을 두 가지 이름 「두 기독교 체계의 핵심가치 비교도표」와 또 다른 역사 관계 관점으로 「구속사–교회사–선교역사의 관계 도표」 제목 이름을 살펴보자. 이 관계 도표는 바로 구속사, 선교역사, 교회사 이 삼자 관계 그 특성을 요약한 그림으로 이 책의 핵심 주제 내용을 함축하여 표현하고 있으므로 세밀하게 그 품고 있는 뜻 함의를 관찰해보자.

□ **구속사–교회사–선교역사 관계 도표 그림**

[그림 2편11]을 설명하면 우선 좌측 '성경중심 기독교 교회(개신교 개혁교회)' 부터는 본 단락 서두에 내용을 표현한 것이다. 신구약 성경 말씀은 "모두 인류를 구원하기 위해 하나님이 일하신 역사를 기록하고 있으며, 많은 학자는 이것을 '구속사'(Salvation–History)라고 불렀다". 이를 이 그림 큰 원 중앙에 '교회시대 하나님 구속사' 라고 표현하였고, 그 아래에 '성경의 최상위 권위를 인정' 하는 '성경 말씀 중심' 으로 표현하게 된다. 이를 중앙으로 하여 좌측 작은 원 안에 '축복의 통로 언약의 성취'(창 15:5)는 이스라엘 하나님의 백성이 흥왕하게 되는 성취로 신약시대에서는 '교회 부흥발전' 역사가 이를 전승하게 된다. 또한 우측 작은 원 안에 '제사장 나라 언약의 성취'(출 19:6)는 신약시대에 와서는 '복음 선교확산' 역사가 이를 전승하게 된다.

이와 비교되는 이 그림 우측에 교권중심 기독교 교회(로마가톨릭교회)는 큰 원안 중앙에는「'전통' 과 '성경' 과 '교회의 가르침' 셋을 동등한 권위로 인정」하였으나 결과적으로는 그 아래에 '로마교회 중심' 이라는 핵심 가치를 추구하게 되며, 그리고 각각 좌우에 작은 원 안에 '로마가톨릭교회 역사', '라틴방식 선교역사' 라고 하였는데 이 단어의 의미들은 앞 단락에서 누누이 설명하였다. 그리고 좌우 각각 큰 원의 하단에 각각 '하나님 능력' 과 '로마교회 권력' 은 다음 단락에서 이어서 설명하겠다. (이 그림의 용어와 상징 모두의 의미는, 이미 앞 단락 4장–1절–"1 두 기독교 성경의 최상위 권위와 신본/인본주의"와 "2 구속사 빛 아래서 두 기독교의 특성 이해"를 기반으로 하여 작성한 그림이다).

(2) '체계'의 '작용원리'와 '움직이는 힘' 용어를 활용하여 개념 전환

[그림 2편11] 좌측 '개신교 개혁교회' 와 우측 '로마가톨릭교회' 각각 중

---

130) 웨스트민스터 신앙고백서의 성경의 충족성과 명확성에서 "모든 사물의 이치는 '성경에 표현' 되어 있거나 '성경으로부터 추론' 되어야 한다는 작용원리이다. 즉 '성경에 표현' 되어 있거나 '성경으로부터 추론' 되어야 하는 핵심가치가 성경중심 기독교(개신교회) 체계의 작용원리이다.

앙에 '성경말씀 중심'과 '로마교회 중심' 각각의 두 기독교가 추구하는 '핵심가치' 중심으로 좀 더 살펴보자. 2000년 교회사의 연속성을 논증하기 위하여 앞 단락에서 우리는 많은 것을 성경과 신학적인 접근법으로 복합적으로 검토하고 논의하고 설명해 왔으나, 본 단락에서는 이것을 사회과학 용어를 사용하여 요약하고 압축해서 좀 더 단순명료하게 명쾌히 표현하면서 결론에 도달해 보도록 하자.

□ 두 기독교 체계의 용어 개념 정립

이를 위한 개념표현 수단으로써 우리가 세상 학문이나 일반 공학에서 늘리 사용하는 '체계(시스템 System)'와 이 체계를 움직이게 작동하는 '작용 원리(메커니즘 Mechanism)'와 '움직이는 힘(파워 Power)'라는 세 단어의 개념을 사용(도입)하여 이 '두 기독교' 관계 논증들을 우리 피부에 와 닿는 통상적인 사회과학 용어로 표현하여 보자.

결국 우리가 논하고 있는 '두 기독교' 체계의 핵심 요점은 '두 기독교 교회사 체계' 혹은 '성경중심 권위 인정 체계'를 작동하는 '핵심가치와 작용원리' 그리고 '움직이는 힘'은 무엇일까? 라는 질문으로 축약할 수 있겠다. 이 용어를 사용하여 두 기독교 체계 관계를 요약하여 설명하면 "서로 다른 '두 기독교 체계'는 어떤 '핵심가치와 작용원리' 그리고 어떤 '움직이는 힘'을 작용하고 있을까?"라는 작용원리와 힘의 역학(力學)관계 질문으로 축약하게 되고 그렇게 되면 '두 기독교 체계' 차이점을 '[표 2편15] 두 기독교 체계 작용원리와 움직이는 힘'을 한눈에 이해할 수 있게 된다. 즉『성경중심 기독교(개신교 교회) 체계는 '성경 말씀 중심'의 핵심가치와 작용원리로 '하나님 능력'의 힘으로 움직이는 신본주의 기독교 체계이다』[130].

또한『교권중심 기독교(로마가톨릭교회) 체계는 '로마교회 중심'의 핵심가치와 작용원리로 '로마교회 권력'의 힘으로 움직이는 유사 신본주의 기

---

130) 웨스트민스터 신앙고백서의 성경의 충족성과 명확성에서 "모든 사물의 이치는 '성경에 표현'되어 있거나 '성경으로부터 추론'되어야 한다는 작용원리이다. 즉 '성경에 표현'되어 있거나 '성경으로부터 추론'되어야 하는 핵심가치가 성경중심 기독교(개신교회) 체계의 작용원리이다.

두 기독교 체계	추구하는 핵심가치와 작용원리	움직이는 힘	신본주의/인본주의 교회
성경 중심 기독교 (개신교 교회체계)	성경말씀 중심	하나님의 능력	신본주의 기독교 교회
교권 중심 기독교 (로마가톨릭교회 체계)	로마교회 중심	로마교회 권력	신본주의를 표방하나 실제는 '로마교회 권력'으로 유사 신본주의 기독교 교회

[표 2편15] 두 기독교 체계 작용원리와 움직이는 힘

독교 체계이다』

지금까지 논정(論定)한 두 기독교 체계에 대한 작용원리의 힘은 개신교는 '하나님 능력' 그리고 로마가톨릭교회는 '로마교회 권력' 이라는 단어로 작용원리의 힘으로 축약할 수 있으며, 이를 [그림 2편11]의 두 기독교 각각 큰 원 안에서 하단에 '하나님 능력' 그리고 '로마교회 권력'으로 표기하였으며 [표 2편15]는 그 요약표이다.

또한 이 표에서 우리는 역학관계 '하나님의 능력'은 '신본주의 기독교'를 의미하며, '로마교회의 권력'은 '신본주의'를 표방하나 실제 통치 힘은 '로마교회 권력'으로 '유사 신본주의 기독교'를 의미하는 것이다. 한눈에 서로 전혀 다른 '신본주의 기독교 체계'와 '유사 신본주의 기독교 체계'로, 신학의 정점 개념인 신본/인본주의에서부터 개신교 개혁교회와 로마가톨릭교회는 각각 차별화됨을 알 수 있는데 이를 [그림 2편11] 원의 테두리 네모모양의 하단부에 '신본주의 기독교'와 '신본주의를 표방하나 실제 권력은 유사 신본주의 기독교'로 각각 표시하였다.

□ 두 기독교 관계는 '서로 전혀 다른 기독교'라고 정의

[그림 2편11]과 [표 2편15]의 '두 기독교 체계'는 이 얼마나 서로 다른 '핵심가치 추구와 작용원리'와 '힘'인가! 본서에서 '두 기독교' 상호관계를 표현할 때 '서로 전혀 다른 기독교'라고 표현하는 근본적인 이유는, '두 기독교'가 각각 추구하는 '핵심가치 작용원리 힘'이 [그림 2편11]과 [표 2편15] 같이 서로 전혀 다른 근거를 두고 작동하고 있기 때문이며, 궁극에 가서는 '신본주의 기독교'와 '유사 신본주의 기독교'로 표현되는

'서로 전혀 다른 기독교'라는 용어로 상호관계를 규정하고 정의하였다.

따라서 우리가 앞으로 교회사 구조 체계를 논할 때는 [그림 1편2] '현행 교회사(AS-IS)'와 같이 같은 핵심가치와 작용원리 체계 방법을 지양하고, 앞으로는 서로 전혀 다른 작용원리 '두 기독교 교회사(TO-BE)' 즉 '성경 중심 기독교 교회사'와 '교권중심 기독교 교회사'로 [그림 2편9]과 같이 구분하여 기술하는 것이, 하나님이 신약성경 이후 교회 시대에 교회를 통하여서 하신 일들을 좀 더 정확하게 표현하는 합리성을 갖는 기술방법이라 결론 지을 수 있겠다. 그러면 처음 초대교회에서 같이 시작한 기독교가 어떻게 5세기에 와서는 이렇게 전혀 서로 다른 두 기독교가 되었을까?

이러한 개신교와 로마가톨릭교회의 서로의 유사성과 관계를 규정할 때 '서로 전혀 다른 두 기독교'라고 애석하게도 규정지을 수밖에 없는 현상은, 전적으로 '성경의 최상위 권위 인정' 여부에 따라서 결정될 수밖에 없다. 즉 '성경말씀 중심' 핵심가치 작용원리를 추구하는 '하나님의 능력'에 의한 정통적 개신교 개혁교회 '신본주의 기독교'와, '로마교회 중심' 핵심가치 작용원리를 추구하는 '로마교회 권력'에 의한 교회 권위적 로마가톨릭교회로 '유사 신본주의 기독교'로 구분 짓는다는 "성경의 최상위 권위 인정" 여부의 지대한 중요성을 다시 한번 유념하여야 하겠다.

(3) 두 기독교 핵심가치 연대기 그림 종합

앞 단락 내용을 함축하여 그림 언어 [그림 2편12] '두 기독교 핵심가치 연대기 그림'으로 압축하였다. 이 그림 한 장으로 4장-1절 논증 내용을 종합결산하는 그림으로 삼으려고 한다. 앞에서 논의하였던 4장-1절-1,2,3,4 항의 모든 내용을 종합 연대기 그림 언어 '[그림 2편12]'로 함축하여 표현되는데, 이 그림은 앞에서 설명한 두 그림 [그림 2편9] '두 기독교 연대기 그림'과 [그림 2편11] '두 기독교 핵심가치 비교도표'를 합쳐서 오버랩하여 표현한그림으로, 이제까지 서술 언어로 기술하였던 두 기독교 관계의 연대기 개념과 핵심가치 개념을 좀 더 선명하게 종합하여 이해할 수 있게 그림 언어로 표현하였다.

[그림 2편12] 두 기독교 핵심 가치 연대기 그림

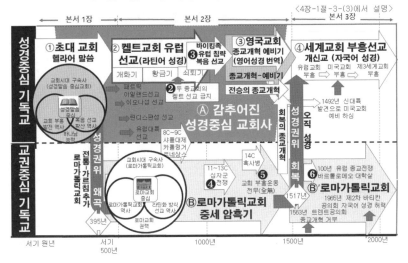

서로 비슷한 그림 형태로 표현되는 세 종류 [그림 1편2], [그림 2편9], [그림 2편12]을 상호 비교하여 요약 정리하면

[그림 1편2]은 현행 교회사(AS-IS)와 두 기독교 교회사(TO-BE)를 상호 비교 목적.

[그림 2편9]는 두 기독교가 서로 다른 기독교로 각각의 교회사 체계가 수립 목적 그림.

[그림 2편12]는 [그림 2편9]를 기본으로 [그림 2편11] 핵심가치 추구 작용원리와 힘을 추가하여 [그림 2편12]에 복합적으로 표현하였다. 따라서 앞으로는 [그림 2편12]가 앞의 여러 종류 연대기 그림을 종합하고 대표하는 그림으로 사용되겠다.

4. 선과 악 그리고 진리에 대한 최종 결론 <결結 끝맺음>

우리는 지금까지 앞 단락에서 '두 기독교 관계'에 대하여 신학적으로는 두 기독교가 여호와 하나님 창조질서에서 '성경말씀 중심 기독교'와 '로마교회 중심 기독교' 어느 것이 합당한가에 대하여 고찰하였고 신본주의와 인본주의 관점에서도 역시 살펴보았다. 따라서 이러한 내용을 신학적 관점과 역사적 관점 모두를 종합적으로 살펴본 결과 선과 악 그리고 진리에 대하여 개신교 개혁교회 기독교 변증가들은 이 문제를 다음과 같이 요약하여 결론을 내렸다. 우리도 본 단락에서 '두 기독교 관계'를 다음과 같이 세 가지로 요약하면서 최종 결론으로 끝맺음을 하겠다.

□ 다른 것들의 권위를 성경의 권위와 같이 간주할 때, 그 결과는 항상 악(惡)하다.

□ 반대로 성경의 최상위 권위를 인정할 경우, 성경의 권위와 경쟁하는 다른 것들(신자인 우리의 성숙에 도움이 될 것들)이 자신에 합당한 권위를 확립하게 된다.

□ 비록 성경의 권위 아래 있긴 하나, 이 종속적 원천들(2차적 원천들)이 그 자체의 권위를 갖고 있다는 사실은 궁극적으로 우리가 진리의 재판관이 아님을 상기시켜 준다.

(솔라 스크립투라. 138-140).

이에 대하여 세 가지 내용을 좀 더 세밀하게 살펴보자.

(1) 다른 것들의 권위를 성경의 권위와 같이 간주할 때, 그 결과는 항상 악하다.

다른 어떤 권위를 성경과 동등한 권위로 인정할 경우, 우리의 신앙과 삶의 규범으로서 성경의 권위가 심각한 장애를 받게 될 것이며, 그 결과는 지진이 일어난 것만큼이나 파괴적일 것이다. 닻이 없는 신자의 삶은 성경에 놓여진 터를 공격하는 그 압력으로 인해 심히 요동하게 될 것이다.

(2) 반대로 성경의 최상위 권위를 인정할 경우, 성경의 권위와 경쟁하는 다른 것들(신자인 우리의 성숙에 도움이 될 것들)이 자신에 합당

한 권위를 확립하게 된다.

브로밀리[131]는 '성경의 절대성(absoluteness)은 절대주의(absolutism)가 아니다'라고 말했는데, 맞는 말이다. 신앙고백서의 신조들이 마땅히 있어야 할 자리에 있을 때, 교회 교부들의 글을 최종적인 호소 법정인 성경의 권위 아래 둘 때, 교회와 교회의 공적 사역이 성경의 가르침에 따라 책임 있게 이루어질 때, 이 모든 것들이 제자리에 있게 되는 것이다. 제2차적인 원천으로서 그들이 차지하는 비중은 실로 중요하지 않을 수 없다. 왜냐하면 이 원천들 속에서도 말씀 자체의 권위를 가지고 분투한 진솔하고 잘 훈련된 심령과 지성들을 만날 수 있기 때문이다. (제2차적인 원천이) 비록 종속적인 원천이긴 하나, 그들이 기여한 것을 무시한다면, 그것은 곧 현대 교만의 극치요 우리는 만고의 지혜로부터 자립함으로써 결국 우매한 자들이 되고 말 것이다. 현대 복음주의는 이 메시지를 들을 필요가 있다!

(3) 비록 성경의 권위 아래 있긴 하나, 이 종속적 원천들(2차적 원천들)이 그 자체의 권위를 갖고 있다는 사실은 궁극적으로 우리가 진리의 재판관이 아님을 상기시켜 준다.

우리는 '이 교훈이 정말 성경 말씀에 충실한 교훈인가?'라는 질문을 던져 볼 수도 있다. 우리는 베뢰아인들이 한 것처럼(행 17:11) '성경을 상고(연구)'해야 한다. 심지어 예수님 제자가 한 말씀조차도 베뢰아인들은 그것이 진리인지 성경을 상고하였다. 그리고 누가 그 말씀을 가르치든, 그의 가르침을 성경 말씀에 비추어 조심스레 살펴보되 올바른 정신으로 살펴보아야 한다. 브로밀리는 이 점에 대해 다음과 같이 말했는데 아주 합당한 말이다.

"심지어 그들이 틀렸다고 의심할 만한 이유가 있을 때조차도, 우리는 마땅한 경계심과 존경심을 품고 그들의 가르침을 말씀에 비추어 조사해 보아야 할 것이다. 결국에 가서는 그들의 논쟁이 맞을지도 모른다는 사실

---

131) Geoffrey W. Bromiley. *Eternity and the Holman Family Reference Bible* (Nashville, Tenn.:Holman, n.d.) 6. The Inspiration & Authority of Scripture.

을 인식하면서 말이다. 전통과 마찬가지로 그리스도인 개개인도 그가 진실로 성경적일 때 무류하다. 그런데 우리는 자신이 생각하는 것처럼 항상 성경적이지 못하다. 이 종속적 권위들은 우리에게 바로 이 사실을 상기시켜주는 아주 귀중한 자료들이다."

여러 세기 전, 복음주의적인 주교 토머스 크랜머는 '하나님의 말씀이 교회 위에 있다'고 말했는데, 정말 그렇다. 또 제임스 패커는 수년 전에 '우리 주님은 기록된 하나님 말씀의 권위에 순복한 최초의 신앙 속에서 성장하셨다'고 말했는데, 이 또한 맞는 말이다.

성경 없는 신자는 아무 권위도 갖고 있지 않다고 할 수 있는데, 그 이유는 성경 없이는 '확실한 예언(벧후 1:19)'이 전혀 없기 때문이다. 성경이 있을 때, 가장 평범하고 유약한 그리스도인조차 '하나님의 감동으로 이루어진' 말씀, '하나님의 사람으로 온전케 하며 모든 선한 일을 행하기에 온전케 되도록 교훈과 책망과 바르게 함과 의로 교육하기에 유익한' 하나님의 말씀을 갖게 된다(딤후 3:16). 그리고 이 성경의 권위는 그 사람과 그의 삶을 이 세상 삶과 다음 세상 삶에 있어서 진실로 인정받을 만한 것으로 항상 만들어 줄 것이다.

(4) 결론: 성경중심과 로마교회 중심의 교회사 관점 비교

앞 단락에서 본 논증을 위하여 기승전결 4단계로 설명하였는데 본 단락은 마지막 결론 단락이므로 두 기독교 교회사의 관점을 한 장의 [그림 2편13] 그림 언어로 앞 내용을 모두 포용하면서 결론을 표현하려고 한다.

내용은 "[그림 2편13] 성경중심과 로마교회 중심의 교회사 관점 비교"는 [그림 2편9-1] "로마교회 최상위 권위의 헌법개념 비유"의 개념을 근거로 하여 작성된 그림으로, 앞 단락에서는 두 기독교의 교회사 관점에 대하여 다양한 견해가 제시되었던 것을 결론적으로 두 기독교의 교회사 관점을 요약 정리하였다. 본 자료는 두 가지 목적으로 교회사 관점을 요약정리하였는데, 첫째 목적은 과거를 성찰(省察)하고 반성하기 위함으로 이 그림 상단에서 현행 교회사 체계 관점이(AS-IS) 교권중심 기독교 로마가톨릭교회의 교회사 사관에서 나타나는 '교회사 단절'과 같은 여러 가지 교회사적인 문제점들의 근원이 되는 특히 중세교회사의 로마가톨릭교회 위주의 교회사 사관에 대해서, 정통 기독교 교회사 사관 입장으로 성찰하여 반성하는 목적이다.

둘째 목적으로 현행 교회사 사관을 극복하고 미래에 하나님이 원하시는 교회사 사관으로 거듭나기 위함이다. 미래의 교회사 사관으로 이 그림 하단에서 성경중심 기독교 개혁교회 교회사 사관을(TO-BE) 통하여, 창조주 여호와 하나님의 계시인 성경 기반으로 하나님 언약의 말씀이 성취되는 관점의 교회사 사관으로 거듭나서 창조주 여호와 하나님의 창조질서, 성경 말씀, 하나님의 구속사, 언약의 성취가 이 하나님의 교회사 속에서 조화롭게 나타나고 기록되므로 말미암아, 하나님의 백성을 구원하시겠다는 하나님의 사랑과 품성을 이 하나님의 교회사 속에서 하나님의 음성으로 자연스럽게 드러내기 위함이다.

자! 그러면 두 기독교의 교회사 관점 비교를 통하여 과거의 잘못을 성찰하고, 앞으로 미래에는 하나님이 당신의 백성을 사랑하시는 음성이 가득 담겨있는 교회사 관점으로 거듭 태어나기를 기대해 보자!

1) 교권중심 기독교 로마가톨릭교회의 교회사 관점(AS-IS)

이 내용은 제2회 바티칸 종교회의[132]에서 결정한 내용부터 살펴보자. 이 그림 상단에서 "따라서 하나님의 지혜로우신 설계에 따라 거룩한 전통, 거룩한 성경, 교회의 가르치는 권위, 이 세 가지는 서로 고리처럼 연결되어 있어서 나머지 둘이 없이는 그 중 어느 하나도 온전히 설 수 없음이 분명하다."

그러므로 이 종교회의 결정문은 전통, 성경, 교회의 가르침 세 가지를

---

132) Walter M, Abbot, The Document of Vatican II (Herden and Herden 1966), 118.
　　제2회 바티칸 공의회는 1962년~1965년에 로마 바티칸에서 개최된 로마가톨릭교회 공의회로, 로마교회 공의회는 중요한 교리나 원칙, 법령 등을 결정하여 공포한다. 로마가톨릭교회는 '교회의 가르치는 권위'를 두 가지로 지칭하는데 하나는 '교황의 말'이고 다른 하나는 '공의회 결정'으로 그만큼 '공의회 결정'을 '성경 말씀'과 같은 권위로 인정한다.

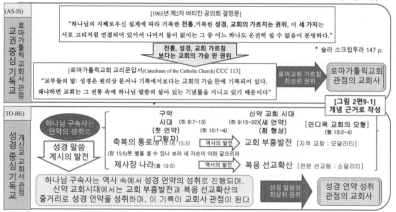

[그림 2편13] 성경 중심과 로마교회 중심의 교회사 관점 비교

<4장-1절-4-(4)>

동등한 권위로 인정한다. 그러나 실제적인 최상위 권위는 로마가톨릭교회로 성도들에게 가르치는 로마가톨릭교회 교리문답서(CCC 113)에 구체적으로 이를 잘 표현하고 있다.

"교회 전체의 살아있는 전통 안에서 성경을 읽어야 한다"(CCC 113). 여기서 교리문답서는 다음과 같은 글을 인용한다. "교부들의 말: 성경은 원리상 문서나 기록에서보다는 교회의 가슴 판에 기록되어 있다. 왜냐하면 교회는 그 전통 속에 하나님 말씀의 살아있는 기념물을 지니고 있기 때문이다"(CCC 113).

우리는 여기서 성경 문서나 기록보다는 '교회의 가슴판'이나 '기념물'이라는 성경적 근거가 없는 애매모호(曖昧模糊)한 표현을 사용하여 성경 문서나 기록보다는 불명확하게 추상적 관념화 방법으로 왜곡하여서, 결국은 이 모든 것을 로마가톨릭교회 권위가 최상위로 결정할 수 있도록 교묘하게 교리적으로 포장하여 만들어 놓았다는 것을 간파할 수 있다. 이것을 로마가톨릭교회 교리문답서(CCC)로 만들어서 가톨릭교회 성도들에게 성경권위보다 상세한 로마가톨릭교회 권위 교리 공부를 지도하고 있다. (솔라 스크립투라. 147). 로마가톨릭교회 교리문답서의 이 CCC 113 교리는 '[그림 2편9-1] 로마교회 최상위 권위의 헌법 개념 비유'에 대한 논리적 근거를 제공하게 된다.

2) 성경중심 기독교 개신교 개혁교회의 교회사 관점(TO-BE)

이 그림 하단은 앞의 [그림 2편10] 성경중심 교회사 관점을 인용한 그림으로 개신교 개혁교회 교회사 관점은 성경 기반으로 하는 '교회 부흥발전'과 '복음 선교 확산'이라는 쌍두마차 진행을 줄거리로 하며 나머지는 주변 것들이다. 그러므로 성경중심 기독교 개혁교회 교회사 관점은 [그림 2편13]하단과 같이 성경의 최상위 권위를 인정(성경을 기반으로)하는 "성경 언약 성취 관점의 교회사"이다.

3) 두 기독교 교리문답서에서 '성경의 최상위 권위 인정' 비교

우리는 이에 대하여 성경 기반에서 출발하는 개혁교회의 대소교리문답서(大小敎理問答書)와 로마가톨릭교회 교리문답서(CCC) 내용에서 성경의 권위를 두 교리문답서에서 '성경의 최상위 권위 인정 여부' 주제를 상호 비교해봄으로써 어느 것이 창조주 하나님께서 바라시는 창조 원리에 합당한 것인지를 분별할 수 있다. 그러므로 교권중심 기독교 로마가톨릭교회 교회사 관점은 [그림 2편13]상단과 같이 실질적으로 로마가톨릭교회가 최상위 권위로 인정하는 "로마가톨릭교회 관점의 교회사"이다.

우리가 분명히 깨달아야 할 바는 인간은 스스로 하나님의 말씀을 읽고 해석할 만한 능력을 소유하고 있지 않다는 사실이다. 인간의 지혜로 성경을 풀려고 하게 되면 결국 멸망에 이르게 될 뿐이다. 참된 성도들은 성령의 도우심에 따라 성경을 통해 하나님의 음성을 들으려 애써야 한다. 그러므로 베드로는 그 점에 대해 강조하고 있다(벧후 3:16).(이광호. 신약신학의 구속사적 이해. 319)

(상기 내용에 대한 논리 전개는 "[주제설명 4장5] 교회사의 관점 '성경말씀 기반 방식' 논리 ≪요점정리≫" 참조 바란다. 이제 '하나님 교회사 관점'의 폭넓은 이해는 [그림 1편6] '구속사 속에서 [교회사 기록]의 위치'에서부터 출발하여, '[그림 2편13] 성경중심과 로마교회 중심의 교회사 관점 비교'에서 두 기독교의 상이한 교회사 관점을 비교하였으며, [그림 2편16] '요한계시록 본문구조 하늘과 땅의 교회론 대비'에서 시공간을 초월하는 교회론 관점까지 하나님 나라 통치 구조로써 폭넓은 사고(思考)를 필요로 하게 된다)

2절 '두 기독교 나무'의 열매로 결과를 평가

하나님 교회사는 여호와 하나님 품성과 같이, 예수 그리스도 십자가 보혈로 인한 거룩한 아버지의 사랑이 전해지는 '교회 이야기 내용'이라고 생각한다. 그러나 본서의 특성은 주로 두 기독교에 대한 명제로 옳고 그름을 이유를 들어 밝히고 또 그 근거로 논증하여야 하므로 때로는 분석적이고 비평적인 내용이 다수를 차지하므로 책 분위기가 좀 어둡고 딱딱한 면이 다소 있다고 생각한다. 그러나 본 단락은 교회사의 본질과 같이 하나님 품성이 베여있는 원래의 모습으로 거룩한 아버지의 사랑이 베여있는 "성경적 믿음의 모범이 되는 공동체 이야기"는 본래의 따뜻하고 보람찬 내용이다. 그러나 이에 반하여 반대로 "중세기 가톨릭교회 해악들"이라는 어두운 두 이야기를 서로 대비해 가면서 전하려고 한다.

우리는 앞 1절에서 [그림 2편11] 서로 다른 두 기독교의 차이점을 이해하게 되었다. 그런데 우리는 어떤 것에 대하여 그 결과를 알아보려고 할 때는 그 나무를 보고 그 열매를 알 수 있다. (마 7:16-20) "그들의 열매로 그들을 알지니... 좋은 나무마다 아름다운 열매를 맺고 못된 나무가 나쁜 열매를 맺나니... 이러므로 그들의 열매로 그들을 알리라", 본 단락에서는 서로 다른 두 기독교의 교회사 나무에 실제로 맺은 열매로써 성경중심 기독교 나무 열매로 '믿음의 모범공동체 3형제'라는 아름다운 열매와 교권중심 기독교 나무 열매로 '중세교회사 6대 오작동과 해악'이라는 나쁜 열매를 살펴보면서 그 열매로 그 나무를 비교 평가하려고 한다.

(2000년 교회사에 대한 전체 평가는 '[주제설명 4장4]-교회사 2000년에 대한 평가' 내용 참조하여 종합 평가하기를 바란다.)

1. '믿음의 모범공동체'의 교회사적 의미 이해

성경 말씀이 이 세상 공동체 매일의 삶 속에서 실현 가능성 여부에 대한 합리적 의문에서부터 '믿음의 모범공동체'를 찾는 일이 시작되었다. 2000년의 교회사를 통하여 구속사를 살펴볼 때, 하나님 성경 말씀에 가장 잘 순종하고 성경 말씀대로 삶을 살았던 믿음의 모범공동체들이나 국가들이 있다고 가정한다면 그것은 과연 어느 시대 어떤 공동체일까? 다른 말로 말하자면 하나님 성경 말씀이 과연 이 땅에서 삶의 실현이 역사적으로 현실적으로 과연 가능하였던 공동체가 있을까? 아니면 성경 말씀은 우리가 도달하여야 할 목표치 이상향만 제시하는 것일까? 만약에 여기에서 2000년의 교회사가 성경 말씀에 순종하였던 믿음의 모범적인 단체나 국가로서 그 해답을 찾을 수가 없어서 실패한다면, 성경 말씀은 어디까지나 하나님의 이상적인 말씀이지 우리 인간이 현실 세계 즉 이 땅에서 삶으로 실천할 수 없는 비현실적인 이상주의와 목표치로 비추어질 수밖에 없다는 '합리적 의문'의 해답을 위해서 '믿음의 모범공동체'를 찾는 출발점으로 시작되었다.

(1) '믿음의 모범공동체' 선정기준

우리는 여기서 '성경적 믿음 실천으로 살았던 모범공동체'의 대체적인 기준 범위를 공동체의 규모와 내용 두 가지 측면으로 기준을 생각해보자.

규모와 내용 면에서 「다수 민족 혹은 국가가 모여서 수백 년(수 세기) 동안 성경적 믿음으로 실천하여, '교회 부흥발전'과 '복음 선교확산'의 열매를 맺고 살았던 신앙공동체」로 설정하였다. 2000년의 교회사에서 소규모 공동체가 짧은 기간에 이상적인 성경적 믿음의 실천 모범공동체로 살았던 많은 사례는 대상에서 제외하였다.

□ '믿음의 모범공동체 삼형제' 발견

그런데 유독 본서의 전편 『구속사와 히브리서』의 2000년 교회사에서는, 17~19세기의 '청교도 교회공동체' 하나만 유일하게 선정할 수밖에 없었다. 나머지 시대에는 뚜렷하게 '믿음의 모범공동체'를 발견하지 못하여, '청교도 교회'가 2000년 교회사에서 하나만 예외적 돌연변이로 탄

생한 공동체인가? 하는 의
구심을 늘 가졌었다. 그러
는 중에 본서 서론과 편집
후기에 소개한 것과 같이
로마제국 시대 '초대교회'
의 새로운 '믿음의 모범공
동체' 내용을 알게 되면서

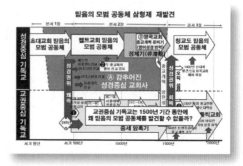

이 책을 기술하기 시작하게 되는 직접적인 계기가 되었다.

전작에서는 믿음의 모범공동체로서 '청교도 교회공동체'만이 밤하늘
의 샛별같이 외롭게 홀로 반짝이다가 본서에서는 '초대교회'와 '켈트교
회공동체'라는 믿음의 모범공동체를 추가로 발견하게 되어, 마치 이 그림
상단에서 삼형제와 같이 하나님의 2000년 교회사에서 나란히 계속해서
빛을 발하게 됨을 정말 감사하게 생각한다. 그리하여 이 삼형제 '믿음의
모범공동체'에 내용을 정리해서 하나님의 구속사 가운데 성경말씀이 이
땅 삶의 공동체에서 나란히 입증되는 찬란한 모범공동체 업적을 살펴보
도록 하자. 그러면서 이 그림 하단에서 보듯이 교권중심 기독교(로마가톨
릭교회)는 1500년 기간에 왜 믿음의 모범공동체를 하나도 발견할 수 없
을까? 라는 의미심장한 의문을 또한 가져 본다.

(2) 초대교회 '믿음의 모범공동체' 발견(1~4세기)

우선 로마제국 시대 초대교회를 '믿음의 모범공동체'로 다시 평가하게
됨을 하나님께 감사하게 생각한다.

1) 초대교회 믿음의 성숙도와 삶의 실천

로마제국 전염병 팬데믹 사태에 대처하는 초대교회 기독교인들의 행동
을 통해서 그들의 하나님 말씀 믿음의 성숙도와 놀라운 믿음의 실천 내용
을 직접 살펴보자. 우선 그리스도인들은 고통받는 로마 이교도들에게 즉
각적인 위로와 닥친 재난이 갖는 나름의 의미와 해답을 제공했다. 무자비

한 전염병이 기독교를 믿는 자에게는 훈련의 과정이고 시험의 시간이라고 가르쳤다. 또한 가족과 친지들 친구들, 집, 모든 것을 잃은 사람들에게 죽음 이후에 하나님과의 영원한 삶을 살 수 있다는 영생의 소망을 제시했다. 이교들과 이교도 신들은 죽음 이후의 삶에 대답도 없고 관심도 없었다. 그러나 죽음 이후의 더 나은 미래의 청사진 영생의 소망을 기독교가 제시했다.

□ 하나님 말씀을 직접 실천하는 간호와 섬김의 헌신

우리는 251년경에 두 번째로 다시 큰 규모의 전염병이 로마제국 전역에 닥쳤을 때 초대교회 그리스도인들의 순교적 삶을 실천한 내용을 알 수 있다. "우리 그리스도인 형제자매들은 대부분 한없는 사랑과 충성심으로 섬김을 보여주었는데, 자신의 목숨을 아끼지 않고 오로지 상대방을 생각했다. 이 전염병에 걸린 다른 사람을 돌보다가 그리스도인들이 감염되면, 그들 이웃의 병을 그리스도인 자신의 몸으로 받아내며(그리스도께서 하신 것처럼) 기쁜 마음으로 이웃의 고통을 감내하였다. 많은 기독교인이 이교도들을 간호하고 치료하다가 감염이 되어서 이교도들 대신에 그리스도인 자신들이 죽어갔다. 수많은 장로, 목사, 집사, 평신도들이 이렇게 자신의 목숨을 잃었다. 이런 죽음은 위대한 경건과 강한 믿음의 결과이며 순교나 다름없는 것이었다."

□ 예수님 말씀대로 물질 사용 : 헌금과 구제

초대교회 시대에 그리스도인들의 재물 나눔과 서로 사랑에 대해서 들어보자.

"한 달에 한 번 또는 자기들이 원하는 때 아무 때나 모든 성도는 준비한 헌금을 교회에 가져온다. 이 헌금은 각자가 원할 때만 그리고 할 수 있는 여력이 있을 때만 가져오지 절대로 강요는 없다.

우리는 이 돈을 비싼 만찬을 하는데, 술 파티하는데, 감사함이 없이 먹고 마시는 데 쓰지 않는다. 반대로 우리는 가난한 자들을 먹이고, 그들의 장례를 치러주는 데 사용한다. 또 부모가 없고 가진 것이 없는 어린아이를 위해, 나이 먹어 일할 수 없는 노예를 위해, 배가 망가져 모든 것을 잃은 어부를 그리고 광산이나 섬이나 감옥 안에 갇혀있는 이들을 위해 헌금을 사용한다. 기독교인은 마음이 하나가 되어서 연합을 이룬 우리는 우리의 재산을 나누는 것을 주저하지 않는다. 우리는 배우자를 제외하고는 모든 것을 서로 나누어 쓴다."

2) 초대교회에 대한 '믿음의 모범공동체' 기준 합당 여부 평가

초대교회 규모는 1~4세기 동안에 로마제국 4천5백만 명의 그리스도인 공동체로 성장하였으며, 공용어 헬라어 하나님 말씀을 기반으로 말씀의 기준과 삶이 기준이 일치되는 삶의 모범이 되었다. '교회 부흥발전'과 '복음 선교확산'은 수천 명의 헬라-유대 그리스도인으로 1세기에 시작하였던 초대교회는 이교도를 그리스도인으로 선교하여 4세기경에는 4천5백만 명의 그리스도인 하나님 백성으로 가히 폭발적으로 성장하는 '교회 부흥발전'과 '복음 선교확산' 그 자체 교회였다.

(3) 켈트교회 '믿음의 모범공동체' 발견(5~10세기)

성경적 믿음의 모범공동체의 특징은 '교회 부흥발전'과 '복음 선교확산'인데 켈트교회공동체는 이 두 가지를 2000년 교회사에서 가장 모범적으로 훌륭하게 수행하였다.

1) 켈트교회의 성경적 삶의 모범 귀중한 유산

5세기경 영국에서 목회자로 하나님을 섬기던 패트릭은 '아일랜드에서 자기를 노예로 삼았던 주인의 초청하는 꿈'을 사도 바울의 소아시아에서 '마케도니아 소명(행 16:9-10)'으로 해석하고, 아일랜드의 켈트족에게 복음을 전하라는 명령으로 받아들였다. 서기 432년 목회자, 신학 수련생, 남녀 평신도들과 함께 12명이 '사도적선교 팀'을 이루어 영국에서 아일랜드에 도착한 역사상 최초로 아일랜드에 파송된 선교팀이었다. 우리는 앞에서 성경적 선교방법 모델인 패트릭 선교팀과 이에 대비되는 로마가톨릭 선교방법을 비교 평가하여 살펴보았다.

□ 아일랜드인 켈트교회공동체 선교팀의 영국과 유럽대륙 선교

패트릭 선교팀 아일랜드 사역은 미전도종족 아일랜드를 복음으로 변화시켜서, 패트릭 선교팀 자신들과 아일랜드를 축복의 땅으로 변화시킨 것뿐만 아니라, 그 '축복의 통로'와 '제사장 나라' 사명을 그의 이웃 잉글랜드, 스코틀랜드 그리고 유럽대륙에까지 전파하기 시작하였다. '[표 2편9] 켈트교회 유럽선교 세대별 구분'으로 살펴보자. 1세대 432년 패트릭 팀의 아일랜드 선교, 2세대 563년 콜룸바 팀의 스코틀랜드 북서 아이오나 섬 선교, 3세대 633년 아이든 팀 스코틀랜드 북동 린디스판 섬 선교 그리고 4세대 600년 콜룸바누스 팀 유럽대륙 남중부 유럽선교로 유럽을 복음화하였다.

□ 켈트교회공동체의 성경적 가르침에 합당한 특성

켈트공동체의 일반적인 구성원은 경건 생활을 하는 잘 훈련된 전도자들로 동방수도원보다 훨씬 더 다양한 공동체를 세워나갔으며, 평신도 켈트공동체 원장에 의해 이끌려졌다. 그곳에는 전도자들뿐 아니라 성직자, 교사, 학자, 기능공, 예술가, 요리사, 농부, 가정들과 아이들이 가득했으며, 근본적으로 평신도 운동이었기에 몇 안 되는 성직자나 준비생에게는 유용하지 못했다.

어떤 켈트공동체는 천 명 이상의 사람들이 살고 있었으며, 벤고르와 크론퍼트 같은 곳에는 3천 명의 사람들이 모여 살았다. 켈트공동체의 하루 일상생활은 하루를 예배시간, 공부시간, 작업시간으로 3등분해서 다양한 종류의 활동을 수행했다. 또한 많은 켈트공동체들이 그 구성원들을 불신자를 위한 선교사로 준비시키는 '선교기지(Mission Station)' 역할을 담당하고 있었다.

2) 켈트교회공동체에 대한 '믿음의 모범공동체' 기준 합당 여부 평가

규모로는 켈트교회는 5-10세기 동안에 아일랜드 켈트족에서부터 시작하여 영국, 중부 유럽대륙까지 토속종교에서 기독교로 교회 부흥과 복음 선교를 하였다. 내용 면은 첫째로 말씀 중심 삶은 라틴어 성경을 배우기 위하여 외국어 라틴어를 기본적으로 가르쳐서 성경중심 삶으로 성경 말씀과 일치되는 성숙한 삶의 모범이 되었다. 둘째로 '교회 부흥발전'과 '복음 선교확산'으로는 아일랜드 패트릭의 선교팀을 시작으로 하여 영국과 중부 유럽에까지 켈트교회 부흥발전과 복음 선교 확산하였던 모범적인 신앙공동체 그 자체였다.

(4) 청교도 '믿음의 모범공동체' (17~20세기)

청교도에 관한 내용은 본서의 전작 구속사와 히브리서에서 자세히 소개하였는데(구속사와 히브리서. 228-255, 청교도-이 세상 교회사의 모범생들), 본 단락에서는 청교도 '믿음의 모범공동체'에 대해서만 간략하게 전작에서 인용하여 살펴보겠다.

청교도(清教徒, Puritan)란 16세기부터 영국과 17세기 북아메리카 신대륙 뉴잉글랜드 13주에서 칼빈주의 흐름을 이어받은 프로테스탄트 개혁파를 시작으로 한다. 청교도는 유럽에서 신앙의 자유를 찾아서 17세기에 영국에서부터 시작하여 신대륙 아메리카로 건너간 개척자들의 후손으로 18세기 이후에 신대륙 미국에서 그들 이상의 꽃을 피웠던 '청교도'는, 18세기 미국 건국 때에 청교도 정신이 미국 건국이념의 중심축이 되어서 미국 교회는 21세기 오늘날까지 팍스 아메리카 미국 번영의 기초가 되었다.

1) 전형적인 청교도 삶의 모습

청교도들이 삶을 쉽게 이해하기 위하여 성경을 실천하였던 전형적인 모형을 제시하기로 한다. 전형적인 청교도의 모습은 한 남자와 한 여자 결혼해서 가정을 꾸렸으며 자녀 교육과 가정 예배(특히 성경 읽기와 기도)가 매우 중요한 자리를 차지하였다.

신앙생활은 대부분 지역교회 중심으로 이루어졌으며, 교회 안에서 교리를 배우고 공동 예배를 드리며 아이들에게 교리문답을 가르쳤다. 교회를 건물이라기보다 생활 전반에 걸쳐 영향력을 행사하는 목회자(목사) 아래 함께 모이는 성도들의 공동체였다.

주일을 뺀 나머지 일주일 동안 매우 바쁜 나날을 보냈으며 인생은 진지한 것이기에 한가할 여유가 없었다. 청교도들은 힘든 노동이 미덕이고 하나님께서 모든 그리스도인이 그리스도인답게 도덕적으로 이 세상일을 수행하도록 촉구하신다고 믿었다.

□ **청교도 공동체의 신앙생활 특징**

경제적 부에 대한 척도는 '청교도들의 부에 대한 중용'을 추구하였다. 중용의 기준은 청교도들은 돈과 재물을 얻을 때, 일단 만족하고 중용을 취하였다. 그들은 금욕주의자는 아니지만, 탐욕과 사치에 제동을 걸었다. 물질만이 지상 최고의 가치관으로 치부하는 21세기에 청교도들의 물질에 대한 중용 가치관은 한국교회 개신교 성도에게 좋은 본보기를 보여준다.

그들의 가장 큰 특징은 하나님 중심으로 산다. 하나님을 삶의 우선순위로 의식하고 다른 모든 것들을 그분과 맺는 관계를 따져서 평가한다. 또한 삶의 모든 영역은 하나님 통치 영역으로 청교도들은 두 세계 즉 영적 세계와 지상의 물리적 세계를 둘 다 똑같이 실제로 취급했기 때문에 거룩한 삶과 세속적인 삶으로 이원화되지 않았다.

2) 청교도 교회에 대한 '믿음의 모범공동체' 기준 합당 여부 평가

규모로 청교도 교회공동체는 17~20세기에 영국을 포함하는 유럽대륙과 신대륙에서 미국을 건국하는 건국이념이 되었으며 19~20세기는 미국교회가 하나님 선교에 중추적 역할을 담당하였다. 내용적인 면은 첫째로 말씀 중심 삶은 자국어 성경 하나님 말씀을 기반으로 말씀의 기준과 삶의 기준이 일치되는 삶의 모범이 되었다. 둘째로 '교회 부흥'과 '복음 선교'는 유럽과 미국에서 18~19세기 교회 부흥 운동에서 청교도 교회가 지대한 공헌을 하였으며, 부흥의 결과 헌신 된 엘리트 선교사들에 의하여 19세기 이후에 제3세계까지 선교의 지평이 활짝 열렸던 선교 황금 시기였다.

(5) 삼형제 믿음의 귀중한 유산

믿음의 모범공동체 삼형제 특징과 공통점은 오늘을 살아가는 우리 그리스도인에게 이 삼형제의 믿음이 귀중한 삶의 유산으로 다음과 같이 상속된다고 볼 수 있겠다.

1) 믿음의 모범 삼형제의 특징

- 초대교회는 당시 공용어 헬라어로 된 하나님 말씀을 중심으로 가정교회 형태로 모이기를 즐거워했으며, 신앙공동체 속에서도 서로 물질을 나누며 경제 공동체로서 결속을 다졌으며 신앙과 일상 삶이 일체가 되었다.
- 켈트교회공동체의 라틴어 성경을 읽기 위하여 라틴어를 가르쳤으며 하루 일상생활은 하루를 예배시간, 공부시간, 작업시간으로 3등분해서 다양한 종류의 활동을 수행하였으며 특히 선교 전진기지 임무를 수행하였다. 그리스도 복음 선교확산을 우선순위 삶으로 켈트교회는 생활원칙을 실천하였다.
- 전형적인 청교도 교회의 모습은 가정을 중심으로 지역교회를 섬겼으며, 자녀 교육과 가정 예배(특히 성경 읽기와 기도)가 매일 삶의 모습으로, 신앙과 삶이 일원화되는 특징은 청교도 미국교회의 모습으로 하나님 우선순위의 삶은 매우 중요한 자리를 차지하였다.

□ 하나님 우선순위 삶의 생활원칙

이 모두를 가능하게 하는 이 삼형제 믿음의 공통점은 구속사 구원의 근거가 되는 그리스도의 희생 제사(히 9:11-14)로 말미암아 십자가의 은혜로 "하나님 우선순위 삶의 생활원칙을 결단하고 삶을 살았다." 이 삼형제 믿음의 공통되는 특징 '그리스도의 희생 제사와 십자가의 은혜'를 우선

순위로 사는 삶은 하나님의 백성인 우리에게 지정의 인격체로 심령의 울림으로 나타난다. 그러므로 이 울림은 이 삼형제 교회를 기록한 교회사가 하나님이 하신 일을 기록한 것이라는 심령의 울림은 내적 증거이기도 하다.

2) 21세기 오늘날 기독교계와 한국교회에 주는 타산지석 교훈

우리는 '성경적 믿음의 모범공동체' 삼형제의 2000년 교회사 속에서 면면히 흐르는 공통적인 특징으로 발견되는 것은, 매일의 일상생활 삶 속에서 '하나님 우선순위(Priority) 설정 생활원칙' 문제의 공통점이다. 그들은 일상생활의 모든 부문에서

(마 6:33) "그런즉 너희는 먼저 그의 나라와 그의 의를 구하라 그리하면 이 모든 것을 너희에게 더하시리라."

에서 "먼저 ~ 그리하면" 하나님 우선순위 삶의 원칙 성경 말씀을 삶으로 실천하였다. 초대교회도 그러했고 켈트교회공동체도 그러했고 청교도 교회공동체도 그러했다. 이 믿음의 모범 삼형제는 삶의 우선순위(Priority) 설정 문제에서, 하나님 주권을 믿는 "항상 하나님 우선주의 원칙(신본주의)"에 입각하여 모든 일상생활을 변함없이 한결같이 일생 영위하였고, 또 그 믿음을 공동체 후손에게 삶으로 모범을 보이면서 훈육하였던 것이 공통점이다.

3) '하나님 우선순위 삶의 원칙'에 관한 한국교회 모범

'삶의 하나님 우선순위(Priority) 설정 문제'에 있어서 한국교회 우리 신앙의 선배들은 "항상 하나님 우선주의 원칙(신본주의)"을 삶으로 모범을 그렇게 후손에게 보였다. 서구 선교사로부터 그리스도를 영접한 한국교회 1세대 할아버지, 할머니 세대는 일제 강점기 치하 고난의 국란 속에서도, 많은 자녀 중에 장남이나 제일 유능한 자녀를 레위인 같이 전담으로 하나님을 섬기기 위하여 신학교로 보내어 목회자의 길로 섬기게 하셨다.

그리고 2세대 부모님 세대는 6.25 한국전쟁을 겪은 궁핍한 가정 형편

에서도 하루 매끼 밥을 짓기 전에 선미 쌀[133]을 먼저 일정량 떼어서 일상생활에서 하나님과 교회 섬김을 우선 실천으로 자녀들에게 모범을 보여주셨다. 제일 귀중한 향유의 옥합을 깨뜨려 예수님께 드림과 같이, 초기 한국교회 신앙의 선배들은 고난과 궁핍한 생활환경 속에서도 제일 귀중한 새벽 시간과 물질과 자녀와 모든 것을 우선 하나님께 먼저 아뢰고 행동하셨다.

일상생활 삶 속에서 '하나님 우선순위(Priority) 설정 생활원칙'을 깊이 묵상하고, 이를 현대 그리스도인의 신앙생활에 어떻게 적용하느냐 하는 과제가 '성경적 믿음의 모범공동체 삼형제'가 우리 21세기 한국교회 후손에게 남겨주는 가장 값진 본보기며 또한 가장 소중한 믿음의 유산이라 하겠다.

2. 로마가톨릭교회의 '중세교회사 6대 오작동과 해악'

우리는 지금까지 앞 단락에서 감사하게도 교회사 속에서 '성경적 믿음의 모범공동체 삼형제' 즉 초대교회, 켈트교회 그리고 청교도 교회를 살펴보았다. 그런데 본 단락에서는 이 내용과 상반되는 내용으로 불행하게도 교회사에 해악을 끼친 사례로 기록되는 사건에서 교회사 흐름의 변곡점에 해당하는 중요한 내용을 중심으로 서로 원인과 결과에 해당하는 인과 관계와 연관 관계를 중심으로 살펴보면서 2000년 교회사를 사건 하나하나보다는 좀 더 입체적이고 종합적으로 살펴보도록 하겠다.

이 내용은 우리가 앞 단락에서 구속사(언약의 성취)의 속성 중에서 '역사의 발전'이라는 내용에서 "(구속사에서) 역사의 발전이라고 말한다 해서 상태가 항상 더 나아지고 또 하나님의 백성이 뒤로 미끄러지지 않음을 말

---

133) 선미 쌀 : 1950~1970년대 한국교회는 교인들의 가정 형편이 궁핍하여 교회 재정이 넉넉하지 못하므로 교회 전담 사역자에게 지급하는 사례비 일부를 교인들이 제출하는 선미 쌀로 사례비와 함께 현물로 지급하였다. 이때 선미 쌀은 교인 각 가정에서 교회에 제출하기 위하여 매끼 밥을 지을 때마다 쌀을 조금씩 떼어서 선미 주머니나 봉투에 담아두었다가 주일에 교회에 현물로 드렸다.

하는 것은 아니다. 하나님 백성의 상태에는 자주 불순종, 쇠퇴, 배반 등이 나타남을 보게 된다."라는 것을 살펴보았다. 애석하게도 다음 내용은 중세교회사 역사의 발전 속에서 앞 단락의 성경적 '믿음의 모범공동체' 삼형제와는 상반되는 하나님 백성 상태의 불순종, 쇠퇴, 배반 등으로 나타나는 창조질서의 오작동 사례들을 살펴보게 된다.

(1) '로마가톨릭교회 중심' 핵심가치 추구로 교회사의 6대 오작동과 해악 「중세교회사 1000년의 암흑기 상징성」

그런데 2000년 교회사를 [그림 2편12] 내용에서 자세히 관찰해보면, 이는 전체 내용 중에서 이 그림에서 보면 5-16세기 중세 교회사가 가장 중요한 변혁기로서 이때의 1000년의 중세교회사 – '5세기 성경권위 왜곡'에서부터 16세기 '성경권위 회복'까지– 의 기틀이 2000년 교회사의 중간 자리에서 밑그림으로 좌우하게 된다. 따라서 이 중요한 1000년의 중세교회사의 흐름과 연관 관계들을 중점적으로 다음 단락에서 살펴보면서 2000년 교회사의 총정리를 하려고 한다.

'두 기독교' 체계와 작용원리 힘이 중세 5-16세기 약 1000년 동안에 로마가톨릭교회의 작용원리 '로마교회 중심'과 '로마가톨릭교회 권력'이라는 힘의 역사가 창조주 하나님 창조질서의 길에서 벗어나서 오작동 하게 되는데, 각 사례와 그로 인하여 교회사 속에서 발생하는 [표 2편13] "로마가톨릭교회 중세 6대 오작동과 해악(해로움과 악함)"을 살펴보자.

[그림 2편 9]에서 기호 ❶~❻ 해당 내용 시대적 위치 참조

기호	시기	내 용
❶	5세기 이후	라틴어 성경 이외의 자국어 성경 번역과 사용금지
❷	7~10세기	두 종교회의(휘트비, 오탱)에서 켈트교회 방법 선교 금지
❸	10~11세기	바이킹족 무력침공으로 250년간 유럽지역 참화
❹	12~13세기	로마가톨릭교회의 영적 무지로 8차례의 십자군 전쟁 참화
❺	5세기 이후	"로마가톨릭교회는 교회적으로 부흥을 경험한 적이 없다"
❻	16~17세기	유럽 100년간 종교전쟁과 1572년 파리 바르톨로메오 대학살 사건

[표 2편13] 로마가톨릭교회 중세 6대 오작동과 해악

특히 ❶ '로마교회 라틴어 성경 이외의 자국어 성경 번역 및 사용금지'

와 ❷ '두 종교회의 결과로 켈트교회 선교 금지'는 1000년의 중세교회사의 성격을 규명하는 중요한 변곡점에 해당하므로, 이 ❶, ❷ 두 사건을 각각 꼭짓점으로 하여 나머지 사건들과 원인과 결과 인과(因果)관계를 같이 살펴보자.

(2) 로마가톨릭교회 라틴어 성경 이외의 자국어 성경 금지

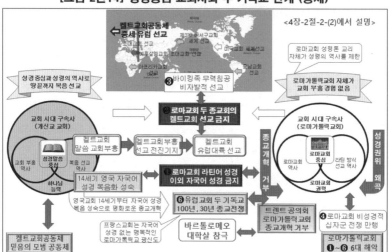

[그림 2편14] 성경중심 교회사와 두 기독교 관계 (중세)

[그림 2편14]내용을 설명하면 ❶, ❷ 두 사건을 중심으로 다른 사건들과 인과 관계를 나타내는 그림으로, 상단에 세계선교 지도는 중세 켈트교회공동체 유럽교회 선교는 16세기 종교개혁 이후 세계선교를 향한 디딤돌 역할을 할 수 있는 유럽교회를 설립하게 된다. 중앙 좌측에 개신교 개혁교회의 핵심가치는 성경말씀 중심과 하나님 능력에 의한 신본주의 기독교이며, 중앙 우측의 로마가톨릭교회의 핵심가치는 로마교회 중심과 로마교회 능력에 의한 유사 신본주의 기독교를 의미한다.

이 그림 중앙에 ❶ 라틴어 성경 이외 성경 금지와 ❷두 종교회의 켈트교회 선교 금지 결정은 1000년의 중세교회사의 색깔을 결정짓는 중대한 사건으로 이와 연관되는 교회 부흥과 중세교회사 사건들의 연관 관계를 표현하고 있다. 한편 좌측의 켈트교회와 영국교회는 성경중심 교회로 발전하여 왼쪽 아래에 '켈트교회 믿음의 모범공동체'로 발전하였으며, 우측의 로마가톨릭교회는 교권 중심 기독교로 발전하여 오른쪽 아래에 '로마가톨릭교회 ❶~❻6대 해악'으로 역사의 발전에 역행하게 된다. 이전의 많은 그림 [그림 1편2], [그림 2편9], [그림 2편12] 등은 교회사 특징이 연대기 순서로 다양한 의미를 내포하고 있다면, [그림 2편14]은 이에 대한 각각의 인과 관계 중심으로 표현한 그림이다.

**❶ 로마교회 라틴어
성경 외 자국어 금지**

[그림 2편14] 중앙에는 "❶로마가톨릭교회의 라틴어 성경 이외의 자국어 성경 번역금지"하는 것으로 1000년의 중세암흑기의 특성을 결정 짓는 중요한 한 요인 중의 하나인 동시에, 이 결정이 그 이후 하나님의 구속사에서 1000년 동안이나 기독교 교계에 말할 수 없는 고통과 해악을 주게 되는데 그 내용을 살펴보자.

본론으로 들어가서 기독교는 계시의 종교이기 때문에 성경 말씀이 신앙생활 중심에 핵심을 이루고 있다. 그런데 이 5세기부터는 서로마제국이 476년 멸망한 이후 각 나라가 로마제국에서 독립되어서 독자적으로 국가를 세우고 행동하기 시작하는 시기이므로, 이때까지 사용하던 로마제국 공용어인 헬라어 성경에서 자연히 각국의 언어로 번역된 자국어 성경책을 사용하는 것이 자연스러운 방법이다. 그러나 로마가톨릭교회는 이를 강력하게 금지하였으며 이탈리아어인 모국어 라틴어 성경만이 '라틴어는 신이 주신 언어'라고 거짓 주장하면서 라틴어 이외 자국어 성경으로 번역을 엄격히 금지하고, 위반 시에는 종교재판에서 사형 등의 극형으로 다스렸다. (자국어 성경 사용금지에 대한 상세 내용은 2장-2절-1"라틴어 성경 이외의 자국어 성경 사용금지" 참조 바란다.)

**❹ 로마교회 비성경적
십자군 전쟁 만행**
이 그림 오른쪽 아래에 ❹십자군 전쟁(1096~1270년)의 피해는 남부 유럽과 중동지역 예루살렘까지

170년간에 걸쳐서 8차례의 십자군 전쟁이 자행된다. 십자군 전쟁을 발생하게 되는 근본적인 원인은 로마가톨릭교회가 성경 말씀 복음에 입각한 기독교 선교 정책에 뿌리를 내리지 못하고, 비성경적인 무자비한 무력으로 예루살렘을 이슬람 세력으로부터 탈환하려는 그릇된 야심에서 시작되었다. 로마가톨릭교회 신자인 일반 유럽 가톨릭교회 성도들은 라틴어를 알지 못하므로 성경을 읽지 못하여 성경 말씀의 핵심 진리를 모르므로 십자군 전쟁과 같은 비성경적인 전쟁을 일으키게 된다. 이 얼마나 기독교 성도에게 하나님 말씀을 빼앗아버리는 기독교 성경 본질에서 한참 벗어난 비성경적인 신앙생활인가!

트렌트 공의회
로마가톨릭교회
종교개혁 거부 이 그림 오른쪽 아래에 트렌트 공의회는 이탈리아 트렌트에서 16세기 중엽 1545~1563년 18년 동안 세 차례 개최되어 종교개혁을 주제로 공의회가 열렸으나 로마가톨릭교회는 모처럼의 종교개혁 기회를 거부하였다. 그 여파로 10년 후에, 프랑스 파리에서 성 바르톨로메오 축제일에 로마가톨릭교도에 의한 개신교 신자 5,000명을 학살하는 대학살 참극이 벌어졌다. 가톨릭교회 종교개혁 거부는 로마가톨릭교회의 기독교 복음에서 더 멀어진 걸 무늬만 기독교인으로 양산하여 기독교인이 기독교인을 학살하는 비성경적 배경의 한 단면을 볼 수 있다. 종교개혁 이후 이때는 자국어 성경을 사용하기 시작하는 스페인, 프랑스, 독일 등의 국가가 있으므로 라틴어 불가타 역본을 유일한 권위가 아니고 최종권위로만 인정하고 로마교회는 한 걸음 물러났다.

❺ 유럽교회 두 기독교 100년, 30년 종교전쟁 이 그림 중앙 하단에 유럽교회 100년 종교전쟁과 30년 종교전쟁은 두 기독교의 각각 국가 간에 즉 로마가톨릭교 파와 종교 개혁파 간의 죽고 죽이는 전쟁으로 사랑이 핵심인 기독교 신앙으로 보면 이 얼마나 비참하고 한심한 전쟁인가! 로마가톨릭교회는 라틴어 성경 이외의 자국어 성경을 금지하므로 기독교인은

성경을 읽지 못하고 성경 말씀에 무지하므로, 단지 로마교회 사제나 성경에서 왜곡된 교리서 등에서 설명하는 기독교 기초적인 내용이나 성당 벽화 등을 보고 기독교 교리를 나름대로 생각하고 묵상하게 된다. 로마교회는 무늬만 명목상 기독교인(Nominal Christian)으로 1000년간 성경에 무지한 기독교 교인을 양산하고 있었다. 이와 대조적으로 유럽대륙에서 벗어난 섬나라 영국교회는 14세기부터 자국어 영어로 번역이 되어있는 성경을 가질 수 있었던 영국 기독교인은 성경 말씀으로 성숙한 복음적 기독교인으로 성장하였다.

바르톨로메오
대학살 참극　　　이 그림 중앙 하단에 1572년 8월 22일 성 바르톨로메오 축일의 축제일에, 로마가톨릭교도 마고(마그리트) 공주와 개신교도 앙리 왕의 결혼식을 위하여 모두 프랑스 파리로 모여들었다. 결혼식과 축제가 밤새도록 끝나가고 새벽 동이 틀 무렵, 광신도 폭도로 변한 로마가톨릭교도들에 의하여 5천여 명의 개신교인들이 무참히 살해되어 학살되는 '성 바르톨로메오 축일의 대학살'이 일어났다. 이는 400여 년 전의 로마가톨릭교회의 이름으로 십자군 전쟁에 참전하여 무고한 피를 흘리게 하던 십자군과 바르톨로메오 대학살에 가담한 로마가톨릭교도들은 그들은 이미 성경적으로 복음화된 성숙한 그리스도인들이 아니고, 성경 말씀에서 한참 벗어난 광신도 무리일 뿐이었다. 기독교인들에 의해 왜 이러한 끔찍한 만행이 저질러졌을까?

이것이 평소에 성경중심 기독교 복음 신앙이 얼마나 중요한지를 14세기부터 영국 종교개혁의 샛별 존 위클리프의 지도 아래서 자국어 영어 성경을 사용하여 꾸준히 성경적 복음화를 이룩하고 있는 동시대에 프랑스 교회는 바로 도버해협 건너 이웃 나라 영국교회와 영국 기독교 교인에 비교하면 잘 대비가 된다.

(3) 두 종교회의(휘트비, 오탱)에서 켈트교회 방식 선교 금지 결정

❷ 두 종교회의
켈트교회 선교 금지

432년 패트릭 선교팀에 의한 아일랜드 켈트교회공동체 선교는 5~6세기부터 아일랜드와 영국 켈트교회공동체 부흥으로 유럽대륙 선교 전진기지 역할을 하게 되었으며, 이를 발판으로 켈트교회공동체는 7~8세기 유럽대륙 복음화 선교에 가히 역동적으로 눈부신 역할을 하게 되었다. 그러나 이 그림 중앙의 7세기 말 '두 종교회의(영국 휘트비, 유럽대륙 오탱) 결과'로 [표 2편14] 켈트교회 선교방법이 금지되고 로마교회 방법으로 대체되면서, 그 왕성하던 켈트교회의 유럽대륙 선교 활동은 로마가톨릭교회에 의하여 금지되어서 결국 유럽대륙에 활활 타오르던 복음 선교 횃불이 꺼지게 된다.

〈작용 원리〉 두 기독교	〈 '성경 말씀 중심' 작용원리〉 켈트교회 성경중심 기준 선교방식	〈 '로마교회 중심' 작용원리〉 교권중심 로마가톨릭교회 가르침
기독교화 대 문명화	피선교 국가에 선교 기독교화를 추진하면서 동시에 문명화도 추진하였다	문명화를 로마교회 가르침으로 문명화되지 않은 곳에 선교도 추진하지 않았다.
상황화 대 라틴화	피선교국 문화, 언어, 사회적 여건에 적합한 방식으로 상황화하면서 선교를 추진하였다.	피선교국 상황에 관계없이 획일적 라틴화 로마교회 방식을 적용하였다

[표 2편14] 두 기독교의 '문명화'와 '상황화' 작용원리 차이

이 두 종교회의 켈트교회 선교 금지 결정은 유럽선교 교회사에서 변곡점에 해당하는 엄청나게 중요한 핵심 사건으로 해석된다. 그 결과 9세기이후 유럽대륙 북부 스칸디나비아 바이킹족에 대한 선교의 기회는 사실상 상실되었고, 결국 300년 이후에 이교도 바이킹족의 유럽 침탈 유혈극을 250년 동안 뼈저리게 유럽인들은 참극을 당하게 된다. 현행 중세교회사는 하나님 세계 선교역사에 변곡점이 되어서 16세기 종교개혁 때까지 500년 이상 그 이전 켈트교회의 역동적인 선교사역을 멈추게 하였던 '두 종교회의 원인과 결과'를 왜 현행 교회사 시간에 일반 교인들에게 가르치지 않는가?

서기 600년 7세기에는 콜룸바누스 선교팀을 시
작으로 아일랜드와 영국에서 파송된 켈트교회공동
체 선교사들은 과거 로마제국 당시 유럽 국경선 지역이었던 라인강과 도
나우강 북방의 야만족들에게(P3, P2 선교 활동. [그림 2편3] 참조) 하나님의
복음 선교를 왕성하게 진행하여 중부유럽의 많은 민족에게 기독교 국가
가 되도록 선교 활동을 하였다. 한편 로마제국시대 유럽 국경선 남쪽 성
경에 무지한 기존 로마가톨릭교회 신자들에게는 성경적 복음으로 그들을
재양육하여 신실한 그리스도인이 되도록(P1, P0 선교 활동) 지속적인 복음
을 전하는 활동을 하였다.

❸ 바이킹족 무력침공
비자발적 선교 이 그림 중앙 상단에 9-11세기 무력으로 침공한
바이킹족은 유럽 주둔지역의 기독교인으로부터
기독교 복음화가 되거나, 스칸디나비아반도에 포로로 잡혀간 기독교인들
로부터 이교도 신 오딘을 버리고 기독교로 복음화 선교가 진행되는 선교
학적으로 '비자발적 선교'가 이루어져 기독교 국가가 된다. 이때 비자발
적 선교에는 로마가톨릭교회 세력 개입이 전혀 있을 수가 없었으므로, 바
이킹족은 처음부터 다행스럽게도 라틴어 성경 대신에 스칸디나비아 언어
로 된 자국어 성경책을 갖게 되었다. 그리하여 덴마크, 노르웨이, 스웨덴,
핀란드 등의 스칸디나비아 국가들은 성경 말씀 복음으로 양육되어서,
500년 이후 16세기 종교개혁 시기에는 스웨덴 개혁교회와 같이 충성스
러운 든든한 개혁교회 우군이 될 수 있도록 성장하였다.

(4) 하나님 구속사를 가로막는 로마가톨릭교회 1000년의 중세교회사

앞에서 살펴본 '중세교회사 6대 오작동과 해악'이라는 나쁜 열매의 결
과를 맺게 되는 1000년의 중세 로마가톨릭 교회사는, 하나님 백성의 사
명 '교회 부흥발전'과 '복음 선교확산'을 어떻게 수행하였는지를 그 원인
과 과정을 살펴보자.

□ '교회 부흥발전' 사명 수행을 가로막음

'교회 부흥발전'에 대해서는 우리는 앞 단락에서 마틴 로이드 존스 목사는 "로마가톨릭교회에는 부흥이 일어났던 적이 한 번도 없었다는 점인데, 이것은 출발점으로 의미심장한 사실로 로마가톨릭교회에 속한 개인들은 부흥이라고 할 수 있는 것들을 체험하기도 했으나, '가톨릭교회 자체가 부흥을 경험한 적은 전혀 없었다.' 왜 그럴까? 그것은 성령 하나님께 대한 그들의 전체 교리가 낳은 직접적인 결과로 그들은 성령 하나님의 능력을 교리적으로 극히 제한시킨다. 성령과 성령의 역사를 이렇게 다룸으로써 그들은 성령 하나님이 주관하시고 부어 주시는 능력을 교회 부흥의 여지에 전혀 남겨두지 않았으며, 그 결과 그들은 결코 부흥을 경험하지 못한다." 라고 하였다.

□ '복음 선교확산' 사명 수행을 가로막음

로마가톨릭교회 가르침은 '문명화'와 '라틴화(로마교회화)'를 복음 선교 전제조건으로 성경의 모범에서 벗어난 선교정책을 수립하여서, 문명화되지 않았던 과거 로마제국 국경선 북쪽의 야만족들을 전혀 선교하지 않았다. 또한 여기서 한발 더 나아가서 '복음 선교확산' 사명은 7세기 휘트비와 오탱의 두 종교회의에서 켈트교회 선교방식을 금지함으로 인하여, 유럽 북부 선교를 켈트교회가 하지 못함으로써 말미암아 바이킹 침략과 그 이후 16세기 100년의 유럽종교전쟁의 씨앗을 뿌리는 참담한 결과를 초래하게 된다. 결과적으로 하나님 구속사의 쌍두마차 '교회 부흥발전'과 '복음 선교확산' 모두를 중세 1000년 동안 로마가톨릭교회는 하나님 구속사의 진행을 가로막는 엄청난 죄악을 짓게 된다. 그런데 이에 대하여 [그림 1편2] 현행 교회사는 어떻게 기록되어 있는가? 그러면 앞으로 우리는 하나님의 중세교회사를 어떻게 기록하여야 하는가? 이 문제를 다음 단락에서도 계속 살펴보기로 하자.

(상기 내용에 대한 대안으로서 논리 전개 요점정리는 "[주제설명 4장5] 교회사의 관점 '성경말씀 기반 방식' 논리 ≪요점정리≫" 참조 바란다.)

(5) 두 기독교 나무가 맺은 열매 요약

〈본 단락은 【ⓔ어떠한 교회사 체계가 여호와 하나님 뜻에 합당한가를 교회사적으로 증명】 주제에 대한 논정이다.〉

본 단락에서는 서로 다른 두 기독교의 교회사 나무에 실제로 맺은 열매로써 성경중심 기독교 열매로 '믿음의 모범공동체 삼형제' 라는 아름다운 열매와 교권중심 기독교 열매로 '중세교회사 6대 오작동과 해악' 이라는 나쁜 열매를 살펴보면서 그 열매로 그 두 기독교 나무를 [그림 2편15] "두 기독교의 교회사 속에 남긴 발자취"로 비교 평가하려고 한다.

[그림 2편15]두 기독교 나무가 교회사 속에 맺은 열매

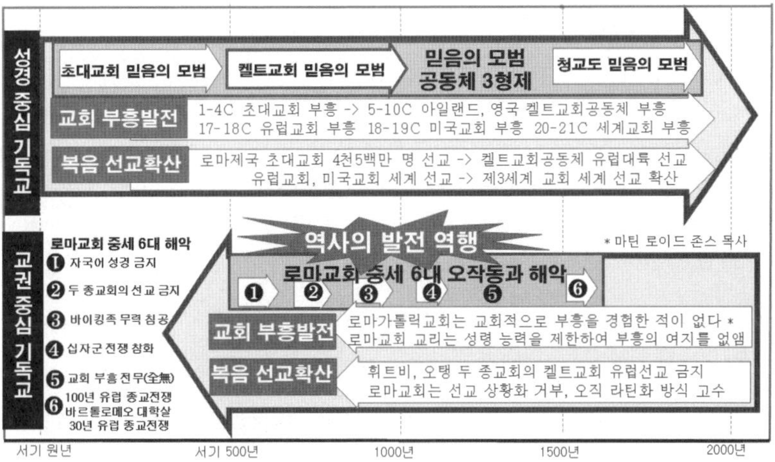

우리는 그 결과를 알아보려고 할 때는 그 나무를 보고 그 열매를 알 수 있다. (마 7:16-20)"그들의 열매로 그들을 알지니... 좋은 나무마다 아름다운 열매를 맺고 못된 나무가 나쁜 열매를 맺나니... 이러므로 그들의 열매로 그들을 알리라".

이 그림 상단의 성경중심 기독교(개신교 개혁교회)는 성경 말씀을 중심으로 '교회 부흥'과 '복음 선교'에 집중한 결과의 열매로 2000년 교회 역사 속에서 이 그림 상단에 "믿음의 모범공동체 3형제" 열매를 맺어서 수확하여 하나님께 영광을 드리게 되었다.

이와 반대로 이 그림 하단의 교권 중심 기독교(로마가톨릭교회)는 '로마 교회 권력' 중심으로 창조주 여호와 하나님의 창조질서에서 이 그림 하단에 "중세 6대 오작동과 해악"이라는 나쁜 열매를 맺은 결과로 하나님을 근심하게 하였다.

1) 하나님 언약의 성취를 충실히 수행한 성경중심 기독교 교회

[그림 2편15] 상단 성경중심 기독교 교회는 '믿음의 모범공동체 삼형제'라는 성경중심 구속사 사명을 충실히 준행한 결과를 교회사 열매에 남겼다.

□ 교회 부흥발전

교회 부흥발전은 1~4세기 초대교회 부흥 → 5~10세기 아일랜드, 영국 켈트교회공동체 부흥 → 17~18세기 유럽교회 부흥 → 18~19세기 미국교회 부흥 → 20~21세기 세계교회 부흥으로 지구촌 곳곳에 하나님 교회 부흥을 이루었다.

□ 복음 선교확산

복음 선교확산은 로마제국 초대교회 4천5백만 명 선교 → 켈트교회공동체 유럽대륙 선교 → 유럽교회, 미국교회 세계선교 → 제3세계 교회 세계선교를 이 땅끝까지 계속 진행한다.

2) 역사의 발전(계시의 발전)을 역행하는 교권중심 기독교 교회

우리는 구속사의 세 가지 속성을 살펴보는 앞 단락에 '역사의 발전'에서 "역사의 발전이라고 말한다 해서 상태가 항상 더 나아지고 또 하나님의 백성이 뒤로 미끄러지지 않음을 말하는 것은 아니다. 하나님 백성의 상태에는 자주 불순종, 쇠퇴, 배반 등이 나타남을 보게 된다."라는 내용을 살펴보았다. 이제 본 단락에서 중세 로마교회사 1000년의 '중세 로마교회 6대 오작동과 해악'을 통해서 역사의 발전에서 역행하는 2000년 교회사 기간 중에서 중간 허리 부분의 오작동과 해악 부분 [그림 2편15]의 하단 교권중심 기독교를 살펴보자.

□ 교회 부흥발전
‘로마가톨릭교회는 교회적으로 부흥을 경험한 적이 없다’

로마교회 성령론 교리는 성령의 능력을 제한하여 부흥의 여지가 없도록 제한하여 구속사와 교회사 발전(계시의 발전)을 역행한다.

□ 복음 선교확산
휘트비, 오탱 두 종교회의 켈트교회 유럽선교 금지

로마교회는 문명화를 선교 전제조건으로 하며 선교 상황화를 거부하고 오직 라틴화(로마화) 방식만을 고수하여 구속사와 교회사 발전(계시의 발전)을 역행한다.

이 내용에 해당하는 6가지 역사적 사례를 ‘로마교회 중세 6대 오작동과 해악’ 이라는 열매로 각각 확인할 수 있다.

(본 단락은 중세교회사 1000년에 대한 비교 평가 내용인데 교회사 2000년 전체에 대한 평가는 “[주제설명 4장4] 교회사 2000년에 대한 평가” 내용 참조 바람).

(6) 요한계시록 본문의 교회론과 비교
앞에서 살펴본 ‘믿음의 모범공동체 3형제’와 ‘로마교회 중세 6대 오작동과 해악’ 의 두 기독교 교회사 내용 기록 결과를 우리 시야를 좀 넓혀서 요한계시록에서 나타나는 교회론과 비교하여 대비함으로써 두 기독교 교회 모습을 폭넓게 비교 분석하여 볼 수 있다.

□ 요한계시록에 나타나는 ‘교회론’과 비교
요한계시록의 본문구조를 분석하는 견해 중에서 한 방법으로 ‘교회론’ 관점으로 본문구조를 다음 그림같이 하늘 교회공동체와 땅의 교회공동체로 대비하여 설명하는데 본 단락에서 두 기독교 교회를 계시록의 교회론과 비교하여 살펴보겠다[134]. 비교 방법은 [그림 2편15]에서 상단의 '믿음의 모범공동체 3형제'와 하단의 '로마교회 중세 6대 오작동과 해악'을 [그림 2편16] '요한계시록 본문구조 하늘과 땅의 교회론'과 상호 비교하게 되는데, 이는 두 기독교 교회에 대하여 그 특성들을 시야를 좀 넓혀서 상호 비교 분석하기 위함이다.

성경 66권의 마지막 권 요한계시록은 일관된 흐름 속에서 전개되는데, 그 일관된 흐름을 형성하는 주제 중 하나는 바로 '교회론'이라고 말할 수

[그림 2편16] 요한계시록 본문구조 하늘과 땅의 교회론 대비

하늘 교회 공동체	: 4-5장(24장로) 7:9-17(셀 수 없는 무리) 14:1-5(144,000) 19:7-9(신부)	새 예루살렘
땅의 교회 공동체	: 2-3장(일곱 교회) 7:1-8(144,000) 11:3-13(두 증인) 12장(여인)	(21-22장)

있다. 계시록 본문은 공간적 초월로서의 하늘과 시간적 초월로서의 종말을 근간으로 하여 교회를 설명한다. 그것은 [그림 2편16] 하단에서 교회가 현재 전투하는 교회로서 이 땅에 존재(땅의 교회공동체는 2-3장 일곱 교회에서부터 12장 여인까지)하지만, 동시에 승리한 교회로서 이 그림 상단에 하늘에 존재(하늘 교회공동체는 4-5장 24장로에서부터 19:7-9 신부까지)하여 그 하늘에서 교회는 종말을 경험한다는 것이 요한계시록 본문에 나타나는 교회론 구조라 할 수 있다.

그런데 우리는 [그림 2편16] 하단 땅의 교회공동체에 해당하는 부분이 [그림 2편15]에서는 두 기독교에서 상단 '믿음의 모범공동체 3형제'와 하단 '로마교회 중세 6대 오작동과 해악'으로 나타나는 교회사의 기록을 이제까지 살펴보았다. 여기서 하늘교회 모습을 추구하려는 성경중심 기독교 교회의 '믿음의 모범공동체 3형제'는 [그림 2편16] 상단의 하늘 교회공동체 모습을 지향하는 자로 장차 하늘에 거하는 자(계 12:11)의 모습이라고 할 수 있겠다. 반면에 교권중심 기독교 로마가톨릭교회는 '로마교회 중세

---

134) 이필찬. 『요한계시록 어떻게 읽을 것인가』 (한국성서유니온선교회 2000), 279-285.
    김인규. 『말씀속의 삶-징금다리』 (예영 2010), 242.

6대 오작동과 해악'에서 라틴어 이외 성경 및 두 종교회의 선교 금지와 십자군 및 유럽종교전쟁의 참혹함은 [그림 2편16] 하단의 땅의 교회공동체 모습에서 장차 땅에 거하는 자(계 11:10)의 모습이라고 할 수 있겠다.

3. 기독교 세 갈래 대구분

서로 다른 기독교의 구분에 대하여 여기서 한번 정리하고자 한다. 기독교를 분류할 때 크게 로마가톨릭교, 동방 정교회, 개신교 이 세 갈래로 나누는데 그 기준은 여러 가지로 볼 수 있겠지만 그중에 하나는 "누가 성경의 권위를 최상위 권위로 인정하느냐"하는 신학적 관점이 중요한 역할을 한다고 본다. 왜냐하면, 기독교는 하나님 계시 성경을 믿고 이를 최상위 권위로 인정하는 신본주의 교회이므로, 나머지 두 갈래 가톨릭교회, 정교회는 원론적으로는 신본주의 기독교를 표방하나, 실제적 내면의 권위는 교회 교권중심 권위에 의하여 생각하고 집행하는 실제 작용원리에서는 '가톨릭교회 교리문답서'에서 가르침과 같이 유사 신본주의가 가미된 교회이기 때문이다. 기독교는 다음과 같이 세 분류로 대구분 할 수 있다. 성경을 최상위 권위로 인정하는 개신교 개혁교회와 전통, 성경, 교회 가르침을 동등한 개념으로 인정하는 로마가톨릭교회와 동방 정교회로 대분류할 수 있다.

(1) 개신교 (The Protestant Church)

1517년 종교개혁 이후 개혁교회를 '개신교'라 칭하며 신학적으로는 성경을 최고의 권위라고 인정하는 '성경중심 기독교'의 대표적인 교회라고 할 수 있겠다. 대표적인 교단은 장로교, 감리교, 침례교, 성결교 등이 있다. 개신교는 초대교회부터 시작하는 성경중심 기독교의 성경권위 최상위 권위 인정을 전승하는 개혁교회이다.

(2) 로마가톨릭교회 (The Roman Catholic Church)

'천주교 교회'라 부르기도 하며 사도 베드로를 기원으로 하는 로마 바티칸의 교황을 정점으로 모든 교회체계가 중앙집권적인 교회이다. 조직은 바티칸 교황을 중심으로 세계 각 국가에 추기경, 주교 등을 임명하는 단일화된 교권체계로 운영되는 전형적인 '교권중심 기독교'라고 할 수 있겠다.

(3) 정교회 (The Orthodox Church)

동방 정교회 라고도 부르며 (그리스–희랍 정교회, 러시아 정교회 등으로 구성) 본격적인 구분은 서기 476년 서로마제국이 멸망하고 동로마(비잔틴) 제국으로 분리되면서 유래되며, 로마교회와 교리적으로 유사한 교권중심 교회이다. 정교회는 주로 러시아, 발칸반도, 서아시아 지역에 분포되어 있다.

*성공회(영국 국교회) : 성공회는 기독교 세 갈래 대구분으로 나눌 때는 개신교에 속한다. ([주제설명 3장2] '설교에 대하여 개신교와 성공회 관점 차이' 참조)

성경중심 권위에 대한 세 기독교 교리 요약 : 성경의 최상위 권위 인정 여부 관점

두 기독교 그룹	소속 교회	내 용	권위 관계
성경 중심 기독교	개신교 개혁교회	성경 혹은 성경에서 추론	성경 최상위 권위 인정
교권 중심 기독교	로마가톨릭교회 동방 정교회	전통, 성경, 교회의 가르침	세 가지 모두 동등한 권위

각 대구분별 교리에 대한 설명은 "[주제설명 4장2]-기독교의 세 갈래 대구분과 특징"에서 기독교의 개신교 교회, 가톨릭교회, 동방 정교회 세 갈래 대구분의 교리 부분 특징 참조바란다.

3절 2000년 교회사에서 타산지석 교훈

본서에서는 성경중심 교회에 대비하여 교권 중심 교회를 설명하고 논증하기 위하여 로마가톨릭교회에 대하여 기독교에 끼친 역기능(逆機能) 위주로 설명하여왔다. 그러면 이러한 역기능과 기독교에 끼친 해악이 많은데 왜 그러면 하나님께서는 로마가톨릭교회를 장구한 1500년 동안 이상이나 지금까지 존속시키고 계실까? 이 의문에 대하여 같이 생각하여 보도록 하자.

1. 로마가톨릭교회의 순기능(順機能)과 타산지석(他山之石) 교훈

성경은 비판을 받지 아니하려거든 남을 비판하지 말라고 한다(마 7:1-5). 본서에서 두 기독교를 비교하여 논증하는 가운데 성경중심 기독교의 참 진리를 설명하기 위하여 자연히 상대적으로 교권중심 기독교 로마가톨릭교회를 비교하며 논증하기 위하여 비판적 자세로 누누이 설명하여야만 하였다. 이 문제가 늘 께름직하고 개운하지 못하였는데 이에 대하여 한번 성경적으로 정리하여 같이 논의하고자 한다.

(1) 참과 거짓 그리고 비판하지 말라

성경 말씀의 '비판하지 말라' 참뜻은 (마 7:1-5) '비판을 받지 아니하려거든 비판하지 말라' 에서 예수님의 교훈은 참과 거짓, 선과 악에 대한 분별을 포기하라는 의미가 아니라, 타인의 약점이나 실수를 너그럽게 용서하지 못하고 파괴적으로 비판하는 것을 삼가야 한다는 의미이다. 즉 (마 7:1-5)을 종합해보면 그것은 비판을 위한 비판, 그리고 다른 사람을 정죄하고 비난하는 태도, 남의 사소한 허물을 들춰내는 태도를 버리라는 것이다. 예수께서 다른 사람에 대한 비판을 금하신 것은 성도가 악을 지적하고 불의에 대해 경고하는 것까지 금한 것은 아니다. 우리의 논증은 하나님 창조 질서체계에서 '두 기독교'의 작용원리가 '참과 거짓' 그리고 '선과 악'이라는 기독교 근본 진리에 대한 문제를 낳기 때문이다.

□ 본서에서 로마가톨릭교회의 신학과 교리 내용을 부정하는 이유

앞 단락 체계(시스템)와 작용 원리(메커니즘) 힘에서 두 기독교의 '핵심 가치'에 대하여 이 문제는 단순하게 '성경 말씀 중심'과 '로마교회 중심'으로 '교리의 서로 상이함' 견해로 매듭지어지는 단지 신학적 견해 차이 문제가 아니라, 창조주 여호와 하나님 창조질서에 대한 '참과 거짓' 그리고 '선과 악'이라는 기독교 근본적인 진리 문제를 낳게 한다. 그리하여 본서에서 로마가톨릭교회에 대하여 비교 논증하는 것은 이 문제가 '참과 거짓' 그리고 '선과 악'에 대한 기독교 근본 진리 문제이기 때문에 성도가 악을 지적하고 불의에 대해 경고하는 것이다.

□ 상대방을 위하여 기도

매일 묵상(QT)하는 책자로 오스왈드 챔버스[135]의 『주님은 나의 최고봉』에서 (시 123:3) 묵상 내용 마지막에 이런 지혜의 말이 기록되어 있다.

"다른 사람들이 영적으로 성장하지 않는 것을 분별한 후에 그 분별을 비난으로 바꾸면 하나님과의 교제가 차단됩니다. 하나님은 남을 비난하라고 분별력을 주신 것이 아닙니다. 그들을 위해 기도하라고 주신 것입니다."

그렇다! 본서를 집필하면서 로마가톨릭교회의 실상을 분별한 이후에, 그들을 위하여 하나님께 기도하는 기도 제목이 하나 더 추가되었다. 우리가 본서에서 로마가톨릭교회를 비판만 하는 것이 아니라, 그들을 위해 정통 기독교로 회복을 위한 기도를 하나님께 드리기 위함이다. 그렇다! 본서

---

133) Oswald Chambers, 『주님은 나의 최고봉』 *My Utmost for His Highest*, 11월 23일 자 묵상(QT) 내용.
    챔버스(1874~1917년)목사는 영국인으로 1차 세계대전에 종군목사로 참전하여 북아프리카 전선에서 호주와 뉴질랜드 병사들을 섬기었다. 매일 삶과 죽음이 오가는 전장에서 수많은 젊은 병사들의 임종을 보면서, 영적 상담자로서 하나님과 깊은 영적인 교제를 갖게 된다. 그의 저서는 365일 매일 묵상(QT)교재로 편찬되어서, 우리로 하여금 삼위 하나님과 영적 교제를 더욱 깊게 하도록 도와주며, 특히 한영합본은 QT에 훨씬 도움을 준다.

가 로마가톨릭교회에 대하여 견지하는 처지는 위의 말로 대변하고자 한다. 우리는 남을 정죄하거나 심판하는 위치에 놓여 있지 않으며, 단지 그들을 위하여 하나님의 길로 돌아오라고 하나님께 이렇게 기도할 뿐이다.

"하나님 아버지! 로마가톨릭교회는 성경의 최상위 권위를 인정하지 않고 로마교회 권위에 의한 교회가 되었습니다. 가톨릭교회가 창조주 여호와 하나님께서 창조하신 이 세상의 창조질서에 합당하도록 계시로 주신 성경 말씀을 최상위 권위로 인정하는 가톨릭교회가 되도록 은혜내려 주옵소서".

(2) 우리는 로마가톨릭교회를 어떻게 이해하여야 하는가!

지금 우리가 로마가톨릭교회를 어떻게 이해하고 있으며 또한 왜 그렇게 이해하고 있는지를 이번 기회에 오늘날 개신교 개혁교회에서 가르치는 로마가톨릭교회에 대한 교육 내용을 한번 살펴보자.

우선 개신교 교회 교육에서 로마가톨릭교회에 대하여 교육을 받게 되는 계기와 시기는 주로 16세기 종교개혁에 대하여 교육을 할 기회에 종교개혁의 역사성과 필연성을 설명하기 위하여 로마가톨릭교회의 비 복음적인 내용에 항거하여 개혁교회를 지향하는 과정에서 로마가톨릭교회의 그 당시 비성경적인 상황을 접하게 된다. 그 주된 내용을 다음과 같이 크게 두 가지인데 하나는 면죄부 판매 등의 그 당시 로마교회의 재정, 윤리 타락에 관한 내용이다. 또 한 가지는 성경과 상충하는 로마교회 교리에 대한 문제를 교육하게 된다.

그러면 우리는 앞으로 어떠한 관점으로 로마가톨릭교회를 바라보아야 하는가! 결론적으로 요약하면 앞으로 본질이 다른 두 기독교 신학의 핵심 가치와 성경이 말하는 성령론에 대하여 교육하여야 하겠다.

□ '성경의 최상위 권위 인정' 교육에서부터 출발하여야 한다.

[그림 1편2]에서 설명하였듯이 개신교는 로마가톨릭교회로부터 시작한

것이 아니라, 초대교회의 성경중심 교회로부터 출발하여 성경중심 교회의 전승적인 차원에서 교회사 교육에 임하여야 한다고 생각된다. 따라서 본질적인 신학 차이에서 개신교와 로마가톨릭교회는 성경의 최상위 권위에 대한 인정에서부터 차이가 나기 시작하므로 이 부분의 서로 다른 신학적 체계와 내용부터 교육이 중요하고 필요하다고 생각한다. [그림 2편12]와 같이 4세기 말 정통적 초대교회로부터 로마가톨릭교회는 성경의 최상위 권위를 부정하고, 전통과 가르침을 추가하는 '성경권위 왜곡' 내용과 16세기 종교개혁의 양면성 '성경권위 회복'에 대하여 교육하여야 한다.

또한 개신교와 로마가톨릭교회의 서로의 특징을 규정할 때 [그림 2편11]을 중심으로 '서로 전혀 다른 두 기독교'라고 애석하게도 규정 지을 수밖에 없는 현상은, 전적으로 '성경의 최상위 권위' 인정 여부에 따라서 '성경말씀 중심' 핵심가치 작용원리를 추구하는 개신교 교회와 '로마교회 중심' 핵심가치 작용원리를 추구하는 로마가톨릭교회로 구분 짓는다는 "성경의 권위"의 지대한 중요성을 가르치는 것을 앞으로는 교회 교육의 목표로 삼아야 하겠다.

□ 성경의 최상위 권위 왜곡과 성령론 제한에 대한 가톨릭교회 신학

조직신학에서 신론, 기독론, 성령론이 기준에 의하면 초대교회 시대 신학에서는 이 중에서 기독론(성자의 위격 位格)에 대하여 삼위일체파와 아리우스파 간에 많은 논쟁이 있었다면, 5세기 이후에 로마가톨릭교회는 성령론에 대하여 '성경중심 기독교' 개혁교회와 많은 차이점이 있다고 볼 수 있다. 우리 개신교는 성령 하나님에 대한 성령론을 이야기할 때 보혜사 성령에 대한 성경적 이해를 기반으로 두고서 출발한다.

그런데 가톨릭교회 교리를 살펴보면 성령 하나님의 영역과 역할에서 성모 마리아, 성자(성인) 제도, 가톨릭교회 7 성사 중에 특히 세례성사, 성체성사, 고해성사 등에 개입되는 사제 등 우리가 믿는 성경과는 성령론에서 가톨릭교회는 완전 이질적인 내용으로 가득 차 있다. 우리의 기도와 간구를 직접 보혜사 성령 하나님께 아뢰고 간구하여야 하는데 이 역할과 방법에서 가톨릭교회는 성모 마리아, 성자(성인) 제도 그리고 고해성사 등 중간에 비성경적인 요소가 잔뜩 개입되어서 성령 하나님의 능력을 제한하고 소멸시키는 경향을 발견하게 된다. 마틴 로이드 존스 목사가 예리하게 지적하였듯이 이러한 로마가톨릭교회 성령론의 교리적인 문제의 심각성으로 인하여 "로마가톨릭교회에는 부흥이 일어났던 적이 한 번도 없었다"는 점은 성령론에서 성령 하나님의 능력을 저해하는 로마가톨릭 교리들을 심각하게 받아 드려져야 하겠다.

(3) 로마가톨릭교회의 순기능(順機能)

이 로마가톨릭교회 순기능을 설명하기 위하여, 성경에 기록된 이스라엘 왕국의 남북 분단 당시 형편을 살펴보면서 이야기를 시작해보자. 분단의 원인은 솔로몬 왕의 마음이 여호와를 떠나서 죄를 지었기 때문이다. 이스라엘 왕국 남북 분단의 직접적인 원인은 열왕기상 11장에서 솔로몬 왕의 마음이 여호와를 떠났기 때문이라고 성경은 자세히 기록되어 있다.

1) 이스라엘 왕국의 남유다와 북이스라엘로 분단된 원인

기원전 940년경에 (왕상 10:23) 솔로몬 왕의 재산과 지혜가 세상의 그 어느 왕보다 큰지라 그의 마음이 교만해졌다. (왕상 11:1-12) 솔로몬 왕이 바로의 딸 외에 이방의 많은 여인을 사랑하고 그들의 신과 우상을 예루살렘에 들여왔다. 그러나 솔로몬 왕이 여호와 말씀에 순종하지 않고 천 명의 이방 여인을 두었으며, 그들의 산당을 예루살렘 앞산에 짓고 솔로몬이 여호와 앞에 악을 행하였다. 그리고 (왕상 11:13) "오직 내가 이 나라를 다 빼앗지 아니하고 내 종 다윗과 내가 택한 예루살렘을 위하여 한 지파를 네 아들에게 주리라 하셨더라". 성경 말씀대로 솔로몬의 아들 르호보암 왕은 유다 지파 외에 베냐민 한 지파만으로 남 유대왕국으로 남게 되고, 솔로몬의 신하 여로보암이 나머지 열 지파를 모아서 북이스라엘 왕이 됨으로써 히브리 민족이 남 유대왕국과 북 이스라엘 왕국으로 분단되게 된다.

하나님께서 솔로몬 왕이 하나님 말씀을 불순종하고 죄를 지었음에도,

다윗에게 여호와께서 하신 언약을 지키시고 하나님 영광을 위하여 그 왕국을 멸망시키지 않으시고 예수 그리스도가 성육신하여 이 땅에 오실 때까지 이스라엘을 보존시키셨다.

2) 로마가톨릭교회가 1500년 이상을 존속하는 순기능(順機能)

우리는 교회사에서 지금도 안타깝고 애석한 사실을 하나 발견하게 되는데, 그것은 초대교회에서 기독교가 가장 왕성하였던 안디옥교회를 비롯하여 소아시아 많은 교회가 지금은 이슬람 국가에 속하여 기독교가 아닌 이슬람 국가가 되어 버린 슬프고도 애통한 사실이다. 소아시아 중동지역의 동로마제국 기독교 국가에서 7~8세기 이슬람의 침공으로부터 서서히 이슬람 국가가 되기 시작하더니 15세기 동로마제국 멸망 이후 이 지역이 지금까지도 이슬람 국가로 고착되어 버렸다.

▢ 기독교계를 보호하는 정치 세력 버팀목

돌이켜 역사를 생각해보면, 5세기 서로마제국이 멸망할 때에 가톨릭교회는 멸망하지 않고 로마가톨릭교회를 구심점으로 하여, 지금까지 1500년 동안 기독교를 유지하면서 전 세계의 가톨릭교회 구심적 역할을 담당하고 있다. 만약 5세기 서로마제국이 멸망할 때에, 로마가톨릭교회도 같이 멸망하였거나 그렇지 않으면 당시 서로마제국 기독교 교회가 지금 로마가톨릭교회와 같이 중앙집권적인 강력한 세력도 없이, 프랑크 왕국을 비롯한 유럽 각국 나라들의 교회로 귀속되었을 때도, 5세기 이후 1500년의 파란만장한 세계사 격랑 속에서도, 지금과 같이 든든한 세계 기독교 교회들에 대한 버팀목 역할과 같은 순기능을 감당할 수 있었을까?

1500년 장구한 기간에도 어지럽고 혼탁한 세상 세계사 속에서도, 다른 종교 세력으로부터 기독교 교계를 보호하는 버팀목으로서 바람막이 병풍 역할을 하였던 로마가톨릭교회가 감당한 순기능은 기독교계 전체적으로 인정하여야 하겠다. 또한 예술, 도덕, 문화, 인권 등의 인류 보편의 가치를 존중하는 기독교 문화를 전승하였던 것은 의미 있는 일이었다.

솔로몬의 죄악으로 이스라엘 왕국을 멸할 수도 있었겠지만, 하나님께서 다윗에게 약속하신 언약과 하나님 자신의 영광을 위하여 유다 왕국을 존속시키신 것과 같이, 이 로마가톨릭교회 존속 여부는 하나님의 섭리에 속하며 이 또한 하나님의 영역이라 생각한다. 로마가톨릭교회에 대한 순기능에 대해서는 우리가 세밀하게 잘 알지는 못하지만, 하나님 구속사의 일부분으로 이 또한 하나님 뜻에 따라서 장차 진행되리라 믿는다.

3) 솔로몬 왕국과 바티칸 로마가톨릭교회

솔로몬 왕의 죄악으로 이스라엘 왕국이 멸망할 수도 있었겠지만, 여호와 하나님 언약과 당신의 영광을 위하여 유다 왕국을 존속시켰다. 솔로몬 왕의 죄악은 여호와 하나님이 있어야 할 자리에 외부 이방 신들을 예루살렘에 끌어드려, 하나님을 섬기는 대신에 외부적인 죄(External Sin) 즉 외부 이방 신들에게 자리를 차지하도록 하였다. 반면에 로마가톨릭교회는 '하나님 계시의 말씀 성경중심'이 되어야 할 최상위 권위 자리에 '(인간) 로마교회 가르침'이 최상위 권위 자리를 차지하는 즉 표면적으로는 신본주의 기독교를 표방하고 있으나, 로마가톨릭교 내부 실질적인 행동은 하나님이 다스려야 할 자리를 대신하여 '로마교회 중심'과 '로마교회 권력의 힘'으로 최상위 권위 자리를 차지하고 행사하는 내부적인 죄(Internal Sin) 즉 유사 신본주의 기독교로 '왜곡' 되었다고 할 수 있겠다.

이러한 죄의 결과로 교회사에서 나타나는 여러 가지 여호와 하나님 창조질서에서 역행하는 오작동과 해악 현상에도 불구하고 로마가톨릭교회를 1500년 이상이나 장구한 세월 속에서도 존속시키시는 것은 우리가 알 수 없는 하나님 섭리에 속한다. 이는 솔로몬 왕의 악행과 회개하지 않는 죄악에도 불구하고 하나님 언약과 영광을 위하여 이스라엘을 예수님 오실때까지 솔로몬 왕 이후에도 1000년을 존속시킨 것과 같이, 하나님의 영역에서 진행되리라 믿는다.

(4) 로마가톨릭교회의 선교 활동

균형된 시각을 갖기 위하여 - 그렇다고 로마가톨릭교회가 선교사역을 전혀 하지 않은 것은 아니었다. 유럽의 개신교 개혁교회가 유럽대륙 내에서 선교를 활발하게 하는 동안에, 가톨릭교회에 속하는 포르투갈과 스페인 제국이 새로운 식민지 개척으로 무력으로 정복하는 경우에는, 신대륙 남아메리카 사례와 같이 로마가톨릭교회는 세계의 비기독교 지역에 나아가 식민지 개척과 함께 선교 활동을 같이하고 있었다. 이들 가톨릭교회에 속하는 나라의 왕들은 해외 영역에 신앙을 전파하고 불신자들을 회심시키는 일을 책임졌다.

유럽 외지에 대한 로마가톨릭의 선교는 몬테콜비노의 죤이 1294년 중국에 도착한 것에서부터 비롯되었고, 그는 북경에 교회를 설립하고 10만 명의 가톨릭 신자를 배출하였다. 그러나 1368년 명나라가 등장하면서 선교사들은 축출당하고 기독교는 소멸하고 말았다. 이후 마테오리치가 북경에 도착하여 25만 명의 개종자를 얻었다. 일본에서는 프란시스 자비엘이 1540년 예수회의 선교사업을 상륙시켜, 혼란한 정치 상황과 기독교에 대한 우호적인 분위기가 조성되어 세기가 바뀌면서 가톨릭 신자가 50만 명을 능가하였다.

예수회 선교 활동

16세기 초기에 스페인 명문 귀족 출신의 이냐시오는 1537년 '예수의 동반자'라고 부르게 되었으며, 그들은 교황 바오로 3세에게 '예수회'를 1546년 인가를 받았다. 예수회의 특징은 교황에 대한 절대 충성심과 로마가톨릭교회의 활발한 선교사역인데 예수회 선교 활동 중심으로 살펴보자.

주로 아라곤-스페인의 합스부르크와 포르투갈의 주도하에 가톨릭의 중남미와 아시아 포교가 진행되었다. 일본의 경우는 오다 노부나가의 시절 이후 시대에 가혹한 탄압을 당해서 사실상 성공이라고 보기 힘들다. 중국은 포교 속도가 더뎠고 대중적이지는 않지마는 교구 자체를 성립하고 적어도 일본보다는 효과적인 포교가 가능했다.

(5) 로마가톨릭교회가 개신교에 타산지석 교훈

인간은 죄된 본성과 육체의 소욕을 갖고 있으므로 어떤 것을 선택하거나 결정할 때 항상 선하고 올바른 쪽으로만 결정되지는 않는다. 따라서 이러한 경우에는 과거의 사례들을 깊이 생각하고 연구를 통해서 타산지석의 교훈으로 삼아야 하는 경우가 종종 있게 마련이다. 본서에서 로마가톨릭 '교권중심 기독교'에 대하여 논의한 것은, '성경중심 기독교'와 특성을 상호 비교하여 타산지석의 교훈을 삼기 위하여 비교하여 논하는 것이지, 타 종교를 비난하거나 매도할 목적으로 글을 쓰려는 의도는 전혀 없다는 입장을 앞에서 이미 밝혔다. 본서는 그러한 입장도 아니고 또 그러한 위치에 있는 것도 아니므로, 이 점을 바다와 같은 넓은 마음(해량)으로 이해를 해주시기를 바란다. 따라서 이 글을 쓰는 목적 중의 하나는 이를 우리 개신교 개혁교회에서 다음과 같이 타산지석 교훈을 삼기 위함이다.

1) 개신교에서 교권적인 사고에 대한 타산지석 교훈

개신교의 교회 정치제도와 신앙 규범들을 연구해보면 한국교회 각 교단은 창립 시기에 주로 영국, 미국 등의 서구 개혁주의 교회의 신학과 교단법률, 제도를 대부분 참조하였기 때문에, 그 법과 제도 제정 정신을 살펴보면 대단히 성경적이라고 존중하게 된다. 그러나 문제는 성경중심 기독교 개신교 내에서도 이 제도를 실제 집행하는 데 있어서 교권적 제도를 추구하려는 경향이 있을 수 있다. 인간은 누구나 인간 본성이 갖는 자기 존속과 번영이라는 욕구를 갖게 된다.

첫째로 개교회 성장 지상주의 경향을 경계하여야 하겠다. 교회 건물이나 외형을 지나치게 화려하거나 외식적인 것은 삼가해야 하겠다.

둘째로 개신교 내에 교권추구 지향적인 경향은 로마가톨릭교회 지상주의 사례를 반면교사로 삼아서 항상 거울을 들려다 보듯 주의하고 경계를 하여야 하겠다.

셋째로 목회자나 중직자는 신분이나 권익 추구와 같은 개인의 분수를 넘지 않도록 성경적 기준에 적합한지를 끊임없이 습관적으로 베뢰아인들이 성경을 상고한 것(행 17:11)과 같이 우리를 성경이라는 거울에 끊임없이 습관적으로 비춰보아야 한다.

2) 개신교회 선교전략에서 교권적인 사고에 대한 타산지석 교훈

지금부터 20여 년 전 1998년 아프리카 짐바브웨의 하라레에서 세계교회협의회가 열렸는데 아프리카 선교 토착화(상황화) 문제가 크게 대두되었다. 아프리카 목회자들은 선교하는 서구교회나 지원교회의 모델보다는 아프리카에서는 아프리카인들(피선교국)을 위한 방법으로 교회를 운영할 것을 주장하였다[136]. 하라레에서 아프리카 신학자들은 아프리카 사람들의 예배는 지적으로뿐만 아니라 정서적으로도 아프리카 사람들을 사로잡을 수 있어야 한다고 주장하면서, 아프리카 예배 양식, 음악, 춤을 포용하고 이전의 (서구) 식민지적 통치와 연결된 모든 형식을 버림으로써, 많은 아프리카 교회들이 성장하는 것을 목격했기 때문이다. (켈트 전도법. 68)

이 회의 결정은 10세기에 켈트교회가 로마교회에 의하여 점차 대체되어 교권적 '라틴화' 방법이 성경적 켈트방식 선교를 몰아내던 시기부터 1,000년 이 지난 지금, 현대 21세기 세계선교 현장에서도 켈트교회 '상황화' 적용 방법이 로마교회 '라틴화' 방법보다도 훨씬 사도적 모델을 따른 성경적인 방법으로 판명이 된다.

그러나 현재 우리 개신교에서도 피선교국 '상황화'에 대한 뚜렷한 인식이 되어있지 않는다면, 지금도 우리 교회, 우리 교단, 우리 교파 등의 한국 특성 '현대판 우리식 라틴화'가 더 우수하고 적합한 방법이라고 생각하고 주장하기 쉽다. 이러한 국면은 필자도 짧은 단기선교현장 경험에서도 자주 마주하게 된다. 이러한 경우에 우리는 자신의 방법에 항상 익숙해 있으므로 피선교국에 대한 '상황화'에 대한 인식을 의도적으로 하지

---

136) Gustav Niebuhr. *Christianity's Rapid Growth Giving Africans New Voice* (Lexington Herald Leader. 1998)

않으면, 자연히 우리가 하고 있는 익숙한 방식이 옳다고 주장하거나 결정 되기 마련이다. 이러한 경우 우리는 늘 성경과 역사적 경험에 비추어서 생각하고 결정하는 것이 습관화되어야 한다. 오늘도 개신교 선교현장에 서 피선교국의 상황화를 위한 인식전환이 습관적으로 작동하여야 하는 점을 '짐바브웨의 하라레 세계교회협의회'에서 '상황화' 방법을 채택한 것처럼 선교현장에서 타산지석의 교훈으로 삼아야 하는 늘 중요한 좌우 명이라 생각한다.

2. 본서의 논리 전개에서 '합리적 의심'과 논리적 근거들

일반적인 책의 집필 과정 설명은 책 전체를 쉽게 이해하기 위하여 보통 책의 서두에서 설명하는데, 본서에서는 책의 끝부분에서 설명하는 것은 본서의 전체 내용을 어느 정도 파악하고 난 다음에 이 내용을 읽어야 그 의미를 알 수 있기 때문이다. 필자는 공학을 전공한 사람으로 어떠한 새 로운 큰일을 시작할 때는, 합리적인 내용 전개와 논리적인 근거체계가 수 립되지 않으면 새로운 큰일을 해나갈 수 없는 습성이 몸에 젖어 있다. 이 번 본서 저술은 교회사 분야에서 전문적인 새로운 큰 틀을 논증하고 있으 므로, 더군다나 더 중요한 성경적 근거와 성경 말씀에 합당한가 접합성에 이어서 합리적인 내용 전개와 논리적인 근거체계가 더욱 절실하게 필요 로 요구되었는데 지금부터 이에 관한 이야기를 하도록 하자.

(1) 합리적 의심[137]으로 시작- 본서를 착수하게 되는 논리적 근거와 정황
앞 단락에서 구속사(언약의 성취)라는 쌍두마차는 '교회 부흥발전' 역사 와 '복음 선교확산' 역사라는 두 마리 말을 통하여 진행한다고 비유하였

---

137) 합리적 의심(Reasonable Suspicion)이란 논리와 경험치에 의하여 이치에 합당한 의문을 의미하는 것으로, 모든 의문, 불신을 포함하는 것은 아니다. 단순히 관념적인 의심이나 추상적인 가능성에 기초한 의심은 합 리적 의심이라고 할 수 없다.

는데, 필자가 과거에 연구하였던 복음선교 역사는 계속되는 연속성이 입증되었는데 성경중심 교회사는 왜 연속성이 입증되지 않을까? 그렇다면 하나님 구속사와 '축복의 통로'와 '제사장 나라'라는 언약 성취가 되는 교회사는 단속(斷續)적이란 말인가? 라는 의문에서 본서는 시작된다.

우리는 앞 단락에서 교회와 선교단체의 역할 관계를 정의할 때, 안디옥 교회를 대표하는 '지역교회'와 바울 선교팀을 대표하는 '전문 선교단체' 두 구조와 그 관계를 설명하였다. 이는 하나님 언약 '축복의 통로'와 '제사장 나라' 실현은 이 두 단체가 장기적인 관점에서 서로 항상 쌍두마차를 이루면서 '교회 부흥발전'과 '복음 선교확산' 사역을 주고받으면서 나란히 서로 선한 영향력을 미치면서 수행하는 형태로 교회사와 선교역사 속에서 하나님 구속사의 두 축을 이루며 [그림 2편10]과 같이 진행하고 있다고 앞 단락에서 논정하였다.

1) '연속적인 선교역사'와 한 쌍을 이루는 '연속적인 교회사'는 왜 없는가?

그런데 필자가 선교학을 공부하면서 제일 소중히 연구한 주 참고문헌으로 소개한 '미션 퍼스펙티브'는 하나님이 주관하여 행하신 초대교회 이후 20세기 현대까지 중요한 선교역사 내용이 역사적 관점에서 중단 없이 연속해서 꾸준히 수록되어 있다. 그런데 필자의 의문은 연속적인 선교사역은 이 책에 기록되어 있었는데 당연히 구속사를 이끄는 쌍두마차의 두 마리 말 중에서 이것을 담당하였던 연속적인 교회 역사 기록 즉 연속적인 교회사 기록은 왜 없을까? 하는 '합리적 의심'이 그 시작점이었다.

2) 연속적 성경중심 교회사를 가상으로 구상하여 역추적 탐색 전개

'합리적 의심'에 대한 회답은 연속성 있는 성경중심 교회사를 찾아내는 것이므로, 이를 가상(假想)으로 구상하여 역추적해 보기로 논리를 세웠다. 이를 쉽게 설명하기 위하여 항공모함 전단에서 배(교회사)와 함재기(선교역사) 관계 비유를 들어서 설명해보자.

항공모함 전단은 배와 싣고 다니는 비행기 함재기와 호위 함정으로 구성되는데, 함재기는 그림에서 보는 것과 같이 기능에 따라서 정찰하는 정찰기, 전투하는 전투기, 구조하는 헬리콥터 등의 여러 기능의 함재기를 싣고 다닌다. 이를 우리 선교사역에서 비유하면 직접 선교하는 '선교팀 역할'은 '함재기'로, 선교사

역을 지원하는 '지역교회 역할'은 '배'로 비유할 수 있겠다. 그런데 참고문헌 미션 퍼스펙티브를 연구해보면, 2000년 동안 중단 없이 연속적으로 꾸준히 선교역사 기록은 있는데 ─이를테면 함재기들이 연속적으로 꾸준히 출격하여 정찰하고 전투하고 구출한 내용은 있는데─ 그런데 왜 이것을 지원하였던 연속적인 교회 사역 ─ 항공모함 배가 연속적으로 운항하였던 운항 일지 기록 ─ 즉 연속적인 교회사는 없는가? 하는 것이 의문이었다. 이 말은 함재기들은 출격하였다는 기록이 있는데, 이어서 돌아와서 착륙할 수 있는 배에 대한 기록이 없다는 것은 즉 모기지가 없는 함재기 출격은 상식적으로도 있을 수가 없는 일이다.

3) 항공모함 출항 가상 시나리오와 탐색으로 교회사 흔적과 정황 발견

그 다음 단계로 함재기가 출격(선교사역)하여 정찰 활동, 전투 활동, 구조 활동을 하였던 시대와 지역 정보를 중심으로 참고문헌 기록에서 이들 함재기가 이륙할 수 있을 가능성이 있는 (항공모함) 배 출항 내역(교회사)을 가상으로 구상하여 역추적을 해보았다. 그리하여 군데군데 배 출항 흔적을 발견할 수 있었는데, 이것들은 초기에는 ①초대교회 부흥, ②5세기 이후 아일랜드 영국 켈트교회공동체 그리고 ③14~16세기 영국교회의 (항공모함) 배 출항 흔적들이 군데군데 발견되었다.

그래서 드문드문 발견되는 배 출항 흔적(진주알 낱알)들을 연속적으로 이어보았다(진주 목걸이). 그리하여 '연속적인 항공모함 배 출항 기록'에

해당하는 'Ⓐ감추어진 성경중심 교회사'를 새롭게 발견하게 되었다. 또한 "[표 1편4] 세계 지역별 교회 부흥과 선교운동 요약표"와 "[표 2편8] 후반부 시대별 제1기-제5기 언약의 성취 구분"은 시대별 연속적으로 교회 부흥과 선교운동 교회사가 있었음을 뒷받침하고 입증(연속적으로 항공모함 배 출항 입증)해주는 표라고 할 수 있겠다.

(2) 현행 중세교회사 체계 문제점에 대한 대안 제시

〈본 단락은【ⓓ1000년의 중세교회사를 독창적인 성경말씀 기반 방식으로 재구성】주제에 대한 논정(論定)이다.〉

이어서 그러면 연속성 있는 성경중심 교회사 –연속적인 항공모함 함재기 출격 기록은 있는데 항공모함 배 운항 일지– 를 왜 이때까지 우리가 발견하지 못했을까? 라는 의문이 자연히 생기게 되었다. 이 문제점을 살펴보고 이에 대한 해결책으로 대안을 제시하도록 하자.

1) 현행 교회사 상태

앞의 항공모함 비유 사례로 설명하자면 왜 체계적인 항공모함 출항 일지가 작성되지 못하였는지 그리고 지금 우리가 찾을 수 없는지 그 이유를 살펴보았다. 과거부터 현재까지 많은 전투를 하였던 전투 기록 일지는 수없이 많이 잔뜩 쌓여 있는데, 정작 효율적으로 요긴하게 하나님 나라를 위하여 전투하였던 함재기와 연관된 항공모함 출항일지 –줄거리–는 빠져 있거나 혹은 다른 많은 잡다한 전투 일지에 밀려 뒤 칸에 단편적으로 군데군데 쌓여 있었다. 즉 로마가톨릭교회 사건 일지들과 수많은 교황이 한 일과 종교회의만 잔뜩 기록되어 –주변적인 것들– 있었다.

2) 현행 교회사에서 중세교회사 사관(史觀)의 문제점 발견

앞 단락에서 우리는 하나님의 구속사에서 '구속사'라는 마차는 '교회 부흥발전' 역사와 '복음 선교확산' 역사라는 두 마리의 말이 끄는 쌍두마차를 [그림 2편10]에서 비유하였다. 그런데 로마가톨릭교회는 하나님의 길에서 벗어났으며(앞 단락 '로마가톨릭교회 중세 6대 오작동과 해약' 참조), '교회 부흥'은 앞 단락에서 마틴 로이드 존스 목사의 교회 부흥에서 설명하였듯이 "로마교회 자체는 교회사적으로 교회 부흥역사는 없었다"라고 논증하였다. 또한 '복음 선교확산' 역사는 두 휘트비, 오탱 종교회의 결정에서 보았듯이 결과적으로 로마가톨릭교회는 유럽교회 복음 선교를 가로막았다.

이것은 결과적으로 구속사라는 쌍두마차에서 로마가톨릭교회는 교회사적으로 두 마리 말을 -교회 부흥발전 역사와 복음 선교확산 역사- 가로막았다는 즉 하나님의 구속사를 가로막았다(역사의 발전에서 역행)는 것으로 귀결된다. 앞 단락에서 극단적인 비유로 우리가 한국사를 연구하는데 '통일신라사 → 고려사 → 이씨조선사'를 연구하여야 하는데 고려사 대신에 중국 당나라 역사를 연구하는 꼴이라고 비유하였다. 이 문제는 자연스럽게 그러면 "교회사는 어떤 관점으로 기록되어야 하는가?"라는 교회사 기록 관점 문제로 귀결된다고 볼 수 있겠다. (두 기독교 교회사 관점 차이 비교는 '[그림 2편13] 교회사 관점 비교' 참조).

그러면 우리는 교회사에서 여호와 하나님의 길을 가는 교회와 그 길을 벗어나서 가로막는 교회에 대해서 -"그들은 계속 펼쳐지고 있는 중요한 '줄거리'와 많이 알려져 있기는 하지만 '주변 것들'을 구분해 낼 수 있는 사람들이다."- 이 명언을 교회사의 관점을 다루면서 항상 염두에 두어야 하겠다. [그림 2편10]하단에서 보는 바와 같이 이 '줄거리'는 성경중심이며 하나님 구속사(언약의 성취) 관점과 조화를 이루어야 하며 이것을 '줄거리'와 '주변적인 것들'을 구분하는 기준 잣대는 이 그림에서 설명하고 있는 성경중심 기준 '교회 부흥발전'과 '복음 선교확산'이 즉 쌍두마차 진행이 그 기준이 되어야 할 것으로 생각한다.

이러한 관점에서 재구성되어야 하는 현행 1000년의 중세교회사 사관에 대하여 살펴보면 우리는 앞 단락에서 현행 로마가톨릭교회 중세교회사는 우리가 위에서 살펴본 기준에 의하면 '주변 것들'이지 결코 '줄거리'라고 할 수 없다. 왜냐하면 오히려 우리가 2장에서 살펴보았던 "Ⓐ감추어진 성경중심 교회사"에서 ② '켈트교회공동체'와 ③14~15세기 영국교회 종교개혁준비 교회사"부분이 '교회 부흥발전'과 '복음 선교확산'에서 중세교회사 시대의 '줄거리' 그 자체이다. 따라서 현행 로마가톨릭교회 중심의 중세교회사는 종교개혁 500년이 지난 이 21세기 시점에 와서 새삼스럽게 종교개혁이 시작되어야 하는 것이 아닌가 하고 사료된다.

3) 중세교회사 체계에 대한 대안과 제언

[그림 1편2]를 사용하여 구체적으로 중세교회사 체계에 대하여 대안을 제시하면, [그림 2편8] 현행 로마가톨릭교회 중심 교회사 체계에는 'Ⓑ로마가톨릭교회 중세교회사 암흑기' 하나로만 로마가톨릭교회 위주로 되어 있는 교회사 역사관을, [그림 2편9] 상단의 '성경중심 기독교의 "Ⓐ감추어진 성경중심 교회사"– ①초대교회, ②켈트교회 유럽선교, ③영국교회 종교개혁 예비기 교회사"–와 이 그림 하단의 교권중심 기독교의 'Ⓑ로마가톨릭교회 중세교회사'를 나란히 두 기독교의 연관 관계와 같이 기술하여 새로운 중세교회사 체계로 균형되게 재구성하자는 것이다.

4) 대안 실현으로 현행 중세교회사 문제점 해소

중세교회사 체계에 대하여 위와 같은 대안 즉 "[그림 2편9] 상단의 '성경중심 기독교'의 "Ⓐ감추어진 성경중심 교회사"와 이 그림 하단의 '교권중심 기독교'의 'Ⓑ로마가톨릭교회 중세교회사 암흑기'를 나란히 기술하여 균형되게 재구성함으로써 서두에 논의하였던 BOBO 이론과 같은 교회사 단절 문제점 현상이라든지, 구속사와 언약의 성취 관점에서 보는 현행 중세교회사의 '주변적인 것들'만 잔뜩 기록되고 '줄거리'는 빠져 있다는 문제점이 해결되는 하나님의 중세교회사에 합당한 대안이라 생각한다. 21세기 지금은 16세기 종교개혁 이후 5세기가 훌쩍 지나갔지만, 중세교회사 부분이 상기 대안 같이 체계가 구성된다면, 이제야 비로소 제자리에 찾아서 균형 있는 2000년의 교회사 체계가 구성된다고 생각한다.

(이에 관한 두 기독교 교회사 관점 정리는 "[그림 2편13] 성경중심과 로마교회

중심의 교회사 관점 비교"와 교회론의 폭넓은 개념 [그림 2편16] '요한계시록 본문구조 하늘과 땅의 교회론 대비' 참조)

(3) 역사서 장르에서 교회사

그러면 앞에서 전개하였던 질문 '역사서 장르(Genre)에 속하는 교회사는 어떤 관점으로 작성되어야 하는가?' 에 대하여 다시 한번 교회사 기술 방법에서 같이 생각해보기로 하자. 기존 현행 교회사 체계와 본서 교회사 체계의 서술 방법에 대하여 우선 서로 살펴보자.

□ 귀납적 방법[138] 서술의 결과물

현행 교회사 결과물은 기독교 신학과 역사를 기반으로 하여 정통적으로 하나하나 역사적 사실을 도출하게 되므로 그 기록 과정과 속성에서 큰 틀에서 보면 귀납적 방법으로 교회사가 기록 형성하게 된다고 볼 수 있겠다. 그리고 교회사를 포함하는 역사서 장르는 그 특성이 세월이라는 시간 속에서 남긴 발자국을 하나하나 찾아서 관점에 따라서 중요한 내용을 기록하는 문헌이므로 일종의 보텀업 (Bottom-Up) 방식으로 그 속성상 귀납적 방법을 통상적으로 택하게 된다고 볼 수 있겠다.

□ 연역적 방법[139] 서술의 결과물

그러나 본서의 교회사 결과물 도출 과정은 대원칙과 근본 틀 -이를테면 성경 기반으로 하는 하나님 구속사, 하나님 언약 '축복의 통로'와 '제사장 나라', 신본주의와 인본주의 등- 에서 벗어나는 문제점을 먼저 인식하고 (교회사 단절 등), 대원칙과 근본 틀을 기반으로 "두 기독교 관계" 가설을 우선 설정한다. 다음에 일종의 톱다운(Top-Down) 방식으로 여기에 합당하

---

138) 귀납적 방법 : 여러 가지 대상을 직접 관찰하고 하나하나 측정함으로써 얻어진 여러 사실을 종합하고 분석하여 일반적인 원리나 법칙을 이끌어 내는 과정이다. 즉 관찰 주제 설정-> 관찰 방법 절차 고안-> 관찰 수행 → 관찰결과 및 결론 도출 방법을 말한다.

139) 연역적 방법 : 현상을 관찰하는 과정에서 인식한 문제를 해결하기 위해 의문에 대한 가설을 먼저 설정하고 체계적 탐구 과정을 거쳐 가설을 검증하는 방법이다. 즉 관찰 및 문제 인식-> 가설 설정-> 탐구 수행-> 자료 해석 → 결론 도출 방법을 말한다.

게 가설을 정설로 하나하나 증명하면서 기술하게 되므로 그 태생과 속성 상으로 큰 틀에서 보면 연역적 방법으로 서술하였다고 할 수 있겠다.

본서는 성경을 기반으로 하므로 성경의 (요 20:30-31) 본문에서 출발하게 되었다. 이 성경 본문에서 가르쳐주시는 성경 기록의 관점은 '예수님이 행한 모든 표적을 기록한 것이 아니라, 예수님이 하나님 아들 되심과 그 믿음으로 구원을 얻게 하는 관점'으로 작성되었음을 말하고 있다. 이에 따라서 "생명을 얻게 함" 즉 구원의 역사(구속사) 관점으로 대원칙을 세우고 본서 교회사를 '구속사 관점'으로 살피게 되었다.

□ 합력하여 선

이제 앞으로는 이 두 방법(현행 교회사와 본서)에 의하여 기록된 결과물 교회사가 서로 합력하여 선(롬 8:28)을 이루는 방법으로 하나님이 머리 되시는 교회사가 되기를 소망한다.

(4) '종교개혁의 3대 원리' 권위 근거로 '현행 교회사 체계' 회복

16세기 종교개혁 핵심 내용은 "종교개혁의 3대 원리(개혁신학의 3대 원리) "오직 믿음으로(구원의 근거)!, 오직 은혜로(공덕 사상 배제)!, 오직 성경으로(권위의 근거)! 로 다음 그림과 같이 축약될 수 있다.

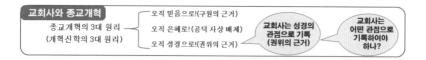

그리하여 16세기 이후 개혁교회는 기독교 신학과 대부분 교리와 제도와 제의(祭儀)들이 로마가톨릭교회의 주장 −5세기경 [그림 1편2] 좌측 아래 방향↓ 화살표 '성경권위 왜곡'− 교리에서부터 탈피하여, 16세기에 종교개혁의 3대 원리에 비추어서 합당하도록 개혁되고 이 그림 우측의 윗방향↑ 화살표 '성경권위 회복'으로 개혁되었다. 그런데 유독 교회사 부

분만은 종전의 로마가톨릭교회가 중심이 되는 특히 1000년의 중세교회사 부분은 현행 교회사 체계로 되어있는 것 같다. 이것은 마치 「종교개혁이라는 위대한 기독교 개혁 진행 프로젝트 전체 퍼즐에서 '교회사 부분'만은 로마가톨릭교회 종전체계로 '미완의 종교개혁 퍼즐 분야'로 21세기까지 남아 있다」라고 표현할 수 있겠다. 그렇다는 증거는 현행 교회사에는 '줄거리'가 되어야 할 [그림 1편2] 'Ⓐ감추어진 성경중심 교회사' 부분은 대부분 누락되어 빠져 있고, 아직도 '주변 것들'에 해당하는 Ⓑ로마가톨릭교회 중세교회사만 중심이 '줄거리'로 주객전도(主客顚倒) 되어서 잔뜩 기록되어 있는 것이 그 증거이다.

□ 교회사는 어떻게 회복되어야 하는가?

종교개혁 500년이 지난 지금 21세기에 와서도 이제 왜 이 문제를 새삼스럽게 다루어야 할까? 그 이유는 이 그림 우측의 윗 방향↑ 화살표 '성경권위 회복'이 교회사 부분만은 아직도 종교개혁 이전의 모습 그대로 '미완의 퍼즐' 부분으로 남아 있어서 회복되지 않았기 때문이다. 이에 대하여 '두 교회사 체계 [그림 2편9]'로 '교회사 부문'의 성경권위를 회복하여야 하는 합당성과 필연성을 500년이나 지체되었지만, 이제 와서라도 회복되어야 한다는 것을 다음 단락 '갈릴레오식 인식의 전환 합당성과 필연성'에서 증거하기로 하겠다.

3. 갈릴레오식 인식의 전환 합당성과 필연성

우리는 어떤 일이나 사태에서 크나큰 인식전환(패러다임 시프트 Paradigm Shift)이 요구될 때는 흔히 갈릴레오식 인식전환을 하라고 권면을 하게 된다. 본서 내용을 이제 어느 정도 이해한 독자분께서는, 본서가 공론화 과정을 거쳐서 우리 신앙생활 가까이 '성경중심 교회사'가 친숙하게 자리매김하기까지는, 갈릴레오식 인식전환이 필요하다고 예견된다.

즉 지금까지 우리가 친숙하게 알고 있던 '현행 로마가톨릭교회 중심 교회사 체계 [그림 2편8]'를 대신하여, 우리가 수차에 걸쳐서 살펴보았던 '성경중심 두 기독교 교회사 체계 [그림 2편9]'로 인식을 전환하여야 한다는 말이겠다. 이를 쉽게 이해하기 위하여 17세기 천문학자 갈릴레오가 과거 천동설을 믿던 중세교회 시대에 새롭게 인식 전환하여 지동설을 주장하는 내용을 비유로 하여 증명하고자 한다.

어떻게 보면 본서에서 본 단락 앞부분의 모든 내용은, 본 단락을 증거하고 증명하기 위한 도입부와 전주곡과 설명을 하는 것에 지나지 않는다고 하여도 과언이 아니라고 생각한다.

(1) 갈릴레오는 전체 망원경 관측 증거에 비유하여 인식전환 증명

코페르니쿠스(1473~1543년)는 16세기 폴란드 수학자로 갈릴레오 이전에 지동설을 발견하여 처음으로 지구가 태양을 중심으로 돌아간다는 사실을 주장하였던 16세기 천문학자이다.

□ 코페르니쿠스의 수학적 논리로 지동설 증명

종교개혁이 중북부 유럽 중심으로 한창 진행되고 있던 16세기 그 당시는, 창세기의 천지창조를 기초하여 지구를 중심으로 천체가 돌아간다는 천동설을 굳게 믿던 남부 유럽 중세 로마가톨릭교회 시대였다. 그는 수학적인 방법과 공식으로 지동설을 이론적으로 증명하였으며, 그의 저서 『천체의 회전에 대해』는 그 당시 과학의 역사를 바꿀 만큼 획기적이고 탁월한 저서였다. 그러나 그는 그 당시 천동설을 믿던 시대 사회와 교회 권력에서 지동설을 주장하는 것에 대하여 생명의 위협을 느끼고, 이 책은 죽기 10년 전에 이미 완성하였으나 보관하고 있다가 임종 직전에야 비로소 이 책을 출간한다.

□ 갈릴레오의 전체 망원경 관측으로 지동설을 증명

그로부터 100년쯤 이후 17세기 이탈리아 천문학자 갈릴레오(1564~1642

년)는 천체망원경을 스스로 발명하여 1610년에 목성의 위성, 달 표면의 요철, 태양의 흑점 등을 직접 눈으로 관측하였다. 이전의 코페르니쿠스가 수학적 논리로 증명하였던 지동설을 눈으로 지구가 태양을 중심으로 돌아가는 사실을 직접 실증적 방법으로 관찰하고 이를 증명하게 된다. 그의 저서 『천문 대화』로 지동설 주장은 그 당시 창조신앙에서 벗어난 이단으로 몰린 갈릴레오는 로마가톨릭교회 종교재판에 회부되어 사형에 처해지게 되었다. 만약에 그 말을 번복하면 살려주겠다는 재판장의 제의를 받아들여 3년 교화형으로 감형을 받았지만 "그래도 지구는 도는 것을..."이라는 유명한 말을 남기게 된다. 망원경으로 천체를 직접 관측하며 지구가 태양 궤도를 도는 것을 발견한 갈릴레오에게는 지동설에 대한 확실한 증거가 있었다.

□ "현행 교회사 체계"와 "두 기독교 체계"의 합당성 증명 방법

우리는 하나님이 하신 일의 '줄거리'는 신약교회 시대에 쌍두마차의 진행 내용 '교회 부흥발전'과 '복음 선교확산'이라는 두 창문을 기준으로 하여 각각의 교회사 체계를 보아야 한다는 내용을 앞에서 이미 살펴보았다. 그리고 만약에 이 쌍두마차 진행 내용이 아닌 이야기는 '주변 것들'에 해당한다는 내용 또한 이제 인지하고 있다. 이것으로 천동설에 비유되는 '현행 로마가톨릭교회 중심 교회사 체계[그림 2편8]'의 잘못을 증명하기로 한다. 그리고 지동설에 비유되는 '성경중심 두 기독교 교회사 체계[그림 2편9]'는 "교회사는 성경 말씀을 기반으로 하여 하나님께서 교회를 통하여서 하신 일을 기록하는 것이라는 일념으로 기술하였다"라는 취지 즉 '성경 기반'이 판단하는 기준이 될 것이다.

□ 양들은 목자의 음성과 타인의 음성으로 구별

우리는 교회사 기록 내용을 보면서 다음 성경 본문 말씀을 통하여, 하나님의 양은 목자의 음성과 타인의 음성을 구별하여 알게 된다는 내용으로 살펴보자..

(요 10:27) "내 양은 내 음성을 들으며 나는 그들을 알며 그들은 나를 따르느니라"

(요 10:5) "(양들이) 타인의 음성은 알지 못하는 고로 타인을 따르지 아니하고 도리어 도망하느니라"

이 본문을 통하여 우리가 교회사 내용에서 들려오는 음성이 목자의 음성인지, 아니면 타인의 음성인지를 하나님 백성 "내 양" 즉 우리 성도가 하나님 말씀 성경에 비추어서 이 음성을 구별할 수 있겠다. "현행 교회사 체계[그림 2편8]"와 "두 기독교 체계[그림 2편9]" 교회사 내용에서, 양(성도)들이 성경에 비추어서 음성으로 목자와 타인을 구별하도록 하자.

(2) 사람(로마교회)이 한 일 '주변 것들' 위주의 '현행 교회사 체계'

'[그림 2편8]현행 로마가톨릭교회 중심 교회사 체계'(천동설에 비유)를 바탕으로 쌍두마차의 진행 내용 '축복의 통로'와 '제사장 나라' 사명을 계승한 '교회 부흥발전'과 '복음 선교확산' 두 창문의 관점으로 다음과 같이 증명하려고 한다.

1) 쌍두마차 '교회 부흥발전'과 '복음 선교확산' 진행 내용 확인

이 그림에서 우선 '교회 부흥발전' 내용은 "로마가톨릭교회는 교회적으로 부흥을 경험한 적이 한 번도 없다"라는 마틴 로이드 존스 목사의 논증이 이를 단도직입적(單刀直入的)으로 웅변하고 있다. 그다음 '복음 선교확산'은 [표 2편14] 우측 〈'로마교회 중심' 작용원리〉 선교 정책에 따라 문명화를 선교 전제조건으로 삼아 문명화되지 않은 곳은 선교하지 않았으며, 로마교회 자신도 라틴화를 고집하여 성경적 선교 규범 '상황화'를 무시하므로 하나님 선교사역에 막대한 지장을 초래하였다.

또한 역사적으로는 [그림 2편15] 하단의 '교권중심 기독교 체계' 나무의 열매 그림에서 역사적 실증적 방법의 결과물은 "로마가톨릭교회 중세 6대 오작동과 해악"이라는 열매로 나타났다. 그리고 '교회 부흥발전'과 '복음 선교확산'에 대한 열매는 [그림 2편15] 하단에 요약되어 나타나 있으며, 더욱이 7세기 말 두 종교회의 결과로 켈트교회 유럽선교를 금지하여 하나님의 선교사역을 가로막았던 교회사 기록 내용이다.

2) '현행 교회사 체계'에 대한 심령의 내적 증거

(요 10:27)과 (요 10:5) 본문에서 양들이 음성으로 목자와 타인을 구별하게 된다. 따라서 이 '현행 로마가톨릭교회 중심 교회사 체계 [그림 2편8]' 내용이 목자인지 타인인지 음성으로 양들이 구별하여 보자. [그림 2편8]의 특히 중세 1000년의 교회사에서 로마가톨릭교회는 신본주의를 표방하나 실제 권력은 유사 신본주의 기독교를 기술하였다.

이는 사람(로마교회)이 교회를 통하여 한 일을 기록한 교회사 특히 [그림 2편15] 하단에 '로마교회 중세 6대 오작동과 해악' 교회사 내용을 읽으면서, 하나님의 백성인 우리("내 양")는 영적인 감동을 우리의 지정의(知情意) 인격체를 통하여 느끼지 못하는 건조하고 차갑고 어두움으로 하나님 품성과는 성경 말씀에서 동떨어진 교회사 내용(타인의 음성)이라고 알게 된다. 마치 큰 딱딱한 바위를 대하는 듯한 냉랭한 심정으로 이는 우리의 심령이 이러한 냉랭한 중세교회사에서 심령의 울림이 없다는 타인의 음성으로 도리어 양들이 도망가는 느낌(요 10:5) 이라는 말이겠다.

(3) 하나님 일을 기록한 '두 기독교 교회사 체계'

이에 반하여 [그림 2편9] 상단 성경중심 두 기독교 교회사 체계는(지동설에 비유) "성경의 최상위 권위 인정"을 핵심가치로 하여 쌍두마차의 진행 내용 '교회 부흥발전'과 '복음 선교확산' 사명을 충실히 이행하는 교회사 기록 중심으로 기록하여 '하나님이 교회를 통하여 성취하신 일'을 드러내고 있다. 즉 정통적인 신본주의 기독교 교회사라 할 수 있는데 이를 증명하는 다음 방법을 살펴보자.

1) 쌍두마차 진행 내용이 '[그림 2편9]두 교회사'에 기록되어 있는가?

이는 [그림 2편9] 상단 '성경중심 두 기독교 교회사 체계' 교회에 해당하는 '①초대교회'부터 시작하여 '②켈트교회 유럽선교', '③영국교회 종교개혁 예비기', '④세계교회 부흥선교'에서 '교회 부흥발전'과 '복음 선교확산'이라는 결과로 진행되어왔음을 교회사 기록에서 드러내고 있다. 즉 성경중심 기독교 교회사는 '교회 부흥발전 역사'와 '복음 선교확산 역사' 그 자체라고 할 수 있다. 이와 대조적으로 이 그림 하단 'Ⓑ로마가톨릭 교회 중세교회사'는 교권중심 기독교 교회의 모습을 나란히 이 그림에 함께 적어 서로의 두 기독교 교회사 사실관계를 합리적으로 나타내고 있다.

또한 [그림 2편15] 상단의 '믿음의 모범공동체 삼형제'가 쌍두마차의 진행 내용 '교회 부흥발전'과 '복음 선교확산' 사명을 충실히 이행하였던 '믿음의 모범공동체'로 선택된 결과는 이를 증명하고 있다. 즉 믿음의 모범공동체 '초대교회', '켈트교회공동체', '청교도 교회'는 교회사 속에서 비록 박해와 순교의 길도 또한 점철되었지만([주제설명 3장4]), 성경 말씀에 합당한 삶을 살았던 "교회사 나무의 열매들"은 신본주의 기독교이다.

2) 하나님 백성의 심령을 울리게 하는 음성으로 내적 확신

(요 10:27)과 (요 10:5) 본문에서 양들이 음성으로 목자와 타인을 구별하게 된다. 따라서 '두 기독교 교회사 체계 [그림 2편9]' 내용이 목자인지 타인인지 음성으로 구별하여 보자. 우리가 특히 [그림 2편9] 중앙 'Ⓐ감추어진 성경중심 교회사' 내용에서 알 수 있듯이,

① 로마제국 시대 초대교회에서 혹독한 전염병 창궐 기간에 그리스도인이 감염의 죽음을 무릅쓰고 이교도를 정성껏 간호하여 기독교인으로 개종시키는 초대교회 교회사와,

② 아일랜드 켈트족이 유럽에서 외롭게 홀로 그 어려운 외국어 라틴어 성경을 부지런히 배우고 가르쳐서, 성숙한 복음으로 양육하여 유럽 대륙 선교를 담당하는 켈트교회 교회사와,

③ 14세기 영국교회 '종교개혁의 샛별' 존 위클리프는 죽는 날까지 로마교회의 사제였지만, "교회의 유일한 머리는 그리스도이며 복음정신으로 다스리도록 예정된 사람이 아니라면 교황은 적그리스도의 대리

자"라고 선언했다. 그가 사망한 수십 년 이후에 콘스탄츠 종교재판에서 화형을 선고받고 그는 무덤까지 부관참시당하는 박해를 받는다.

□ 양들은 목자의 음성을 알고 따른다

우리는 성경중심 기독교 교회사를 읽으면서 하나님의 양들은 성령님의 감동과 감화로 심령이 울리며 하나님 은혜에 감사가 우러나며 하나님 음성을 우리에게 지정의 인격체로 알게 하신다. 그러므로 이 'Ⓐ감추어진 성경중심 교회사' 내용에서 나타나는 이 목자의 음성은, 이것을 기록한 교회사가 하나님이 하신 일을 기록한 것이라는 심령의 내적 증거이기도 하다.(고후 4:6). 이 심령의 울림 목자의 음성은, 앞에서 증거한 성경을 기반으로 하는 증거와 역사적 실증적 방법의 증거와 더불어서, '성경중심 두 기독교 교회사 체계'[그림 2편9]가 하나님이 교회를 통하여서 하신 일을 기록한 하나님의 교회사 음성이라는 것을 하나님 백성 심령의 울림 음성으로 목자의 음성을 양들이 알 수 있다.

(4) 인식전환의 합당성과 필연성

앞에서 성경 기반 증거와 역사적 실증적 방법 증거와 더불어서, '성경중심 두 기독교 교회사 체계'가 하나님 백성 양들의 심령을 울리는 음성으로 내적 증거로 인하여 명확하게 목자의 음성과 타인의 음성으로 증거되고 증명되었다. 이 증거와 증명은 우리가 이제는 성경 기반에서 벗어난 '현행 로마가톨릭교회 중심 교회사 체계'로부터 벗어나서, 하나님 계시의 말씀 성경에 기반을 두는 '성경중심 두 기독교 교회사 체계'로 인식을 전환하여야 하는 합당성과 필연성을 증명하였다는 말로써 이제는 결단의 기회가 왔다.

□ 갈릴레오식 인식의 전환을 결단

'영적으로 확신한 믿음'에 대하여 오스왈드 챔버스 목사 저서[140]에서

---

140) 오스왈드 챔버스. 『주님은 나의 최고봉』 *My Utmost for His Highest* (토기장이 2018), (5월 8일 자).

이렇게 말한다. "믿음은, 하나님은 거룩한 사랑이라는 사실 위에 힘차고 담대하게 서 있는 확신이다". 믿음에 확신이 생기면 우리 내적 인식의 전환이 반드시 따라오게 된다. 갈릴레오는 천체망원경으로 확신하여 '지동설'이 진리라는 확실한 증거를 갖게 되었다. 우리는 성경적 접근방법에 따른 근거와 교회 역사적 실증적 방법 결과를 나무의 열매로 평가와 그리고 하나님 백성 양들 심령의 울림이 목자의 음성과 타인의 음성이라는 내적 증거로, 우리는 이제는 확실한 증거들을 갖고 있다.

이것을 "교회사는 '구속사의 빛' 아래에서" [그림 1편6] 내용이 이를 증거하고 있는데, 만약에 이제 와서도 또다시 로마가톨릭교회가 주장하는 과거 '현행 교회사 체제'로 돌아간다면, '교회사 단절'과 같은 교회사에 대한 구조적인 문제로부터 시작하여 16세기 종교개혁 대상에서 교회사 부분만은 아직도 개혁대상으로 남아 있게 된다. "진리에 대한 인식의 전환" 문제는 언제쯤 어떤 계기로 인식의 전환을 할 것이냐 하는 시간상의 문제이지 하나님 섭리로 언제인가는 하나님의 참 진리는 예수님 재림 전에는 반드시 찾아서 우리에게 알게 할 것이다.

갈릴레오는 '지구는 그래도 도는 것을'이라는 확신을 갖고 그 이전에 코페르니쿠스가 주장한 지동설을 확립하게 된다. 이러한 인식전환을 통하여 우리는 종교개혁 500년이 지난 21세기 지금에 와서라도 늦었지만, [그림 2편9] 중앙 우측에 윗 방향↑ 화살표 '성경권위 회복'이 교회사 부분까지도 아직도 종교개혁 이전의 모습 그대로 '미완의 퍼즐' 부분으로 남아 있는 부분을 이제라도 회복하여 하나님 하신 교회사 기록으로 남겨서, 「종교개혁이라는 위대한 기독교 회복(개혁) 진행 프로젝트 전체 퍼즐」을 완성하여야 하는 당위성과 필연성 때문이다.

또한 "콜럼버스 달걀"이라는 말은 동글동글한 모양새 때문에 세우기가 쉽지 않지만 그는 달걀을 세우는 데 성공(?)한 일화가 있다. 정확히는 달걀 밑동을 살짝 깨서 세운 것이지만, 이는 '콜럼버스의 달걀'이라 하여 "일단 하고 나면 매우 당연한 건데 하기 전에는 보통 사람들은 미처 생각하지 못하는 기발한 발상"으로 요약하면 '발상의 전환'을 말할 때 인용하

는 명언이다.[141]

□ 우리 시대 그리스도인 결단으로 교회사 인식전환

이 책을 처음부터 시작하여 여기까지 교회사 체계에 관하여 읽어 온 우리는, 이제 '현행 로마가톨릭교회 중심 교회사 체계'와 '성경중심 두 기독교 교회사 체계'에서 어느 교회사 체계가 하나님의 진리인가를 알게 되었다. 따라서 하나님의 진리를 알게 된 우리 세대 앞에는 이제 두 가지 사명을 결단하게 한다.

첫째는 '현행 로마가톨릭교회 중심 교회사 체계'를 '구교'라 하고 개혁교회를 '신교'라고 부르는 '로마가톨릭교회 중심 교회사' 사관(史觀)에서 탈피하여서, 성경중심 기독교 교회사 체계를 원 뿌리를 두고 있는 개혁교회 정통성을 회복하는 결단이다. 둘째는 자라나는 우리 믿음의 다음 세대에게 현행 로마가톨릭교회 중심 교회사 사관에서 벗어나서, 성경중심 두 기독교 교회사 체계를 가르쳐서 개혁교회 믿음의 정통성을 확립하게 하는 것이다. 그리하여 신약성경 사도행전 28장에서 기록된 초대교회사에서 계속 연결하여서, 우리 세대를 시작으로 다음 세대부터는 하나님이 교회를 통하여 21세기 지금까지 우리 교회 곁에서 동행하시는 성경중심 두 기독교 교회사를 통하여서, 하나님이 숨 쉬는 숨결을 느끼는 교회사 체계로 회복하여야 하겠다.

16세기 종교개혁 이후부터 유독 교회사 부분 개혁만은 500년이라는 세월을 놓쳤지만, 이제라도 한시바삐 교회사 체계를 개혁하여서, 하나님께서 교회를 통하여하신 성경 기반 교회사 체계로 회복하는 것이 오늘날 우리 세대의 사명이라고 생각한다. 만약에 이번 기회도 또 놓치게 되면, 예수님 재림하셨을 때 교회 교인이라고 하면서 교회가 하나님이 교회를 통하여 하신 일도 아직 올바르게 알지 못한다면 어떻게 예수님을 뵐 수가 있을까?

(요 8:32) "진리를 알지니 진리가 너희를 자유롭게 하리라"

---

141) 이 일화는 콜럼버스가 하였던 말로 와전된 것이며, 실제로 달걀을 깨서 세운 것은 피렌체 대성당의 돔을 건축한 건축가 필리포 부르넬레스키 라는 설도 있다.

4. 큰 주제별 내용 찾아가기 길 안내와 향후 방향성

본 단락은 앞 서론에서 제시하였던 "5가지 주제를 꼭짓점 결론으로 향하여 논증하는 것"에 대하여 5가지 주제별 내용을 찾아가기 길 안내를 하고, 끝으로 향후 본서에 대한 방향성에 대하여 간략하게 살펴보면서 본서를 마무리하려고 한다.

본서의 특징은 이 책 주제를 다루기 위하여 다음과 같은 광범위하고 다양한 본서의 대상이 되는 요소들을 감싸 안으면서 소화하고 나아가야만 하였다.

- ☐ 2000년이라는 교회사의 장구한 기나긴 기간 대상
- ☐ 유럽교회를 시작으로 하여 지구촌 전체의 교회까지 광범위하게 넓고 넓은 지역들 연계
- ☐ '감추어진 성경중심 교회사' 와 같이 잘 알려지지 않았던 내용을 발굴하여서 상세히 설명하여야 하는 새로운 내용을 세밀하게 설명하여야 하는 고충
- ☐ 주제를 설명하고 논증하기 위하여 성경을 바탕으로 하는 기독교 신학과 교리로 설명하는 논리 전개.

본서 구성 내용이 위와 같은 다양성과 난해한 주제의 특성들이 뒤섞여 있기 때문에 본서의 1차 원고 완성본을 보았을 때, 일반적인 도서의 편집 형식으로는 처음 읽는 많은 일반성도 독자 편에서 읽게 되면, 본서 전체 줄거리를 파악해가면서 맥을 놓치지 않고 읽어 나가기가 무척 어렵다고 판단되었다. 따라서 이 책은 이를 해결하기 위하여 1편, 2편, 3편으로 편성되었으며 여러 주제가 뒤섞여있기 때문에 다음과 같은 5가지 주제별 내용 찾아가기 길 안내가 필요하다고 생각된다.

(1) 5가지 주제별 내용 찾아가기 길 안내

이 책의 편집 구조는 서론에서 잠깐 언급하였지만, 책 내용 주제의 대상이 다양하고 복잡하여 현재 본서의 편성 방법과 같이 다양한 내용이 아

우러져서 편집되었다.

따라서 본서는 이 5가지 주제에 대하여 추론하고 논증하며 결론에 도달하며 대안을 제시하였는데, 본 단락은 본서를 이용하여 어떻게 논리적으로 논정(論定: 논의하여 사물의 옳고 그름을 결정함)한 것을 찾아가야 하는지 안내 길잡이를 [표 2편16]에서 다음【ⓐ】~【ⓔ】5가지 주제에 대하여 본서에서 해당 페이지를 찾아가는 길 안내를 하는 내용이다.

기호	5가지 주제 제목 내용	찾아가는 길 안내 페이지
ⓐ	【교회사 관점은 '성경말씀 기반 방식'으로 기록】	[주제설명 4장5] 교회사의 관점 '성경말씀 기반 방식' 논리 《요점정리》　614~619
ⓑ	【'두 기독교 체계'로 새롭게 구성 교회사 구조 체계 재발견】	4장-1절-1~4 : 성경의 최상위 권위에 대한 믿음 ('기승전결'로 논증)　372~478
ⓒ	【감추어진 성경 중심 교회사'를 발굴하여 원래의 가치로 재발굴】	①초대교회 교회사 : 2편-1장　143~211 ②켈트교회 교회사: 2장-1절　223~247 ③영국교회 예비기: 2장-3절-3　274~287
ⓓ	【1000년의 중세교회사를 독창적인 성경말씀 기반 방식으로 재구성】	4장-3절-2-(2) : 현행 중세교회사 체계 문제점에 대한 대안 제시　462~465
ⓔ	【어떠한 교회사 체계가 여호와 하나님 뜻에 합당한가를 교회사적으로 증명】	□4장-2절-2-(5) 두 기독교 나무가 맺은 열매 요약　443~445 □4장-2절-3 : 갈릴레오식 인식의 전환 합당성과 필연성　467~475

[표 2편16] 5가지 주제 내용 찾아가는 길 안내표

이상과 같은 이 책의 5가지 주제에 대한 본서의 장-절과 해당 페이지 길 안내를 통하여 각각의 주제가 논증하는 내용을 독자분께서 이해하는 데 도움이 되는 길잡이 역할이 되어서, 여러 주제 내용이 아우러져 있는 본서 전체 편집 내용에서 독자께서 원하는 5가지 주제에 대하여 다소나마 찾아가기 쉽게 '안내 역할 도움이'가 되기를 바란다.

(이제 '하나님 교회사 관점'에 대한 폭넓은 이해는 [그림 1편6] '구속사 속에서 [교회사 기록]의 위치 '에서부터 출발하여, [그림 2편16] '요한계시록 본문구조 하늘과 땅의 교회론 대비'에서 시공간을 초월하는 교회론 관점까지, 하나님 나라 통치 구조의 방편으로써 폭넓은 사고(思考)를 필요로 한다)

(2) 향후 남은 예상 과제

본서의 남은 예상 과제와 향후 방향성에 대하여 간략하게 살펴보기로 하자.

☐ 본서 내용은 하나님의 교회사가 세계적으로 공통되게 사용하는 특성으로 보아서 본서 한국어권 기독교 교회뿐만 아니라, 영문 번역본 발간 등으로 성경중심 교회사에 대하여 영어권을 포함하여 세계 기독교 교계의 공론화 과정이 예견된다. 특히 중세교회사 부분이 많은 공론화의 여지가 다수 있으므로, 중세교회사가 해당 지역교회의 역사적 배경이 되는 영어권 사용 유럽국가들 교회를 포함하여 공론화가 바람직하다고 예견된다.

☐ 본서의 다양한 주제 분야는 이제 시작하여 제시하는 단계의 새로운 분야이므로 '성경중심 중세교회사', '성경중심 교회사 신학' 등 이 분야에서 다수 중요한 주제와 공동연구 주제 등이 많이 포함되어 있음을 예단(豫斷)할 수가 있다. 따라서 이 새로운 분야에 많은 연구가 예견된다.

☐ 이러한 내용이 공론화되고 확정이 되고 나면, 성경중심 교회사 내용의 교회 주일학교 교육교재 편찬 및 보급이 끝으로 자그마한 소망이다.

필자는 이 책 『성경중심 교회사 재발견』 내용이 공론화 과정을 거쳐서 우리 손자 세대에는 지역교회 교회사 교육과정에서 널리 가르쳐지는 것을 소망하고 있다. 그러나 만약 그렇지 않더라도 아브라함의 품속에서라도 하나님이 (당신의 백성을 통하여) 성취하셨던 기록인 성경중심 교회사가, 지역교회에서 편만하게(널리 가득 차게) 가르쳐지는 것을 보기를 또한 소망하면서 이 책을 독자님께 드린다.

4장의 ≪ 하나님 섭리와 경륜 ≫ - [교회사 신학]

교회사 신학 사항에 대하여 하나님 섭리와 경륜을 성경을 기반으로 하여 살펴보자.

1. 현행 교회사 체계의 문제점과 대안

창조주 여호와 하나님은 천지 만물과 인간을 하나님 형상대로 말씀으로 창조하시고, 인간에게 하나님 계시의 말씀 성경 66권으로 살아갈 수 있도록 삶의 지침서로 주시면서 축복하셨다. 이 성경 말씀은 여호와 하나님의 '구속사'로 축약되며 '언약의 성취'와 쌍두마차 '교회 부흥발전'과 '복음 선교확산'으로 역사를 진행하는 '줄거리'로 기록한 책이 교회사이다. 그러므로 '교회사 기록'은 구속사 속에서 예수님의 초림과 재림 사이 기간에 진행되는 하나님이 교회를 통하여서 하신 일에 대한 관점으로 기록되어야 한다.

□ '현행 교회사 체계'는 어떤 관점으로 기록되었나?
그러나 현행 2000년의 교회사 체계에서 중간 시대에 해당하는 6세기 ~16세기 1000년의 중세암흑기는 [그림 2편8]과 같이 로마가톨릭교회 중심의 교회사가 기록되어 있다. 이 Ⓑ로마가톨릭교회 중심의 교회사는 '교회 부흥발전'과 '복음 선교확산'이라는 구속사의 언약의 성취 '줄거리'와는 한참 거리가 멀고, 사람 로마교회가 한 일의 '주변 것들'만 잔뜩 기록되어 있고, 하나님께서 교회를 통하여 이룩하신 '줄거리' – '교회 부흥발전'과 '복음 선교확산' – 뒤편으로 가려져서 알아보기가 힘들게 되어있다.

□ 그러면 '현행 교회사 체계'에 대안은 무엇인가?
그러므로 기독교 교회사는 [그림 2편8] '현행 로마가톨릭교회 중심 교회사' 체계(AS-IS)에서 탈피하여, [그림 2편9] 두 기독교 체계 즉 '성경중심 기독교 교회사' 와 '교권중심 기독교 교회사' 로 각각 서로의 연관 관계를 기술하면서 '두 기독교 체계' 로 교회사 체계(TO-BE)를 재구성하여야 한다. [그림 2편9] 상단 '성경중심 기독교' 교회사와 하단에 나란히 기록함으로써 두 교회사를 비교 평가할 수 있도록 하여서 성경의 언약이 성취되는 내용으로 기독교 역사적 지침서 역할을 하여야 한다. 대소교리문답서가 신앙생활에 교리적 지침서가 된다면, 교회사는 신앙생활에 역사적 지침서 역할을 한다고 할 수 있다.

2. 언약의 성취에서 연결 다리 역할의 역사서발굴

영국과 아일랜드 켈트교회공동체의 5~10세기에 유럽대륙 선교 교회사와 14~16세기 영국교회의 존 위클리프부터 시작하는 종교개혁 예비시대 교회사는 초대교회 말 5세기부터 16세기 종교개혁까지 언약의 성취가 중세 1,000년간 단절된 것 같이 보이는 교회사에서 연결 다리 역할의 역사서를 발굴하여서 교회사 '줄거리' 로 기록하는 것이 절실하다.

□ 구약시대 언약의 성취에서 연결 다리 역할의 역사서

창조주 여호와 하나님은 모세오경을 통하여 아브라함의 자손 이스라엘 민족을 하나님 백성으로 삼으시고 젖과 꿀이 흐르는 가나안 땅과 복 주실 것을 언약하셨고, 출애굽 이후 여호수아서에서 가나안 땅 회복을 기록하고 있다. 그런데 언약의 땅 가나안에 정착한 이스라엘 백성들은 하나님을 잘 섬기며 살아가야 하는데도 불구하고, 사사기는 수백년동안 이방 신을 섬기는 불순종하는 이스라엘 백성들을 기록하고 있다. 그러나 사사기서의 후속 룻기에서는 보아스(다윗왕의 증조할아버지, 룻 4:21)와 사무엘서의 사무엘(다윗왕에게 기름부은 선지자, 삼상 16:13)을 통하여 다윗왕국을 예비하셨다. 따라서 여호수아서 이후 통일된 다윗왕국 언약의 성취까지 400

년간 단절된 것과 같이 보이는 하나님 언약의 성취를 룻기의 보아스와 사무엘서의 사무엘은 연결 다리 역할을 하게된다.

□ 신약시대 언약의 성취에서 연결 다리 역할의 역사서

하나님 아들 예수 그리스도가 성육신하여 이 땅에 오셔서 십자가 보혈로 하나님 백성을 구원하게 하시고 예수 그리스도가 머리되시는 교회를 통하여 구약의 하나님 언약이 신약시대에도 전승되어 성취되며 장차 오실 재림의 심판주 예수를 기다리게 언약하셨다. 그리하여 신약 사도행전 초대교회를 통하여 교회의 모형을 제시하시고 로마제국을 통하여 수천만 명을 하나님의 백성 그리스도인으로 삼으시고 축복하셨다. 그런데 그 이후 이를 계승한 로마가톨릭교회는 중세 1000년을 통치하면서 하나님 계시의 성경 말씀이 없으므로([그림 2편9-1] 참조), 사람이 각기(로마교회)의 소견에 옳은 대로 행하였다(사사기 21:25 참조).

그러나 하나님은 영국 패트릭의 선교와 켈트교회공동체로 유럽대륙을 선교하여 하나님의 언약이 성취되는 유럽교회를 세우게 하셨다. 그런데 7세기 말 켈트교회의 복음 선교사역을 로마가톨릭교회의 방해로 금지되면서 유럽대륙은 선교 암흑기를 수백년 맞게 된다. 그렇지만 14세기 '영국 종교개혁의 샛별' 존 위클리프를 시작으로 영국교회에서 종교개혁을 예비하게 하시고 16세기 종교개혁으로 개혁교회를 통하여 21세기 현세기까지 '교회부흥발전'과 '복음선교확산'으로 하나님 언약을 이 땅끝까지 지금도 성취하고 계신다.

그러므로 구약시대 암울한 역사서 사사기 이후에, 룻기와 사무엘서가 언약의 성취 연결 다리 역할을 하였다면 마찬가지로 신약시대 초대교회 5세기 이후 종교개혁까지 1,000년의 암울한 암흑시대에, 5~10세기 켈트교회 선교교회사와 14~16세기 영국교회 종교개혁 예비 교회사가 언약의 성취 연결 다리 역할을 하였다([그림 1편2] 참조). 그렇다면 룻기와 사무엘서와 같이 연결 다리 역할을 하는 역사서의 중심 줄거리로 중세교회사는 기록되어야 함에도 불구하고, 현행 교회사에서 특히 중세교회사는 로마가톨릭교회 중심으로 기술되어 있다. 여기에는 많은 원인과 이유가 있겠지만 교회사 신학에서 교회사의 역할과 관점을 다시 한번 원래의 하나님 성경 말씀 중심으로 개혁을 하여야 하는 시점이 종교개혁 이후 500년이나 지나쳐온 것 같다.

□ 이 책에서 교회사의 관점과 역할을 제시

이 책은 왜곡된 현행교회사 체계에서 탈피하여서, 성경기반의 교회사 체계로 기록되어야 한다는 교회사의 관점과 역할을, 시각적 그림 언어 [그림 2편9-1, 10, 11, 12, 13]로 형상화하여 제시한 교회사 책이다. 그리하여 교회사는 기독교인 신앙생활에서 성경책 다음으로 사도행전 28장 이후에 교회가 나아갈 바를 알게 하는 구약시대 역사서와 같이 지침서가 되어서, 항상 성경책과 함께 우리 손 곁에 놓여 있는 친숙하게 사랑받고 존중받는 하나님이 함께하시는 내용의 교회사 책이 되어야 하겠다.

편집 후기 – 에필로그

≪ 집필 계기와 과정 ≫
≪ 저자와 함께하는 모의(模擬) 독자 간담회 ≫

이 책의 '편집 후기'는 일반 도서 편집 후기 분위기와는 조금 특이하게 '집필 계기와 과정' 그리고 '저자와 함께하는 모의 독자 간담회' 내용을 담아 놓았다. 본서의 서문에서 이 책의 집필 계기와 과정을 간략하게 소개하였지만, 여기에 좀 더 상세한 내용으로 담아 놓은 이유는, 이 책 내용이 현행 교회사와 비교해서 워낙 획기적인 내용으로 "하나님의 기이한 인도 방법과 성령님의 예비하심"으로 완성되었기 때문에, 이 과정에 대한 궁금증을 독자분께 답하는 것이 예의라고 생각되었다. 이렇게 말미 편집 후기 위치에 담아 놓은 것은, 이 책을 다 읽고 난 다음에 본 내용을 읽어야 좀 더 이해를 잘 할 수 있기 때문이다.

≪ 본서 집필 계기와 과정 ≫

본서 집필 직접적인 계기는 이 책의 전편에 해당하는 필자의 '구속사와 히브리서'에서, 2000년 교회사 가운데서 '믿음의 모범공동체'로 성경 말씀과 일치되게 실제적인 삶을 살았던 신앙공동체로는 유독 17~19세기의 '청교도 교회공동체' 하나만 유일하게 선정할 수밖에 없었다. 나머지 시대에는 뚜렷하게 '믿음의 모범공동체'를 발견하지 못하여, '청교도 교회 믿음의 모범공동체'가 2000년 교회사에서 하나만 예외적 돌연변이로 탄생한 유일한 믿음의 모범공동체인가? 하는 의구심을 늘 가졌었다. 그러다가 로마제국 시대 '초대교회'의 새로운 '믿음의 모범공동체' 내용을 알게 되면서 이 책을 기술하기 시작하게 되는 직접적인 계기가 되었다.

□ **집필 착수**

우연히 5년 전(2016년 3월경)에 로마제국 시대 성경적 믿음을 실천한 열정적인 '로마제국 시대 초대교회'와 전염병 계기로 인하여 폭발적인 교회 성장에 관한 정보를 처음 접하게 되었다.[142] 이에 관한 한글 문서를 찾으려고 노력하였으나 그 당시 관련 교회사 전공 교수도 한글 번역본은 알지 못한다고 하였다. 그러다가 필자가 두 번째로 집필한 전작의 출간 준비를 한창 하던 막바지 때에(2017년 말경), 이에 대한 로드니 스타크의 '기독교의 발흥' 영어원서를 구입하게 되었다. 그 원서 내용을 접하고 그 내용을 이해하고 나서부터는 이 자료가 -비 기독교인 저자의 문헌이지만 필자는 기독교 신앙인으로 재해석하여 필요한 부분만 참고하였다- 초대 기독교 교회사에 매우 귀중한 또 하나의 훌륭한 '믿음의 모범공동체'를 발견할 수 있는 참고문헌이 될 수 있겠다고 생각하게 되었다. 이 내용 '초대교회'가 '믿음의 모범공동체'라는 가치 관점에서 매우 중요하므로 해당 부분만 한글 번역하기로 작정하였다. 한글 번역작업의 목적은 전작 '구속사와 히브리서'의 향후 증보판을 출간하는 경우에는, 이 '초대교회 믿음의 모범공동체'를 전작의 '청교도 믿음의 모범공동체' 홀로 외롭지 않게 추가해 놓기 위하여 전작의 증보판(增補版) 추가용으로 작성하기 시작하였다.

□ **집필 과정**

그리하여 6개월 동안 '기독교의 발흥'에 대한 해당 부분 영어원서를 1차 한글 번역작업이 완료된 시점인 2018년 6월경에 우연히 인터넷을 검색하다가 한글 번역본[143]을 발견하게 되었고, 그 이후에는 이 한글 번역본에서도 많은 참조를 하였다. 이 6개월 동안 원서를 한국어로 번역 작업하는데, 필자는 이 분야에 전문가가 아니어서 무척 노력은 많이 들었고 힘들었지만, 그만큼 영어원문의 내용을 충실하고 밀도 있게 연구할 수 있

---

142) 권정후. 『고대 기독교의 시작과 성장의 비밀』 (부산 대청교회, 2016).
143) 로드니 스타크, 『기독교의 발흥』 , (좋은씨앗, 2016년 6월)

는 계기가 되어서 로마제국 초대교회 교회사 부분을 집필하는 데 많은 도움이 되었다.

한편 로마제국 초대교회 교회사 부분이 마무리되는 시점에, 교회사 전체에 대한 재발견의 계기는, 필자가 20년 전(2002년경)에 선교사 양성 전문 교육을 받고 연구하였던 랄프 윈터의 미션 퍼스펙티브(Mission Perspectives) 문헌 -기독교 발흥부터 땅끝까지 성경기반 교회사 섭리하시는 하나님 세계 복음 선교에 밑그림에 해당하는- 을 다시 읽고 영적 깨달음을 갖게 성령 하나님께서 인도해주셨다. 즉 복음적(성경적) 교회 -시대별로 각각 1~4세기 초대교회, 5-10세기 켈트교회공동체, 14~16세기 영국교회, 16세기 이후 세계교회 부흥운동- 등은 하나하나 독립적으로 보게 되면, 진주알은 불빛 아래서 하나하나 같이 영롱한 빛을 반짝이며 발하지만, 본서는 하나님 '축복의 통로'와 '제사장 나라'라는 '언약이라는 실'로 이 진주알들을 하나씩 꿰어서 아름다운 '진주 목걸이'로 만들어져서 '교회사의 연속성'을 나타내려고 하는 것과 같다는 '2000년의 교회사 전체'를 영적 눈이 열려서 보는 안목이 확대되는 계기가 시작되었다.

그런데 문제는 이때 전후부터 필자의 고뇌도 또한 동시에 시작되었다. 왜냐하면, 초대교회사 부분만 연구하기 위하여 집필을 시작하였는데 신학이나 교회사를 전공하지도 않았고 더군다나 목회자도 아닌 공학 전공자로서 한 신앙인 개인이, '교회사 재발견' 같은 엄청나고 광범위하고 중요하게 하나님께서 당신의 교회에 하신 일을 기록하는 '2000년 교회사 재발견'을 주제로 글을 집필하는 것은 주제넘고 능력이 되지 않는 적합지 않는 일이 아닌가! 이에 대하여 '나는 할 수 없다.'는 끝없는 고뇌가 시작되었다.

⬜ 요나와 기드온처럼 면피(免避)하기 위한 씨름 단계

그러면서 필자의 생애에서 이런 경우에는 습관적으로 하나님께 나아가서 엎드려 기도하면서, 기드온의 '양털 한 뭉치(사사기 6:37-40)'를 타작마당에 두고 이슬 맺히는 유무로 하나님의 뜻을 헤아리는 기도와 같이 2018년 중반부터 새벽 제단을 쌓는 새벽기도가 시작되있다. 그리하여 성령 하나님께서 그의 자녀에게 하시는 일반적인 '성령의 인도 방법' 즉 '당위'에 순종하기로 하는 마음을 주셨다. 당위는 두 가지 조건 - '그 일을 그가 꼭 해야만 하는 일인가?'에 대한 필연성과 '그가 그 일을 할 수 있는 일인가?' - 능력에 대한 두 물음 조건이 다 합당하고 가능할 때, '당위'에 순종하게 하는 보편적인 성령의 인도 방법이다.

그런데 당위의 첫째 조건 '누군가가 그 일을 꼭 해야만 하는 일인가?'에서는 '교회사 연속성' 그 필연성과 중요성에서 필자는 하나님 구속사를 공부하고 연구하는 한 사람으로서 꼭 하여야 한다는 그 귀중함에 대한 확신은 확고하였다. 그러나 '내가 할 수 있는 일인가? 그리고 이 분야 전공자도 아닌데 왜 내가 꼭 해야만 되는 일인가?' 능력에 대해서는 공학을 전공한 나의 형편과 처지를 나 자신이 너무도 잘 알고 있으므로, 나 자신 속에서 끝없이 내가 할 수 있는 능력이 되지 않는다는 의문이 반복되고, 나 자신은 2000년의 교회사에 대한 이러한 과업은 불가능하므로 서서히 이 일에서 회피하고 뒷걸음질하는 기도를 하고 있었다.

□ 오래전부터 예비하여 준비시키심

그러면서 기드온의 '양털 한 뭉치'와 같은 새벽기도 씨름이 몇 개월째 진행되는 가운데서, 어느 주간에 영적인 감동으로 깨닫게 해주시는데, 필자의 지난 수십 년 동안 살아왔던 생애를 뒤돌아보게 하시면서 하나님께서 이 일을 위하여 준비하고 계심을 하나하나씩 일깨워주셨다. 즉 이 분야에 전공자는 아니지만, 30~40여 년 전부터 세계사와 교회사를 시작으로 로마사 전집 15권을 연구하게 하셨고, 자연스럽게 이에 연관되는 자료를 꾸준히 검토하면서 성경 말씀, 하나님 구속사, 선교학 하나하나 연구를 지속적으로 하게 하셨던 기억과 경험을 되돌아보게 일깨워주셨다.

(요 1:48) "빌립이 너를 부르기 전에 네가 무화과나무 아래에 있을 때에 보았노라"와 같이, 나다나엘은 예수님을 몰랐지만, 예수님은 나다나엘이 무화과나무 아래 있을 때부터 보았던 것과 같이, 나는 몰랐지만, 하나님께서는 그전부터 나를 이 일을 준비하고 인도하고 계심을 깨닫기 시작하였다. 아!

하나님께서는 이 일을 위하여 수십 년 전부터 그 옛날에 나를 세상 학문과 사회 경험 그리고 교회 섬김을 통하여 익히게 하셨고, 이 분야에 복음적인 내용은 그때그때에 성경 본문 연구와 구속사와 선교학과 교회사 그리고 신학교 학문을 연구하게 하셨구나! 라고 일깨워주셨다.

필자의 세상 학문 전공은 산업공학이며 부전공은 기계공학과 대형컴퓨터시스템 응용기술 분야이다. 생업으로는 대우(大宇)그룹에서 1977년 한국산업화 시대부터 30년간 대형컴퓨터시스템 응용 분야에서 자동차산업과 조선산업 정보화(IT) 1세대로 전산화 프로젝트를 추진하는 책임자로서, 그 바쁜 고위 간부와 임원 시절에도 밤잠을 설쳐가며 성경 말씀과 신학 그리고 교회사 관련 연구를 꾸준히 준비하게 하셨는데, 이 모두가 하나님께서 예비하게 하신 것으로서 이를 순종하여야 한다는 깨달음이 시작되었다.

본서의 주 참고문헌『솔라 스크립투라』,『미션 퍼스펙티브』,『청교도 신앙-그 기원과 계승자들』,『로마인 이야기 전집 15권』등 이 모든 책은 수십 년 전부터 필자가 애독하면서 연구하였던 책들이었다. 이러한 밑바탕 준비를 인도하셨기 때문에 '저는 교회사와 신학 전공자가 아니어서 알지 못하기 때문에 이 일을 감당할 수가 없습니다' 라는 핑계치 못하도록 요나와 기드온이 순종하도록 함과 같이 미리 필자를 준비하고 계심을 깨닫기 시작하였다.

동시에 본서의 마지막 핵심이 되는 신학 주제 '성경의 최상위 권위 인정'으로 "교회사 신학" 부분 집필에서 한창 씨름하던 2018년도에는, 주중에는 회사에 출근하여 생업을 감당하고, 주말에는 섬기는 교회 장로 시무 직무로 나 자신이 이 책 집필에만 집중하기에는 이중, 삼중으로 부담이 되어서 특히 이 책 집필 집중에 매우 어렵고 힘든 시기였다. 그런데 2018년 연말에 가서 이 집필에만 집중할 수 있도록 은혜 주시면서, 지금까지 교회 시무와 회사 근무의 공사(公私) 간의 무거운 짐을 성령 하나님께서 말끔히 정리해 주시었다. 그리하여 2019년 초부터는 이 책 집필에만 전담 집중할 수 있도록 인도하셔서, 기드온의 '양털 한 뭉치' 기도에 대한 응답으로 회피하지 못하도록 길을 인도하여주심으로써 피치 못하도록 집필을 끝까지 순종하게 인도하셨다.

□ 연약한 자를 택하여 사용하심

결국 하나님께서 사람을 택하여 사용하시는 전매특허(?) 방법이신 '세상에서 가장 연약한 자를 택하여 사용하셨던'(고전 1:27) 성경의 기록들을 믿고 순종하게 위로하셨다. 그때부터는 전적으로 성령 하나님의 인도로 조심스럽게 한 걸음 한 걸음 살얼음판을 걷는 '이스라엘이 나를 거슬러 스스로 자랑하기를 내 손이 나를 구원하였다 할까 함이라'(사사기 7:2) 두렵고 떨리는 심정으로 이 책을 끝까지 작성하게 인도하셨다. 그리하여 본서를 마무리하는 교회사 신학 논리적 작업에 해당하는 4장은, 필자가 20여 년 전에 '프로테스탄트 성경관'을 연구하였던 문헌『솔라 스크립투라』를 다시 생각나게 은혜 내려주셨다. 이를 통하여 '성경의 최상위 권위 인정'이라는 신학 명제로 마치 마지막 퍼즐 조각을 찾아서 전체 그림을 완성하듯이 본서를 마무리할 수 있게 성령 하나님께서 인도해주셔서 진실로 감사드린다.

□ 출간하는 마지막 순간까지 망설임과 고뇌

막상 1차 원고가 완료되고 편집본으로 출간을 앞둔 결정을 하여야 하는 시점에도, 이 책 내용이 교회사 관점과 교회사 체계까지 획기적인 내용이기 때문에 과연 내가 이 일을 꼭 해야만 하느냐에 대한 심각한 두려움과 주제넘은 일에 대한 당혹감과 왜 비전문가인 내가 하여야만 하는 일인가에 대한 다시 한번 끊임없는 의문이 되풀이되면서 끝까지 나를 힘들게 하였다. 돌다리도 두드리고 가는 필자의 천성으로 볼 때는, 도저히 이해되지 않고 당치도 않는 일이었다. 신학과 교회사를 전공도 하지 않았던 공학 전공자가, 더군다나 본서의 핵심 주제의 시대적 배경이 되는 1000년의 중세교회사는 영어권을 중심으로 하는 서양 교회 교회사인데도 불구하고, 2000년 교회사의 해당 시대적 배경으로 보면 동아시아지역에서 한국어로 집필한 이 책자가 과연 하나님의 뜻인가에 대한 의문과 심각한 두려움이었다.

결국 성경 말씀에 기대어 보면서 답을 찾아서 순종하기로 하셨다. (이사야 64:8) "그러나 여호와여, 이제 주는 우리 아버지시니이다 우리는 진흙이요 주는 토기장이시니 우리는 다 주의 손으로 지으신 것이니이다." 진흙은 토기장에게 물어볼 뿐 다른 방법이 없다고 깨닫게 하셨다. 성경 말씀(사 45:9)에 질그릇 한 조각 같은 자가 진흙이 토기장이에게 무엇을 만드느냐 라는 창조주 여호와 하나님 주권에 순복할 수밖에 다른 도리가 없음을 순종하게 인도하셨다(롬 9:21).

이와 더불어 무엇보다도 하나님께서는 그 성경을 가지고 행하신 이렇게 엄청난 일을 하셨는데도 불구하고, 아직 우리가 현행 로마가톨릭교회 중심 교회사에서 '교회사 단절' 같은 소상히 알지 못하는 것에 대해서 부끄러운 마음과 죄송한 심령이 내적 원동력이 되어서 안타까운 마음으로 본서를 끝까지 집필하게 하셨다. 그래서 이 책을 "교회사는 성경 말씀을 기반으로 하여 하나님께서 교회를 통하여서 하신 일을 알리는 것"이라는 일념으로 결단하여 끝까지 기술하게 하셨다.

□ 전적인 하나님 예비하심과 은혜로 출간

처음부터 전체 그림을 알지 못하면서 이 책을 시작하였던 지나온 기나긴 집필 과정은 −만약에 처음부터 전체 그림을 알았다면, 그 감당하여야 할 엄청난 무게와 중요성과 작업량 때문에 필자의 성격상 틀림없이 시작도 하지 않았을 것이다− 퍼즐 한 조각 한 조각 찾아가면서 전체 그림을 완성해나가는 필자로서는 불가사의한 과업으로, 시작부터 끝맺음까지 하나님의 기이한 인도 방법으로 사색(思索)과 탐구(探究)와 창안(創案)의 과정을 되풀이하는 연속되는 과업이었다. 더군다나 필자의 능력과 비교하여 살펴보면, 본서 집필 전 과정은 전적으로 '성령 하나님께서 은혜주시고 친히 준비하심과 인도하신 일'이라고 필자는 고백할 수밖에 다른 도리가 없다. 지금도 이 글을 되풀이하여 다시 대하다 보면, 나 자신의 능력으로는 도저히 감당할 수 없었던 성령 하나님 은혜와 그 감사함이 마음 깊숙이 저며 든다.

'하나님 아버지의 미리 아심을 따라 성령이 거룩하게 하심으로 순종함과 예수 그리스도의 피 뿌림을 얻기 위하여 택하심을 받은 자들' (벧전 1:2) 이라는 믿음과 순종의 반응으로 이 책을 끝까지 집필할 수 있도록 인도하여주심을 하나님 아버지께 감사드린다.

≪ 저자와 함께하는 모의(模擬) 독자 간담회 ≫

신간『성경중심 교회사 재발견』모의 독자 간담회를 가상(假想)하여서 그 시나리오를 살펴본다.

- 제목: 신간『성경중심 교회사 재발견』의 저자와 독자 간담회
- **참석자:** 사회자, 저자, 질의자 (독자 약간명: 교회사 전문가, 연구자, 목회자, 일반성도 등 다수)

사회자: 우선 신간 '성경중심 교회사 재발견'이 출간되게 됨을 진심으로 축하드립니다.

그러면 지금부터 저자와 함께하는 독자 간담회를 시작하겠습니다. 이 간담회의 목적은 저자께서 책에서 못다 기록한 내용 중에서 독자들에게 꼭 전하고 싶은 말이나, 또한 독자들께서 저자에게 궁금하게 질문하고 싶은 내용에 대하여 서로 대화를 나눌 기회를 마련하고자 하는 대화 공간입니다. 이는 저자와 독자 간의 거리를 좁히자는 의미에서 마련되었습니다.

시작의 첫 순서로 우선 저자의 모두 발언으로 인사 말씀을 먼저 듣고 다음에 독자 여러분들의 질의와 저자가 답하는 순서로 진행하겠습니다. 그럼 우선 저자의 모두 인사 말씀을 듣고 시작하겠습니다. 저자께서 우선 말씀을 해주시죠.

저자: 네, 이 자리에 관심과 애정을 가지고 참석해주신 독자 여러분께 먼저 감사 인사를 드립니다. 여러 해의 산고 끝에 이렇게 신간이 출간되어서 여러 독자분과 함께 신간에 대하여 의견을 나누게 됨을 기쁘고 또한 감사합니다.

저는 오래전부터 하나님의 구속사를 공부하고 연구하는 신앙인으로서,

이번에 하나님의 기이하신 인도와 방법으로 하나님 교회사 관련 신간을 출간하여 여러분과 함께 이 책에 관하여 서로 나누게 됨을 우선 하나님께 감사드리고, 그리고 여러분과 함께 기쁘게 생각합니다. 아무쪼록 이번 귀한 자리에 여러분과 유익하고 진솔한 대화의 자리가 되기를 기원하면서 먼저 인사 말씀을 드립니다.

저는 이 책을 "교회사는 성경 말씀을 기반으로 하여 하나님께서 교회를 통하여서 하신 일을 알리는 것"이라는 일념으로 기술하였습니다. 그러다 보니 현행 교회사 내용과 상당히 차이도 나고 또 추가 내용도 많았습니다. 아마 향후에는 하나님 은혜 가운데서 이들이 조화롭게 다듬어질 줄 믿습니다. 감사합니다.

사회자: 자 그럼 저자의 모두 인사 말씀에 이어서 다음 첫 질문부터 시작하겠습니다. 첫 질문을 해주시겠습니까?

질문자 1: 책을 잘 읽었습니다. 그런데 책의 서문과 편집 후기에도 저자께서 책을 집필하고 출간하는 계기와 과정을 설명하였습니다. 그런데 솔직히 이 책은 신앙인 한 개인으로 이러한 엄청난 규모의 주제와 내용을 출간하기까지 쉽게 이해가 되지 않고, 또한 그만큼 고심이 많았으리라 생각됩니다. 이에 대해서 어떻게 용기를 내어서 실천하고 출간하기까지 되었는지 궁금한데 말씀해 주시겠습니까?

저자: 솔직히 오늘 독자분이나 저나 제일 궁금한 질문 중에 하나라고 생각됩니다. 사실 이 책을 출간하기로 마음을 먹고 마지막으로 출판사에 최종 원고를 넘기고 출판계약을 하기 직전까지도 이 물음은 나를 끝까지 붙어 다니며 힘들게 하였습니다. 필자의 전작 1권, 2권은 하나님 성경 말씀을 사모하는 성도님들과 함께 성경 말씀 교육교재로 편찬하여 말씀을 서로 나누는 교재 목적으로 작성하였기 때문에 하나님 앞에 '잘 만들어야 되겠다' 라는 일념으로 그 생각이 전부였습니다.

그런데 본서는 책 내용의 획기적인 특성과 파급 효과를 보아 '하나님 교회사' 라는 2000년 기독교 교회사의 근간에 관계되는 획기적인 내용을 다루는 전문적인 책으로, 불특정 다수 기독교인 독자를 대상으로 출간하는 책입니다. 그러니 출간 이후에 전개되는 여러 가지 상황과 파급 효과를 예상해 볼 때, 더욱 이 책 가치의 막중함이 저의 마음을 힘들고 심란하게 하였습니다. 요나와 기드온과 같이 갑자기 하나님 명령을 받은 자의 심정이 어떻였을까? 하는 적극적인 생각까지 하게 됩니다. 물론 그분들과 저는 급수(?)와 질적으로 보아서는 비유하기에 외람된 상상이지만 정황상으로 보아서 그렇다는 말씀으로, 그만큼 심적 부담이 무거웠고 두려웠다는 말씀입니다.

　5년의 집필과 출간 과정을 한 마디로 축약하면 "하나님의 기이한 인도 방법과 성령님의 예비하심"이라고 말씀드리겠습니다.

　그런데 막상 첫 원고 초안이 다 작성되고 책 내용 윤곽이 밝혀진 이후에는 이 책 내용이 본인 개인이 감당하기에는 어마어마한 막중함을 깨닫게 되었습니다. 그리고 "이 기록은 인간이 하는 일을 기록하는 것이 아니라, 하나님께서 교회를 통하여서 하신 일들의 기록"이기 때문에 그 이후에는 이 '필연성' 에서 꼭 출간하여야 하느냐 마느냐에 대한 순종과 불순종의 문제로 고뇌의 핵심 포인터가 달라지게 되었습니다.

　그러나 용기를 내었던 것은 무엇보다도 하나님께서는 그 성경을 가지고 행하신 이렇게 엄청난 일을 하셨는데도 불구하고, 아직 우리가 '교회사 단절' 같은 소상히 알지 못하는 것에 대해서 부끄러운 마음과 죄송한 심정과 죄스러움이 원동력이 되어서 진리에 대한 존경(尊敬)과 안타까운 마음으로 본서를 끝까지 집필하게 이끄셨습니다. 그래서 이 책을 "교회사는 성경 말씀을 기반으로 하여 하나님께서 교회를 통하여서 하신 일을 알리는 것"이라는 일념으로 결단하여 끝까지 기술하게 하셨습니다. 초기에는 능력에 대한 걱정과 염려에서부터 시작하여, 이 책 전체의 내용과 의미를 인지한 이후에는 하나님께 출간에 대한 순종과 불순종으로 고뇌의 외로운 선택을 하여야 하는 순간들의 연속이었습니다.

사회자: 말씀을 듣고 보니 정말로 어려움이 많았겠습니다. 그러한 어려움 가운데 어떻게 이 책이 출판까지 하게 되었는지 궁금합니다. 계속 말씀해 주시겠습니까?

저자: 네. 우회하여 즉답을 드리면, 제가 만약에 신학과 교회사를 전공하였더라면, 아이러니하게도 이 책이 출간되지 않았으리라 생각합니다. 왜냐하면 본서 4장-3절 말미에도 이 내용이 설명되어 있지만, 역사서 장르를 기술하는 방법은 일반적으로 귀납적 방법을 택하게 됩니다. 그런데 이 책은 연역적 방법으로 기술하였습니다. 즉 통상적인 역사서는 귀납적 방법으로 역사적 사실 하나하나를 모아서 기록하고 이것들이 모여서 역사 이야기 줄거리와 뼈대를 형성하는 일종의 보텀업 (Bottom-Up) 방식을 자연스럽게 사용하게 됩니다.

그런데 본서는 하나님의 구속사, 언약의 성취, 축복의 통로, 제사장 나라, 신본주의, 연속적인 선교역사의 바탕이 되는 성경의 줄거리를 대원칙으로 가정(假定)을 설정하여 전제로 하고, 그 가정을 증명하는 역사적 사실을 하나하나 찾아내어서 대원칙의 가정을 역으로 사실로 증명하는 연역적 방법 일종의 톱다운(Top-Down) 방식을 사용하였습니다.

대원칙에서 가정을 수립하고 이를 전제로 증명하는 대는 구속사의 쌍두마차 한 축인 '2000년의 연속적인 선교역사'가 길잡이가 되어서 큰 도움이 되었습니다. 만약에 제가 신학과 교회사를 전공하였더라면 현행 교회사 체계에서 크게 벗어나지 못하였을 것이고, 그렇게 되면 이 책은 출간되지 않았을 것입니다.

그래서 이 책을 집필하여 출간하게 된 것은 '**하나님의 기이한 인도 방법과 성령 하나님의 준비하심**'이라고 요약하여 말씀드리겠습니다.

질문자 2: 신학과 교회사를 전공하시지 않은 공학 전공자가 이 책을 집필하기에는 기본적인 신학적인 소양으로 지식이 필요하였을 텐데 이에 대하여 어떻게 집필을 할 수 있었는지 말씀해 주실 수 있습니까?

저자: 네, 본서 집필에 대한 특징이기도 하는 내용이므로 좀 상세히 말씀 드리겠습니다. 이 질문에 대하여 잘 이해하기 위해서는 먼저 구조적인 부분의 해결 설명을 먼저 드리고, 그다음에 내용적인 부분의 해결 설명으로 나누어서 말씀드리겠는데, 우선 구조적인 해결 설명을 먼저 드리겠습니다.

본서를 집필하는 최근 5년 동안 새롭게 처음 읽은 책은 구조적으로 딱 두 종류인데 초대교회에 대한 로드니 스타크의 『기독교의 발흥』과 켈트교회공동체에 관련된 문헌들 두 종류입니다. 그리고 나머지 본서의 대부분 모든 내용은 저가 수십 년 전에 읽어오던 문헌과 지식과 정보들이었습니다. 이해들 돕기 위하여 비유하자면, 미리 준비하는 과정 인도하심은 등잔불에 비유하겠고, 각각의 내용을 짜서 맞추어서 2000년 교회사를 완성하게 인도하시는 과정은 퍼즐 조각 그림을 완성하는 비유로 하겠습니다.

먼저 준비 과정의 인도하심은 우리가 등잔불을 사용하는 것에 비유하자면 등잔불은 부싯돌로 쳐서 불씨 일으키어 등잔에 불씨를 붙여 등잔불을 사용하게 되는데, 아무리 부싯돌로 불씨를 일으켜도 등잔이 준비되어 있지 않으면 소용이 없게 됩니다.

본서 내용에서 부싯돌 불씨는 새롭게 읽은 두 종류의 문헌들이고 나머지 모든 책과 문헌과 정보들은 등잔으로 저가 수십 년 전부터 그때그때 내 속에 내재하시는 성령 하나님 은혜로 예비하게 하심으로 세상 학문과 사회 경험과 지역교회 섬김을 통하여 그때그때 알게 하시고 예비하게 하신 내용입니다. 초대교회와 켈트교회공동체라는 부싯돌 불씨를 붙여 등잔불로 사용할 수 있었던 것은, 등잔이라는 수많은 문헌과 정보와 지식을 미리 성령 하나님께서 현재 70년 저의 생애에서 예전부터 그때그때 저에게 예비하여 주셨기 때문입니다.

나다나엘은 예수님을 알지 못하였지만, 예수님은 나다나엘이 무화과나무 아래에 있을 때부터 이미 알고 계셨습니다(요 1:48). 저는 이러한 지식이 어떻게 사용될지 모르는 상태에서 수십 년 전에 연구하였지만, 내 속에 내재하시는 성령 하나님께서 미리 등잔을 예비하게 하셔서 하나님의 때가 되매 부싯돌 불씨를 일으켜서 등잔불로 사용하시는 줄로 믿습니다.

그다음으로 2000년의 교회사를 성경 기반으로 획기적으로 재발견 과정은 마치 준비된 퍼즐 조각을 하나씩 맞추어가는 과정과 같았습니다. 앞에서 등잔불 비유에서 부싯돌 불씨와 등잔 준비를 설명해 드렸는데, 퍼즐 조각이라는 등잔을 준비하는 것과 불씨를 등잔에 붙이는 퍼즐 그림을 완성하는 집필 과정을 설명하겠습니다. 이 책의 골격을 이루는 지식 부분 형성 과정은 하나님 구속사를 바탕으로 하는 교회사 역사 신학 이해 부분이라는 등잔 준비 과정과 감추어진 교회사를 발견하는 부싯돌 불씨 부분으로 구성되어서 준비된 퍼즐 조각을 짝 맞추어서『성경중심 교회사 재발견』이라는 퍼즐 그림이 완성되었습니다.

좀 더 구체적으로 먼저 하나님 나라 구속사의 성경 기반 설명은 쌍두마차 진행 내용으로 설명드리겠습니다. '교회 부흥발전'은 전작 집필을 준비하면서『청교도 신앙 그 기원과 계승자들』등의 교회 부흥 관련 문헌을 수십 년 전부터 익히게 하셨습니다. 그리고 '복음 선교 확산'은『미션 퍼스펙티브』등의 선교 교재를 사용하여 20년 전(2002년경) PSP라는 선교사 양성 전문과정을 수료하는 과정에서 선교 관련 전문 문헌을 또한 수십 년 전부터 준비하게 하셨습니다.

다음으로 교회사 신학 부문은 '성경의 최상위 권위 인정'이라는 신학적 명제를 논증하기 위하여『솔라 스크립투라』라는 문헌을 '프로테스탄트 성경관'을 확립하기 위하여 역시 20년 전(2003년경)부터 연구하게 하시었고, 이 과정에서 개혁교회 '성경의 최상위 권위'를 변증하고 로마가톨릭교회의 '전통', '교회의 가르침' 권위를 앞세워 로마교회가 최상위 권위가 되는 비성경적인 진리를 논증하는 개혁교회 변증가(辨證家)들을 만나게 하셨습니다.

이러한 준비되어 있던 등잔이라는 퍼즐 조각 하나하나 바탕 위에서 초대교회와 켈트교회 교회사라는 부싯돌 불씨를 하나님의 때에 만나게 하시어서, 예비되었던 등잔에 부싯돌 불씨를 붙여서 등잔불이라는 퍼즐 조각 그림을 완성하게 하셨습니다. 저는 이 모든 신기한 과정들의 짝 맞춤은 저의 생애에서 제가 미리 사전에 계획할 수도 없었던 불가사의(不可思

議)한 일의 연속이라고 믿습니다.

사회자: 진지한 질문과 그리고 진솔한 답변 감사합니다. 그러면 다음 질문해 주시겠습니까?

질문자 3: 저자님의 앞 답변 내용 중에서 준비와 완성 과정을 설명하셨는데, 그래도 2000년의 교회사를 성경 기반으로 획기적인 내용을 재발견하기에는 신학과 교회사에 대한 기본 소양(素養)이 필요할 텐데 이 전문 지식 내용이 본서의 저술과정을 이해하는데 매우 궁금한 사항이라 생각되므로 구체적인 사례들을 들어서 자세히 설명해 주실 수 있겠습니까?

저자: 네, 말씀드리죠. 이 질문은 앞 질문에서 설명한 구조적인 설명에 이어서 구체적인 내용적인 해결 설명되겠습니다. 앞에서 수차에 걸쳐서 "하나님의 기이한 인도 방법과 성령님의 예비하심" 이라고 말씀드렸는데 이 내용의 구체적인 사례를 말씀드리면, 현재 제가 지난 40년간 섬기는 이 지역교회 섬김을 통하여 하나님께서 기이하게 인도해주셨습니다. 구체적인 사례는 필자가 신학교에 대한 교과 과정과 그 과목 지식과 소양을 습득하는 하나님의 기이하게 인도하시는 구체적인 내용을 말씀드리겠습니다.

필자가 섬기는 지역교회에서 아시아 지역에 소규모 OO 신학교를 설립하여, 그 나라의 소수민족 20~30대 남녀 젊은 신학생들에게 신학교 과정을 교육하고 있었습니다. 이를 현지에는 신학교 운영조직을 두어서 강의할 과목 교수 초빙을 한국에 요청하면, 한국 지역교회에서는 선교위원회에서 이를 지원하는 투 트랙(Two Track)체제로 신학교를 운영하고 있었습니다. 필자는 섬기는 지역교회에서 선교위원회 총무 직무를 십수 년 동안 섬기며 신학교 운영을 지원하는 사역을 담당하면서, 신학교 교과목과 그 학문 내용을 자연스럽게 익히도록 수십 년 전부터 인도하셨습니다.

이러한 신학교 운영 섬김 과정의 이해를 돕기 위하여 한 가지 구체적 내용을 소개하면, 신학교 교과 과목 중에서 조직신학 일반 지식은, 섬기는 한국 지역교회 성도님들에게도 꼭 필요한 지식이라고 인정되어서, 지역교회 성인성도 교육을 담당하는 양육위원회에서 교육하게 되었습니다. 이를 지역교회 성도님들에게 교육하기 위해서 관련 위원회에서 직접 교재를 만들어서 성도님들을 양육할 수 있게 하였습니다. 그리하여『조직신학 일반』교재를 400페이지 정도 분량으로 각각 교사용과 학습용 두 종류를 신학을 전공한 장로님과 함께 집필하게 되었으며, 이 과정에서 자연스럽게 조직신학을 연구할 수 있도록 인도하셨습니다.

이어서 선교위원회 총무 사역 이후에는 양육위원장 사역으로 섬기게 하셨는데, 이러한 교회 섬김을 통하여 자연스럽게 신학에 대한 다른 교과 과목도 경험과 지식을 쌓게 하셨으며 이는 본서를 집필하는데 성경과 신학에 대한 기본 지식과 소양으로 많은 도움이 되었습니다. 일반적으로 신학 공부는 신학교에 적을 두고 수학(修學)을 하게 되는데, 저는 지역교회에서 아시아지역 선교목적으로 신학교 운영을 십수 년 섬기는 과정에서, 기본적인 신학 과목을 연구할 수 있도록 하나님께서 기이한 방법으로 인도하셨습니다.

이러한 섬기는 지역교회 교인들을 양육하는 사역을 감당하기 위하여 평신도 성경 해석학 등의 관련 신학 교과목 교재들을 사용하며 섬기는 사역들은, 나다나엘은 예수님을 알지 못하였지만, 예수님은 나다나엘이 무화과나무 아래에 있을 때부터 이미 알고 계셨던 것처럼, 저는 몰랐지만 하나님께서는 이 일을 예비하도록 기이한 방법으로 인도하셨습니다. 이러한 저의 생애에 걸쳐서 이 책을 집필하기 위한 일련(一連)의 모든 준비 과정과 완성 과정을 요약 표현하여 "하나님의 기이한 인도 방법과 성령님의 예비하심"이라고 표현하였습니다.

질문자 4: 상세한 설명을 잘 들었습니다. 가장 궁금하였던 하나님의 기이한 인도 방법과 준비하심은 이제 조금씩 이해가 됩니다. 그런데 저자의 경력과 스타일로 보아서 첫 초안 완료 후 즉 책 내용과 윤곽을 어느 정도 확인한 이후에 그 독창적이고 획기적인 내용과 그 중요성의 막중함 때문에 책의 첫 초안 내용이 나왔을 때 교회사 전문가 그룹과 자문이나 중간 점검 과정을 갖고 조언을 구하였으리라 생각되는데 그 과정이 필요하였는지, 그리고 과연 그 과정을 어떻게 하였는지 궁금하네요?

저자: 네, 참 시의적절한 깊이 있는 질문이네요.

질문하신 것과 같이 책의 윤곽과 첫 초안이 완료된 2019년도 중순에 이 책 초안 내용이 워낙 획기적인 내용이 되어서, 교회사 전문가와 논의 과정을 거치려고 마음을 먹었습니다. 그리하여 이에 대한 논의 계획을 자세히 세우는 과정에서 본서 첫 초안이 기존 교회사에서 여러 분야에서 관점과 보는 시각이 굉장히 많이 상충하는데, 기존 교회사를 전공한 전문가 그룹과 그 상충하는 쟁점과 의논과 조율을 어떻게 하지? 과연 조율될 수 있을까? 그 과정에서 아예 초안 원고를 폐기하여야 할 경우도 생기겠네, 등 여러 가지 경우들이 예상되었습니다.

그런데 그렇게 되면 결정적인 문제는 양쪽을 절충할 마땅한 중재안과 중재 방법과 중재자를 찾기가 어렵겠다는 생각이 들었습니다. 기존 교회사의 귀납적 서술 방법과 이 책의 연역적 서술 방법은 어차피 출발점부터가 상이하므로, 전문가와 상의하는 시점을 이 초안에서 좀 더 완성도를 높여서, 원고의 완성도가 어느 정도 완료된 편집본 수준의 논의 과정에서 하여야 하겠다고 계획을 변경하게 되었습니다.

왜냐하면, 첫 초안과 같이 원고 내용이 완성도가 낮은 상태에서 전문가와 논의하게 되면, 본질적인 이 책의 상충하는 내용과 함께 완성도가 낮은 상태에 대한 보완 사항도 함께 뒤섞여서 매우 혼란스러운 상태가 진행될 것으로 예견되었습니다. 그래서 그 이후 1년 동안 1차 원고의 완성도를 더 높여서 출간할 수 있는 정도의 완성도 수준으로 그 시점은 2020년 여름 8월에 편집본 수준에서 처음으로 먼저 선교역사는 선교사 목사님과 그리고 교회사 전공 교수님과 그 기회를 가졌습니다.

사회자: 가능하시면 그 내용을 좀 더 자세히 말씀해 주실 수 있겠습니

까? 무척 궁금합니다.

저자: 네, 이 자리를 빌려서 이 책의 1차 편집본을 처음으로 검토해주신 선교사 목사님과 교회사 전공 교수님께 먼저 감사를 드립니다. 이 책의 1차 편집본이 완성된 시기는 코로나-19 전염병 팬데믹이 한창이던 2020년 8월 무더운 여름날이었습니다. 이 책 선교역사 연속성 검토는 중앙아시아 지역 WEC 선교단체 대표로 계시는 선교사님이 마침 본국 한국에 안식년으로 일시 귀국하였을 때였습니다. 그때는 코로나 전염병 사태로 인하여 해외 선교지로 출국 일자를 잡지 못하고 대기하는 시간적 여유가 있을 때, 처음으로 이 책 1차 편집본을 선교역사 중심으로 선교사 목사님과 상의 드렸고 선교역사에 대한 지도를 받았습니다. 그리고 교회사 전공 교수님과 이 책의 전반적인 교회사 내용을 논의하였는데, 감사하게도 교회사 전공학자의 넓고 깊은 식견으로 교수님께서 편집본을 지도해 주셔서 2년 후에 이렇게 출간하게 되었습니다. 이분들의 만남과 지도 또한 하나님의 예비하심과 은혜라고 믿습니다.

무엇보다도 이 책을 끝까지 완성하여 출간까지 한 것은 편집 완성본 출간을 불순종하게 되면, 하나님께서 교회를 통하여서 하신 일을 여러 방편으로 준비시키시고 알려주셨는데도 불구하고, 이를 묻어버리게 된다면 후일에 다시 하나님 앞에 나아갈 때 심각한 불순종으로 생각되었습니다. 그리스도인 여러분께서는 다 아시지 않습니까! 고민과 고뇌하는 주된 내용의 핵심이 결국 순종과 불순종으로 가닥이 잡히게 된다면, 진정한 그리스도인이 되기 위해서는 어떻게 결정하여야 하는지 답이 나오지 않습니까! 그렇게 해서 순종하는 마음으로 출간하게 되었습니다.

사회자: 그러면 그 고뇌와 고민이 혹시 어느 정도 수준인지, 설명을 해주실 수 있으십니까?
그 깊이와 수준에 대해서 잘 감이 잡히지 않아서 질문드립니다.

저자: 네, 말씀드리죠. 여담이지만 이에 관해서 본서 4장-3절 말미에도 설명되어 있지만, 지동설을 새롭게 주장한 코페르니쿠스의 『천체의 회전에 대해』와 갈릴레오의 『천문 대화』 저술에 대한 그분들의 고뇌와 박해가 동병상련으로 느끼게 되었습니다. 천동설을 주장하던 서설이 시퍼런 중세 로마가톨릭교회 시대에, 지동설 관련 책자는 과학의 역사를 바꿀 만큼 획기적인 내용이 완성되었지만, 생명에 위협을 느끼고 16세기 폴란드 사람 코페르니쿠스가 책이 완성된 10년 이후 임종 직전에 이 책을 출간하고 임종하였겠습니까?

그리고 종교개혁이 한창 진행되던 17세기 이탈리아 천문학자 갈릴레오 또한 종교재판에서 사형 선고를 받고 살기 위해서 지동설을 부인하였지만 '그래도 지구는 돌아가는 것을' 이라고 중얼거렸다는 유명한 일화를 남겼고, 그 당시 그의 책은 금서가 되는 것을 동의하는 조건으로 3년 형으로 감형을 받고 겨우 목숨을 부지할 수 있었습니다. 특이한 것은 350년 세월이 흐른 후 21세기에 와서야 요한 바오로 2세 교황은 로마가톨릭교회가 갈릴레오에 대한 판결은 잘못된 것이라고 인정하였습니다.

저는 본서가 만약 발간되지 않는다면 저의 신앙의 후배들과 저의 후손들이 계속하여 현행 로마가톨릭교회 중심 교회사 체계를 배우는 것에 대하여, 하나님께서 교회를 통하여서 하신 일의 진리를 알고 난 다음부터는 하나님 공의라는 입장에서 침묵하고 견딜 수가 없었습니다. 저는 예수님 재림하시기 전까지는, 하나님이 교회를 통하여서 하신 이 교회사를 반드시 우리 그리스도인들에게 올바르게 알려져야 한다고 믿습니다.

요약하여, 집필 과정에서 저의 심리적인 고뇌에 대해서 지난 5년을 회상해 보면, 저는 이 책의 첫 집필 시작되었던 2016년도에는 이 책의 전체 내용이 이렇게 확대되리라고는 상상도 하지 못하는 상태에서 비교적 가벼운 마음으로 시작되었습니다. 그런데, 책의 윤곽과 첫 초안이 완료되는 2019년도 중순부터는 이 책 초안 내용에서 워낙 획기적인 내용을 그때 처음 인식하게 되었을 때, 그 발견에 대한 기쁨과 환희와 설렘은 잠시였고,

그 이후 이 획기적인 내용을 출간하여야 하는 막중한 책임감 때문에 두려움과 망설임의 연속은 지금까지도 생생하게 저의 뇌리에서 그 중압감을 잊지 못하고 있습니다.

질문자 5: 앞서 질문에 대한 상세한 답변 잘 들었습니다. 조금 다른 각도에서 역사서 작성 내용에 관한 질문인데, 그런데 저자께서 역사서 장르의 역사적 사실성에 입각한 중요성을 말씀하셨습니다. 교회사와 같이 역사적인 사실을 기록하는 문헌에서 {정설}이 아닌 {학설}과 {가설}을 다 같이 소개하는 것은 결정적으로 신간 책의 전체 내용 신뢰도에 영향을 미치고 독자에게는 혹시 혼란을 일으키지 않겠습니까? 그렇다면 왜 굳이 {학설}과 {가설}을 신간 책에 기재하여야 했습니까? 궁금하네요.

저자: 네, 그것은 이 책 내용 중에서 {학설}과 {가설}을 소개하여야만 하는 필연성이 있었기 때문입니다. 본서에서 {학설}과 {가설} 내용은 2편-1장의 로마제국시대 초대교회사 내용에 국한되어 있는데, 해당 본문에서는 '스모킹 건' 비유를 하였습니다.

'스모킹 건' 비유는 총구에서 연기가 난다는 것은 총을 발사하였다는 명백한 증거가 되는데 이 결정적인 증거들인 '스모킹 건' 이야기를 하여야만 논리적으로 이해할 수 있기 때문입니다. 그런데 안타깝게도 초대교회 부흥과 급격한 기독교 팽창에 대하여 '스모킹 건'에 해당하는 {정설}에서 충분하게 설명되지 않았기 때문에, 지금까지 우리 그리스도인들은 초대교회에 대해서 두리뭉실하게 집단개종(Mass Conversion) 이외에는 기독교 발흥 방법에 대하여 잘 알지 못하고 있었습니다. 그러면 계속된 초대교회 발흥에 대한 '합리적 의심'에 해답을 하지 않으면 의심이 풀리지 않고, 이어서 지속해서 집단개종으로만 의심을 품고 문제가 해결되지 않는다는 의문의 악순환 고리가 되는 것이 현재 오늘날까지 초대교회사의 현실이었습니다.

또한 {가설}에 해당하는 기독교인 4천5백만 명 추정치는 서기 350년까지는 3천만 명쯤이라고 참고문헌에서 {학설}로 추정하였습니다. 그런데 기독교 국교화가 시작되는 380년 이후 기독교인 추정치를 얼마인지 알지 못하면 결론적으로 400년 이후 로마제국 기독교인을 몇천만 명으로 호칭 하여야 합니까? 그래서 {가설}에서 기독교인 4천5백만 명으로 추정하였 습니다.

다음으로 독자들의 {정설}이 아닌 내용의 소개로 혼란을 일으킬 수 있 는 부분은, 그것 때문에 {학설}과 {가설}을 소개하기 전에 미리 {정설}이 아 니라는 변별력을 가질 수 있도록 사전에 분명하게 {학설}과 {가설}이라고 구분 표기를 하였습니다.

저자: 이제 제가 여러분께 역으로 궁금한 점을 하나를 질문해도 되겠습 니까?

제가 이 책을 쓰면서 이따금 씩 궁금한 점이 하나 있었는데, 로마가톨 릭교회는 5세기 이후 왜 기독교인 전체 수와 규모를 추정하여 왜 공적으 로 발표하지 않았을까요? 3500년 전 출애굽 때에 장정 60만 명(인구 200 만 명 추정) 규모를 구약성경에서 기록되어서 제시하여 우리가 이스라엘 민족 규모를 객관적으로 판단할 수 있었습니다. 그런데 1500년 전의 초 대교회 교인 수 규모를 교회사에서는 아직까지 왜 제공하지 않았을까요?

또한 5세기 이전 초대교회 시대의 그리스도인 수를 5~6세기경에는 충 분히 100년 전 시대의 기독교인 수와 규모를 로마교회의 막강한 권력과 능력으로 능히 추정할 수 있었을 텐데 왜 그러한 자료는 발표하지 않았을 까요? 혹시 독자 여러분께서 짐작하거나 가능성 있는 답변을 누가 말씀 해 주실 수 있겠습니까? 저는, 이 질문은 창세기 15:5 말씀과도 연관이 있 는 아주 중요한 내용이라 생각합니다.

이 질문은 필자가 지금도 궁금한 점입니다. 물론 저 나름대로 추정하는 이유가 몇 가지 있지마는 이것은 좀 더 연구하여 답변할 수 있을 것 같습 니다. 그러면 사회자님 다음 질문 계속해서 진행해 주시죠.

사회자: 저자가 질문한 로마가톨릭교회는 기독교인 수 전체에 대한 저자의 역질문에 답변할 분이 있으면 언제든지 말씀해 주시죠. 이어서 다음 질문받겠습니다.

질문자 6: 신간의 내용은 우리가 지금까지 알고 있었던 '현행 교회사' 체계 관점에서 살펴보면 획기적인 인식의 전환 내용이 정말 많이 기술되어 있습니다. 혹시 이를 보완하고 추가하여 새로운 책을 시리즈로 출간할 계획을 하고 있는지 궁금합니다.

저자: 우선 이제 막 수년간의 노력과 산고 끝에 책이 이제 출간되었기 때문에, 이 질문은 시기적으로 좀 이른 감이 있습니다. 그러나 질문도 하셨고 또 신간의 내용과 무게와 중요성으로 보아서 이에 대하여 어디까지나 구상 단계를 간략하게 말씀드리겠습니다.

이 책의 편집본 원고가 완성될 때쯤에 이 책 내용이 '하나님 교회사'로 안착(安着)하기 위해서는, 지향하는 안착점 까지에는 세 단계 정도 관문이 있겠구나 하고 생각하였습니다. 첫 관문은 과연 이 책 한글 원본이 출간될 수 있을까? 이었는데 이제 막 첫째 관문은 통과하였습니다. 둘째 관문과 셋째 관문은 한글본 원문에 대한 영어번역본 출간에 관한 내용과 이에 연관되는 내용으로 향후 연구 검토할 대상입니다. 이제 막 첫 관문을 통과하였으니 독자 여러분과 함께 하나님의 인도하심을 지금까지도 그렇게 하였지만 앞으로도 믿음의 눈으로 바라보면서 하나님의 은혜를 따르겠습니다. 감사합니다.

사회자: 진지한 질문을 하신 독자분과 또 여기에 대하여 진술하고 자세히 답변해 주신 저자님 덕분에, 신간 책에 대하여 궁금하였던 점이 이 간담회를 통하여 어느 정도 해결되게 되어서 감사의 말씀을 드리겠습니다. 이것으로 간략하나마 '저자와 함께하는 독자 간담회'를 마치도록 하겠습니다. 앞으로도 신간에 대한 애정과 격려를 계속 부탁드립니다. 감사합니다.

3편 성경중심 교회사 재발견 – [주제설명]

3편 성경중심 교회사 재발견 - [주제설명]

🌿 1장 [초대교회사]

[주제설명 1장1]
초기 기독교 대내외적 어려움과 발흥의 원인 분석

1. 초기 기독교가 직면한 내적, 외적 어려움

신약성경에 기록되어 있는 초기 기독교에서 출발하여 성장하기 위하여 넘어야 하는 기독교 자체가 갖고 있던 내부적 어려움과 외부적 어려움을 살펴보자.[144]

(1) 예수의 십자가 사건

먼저 하나님 나라 운동을 시작한 예수를 보겠다. 우리가 예수의 열두 제자 중 한 명이었다고 가정해 보자. 이들 12명은 아무도 가지 않은 길을 가야 했다. 이 당시 예수는 검증된 상태가 아니었으며 출생이 불분명하고 검증된 유대 랍비 교육을 받지도 않았다. 유대 지도자들은 예수를 신성 모독자로 정죄했다. 로마인들은 제국을 위협할 반란자로 여기고 예수를 십자가에 정치범으로 처형해 버렸다. 하나님 나라 운동한 지 3년도 채 안 되어 스승이 죽어버린 후 이 운동이 살아남을 수 있을까? 그분은 자신만 아니라, 제자들에게도 십자가형을 예상하며 따르라 명하셨다.

(2) 그의 열두 제자들

스승뿐 아니라 제자들의 면면을 보아도 기독교는 잘 안될 것으로 보였다. 열두 제자들은 유대사회에서 능력이나 영향력이 있는 사람들이 아

---

[144] 권정후. 『고대 기독교의 시작과 성장의 비밀』 (부산 대청교회, 2016). 본 자료는 권정후 교수 (교회사 전공)의 2016년 3월 부산 대청교회에서 교회사 특강 자료를 참조하여 작성.

니었다. 힘 있는 정치인도, 재력가도, 교육을 제대로 받은 지식층은 없었다. 그들 대부분은 물고기를 잡던 어부였으며 하급 세무공무원을 포함하여 그 당시 유대 사회에서 영향력을 끼칠 수 있거나 존경받는 계층의 인물들이 아니었다. 또한 그들은 어리석기까지 했다. 예수의 공생애 기간 3년 내내 스승의 하나님 나라 운동을 이해 못 하기가 부지기수였고, 스승의 죽음이 임박해서는 누가 최고가 될지 자리다툼까지 하는 정도였다.

이런 상황에서 어떤 운동이 시작될 수 있었을까? 살아남아서 그 체제 자체를 유지하여 연명하는 것조차도 기적과 같았다. 하나님 나라 운동은 3년도 채 안 되어서 끝이 나고, 운동을 시작한 예수는 정치범으로 처형되고, 그 운동을 주도해 나아가야 할 제자들은 운동에 대한 이해 부족에 스승을 버리고 다 흩어져 버렸다. 그 말은 로마인들에게 예수는 더 이상 뉴스거리가 아니었고, 그곳에서 큰일이 일어나고 있다거나, 있을 것으로 생각하지 않았다는 의미이다.

(3) 유대교를 넘어라

처음 예수의 제자들은 교회를 따로 짓지 않고 성전에서 다른 유대인들과 함께 예배를 드리고 있었다(행 2:4).

□ 유대교와의 관계 설정

오늘날 기독교와 유대교는 완전히 나누어져 두 개의 서로 다른 종교가 되어있다. 하지만 첫 그리스도인들은 자신들이 유대교와 다른 어떤 새로운 종교를 만들고 있다고 생각하지 않았다. 그들은 예수가 유대인이 기다리는 참 메시야요, 자신들이 그 참 메시야를 믿는 참 유대인이라 여겼다. 유대 랍비인 가말리엘도 초기 예수를 따르는 무리를 유대교 내의 조그만 분파 정도로 간주했다(행 5:34-39). 사실 이 당시 유대교는 여러 분파로 나누어져 있었다.

그 당시 상황에서 기독교가 유대교로부터 분리되어 나오는 것은 당연한 사건이 절대 아니었다. 첫 그리스도인들은 다른 유대인들과 더불어 예루살렘 성전에서 예배를 드리고, 할례를 하고, 율법을 지키며 유대교의 테두리 안에서 머물 가능성이 컸다. 예수의 죽음 이후에 실제로 열두 제자들은 참 유대인들로 모세의 법을 지키며 성전에서 예배를 드리고 가르쳤다(행 2:46-47). 심지어 할례도 자연스레 실천했다(행 15:1-2).

□ 고넬료 사건으로 이방인에게 복음 개방

사도행전 10장부터 베드로와 군대 백부장 고넬료 사건으로 이방인 전도가 시작된다. 베드로가 이방인 고넬료의 집에 가서 예수님의 첫 제자들, 즉 유대 그리스도인들로서는 하기 어려운 혁명적인 말을 한다.

"유대인으로서 이방인과 교제하며 가까이하는 것이 위법인 줄은 너희도 알거니와 하나님께서 내게 지시하사 아무도 속되다 하거나 깨끗하지 않다 하지 말라 하시기로 (행 10:28)." 유대 그리스도인들과 이방인들의 교제가 얼마나 혁명적인 사건이었는지 그때 베드로와 함께한 유대 그리스도인들의 반응을 보면 알 수 있다. (행 10:44-45) "베드로가 이 말을 할 때 성령이 말씀을 듣는 모든 사람에게 내려오시니 베드로와 함께 온 할례받은 신자들이 이방인에게도 성령 부어주심으로 말미암아 놀라니"

□ 예루살렘회의 결정으로 유대교 테두리를 벗어 남

기독교 시작과 함께 시작된 이 유대교 율법 논쟁에서 만약 소수요 급진적인 사도 바울의 견해가 부정되고, 대다수 유대 그리스도인들이 주장했던 것들(구원을 위해 할례를 포함하여 율법들을 준수함)이 채택이 되었다면, 오늘날과 같이 기독교가 유대교에서 분리되어 나왔을까 의구심이 든다. 바울의 견해가 받아들여지지 않았다면, 현재까지도 유대교가 유대인들만의 종교가 된 것처럼, 기독교도 유대 그리스도인들만의 신앙이 되었을 것이다. 그러나 예루살렘회의 결정(사도행전 11장)으로 기독교는 유대교의 테두리를 벗어날 수 있었다. 이 결정은 기독교가 갈릴리 시골에 기반을 둔 사역에서 큰 도시 중심운동(Urban Movement)으로 바꾸어야 했다.

예루살렘회의의 결정은 베드로를 포함한 예수의 첫 제자들이 그들의 모든 기득권을 내려놓은 엄청난 포기와 자기희생의 결과물이다. 이로 인해 기독교는 한 문화에 기반한 지역 종교, 민족종교인 유대교의 울타리를 벗어나서 모든 민족과 족속과 열방의 종교로 첫발을 내딛게 되었다.

(4) 그리스-로마 신들을 넘어라

로마종교는 기독교의 유일신 하나님(God)에 비해 신들(gods)이 다수 있다는 다신론(Polytheism)이다.

□ 다신론과 포용성

이 다신론과 더불어 로마종교를 특정 짓는 핵심 단어(Key Word)는 신들에 대한 존중/ 포용/ 관용이다. 로마인들은 자신들의 토속신과 정복한 나라들에서 수입한 신들(gods)을 경쟁상대로 보지 않았다. 반대로 그들은 모든 신은 하나의 최고의 신 제우스에서 나온 아들딸로 여겼다. 신들의 수가 무제한인 것처럼 한 개인이 섬길 수 있는 신들도 무제한이었다. 그들은 새로운 신들을 받아들일 때 이전에 자기들이 믿고 있던 신들을 버리지 않았다. 한 사제가 여섯 일곱 개의 서로 다른 종교들의 종교행사를 주관하는 것이 가능했고, 한 성전 안에 특정 종교 사제들이 다른 종교를 가진 사람들에게 친절하게 예배를 드릴 공간을 만들어 주었다. 이런 신관을 가진 로마인들은 신들을 참신과 악신으로, 참믿음과 거짓 믿음으로 구분하지 않았다. 당연히 이단이라는 개념도 존재하지 않았다. 즉 이 말은 로마인들이 자기가 믿는 신들과 다른 신들과의 관계에서 서로 존중하고 포용하고 관용적이었다는 말이다.

□ 황제숭배 거부

그리스도인들은 로마인들 삶의 또 다른 대원칙인 황제숭배(Emperor Worship)를 부정했다. 그리스도인들은 황제는 경배의 대상이 아니며 세상의 주인은 오직 주님 예수 그리스도라는 메시지는 로마인들을 분노케 했다. 황제에 대한 충성을 거부하는 것은 로마제국을 위협하고 전복시키려는 것과 다름이 없고 로마 헌법과 나아가서 체제 자체를 부정하는 행위로 간주하는 것이었다. 따라서 기독교는 로마법의 보호를 받을 수 없는 불법 단체로 규정했다. 로마제국하에서 기독교를 믿는다는 것은 300년간 불법적인 불안정한 신분이었다. 로마인들은 그리스도인들이 예수를 믿어서 그들을 탄압한 것이 아니고, 그 믿음 때문에 그리스도인들이 부정해야 했던 로마의 숭고한 가치들(황제숭배 거부 등) 때문에 그리스도인들은 탄압을 받았다.

황제숭배 거부 등의 위험한 메시지를 전하는 것 자체가 불가능한 때에 어떻게 300년 이내에 로마제국의 절반을 그리고 나중에는 로마제국 인구의 90% 가까이 기독교화했을까? 로마인들이 혐오하는 기독교에 어떻게 마음을 열었을까? 유대교의 울타리를 뛰쳐나온 햇병아리 같은 기독교가 생명력을 잃지 않고 로마제국을 넘어뜨린 비결은 무엇이었을까?

2. 로마제국 기독교 발흥의 원인 분석

세상 학문적 방법으로 로마제국 기독교 발흥 원인을 분석하는 데 있어서 로마사에 권위 있는 학자 두 명의 참고문헌을 중심으로 살펴보자. 영국 출신으로 두 명이 18세기와 20세기 200년을 간격을 두고 연구한 학자이다(로마인 이야기-12권, 401-405).

(1) 세상 학문적 관점의 기독교 발흥 원인 분석 견해
*에드워드 기번 Edward Gibbon. 『로마 제국 쇠망사』 *The History of the decline and Fall of the Roman Empire* (1776~1788).
*에릭 도즈 Eric R. Dodds. 『불안의 시대에 이교도와 기독교』 *Pagan*

and Christian in Age of Anxiety (Cambridge University Press, 1965)

기번과 도즈 교수는 로마제국 기독교 발흥 원인을 다음같이 6가지 항목의 원인을 제시하였다. 대부분 항목은 두 교수가 공통으로 제시하였고 일부는 각각 제시한 내용도 있다.

1) 기독교 자체가 가진 절대적인 배타성

기독교는 단호하게 일신교를 관철한 것이다. 기독교가 영혼 구원받는 길은 기독교 이외의 어떤 선택도 인정하지 않는 것은 일반적으로 약점같이 보이지만, 불안으로 가득 찬 로마제국 시대를 살았던 사람들에게는 로마제국 종교 이교는 미래에 대하여 아무것도 제시하지 못하는 것에 반하여 기독교는 이교도들에게는 생명의 원천을 제시한다.

2) 영혼 불멸로 상징되는 미래의 삶을 보장하는 교리를 세운 것.

이 교리가 신도들을 늘리는 강력한 무기가 될 수 있었던 데에는 3세기 이후 로마제국이 종말로 가까워진다는 막연한 두려움이 팽배한 것에 대하여 미래의 보장이 되었다.

3) 기독교는 누구한테나 열려 있었다는 점

기독교는 기본적으로 사회 계층 사이에 차별을 무시했다. 민족 간에, 육체노동자, 노예, 추방된 자, 남자와 여자, 학문의 차이, 가난한 자와 부유한 자의 빈부 차이 등 신분에 대하여 어느 누구도 차별하지 않고 받아들였다.

4) 로마인들에게 희망을 주는 데 성공했다는 점

3세기 로마인에게 현세는 매력을 잃었다. 로마인이라 갖는 매력은 은 함유율이 계속 떨어지는 은화처럼 평가 절하를 멈추지 않았다. 그런 현세에 비하여 기독교가 말하는 내세의 세계는 눈부시게 빛나는 세계이다.

5) 기독교에 개종하여 기독교공동체가 되는 것이 현실 생활에도 이익을 가져다준 점.

기독교인이 된다는 것은 로마제국 이교도들과 같이 함께 종교의식만 하는 공동체가 아니라, 사고방식에서부터 생활방식에 이르기까지 모든 것을 함께 나누었다. 기독교 교회는 신도들이 살아가는 데 기본적으로 필요한 것을 보장해 주게 되므로 복지 제도가 전혀 없는 고대사회에서 현대의 종합보험제도에 가입한 것과 같이 보장하게 하였다.

6) 기독교에 개종한 사람들이 순수하고 금욕적인 생활방식

기독교 교리는 이교도의 일반적인 방탕한 생활에서부터 탈피하여 경건하고 절제적인 생활방식을 택하였다. 그리하여 한 남자와 한 여자가 만나서 가정을 이루고(일부일처제) 기독교 교리가 가르치는 경건한 삶의 모범이 되어서 존경을 받게 되었다.

(2) 믿음의 눈으로 기독교 발흥의 하나님 섭리

상기 내용은 세상 학문적으로 기독교 발흥의 견해 나타내는 내용이므로 하나님을 믿는 그리스도인은 그 실체적인 내면에 흐르는 하나님의 섭리를 믿고 있다. 이것은 성도로서 본서를 읽는 중요한 자세이며, 또한 이 책을 읽는 마지막까지 견지하여야 하는 자세이기도 하다. 이를 강조하기 위하여 1장 마지막 단락 ≪하나님 섭리와 경륜≫에서 "하나님의 섭리와 성령 하나님의 역사하시는 본질에 대한 믿음"에 기록하였다.

□ 하나님의 섭리와 성령 하나님의 역사에 대한 믿음

세상을 다스리시고 세계선교 주관자는 하나님이시다!

우리는 여기서 생각하는 사고방법과 표현 방법과 용어 사용에서 주의하여야 할 점을 다 같이 깊이 생각해보자. 앞에서 우리가 살펴본 것과 같이 로마제국 2단계 선교에서 전염병이 로마인들을 이교도에서 그리스도인으로 선교하는 결정적인 계기가 된 것과 3단계 선교에서 로마 황제와 기독교 국교 선포로 국가 제도적 장치를 사용하여 선교하였다는 사실을 설명하였다. 그러나 '전염병이 이교도를 그리스도인으로 개종하게 하였다'라고 표현하는 것과 '로마 황제와 로마제국 국교공포로 기독교 선교가 되었다'고 말하는 것은 단지 표면적인 표현과 현상과 과정만을 말할 뿐이지 실제적 내용을 설명하기에는 잘못된 표현이다.

로마제국에서 전염병에 의하여 이교도들이 기독교를 믿는 선교 계기가 된 자연 현상과 그리고 로마제국 황제와 로마제국 제도로 선교가 되었다는 사회 정치 현상으로만 보는 것이 아니라, 이것을 허락하시는 하나님의 섭리와 권능이라는 내용을 믿음의 눈으로 보고 우리는 해석하여야 한다. 비록 참고문헌의 비기독교 저자의 기술 내용을 필자가 기독교인으로 재해석하여 일부 인용은 하였지만, 기술하는 자연 현상이나 사회 정치적인 현상들을 단지 외부로 나타난 현상과 사실만을 가지고 표면적으로만 이해하는 것은 앞에서 구약에서 예를 들은 장자의 죽음과 홍해의 갈라짐 등의 자연 현상과 같이 그 자체는 큰 의미가 없다. 이것을 섭리하시는 하나님의 섭리와 경륜과 참뜻을 믿음의 눈으로 바라보아야 한다. 참고문헌 비기독교인 저자와 하나님을 믿는 기독교 신앙인의 차이점은, 객관적인 사회 현상과 사실 기록에만 중점을 둘 것인지, 아니면 그 배후에 섭리하시는 하나님 경륜과 권능을 바라보고 믿는 믿음의 차이에서 오게 된다고 생각한다.

□ 세상 관점으로는 실패할 수밖에 없게 보였던 기독교 운동!

초대교회 발흥이 하나님 섭리와 경륜으로 보는 증거는, 일반적인 세상사 관점으로 볼 때는 1세기 당시 로마제국 시대 기독교는 당연히 실패할 수밖에 없는 신흥종교였다. 본 단락 [주제설명 1장]에서 세상 관점으로 볼 때는 99% 실패할 수밖에 없는 10가지 정도 이유를 자세히 설명하고 있다. 그런데도 로마제국 기독교 발흥이 성공한 것은 하나님의 섭리이고 경륜이고 권능이다.

"세계선교의 주관자는 하나님이시다!"

[주제설명 1장2]
로마제국 정량화(계수화) 작업 {학설}

본 자료는 2000년 전의 당시 기록된 1차 사료(원사료)가 존재하지 않으므로, 차선책으로 추정하여 제시하는 {학설} 자료이다. 우리가 그 당시 상황을 정량화하는 목적은 그 당시 기독교 교회의 모습을 개략적으로나마 객관적인 규모를 파악하기 위함이며, 지금부터 그 내용을 추정해보기로 하자.

1. 로마제국에서의 기독교 성장률 도출 과정

본 주제는 2,000여 년 전의 고대국가에 대한 통계수치를 다루므로 그때의 실제적인 통계자료가 존재할 수가 없으므로 후대에 추정하여 짐작할 수밖에 없다. 기독교인 성장률을 추정하는 방법은 당시에 상황을 기록하고 있는 현존 문헌이나 관련 전문가들의 추정하는 추정치에 근거하여 기독교인 성장률을 파악하려고 한다. (The Rise, 4).

(1) 초기문헌과 성장률 추론방법
에드워드 기번은 아마도 최초로 기독교 인구를 추정하려고 시도했던 사람일 것이다.

1) 이에 관한 전문가들의 초기문헌
그는 콘스탄틴 대제 개종 당시의 기독교 인구를 '제국 백성의 1/20'을 넘지 않는 수준(300만 명)을 잡았다([1776-1788] 1960:187). 후대의 저술가들은 기번의 수치가 지나치게 낮다고 거부했다. 구디너프(1931년)는 콘스탄티누스 시대는 기독교인이 제국 인구의 10%에 달했을 것으로 추정한다. 이것이 의미하는 바는 당시 총인구가 가장 널리 받아지는 추정치인 6천만 명이라고 본다면 4세기 초입에는 600만 명의 기독교 인구가 있었을 것이다.

2) 기독교인 성장률 추론방법

폰 헤르트링(1934년)은 300년경 기독교 인구의 최대 추정치를 1,500만 명이라고 본다. 그랜트(1978년)는 1,500만 명은 지나치게 높다고 거부하고 폰 헤르트링의 최소 추정치인 750만 명도 높다고 거부했다. 맥멀른(1984년)은 300년도의 기독교인 수를 500만 명으로 잡았다. 다행히 우리는 이보다 더한 정밀성은 필요치 않다. 300년도의 실제 기독교인 수가 500~750만 명 범위에 있다고 전제한다면 260년간 특정 범위에 도달하는 데 필요한 성장률을 탐색할 만한 적당한 토대가 마련된 것이다.

3) 매 10년마다 40% 성장률 추정

우리의 출발 수치를 기준으로 할 때 '기독교가 매 10년마다 40%의 속도로 성장' 했다면 165년도에는 67천 명의 기독교인이 존재했을 것이며 200년도에는 218천 명의 기독교인이, 300년도에는 630만 명의 기독교인이 있었을 것이다. 성장률을 10년당 30%로 하향 조정하면 300년도에는 917천 명의 기독교인밖에 없었을 것이며, 이 수치는 그 누구라도 받아들일 수 없을 정도로 지나치게 낮다. 다른 한편 성장률을 10년당 50%로 상향 조정한다면 300년도에는 3,788만 명의 기독교인이 있었을 것이고, 이것은 헤르틀링의 최대 추정치의 두 배가 넘는다. 그러므로 10년당 40%(또는 연 3.4%)가 초기 수 세기간 기독교의 실질성장률에 대한 추정치로 가장 접합할 것이다([그림 2편1] '단계별 기독교 성장률 추정 S 커브' 그래프 곡선 참조).

로마제국 하의 인구 6천만 기준
기독교인 증가율 : 매 10년마다 40% 증가 비율로 추정(매년 3.4%)

서기 년도	그리스도인 수	그리스도인 %	특이 사항
165년	67천명	0.1%	1차 전염병 창궐
200년	218천명	0.4%	
250년	1,171천명	2%	2차 전염병 창궐
300년	6,300천명	11%	
313년	9,756천명	16%	기독교 공인
350년	33,882천명	57%	*이후에는 '어장고갈' 현상

[표 3편1] 전염병 이후 년도 별 기독교인 수와 %

따라서 이 [표 3편1]산식 모형은 역사가, 종교학자들 개개인들의 추정하는 로마제국에서 연도별 기독교인의 숫자를 합리적으로 산식화하여 제공함으로써 기독교인 숫자를 객관화할 수 있는 의미가 있다.

(2) 기독교인 성장률 산출결과 수치 활용방법

필자는 통계학과 일반 성장이론을 공부한 사람으로서 상기 성장률 산식 결과치가 이론적인 실제 사실 데이터와 상당한 편차가 있을 수 있다는 것을 알고 있다. 이 성장률 산식 도출 방법은 각각의 변수들을 실제 사실보다 상당히 단순화하거나 어떤 항목을 주관적으로 가정하여 도입함으로써 이론적인 실제 사실과 편차가 많이 발생하리라 인정한다. 그러나 본 산출식 이외의 특별한 더 나은 다른 대안을 제시할 수 없으므로 차선책으로 이 방법을 인용하여 사용하게 되었다.

□ 정량화(계수화)에 대한 필요성과 유용성

만약에 아무런 수치적인 개념 없이(현재 지금의 상태와 같이) 우리가 생각하는 로마제국 시대의 기독교 발흥에 대하여 정성적인 부분만 가지고 계속 논하기 시작하면, 두리뭉실하게 막연한 결과를 현재 상태와 같이 도출할 수밖에 없을 것 같다. 예를 들면 날씨 예측에 대하여 표현할 때 "내일 날씨가 덥고 비가 올 것 같다."라고 정성적으로 표현하는 것과 "내일 최고기온이 섭씨 32도이고 비가 올 확률은 60%이다"라고 말하는 것과는 때에 따라서는 사용자가 전혀 다르게 사용할 수 있다. 그냥 "덥고 비가 올 것 같다."라고 하면 외출할 때 어떤 복장을 하고 우산을 갖고 가야 할지 결정하기에 막연하다. 그러나 최고온도 32도, 비 확률 60%라고 예보하면 이에 적합한 복장과 우산을 챙겨갈 것인가를 결정할 수 있게 된다. 따라서 경영이나 일반관리학에서는 정성적인 정보자료를 정량적으로 계수화하는 작업을 합리적인 방법과 객관화작업으로 매우 중요한 관리 기법으로 정량화 작업을 수행하게 된다. 우리는 기독교인 성장률 '매 10년 마다 40% 성장'과 연도별 기독교인 추정 인원수와 로마 전체 인구대비 기독교인 % 지수는 로마제국 기독교 발흥에 대한 추론에서 매우 중요한 의미가 있다. 왜냐하면 어떤 주제에 대하여 논리를 세우고 전개하는 과정에서 숫자적인 정보는 내용을 객관화하고 설명하기에 명확하게 뜻을 전달할 수 있는 훌륭한 도구가 될 수 있기 때문이다. 그리고 이 기독교인 성장률에 대한 신뢰도는 다음 단락의 고대 이집트의 파피루스 문헌으로 검증하기로 하자.

2. 40% 성장률 산식에 대한 검증작업

로마제국 기독교인 성장률 산식 작업은 실제 데이터를 사용하여 성장률 값을 추정하여 역사적 사실에 얼마나 가까운지 검증작업이 필요하다. 우리는 이 성장률 산식 모델(기독교인 증가율이 매 10년마다 40%씩 증가 비율로 추정)을 실제 사례를 중심으로 검증절차를 다음과 같이 살펴보도록 하자(The Rise. 12-13. 고대 이집트 기독교인 비율 비교 두 추정치)

(1) 고대 이집트의 기독교화 곡선과 비교 및 검증
바그날(Bagnall, 1982, 1987)이 이집트에서의 기독교 성장의 탁월한 재구성작업을 하였다. 바그날은 이집트의 파피루스를 조사하여 여러 시기별로 전체인구 중에서 기독교식 이름을 가진 사람의 비율을 규명했다. 그리고 이것을 가지고 이집트의 기독교화 곡선을 재구성하였다. 이것은 비록 이집트라는 한 지역에서 도출된 것이라 할지라도 '매 10년마다 40%씩 증가 비율로 추정'의 결과치와 비교하여 검증할 수 있는 실제 데이터 값이다.

1) 이집트의 기독교화 곡선의 지역적 표본 데이터 타당성
이집트는 북아프리카 카르타고(튀니지)와 함께 소아시아와 같이 기독교가 초기부터 융성하였던 지역으로서 초기 기독교 성장의 표본 지역으로 선정하기에는 충분한 의미가 있다. 이집트는 로마제국의 22개 대도시 중 [표 2편1]에서 2위 알렉산드리아(40만 명으로 추정)와 10위 멤피스(9만 명으로 추정)와 같이 두 곳의 대도시를 포함하고 있는 기독교가 융성한 중요한 지역이다. 그러므로 로마제국 전체의 기독교인 성장률을 추정하면서 이집트라는 표본 지역의 연도별 기독교인 성장 수치는, 로마제국이라는 모집단의 기독교인 성장률을 추정하면서 더할 나위 없는 결정적인 실증 데이터의 의미가 있다.

여기서 파피루스라고 함은 파피루스 문헌에 기록된 이집트의 연도별로 기독교식 이름을 가진 사람의 숫자를 계산하여 연도별 이집트 전체인구에 대한 비율을 계산한 데이터이다.

2) 이집트 기독교화에 관한 두 추정 비교(투사치)

바그날의 투사치 데이터를 연도별로 비교하면 다음 표와 같다. 즉 어느 연도에 이집트 전체인구 중에서 기독교식 이름을 가진 인원수를 나누어서 기독교인 비율을 기록하면 다음 [표 3편2]와 같다.

두 지역의 추정치가 같은 연도에서 서로 유사한 대응을 이루는 사실은 충격적이며 두 곡선 간 0.86이라는 상관도는 가히 기적에 가깝다고 할 만하다. 이렇게 이질적인 수단과 자료 −로마제국 기독교인 비율 산식은 경험적인 숫자를 산식화한 것이고 이집트 파피루스 문헌 데이터는 실제 존재하는 데이터 값이다− 를 통해 도달한 두 추정치가 경이로울 정도로 잘 맞아 떨어진다는 것은, 로마제국 전체의 기독교인 성장률과 표본 지역 이집트의 기독교인 성장률 양자에 대한 강력한 확증이라고 여겨진다.

연도	10년마다 40% 성장률 산식 비율(%)	이집트 파피루스 기독교인 비율(%)
239	1.4	0
274	4.2	2.4
278	5.0	10.5
280	5.4	13.5
313	16.2	18.0
315	17.4	18.0

r = 0.86

[표 3편2] 기독교인 비율 비교 두 추정치 상관관계

(2) 이집트 파피루스 데이터의 결정적인 가치

로마제국 하에서 파피루스 문헌에 의하여 시대별로 이집트 기독교인 숫자 데이터값은 실제 기독교인 이름을 계수하였던 데이터 값으로서, 이집트라는 표본 지역에서 시대별 기독교인 수를 이집트 전체인구에 비교하여 시대별로 산출한 기독교화 곡선은 로마제국 전체를 대표하는 실제의 값을 추론하는 데 결정적인 역할을 한 것이라고 하여도 과언이 아니다. 더군다나 상관도 계수 r=0.86 이면 두 변량(로마제국 매 10년마다 40% 성장률 산식 비율 변량과 파피루스 문헌 비율 변량)의 관계가 상당한 관계(유의미)를 갖는 것으로 더 말할 나위 없는 밀접한 관계가 있다는 말이다.

물론 우리가 통계학적으로는 이론적인 실제 값과 일정한 오차는 존재하지마는 우리가 알고자 하는 기독교화 산식에 대한 검증작업으로는 이보다 더 정확한 2,000년 전의 데이터 값을 찾을 수는 없으리라 생각된다. 그러므로 이 자료는 실제 데이터 값으로서 매우 중요한 의미를 가지며 또한 성장률 추정 산식을 강력하게 검증하는 의미가 있다 할 수 있다.

3. 서기 350년 이후의 기독교 성장률 추정 모델 산출 {가설}

〈본서의 주 참고문헌은 서기 350년까지만 기독교 교인을 추정하여 앞 단락에서 기술하였다. 그 이후의 로마제국 기독교인을 추정하는 방법은 일반적인 성장 추이 방법론으로 가정하여 모형화 작업으로 다음과 같이 {가설}로 설정하였으므로 참조 바란다〉.

초대교회에서 서기 350년 이후 기독교 성장률 추정 모델은 기독교인이 과반수가 되는 AD350년을 변곡점([그림 2편1]의 중앙)으로 하여 새로운 성장률 산식이 도출되어야 한다. 그러나 본서의 목적은 로마제국 시대 기독교 발흥이므로 서기 350년에 과반수가 기독교인이 되었고 380년에 기독교가 로마제국 국교로 공포되었으므로 본서의 직접적인 목적으로 하는 로마제국 기독교 발흥에 대한 정량적인 분석 작업은 일단락되었다고 본다.

(1) 서기 350년 이후 성장률을 제시하여야 하는 이유

그러나 관련 자료를 통하여 350년 이후 예를 들면 400년경 이후의 추정 계수치가 필요하였다. 왜냐하면 400년경은 초대교회와 로마가톨릭교회를 구분하는 분기점에 해당하는데 그 이후 계수치를 표현하여야 하는 필요들이 발생하는데 본서의 첫 원고가 완성된 시기에는 궁여지책으로 참고문헌 350년경 3천3백만 명 자료를 기반으로 400년경 로마가톨릭교회 기독교인 수를 '3천3백만 명 이상' 혹은 '로마제국 인구의 과반수'로 표기하였다. 그런데 전체 문맥상 이러한 추상적인 표현은 앞뒤 단락의 균형적인 표현에서 부적절하므로 어떤 계수치를 추정하여야만 하였기 때문에 다음과 같은 (가설) 방법을 사용하였다. 이 자료는 향후 400년경에 대한 좀 더 합리적인 연구자료가 도출될 때까지 잠정적으로 사용하겠다.

서기 350년 이후 성장률 S 커브 곡선 모델 제시

서기 350년 이후에 로마제국 인구 6천만 명 중에서 기독교인이 과반수 3천만 명 이상이어서 로마제국에서 기독교를 국교로 선포할 수 있었다. 350년경에는 선교운동은 인구 가운데 과반수가 이미 개종한 후에는 점진적으로 잠재적 개종자의 '어장 고갈(Fished Out)' 현상이 일어나 어김없이 성장이 둔화한다. 바그날[145]은 '개종 곡선이 점근적(asymptotic)으로 변해 일정 시간이 지난 후에는 점증적(incremental) 개종은 미미해진다.' 라고 하였다. 그러므로 기독교인 증가율 산식 '매 10년마다 40%씩 성장' 은 350년대 이후에는 유효하지 않으므로 350년이 과반수로 변곡점이 되어서 그 이후의 인구수를 추정하여야 한다.

따라서 앞 단락 로마제국 황제들의 기독교에 대한 정책에서 380년에는

---

145) Bagnall, Roger S. *Bulletin of the America Society of Papyrologists* (1982), 19:105-124 Religious Conversion and Onomastic Change in Early Byzantine Egypt.
'*Zetschrift fur Papyrologive und Epigraphik*', (1987), 69:243-250 Conversion and Onomastics: A Reply

테오도시우스 황제가 기독교를 로마제국 국교로 선포하고 그 이후 기독교로 개종을 거부하는 이교도는 추방령을 내렸다. 이에 근거하여 계량화 모델을 산출해보자.

그 이후에는 일반적인 성장률 이론을 검토하고자 한다. 다음 사항은 350년 이후는 단지 일반적인 성장 'S 커브 이론'을 적용하여 추론하고자 한다. [그림 2편1]와 같은 일반적인 'S 커브 성장이론'은 성장 단계를 「완만한 성장세 → 가파른 성장세 → 성장 정체」 등으로 나누게 된다.

▲ 완만한 성장세는 서기 250년까지로 추정
▲ 가파른 성장세는 250~350년으로 추정
▲ 성장 정체는 변곡점이 되는 350년 이후로 추정

(2) 기독교 국교공포 이후에 이교 척결 작업의 정량적 의미

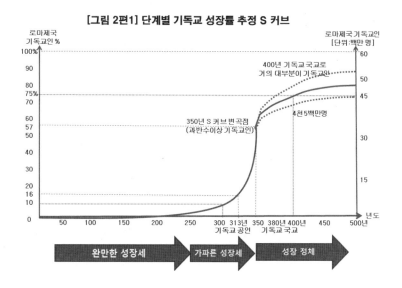

[그림 2편1] 단계별 기독교 성장률 추정 S 커브

우리는 앞 단락 테오도시우스 황제 때 380년 로마를 국교로 선포하고 비기독교인 추방령이 집행(380년)되어 20년 이상 지나간 서기 400경에는 이교도가 로마제국 땅에는 발붙일 곳이 없으므로 이론적으로는 '거의 대부분'이 기독교인이 되었을 것이다. 여기서 '거의 대부분'이라는 추상적인 표현을 정량적으로 표현하여 '80% 이상'이 기독교인이라 추정되었다. 또 한편으로는 그 당시 로마제국은 많은 민족으로 이루어진 6천만 명의 대제국이므로 1000년 동안 지속하여오던 제우스 신 등의 다신 종교 이교 체제에서, 기독교라는 일신교 새로운 종교 체계에 거부하는 소수의 계층 또한 존재하리라 예상되므로 보수적으로 판단하여 70% 이상으로 추정치를 대입하였다. [그림 2편1]에서 400년경에 점선으로 표시된 추정치 부분이다.

그리하여 본서에서는 70%와 80%의 그 중간값으로 75%를 적용하여서 이 그림에서 보는 바와 같이 S 커브 성장이론에서 좌푯값으로 350년 57%에서 변곡점이 되어서 그 이후 좌푯값 400년 75%로 설정하여 S 커브 그래프를 완성하였다. 이 내용을 데이트 값으로 표시하면 [표 2편6]과 같다. (로마제국 인구 6천만 명 기준)

로마제국 선교 단계별 진행	년도	그리스도인 수(천명)	그리스도인 %	특기 사항
1단계	100년	7.5천 명	0.01%	
집단개종	150년	40천 명	0.07%	1차 전염병
2단계	200년	218천 명	0.36%	
	250년	1,171천 명	1.9%	
전염병 계기	300년	6,300천 명	11%	
3단계	313년	9,756천 명	17%	기독교 승인
로마 황제의	350년	33,882천 명	57%	
국가 제도적 기반	400년	45,000천 명	75%	이교도 추방

[표 2편6] 로마제국 단계별 기독교인 수 점유율 추정

4. 4세기 100년간의 폭발적인 성장률 곡선의 의미

AD 300년대 100년 동안 기독교가 로마황제들의 적극적인 진흥정책 및 촉진정책과 이교도 청산정책 추진으로 말미암아 국가 제도적 기반을 토대로 하여 교회사에 전무후무하게 기념비적인 비약적으로 성장하였다.

- 313년 : 기독교가 합법적으로 공인되는 해로 기독교인 비율 16.3%
- 350년 : 기독교인 비율이 비로소 과반수를 차지하는 해로 기독교가 합법적으로 공인이 되었으므로 공개적으로 개종 활동이 가능하다. 이때의 로마제국 기독교인 비율은 [표 2편6]에서 56.5%로 과반수가 기독교인으로 3천4백만 명이 기독교인이다.
- 380년 : 기독교인 비율이 과반수의 절대다수를 차지하고 기독교가 로마제국에 국교로 공포되어 이후 15년 동안 이교도 청산작업이 진행되었으며 이로 인하여 로마제국 내의 이교도들은 거의 대부분 기독교도가 되고 이교 금지령 위반자는 로마제국에서 추방되었다.
- 400년 : 기독교 이외의 종교는 국법으로 금지했으며 이교도 사원은 폐쇄되고 위반자는 국외로 추방하고 그 자리에 기독교 교회가 세워지고 기독교는 로마제국의 유일한 종교가 되었다. 기독교인 비율은 75% 이상으로 교인 수는 4천5백만 명 이상으로 추정되었다. 따라서 본서에서는 400년 이후 로마제국 기독교인 수를 대략 '4천5백만 명'으로 표현한다.

[주제설명 1장3]
로마제국 22개 도시의 교회설립 근거 상세 데이터

1. 주요 도시들의 규모를 기준으로 하는 도시 선정 문헌

이 문헌을 기본으로 하여 [그림 1편1]에서 이 22개 대도시에 교회가 세워지는 기간 내용을 설명하려고 한다(The Rise. p.130). 우리는 앞으로 또한 로마제국에서 두렵고 파괴적인 전염병이 창궐하였을 때 이 대도시를 중심으로 그리스도인들 사랑의 실천으로 목숨을 아끼지 않고 이교도를 돌보아 그들을 기독교로 개종(선교)하는 결정적 역할을 하였다는 것을 논의하고자 한다.

아돌프 하르낙[146]는 그의 역저 '첫 3세기 동안의 기독교 선교와 확장' 에서 제국에 속한 지역 가운데 180년도에 이미 현지 기독교 교회를 보유한 곳을 찾아내었다. 그 이후 이 특정 주제에 대하여 탄탄한 학문적 성과를 보여주는 네 문헌을 발견하여 하르낙 문헌을 포함한 아래 표 다섯 가지 문헌으로 교회설립 연도를 밝혀낼 수 있었다.

문헌	저자 (출간 연도)	지도 내용
문헌1	아로니,아비-요나(1977년)[147]	1세기 말, 2세기 말에 교회가 있던 도시들의 지도
문헌2	채드윅과 에반스 (1987년)[148]	1세기 말에 교회가 있던 도시 지도
문헌3	프랭크 (1988년)[149]	1세기 말과 180년경 교회가 있던 도시 지도
문헌4	하르낙 (1908년)	180년 말에 교회가 있던 도시 지도
문헌5	블라이클록 (1972년)[150]	1세기 말과 2세기 말에 교회가 있던 도시 지도

2. 22개 도시교회 설립 근거 데이터

[그림 1편1]에서 로마제국 22개 도시에 대하여 연대별로 교회가 설립된

---

146) Harnack, Adolf. *The Mission and Expansion of Christianity in the First Three Centuries*.
147) Aharoni, Yohanon, and Michael Avi-Yonah. *The Macmillan Bible Atlas*. (New York: Macmillan, 1977).
148) Chadwick, Henry and G. R. Eans. *Atlas of the Christian Church* (New York: Facts on File, 1987).
149) Frank, Harry Thomas. *Discovering the Biblical World* (Maplewood, NJ: Hammond, 1988).
150) Blaiklock, E. M. *The Zondervan Pictorial Bible Atlas* (Grand Rapids, MI: Zondervan, 1972).

기독교화에 대하여 3가지 분류 기준으로 표시하였는데 이에 대한 근거를 본 주제설명에서 제시하려고 한다.

아돌프 하르낙은 1908년 그의 저서 '초기 3세기에 기독교 선교와 팽창' 이라는 그의 문헌에서 서기 180년도에 이미 현지 기독교 교회를 보유한 곳을 찾아냈다. 이것을 기초로 하여 그 이후에 여러 학자가 로마제국 도시들의 기독교 교회가 설립된 문헌을 남겼는데 안타깝게도 계량화되지 못하고 역사 지도책으로만 표시되어 있어서 이에 대한 계량화 작업을 다음과 같이 하여 [표 3편3](The Rise, 132)를 작성하였다.

교회가 있었다고 아래의 각각 문헌에서 알려진 도시들을 점수화하였는데 100년도 이전까지 교회가 있던 도시는 2점, 200년도 이전까지는 1점, 200년도에도 교회가 없었던 도시는 0점으로 표시하였다.

[표 3편3] 22개 로마도시 기독교화에 대한 코드 작업표

도시명	문헌1	문헌2	문헌3	문헌4	문헌5	코드
가이사랴	2	2	2	2/1	2	2
다마서커스	2	2	2	2/1	0	2
안디옥	2	2	2	2/1	2	2
알렉산드리아	2	2	2	2/1	2	2
버가모	2	2	2	2/1	2	2
살라미스	2	2	2	2/1	2	2
사데	2	2	2	2/1	2	2
서머나	2	2	2	2/1	0	2
아테네	2	2	2	2/1	2	2
고린도	2	2	2	2/1	0	2
에베소	2	2	2	2/1	2	2
로마	2	2	2	2/1	2	2
아파미아	1	1/0	1	0	2	1
코르도바	1	1/0	1	0	1	1
에데사	1	1/0	1	2/1	1	1
사라쿠스	1	1/0	1	1	1	1
카르타고	1	1/0	1	2/1	1	1
멤피스	2	1/0	1	2/1	1	1
밀란	0	1/0	0	0	0	0
오탱	0	1/0	0	0	0	0
카디스	0	1/0	0	0	0	0
런던	0	1/0	0	0	0	0

문헌1: 아로니와 아비-요나 1977년 (1세기 말, 2세기 말 다수의 교회가 있
    던 도시들의 지도)
문헌2: 채드윅과 에반스 1987년 (1세기 말에 다수의 교회가 있던 도시 지도)
문헌3: 프랭크 1988년 (1세기 말과 180년경 하나의 교회가 있던 도시 지도)
문헌4: 하르낙 1908년 (180년 말 하나의 교회가 있던 도시 지도)
문헌5: 블라이클록 1972년 (1세기 말과 2세기 말에 하나의 교회가 있던 도
    시 지도)
코드: 연도별 교회가 설립된 도시의 계량화 점수

그 결과 3단계의 점수로 기독교화를 측정하였다.
1단계는 코드 2점을 받은 가이샤라를 포함한 12개 도시
2단계는 코드 1점을 받은 아파미아를 포함하는 6개 도시
3단계는 코드 0점을 받은 밀란을 포함하는 4개의 도시
 상기 코드 작업을 기준으로 하여 지도상에 [그림 1편1] 같이 각 도시가
교회가 설립된 시대별로 구분 표시하였다.

[주제설명 1장4]
로마제국 전염병 창궐과 선교

1. 전염병에 대한 투키디데스 역사가 기록(그리스 아테네)[151]

고대시대에 전염병 대처에 대한 정확한 기록은 BC 431년에 그리스 아테네의 역사가 투키디데스가 기록한 문헌[152]이다. 투키디데스는 자신이 전염병에 걸려서 죽다가 살아남은 사실을 기록으로 남겼기 때문에 전염병의 진행 과정과 투병내용을 자세히 알 수가 있었다.

"의사들은 이 질병에 대해서 무지하였고 올바른 처치 방법을 몰랐다. 그리하여 사람들은 신전에서 기도를 올렸고, 신탁을 주문하고 여러 가지 종교적인 방법을 동원하여도 별다른 효과는 없었다. 전염병에 감염이 된 자들은 주위의 아무런 도움도 못 받고 죽어갔다. 사체는 쌓여갔고 반쯤 살아있는 환자는 물을 먹기 위하여 우물가에 몰려갔다가 우물가에서 죽어갔다. 신전에는 죽은 사람의 사체가 가득 쌓여 있었다. 큰 재해는 그들을 절망적으로 압도하였고 일상적인 모든 법과 종교적인 상황과 너무나 상이하므로 그들에게 그다음에 어떤 상황이 전개될 것인지 모두 어찌할 바를 몰랐다. 신들에 대해서 그들이 경배하고 제사를 지내던 그렇지 않든 그들이 선한 사람이든 악한 사람이던 구별 없이 무차별적으로 죽어갔다".

기원전 4세기 그리스 아테네의 투키디데스와 기원후 3세기 알렉산드리아의 디오니시우스와는 7세기의 차이가 나지만은 죽음의 전염병에 대처하는 고대사회의 방법들은 유사하였다. 투키디데스는 전염병에 걸려서

---

151) 투키디데스(Thucydides 471-400 BC) ; 기원전 5세기 그리스 아테네 역사가. 자신이 전염병에 감염되어서 회복 후에 기록을 문헌으로 남겼다. (The Rise, 84-85.)

152) Thucydides. [Ca. 420 BC] *The Peloponnesian War* 『펠로폰네소스 전쟁사』 (London: Penguin, 1954), 2.47-55. 펠로폰네소스 전쟁사는 기원전 (BC 431-404) 그리스 아테네와 스파르타와의 전쟁을 투키디데스가 기록한 전쟁사이다.

주위에 간호를 받고 면역성이 생겨서 그 자신이 살아났지만, 나머지 대부분 사람은 그러한 간호를 받지 못하고 죽어갔다. 투키디데스도 인정하는 전염병에 대처하는 유일한 최선의 방법은 환자와 접촉을 피하는 방법밖에 없다고 하였다.

2. 줄리안 로마 황제 그리스도인들의 사랑에 대한 평가

북아프리카 카르타고 목회자 교부 터툴리안의 진술보다 더 확실하게 그리스도인들 사랑의 실천을 증명해 주는 것은 역설적으로 4세기에 '배교자' 줄리안 로마 황제의 글에서 흥미롭게도 찾을 수 있다.[153] 콘스탄틴 황제 이후 로마제국 황제의 종교는 대부분 기독교였으나 줄리안(율리아누스) 황제 (Julian 황제 재위기간 361~363년)는 유일하게 기독교를 핍박하고 이교를 장려했던 로마 황제이다. 재위 기간에 기독교에서 로마제국을 과거의 이교도 국가로 환원하고자 노력을 하였으나, 재위 기간이 짧아서 박해의 시련이 짧게 지나가서 다행이었다. (2편-1장-4절-1 '배교자 율리아누스 황제의 기독교 박해' 참조)

특히 줄리안 로마 황제의 글은 다른 어떤 사람의 글보다도 로마제국 시대에 그리스도인 공동체를 명확하게 증언할 수 있다. 왜냐하면 줄리안 황제는 기독교를 핍박하는 처지에서 글을 쓰기 때문에 기독교공동체를 깎아내릴 수는 있어도 미화하는 일은 절대 있을 수 없기 때문이다.

1) 줄리안 황제의 글

다음 글은 이교도 황제 줄리안이 362년 그의 이교도 사제들에게 쓴 편지 중에서 일부를 인용한다.

"이 불경스러운 갈릴리인들(그리스도인들)은 자기들의 가난한 자(기독교

---

153) Johnson Paul, *A History of Christianity* (New York: Atheneum, 1976)

인)들을 돌볼 뿐만 아니라, 우리의 가난한 자(이교도 로마인)들도 돌보고 있다. 우리의 가난한 자들은 우리의 관심과 돌봄이 없이 살고 있다".

로마황제 줄리안은 로마제국이 기독교화되는 것을 막고, 이전의 이교도신앙에 기초하여 로마제국을 개혁하고 재건하려고 시도했다. 이교도 그의 사제들에게 편지를 쓰면서, 줄리안은 그리스도인들이 베푸는 구제와 사랑 때문에 이교도들이 기독교로 계속 몰려가고 있다고 진단하고 그것을 막기 위하여 이교도 사제들도 그리스도인들을 쫓아서 이교도들에 대한 구제와 자선을 베풀고, 죽은 자들의 장례를 치러주며, 가난한 자들에 관해 관심을 가져야 한다고 불평하면서 이를 촉구한다. 이교도신앙을 숭배했던 황제 줄리안이 이런 요구와 비판을 자기 사제들에게 했지만, 그들 이교도 로마 사제들은 이전에도 그런 구제 사역을 하지 않았을뿐더러, 줄리안의 권고 이후에도 실행하지 않았다. 왜 그랬을까? 그리스도인들은 구제 사역을 하고 있었는데 왜 그들은 할 수 없었을까?

2)로마 이교도 사제들의 교리적 한계와 지식인의 윤리적인 한계

□ 이방 종교들 교리적 한계

줄리안 황제가 이교도 사제들에게 그리스도인들과 같이 아무리 사랑을 가르치고 구제를 하라고 주장하여도 로마 사제들에게는 그들이 지금까지 쌓아오던 교리나 제사의식 그리고 전통적인 행동규범이 사랑이나 구제에 대하여 전혀 가르치지도 않았고, 또한 관계도 없는 종교적 가치관이었으므로 어떻게 할 수가 없었다. 이교도 사제들에게는 신들에게 자비나 사랑에 연관되는 제사나 봉사 경험은 물론이고 그러한 생각조차도 전혀 없었다. 이교도 신들은 인간들에게 제사 규범이나 제사를 소홀히 하느냐에 대한 것에만 관심이 있었지 인간에게 사랑이나 윤리 도덕적 요구는 없으므로 이를 어겨도 처벌하지 않는다. 참으로 이교도 신들은 구제에는 아무런 관심이 없었다.[154]

---

154) MacMullen Ramsay, *Paganism in the Roman Empire* (Yale University Press, 1981)

□ 이교도들 윤리 도덕적 한계

마찬가지로 그 당시 지식인으로서 의사 갈렌의 행동에서 살펴보자. 로마에 전염병이 발생하였던 초기에 갈렌이 환자들을 버려두고 황급히 시골로 피신하여 위험이 없어질 때까지 은둔한 행동에 대하여 의사로서 윤리 도덕적인 면을 지적하는 문헌도 있다[155]. 그러나 2세기 그 당시의 전염병에 대한 의학적인 지식이나 그리스 의사로서 행동적 규범에 대하여 오늘날 현재의 가치 기준으로 갈렌을 평가하지 않아야 한다는 주장도 있다.[156]

우리는 여기서 그 당시 한 의사(지식인)의 행동규범의 잘 잘못을 논하는 것이 아니라 그가 그 시대의 이교도를 대표하는 사고방식과 윤리 도덕적 기준의 사람과(갈렌의 문헌 기록이 현대까지 남아 있으므로 갈렌이 거론된다) 이에 대응되는 그리스도인들의 규범을 비교하는 데 목적이 있다.

갑작스러운 전염병 죽음의 그림자 앞에서 그리스도인과 이교도들의 행동 반응에 대한 비교 결과를 주목하여야 한다. 갈렌은 죽음 넘어서 그다음 삶에 대하여 믿음이 부족하였다. 이에 반하여 그리스도인은 이 세상 삶은 단지 전주곡인 서막에 불과하다고(죽음 다음의 삶을) 확신하였다. 따라서 갈렌에게 로마에 남아서 전염병을 치료하게 하려고 고군분투하는 용감성을 기대하는 것은 그리스도인이면 가능하지만 이교도인 갈렌에게는 거리가 먼 이야기였다. 우리는 그 시대에 그 사람들 즉 이교도들과 그리스도인 두 그룹이 어떠한 가치관, 윤리관, 종교관으로 살고 있었느냐에 대하여 비교하고 있다.

그리스도인들의 서로에 대한 헌신적 사랑과 이교도들에 대한 희생을 감수한 사랑의 실천이 기독교가 로마제국 속으로 깊이 들어갈 수 있었던 가장 중요한 요인 중의 하나였다. 문제는 왜 기독인만 유독 이런 사랑의 실천이 뛰어났을까 하는 점이다. 전염병 발생 시 대다수 이교도는 사람을 돌보지 않고 도망가고, 왜 대다수 그리스도인은 전염병을 피해 도망가지

---

155) Hopkins, Donald R. *Princes and Peasants: Smallpox in History* (University of Chicago Press, 1983)
156) Walsh, Joseph. *Refutation of the charges of Cowardice against Galen* (Annals of Medical History)3:195-208, 1931).

않고 목숨을 버려가며 희생적인 사랑을 보였을까? 이런 행동의 차이는 어디에서 오는 것일까? 그리스도인들이 전염병이 얼마나 무서운지 몰라서일까? 전도할 때 로마제국에서 가장 용감하고, 사랑과 정이 많고, 자비와 긍휼이 풍성한 사람들만 골라서 전도했나? 뭔가 그리스도인들은 일반 로마인들과 다른 유전자 구조가 있었을까?

3. 전염병에 대한 근현대 학자들 문헌

1) 근현대 학자들의 문헌

로마제국 전염병 창궐에 관한 내용을 기술한 현대 역사학자, 과학자, 사회학자 등의 문헌을 살펴보자. 로마제국에 엄습한 전염병은 도시 지역에만 국한되지 않고 시골 지역을 포함한 로마제국이 통치하는 땅의 어느 곳에서나 창궐하였다. 그리고 3세기에 직접 경험한 이들의 기록뿐만 아니라 또한 다음의 현대 역사학자와 연구자들 즉 McNeill(Plagues and Peoples), Wallace[157], Thornton[158], Champagne[159]의 문헌과 기록에서 (1956년~1983년 발표 문헌) 로마제국에서 기독교 발흥의 중요한 원인이 전염병이었다는 연관성을 직간접적으로 설명하고 있다.

McNeill(Plagues and Peoples)은 시골 지역에서 사망률이 더 높았다고 제시한다. 그리고 Boak('로마제국의 인구와 Karanis' 1955년)는 이집트에 있는 작은 촌락 Karanis에서 165년 첫 번째 전염병으로 인하여 그 지역 인구의 1/3이 사망하였다고 추산하였다. 이집트 알렉산드리아의 디오니시우스에 의하면 알렉산드리아 인구의 2/3가 전염병으로 죽었다고 추산한다(Boak '로마의 역사' 1947년)

---

157) Wallace, Anthony F.C. *American Anthropologist* (1956). 58:264-281. Revitalization Movements.
158) Thornton, Russel. *American Sociological Review* , (1981). 40:88-96, Demographic Antecedents of Revitalization Movements: Population Change, Population Size, and 1890 Ghost Dance.
159) Champagne, Duane. *American Sociological Review* (1983), 48:754-763, Social Structure, Revitalization Movements and Sate Building: Social Change in Four Native American Societies.

2) 근현대 전염병 창궐에 대한 기록

로마제국 전염병 창궐에 의한 이러한 높은 사망률은 최근의 생각과는 달리 질병으로 인한 심각한 타격이 인구 감소에 영향을 미칠 때 이것에 대하여 많은 다른 시대와 장소에서도 기록되었었다. 예를 들면 근대인 18세기 유럽의 1707년 아이슬란드에서 발생한 천연두 전염병으로 인하여 치명적인 전염병 사망률 추정에 대한 근대 역사적인 기록을 살펴보면 아이슬란드 인구의 30% 이상이 사망하였다.[160]

---

160) Hopkins, Donald R. *Princes and Peasants: Smallpox in History*.

[주제설명 1장5]
기독교 선교에 로마제국 황제를 사용하심

1. 콘스탄틴 대제 왕가와 기독교 진흥정책 배경
(로마인 이야기-13권. 305.)

콘스탄틴 대제의 적극적인 기독교 진흥 및 촉진정책에 대한 원인과 이유에 대하여 전문가 그룹에서는 여러 가지 학설이 존재한다.

(1) 콘스탄틴의 성장 과정과 종교적 배경

그 내용을 조금 들여다 보면서 원인이 무엇이든 간에 결과적으로 기독교 장려 및 우대정책으로 기독교 진흥의 토대를 놓도록 그를 사용하시는 하나님의 섭리를 깨닫게 된다. 콘스탄틴의 기독교 장려정책을 올바르게 이해하기 위해서는 콘스탄틴이 어떠한 생각으로 의사결정을 할 수 있었는지에 대한 주변 환경을 이해하는 것이 매우 중요하다. 따라서 본 단락에서는 이에 관한 내용을 살펴보자.

1) 콘스탄틴 대제 출생과 성장 과정

그 당시 평민들은 정확한 생년월일을 모르는 경우가 다수이므로 콘스탄틴도 출생은 서기 275년생으로 추정된다. 아버지 콘스탄티우스는 직업군인 –로마제국 당시 직업군인은 오늘날 회사원같이 일반적인 직업이었다 – 으로 평민 어머니 헬레나 사이에서 출생지는 오늘날 불가리아 국경 근처 니시(로마시대 '나이수스')에서 태어났다. 아버지 콘스탄티우스는 성실하며 군사적 재능을 타고나서 서방의 막시미아누스 황제 휘하의 장군으로 승진하여 제국 서방 라인강 방어선 본부 '트리어' 에서 정착하여 근무하므로 콘스탄틴도 18세까지 서방 '트리어' 에서 자랐다([그림 1편3] 지도 참조).

당시 293년경에는 로마제국에서 사두정치 시대로써 동방과 서방의 두 정제가 각기 부제를 두어 광대한 제국을 네 사람이 분담하는 체제인데 부제로 취임하려면 황녀와 결혼하여야 하는 조건이 있었다. 아버지 콘스탄티우스는 부제로 승진하기 위하여 평민 아내 헬레나와 이혼하고 황제 막시미아누스 딸 테오도라와 결혼하였다. ([그림 3편1] 가계도 참조. 로마인 이야기-14권. 24)

아버지 이혼으로 293년 갈 곳이 없어진 어머니 헬레나와 아들 콘스탄틴은 아버지 콘스탄티우스가 동방의 정제 디오클레티아누스(기독교 박해를 하였던 마지막 황제)에게 부탁하여 두 모자는 동방의 정제 곁에서 생활하게 된다. 콘스탄틴은 동방의 당시 수도 항구도시 니코메디아에서 18세부터 30세까지 인생의 황금기인 청년기를 평민으로 보내게 되는데 동방 정제 디오클레티아누스 휘하에서 각종 전투에 참가하여 군사 경험을 쌓게 된다. 디오클레티아누스는 기독교를 핍박한 황제로 유명한데 이 시기 기독교 탄압과 박해를 20대의 콘스탄틴이 어떤 눈으로 보았는지는 어떻게 생각하였는지 전혀 기록으로 남겨져 있지 않다.

305년에 사두체제의 두 정제가 당시 법률에 따라 정년으로 은퇴하므로 서방의 부제였던 아버지 콘스탄티우스가 서방의 정제(황제)로 취임하게 되었다. 그리하여 콘스탄틴은 황제의 아들이 됨으로써 305년부터 동방에서 서방으로 옮겨서 정제 아버지를 도와서 군사업무를 맡게 된다. 아버지 밑에서 전투에 참가하여 실력을 인정받고 있었으나 그때 콘스탄틴의 아버지 황제가 1년 후 306년에 갑자기 죽게 된다. 그리하여 콘스탄틴은 아버지 부하들의 강력한 추대를 받아서 서방의 부제로 취임하게 되며 나중에 정제(312년)에 오르게 된다. 이 과정을 유심히 관찰해보게 되면, 293년부터 아버지 곁에서 이혼으로 어머니 헬레나와 함께 쫓겨나서 동방 정제 곁에서 청년 황금기 12년 동안 미래가 보이지 않는 정처 없이 방황하던 콘스탄틴이, 305년에 갑작스럽게 아버지가 서방 황제에 즉위하면서 그 휘하에 오게 되었고, 또한 그의 아버지가 갑자기 돌아가기 직전에 1년 동안 서방 황제 곁에서 장병들의 신뢰를 쌓았으므로 서방에 부제로 추대되었던 것은 너무나 기이하게 인도하시는 하나님의 손길을 느낄 수 있다.

[그림 3편1]콘스탄틴 대제 주요인물 가계도

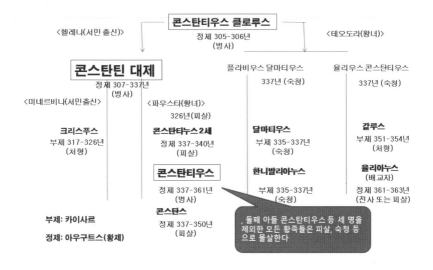

2) 콘스탄틴 황제의 종교

308년 당시 부제 콘스탄틴의 신앙은 태양신을 섬겼고 황제는 최고제사장 자리도 겸하게 되었다. 태양신은 로마 장병들이 존경하는 선대왕 아우렐리아누스 황제가 믿었던 것으로 유명한데 콘스탄틴은 그의 후계자로 자처하며 장병들의 마음을 잡으려는 방편이었을 수도 있다. (콘스탄틴의 개인적인 기독교 신앙심과 믿음에 대한 정보는 그가 교회사에서 기독교에 남긴 업적과 중요성에 비하면 로마사에서 이상하리만큼 기록에 없다).

(2) 콘스탄틴 대제가 계획한 왕위승계 구도

콘스탄틴 대제가 살아생전에 구상(재위 기간 25년)하였던 후대 왕위 권력 승계 구조를 살펴보기 위해서 '[그림 3편1] 콘스탄틴 주요 인물 가계도'를 중심으로 하여 그가 어떠한 가치를 추구하며 황제로서 삶을 살았었는지 추론해보기로 하자. 콘스탄틴 대제는 335년(337년 죽기 2년 전)에 [그림 3편1] 가계도에 표시된 황족으로서 아들 세 명-콘스탄티누스 2세, 콘스탄티우스, 콘스탄스-과 이복동생 플라비우스 달마티우스의 아들 즉 조카 두 명-달마티우스, 한니발리우스-에게 로마제국을 5 등분하여 승계 작업을 마쳤다. 콘스탄틴 대제의 후계자가 담당하는 구도의 지도는 [그림 3편2]과 같다.

즉 세 아들에게는 서로마 지역과 동로마 지역 일부를 그리고 두 조카에게는 동로마 지역으로 후계자 구도를 확정하여 이 체제는 335년부터 작동되었다(로마인 이야기-14권. p.29). 그러나 실제로 황제 승계 작업은 337년 콘스탄틴 대제 사망 후에 황족 장례식에서 황족 50명이 살해되는 끔찍한 사건으로 무산되고 말았다.

(3) 콘스탄틴 대제 장례식 황족 몰살사건

콘스탄틴 대제는 337년 5月에 임종 직전에 세례를 받고 병사한다. 콘스탄틴은 312년에 황제에 즉위하고 수도를 로마에서 콘스탄티노플(이스탄불)로 이전하였다. (로마인 이야기-14권. 27)

1) 콘스탄티노플 황궁 장례식에서 황족 50명 참살

337년 6월에 콘스탄티노플 황궁에서 치러진 콘스탄틴 대제 장례식에 참석한 황족 중에 둘째 아들 콘스탄티우스만 제외하고 황족 50명이 살해되는 끔찍한 참살 형국이 자행되었다.

('[그림 3편1] 콘스탄틴 대제 가계도' 에서 '337년 숙청' 으로 표시된 사람은 이때 황궁 장례식장에서 참살된 사람) 직계 황족으로는 콘스탄틴 대제 이복동생 2명(플라비우스, 율리우스)과 동생의 아들 2명(달마티우스, 한니발리우스)을 포함한 황족과 측근 50명이 참살된다.

2) 사건의 주모자와 사건 처리는 극비에 부쳐지다

살해 주모자는 콘스탄틴 대제 둘째 아들 콘스탄티우스 휘하의 장병이 유력시되고 있었으나 이에 대한 사후 처리는 극비에 부쳐졌다. 살아남은 직계는 장례식에 참석한 콘스탄틴 대제 동생 율리우스 콘스탄티우스의

아들 갈루스(12살), 율리아우스(6살; 후일에 배교자 줄리안 황제) 2명만 살아
남았다. 멀리 갈리아 라인강 전선에 있던 첫째 아들 부제 콘스탄티누스 2
세와 도나우강 전선을 지키는 셋째 아들 부제 콘스탄스만 황궁 콘스탄티
노플과 거리가 멀다는 이유로 장례식에 참석하지 않아서 살아남았다. 황
궁 장례식 황족 대거 참살 사건은 로마제국에서 국가적으로도 황제 권력
승계에 엄청나고 중대한 사건인데도 불구하고 원인과 진행 과정과 결과
책임에 대한 기록은 극비에 부쳐져서 이 참살극에 대하여 전혀 공적 기록
을 남겨두지 않았다. 다만 그 사건 당시 유일하게 살아남은 부제 콘시탄
티우스는 '참살 사건에 직접 가담하지 않았다' 라는 자백만 한 줄 기록되
어 있을 뿐이다.

3) 판노니아 속주에서 3형제 승계지역 재분배 회담

그런데 황궁 참살 형국이 있었던 두 달 후 8월에 의미심장하면서도 이
해가 되지 않는 일이 벌어진다. 콘스탄틴의 세 아들이 도나우강 지역의
판노니아 속주에서 만나서 황궁 참살 시에 살해된 부제 달마티우스와 한
니발리아누스가 담당하던 지역에 대한 영토 배분을 하는 회합이었다('[그
림 3편1],[그림 3편2] 콘스탄틴 대제 가계도 및 후계자 구도 지도 참조). 그런데
회합에서 결정된 세 형제의 새로운 담당 지역은 콘스탄틴 첫째 아들 콘스
탄티누스 2세 부제와 셋째 아들 콘스탄스 부제는 종전과 같은 지역을 분
배받았지만, 둘째 아들 부제 콘스탄티우스만 살해된 사촌이 담당하던 지
역 대부분을 담당하는 것으로 끝이 났다. 이에 대하여 나머지 두 형제는
아무런 이의도 없었다. 이것은 무엇을 추측하게 하는 것인가? 이것은 이
미 그 당시 실제적인 권한은 콘스탄틴 둘째 아들 콘스탄티우스 부제와 그
의 측근들이 강력하게 장악하고 있다는 말이며 이는 또한 황궁 참살 형국
을 누가 주도한 것인가를 '합리적 의심'을 갖게 하는 직간접적으로 시사
해주고 있는 그 당시 시대 상황이었다.

[그림 3편2] 콘스탄틴 대제 후계자 관할 영토 지도 (로마인 이야기-14권, p. 29).

2. 콘스탄틴 대제와 기독교 신앙심

본 단락에서 다루고자 하는 내용은 1000년의 로마제국 역사 속에서 콘스탄틴 대제는 기독교 공인과 기독교 진흥 및 우대정책을 최초로 지속적이고 광범위하게 역동적으로 추진하였던 황제이다. 대제의 이러한 추진 동기는 독실한 기독교 신앙심이었을까? 물론 테오도시우스 황제도 기독교를 국교로 선포하고 이교 청산과업을 이룩하였는데 그는 황제 취임 첫해에 중병으로 삶과 죽음의 경계선에서 사경을 헤맬 때 하나님께 간곡한 기도를 드린 결과 완치되어 황제의 임무를 수행하게 되므로 세례를 받고 굳건한 신앙심을 바탕으로 기독교 친화 정책을 추진하게 된다. 그러나 콘스탄틴 대제의 기독교 신앙심에 대한 역사적 증거는 극히 미약하며 또한 콘스탄틴 대제는 임종 직전에 세례를 받게 된다. 이러한 내용을 '로마사' 속에서 살펴보도록 하자.

(1) 콘스탄틴 황제 연관된 아내와 아들의 죽음

콘스탄틴 대제는 평민 미네르비나 사이에서 아들 크리스프스를 두었고 황제에 즉위하기 위해서 재혼한 황녀 파무스타 사이에서 세 아들을 두었다. 본 내용은 장남 크리스프스 처형과 황녀 파우스타 살해에 관련되는 이야기로 시작한다.

〈아내와 아들 살해사건에 대해서 로마사 기록에는 "콘스탄틴의 태도는 '침묵'으로 일관하였다."〉

콘스탄틴과 첫 번째 아내 미네르비나가 낳은 아들 장남 크리스프스는 부제(카이사르)까지 승진시켜서 라인강 방어선을 담당하였으며 제국의 제2인자로 다음 황제 승계자였다. ('[그림 3편1] 콘스탄틴 대제 인물 가계도' 참조) 맏아들 부제 크리스프스는 324년 27세의 젊은 나이에 리키니우스 정제와 벌인 해전에서 승리하여 아버지 콘스탄틴의 경쟁자 소탕에 혁혁한 공을 세웠다. 그런데 그가 326년 갑자기 계모 황녀 파우스타와 밀통하였다는 죄명으로 풀라의 감옥에 투옥되었다. 밤낮 가혹한 고문에도 크리스프스는 끝까지 무죄를 외치면서 29세 젊은 나이에 처형되었다.

그리고 콘스탄틴 부인 황녀 파우스타는 황실 목욕탕에서 목욕하다 갇혀서 사망한다(326년). 황실 욕조는 뜨거운 열탕으로 변하고 시중드는 여자 노예는 이변을 눈치채고 보이지 않는 것을 알아차린 황후는 아무리 목욕탕 밖을 나가려 해도 문이 굳게 잠기어져서 황실 목욕탕 안에서 죽음을 맞고 목욕하다가 사망하였다고 공표되었다.

모자 사망 사건 직후에 콘스탄틴 대제는 아내 황녀 파우스타와의 세 아들 중 첫째(10살)와 둘째(9살)에게 '부제 카이사르'로 임명하고 첫째 10살 아이에게 갈리아 전역을 담당하는 총사령관에 임명하였다. 이것은 미래 권력자인 아내 파우스타와 아들 장남 크리스프스가 사망하고 곧 다음 왕권 구도를 강화하는 [그림 3편1] 가계도에서 보는 것과 같이 황후 파우스타와 낳은 세 아들 중심으로 하여 콘스탄티누스의 새 왕조가 형태를 갖추어가고 있었다('[그림 3편2] 콘스탄티누스 대제의 후계자 구도' 참조).

참고로 로마사 기록은 크리스프스의 처형은 황녀 파우스타와의 밀통에 의한 죄명으로 기록되어 있고(크리스프스는 끝까지 무죄라고 주장), 황녀 파우스타는 황실 목욕탕에서 사망한 것으로 기록되어 있다. (로마인 이야기-

13권. 298)

(2) 권력 지향적인 콘스탄틴 대제 부자의 황제 승계 구도 결과

1) 콘스탄틴 대제: 왕위 후계자 구도를 위하여 모자를 살해하였다는 혐의

- 콘스탄틴 맏아들 클리스프스 부제는 (황제 계승권을 강화하는 목적으로) 계모 황녀 파우스타와 밀통하였다는 죄명으로 처형(326년)되었다.
- 아들 클리스프스 부제 처형과 부인 황녀 파우스타 사망(326년) 직후에 황녀의 세 아들이 콘스탄틴 왕위 권력을 승계하는 구도로 발표되었다. (로마인 이야기-14권. 96)
- 왕위 계승은 세 아들과 두 조카에게 제국을 5등분 나누어 아들과 조카에게 카이사르 칭호를 부여(335년)하였다.

2) 콘스탄티우스 황제: 콘스탄틴 대제 서거 후에 황족 살육 참화로 승계 구도 실패

콘스탄틴 대제 사후 권력 승계가 콘스탄틴의 구상대로 되지 않고 친족 간에 콘스탄틴 장례식에서 피비린내 나는 살육으로 권력투쟁이 진행되었다. 콘스탄틴 대제 둘째 아들 콘스탄티우스만 승계되고 콘스탄틴 대제 아들 두 명은 그 이후에 피살되고 조카 두 명은 숙청되었다.

3) 왕위승계 작업을 위한 콘스탄틴 대제 본인 생전 시에 장남과 황후 처형과 콘스탄틴 대제 사후에 둘째 아들 콘스탄티우스의 이어지는 황궁 장례식장 숙청으로 대제의 왕위 계승 권력 구도[그림 3편1]은 2대를 넘기지 못하고 산산이 부서졌다. 대제 친족의 조카로서 마지막 황제 배교자 율리아누스가 363년에 죽은 후에는 황족이 모두 사망하여서(모두 숙청 및 피살됨), 이후 황제 선출 과정에서 부득이 황제 호위대장을 황제로 선출하게 된다. 그 이후 로마제국은 15년 동안 황제 선출 문제로 혼란한 정국을 보내고 378년 테오도시우스가 동방 정제로 임명되면서부터 황제 선출에 안정을 찾았다.

3. 콘스탄틴 대제와 기독교 진흥정책 배경

일반적으로 기독교에 개종하여서 기독교 진흥정책을 시행하였다는 것이 {정설}로 되어있다. 또 하나의 {학설}로 왕권신수설 개념으로 왕위 계승의 쉬움을 위하여 기독교를 활용하였다는 {학설}도 또한 존재한다. 이 {정설}과 {학설} 내용을 독자들이 판단할 수 있도록 각각 소개하고자 한다.

(1) 독실한 신앙인으로서 기독교 친화 정책 추진하였다는 주장 {정설}

콘스탄틴 대제가 기독교에 개종하였다는 다음 세 가지의 정황만 유일하게 로마사에 기록되어 있다.

- □ 312년 막센티우스 정제와 콘스탄틴 대제의 군대가 로마 근교 밀비우스 다리 전투에서 십자가상을 보고 전투에 입하여 승리하는 계기로 기독교에 개종 하였다는 내용이다.
- □ 디오클레티아누스 황제가 기독교 탄압을 공포하였으나 콘스탄틴 대제 아버지 콘스탄티우스 클로루스는 기독교 탄압에 소극적이었다.
- □ 콘스탄틴 대제의 생모 헬레나가 독실한 기독교인이므로 대제가 기독교를 환대하였다.

대제의 아버지가 황녀 테오도라와 결혼하기 위하여 대제의 생모 헬레나와 일찍 이혼하여 혼자의 몸이 되었으므로 어머니를 기리는 연민의 정도 많았을 것이다.

그러나 콘스탄틴 대제는 임종 직전에 세례를 받는다. 그 당시 로마황제는 세례를 말년에 받는 경우가 종종 있으나 콘스탄틴 대제가 상기와 같이 기독교 공인과 진흥에 괄목할 만한 업적을 남겼지만, 그의 기독교에 대한 믿음 증거와 하나님에 대한 신앙 고백적인 사건이나 기록들은 그의 기독교 친화 정책 업적에 비교하여 지극히 미약하고, 대제의 기독교 신앙에 대한 추측할 만한 정보는 로마사 기록에서 상기 내용이 전부이다.

(2) 유일신 하나님의 권위로 왕권 승계를 위하여 기독교 진흥정책 추진{학설}

(후일에 이 내용은 17세기 왕권신수설 개념으로 발전)

〈 본 내용은 {학설}이므로 {정설}과 혼돈이 없기를 바란다. 〉

유일신 하나님의 권위로 왕권 승계를 위하여 기독교 진흥정책을 추진하였다는 도입 배경은 다음과 같다. 제국 최고 권력자에게 권력 행사를 결정하는 것이 '인간'인 이상, 권력자에게서 권력을 빼앗을 권리도 '인간'에게 있다. 권력을 주는 자가 인간이 아니라 다른 존재에게 있으면 어떨까?

로마 다신교는 인간을 보호하고 도와주는 신이지 명령하는 신이 아니므로 이것을 절대적으로 결정할 수 있는 신은 유일신 하나님을 믿는 일신교 기독교밖에 없다고 콘스탄틴은 생각했다.

1) 왕권은 신으로부터 받는다는 설 (로마인 이야기-14권. 208)

"황제임명 권한을 '인간'이 아니라 왕권은 '신'으로부터 받는다는 개념"을 콘스탄틴 대제가 처음으로 구상한다(후대에 '왕권신수설'이라는 이름으로 붙여짐). 콘스탄틴 대제의 일생의 과업 중에서 가장 중요한 과업은 왕위 계승 과업을 순조롭게 하는 구상이었다. 이는 그가 장남 클리스프스 부제와 황후 파우스타 살해하는 협의를 받으면서까지 왕위 계승 구도 작업에 집착하였다는 사실이 이를 입증할 수 있다.

콘스탄틴 대제의 가장 중요한 과업은 실력으로 황제 제위에 오른 자신과는 달리 황제의 핏줄이라는 이유만으로 제위에 오르게 될 세 아들의 세습권이 정통성을 획득하는 것이다. 이때 까지만 해도 황제 세습권이 자동으로 아들에게 정착되기 이전이었다. 종래의 로마황제는 주권자인 로마시민(시민권을 가진 병사도 포함)과 원로원이라는 '인간'이 권력을 위임해야만 정통성을 획득했지만, 황제에게 권력을 위임하는 것이 '인간'이면 황제를 죽이거나 하여 권력을 박탈할 권리도 '인간'에게 있다는 이야기가 되니까 곤란하다.

그런데 기독교에서는 이렇게 생각하지 않는다. 아직 기독교 세력이 미미했던 1세기 중엽에 기독교를 유대인의 민족적 종교에서 세계종교로 나아가게 한 바울 사도는 이미 이렇게 말하고 있다.

"우리는 모두 위에 서는 사람에게 복종해야 한다. 우리가 믿는 가르침에는 신 이외의 다른 권위를 인정하지 않지만, 현실 세계에 존재하는 모든 권위는 신의 지시가 있었기 때문에 권위가 된 것이다. 따라서 거기에 복종하는 것은 결국 현세 권위에 군림하는 지고의 신에게 복종하는 것이다."

현실 세계인 속계에서 백성을 통치하거나 지배할 권리를 군주에게 주는 것은 '인간'이 아니라 '신'이라는 유효성을 깨달았으니 콘스탄틴의 뛰어난 정치 감각은 경탄할 만하다. 군주에게 권력을 위임하거나 박탈할 권리는 인간이 '알 수 있는' 인간에게 있는 것이 아니라 인간이 '알 수 없는' 유일신에게 있다고 했으니까 말이다.

2) 기독교와 주교들을 보호하고 우대하는 이유

- 세속 군주에게 통치권을 주느냐 아니냐에 관한 '신의 뜻'을 인간에게 전하는 것은 기독교 교회 제도상으로는 '주교'였다.
- 따라서 주교를 '내 편'으로 만들어 놓기만 하면 '신의 뜻'도 '내 편'으로 만들 수 있다는 논리이다.
- 콘스탄틴 대제는 '주교들'에 대하여 환심을 사기 위하여 재정, 특혜, 신분 등을 그 당시 상황에서 비추어 보면 파격적인 우대를 하여 특혜를 주었다.

('왕권신수설'이란 용어는 후대에 학자들이 정의한 용어로서 절대왕정이 화려하게 꽃핀 17세기에 영국의 제임스 1세나 프랑스 루이 14세가 주장하였던 설로 알려져 있다. 하지만 그것을 '현세에 대한 지배권의 신수설'로 바꿔 말하면, 17세기보다 1300년 전에 이미 콘스탄틴 황제가 씨를 뿌린 '사상'이라 할 수 있겠다.)

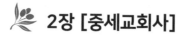# 2장 [중세교회사]

[주제설명 2장1]
'중세암흑기' 개요와 중세유럽 각국 선교 복음화 상황

　본 내용은 2편-2장의 내용을 이해하는데 배경 설명과 먼저 알고 있어야 이해하기 쉬운 선행지식에 해당한다.

1. 중세 1000년의 암흑기 개요

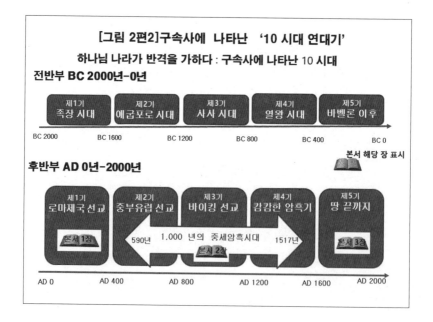

　중세암흑기에 대한 시대적 구분은 유럽 역사에서 중세암흑기를 서로마 제국의 몰락(476년)부터 르네상스 시대까지의 시기를 말하는 견해도 있지

만, 본서에서는 1000년의 중세암흑기는 서기 590년 그레고리 1세 로마 교황 취임부터 1517년 종교개혁 이전까지 대략적인 1000년(590년~1517년: 6세기~16세기)을 기준으로 중세암흑기라 부르는 견해를 적용하겠다. (간추린 교회사 60). [그림 2편2]에서 후반부 제2기~제4기는 중세암흑기에 해당한다.

(1) 로마제국 몰락 이후 유럽 세계 질서 혼돈의 시대

410년 여름 서고트족의 알라리크가 로마를 약탈한 사건은 서방세계의 정치구조와 사회 분위기에 커다란 영향을 미쳤다. 왜냐하면, 지금까지 로마제국은 유럽 대부분과 소아시아, 북아프리카 지역에 대해 사회적 응집력의 토대를 제공하는 역할을 했기 때문이다. 그러나 5세기에 유럽 남부와 서부로 이주한 게르만 부족들은 결국 그리스도교로 개종했지만, 자기들의 관습과 생활양식을 대부분 유지했다. 그들이 새로 들여온 사회조직 형태의 변화로 과거 로마제국이 통치하던 중앙집권적 정부와 문화적 통일은 불가능해졌다.

5세기 로마제국의 몰락과 이러한 퇴보 현상은 로마의 몰락부터 1517년 종교개혁이 있기까지 1000년 동안에 이르기까지 암흑시대라고도 하는 초기 중세가 지속하였으며 다만 샤를마뉴 대제가 확립한 카롤링거 왕조의 개화기(8세기~9세기)에 일시적으로 꽃을 피웠을 뿐이었다. 막간의 그 시기를 제외하고는 한시도 거대한 왕국이나 어떤 다른 정치구조가 유럽에 자리 잡고 안정을 이룩한 적이 없었다. 사회적 통일성의 토대를 제공해줄 수 있었던 유일한 세력은 로마가톨릭 교회뿐이었다. 따라서 중세는 정신적인 기반 위에 정치구조를 세우려고 시도하는 혼란스럽고도 모순된 사회의 모습을 보여준다.

(2) 두 권력 충돌 - 종교계를 대표하는 교황권과 지상 왕들의 왕권

로마제국의 해체 이후 유럽은 로마가톨릭교회의 그리스도교 왕국 성직자단(8세기 이후는 로마교황청)과 세속통치권자들이라는 2개의 뚜렷이 구

별되는 직능과 권력 집단으로 이루어져 있는 것으로 간주되었다. 이론상
으로 이 두 집단은 서로 보완하는 관계로서 각기 인간의 정신적 요구와
세속적 요구를 충족하는 역할을 했는데, 인간의 정신적 요구는 교황이 종
교권을 행사했으며, 인간의 세속적 요구에서는 황제(왕)가 왕권을 행사했
다. 실제로는 이 두 권력이 서로 끊임없이 분쟁과 불일치에 직면하거나
공공연한 전쟁을 벌였다. 황제는 종종 성직 임명권과 교리문제에 관여할
권리를 요구하면서 교회 활동을 규제하려 했다. 한편 로마교황청은 도시
와 군대를 소유할 뿐 아니라 국정 문제에까지 간섭하려고 했다. 그러면서
유럽경제력의 중심은 서서히 지중해 동부지역으로부터 서유럽으로 옮겨
가기 시작했다.

이 중세암흑기는 기독교 교계의 종교적인 관점에서 본다면 로마가톨릭
교회가 교황청을 중심으로 중앙집권적 거대 세력을 형성하게 되고 이를
견제하거나 대등하게 맞서는 종교단체나 그 어떤 국가권력도 종교 문제
에서는 교황청과의 절대 권력에 맞서지 못하였다. 이에 따라 로마가톨릭
교황청 산하 성직자의 도덕, 윤리적 문제나 비성경적인 로마교황청의 어
떤 정책도 비판하거나 개혁을 할 수 없는 중세 1000년의 암흑기를 맞이
하게 되었다.

2. 중세암흑기 초기 선교적 상황

유럽에서 로마제국이 통치하는 전 지역은 앞 단락에서 살펴본·바와 같
이 4세기경에 기독교 국가가 되었다.

(1) 중세 유럽대륙 상황
해당 통치지역은 [그림 1편3] '4세기 후반의 로마제국과 대치하는 야만
족 분포' 지도에 보면 북방민족과 국경은 좌측부터 영국 지역의 브리타니
아 → 유럽대륙의 라인 강 → 도나우 강 → 흑해를 국경선으로 하여 그 남

쪽은 로마제국이 통치하는 기독교 국가가 되었고 국경선 북쪽 유럽은 야만족들 비기독교인과 대치하는 형국이다. 본 단락 후반기 제2기는 서기 400~800년에 걸쳐서 '영국과 유럽대륙에서 로마제국 국경선 북쪽의 야만족들에 대한 선교를 어떻게 하느냐?'가 하나님의 관심사라고 할 수 있겠다.

1) 북방 야만족 선교에 관심이 없는 로마가톨릭교회

일반적인 순리를 생각한다면 로마제국이 기독교 국가로서 4천5백만 명의 그리스도인들(본서 1장의 초대교회 기독교인)이 중심이 되어서 전신이 로마제국 초대교회이었던 로마가톨릭교회가 이 사명을 잘 받아서 선교를 담당하여야 했다. 왜냐하면, 그들 4천5백만 명을 세계선교 마중물로 삼기 위해서 하나님께서 그들을 택하셨기 때문이다. 그리하여 그들이 '축복의 통로'가 되어 '제사장 나라' 역할을 하여 로마가톨릭교회가 축복을 받고 야만족들도 복음화되어 하나님의 복을 받아야 하는데 유럽대륙의 중부유럽 복음화와 교회사는 그렇게 되지 않는 방향으로 진행되었다. 이는 마치 구약성경에서 이스라엘 민족이 하나님이 택한 백성으로 하나님과 언약적인 사명을 다하여 하나님을 잘 섬기고 다른 민족을 하나님께로 인도하는 '축복의 통로'로서 '제사장 나라' 역할을 하여야 함에도 불구하고, 이스라엘 민족이 그렇게 하지 못한 것 같이 로마가톨릭교회도 마찬가지로 그렇게 하지 못하였다.

2) 복음화된 고트족의 로마 침공

410년에 로마의 코앞에 고트족 침입자들이 이르렀으나 로마시는 파괴되지 않았다. 그 이유는 고트족들이 생명과 재산, 특히 교회의 생명과 재산을 매우 존중했기 때문이라고 볼 수밖에 없다. 그리고 이전에 앞 단락에서 설명한 바와 같이 사도 바울이 켈트족을 통로로 하여 복음을 전한 바대로-그 일에 대해 라틴 로마 그리스도인들(로마가톨릭교회)은 거의 이바지한 바가 없다- 비록 피상적으로나마 기독교 신앙을 심어주었던 것이 로마시민에게는 큰 유익이 되었다. 심지어 신앙이 없는 로마인들조차도 침략자들이 기독교 도덕 기준을 존중하는 것을 보면서 자신들이 얼마나 복을 받았는지 알게 되었다.

3) 로마가톨릭 교회보다 앞선 켈트족 교회 유럽선교

로마인들이 멸망을 자초하였는지(그들에게 복음을 전파하지 않았음으로써), 그리고 야만인들이 신앙으로 인해 용기를 얻어 정복에 나섰는지 하는 문제는 제쳐 두고라도 확실한 사실은 로마인들이 로마제국의 서쪽 절반을 잃었지만 야만족들은 매우 극적으로 기독교 신앙을 얻었다는 것이다.

유럽의 야만족들은 사실 이탈리아나 고올(갈리아) 로마가톨릭교회 ([그림 1편2]에서 왼쪽 아래의 '교권중심 기독교') 출신 선교사들의 노력으로 기독교화되지 않고, 켈트족과 앵글로색슨족의 회심자들(제3세계 선교사들 노력 [그림 1편2]좌측 중앙 '성경중심 기독교')에 의해서 기독교로 돌아왔다. 그러다가 6세기 끝자락 AD 596년에 가서야 로마가톨릭교회 최초의 선교사가 북쪽 영국으로 나갔는데, 그보다 훨씬 더 대담하고 광범위한 지역에서 선교활동을 펼친 아일랜드 켈트선교사 콜럼반이 이미 거기서 활동하고 있었다. 또한 '켈트족 교회'도 왕성하게 선교 활동을 하였는데 그것은 지역교회들로 이루어진 교파라기보다는 일련의 선교기지(Missionary Compound)에 더 가까웠으며 그래서 바이킹이 등장할 때쯤에는 유럽 전체에 그러한 선교기지가 베네딕트회와 함께 1,000개 이상 퍼져있었다(Mission. p.194).

(2) 중부유럽 복음화 요약

중세의 시작은 590년 그레고리 1세에 의하여 교황은 왕들과 대등한 지위를 지닐 수 있고 또 왕들을 외교적 활동에 이용하였다. 또한, 교황은 모든 교회와 다른 모든 감독을 자기 지배하에 두었다. 제2기에 있었던 교회사적으로 중요한 사건은

- 622년 마호메드에 의한 이슬람 이슬람교 창생. 632년 전 아라비아 통일

- 752년 프랑크족 페핀왕 (샤를 대제 부친)이 교황청에 땅을 기증하여 오늘날의 로마교황청 모습을 갖추기 시작
- 800년 프랑크족 왕 샤를 대제가 교황으로부터 신성로마제국 황제로 대관

유럽 각국의 복음화는 초대교회 이후 헌신적인 켈트교회공동체 선교사들이 유럽 각국에 그리스도의 복음을 전파하여 켈트교회와 같은 교회가 5세기경에 이미 세워졌으며 7세기 이후에 로마교황청에서 선교사들을 파송하여 켈트교회와 사역하는 것을 유럽 각처에서 볼 수 있다.

1) 영국의 복음화

5세기부터 영국은 복음이 이미 전해서 켈트교회가 아일랜드와 스코틀랜드에 교회 활동을 하고 있었으며, 596년이 되어서야 교황 그레고리가 그의 친구 수도사인 아우구스틴을 영국 복음화를 위하여 파송하였다. 664년 로마교회와 켈트교회의 대표들이 휘트니 종교회의 이후 로마교회가 우세하였다. 7세기부터 아일랜드, 영국의 켈트교회 선교사들이 독일, 이탈리아, 헝가리까지 선교하기 시작하였다.

2) 게르만족들의 개종

독일의 게르만족은 영국의 켈트교회 선교에 의하여 복음화가 되기 시작하여 9세기 이후 기독교 국가가 되었다. 로마가톨릭교회에서는 영국 요크 출신 윌리브로드(Willibrod)를 690년에 선교사로 파송하였다.

3) 덴마크와 노르웨이 복음화

9세기 초 안스가르(Ansgar)가 복음을 전하였다. 스칸디나비아 11세기 말이 되어서야 바이킹족 선교방법에 따라 복음이 전역에 전파되어 기독교 국가가 되었다.

4) 폴란드 복음화는 968년 명목상 기독교 국가가 되었다.

5) 러시아 복음화

블라디미르 왕의 요청으로 콘스탄티노플에서 988년에 파송되어 온 희랍 정교회의 선교사로부터 복음을 받아드리게 되었다. 러시아는 희랍 정교회의 대 보루 중 하나가 되었고 이슬람의 대정복으로 인하여 다른 지역에서 이슬람으로부터 기독교가 입었던 큰 피해를 다소 보충하였다.

6) 13세기 말까지 핀란드와 그 북쪽 땅 라프랜드(Lapland)를 제외한 전 유럽이 명목상 이나마 기독교화되었다.

유럽 각 국가의 복음화 특징은 처음에 영국이나 독일의 경우가 전형적인 사례인데 먼저 켈트교회공동체 선교팀에 의하여 복음이 먼저 전파되고 이어서 로마가톨릭교회에서 이를 접수하고 수용하는 형태로 진행되었다.

[주제설명 2장2]
중세 유럽 각국의 정치 상황

중세 유럽교회 선교 교회사를 이해하기 위하여 중세, 근대 유럽 세계사를 간략하게 이해하고 그 배경을 바탕으로 중세 유럽교회 교회사를 살펴보면 훨씬 유익하다고 생각한다.

1. 유럽대륙 정치와 왕국

서로마와 동로마가 갈라진 표면적인 이유는 황위 계승문제로 395년 테오도시우스 대제가 세상을 떠나자 그 아들 호노리우스와 아르카디우스가 제국을 양분한다.

호노리우스는 이탈리아 본국과 갈리아(프랑스), 브리타니아(영국), 게르마니아(독일 일부) 및 다키아(루마니아), 마우리타니아(북아프리카 서부), 달마티아 및 일리리아(발칸반도 북부와 동유럽 일부) 일부를 통치하는 서로마제국을 세웠다. 아르카디우스는 아카이아(그리스, 마케도니아를 비롯한 발칸반도 남부), 소아시아 일대(터키 및 시리아, 레바논, 이스라엘 등지), 북아프리카 동부와 이집트를 통치하는 동로마제국을 세운다.

그 뒤 475년 게르만족 장군 오도아케르에 의해 서로마제국의 마지막 황제 로물루스 아우구스투스가 퇴위되고 서로마제국은 공식적으로 멸망한다. 하지만 서로마제국에서는 당시 국교였던 기독교와 교황권과의 정교분리(政敎分離)가 이뤄져 있었기 때문에 베드로의 후계자를 자임하는 교황이 따로 로마에 상주하고 서로마제국 멸망 이후에도 계속 교황권을 유지하였다. 서로마제국의 땅에는 게르만 계열 종족들의 이주가 거의 완료되었고, 고트족과 프랑크족 부족들이 난립해서 왕국을 세웠다. 그 가운데 프랑크 왕국에서는 카롤링거 왕가가 점차 강력한 왕권을 갖춰나갔다.

그리고 드디어 8세기 후반에 샤를 대제가 등장하게 되고, 프랑크 왕국은 당시 이베리아반도에 있던 이슬람 세력을 몰아내고 더 이상 이슬람이 유럽을 넘보지 못하게 하였다. 거의 전 유럽(현재의 프랑스, 독일, 네덜란드, 덴마크, 폴란드, 이탈리아 북부, 구 유고 연방 영토 전체)을 통일하는 데 성공하게 된다.

그래서 로마교황은 동로마 황제의 간섭에서 벗어날 방법으로 샤를마뉴를 주목하게 되고, 마침 726년에 동로마 황제가 성상 숭배 금지령을 공포하는 것을 로마의 교황은 그것을 받아들일 수가 없었다. 당시 이교도였던 게르만족을 '교화' 시키려면 예수와 성모 마리아의 상을 놓고 일종의 우상 숭배 방식으로 믿게 해야 했다. 결국, 교황은 서기 800년 크리스마스이브에 서로마제국 황제의 관을 샤를마뉴에게 씌워주고 서로마제국은 (이름뿐이지만) 부활하게 된다.

하지만 샤를마뉴의 사망 후 그의 아들들인 로타르, 루이, 카를이 각자의 영토 분할을 위해 힘겨루기를 하게 되었고 마침내 843년 베르됭 조약으로 프랑크 왕국은 서프랑크 왕국(루이 2세, 현재의 프랑스), 동프랑크 왕국(카를 2세, 현재의 독일 및 오스트리아와 동유럽 일부), 중프랑크 왕국(로타르, 현재의 이탈리아 북부 및 프랑스-독일 국경 지역) 셋으로 갈라진다.

870년, 로타르가 죽자 루이 2세와 카를 2세는 메르센 조약을 맺어 중프랑크의 영토 중 교황의 영향력이 미치는 이탈리아 북부를 제외한 프랑스-독일 국경지대를 양분하는데, 이것으로 현재의 프랑스, 이탈리아, 독일의 영토가 나누어진다. 당시 동프랑크 왕국에서는 지방 영주들의 힘이 강했다. 왕은 거의 이름뿐이었지만, 서로 왕이 되려고 하기에는 다른 영주들의 반발이 예상되었기 때문에 왕의 신하로 있었다. 그런데 911년 대공위 시대가 도래한다. 즉 동프랑크 왕국의 카롤링거 왕가의 대가 끊어져서 세력 있는 지방 영주들은 서로 간의 전쟁을 막기 위해 왕을 선거로 뽑게 된다. 이때 선제후(選諸侯)라는 말이 등장하는데 즉 왕을 뽑을 수 있는 선거권을 가진 지방 영주들을 일컫는 말이다.

마침내 919년, 작센 지방의 영주 하인리히가 하인리히 1세로 왕위에 오르고 하인리히의 사후 그 아들 오토가 지지를 받아 오토 1세로 왕위에 오른다. 이때 동프랑크 왕국은 사방에 큰 위세를 떨치게 되고 교황은 이를 또 이용하여 962년에 다시 한번 로마제국의 관을 오토 1세에게 바침으로써 동프랑크 왕국은 이때부터 '신성로마제국'이란 이름을 사용하게 된다. 우리가 흔히 말하는 독일 제1제국은 바로 이 신성로마제국을 이르는 말이다.

2. 카노사의 굴욕과 교황권

카노사의 굴욕은 1075년 당시 로마교황이었던 그레고리우스 7세와 신성로마제국 황제 하인리히 4세 간의 권력 싸움이었다. 성직자 임명권이 누구에게 있느냐가 문제였는데, 원칙대로라면 성직자들의 우두머리인 교황이 가지게 되어 있었지만, 그 성직자들이 가진 교회와 그 부속 토지는 명목상 신성로마제국의 소유였기 때문에 자연스레 이권을 지키기 위한 반목이 일어났다. 하인리히는 교황을 폐위하고, 교황은 하인리히에게 파문을 선언하는 등 정쟁이 격화되다가 하인리히가 당시 교황이 겨울 휴양 중이던 카노사성으로 찾아가 맨발로 걸어가 죄를 청하는 굴욕을 견디었다. 그 뒤 하인리히 4세는 다시 세력을 규합해 그레고리우스 7세와 그가 지지하는 새 신성로마제국 황제 슈바벤 공 루돌프와 싸우고 이번에는 승리를 거둔다. (그레고리우스는 비참하게 1085년 살레르노에서 생을 마감한다.)

하지만 교황의 권한이 강력해지는 것은 막을 수가 없었다. 이후 독일의 왕권은 또 점차 약해져서 7대 선제후(마인츠, 쾰른, 트리어의 대주교와 작센, 보헤미아, 팔츠, 브란덴부르크의 제후)에 의해 선출되는 시대로 돌아간다. 그리고 마침내 12세기 독일의 마지막 왕조 호엔슈타우펜 왕가가 콘라드 4세를 끝으로 대가 끊어진다. 그러자 처음으로 선제후들이 황위 선출을 포기하는 사태가 벌어진다. 하지만 우여곡절 끝에 합스부르크 가문의 루돌프가 루돌프 1세로 즉위하면서 그 후 신성로마제국의 황제는 오스트리아의 왕이 겸직하게 되며 자연히 오스트리아는 황제국으로 격상된다. 신성로마제국은 그 후 900년 동안 지속하여오다가 나폴레옹에게 1806년 멸망한다.

[주제설명 2장3]
켈트교회공동체 문화적 배경

켈트교회공동체에 대한 이해와 기독교에 연관되는 그 문화를 살펴보자.

1. 기독교회에 영향을 끼치는 켈트전통과 문화

(1) 켈트교회에 영향을 미치는 켈트 문화의 특성

다음 여섯 가지 특성은 켈트인의 개성이 오늘날에도 여전히 살아있고 또한 영향력이 있는 것이므로 켈트교회의 특성을 파악하는 데 상당히 유익한 연구가 된다. (켈트 기독교. 31 '켈트전통과 기독교회')

1) 켈트족은 대단히 말로 하는 문화(Oral Culture)속에서 살았던 매우 언어적인 민족이다. 시와 찬양, 음악 이야기는 일상생활의 기본요소이었다. 수도사, 목회자, 음악가, 시인, 교사, 이야기꾼(Storyteller) 등도 켈트 기독교의 중심인물들이었다.

2) 고대 켈트 민족의 이런 언어성의 당연한 결과는 실제로 감성적으로 보고, 듣고, 만지고, 느끼는 그들의 상상력이 풍부한 방식이었다. 시간과 공간을 이해하는 고유의 비선형방식(non-linear way)이 있었다. 그래서 그들에게는 내세는 매일의 일상적인 생활방식들 속에 똑똑히 보였다. 켈트족은 이러한 세계관을 갖고서 성도들의 친교라는 기독교 교리를 대단히 쉽게 따랐다. 이러한 언어에 대한 켈트 문화의 폭넓은 이해는 그들이 실천한 유럽대륙 선교에서 피선교지 유럽대륙의 언어와 문화를 배우면서 '상황화'를 수행하게 되는 배경이라 할 수 있겠다.

3) 우리는 켈트족의 사회적 단위가 씨족, 부족임을 안다. 이것은 국지화된 집단이며 다른 씨족들 및 부족들과 느슨하게 연결되어 있을 뿐이다. 이것은 장단점을 모두 갖고 있는데 장점은 지방의 책임자를 뽑는데 유용하였던 반면에 단점은 공동의 목적이나 적을 향하여 서로 맞서 단결할 수 없는 치명적이 약점으로 작용한다. 켈트교회의 중앙집권적 세력 부재 및 약점은 유럽대륙 선교방법에 있어서 7세기 후반에 선교방법 이견에 대한 '휘트비, 오탱' 종교회의에서 '선교 지향적인 켈트방식'이 금지되고 비성경적인 로마가톨릭교회 방식 '라틴 지향적방식'이 채택됨으로 말미암아 스칸디나비아반도를 포함하는 북유럽 선교를 더 이상 확장하지 못하고 11세기에 바이킹족에 의한 비자발적인 선교가 되는 실마리를 제공하게 된다.

4) 그들은 영웅들과 전사들을 매우 존경하였으며, 남자와 여자는 동등한 지위와 위치를 인정하며 양자택일의 사고보다는 양자 모두의 태도가 더 많았다.

5) 켈트인의 신비주의적 성향은 특히 피조세계와 모든 자연에 대한 큰 사랑에서 분명히 알 수 있다. 이것은 낭만적인 피조세계관이었을 그뿐만 아니라 이 같은 자연 사랑은 켈트 기독교의 중심을 이루며 자연시라는 훌륭한 유산의 원천이다. 이는 성경의 '창조신앙'과 조화를 이루면서 켈트 문학으로 발전하며 꽃피우는 배경이 되기도 하였다.

6) 방랑하고 배회하며 탐험하는 것은 켈트인의 독특한 성향이다. 후일에 켈트선교사들이 과감하게 타국에 선교사로 진출하는 기질이 되며, 항해 이야기들은 우리에게 전하여진 켈트 민간전승의 일부이다.

이들 여섯 가지 켈트족의 문화적 특징은 켈트교회의 영적 측면과 선교적 취향을 이해하는 데 매우 큰 도움이 된다.

(2) 선교적 교회관점에서 켈트교회 선교사 양성방법의 특징

로마방식이 켈트방식을 지배하기 전 5~7세기의 수 세기 동안 유럽을 다시 복음화시키는데 공헌했던 켈트 기독교형성과 활동에 대해서 선교적 교회와 관련해서 켈트기독교 운동에서 배울 수 있는 주제들을 살펴보자 (켈트 전도법. 70 '켈트기독교공동체의 형성과 선교').

켈트공동체가 어떻게 사람을 선교사로 훈련해 선교에 깊은 열정과 능력을 행사할 수 있는지 다음 5중 구조의 경험을 통해 사람을 헌신적인 선교사로 훈련하는 방법을 알아보자.

1) 멀리 떨어져 있는 자연환경 – 강 옆 숲속 같은 곳–에서 일정 기간 머물면서 조용한 시간을 갖고 자연과 함께 자기 자신 성찰의 시간을 갖는다.

2) '영적 친구'와 시간을 보낸다. 영적 지도자라기보다는 영적 대화 상대 자로서 서로를 격려하고 도전한다. 일종의 '영적 멘토'라고 할 수 있겠다.

3) 10명 이하 소그룹 안에서 활동을 하면서 헌신 된 리더에 의해 지도와 도움을 받는다.

4) 켈트교회공동체의 일상생활 – 의식주 생활을 같이하면서 식사, 노동, 수업, 성구 암송, 기도, 사역, 예배에 참여하게 된다.

5) 소그룹과 공동체 생활, 혹은 영적 친구와의 관계 속에서 불신자를 위한 사역과 전도를 상호 인격적인 교류를 통하여 경험하게 된다.

무엇보다도 켈트교회 선교사 양육 방법의 특징은 리더와 참가자들이 다 같이 '의식주 공동체 생활'을 같이 하면서 선교에 헌신된 리더들의 생활 속에서 참가자들은 삶 속에서 서로를 체득하게 된다. 이것은 이론과 머리가 중심이 되는 로마교회 방식과 다른 특징 중에 하나라고 할 수 있겠다. 이러한 5중 구조 공동체 생활을 통해 선교사 준비생들은 그들의 의식주를 복음과 성경 안에서 뿌리 내리게 되고 그들의 소명을 발견하고 그것을 성취하게 되며, 선교자를 위한 사역을 실제 공동체 생활 속에서 경험하게 된다.

2. 켈트공동체에 대한 이해

우리는 켈트공동체(Celt Monastic Community)와 다르게 유럽대륙에서 발생하였던 우리가 종래에 알고 있던 수도원을 동방 수도원(Eastern Monastery)으로 구별하여 명칭을 사용하겠다(켈트 전도법. p.39).

(1) 켈트공동체의 일반적인 구성원

켈트공동체는 경건생활을 하는 잘 훈련된 수도사들과 수녀들로 동방 수도원보다 훨씬 더 다양한 공동체를 세워나갔으며, 평신도 수도원장 또는 수녀원장에 의해 이끌어졌다. 그곳에는 수도사와 수녀들뿐 아니라 성직자, 교사, 학자, 기능공, 예술가, 요리사, 농부, 가정들과 아이들이 가득했으며, 근본적으로 평신도 운동이었기에 몇 안 되는 성직자나 준비생에게는 유용하지 못했다. 어떤 켈트공동체는 천 명 이상의 사람들이 살고 있었으며, 벤고르와 크론퍼트 같은 곳에는 3천 명의 사람들이 모여 살았다.

(2) 켈트공동체의 하루 일상생활

하루를 예배시간, 공부시간, 작업시간으로 3등분해서 다양한 종류의 활동을 수행했다. 공동체 간 다소 차이는 있으나 그곳 아이들은 학교에 다녔으며, 남녀 청년들은 기독교적 소명을 이루기 위해서 준비했으며, 기독교 학문이 장려되었다. 일반 사람들은 각기 자기 직업에 관한 일을 하였으며 공동체를 위해 요리를 하고, 아픈 사람이나 동물들을 보살피고 손님들을 접대했다. 매일 함께 두 차례 예배드리고 성경을 함께 배웠으며 그들은 기도를 통해 삶 속에서 하나님과 교통하였다. 또한, 많은 켈트공동체가 그 구성원들을 불신자를 위한 선교사로 준비시키는 '선교기지(mission station)' 역할을 하고 있었다.

(3) 켈트공동체 건물 구조

동방수도원은 일반적으로 석조건물이나 혹은 목조건물로 웅장하거나 규모가 큰 건물들이 모여서 수도원을 이루고 있다. 이에 반해 켈트교회공동체는 목초지를 옮겨 다니는 목축업의 특성상 한 곳에 웅장한 건물을 지을 수 없었다. 맨 바깥쪽 담을 원형으로 둘러싸여 있고, 그 담 안쪽에 거주지, 예배당, 우물, 공동묘지, 작업장 등 각종 직업에 필요한 건물들로 구성되어 있다. 켈트공동체 위치는 일반적으로 시골 지역 한복판에 공동체를 만들었다.

[주제설명 2장4]
켈트교회공동체 생활과 동방수도원 이해

1. 켈트교회공동체 생활과 동방수도원 생활 비교

우리는 지금까지 일반적으로 로마가톨릭교회에서 출발하여 유럽대륙에 널리 퍼져있는 (동방)수도원을 알고 있는데 켈트공동체는 '동방수도원'과 전혀 내용과 특성이 다르게 발생하고 운영되고 성장하여 왔다.

(1) 공동체 목적과 구성에서 상이점

[표 1편3]에서 보는 바와 같이 두 공동체는 설립 목적, 수도사 목적, 수도원 위치, 미래 목표 등이 전혀 서로 다른 공동체 특성이 있다 (켈트 전도법. 39).

구분	로마가톨릭교회 수도원	켈트교회공동체
수도원 설립 목적	로마가톨릭 세계의 물질주의와 교회 부패에서 벗어나기 위해서 설립	복음 확장과 이교도 선교를 위해 설립 '선교기지 Mission Station'
수도사 목적	수도사 영혼 성장을 위해 세상에서 벗어나서 수도원에서 경건생활	켈트교회 리더는 다른 사람 영혼을 구원하기 위해 켈트공동체 생활
미래 목표	수도사 자신 영성 연마	선교사 파송을 위한 선교 전진기지
'상황화'에 대한 인식	선교를 포함한 일반적인 사항은 로마가톨릭교회 기준을 준수하여 '라틴화'한다.	기독교 기본진리를 제외하고 문화적인 내용은 피선교민족의 문화에 적합하도록 '상황화'를 한다
수도원 위치	인적이 드문 외딴곳	거주지와 가까워서 단시간에 접근

[표 1편3] 로마가톨릭교회 수도원과 켈트교회공동체 특징 비교표

[표 1편3]에서 보는 바와 같이 유럽 중세 수도원은 지금까지 우리가 알고 있던 동방수도원에 비교하면 켈트공동체는 수도원 목적, 수도사 목적, 미래 목표, 수도원 위치 등에 있어서 본질적으로 전혀 다르게 공동체를 운영했다. 따라서 본서에서는 수도원이라는 일반적인 편견에서 벗어나기 위하여 '켈트 수도원'이라고 표현하지 않고 '켈트공동체' 혹은 '켈트교회공동체'라고 본서에서 표기하고 있다.

(2) 복음 전도 방식에서 '로마교회 방식'과 '켈트교회 방식' 차이점

이처럼 켈트교회공동체는 리더와 참가자들이 켈트공동체를 찾아오는 구도자, 난민, 방문자, 그리고 다른 손님들을 위한 켈트교회공동체 환대의 역할을 자연스럽게 접하면서 생활 속에서 서로를 배우고 알게 된다. 선교사가 켈트공동체 안에서 대화 과정에서 갖게 되는 경험의 역할에 관한 것에 대하여, 존 피니의 선구자적인 책 『과거의 회복: 켈트식 선교와 로마의 선교』[161]라는 책에서와 다음 표 '로마 모델과 켈트 모델'에 잘 나타나 있다.

오늘날 기독교에서 잘 알려진 론 레인저 전도방법 - 일대일 전도법, 대면 전도법, 또는 대중집회- 과는 대조적으로, 켈트기독교는 팀으로 함께 일하면서 거주민들과 관계를 맺고 그들과 자신들을 동일시했다. 그리고 그들은 친구가 되어 함께 교제하면서 복음을 증거하고 적당한 때가 오면 교회를 세웠다.

로마 모델	켈트 모델
먼저 복음 증거하고	교제를 통해서
회심하게 하고	복음 증거와 대화 과정에서
교제한다	믿음으로의 초청하여 회심한다

켈트 모델은 다음과 같은 격언을 상기시킨다.

'기독교는 가르치는 것이 아니라 사로잡히는 것이다!'

기독교 전도 통계자료에 의하면 새롭게 전도된 많은 사람 가운데 75%가 관계를 통해서 그리고 나머지 25%가 가르침을 통해서 믿음을 갖게 되었다.[162] 피니는 대부분 사람이 관계를 통해서 믿음을 경험하며 기독교인이 된다는 것은 시간이 걸리는 과정을 포함한다고 보고한다.

(3) 중세 수도원 등장의 의미

중세 수도원이 인류문명에 남겨놓은 가치를 살펴보자(Mission. 194).

---

161) John Finney. *Recovering the Past: Celtic and Roman Mission* (Longman & Todd, 1996).
162) John Finney. *Finding Faith Today: How Does It Happen?* (British and Foreign Bible Society, 1992)

오늘날 세계의 여러 혼란스러운 지역들과 유사한 당시의 상황에서, 가장 연속성 있는 구조는 수도회(Order) – 오늘날 평범한 미국 개신교 신도들보다 훨씬 더 고도로 훈련되고 빈틈없이 조직된 공동체–였다. 그래서 수도회의 '수도원' 들이 유럽 전체에 퍼지게 되었다. 게다가 우리는 이러한 새로운 기독교공동체들이 중세의 영성과 학문의 원천이었을 뿐 아니라, 로마 산업의 여러 가지 기술– 가죽 가공, 염색, 직조, 금속세공, 석공기술, 교량 건설 등– 까지 보유하고 있었던 것을 인정해야 한다. 그런데 그들이 일반 시민으로서, 자선 활동면에서 나아가 과학적인 면에서 이바지한 점들은 일반적으로 매우 과소 평가되어 있다. 특히 '수도사(Monk)' 에 대해 대부분 비우호적으로 생각해온 개신교들은 더욱 그랬다. 하지만 이 훈련된 기독교공동체들이 이룬 가장 큰 업적은 로마제국에 대해 알고 있는 내용 대부분이 그들의 도서관에서 나온 것이라는 간단한 사실에서 알 수 있다. 또한, 그들의 장서를 보면 그들은 그리스도인이었음에도 불구하고 고대시대의 '이교도' 저자들을 존중했었다는 것을 은연중에 알 수 있다.

따라서 인정하기 부끄러운 일이지만 현재와 같은 세속적인 시대에는 고대 사본들(성경 사본뿐만 아니라 고대 기독교 및 비기독교 고전들도 역시)을 보존하고 필사한 이 박식한 선교지 그리스도인들이 아니었다면, 오늘날 우리는 마야제국이나 잉카제국 혹은 오래전에 사라져 버린 많은 다른 제국들에 대해 모르는 것과 마찬가지로 로마제국에 대해서 알지 못했을 것이다.

많은 복음주의자는 수도회(수도원) 구조에 대해 상당히 통찰력 있는 글을 쓴 위튼 대학 마크 놀 교수[163]의 글에 충격을 받을 것이다. 그의 글의 제목은 '수도회의 교회구출(The Monastic Rescue of the Church)' 이다. 그중 다음과 같은 문장이 유독 눈에 띈다.

"그리스도가 제자들에게 위임령을 주신 이후 수도원 제도(켈트공동체 포함)의 발흥은 기독교 역사상 가장 중요하면서도 여러 면에서 가장 유익한 제도적 사건이다"

---

163) Noll, Mark A. *Turning Points, Decisive Moments in the History of Christianity* (Baker Books, 1997), 84.

2. 동방수도원 상황

당시 유일한 제도권 교회인 그 시대의 로마가톨릭교회가 유럽지역에 조직적이고 적극적인 선교 활동이 이루어지지 않았고 무엇보다도 권위적 교회로 세속화에 물들어가고 있었다. 이에 대하여 영성 회복을 중요한 목적으로 하여 수도회(수도원)라는 독특한 형태의 기독교공동체가 왕성하게 탄생하는 시기였으며 대표적인 수도원 운동을 살펴보기로 하자. (간추린 교회사. 70 수도원 제도의 기록).

(1) 중세 수도원 교단

1) 베네딕트 교단 (Benedictine Order)

이 교단은 529년 이탈리아 몬테 카지노에서 누르시아의 베네딕트에 의해 설립되었다. 규율은 매우 엄격했으나 인기가 좋았고 부유한 교단이었다. 번영과 성공과 더불어 후대에서는 타락과 폐습이 있었다.

2) 클루니 운동 (The Clunic Movement)

이 운동은 베네딕트 수도원에서 나타난 부패와 열정의 결핍을 바로잡기 위하여 베르논이 프랑스의 클루니에서 시작한 운동이다.

3) 시토회 (The Cistercians)

이 운동은 베네딕트 교단 특유의 엄격하고 순수한 규칙을 지키려 했던 수도사들에 의하여 부르군트의 시토(Citeaux)에 세워졌다. 시토회는 700여 개의 수도원 건물을 소유할 만큼 성장했다.

4) 탁발수도회 (The Mendicant Order)

이 교단의 회원들은 비천한 신분의 사람들로 이루어졌으며 그들의 민주적 정신은 큰 호소력을 지녔었다. 그들은 이전의 수도원들을 능가하게 되었고 이로 인하여 큰 시기심을 유발하게 되었고, 특히 프란시스 교단(Franciscans)과 도미니크 교단(Dominicans)이 이름을 남겼다.

(2) 중세 수도원의 시작과 종말

중세 수도원 제도의 전성기에는 각 교단의 수도원들이 농업발전, 학교건립, 빈민구제, 병자와 노약자를 위한 자선사업 등 사회에 크게 이바지하였다. 그러나 창설자가 죽은 후에는 수도원에 권력과 재물이 성장하면 처음 수도원을 설립하였던 당시 정열이 시들어지자 수도원들은 점차 영적으로 퇴보하여 타락하게 되고 초기의 이상에서 멀어지게 되었다. 중세 대부분의 동방수도원이 이러한 전철을 밟게 되었고 이에 따라서 일반인들이 수도원에 대한 일반적 인식이 긍정적인 면과 부정적인 양면의 이미지도 다 여기에 기인한다고 할 수 있겠다.

[주제설명 2장5]
바이킹족 침략과 북유럽 선교

795년 북쪽으로부터 일련의 바이킹족들이 첫 번째로 아일랜드에 침략하여 더블린 앞바다에 이르렀으며 774년에 세워진 탈라그트 수도원을 시작하여 아일랜드에 세워 있는 수많은 켈트교회공동체를 약탈하기 시작했다(켈트 기독교. 99. 바이킹 침입).

1. 바이킹족의 아일랜드와 영국 침공 (795년~1088년)

1) 수많은 수도원 약탈과 바이킹 식민지 도시건설

그들은 자신들의 긴 배들을 타고 출항하여 유럽의 모든 해안과 강을 향해 나아갔는데 유럽의 서쪽 해안을 내려오면서 아일랜드 그리고 영국의 스코틀랜드, 웨일즈 등에 공격을 가했다. 830년 이전에는 이들 공격은 간헐적이었지만 그 이후에는 공격자들은 스칸디나비아 식민지를 세우려는 더 결연한 노력을 기울이며 왔다. 그들은 아일랜드에서 더블린, 아크로우, 워트포드, 웩스포드, 코크 등의 해안 도시들과 강을 끼고 있는 도시인 리머릭에 최초의 진정한 도시를 세웠다.

바이킹이 침공하기 전에도 사실 아일랜드 사람들 스스로 부족 간에 전쟁을 벌이는 켈트전통으로 교회를 약탈했었다. 그런데 고대 스칸디나비아 사람들의 침공은 서로 급습해서 가축을 약탈하는 짓을 다반사로 하는 노략질에 대항하여 아일랜드 씨족들이 최초로 일치단결해서 외국의 적과 싸우려는 참된 노력을 촉진했다. 바이킹 침략자들은 섬 전체를 배로 일주하면서 도네갈 앞바다의 이니시어머리 섬에 있는 교회뿐 아니라 케리 앞바다의 스켈릭 마이클도 공격했다. 830년에서 860년까지 그리고 910년에서 930년까지 아일랜드인은 이 침략자에게 끔찍한 고통을 겪었다. 그들은 많은 아일랜드 교회를 공격하여 약탈하여 지금의 스칸디나비아 박물관에 전시되어있는 보물들과 소중한 미술 작품들을 약탈해 갔다.

2) 아일랜드인의 반격

바이킹족들이 침략하였던 그 시기 9-11세기는 카롤링거 르네상스 이후에 바로 켈트 문화의 개혁 운동이 미술과 문학, 학문 및 영성을 일으키고 있었던 바로 그때 이 운동은 봉우리를 피워보지도 못하고 좌절되었으며 다시는 그 원래의 활력으로 부흥하지 못했다. 930년 이후 아일랜드인은 이 적들을 격퇴하기 시작했다. 황제 브라이언 보루가 이끄는 1014년 클론타프 전투는 바이킹 침입의 종식을 알렸다. 이 이후에는 바이킹족은 다른 곳으로 방향을 바꿔서, 예컨대 1088년 웨일스의 성 데이빗 센터를 그리고 9세기부터 11세기까지 수시로 스코틀랜드의 이오나 섬을 약탈했다.

유럽대륙 프랑크인과 영국인은 나중에야 바이킹 습격에 대해 적절한 대책을 찾게 되었는데 그 방법은 전혀 달랐다. 프랑크인은 주로 주요침입로인 강 주위에 성을 건설했으며, 영국인은 기병 대신 정예 중무장한 보병을 육성했다. 그리고 바이킹을 본떠서 강력한 함대를 구축하여 성공을 거두었다. 사실상 이를 계기로 하여 영국은 나중에 강력한 해군국으로 발돋움 할 수 있게 되었다.

3) 아일랜드에 정착한 바이킹족들의 켈트문화에 동화

아일랜드에서 중세 북유럽 스칸디나비아 사람들은 받아들여져서 아일랜드의 사회적 풍경에 동화되고 있었다. 이는 수 세기에 걸쳐서 이루어진 많은 동화 중 하나인데, 이 시기에 켈트 특성은 절정이 이루어지고 있는 과정에도 위세를 떨쳤다. 바이킹족은 아일랜드에 그들의 조선술과 무역을 가져왔으며 또한 아일랜드 상업을 향상시켰다. 북쪽에서 새로 온 사람들이 점차 그리스도인이 되면서, 서로 다른 종족 간에 혼인이 일어나기 시작했으며, 고대 스칸디나비아 북유럽 사람들은 별개의 민족으로서의 자신들의 정체성을 상실하고 켈트문화에 동화되기 시작했으며 결국 그리스도인으로 복음화되었다.

4) 켈트 하나님교회의 연속성

켈트기독교 초창기의 영웅시대 이후에도 특징과 풍습이 약간 바뀌는 동안에도 켈트기독교의 본래의 특징 중 다수가 계속됐다는 것을 알 수 있다. 카리스마적인 지도자들의 쇠퇴, 수도원 열정의 주기적인 감퇴, 로마교회와 대륙교회로부터의 영향, 평신도의 힘 및 영향력의 증대 등 이 모든 것이 갖가지 변화에 이바지했지만, 기본적인 시각은 변함없었다. 즉 피조세계는 하나님과 이 하나님의 내재 하심의 은혜를 입고 있으며, 피조세계는 하나님의 임재와 죽어서 지금 하나님의 품 안에 있는 사람들의 현존으로 가득 차 있다는 것이다. 강렬한 종교적 갈망에 대한 켈트인의 성향도 계속됐다.

바이킹족이 와서 머물렀던 도시들과 건물에서는 상업이 향상되었다. 이 모든 것은 분명 켈트교회와 특히 수도원에 영향을 미쳤다. 그렇지만 비록 그것들 주위의 사정이 바뀌고 있었다 하더라도 여전히 많은 사람이 열렬한 그리스도인의 삶을 그리고 거룩한 삶을 살고 있었다.

2. 바이킹 침공과 기독교 정화 기능

바이킹의 기독교 정화 기능으로는 스칸디나비아 침략자들이 남긴 새로운 부수적인 유익은 그것이 기독교 운동을 간접적으로 깨끗하게 정련시켰다는 것이다. 바이킹이 나타나기 전에도 아니안의 베네딕트(Benedict of Aniane)는 여기저기에서 개혁을 외쳤다. 901년이 되자 클루니(Cluny)에서 새롭고도 중대한 조치가 취해졌다. 무엇보다도 더 이상 지역 정치가 수도원을 지배할 수 없게 되었으며 처음으로 영적으로 강력한 하나의 '어머니' 수도원에서 '딸' 수도원이 생겨났는데 그것은 이전 어느 연계망보다도 광범위한 것이었다. 더구나 클루니 부흥은 사회 전반에 대한 새로운 개혁적인 태도를 가져왔다.

우리가 구분한 제1기(원년~400년)는 초기에는 거의 기독교적이지 않은 로마제국과 다소 기독교적인 황제 콘스탄틴과 테오도시우스로 끝을 맺었다. 제2기(400년~800년)는 기독교화된 샤를마뉴 대제와 경건하고 열정적인 그의 지도하에 로마제국이 회복된 것으로 끝났다. 제3기(800년~1200년)는 유럽에서 가장 강력한 사람인 교황 이노센트 3세와 함께 끝났다. 이노센트 3세는 그레고리 개혁이라고 불리는 클루니와 시토 수도회, 그리고 연합 영적 운동들로 말미암아 강력해졌다. 이제 기독교 운동이 지도자에게 아는 척이라도 하지 않고는 어떠한 세속 통치자도 살아남을 수 없는 확장된 유럽 무대가 되었다. 이때는 유럽 그리스도인들이 (다른 지역으로) 선교활동을 벌리지 않았지만 적어도 굉장한 속도로 유럽 북부지역 전체를 (복음으로)합병시켜 나가고 있었으며 또한 샤를마뉴 시대의 유럽에서 이어받은 기독교 학문과 경건의 기초를 심화시킨 시기였다.

그다음 시기에는 불행한 몇 가지 놀라운 사건들이 전개될 것이다. 유럽은 이제 복음을 다른 사람에게 전파하는 일에 주도권을 쥘 것인가? 아니면 자기만족에 빠져 침몰해 버릴 것인가? 어떤 면에서 이 두 가지 모두를 겪게 된다.

🌿 3장 [근현대 교회사]

[주제설명 3장1]
부흥을 사모하는 기도와 조나단 에드워즈의 설교

1. 성령 하나님의 부어 주심을 위해 기도

마틴 로이드 존스 목사는 성령 하나님의 부어 주심을 위해 기도하기를 이렇게 간청했다. "특별한 기도형식에 대해서는 보편적인 각성이 있을 때는 언제나 신자들의 공동체가 마치 예수님의 승천과 오순절 성령 강림 사이의 기간 중 초대교회 신자들이 한마음으로 기도하고 간구하며 성령의 부으심을 기다리듯이 기다렸다고 이야기할 수 있다. 초대교회 신자들은 모시지 않은 영을 기다린 것이 아니라 그들이 모시고 있는 영을 더 간구하였다. 그것은 성령 안에서의 기도(에베소서 6:18)였고, '아버지의 위대한 약속'인 성령을 위한 기도였다." (청교도 신앙 계승자들. 43-46.)

(1) 성령 안에서 부흥을 위한 기도

"특별한 간구의 영이 위로부터 부어질 때 – 성령을 향한 간절한 열망이 끓어오를 때, 교회가 하나님 영광의 풍성함을 따라 간구하며 하나님의 약속이 보증하고 그리스도 공로로 얻을 수 있는 그러한 위대한 일들을 기도할 때 – 시온에 은총을 베푸시는 정한 때가 임하게 된다(시편 102:16-18). 성경 속에 기도를 살펴보면 하나님의 영광, 교회의 성장과 복락, 교회의 거룩함과 진보 등이 성도들의 삶과 생각 속에서 언제나 그들 개인적인 문제보다도 더 높은 가치를 지니고 있었음을 알 수 있다. '성령으로 기도하고', '성령을 바라며' 기도해야 한다는 긴박한 의무에 대한 사도들의 말을 많이 언급할 필요조차 없다.

'플리머드 형제단[164]이 취한 원리, 곧 오순절에 부어졌으므로 교회는 하나님의 성령 부으심을 위하여 더 기도할 필요성이나 정당한 근거가 없다는 주장보다 더욱 오도되고 왜곡된 이론은 없으며, 또한 이보다 성령을 모독하는 것은 없다. 반대로 교회가 성령하나님을 구하고 그의 교통하심을 기다리면 기다릴수록 교회는 더 많은 것을 받는다. 끊임없이 부르짖는 믿음의 기도는, 멸망할 사람들의 회심을 위해 들여진 노력의 지원을 받아 땅에서 위로 올라간다. 기도가 앞서고 결국 그다음에는 회개가 뒤따르게 된다."

(2) 신앙부흥과 그리스도 나라 확장을 위하여 특이하게 기도

부흥을 위하여 기도로 간구하는 에드워즈의 기도와 저술 활동을 하나 더 살펴보자. 스코틀랜드의 일부 친구들은 부흥을 위하여 기도하기 위해서 함께 모이고 있었는데 그들은 편지로 에드워즈에게 이런 기도 모임에 동조하고 있는지, 이것에 관하여 책을 쓸 것인지를 물어보았다. 그래서 그는 사람들에게 함께 참여하라고 간청하는 이 위대한 논문을 썼던 것이고 일단 한 달에 한 번씩 그렇게 하되 방법은 다양하게 하기로 했다. 논문 제목은 좀 긴 편인데[165] "이 땅에서의 신앙부흥과 그리스도 나라 확장을 위해서 특이하게 기도하는 일에 하나님의 백성들이 서로 분명한 일치를 이루고 눈에 보이는 연합을 이루도록 촉진해 주기 위한 겸비한 시도"였다.

그는 자신과 다른 사람들이 그리스도의 재림과 그 영광이 나타날 때가 가까워짐에 따라 귀중히 여기는 것들을 중심으로 매우 특별하게 주장하고 간청했는데 그것은 능력 있고 영광스러운 진술이었다.

---

164) 플리머드 형제단(Plymouth Brethren)은 1820년대 아일랜드 더블린에서 기독교 근본주의 성격의 복음주의 운동으로 시작된 개신교 교파인데, 한국에도 소개되었다.
165) 논문 제목 영문 : 'An Humble Attempt to Promote Explicit Agreement and Visible Union of God's People in Extraordinary Prayer for the Revival of Religion and for the Advancement of Christ's Kingdom on Earth'

(3) 이사야 같이 '성령의 부어 주심을 위해 기도하라!'

"이 순간 우리에게 긴박하게 요구되는 것은, 두려운 시대를 살던 이사야가 드렸던 기도를 끊임없이 드리는 것이라고 제안하는 것이 가장 합당하다고 본다. 자! 들어보자.

이사야 63:15-19. '주여 하늘에서 굽어살피시며 주의 거룩하고 영화로운 처소에서 보옵소서 주의 열성과 주의 능하신 행동이 이제 어디 있나이까 주의 베푸시던 간곡한 자비와 긍휼히 내게 그쳤나이다 주는 우리 아버지시라 아브라함은 우리를 모르고 이스라엘은 우리를 인정치 아니할지라도 여호와여 주는 우리의 아버지시라 상고부터 주의 이름을 우리의 구속자라 하셨거늘 여호와여 어찌하여 우리로 주의 길에 떠나게 하시며 우리의 마음을 강퍅케 하사 주를 경외하지 않게 하시나이까 바라건대 주의 종들 곧 주의 산업인 지파들을 위하사 돌아오시옵소서 주의 거룩한 백성이 땅을 차지한 지 오래지 아니하여서 우리의 대적이 주의 성소를 짓밟았사오니 우리는 주의 다스림을 받지 못하는 자 같으며 주의 이름으로 칭함을 받지 못하는 자같이 되었나이다'

하나님께 굽어살펴 주시기를 간구한 후 이사야는 계속 이렇게 기도한다.

이사야 64:1-8. '원컨대 주는 하늘을 가르고 강림하시고 주의 앞에서 산들도 진동하기를 불이 섶을 사르며 불이 물을 끓임 같게 하사 주의 원수들이 주의 이름을 알게 하시며 이방 나라들로 주 앞에서 떨게 하옵소서 주께서 강림하사 우리가 생각하지 못한 두려운 일을 행하시던 그때 산들이 주 앞에서 진동하였사오니 주 외에는 자기를 앙망하는 자를 위하여 이런 일을 행한 신을 예로부터 들은 자도 없고 귀로 들은 자도 없고 눈으로 본 자도 없나이다 주께서 기쁘게 공의를 행하는 자와 주의 길에서 주를 기억하는 자를 선대하시거늘 우리가 범죄하므로 주께서 진노하셨사오며 이 현상이 이미 오래 되었사오니 우리가 어찌 구원을 얻을 수 있으리이까 무릇 우리는 다 부정한 자 같아서 우리의 의는 다 더러운 옷 같으며 우리는 다 잎사귀같이 시들므로 우리의 죄악이 바람같이 우리를 몰아가나이다 주의 이름을 부르는 자가 없으며 스스로 분발하여 주를 붙잡는 자가 없사오니 이는 주께서 우리에게 얼굴을 숨기시며 우리의 죄악으로 말미암아 우리가 소멸되게 하셨음이니이다 그러나 여호와여, 이제 주는 우리 아버지시니이다 우리는 진흙이요 주는 토기장이시니 우리는 다 주의 손으로 지으신 것이니이다'.

우리 중 얼마나 많은 사람이 하나님을 붙잡으려고 스스로 분발하는가? 얼마나 많은가? 이것은 성경의 전형적인 교훈이요 우리 선조들의 가르침이다. 그들은 하나님을 기다리며 부르짖기를 하나님께서 하늘을 가르시고 강림하실 때까지 하였다. 이제 주를 굳게 붙들고 그토록 고귀한 하나님의 진리와 교훈을 우리에게 증거해 달라고 간구하자. 그리하여 교회가 부흥하고 사람이 구원받게 하자."

2. 조나단 에드워즈의 부흥에 관한 설교

이 글은 마틴 로이드 존스 목사가 1976년에 강연한 "조나단 에드워즈와 부흥의 중요성(청교도 신앙 계승자들. 493-526)"을 주로 참조하였다.

(1) 설교자의 심정

조나단 에드워즈를 통하여 설교자의 심정을 살펴보자.

"그 이후 나는 여러 차례 성삼위 되시는 성령의 영광을 감지했고 거룩하게 하시는 그의 직무를 느꼈다. 그리고 그의 거룩하신 역사를 통해서 영혼에 하나님의 빛과 생명을 전달하시는 것을 의식했다. 하나님께서는 성령의 교통하심을 통해서 신적 영광과 상쾌함의 무한한 샘으로 나타나셨다. 그리고 생명의 말씀이며, 생명의 빛이며, 생명을 주는 하나님 말씀의 탁월함을 감지했다. 그때는 말씀을 간절히 갈망하는 마음이 생겼고, 말씀이 내 마음속에서 풍성하게 거할 수 있기를 간절히 바라는 마음도 뒤따랐다."

(2) 강해 설교자 조나단 에드워즈

우리는 즉시 조나단 에드워즈는 설교를 했지 강의한 것이 아님을 알게 된다. 그는 성경 본문에서 출발했으며 또한 언제나 성경적이었다. 그는 단순히 어떤 주제를 선택하여 그것에 대하여 말하는 사람이 아니었다. 물론 교리를 설명할 때는 예외지만, 그런 경우에도 본문을 선택했다.

그는 언제나 강해식 설교였으며 한결같이 분석적이었다. 그의 놀라운 지력 속에 있는 비평적이고 분석적인 요소가 활동한 것이다. 그가 그렇게 한 것은 어떤 구절이나 대목에서 가르치는 교리에 도달하기 위한 것이었다. 그런 다음 그는 교리에 대해서 체계적으로 설명하고 성경의 다른 곳에서는 그것이 어떻게 나타나는가와 다른 교리들과 그 교리와의 관계를 제시하고 진리를 확증했다.

그러나 그는 결코 여기서 중단하지 않고, 언제나 말씀 교리의 적용이 있었다. 그는 설교하는 것이 논문 발표나 자기 생각을 회중에게 표현하고 있는 것이 아니라, 그는 듣는 회중에게 언제나 진리를 심어주고 그 진리를 적용하는데 항상 관심이 있었다. 그러나 무엇보다도 그는 설교란 언제나 '뜨겁고 진지해야' 한다고 믿었다. 우리는 여기에서 거대한 지성인과 명석한 철학자를 만났다. 그럼에도 불구하고 이 사람은 모든 강조점을 뜨거움과 감정에 두고 있었다. (청교도 신앙 계승자들. 508.)

3. 조나단 에드워즈의 부흥에 관한 문헌 '종교적 감정에 관한 소논문'

에드워즈는 성령의 역사와 부흥에 관한 탁월한 저술가로서 많은 저서를 남겼는데 그중에 한 권 '종교적 감정에 관한 소논문' 을 여기에 간략하게 소개하겠다. (청교도 신앙 계승자들. 513-515.)

에드워즈는 이러한 부흥의 체험분석과 부흥의 정당성을 변증하는 글을 포함하는 저술 활동을 하였는데 '종교적 감정에 관한 소논문(Treatise Concerning the Religious Affections)' 이라는 글이다. 이 책은 조나단 에

드워즈의 훌륭한 책들 중의 하나인데

　(베드로전서 1:8) '예수를 너희가 보지 못하였으나 사랑하는 도다 이제도 보지 못하나 믿고 말할 수 없는 영광스러운 즐거움으로 기뻐하니'

　한 구절에 대한 일련의 설교로 구성되어 있다. 이러한 책들에서 그가 한 일은 부흥 체험의 영역에서 참된 것과 거짓된 것 사이를 구분해주는 것으로 반대자들과 광신주의자들을 동시에 다루는 두 가지 측면에서 진행되었다. 이 소논문은 3부로 구성되었는데 우리가 알고자 하는 부흥의 속성을 파악하기 위하여 잠시 그 줄거리를 살펴보겠다.

1부: 감정의 본질과 종교에 차지하는 중요성

　그는 감정이 합당한 것임을 입증해야 했는데 부흥을 반대하는 사람들은 대단한 교리 설교를 했지만 그 설교들은 차가웠고, 따라서 감정이나 열정이 자동으로 터부시되었다. 그러므로 에드워즈는 그러한 감정들을 정당화하고 그러한 것들을 위한 자리가 있음을 보여주어야 했다. 그다음 '참된 종교는 감정과 지대한 관계가 있다' 는 것을 또한 보여주고 그런 다음 '거기에서 나오는 추론들' 을 말한다.

2부: 종교적 감정이 은혜의 표증表證(증거로 될 만한 자취)은 아니다.

　이것이 바로 에드워즈의 전형적인 자세인데 부정적인 면과 긍정적인 면을 모두 다루는 것이다. 그는 감정이 '극히 높게 고양되었다는 사실이 감정이 진리라는 어떠한 표증도 아니라는 사실' 을 보여 준다.

3부: 은혜로운 감정은 신적 영향에서 나오는 것이다

　진정으로 은혜롭고 거룩한 감정의 특별한 표지標識(표시나 특징으로 어떤 사물을 다른 것과 구별하게 하는 것)를 보여준다. '감정의 목적은 하나님께 속한 것들의 탁월성을 보여주는 것이며, 기독교의 실제는 다른 사람들에게나 우리 자신들에게 주요한 표지이다.'

이와 같이 에드워즈는 북아메리카 1740년대의 부흥기에 있었던 주목할 만하고 비상한 현상을 (성경적 기준으로) 변호해야만 했다.

[주제설명 3장2]
설교에 대하여 개신교와 성공회 관점 차이

우선 성공회에 대하여 한국 개신교에서 대부분 아직 생소하므로 여기에 대한 기본 소개를 하고 본 주제에 대하여 논하도록 하겠다.

1. 성공회(The Anglican Church, 聖公會) 기본 이해

1534년 로마가톨릭으로부터 분리한 영국 국교회의 전통과 교리를 따르는 교회를 총칭하는 말이며 영국 국왕이 성공회 수장을 겸직한다. 교리적으로는 개신교와 차이가 있지만 기독교를 개신교, 로마 가톨릭교, 그리스 정교 세 구분으로 대분류하는 경우에는 성공회를 편의상 개신교로 구분 한다.

1) 명칭: '성공회', '영국 국교회' 등으로 부른다.

2) 저교회파와 고교회파 구분

성공회의 교리적인 부분은 저교회파(Low Church)와 고교회파(High Church)로 구분할 수 있는데 저교회파와 고교회파는 다음과 같은 신학적 특징이 있다.

- 저교회파(Low Church)는 교회의 권위와 성사성(聖事性)을 낮게 평가하며 종교개혁 정신을 계승하는 개신교 신학에 더 가깝다.
- 고교회파(High Church)는 고대 그리스도교로부터 내려오는 사도 전승을 따르고, 교회의 권위 및 전례와 성사(聖事)를 강조하면서 로마가톨릭교회 신학에 더 가깝다.

로마가톨릭교회는 7 성사(七聖事)를 주장한다.
7성사(七聖事)는 세례, 견진(세례받은 신자에게 성령과 그 선물로 신앙을 성숙하게 하는 성사), **성체**(성찬), **고해**(신자가 지은 죄를 뉘우치고 신부를 통하여 하느님께 고백하여 용서받는 성사), **병자**(죽음이 임박한 신자가 받는 성사), **신품**(부제에게 사제가 되는 임명 성사), 혼인성사를 주장한다.

그러나 개신교에서는 성례로 성찬과 세례만을 인정한다.

2. 설교에 대한 영국 국교도(성공회)와 청교도(개신교)의 관점의 차이

개신교와 성공회는 교회 정치제도로부터 시작하여 신학과 교리적으로 많은 차이가 있다. 하지만 본 단락에서는 이 전체를 다루지 않고 설교 부분만 다루어서 설교에 대한 영국 국교도(성공회)와 청교도(개신교)의 관점의 차이만을 소개하고자 한다. 마틴 로이드 존스 목사는 이 글에서 개신교와 성공회 사이의 차이는 사소하고 지엽적인 것이 아닌, 근본적으로 다른 관점에서 나온 차이라는 사실을 강조하고 있다. (청교도 신앙 계승자들. 528-550, 「설교」-마틴 로이드 존스 목사 1977년 웨스트민스터 청교도 연구회 강연 내용).

(1) 설교에 대한 관점의 차이

설교 문제에 있어서 차이를 살펴보겠는데 어떤 의미에서 이것은 성공회와 개신교에서 오는 필연적인 결론이라 할 수 있다. 권위에 대한 모든 문제, 교회관, 교회의 임무와 기능에 대한 관점, 교회 정치에 대한 관점, 양편이 선호하는 건물 양식과 크기, 예배 모범 사용 등의 모든 문제는 어떤 의미에서 설교라는 이 중대한 문제의 준비 단계이다.

갈수록 많은 사람이 설교의 가치를 낮게 평가하고 있는데, 그들은 여러 종류의 도구들이 수반되는 여러 유형과 여러 타입의 노래에 더욱더 관심을 집중하고 있다. 어떤 사람은 심지어 춤을 추거나 다른 유형의 외적 예배 행위 표현으로 돌아가고 있다. 이 모든 것은 설교의 위치와 가치를 떨어뜨리는 결과를 가져온다.

1) 개신교의 설교에 대한 관점

□ 설교에 대한 성경의 모범

설교에 대한 개신교 관점의 기초는 언제나 신학적이라는 점을 입증하는 것인데 이 모든 사람, 청교도들 그리고 설교의 대가인 모든 사람이 늘 주장한 것은, 설교는 주님께서 진리를 가르치는 방법이라는 것이다. 우리 주님은 설교자이셨다. 주님의 길을 예비하는 자 세례 요한도 역시 일차적으로 설교자였고, 사도행전에서도 같은 것을 발견한다. 오순절에 베드로는 일어나서 설교했고, 사도 바울도 탁월하고 위대한 설교자였다. 우리는 아테네에서 설교하는 그의 모습을 보는데, 그는 진리를 아테네 사람들에게 선포한다. 이것이 바로 개신교들이 가지고 있었던 설교에 대한 본질적인 관점이다.

□ 종교개혁자들은 철저한 설교자였다.

존 위클리프는 위대한 설교자였고, 그를 추종하는 14세기 로랄드파는 영국을 순회하면서 노천 등에서 사람들에게 설교했다. 존 위클리프를 '영국종교개혁의 샛별'이라고 여긴다면, 그의 성령에 의한 각성은 설교에 대한 강조로 발전했음을 발견할 것이다. 마찬가지로 마틴 루터, 존 칼빈, 스코틀랜드의 존 녹스 등 종교개혁자들은 또한 철저하게 설교를 강조하는 설교자였다.

□ 설교는 심령의 화로에 불을 휘젓는 것

잉글랜드 장로교회의 실질적인 원조였던 토머스 카트라이트의 말을 한 번 살펴보자.

"하나님의 말씀은 위로와 책망의 방법을 통해서 신자들의 마음과 양심에 적용될 때만이 살아 움직인다. 불을 휘저으면 더 많은 열이 나듯이, 말씀도 설교를 통해서 바람을 불어넣으면 그냥 읽는 것보다 듣는 자들 속에서 더 많은 불꽃을 일으키게 된다."

설교의 진정한 목적은 정보 제공이 아니라, 그 정보에 열기를 더욱 부어 주고, 생명을 주며, 능력을 주어 청중들이 완전히 이해할 수 있게 하는 것이다. 설교자는 신자들을 고취하고, 열심을 내게 하며, 소생시키고, 성령 안에서 주님의 영광을 나타내게 하려고 거기 선 것이다.

□ 설교에 대한 웨스트민스터 예배 모범

"구원에 이르는 하나님의 능력인 말씀을 설교하는 것은, 복음 사역에 속한 가장 위대하고 가장 탁월한 일 중 하나로, 그러한 일을 하는 일꾼은 부끄러워할 필요가 없고 다만 그의 말을 듣는 사람들과 자신을 구원할 수 있도록 해야 한다"

따라서 설교의 위치에 대한 관점이 성공회와 개신교 사이에 근본적으로 다름을 다음 성공회의 설교에 대한 관점과 비교하면 명백하게 발견하게 된다.

2) 성공회의 설교에 대한 관점

□ 공기도서 낭독

설교에 대한 성공회의 관점은 공기도서는 아침과 저녁 기도 시에 설교를 요구하지 않는다는 사실 속에서 엿볼 수 있다. 이것은 우리에게 많은 것을 의미하는데, 이러한 문제를 조정하기 위한 책이 공기도서이다. 그러므로 아침과 저녁 기도회 때 설교를 전혀 강조하지 않았다는 사실 자체가 개신교와 비교하면 대단히 의미 있는 것이다.

□ 교회에서 개인적 성경 읽기

성공회의 정신과 견해를 뛰어나게 대표하고 변호하는 리처드 후커는 교회에서나 개인적으로 성경 읽는 것을 선호했고 주장하였다. 또 여러 주제에 관한 준비된 설교안들을 읽으라고 권장했다. 그러나 개신교식의 설교를 싫어하고 공격했다.

(2) 설교에 대한 방법과 스타일의 차이

1) 개신교의 설교에 대한 방법과 스타일

개신교 설교방법 스타일의 특징은 '평이하고 직접적이며 체험적이고 구원하는 설교'이다.

개신교의 설교방법은 성경 본문 한 단어나 구절 또는 단락으로 시작하여 정확하게 해석하는 데 관심이 있다. (강해 설교 중심 - 필자 주)

첫 번째 일은 본문 속에서 정확한 의미를 찾아내고, 그다음에는 본문 속에서 교리를 찾아낸다. 교리는 말씀 속에서 찾아져야 하며 역으로 교리를 말씀에 갖다 붙여서는 안 되고 교리부터 시작해서 본문을 교리에 끼워 맞추지 않는다. 이렇게 성경과 성경을 비교하여 증거를 끌어내어 교리를 입증하는 것이다.

두 번째 일은 이렇게 교리를 진술하고 입증한 다음에는 "용도" 또는 "적용"으로 나간다. 단순한 강해로 멈추지 않고 언제나 적용이 있었다. 때로는 '많은 적용'을 했고 그런 다음에 반론을 생각하고 논의하여 해답을 제시했다.

2) 성공회의 설교에 대한 방법과 스타일

성공회 설교는 '일종의 연기' 방법과 스타일을 선호한다.

성공회의 설교방법은 하나의 주제-때로는 신학적인 주제나 윤리적인 주제 또는 일반적인 주제 -를 택하여 이 특정 주제에 관한 연구 논문을 설교하는 식으로 이것은 훈계집 등에서 발견된다. (말하자면 제목 설교 중심 - 필자 주)

성공회에서 대단한 설교자로 추앙받는 존 던(John Donne) 성 바울 성당의 감독 설교 예를 들어서 살펴보자. 그의 설교 스타일은 화려했고 웅변적이었으며 구어체(일상적인 대화 말투)였다. 설교문은 대체로 고전을 많이 인용하였으며 특히 라틴, 헬라 고전 문학에서 길게 인용하였고, 이렇게 고전에 대한 학식이 설교의 필수적인 부분으로 간주되었던 '일종의 연기'가 그 특징이었다. 이러한 "웅변가들"의 설교의 가장 큰 특징은 그 설교가 하나의 연기요 웅변이었으며 진리는 부속물이었다. 그들은 진리를 부인하지 않지만 이러한 외양적인 것들로 가려지고 말았다.

[주제설명 3장3]
찰스 피니의 부흥방법론에 의한 피해

찰스 피니(Charles G. Finny)의 부흥방법론

부흥에 관한 조나단 에드워즈의 특징은 '부흥의 주체는 성령 하나님이고 그의 역사이다'를 특별히 강조한다. 이에 반하여 찰스 피니의 부흥방법론은 '인간적인 방법을 동원하는 것' 즉 인본주의 개념이 주류였다. 따라서 찰스 피니의 부흥방법론은 부흥 운동의 과정에서 부흥에 대한 오해와 부흥 운동이 식어가는 한 요인이 되기 시작하였다. (청교도 신앙 계승자들. 23)

(1) 피니의 부흥방법론

19세기 2차 대각성운동을 주도했던 찰스 피니는 교회가 '숫자'와 '규모'에 관심을 기울이는 것을 정당화할 뿐만 아니라 획기적이고도 정교한 방법론까지 교회에 제공했다. 죄인들의 회심이 중요한 것이 아니라, 그러한 회심이 '많이' 일어나는 것, 이것이 부흥의 핵심이다. 그리고 이러한 부흥은 언제든지 적절한 수단과 방법만으로 얼마든지 일으킬 수 있는 것이다. 이것이 피니의 부흥론의 핵심이다.

(2) 인간이 할 수 있는 모든 방법 동원

될 수 있는 한 많은 죄인을 회심시키기 위한 부흥의 방법이 새로운 방법인데, 새로운 방법은 무엇보다 대중집회가 필수적이다. 큰 교회 건물이 없으면 시청이나 학교 강당을 찾고, 그것도 여의치 않으면 노천 캠프 집회를 열었다. 이곳에 될 수 있는 대로 많은 사람을 동원한 다음, 그들이 죄인이라는 사실을 깨닫게 하고, '즉시' 회개하겠다고 결심하도록 만들었다. 이것을 위해서 피니는 최대 효과를 거둘 방법들을 동원하였는데, 환풍기를 조절하고, 음악을 신중하게 활용했으며, 그 외에도 예배의 순서를 갑자기 바꾸기, 예배를 연장하기, 거칠고 통속적인 말을 사용하기, 기도와 설교에서 개인의 이름을 거명하기, 예배 시 설교단에서 가까운 사람에게 질문하기 등이 그 예다.

(3) 찰스 피니 부흥론에 대한 오류와 그 영향

피니에 의하면 신앙이나 회심은 '하나님의 역사'가 아니라 전적으로 '인간의 일'이다. 그리고 부흥은 '기적'이 아니라 정확한 '과학'이다. 부흥이란 '자연의 힘을 옳게 사용'하면 언제나 나타나는 그 무엇이다.

피니의 가르침이 교회의 시각에 끼친 영향은 매우 컸다. 사람들은 이제 교회가 곤고하다는 생각이 들면 하나님께로 돌아가 부흥을 위해서 기도해야겠다고 즉각적으로 생각하는 대신에, 회의를 소집하여 복음 전도 집회를 조직하고 광고 프로그램을 계획한다. 전체 시각과 사고구조가 완전히 바뀐 것이다.

[주제설명 3장4]
기독교 박해와 순교 이해

로마제국 시대 1~3세기 초대교회는 불법적인 기독교를 믿는다는 죄목으로 그리고 5-16세기 1000년의 중세 암흑시대는 로마교회 종교재판에서 성경적 복음을 증거하여 이단이라는 죄목으로 순교한 선배 신앙인들의 믿음을 본받으려고 한다. 우리는 기독교 박해와 순교에 대하여 종교개혁 직전의 박해와 순교 내용과 이어서 로마제국 초대교회 시대의 박해와 순교 내용을 살펴보자.

1. 중세암흑기 1000년의 박해와 순교

중세암흑기 5~16세기에 성경적 복음을 증거한 이유로 로마가톨릭교회 종교재판에서 '이단'이라는 죄목으로 많은 그리스도인이 교수형, 화형 등의 극형으로 순교하였다. 본서에서는 대표적인 인물로 체코 프라하대학 총장 존 후스의 순교 내용과 영국 스코틀랜드의 귀족 패트릭 해밀톤 순교 내용을 살펴보자.

(1) 체코 프라하대학 총장 존 후스의 순교

존 후스(1360~1415년) 순교 내용은 2편 본문에서 자세히 기록되어 있으므로 요점만 정리하면, 체코 프라하대학에서 1401년에는 철학부의 학장을 맡고 일 년 후에는 대학의 총장이 되었던 그는 두려움 없이 일상의 죄악을 꾸짖는 보헤미아 언어로 말하는 능력 있는 설교자였다. 존 후스가 성직자들의 탐욕과 사치와 나태를 공격할 때마다 가톨릭교회는 그를 대적하였고, 존 후스의 복음적 개혁 활동을 저지시키기 위해서 로마가톨릭교회 대주교는 그의 설교를 중지시키고 그의 저서들은 공개적으로 불태워졌다.

그는 1415년 개최된 콘스탄츠 공의회에 소환되었고, 7개월간 혹독한 고통을 당한 후, 후스는 장난 같은 종교재판에서 '하나님의 말씀에 어긋나지 않는 한 나의 설교를 철회하지 않겠다'고 선언하였으나 사형이 선고되었다. 1415년 그는 그 공의회에서 가장 치욕적인 모독을 당한 후에 콘스탄츠 교외 사형장에서 화형을 당하여 순교한다.

(2) 영국 스코틀랜드의 해밀톤 순교

무엇보다도 1528년 스코틀랜드는 명문가 출신의 24세 청년 패트릭 해밀톤(1503~1528년)의 순교에서 상징적인 사건으로 깊은 감동을 받는다. 1527년 말 고국에 돌아오면서 그는 하나님 은혜의 복음을 두려움 없이 설교하였다. 로마교회 대주교 비튼은 우정을 가장하여 그를 회의에 초청한 후에 이단으로 단죄하여 1528년 성 앤드루스의 성 살바도르 대학 앞에서 화형에 처했다. 그의 죽음은 나라 전역에 큰 감명을 주었다. "패트릭 해밀톤 선생의 연기는 그 연기에 닿은 모든 사람을 감화시켰다."

1) 해밀톤 복음 신앙 진리를 전함

무엇보다도 1528년 스코틀랜드는 명문가 출신(스코틀랜드 왕 제임스 5세의 친척)의 청년 패트릭 해밀톤(Patrick Hamilton) 순교에서 상징적인 사건으로 깊은 감동을 받는다. 1527년 비텐베르크에서 루터와 멜랑히톤을 만나 종교개혁 사상을 배웠고, 그 이후 프란시스 람베르트에게 프로테스탄트 신학을 배웠다.

1527년 23세의 나이로 고국 스코틀랜드로 돌아와 자신이 배운 진리를 전하자 사람들이 모여들기 시작했다. 대법관이면서 대감독인 데이빗 비튼은 이단으로 고발된 해밀턴을 속여 1528년 2월 27일 체포한다. 그는 하나님 은혜의 복음을 두려움 없이 설교하였던 내용 때문에 이단으로 단죄하여 1528년 2월 29일 성 앤드루스의 성 살바도르 대학 앞에서 젊은 나이에 화형에 처했다. 그의 죽음은 나라 전역에 큰 감명을 주었다.

2) 해밀톤의 주장과 이단 죄목

로마가톨릭교회는 해밀톤의 다음 주장 때문에 이단이라는 죄목으로 그를 사형으로 정죄하였다.

- 비밀고백(가톨릭교회의 고해성사)은 구원을 위해 필수적이지 않다.
- 참된 참회는 죄의 사면을 구입할 수 없다.
- 연옥은 없으며, 거룩한 족장들은 그리스도의 고난 이전에 하늘에 계셨다.
- 교황은 적그리스도이며 모든 사제도 그와 같다.

정죄를 받은 1528년 2월 29일 해밀턴은 세속권에서도 정죄를 받았다. 성 앤드루스 대학 맞은편에 있는 세인트 셀베이터 타워(St. Salvator's Tower)로 끌려갔다.

"오 하나님! 이 지역의 어두움을 거두어 주옵소서! 얼마나 이 독재자를 그냥 두고만 보시겠나이까?"

3) 해밀턴의 순교는 스코틀랜드 종교개혁의 기폭제

1528년 24세 귀족 청년 해밀턴의 순교는 영국 스코틀랜드에 종교개혁의 기폭제가 되었다.

이 순교로부터 수년 후에 1534년 영국 국왕 헨리 8세가 로마가톨릭교회와 단절(영국왕가와 로마교회 사이에 여러 가지 정치적 이유도 있지만)하는 영국의 종교개혁을 단행하게 된다. 30년 이후 1560년경부터는 로마가톨릭교회가 스코틀랜드에서 사실상 자취를 감추게 되어서 평화적인 종교개혁의 기폭제가 되었다. 이러한 순조로운 종교개혁이 가능하였던 것은 14세기 이후 자국어 영어 성경책을 갖게 된 영국 성도들은 200년 이상 성경복음으로 양육되어서 성경의 진리와 로마가톨릭교회 교리의 비복음적인 내용을 구별할 수 있는 영적 분별력을 갖고 있었으므로 16세기 유럽대륙교회 종교전쟁과는 다르게 평화적으로 종교개혁이 가능하였다.

존 낙스는 '스코틀랜드 교회 개혁사'에서 "패트릭 해밀턴을 태운 연기는 그 연기가 날아가는 것처럼 수많은 사람을 감염시켰다."라고 썼다. 비록 해밀턴은 만 24세의 젊은 나이에 순교했으나 그 죽음은 헛되지 않았으며 스코틀랜드의 많은 이들에게 종교개혁 정신을 일으켰다.

16세기 종교개혁 때에도 복음증거와 성경 말씀 증거 때문에, 종교개혁가들은 로마가톨릭교회의 종교재판에서 이단이라는 죄목으로 화형으로 교수형으로 순교하였으며 이어서 100년의 유럽교회 종교전쟁을 치르게 된다.

2. 로마제국에서 기독교인 박해의 시작과 법적 지위 문제

로마제국에서 초대교회 기독교인 박해에 대한 시작과 그 이후 그리스도인의 법적 신분 문제를 우선 살펴보자.

(1) 기독교인 박해

서기 64년 로마황제 네로의 로마 도시화재 때부터 기독교는 불법 종교로 박해를 받았으며 3세기까지는 기독교에 대한 박해는 그리 대단한 규모는 아니었다. 그러나 4세기 초 303년 디오클레티안 황제는 10년간 혹독하게 기독교를 박해하였는데 신자를 모든 관직에서 축출하고 기독교 관계 건물과 서적을 파괴하는 새로운 칙령을 반포하였다. 그가 기독교도를 철저히 박해했다는 것은 기독교 세력이 서기 111년 트라야누스 황제 시대에 공포한 '애매함'을 용납하지 않을 만큼 강력해졌다는 뜻이다.

(2) 로마제국 200년 동안 '애매하고 모호한' 기독교인의 법적 신분

로마제국에서 기독교와 기독교인은 313년 콘스탄틴 황제에 의하여 합법적으로 기독교를 공인받을 때까지 신분은 교회는 불법 단체였고, 교인은 불법자였다. 그러면 로마제국에서 순교와 박해 기간도 있었지만 대부분 기간에는 어떤 법적 처우를 받고 있었을까? 이 문제를 같이 자세히 살펴보자. (로마인 이야기- 12권. 396 '로마제국과 기독교')

서기 111년 트라야누스 황제 시대에 기독교 문제에 대하여 어떻게 대처하면 좋으냐고 황제에게 질의가 있었다. 그에 대한 황제의 답신이 기독교가 공인된 313년 이전까지 거의 200년 동안 로마 황제들이 기독교 재판에 관한 법률적 근거를 제공하는 판정 규정에 대하여 다음의 내용이 '법'이 되었다.

□ 서기 111년 트라야누스 황제의 기독교인 법적 신분에 관한 법령

"기독교도가 죄인이라고 하지만, 굳이 그들을 색출해 내는 행위는 해서는 안 된다. 다만 정식으로 고발되어 자백한 자는 마땅히 처벌을 받아야한다. 기독교 신앙을 버린 자에 대해서는 그에 상응하는 배려가 있어야하지만, 우리의 신들을 경배하는 마음을 명확히 보이고, 후회도 분명히할 필요가 있다. 그렇게 명확해지면 과거가 어떻든 처벌을 면제해줄 만하다. 또한 익명의 고발은 어떤 법적 가치도 없는 것으로 한다. 그런 것을인정하면 우리 시대의 정신에 어긋나는 행위가 되기 때문이다."

위의 법전 내용은 외형적 형식으로는 기독교인을 죄인으로 규정하지만 내용적 실제 면으로는 로마제국의 '관용'이라는 로마제국의 '시대 정신' 아래서 사사건건 문제 삼지는 않았다. 그리하여 로마제국 치하에서 법령과 그 집행의 '애매함'으로 인하여 기독교인들은 숨을 쉬고 살 수 있었다. 우리는 로마제국에서 기독교가 200년 동안 어떤 법적인 대우를 받았는지 "서기 111년 트라야누스 황제의 기독교인 법적 신분에 관한 법령"을 알아둘 필요가 있다.

우리는 초대교회에서 로마제국이 기독교와 기독교인에 관한 적용 법률에 대하여 혼란스러워한다. 313년 콘스탄틴 대제의 기독교 공인 이전에는 어떤 황제와 시기에는 박해와 순교까지를 각오하여야만 하고 어떤 때는 일반 이교 신과 같이 허용하는 애매한 기독교에 법률적용은 '111년 트라야누스 황제의 기독교인 법적 신분에 대한 법령'을 200년 동안 적용하였던 결과이다. 예를 들면 111년~313년 사이에 기독교 교회 건물을 건축하는 경우에는 기독교 교회 건물은 기독교가 불법이므로 재산권이 인정되지 않으므로 이를 고려하여야 했다.

3. 로마제국 기독교 박해와 순교

혹자는 초대교회의 박해 이야기를 접할 때 관념적이고 추상적으로 생각하거나 실제를 일부 각색한 신앙 고백일 거라 말하곤 한다. 그러나 초대교회 성도들이 당한 박해의 이야기는 실제이고 우리가 아는 것 그 이상이다. 초대교회의 역사 속에 우리 믿음의 실체가 녹아 있다. 그리고 그 속에서 십자가 고난의 능력을 발견할 수 있다.

(1) 로마제국 기독교 박해와 순교의 개요

초대교회 성도들의 신앙은 구체적이고 실천적으로 그들의 삶에 스며들었다. 기독교가 로마제국의 종교로 공인되기 이전까지 – 곧 4세기 초까지– 로마제국 하에서의 기독교 박해와 순교에 관한 내용을 살펴보자.

초기 3세기(1세기~3세기) 동안의 정치적 환경

초기 기독교는 정치적으로나 사회적으로 매우 불리한 조건 하에 있었다. 기독교는 불법의 종교로 간주하였고, 기독교인은 사회의 암적 존재로 간주하였기에 선교는 곧 순교의 길이었다. 초기 그리스도인들에게는 어떤 체계화된 조직이 없었고, 집회의 자유를 누리지 못했다. 그리스도인의 공동체가 정치적인 집단으로 오해되기도 했기 때문이다.

또 교회공동체는 정상적인 재산의 취득이 불가능했기 때문에 교회당 건물을 소유하지 못했다. 말하자면 예루살렘에서 기독교회가 탄생한 이래 230여 년간 독립된 집회소로서의 예배당을 갖지 못했다. 따라서 초기 3세기 동안의 교회공동체는 오늘날과 같은 대규모 건물의 교회가 아니라 가정교회에 바탕을 둔 것이었다.

로마제국 하에서의 초대교회 박해와 순교

기독교회의 첫 순교자는 스데반이었다. 사도행전 7장에 기록되어 있는 그의 순교는 베드로나 요한의 투옥과 함께 초기 기독교공동체가 유대교의 박해를 받았음을 보여준다. 예수를 따르는 무리들은 첫 30여 년간은 "나사렛 이단"(행 24:5)이라는 이름으로 유대교의 박해는 받았으나 로마제국의 물리적인 박해는 없었다. 그러다가 서기 64년을 지나가면서 기독교는 황제숭배를 거절한다는 이유에서 불법의 종교로 간주하였고, 로마제국의 박해를 받기 시작하였다.

(2) 로마제국 시대별 기독교 박해 내용

□ **1세기**: 네로 황제 시대인 서기 64년 일주일간 계속된 화재로 당시 로마의 14구역 중 3개 지역이 전소되었고, 7개 지역은 부분적으로 불탔다. 처음에는 기독교 신자들이 방화의 혐의를 받았으나, 곧 기독교는 황제의 신격화에 대한 거부로 반사회적 집단으로 낙인. 기독교인에 대한 박해는 물리적 탄압, 구속, 체포, 처형, 재산몰수, 공민권 박탈 등이었다.

□ **2세기**: 마쿠스 아우렐리우스(Marcus Aurelius, 161~180년)는 재위 기간에는 갖가지 재난들, 곧 야만족의 침입, 홍수, 기근, 전염병 등이 창궐했는데 아우렐리우스 황제는 로마의 재난은 기독교인들이 제국의 신들을 분노케 한 결과로 보고 기독교를 탄압하기 시작하였다.

□ **3세기**: 249년에는 데시우스(Decius, 249~251년)가 황제가 되었는데, 그는 로마가 섬기던 옛 신들의 원한을 산 결과로 보아 옛 신들을 다시 섬긴다면 로마의 영화도 되찾을 수 있다고 본 것이다. 황제의 목적은 순교자가 아니라 배교자를 만드는 것이었는데, 기독교인들을 살해하는 대신 이들을 협박, 고문, 회유하여 변절케 하고 이교(paganism)를 부흥시키고자 하였다.

□ **4세기 초:** 로마의 동방지역을 다스리던 디오클레티안은 303년 2월 23일 자로 신자들을 모든 관직, 공직에서 축출하고 기독교 관계 건물과 서적의 파괴를 명하는 새로운 칙령을 반포하도록 하였다. 이때로부터 3년간 박해는 계속되었다. 로마의 서방지역에서는 변혁의 시초는 콘스탄틴의 개종이었다. 이교도 숭배자였던 로마황제는 기독교로 개종하였고, 동방과 서방에서 권력을 장악하고 지금의 이탈리아 밀라노에서 313년 칙령을 내려 기독교를 로마제국에서 공인하기에 이르렀다.

4세기를 거쳐 가면서 이제 기독교는 국가종교로서, 소위 콘스탄틴적 기독교(Constantinian Christianity)로 변질되어서 박해받던 나그네 공동체가 안주공동체로 현세적 가치를 추구하게 된다. 이런 역사의 질곡에서 순교의 행진은 잠시 멈추게 되지만, 곧 로마가톨릭의 중세 1000년의 암흑기 그늘에서 바른 신앙을 회복하기 위한 또 다른 '선한 싸움'은 그 이후에도 계속되고 있다. 그러나 이들의 굳건한 믿음과 확신, 불굴의 투쟁과 신앙은 동료 그리스도인들에게는 힘과 용기와 격려가 되었고, 이교도들에게도 감동을 불러일으켰다. 이런 순교자들의 신앙과 삶, 확신에 찬 죽음은 또 하나의 증거로서 기독교의 생명력을 보여주었다.

🌿 4장 [교회사 신학]

[주제설명 4장1]
웨스트민스터 신앙고백서에서 성경의 충족성과 명확성

본 단락에서는 앞 4장-1절-2에 이어서 웨스트민스터 신앙고백서에서 충족성과 명확성을 계속해서 살펴보자.

웨스트민스터 신앙고백서에서 충족성과 명확성

성경중심 기독교 교회에 속하는 개신교 장로교의 많은 교단과 그 교회는 웨스트민스터 신앙고백서[166]를 채택하고 이 고백서를 따르고 있는데, 이 고백서에서 성경의 충족성에 관한 내용을 살펴보고 우리의 논의를 계속 이어가고자 한다. 웨스트민스터 신앙고백서는 성경의 충족성을 이렇게 정의하고 있다.

(1) 웨스트민스터 신앙고백서 1장-6절 정의
1장 (성경에 관하여) 6절 (성경의 충족성) '하나님 자신의 영광, 인간의 구원, 믿음의 생활을 위해 필요한 모든 것에 관한 하나님의 전체 경륜이 성경에 명백하게 표현되어 있든지, 혹은 선하고 필연적인 결론을 따라서 성경으로부터 추론될 수 있다. 그러므로 이 성경에다 성령의 새로운 계시에 의해서든지 혹은 인간의 전통에 의해서든지 아무것도 어느 때를 막론하고 더 첨가할 수가 없다(딤후 3:15-17, 갈 1:8-9). 그러나 우리는 말씀에 계시된 그러한 것을 구원에 이르도록 이해하는데 하나님 영의 내면적 조

---

166) 웨스트민스터 신앙고백서(Westminster Confession of Faith)는 우리가 고백하는 신앙 신조로 위대한 개혁주의 유산이다. 1643~1647년 5년 동안 영국 웨스트민스터 교회에서 120명의 신학자가 작성한 신앙고백서로 기독교 기본진리를 가장 함축적으로 요약해서 담고 있다.

명이 필요하다는 것을 인정하며, 또한 하나님께 대한 예배와 교회 정치에 관여하는 인간 행위와 사회에 공통적인 어떤 사정에 있어서, 이러한 격식은 반드시 준수되어야 하는 말씀의 일반적인 법칙을 따라서, 본성의 빛과 기독교인의 신중한 사려분별에 의하여 정해져야 하는 것이다'

□ 성경에 명백하게 가르쳐진 것과 추론하는 것

웨스트민스터 신앙고백서에서 정의한 성경의 충족성과 명확성에 대한 상기 내용을 살펴보면, 이 신앙고백서에서 믿음과 생활을 위한 모든 하나님의 뜻은 두 가지 방식으로 우리에게 주어지는데, 첫째는 성경에 명백하게 가르쳐진 것이고 둘째는 선하고 필연적인 결론을 따라서 성경으로부터 추론하는 것이다.[167]

성경에 명백하게 가르쳐진 것

첫째는 성경에 명백하게 가르쳐진 내용이므로 이견이 없이 그 다음은 순종과 불순종의 문제로 넘어가게 되는 명백한 내용이다. 따라서 이 부분에 대해서는 두 기독교에서 공히 이견의 여지가 많이 없다.

선하고 필연적인 결론을 따라서 성경으로부터 추론하는 것

둘째는 '선하고 필연적인 결론을 따라서 성경으로부터 추론하는 것' 인데
- 이 경우라도 '하나님 영의 내면적 조명이 필요하다는 것을 인정하며' 와 같이 성령의 인도를 반드시 받게 되어 있다.
- '이러한 격식은 반드시 준수되어야 하는 말씀의 일반적인 법칙을 따라서, 본성의 빛과 기독교인의 신중한 사려분별에 의하여 정해져야 한다.' 이것을 하기 위한 격식과 방법조차도 말씀의 법칙을 따라야 하며, 기독교 신앙인으로서 신중하게 정하도록 하고 있다. 이 내용의 기본 사상은 하나님 의존적 신본주의이며 성경 의존적 기독교 신앙인으로 처신하도록 하고 있다.

---

167) 김인규, 『말씀속의 삶-성숙을 향한 징검다리』, 155-156. 웨스트민스터 신앙고백서 성경의 충족성.

(2) 성경적 가르침에 대한 적용 차이

여기서부터 로마가톨릭교회의 '전통' 이나 (교회의) '가르침' 에 해당하는 사항들은 성경으로부터 추론되어야 하며 이러한 격식은 말씀의 일반적인 법칙에 따라야 하는 부분에서 로마가톨릭교회와 신학에서 성경중심 교회와 현격한 차이를 갖고 있다. 따라서 절대 권위는 성경 말씀이 유일한 권위이며 교회의 '전통' 이나 '가르침' 은 언제나 성경의 일반적인 법칙을 따라야 하므로 성경과 동등한 권위로 인정될 수 없는, 말하자면 성경에서 추론하는 하위 개념('2차적 원천' 이라고 표현하기도 함)이라고 할 수 있겠다.

이 적용 부분이 실질적으로 성경중심 기독교와 교권중심 기독교 신학의 차이를 결정하는 요인으로 본 논증의 핵심 사항이다. 그러나 1500년 동안의 로마가톨릭교회는 자기들의 '전통' 과 '가르침' 을 성경과 동등한 권위로 인정하는 교리로 '[표 1편5]성경과 배치되는 로마가톨릭교회의 가르침' 에서 그 차이를 알 수 있듯이, 신본주의 기독교에서 인본주의 사상을 가미하여 하나님의 교회에 무수한 고통과 아픔과 좌절을 남기게 하였는데 이는 바로 두 기독교의 성경의 권위 인정에 대한 신학적 차이에서 기인한다. ([그림 2편9-1 참조])

(3) 신본주의 사상에 철저한 웨스트민스터 신앙고백서

웨스트민스터 신앙고백서에서 성경의 충족성을 규정하는 1장 6절의 내용을 살펴보면 그 밑바탕 기저에 철저히 일관되게 여호와 하나님 영적 계시인 성경에 따라 하나님과 인간의 모든 것을 해석하고 적용하겠다는 신본주의를 천명하고 있다. 즉 하나님 영감으로 기록된 성경에 명백하게 표현된 것은 성경 표현과 같이 순종하고, 혹은 선하고 필연적인 결론을 따라서 성경으로부터 추론될 수 있는 것은 성령 하나님의 인도로 성경에서 추론하여 적용하는 것이다. 이 사상은 철저히 하나님 영감으로 기록된 성경 말씀에 따라서 행할 것과 성경으로부터 성령님의 인도로 추론하여 행할 것을 표명하고 있다. 웨스트민스터 신앙고백서 성경의 충족성 내용에 의하면 성경과 동등한 권위로 교회의 전통(전승)과 가르침을 인정하는 것은 이치에 맞지 않게 되며 그렇게 되면 하나님 계시의 말씀 성경이 있을 자리를 잃게 된다. ([그림 2편9-1 참조])

결국은 교권중심 교회 로마가톨릭교회는 성경적(하나님) 권위가 최고의 권위가 아니고 로마가톨릭교회(인간과 기관)의 권위가 최고의 권위가 됨으로서 애초에는 신본주의(하나님) 기독교에서, 로마가톨릭교회(인간과 기관)가 최고의 권위를 갖는 유사 신본주의 기독교로 '왜곡' 되는 것을 볼 수 있다. 따라서 로마가톨릭교회는 기독교의 본질(성경중심 기독교)에서 벗어나는 또 다른 기독교(로마교회 권위 중심 기독교)라고 볼 수 있으며, 쉽게 표현하면 기독교 최상위 권위의 본질 처지에서 본다면, '성경 말씀 중심'이 놓여야 할 자리에 '로마교회 중심'이 놓여 있는 '왜곡' 된 모습을 하고 있다고 볼 수 있겠다([그림 2편11] 참조).

[주제설명 4장2]
기독교의 세 갈래 대구분과 특징

기독교에 대하여 세 갈래 대구분인 로마가톨릭교회, 정교회 그리고 개신교의 차이점에 대하여 일반 사람들이 우리 개신교 신자에게 물어오면 명확하게 대답을 잘못하는 경우가 많이 있다.

1. 세 갈래 분류

이에 대하여 이번 기회에 기독교 전체를 대체로 살펴보는 개관을 통하여 기독교의 세 갈래 대구분에 대해서 알아보자.

(1) 개신교회 (The Protestant Church)

1517년 종교개혁 이후 개혁교회를 '개신교' 라 칭하며 신학적으로는 성경을 최고의 권위라고 인정하는 '성경중심 기독교' 의 대표적인 교회라고 할 수 있겠다. 대표적인 교단은 장로교, 감리교, 침례교, 성결교 등이 있으며 장로교에 대한 교파와 신학교 등은 본서의 전작 1권 ' 말씀속의 삶- 성숙을 향한 징검다리(358-360. 한국 장로교의 분열)' 를 참조 바란다.

(2) 로마가톨릭교회 (The Roman Catholic Church)

'천주교회' 혹은 '구교' 등으로 부르기도 하며 사도 베드로를 기원으로 하는 로마 바티칸의 교황을 정점으로 모든 교회체계가 중앙집권적인 교회이다. 조직은 바티칸 교황을 중심으로 세계 각 국가에 추기경, 주교 등을 임명하는 단일화된 교권체계로 운영되는 전형적인 '교권중심 기독교 교회' 라고 할 수 있으며, 교회 정치체제는 '교황 정치 체제' 이다.

(3) 정교회 (The Orthodox Church)

그리스(희랍)정교회, 동방정교회 라고도 부르며 정교회는 본격적인 구분은 476년 서로마제국이 멸망하고 동로마(비잔틴)제국으로 분리되면서 유래되었다. 주로 러시아, 발칸반도, 서아시아 지역에 분포되어 있으며, 신학 교리와 교회 정치체제는 로마가톨릭교회와 유사하다. 중세기에는 동로마제국 황제가 정교회 수장을 겸하였다.

2 성경의 권위와 충족성에 대한 세 교회별 신학적 특성 요점

성경의 권위(충족성과 명확성) 관점

두 교회 그룹	소속 교회	내 용	권위 관계
성경중심 기독교 교회	개신교 교회	성경. 성경에서 추론	성경 최상위 권위
교권중심 기독교 교회	로마가톨릭교회 동방 정교회	성경, 전통(전승), (교회의) 가르침	모두 동등한 권위

성경의 최상위 권위 인정에 대하여 로마가톨릭교회, 동방정교회와 비교하여 개신교 신학 특성 전체를 한눈에 보이도록 요점정리 해보자. 개신교는 오직 성경 만이 최상위 권위로 인정한다.

3. 로마가톨릭교회 교리적인 특징

'가톨릭'이란 '보편적'이란 뜻의 헬라어 '카돌리코스'에서 유래했다. 교황을 정점으로 한 기독교 신앙 및 조직 체계를 일컫는 말로써, 프로테스탄트, 동방정교회와 더불어 기독교의 한 부분을 이루고 있다. 로마제국 초대교회 이후 5세기부터 로마가톨릭교회라고 칭하며([그림 2편12] 참조), 로마가톨릭교회는 근본 교리적 변화는 없었지만 19세기에 들어오면서 현대 사회에 적응하기 위한 많은 시도를 하였는데 제2차 바티칸 공의회(1962~1965년)에서 예전의 현대화, 다른 종교와의 대화 등이 그것이다.

대표적인 교리

가톨릭의 대표적 교리는 다음과 같다.

① **성경** : 가톨릭은 구약 46권(개신교와 공통된 39권에 외경 7권 토빗트, 유딧, 에스델, 마카베오상하, 지혜서, 시락서, 바룩서 포함), 신약 27권으로 모두 73권을 성경으로 인정한다.

② **전승(전통) 교리** : 가톨릭은 교회의 결정이나 전승(전통)을 성경과 구분하면서도 중요하게 여기며 때로는 동등하게 여긴다. 트렌트 공의회(The Council of Trent, 1545~1563년)에서는 전승(전통)을 성경과 더불어 교리로 규정하였다.

③ **마리아 교리** : 가톨릭은 마리아가 하나님의 어머니(성모설)로서 무죄한 상태에서 예수를 잉태했고, 부활 승천하여 하늘의 여왕이 되었다고(성모 승천설) 주장한다. 그래서 가톨릭은 마리아를 예수와 같은 반열에 올려놓고 있다.

④ **교황의 무오성(無誤性)** : 가톨릭은 제1차 바티칸 공의회(Vatican I, 1869~1870년)에서 교황은 베드로의 수제자로서 천국 열쇠를 맡은 교회의 수장이기 때문에 절대적 권위(수위권)를 지닌다고 하며, 그래서 이들은 교황의 무오성을 주장한다.

⑤ **사죄권(赦罪權)** : 가톨릭은 그리스도의 사죄권이 사도들을 통해 사제들에게 전승되어 내려오고 있다고 주장한다. 이를 근거로 하여 가톨릭에서는 고해성사(Penance)를 시행한다.

⑥ **연옥설(煉獄說, Pugatory)** : 가톨릭은 천당과 지옥 이외에 또 다른 제3의 장소, 곧 연옥을 주장한다. 연옥이란 세상에서 온전히 정결하게 살지 못한 자가 형벌의 대가를 치르고 완전히 정화되어 천국에 들어가기 전까지 대기하는 장소라고 주장한다. 그래서 생존한 가족들이 자선, 보속, 고해성사를 해야 이들이 연옥에서 빨리 천국으로 들어갈 수 있다고 권한다.

⑦ **세례관(Baptism)** : 가톨릭은 세례를 받으면 원죄와 본죄(자범죄), 죄

로 인한 형벌까지 모두 사함받고 구원을 얻는다고 주장한다. 이는 예수를 믿고 물과 성령으로 거듭나야 구원을 받는다는 성경의 가르침과 차이가 있다(요3:3; 5:24).

⑧ **성찬**(Eucharist) : 가톨릭은 성찬을 '성체성사'(The Sacrament of the Eucharist)라고 부르며 '화체설'(化體說)을 주장한다. 곧 성찬 예식 때 먹고 마시는 떡과 포도즙이 신부의 축성 기도로 예수 그리스도의 실제 살과 피로 변한다는 내용이다. 이는 개혁교회 칼빈의 견해인 영적임재설(靈的臨在設 성찬에 그리스도께서 영적으로 임재하신다)과 엄연한 차이가 있다.

⑨ **성례** : 가톨릭은 7성사(七聖事), 곧 세례, 견진, 성체, 고해, 병자, 신품, 혼인성사를 주장한다. 그러나 개신교에서는 성례로 성찬과 세례만을 인정한다.

4. 정교회 신학과 교리 요약

(1) 정교회 이름의 뜻

'정'(正, Orthodox)이란 사도의 전통, 곧 '올바른 가르침', '올바른 믿음', '올바른 예배'를 뜻한다. 한 마디로 바른 믿음을 가지고 바른 예배를 드리는 교회라고 해서 '정교회'라 호칭한다. 또한 '동방'이란 호칭은 정교회의 중심인 콘스탄티노플(이스탄불)이 위치상 서방교회의 동편에 있고, 성경에서도 동방이 신성한 장소로 여겨져 정교회의 이름으로 '동방정교회'라고도 사용되었다.

(2) 대표적인 정교회 교리

로마가톨릭교회와 유사한 교리 체계를 갖고 있다.

① 동방정교회는 공의회에 최고의 권위를 둔다. 그중에서도 제1차 니케아 공의회(325년)에서부터 제7차 니케아 공의회(787년)에 이르는 7

개 공의회의 결정을 교리와 신학의 근거로 삼고 있다.

② 정교회의 가르침은 성경과 교회의 전통(전승)에 기초한다. 성경은 구약 49권(로마가톨릭은 46권, 기독교는 39권)과 신약 27권이다. 또한 1월 7일을 성탄절로 지킨다.

③ 로마가톨릭과 마찬가지로 7성사를 주장한다.

④ 평신도에게도 설교권과 영적 지도권을 부여한다. 그래서 정교회에서는 평신도 신학자들이 많이 배출된다는 특징이 있다.

(3) 현재의 동방정교회 분포

오늘날 동방정교회는 콘스탄티노플(이스탄불), 안티오키아, 알렉산드리아, 예루살렘, 불가리아, 러시아, 그루지아, 세르비아, 루마니아, 그리스, 키프로스, 알바니아, 폴란드, 체코, 슬로바키아, 일본 등 15개 자립교회로 되어있다.

〈개신교 교리 개관은 독자 대부분이 개신교 교인이라 생각되어 개신교 교리는 익히 잘 인지하고 있으므로 여기 개관 소개에서는 제외〉

[주제설명 4장3]
삼위일체 교리논쟁과 로마가톨릭교회 분기점 시기

1. 삼위일체 교리논쟁

기독교 내에 예수님의 위격(位格) 문제에 의한 교리 차이에 기인한 논쟁으로 초대교회 기독교 내의 교리 분쟁이 크게 일어났다.

(1) 초대교회 시대 상황

로마제국에서 4세기 당시에 아이러니하게도 이 당시에 속계의 로마 황제들은 시종일관 기독교 우대 및 촉진정책을 시행하였는데도 불구하고 기독교계 내에서도 일치단결하여 이를 보답하여야 하는데 오히려 3세기 후반부터는 교리해석 문제로 기독교 내부 갈등이 더욱 심각했다. 그 정도는 4세기에 들어와서는 무력으로 충돌할 만큼 극심하고 과격하게 대립하였다.

즉 삼위일체설을 주장하는 아타나시우스파와 성부와 성자가 위격이 다르다는 아리우스파의 논쟁은 교계는 물론 시내 거리에서도 일상생활에서도 직접적인 문제로 벌어지고 있었다. 아리우스 주교가 제창하기 시작했기 때문에 아리우스파라고 불리는 종파는, 예수는 한없이 신에 가깝지만 신과 동격이 아니라고 주장한다(로마인 이야기-14권. 338). 이러한 당시 상황은 서방 로마 지역보다 기독교 교리가 더욱 철저하게 지켜지는 동방 로마 지역에 대한 형편에 대하여 다음과 같았다.

1) 교리논쟁 분야

성경이 초대교회 시대에 정경성을 확보하는 과정을 거치듯이 기독교 신학도 오늘날 모습을 갖추기까지 여러 과정을 거치게 되는데 로마제국 당시 교리논쟁은 조직신학 구분에서 논한다면 기독론에 대한 교리이다. 조직신학에서는 신학 체계를 설명할 때 삼위일체 하나님에 대해서는 신론, 기독론, 성령론으로 구분하는데 로마제국 당시 기독교 교리 중에서 특히 예수 그리스도의 위격 ' 기독론 '에 대하여 심한 대립이 있었다.

□ **아타나시우스파:** 삼위일체설을 주장하며 후일에 '삼위일체파' 혹은 '로마가톨릭파' 로 불린다.

□ **아리우스파:** 예수 그리스도는 한없이 신에 가깝지만 신과 동격이 아니라고 주장하며, 성부 하나님과 성자 예수 그리스도의 위격에 대한 차등을 주장한다.

2) 일상생활에서 충돌하는 사례

로마제국 시내 곳곳에서는 사람들이 모여서 우리가 이해할 수 없는 것을 열심히 논하고 있었다. 길가에서, 광장에서, 시장에서, 포목상도, 환전상도, 식료품 가게에서도, 당신이 이 물건은 얼마냐고 물으면, 물건값을 듣기 전에 먼저 성부와 성자와 성령에 대한 상인의 생각을 들을 것을 각오할 필요가 있다.

"손님은 아들이 아버지보다 밑에 있는 존재라고 생각하십니까?" 하고 상인은 물을 것이다.

당신이 빵값을 물으면 빵집 주인은 빵값을 말하기 전에 우선 "아버지는 위대하다!"고 말할 것이다.

다른 곳에서는 평화롭고 평온한 신앙생활을 이야기하는 사람이 이단 이야기만 나오면 돌변하여 "입에 올리기도 꺼림칙한 아리우스파!"라고 매도한다. 교리해석의 차이가 감정대립을 낳고, 급기야는 증오에 사로잡혀 폭력행위를 저지르는 경우도 드물지 않았다. 삼위일체설을 주장하는 아타나시오스파와 아버지와 아들은 다르다고 주장하는 아리우스파를 비롯한 각종파의 논쟁은 이렇게 시내 거리에서도 벌어지고 있었다. 후세에 삼위일체설을 주장하는 아타나시오스파는 '로마가톨릭파' 라고 불리게 된다.

현대에 살아가는 우리가 볼 때는 물건을 사고파는 사소한 일상생활에서 종교적인 문제로 언쟁이 되는 것은 이해가 되지 않을 수 있다. 그러나 4세기 전후 로마제국 사회에서 기독교는 그만큼 삶과 기독교 교리가 철저하게 일원화되어 있었다는 것을 나타내기도 한다. 이 점은 다른 한편으로 생각할 때는 현대 기독교 교인들이 성경과 삶의 이원화되는 관점에서 깊이 숙고하여야 하는 시사점이기도 하다.

(2) 삼위일체 교리문제 해결

1) 니케아 공의회 소집으로 '삼위일체' 교리 확립

콘스탄틴 대제는 삼위일체 교리문제로 기독교가 분란에 휩싸이자 이를 해결하기 위하여 서기 325년에 수도 콘스탄티노플(이스탄불) 인근에 있는 니케아(니카이아)에 세계교회 회의를 소집하여 공의회를 개최하였다. 주제는 그 당시에 하나님과 예수님 위격이 차등이 있다는 아리우스파와 교리문제로 기독교가 분열이 매우 심각하였는데, 아타나시우스파(로마가톨릭파)의 삼위일체 교리로 이에 대한 문제를 해결하고 하나의 교리로 통일하여 기독교가 교리문제로 분열하는 것을 막았고 급한 불길은 잡았지만, 그러나 이 문제는 콘스탄틴 대제 사후에도 지속해서 논쟁의 대상이었다. 381년 콘스탄티노플 공의회에서 아리우스파가 이단으로 정죄될 때까지 계속되었다.

아리우스는 상사이자 삼위일체파인 아타나시우스 주교에게 파문당하여 주교구 이집트 알렉산드리아에서 추방되었다. 그러나 콘스탄틴 대제의 아들 콘스탄티우스 황제와 동방의 발렌스 황제는 아리우스파에 동조하므로 몇 세기 지나서까지 교리논쟁은 계속되었다. 그 이후에 아리우스파는 북방 야만족에게 기독교를 선교하여 로마제국 북방에 아리우스파가 많아지게 되었다. (로마인 이야기-13권. 334)

그리고 니케아 공의회 56년 이후에 개최된 381년 콘스탄티노플 공의회에서 아리우스파는 성경의 가르침을 떠난 이단으로 정죄 되었다.

2) 아일랜드 켈트교회 7세기 유럽대륙 아리우스파 지역선교

초대교회는 4세기 말 380년에 기독교가 국교가 되기 전에는 그리스도의 위격 교리해석 문제가 기독교 교계의 초점이었다면, 이 문제가 삼위일체설로 가닥이 잡힌 이후 즉 5세기 이후에는 로마가톨릭파(로마가톨릭교회)는 이제부터 로마교회 교권 강화에 초점을 맞추면서 교권중심 교회로 지양하게 된다.

한편 7세기에 유럽대륙 선교에 앞장섰던 아일랜드 켈트교회공동체 콜룸바누스 선교팀은 초대교회 시기에 유럽대륙 라인강 유역 북방 야만족에게 아리우스파에 의하여 선교 되었던 지역에 정통 복음을 전파하기 위하여 아리우스파 지역에도 선교 복음활동을 하였다. (켈트 전도법. 58)

2. 초대교회와 로마가톨릭교회 분기점 시기 구분 기준

우리는 앞 단락 1장에서 교권중심 기독교 로마가톨릭교회 시발점 시기를 검토하는 내용에서 '❽ 395년 테오도시우스 황제 48세 사망' 이후를 초대교회와 로마가톨릭교회를 시대적으로 구분하는 분기점으로 기술하였다.

303년	309년	313년	325년		374년	380년	390년	395년	397년
❶	❷	❸	❹		❺	❻	❼	❽	❾

❹ 325년 콘스탄틴 대제 니케아 공의회에서 삼위일체 교리를 정통교리로 니케아 신경 결정

❺ 374년 암브로시우스 밀라노 주지사를 삼위일체 교리논쟁 문제로 황급히 주교로 임명

❼ 390년 데살로니카 폭동진압 불상사에 로마 황제가 교회 앞에 무릎 꿇고 공식으로 사죄

❽ 395년 테오도시우스 황제 48세 사망

초대교회 4세기 연대별 중요 사건 연대기를 살펴보면 상기 도표에서 ❹ 325년 콘스탄틴 대제 니케아 공의회에서 삼위일체 교리를 정통교리로 니케아 신경 결정하였지만, 교리문제로 아리우스파와 삼위일체(가톨릭)파 두 교파 간에 무력 충돌까지 첨예하게 대립되었다.

❺ 374년 암브로시우스 밀라노 주지사를 삼위일체 교리논쟁 문제에 유리한 권력을 확보하기 위하여 황급히 주교로 임명하게 된다. 이 말은 374년 이때까지도 두 교파 간에 세력다툼으로 로마가톨릭교회의 교권 중심 교회로 교권을 강화하기보다는 세력다툼에서 생존하기가 급급하였던 시기였다. 따라서 초대교회와 로마가톨릭교회 분기점은 테오도시우스 황제의 권력이 종결되는 395년 이후라고 판단되는 것이다.

3. 로마가톨릭교회 기원에 대한 해석

이 말은 4세기 말까지도 로마가톨릭교회의 정체성에 따르는 교권이 확고히 확립되기 이전이라는 말이다. 우리는 여기서 가톨릭교회의 기원에 대하여 1세기부터 사도 베드로의 무덤 위에 세워져서 확고히 존속하였다는 연속성에 대하여 의문을 갖는다. 이 당시 가톨릭교파의 시대 상황을 살펴보면 ❼ 390년 데살로니카 폭동진압 불상사로 암브로시우스 밀라노 주교가 로마 황제를 교회 앞에 무릎 꿇고 공식으로 사죄하게 하는 로마가톨릭교회가 교권을 확보하면서 ❽ 395년 테오도시우스 황제 48세 사망 이후에 로마가톨릭교회가 교권중심 교회로 시작됨을 추정할 수 있겠다.

따라서 로마가톨릭교회 교권의 확고한 기원은 4세기 이후라고 추정하는 것이 타당하다. 왜냐하면, 374년 암브로시우스 밀라노 주지사를 삼위일체 교리논쟁 문제에 유리한 권력을 확보하기 위하여 황급히 주교로 임명하게 된다. 이 말은 374년 이때까지도 두 교파 아리우스파와 가톨릭파 간에 치열한 세력다툼으로 로마가톨릭 교파의 교권 중심 교회로 교권을 강화하기보다는 세력다툼에서 생존하기가 급급하였던 시기였기 때문이다.

    우리는 여기서 가톨릭교회의 기원에 대하여 1세기부터 사도 베드로의
무덤 위에 세워져서 확고히 존속하였다는 주장은 이러한 가톨릭 교파의
그 당시 시대적 정황을 판단하여 4세기 이후 후대에 와서 그들이 1세기부
터 베드로 무덤부터 기원을 삼기 위하여 주장하는 것으로 추정된다.

[주제설명 4장4]
교회사 2000년에 대한 평가

두 기독교 중심으로 2000년 교회사를 이제는 비교 평가하도록 하자. 앞에서 2편-4장-2절에서 1000년의 중세교회사 중심으로 1차 평가를 하였는데 본 단락에서는 이것을 포함하여 2000년 전체의 교회사를 종합평가하도록 하자. 평가 내용 순서는 다음과 같다.

첫째, 두 기독교 나무에서 맺은 2000년의 열매를 평가하고

둘째, 모든 내용을 종합평가하는 순서로 진행하도록 하자.

1. "그의 열매로 그들을 알리라"

(마 7:16-20) 말씀은 "가시나무에서 포도를, 또는 엉겅퀴에서 무화과를 따겠느냐"와 같이 어떤 나무인가를 결과적으로 판단할 때 그 열매로 판단할 수 있다는 비유의 말씀이다. 이 말씀과 같이 '두 기독교'를 각각 나무에 비유하고 이 나무들이 2000년 교회사 속에서 어떤 열매를 맺었는지 살펴보면서, 어떤 기독교가 참다운 포도나무, 무화과나무인지 혹은 가시나무, 엉겅퀴인지 살펴보려고 한다. 기독교를 대구분 할 때 기독교의 세 갈래 구분 기독교이나, 로마가톨릭과 정교회는 교리적으로 매우 유사성이 있으므로 본서에서는 편의상 개신교와 로마가톨릭교회를 '두 기독교'로 표현한다.

평가방법은 예수님이 오신 서기 원년부터 시작하여 현재 서기 2000년대 지금까지를 두 가지 항목 즉 '성경 말씀 중심교회'와 '선교 지향적 교회' 두 항목으로 '두 기독교' 나무의 발자취를 보면서 그 열매를 살펴보기로 하겠다.

　－ 하나님 계시 말씀에 순종하는 "성경 말씀 중심 교회"

　－ 성경 말씀 축복의 방편으로 "선교 지향적 교회"

이 두 가지 평가 항목으로 각 시대 교회를 먼저 [표 3편4]로 성경중심 교회 나무의 '성경중심' 및 '선교 지향 요점' 평가 항목으로 그 열매를 살펴보고 이어서 교권중심 교회 나무의 열매를 살펴보도록 하겠다.

(1) '성경중심 기독교 교회' 나무가 교회사 속에서 맺은 '열매'

결과 자료 평가 항목	성경 말씀 중심 교회	선교 지향적 교회
초대교회	로마제국은 헬라어를 공용어로 사용하였기 때문에 헬라어 구약, 신약성경이 로마제국 공용어를 사용함으로써 다민족 선교에 쉽게 결정적인 역할을 하게 된다.	로마제국 통일 인프라를 사용하여 헌신적 헬라 유대 이민자 중심의 교회와 로마황제를 비롯한 로마제국 제도를 하나님께서 사용하시어 이교도 4천5백만 명을 그리스도인으로 초대교회를 세우셨다.
켈트교회 공동체	패트릭은 아일랜드에 성경을 가르치기 위하여 그 당시 라틴어 성경이 유일한 수단이므로 라틴어를 가르치기 시작하였다. 켈트교회는 성경중심교회로서, 공동체 생활 중심축은 예배와 성경공부이었으며, 성경을 읽고 순종하기 위하여 라틴어 성경을 자국어같이 사용할 수 있도록 훈련받았다.	아일랜드 켈트교회가 선교 전진기지가 되어 아일랜드 및 영국 켈트교회공동체가 중심적으로 유럽대륙 선교를 감당하였다. 로마교회에 의하여 켈트식 선교방법이 금지되고 발트해 북쪽 선교가 멈춘 사건은 안타까운 역사적 사실이다. 비극적인 바이킹족 선교는 결과적으로 켈트식 복음 선교가 로마교회에 의하여 금지된 결과를 자초한 형벌이었다.
14~15세기 영국교회	존 위클리프는 라틴어 성경을 영어로 번역(1380년~1384년)은 유럽교회 자국어 성경 번역의 이정표가 되었다. 이 자국어 성경의 보편적인 전파에 바탕을 둔 복음적 신앙은 영국교회가 유럽교회에 복음적 신앙에 원동력으로 공헌을 할 수 있었다.	14세기 영국교회 자국어 성경에 기반을 두었던 복음주의 신학의 바탕 위에서, 17세기 초부터 개신교에서 세계 선교사역에 중추적인 역할을 담당하게 할 수 있었던 것은, 하나님께서는 14세기부터 영국교회를 자국어 성경 말씀에 복음화된 영국교회를 준비시켜 놓았던 결과들이라 할 수 있겠다.
세계교회 부흥 선교	종교개혁의 그 본질적인 내용은 그 중심에 '교회 회복 운동'이며 이는 또한 '하나님 계시의 성경 말씀 회복 운동'이다. 이때부터 세계 각국 나라들은 자국어 성경을 사용하여 말씀으로 무장하여 역동적인 복음 전파를 하게 된다.	16세기 이후 개신교 교회는 유럽교회 부흥운동, 미국 교회 부흥운동, 제3세계 교회 부흥운동을 통하여 '복음 선교 지향적 교회'로서 주님의 지상 명령에 앞장서서 담당하였다. 이 땅끝까지 복음을 전파하라는 주님의 명령을 개신교는 지상 명령으로 선교사역을 섬기고 있다

[표 3편4] 성경중심 교회의 '성경 말씀 중심'과 '선교 지향' 열매

성경중심 교회를 시대별로 교회사에 족적(발자취)으로 두 평가 항목 '성경중심 교회'와 '선교 지향적 교회'로 맺은 열매를 [표 3편4]와 같이 요약하였다.

(2) '교권중심 기독교 교회' 나무가 교회사 속에서 맺은 열매

4세기 말부터 로마가톨릭교회는 신학의 왜곡으로는 성경의 가르침(하나님 계시로 가르침)을 최상위 권위로 인정하는 신본주의 '성경중심 기독교'로부터 로마교회의 가르침 (인간 교권으로 가르침)의 유사 신본주의 '교권중심 기독교'로 왜곡하였다. 결론적으로 로마가톨릭교회가 하는 말을

실질적으로 주의 깊게 들어보면, 사실 로마가톨릭교회 참 권위는 '성경' 도 '전통' 도 '교회의 가르침' 도 아닌 바로 오직 로마가톨릭교회에 있다는 사실을 알게 될 것이다. (솔라 스크립투라. 34). 이에 관하여 앞에서 제시한 두 평가 항목 기준 '성경중심 교회' 와 '선교 지향적 교회' 관점으로 로마가톨릭교회가 교회사 속에서 어떤 열매를 맺었는가를 살펴보자.

1) "성경 말씀 중심교회" 순종 관점의 열매

기독교는 계시의 종교라고 할 만큼 성경 말씀의 역할과 기능이 결정적으로 역사하는데 가톨릭교회는 자기 이탈리아 모국어 라틴어 번역본 성경 이외는 각 나라 자국어 성경 번역작업과 사용을 엄격하게 금지하고 위반 시에는 종교재판에서 심지어 사형과 같은 극형으로 다스렸다. 하나님 성경 말씀을 자국어 성경 번역금지로 말씀에서 오는 하나님과 성도의 교통과 은혜를 원천적으로 가로막았다. 즉 라틴어 성경 이외의 자국어 성경 사용 금지하는 열매- 가시나무와 엉겅퀴에서 포도나 무화과 열매를 맺지 못함-를 맺게 된다. (2장-2절-1"라틴어 성경 이외의 자국어 성경 사용금지" 참조)

2) "선교 지향적 교회" 사명 수행 관점의 열매

로마가톨릭교회는 기독교 선교 정책에 있어서 성경적인 '복음화' 와 '상황화' 대신에 로마가톨릭교회의 가르침으로 '문명화' 와 '라틴화' 를 선교 전제조건으로 설정하여 하나님 명령하신 세계선교를 결과적으로 가로막았다. 7세기 말 휘트비 종교회의와 오탱 종교회의 결과로 켈트교회 선교 지향적 공동체 방식은 금지되고, 로마교회 방식인 수도원 개인 영성 향상과 라틴화 사역에 방향을 두는 결정으로 스칸디나비아 지역선교는 못하게 되고, 이로 말미암아 후일에 바이킹족 침략의 원인을 제공하게 된다. 즉 로마교회 라틴화 선교방식만 주장하여 켈트교회 선교 지향적 방식을 금지하는 열매 -가시나무와 엉겅퀴에서 포도나 무화과 열매를 맺지 못함 - 를 맺게 된다.

결과 자료 평가 항목	성경 말씀 중심 교회	선교 지향적 교회
로마가톨릭 교회	라틴어 성경 이외 자국어 성경 금지로 성경 말씀 복음화 저해(沮害)	휘트비, 오탱 종교회의 결과 켈트교회 선교방법 금지하므로 북유럽 선교 저해

3) 20세기 공의회에서도 로마가톨릭교회 회복 기회 상실

16세기 프로테스탄트들에 의한 종교개혁 이후에는 로마가톨릭교회 자체적인 개혁 노력을 시도하였으나 교권중심 기독교 본질에 해당하는 신학적이고 교리적인 근본적인 핵심문제는 전혀 변함이 없었다. 다만 부차적인 개혁적인 요소들을 수정하여 '1965년 제2차 바티칸 공의회'에서 이를 결정하고 공포하였으나 본질적인 개혁 없이 21세기 오늘날과 같은 여전히 교권중심 교회로서 로마가톨릭교회의 모습을 하고 있다.

(3) 두 기독교 나무의 맺은 열매 비교 평가

두 기독교 나무가 맺은 열매를 [그림 2편15]로 종합하여 비교 평가해보자.

이 그림 상단에 성경중심 기독교 개혁교회는 믿음의 모범공동체 삼형제 초대교회, 켈트교회, 청교도 교회 열매를 맺었다. 그리고 교회 부흥은 초대교회부흥 → 켈트교회부흥 → 청교도 교회 대 부흥 운동을 2000년 교회사 속에서 열매를 맺었다. 또한 복음 선교는 같은 방법으로 전 세계에 하나님의 나라가 전파되도록 땅끝까지 복음을 전파하였다.

이에 반하여 이 그림 하단의 교권중심 기독교 로마가톨릭교회는 중세 암흑기 1000년 동안 로마교회 중세기 6대 오작동과 해악을 하나님 교회사에 끼쳤다. 그리고 교회 부흥은 로마교회 교리에서 성령의 제한하는 성령을 소멸하는 죄로 말미암아 교회사적으로 한 번도 부흥을 경험한 적이 없다. 또한 복음 선교는 두 종교회의 결과 켈트교회공동체의 왕성한 유럽교회 선교방식을 금지하고 로마교회 방식으로 대체하여 라틴화에만 매몰되어 결론적으로 이방 민족 선교를 하지 않았다. 이로 인하여 바이킹족의 유럽 침공으로 250년 동안 유럽 전역이 바이킹족들에게 유린당하고 결국 비자발적 선교라는 비극적인 선교로 북방 스칸디나비아족은 그리스도교로 복음화된다.

2. 세 가지 평가 항목의 종합

종합하여 세 가지 평가 항목 관점을 요약한다면 다음 [표 3편5]와 같이
종합평가하게 된다.

평가 항목	개신교 교회 (성경중심 기독교 교회)	로마가톨릭 교회 (교권중심 기독교 교회)
신본주의/ 인본주의	창조주 하나님 신본주의	신본주의를 표방하나 실질 최상위 권위는 로마가톨릭교회 유사 신본주의로 왜곡
핵심가치/ 논리성	성경 말씀 중심 명확성, 충족성, 일관성, 통일성	로마가톨릭교회 중심 전통의 모호성, 종교회의의 로마교회 유사 신본주의, 교황의 비무류성(非無謬性)
열매로 판단 복음화/ 선교	[①초대교회, ②켈트유럽교회 ③영국교회, ④세계교회]의 복음화 [①초대교회, ②켈트유럽교회 ③영국교회, ④세계교회]의 선교	[라틴어 성경 이외 자국어 성경 금지로 성경 말씀 복음화 저해(沮害)] [휘트비, 오탱 종교회의 결과 켈트교회 선교방법 금지하므로 북유럽 선교 저해]

[표 3편5] 두 기독교 평가 항목 종합표

[주제설명 4장5]
교회사의 '성경말씀 기반 방식' 논리 ≪요점정리≫

〈본 단락은 【ⓐ교회사 관점은 '성경말씀 기반 방식' 으로 기록】주제에 대한 논정(論定)〉

본서 '머리말' 에서 "이 책을 '교회사는 성경 말씀을 기반으로 하여 하나님께서 교회를 통하여서 하신 일을 알리는 것' 이라는 일념으로 기술하였다."라 하였다. 본서는 현행 교회사 기술 방식과 다르게 '독창적인 방식' 즉 '성경말씀 기반 방식(성경적 접근방식)' 으로 작성되었으므로 이에 대한 설명과 이해가 필요하다고 생각한다. 이에 관한 내용은 이 책의 중간중간에 여러 차례 설명되어 있지만, 이 주제의 중요성과 그 의미를 논리적으로 정리해 보기 위하여 본 단락에서 이 주제를 일괄 요약하여 그림과 함께 그 핵심 논리를 기승전결로 요점 정리하였다.

(1) 교회사는 구속사 빛 가운데서 성경 기반으로 기록 (기起 시작)

본 '독창적인 방식-성경말씀 기반 방식' 의 내용에 대하여 [그림 1편6]에서 교회사가 놓여 있는 위치부터 시작하여 역사관의 관점에 대하여 논의를 시작(기起)하기로 하자.

□ 구속사 빛 가운데서 교회사를 이해

하나님 구속사 속에서 '교회사' 가 어느 위치에 놓여 있는지, 그리고 그 역할은 무엇인지를 한번 살펴보자. 여호와 하나님 계시의 말씀 '성경 말씀' 내용은 '하나님의 구속사' 로 요약할 수 있다. 이는 하나님 나라(하나님 통치)라는 개념(모티브)으로 [그림 1편6]하단 좌측부터 시작해서 구약의 노아 시대부터 예수님 재림까지를 계시의 발전으로 하나님 나라 개념의 발전(하나님 나라 형체 → 약속 → 예표 → 원형)에 대한 그림으로 표현할 수 있다.

교회사는 이 그림 오른쪽 아래에 예수님 초림과 재림 사이에 '하나님 나라의 원형'으로서 구약시대에 첫 언약 그림자(히 10:1-4)에 대하여, 그토록 기다리고 기다리던 새 언약 원형(히 9:15-22)으로서 교회사는 그만큼 중요한 의미 있는 기록이다. 그러므로 교회사 기록 위치는 여호와 하나님의 구속사 끝자락에서 -이 그림의 화살표가 오른쪽 끝단을 향하고 있는 것처럼- 하나님 당신이 교회를 통하여서 하시는 일을 기록하는 대서사시의 끝맺음 역할을 또한 포함하고 있으므로, 구속사 빛 가운데서 교회사 위치를 이해하여야 하겠다. 이어서 우리는 성경과 구속사와 교회사 관계를 살펴보자.

□ 성경말씀 기반 방식 교회사의 구체적 내용

[그림 2편10] 중앙에서 신구약 성경 말씀은 하나님의 인류 구원하시는 구속사 기록이라 할 수 있다. 이 그림에서 신학 용어 '구속사'는 성경 언어 '언약의 성취'에 의하여 역사 속에서 진행되는데 구약시대에는 '축복의 통로(창 15:5, 18:18)'와 '제사장 나라(출 19:6)'로 하나님께서 그의 백성에게 약속(언약)하셨다. 그 이후 신약교회 시대에 와서는 안디옥교회 모형(행 13:2-4)을 통하여 교회사 '줄거리'를 안디옥 지역교회(모달리티)와 바울 선교팀(소달리티) 모형을 제시하였는데, 이 모형 속에서 구속사의 속성 '역사의 발전(계시의 발전)'에 힘입어서 안디옥교회의 '교회 부흥발전'과 바울 선교팀의 '복음 선교확산'으로 그 언약이 전승되고 발전되었다. 또한 이 그림 하단에 '줄거리와 주변 것들 분별력'은 교회사 관점은 성경권위를 기반으로 하는 기록으로써 '교회 부흥 발전역사'와 '복음 선교 확산역사'에 대한 기록이 '줄거리'가 되어야 하겠고 나머지는 잘 알려져 있지마는(예를 들면 '교회 부흥 발전역사'와 '복음 선교역사'와 무관한 로마교회 많은 교황과 종교회의 기록들) '주변 것들'에 해당한다고 볼 수 있다.

(2) 두 기독교 체계와 교회사 사관(史觀). (承承 전개)

우리는 앞 단락에서 교회사 관점과 성경중심 교회사 내용을 살펴보았는데 본 단락에서는 [그림 1편2] 현행 교회사와 두 기독교 연대기 그림에서 '현행 교회사 체계'와 '두 기독교 교회사 체계'를 중심으로 내용을 전개(承)하여 살펴보자.

□ 현행 교회사 체계의 모순과 문제점

자! 이제부터 [그림 1편2]로 '두 기독교' 관계 개념을 시각적 그림 언어로 살펴보기로 하자. 이 그림 왼쪽 위 '현행 교회사'는 처음 '① 초대교회 교회사'(성경중심 기독교)를 가르치고 이어서 1000년의 'Ⓑ로마가톨릭교회 중세암흑기'(교권중심 기독교)를 가르치고 다음에 16세기 종교개혁 이후 다시 '④근현대 교회사'(성경중심 기독교)를 가르친다.

이들 전혀 이질적인 '두 기독교'를 '교회사 단절'과 같이 보이는 모순과 문제점을 해결하기 위하여 그 대안으로 '성경중심 기독교'와 '교권중심 기독교'의 서로 다른 '두 기독교'로 이 그림 좌측 중앙과 하단에 각각 구분 작성하여 교회사를 재구성하는 것으로 새롭게 구성하는 것이 본서의 핵심 활동이다. 그리고 이 두 기독교를 구분 짓는 기준은 "성경의 권위를 최상위 권위로 인정하느냐?" 여부에 달려있다고 할 수 있다.

□ 교회사 기록은 성경중심 교회사 사관(史觀)으로

앞에서 [그림 1편6]으로 초림과 재림 사이의 하나님 나라 원형은 하나님 계시 성경 말씀을 기반으로 하는 '하나님께서 교회를 통하여 일하시는 교회 역사 기록'이라는 교회사가 구속사 오른쪽 끝단에 놓여 있는 위치를 확인할 수 있었다.

우리는 여기서 '성경 말씀을 기반으로 하는 하나님 교회 역사 기록'에 대하여 좀 더 구체적으로 [그림 2편13]을 사용하여 성경말씀 기반으로 하는 상세한 내용을 살펴보자. 이 그림 하단에서 '하나님 구속사'는 '언약의 성취'를 통해서 역사 속에서 진행되며 구약시대는 '축복의 통로(창 15:5; 18:18)'와 '제사장 나라(출 19:6 너희가 내게 대하여 제사장 나라가 되며)'로 나타나고 있다(벧전 2:9). 이것은 예수님이 머리 되시는 신약교회

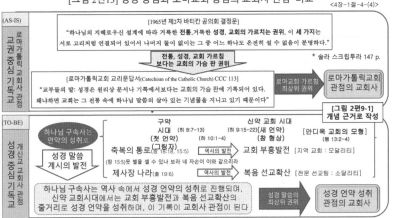

시대에 와서는 쌍두마차 진행 '교회 부흥발전'과 '복음 선교확산'(행 13:2-4) 역사로 전승하게 되었다. 따라서 교회사 사관으로는 성경을 기반으로 하는 "교회 부흥발전과 복음 선교확산(행 13:2-4) 역사"를 줄거리로 하는 하나님께서 교회를 통하여 일하시는 기록이어야 한다.

(3) '두 기독교' 핵심가치 작용원리 (전轉 전환)

앞 단락에서 이제까지 '성경의 최상위 권위 인정'이라는 신학적 주제를 가지고 연구하였다. 이 연구 결과를 요약한 도표가 [그림 2편11]과 [표 2편15]인데 이제부터는 신학적 용어에서 일반사회 용어인 핵심가치와 작용원리라는 개념으로 전환(전轉)하여 피부에 와서 닿을 수 있도록 쉽게 살펴보자.

우선 [표 2편15] 상단에 개신교(성경중심 기독교 교회)가 추구하는 핵심가치와 작용원리는 성경의 최상위 권위를 인정하는 '성경 말씀 중심'이며, 이 체계를 움직이는 힘은 '하나님 능력'이며 전형적인 신본주의 '체계이다. 이에 반하여 이 표 하단에 로마가톨릭교회(교권중심 기독교 교회)가 추구하는 핵심가치와 작용원리는 '전통'과 '성경'과 '교회 가르침'을 동등한 권위로 인정하나 실제적으로는 '로마교회 중심'이며, 이 체계를 움직이는 힘은 '로마교회 권력'이다. 이는 외형적으로는 신본주의를 표방하나 실제적인 이 체계를 움직이는 '로마교회 권력'으로 '유사 신본주의' 체계이다. 따라서 우리는 이를 근거로 두 기독교 관계를 전혀 다른 '두 기독교 체계'라고 규정하게 되며, 이를 [표 2편15]로 요약하여 정리할 수 있다.

두 기독교 체계	추구하는 핵심가치와 작용원리	움직이는 힘과 통치	신본주의/인본주의
성경 중심 기독교 개신교 교회	성경말씀 중심	하나님의 능력	정통 신본주의 기독교 교회
교권 중심 기독교 로마가톨릭교회	로마교회 중심	로마교회 권력	신본주의를 표방하나 실제 작용원리는 '로마교회 권력'으로 유사 신본주의 교회

[표 2편15]두 기독교 체계 작용원리와 움직이는 힘

(4) 성경말씀 기반 방식의 교회사 관점(역사관) (結끝맺음)

우리는 앞에서 구속사와 언약의 성취와 교회사를 성경 기반(성경적 접근방식)으로 한다는 말은, 구약의 '축복의 통로(창 15:5; 18:18)'와 '제사장 나라(출 19:6)'에서 신약교회 시대에 와서는 쌍두마차 진행 '교회 부흥발전'과 '복음 선교확산'(행 13:2-4) 역사로 전승하게 되었다고 결론에 도달하였다. 따라서 교회사 사관으로는 성경을 기반으로 하는 "교회 부흥발전"과 "복음 선교확산(행 13:2-4)" 역사를 줄거리로 하고 그 이외의 것들은 '주변 것들'이라고 [그림 2편10]하단에서 분별한다고 정리하였다. 이 관점을 기준으로 하여 '교회사를 성경 기반(성경적 접근방식)으로 한다'는 말에 결론에 도달해 보자.

□ 두 기독교 교회사 관점 비교와 성경말씀 기반 방식 교회사 관점

우리는 앞 단락에서 두 기독교 교회사 관점을 [그림 2편13] 결론 부분에서 로마가톨릭교회는 이 그림 상단과 같이 로마교회 가르침 최상위 권위를 인정하는 '로마가톨릭교회 관점의 교회사'라고 규정하였다. 반면에 개신교 개혁 교회사 관점은 이 그림에 하단에 성경 기반으로 최상위 권위를 인정하는 '성경언약의 성취 관점의 교회사'라고 규정하였다.

따라서 '성경말씀 기반 방식의 교회사 관점'은 이 그림 하단과 같이 '하나님 구속사'는 '언약의 성취' 즉 '축복의 통로'와 '제사장 나라' 성취로 진행되는데 신약 교회 시대에는 '교회 부흥발전'과 '복음 선교확산'으로 전승이 되며 이것이 교회사 관점의 '줄거리'이고 그 나머지는 '주변 것들'이라고 규정하였다. 앞으로는 교회사 줄거리 관점이 '교회 부흥발전'과 '복음 선교확산' 중심으로 기록되어야 할 것이다.

□ 대안 실현으로 현행 중세교회사 문제점 해소

우리는 [그림 1편2] 상단 현행 교회사 체계에 대한 문제점을 살펴보았고, 이에 대한 해결책 대안으로 이 그림 중앙과 하단의 두 기독교 교회사 체계를 제시하였다. 이제는 [그림 2편12]두 기독교 핵심가치 연대기 그림과 같은 교회사 체계로 확립되어야 할 것이다. 이렇게 함으로써 21세기 지금은 16세기 종교개혁 이후 5세기가 훌쩍 지나갔지만, 중세교회사 부분이 상기 대안 같이 체계가 구성된다면, 이제야 비로소 미완의 퍼즐을 제자리에 찾아서 균형 있는 2000년의 교회사 체계가 구성된다고 생각한다.

이상으로 "본서는 현행 교회사 기술 방식과 다르게 '독창적인 방식' 즉 '성경 기반(성경적 접근방식) [그림 2편10], [그림 2편13]를 근간으로 하는 방식'으로 작성하였다"라는 내용의 논리를 요약 설명하였다.

(이제 '하나님 교회사 관점'의 폭넓은 이해는 [그림 1편6] '구속사 속에서 [교회사 기록]의 위치'에서부터 출발하여, [그림 2편16] '요한계시록 본문구조 하늘과 땅의 교회론 대비'에서 시공간을 초월하는 교회론 관점까지, 하나님 나라 통치 구조의 방편으로써 폭넓은 사고(思考)를 필요로 한다)

부 록

[그림] 일람표

[표] 일람표

[주제설명] 일람표